跟著博士讀金庸
從武俠看學術人生

》的真正作者、一燈大師的實際戰力、沖靈劍法的妙用……家，揭開小說沒寫的故事

獨孤求敗其實很想被發現？
《九陰真經》真的是頂尖祕笈嗎？
全新視角，顛覆你印象中的金庸江湖！

徐鑫 著

目 錄

序　從金庸武俠看學術人生

前言　我在頂大講金庸

上篇

第一編　「天龍」的烏雲 …………………………024

第二編　前「射鵰」的彩霞 ………………………048

第三編　「射鵰」的碧空 …………………………083

第四編　「神鵰」的霏雨 …………………………182

第五編　「倚天」的和風 …………………………207

中篇

第六編　金庸的人物 ………………………………238

第七編　金庸的武功 ………………………………279

第八編　金庸的派別 ………………………………335

目錄

下篇

第九編　俠客 …………………………………368

第十編　最重要的選擇 …………………………382

第十一編　不幸的血淚 …………………………416

附錄一　金庸時間線

**附錄二　ACM 圖靈大會（2019）上的「華山論劍」：
　　　　　人工智慧時代的道路選擇**

附錄三　千古學人的俠客夢

後記　自藏經閣始，至藏經閣終

序　從金庸武俠看學術人生

一、背景與由來

　　2020 年，新型冠狀病毒肺炎蔓延，國際形勢風雲變幻，人工智慧作為「第四次工業革命」的核心技術，超越學術、產業、經濟，上升到國家安全的層面，成為國際競爭的前線與制高點，贏得這場科技競爭的關鍵在於人才。頂尖大學從來不缺人才，缺的是具備國際視野、志趣高遠、有家國情懷、可堪大任的傑出人才。學校到底能不能培養出傑出人才？這是擺在教育者面前的極具挑戰性的靈魂拷問。

　　2020 年 8 月，我在美國學習、工作了 28 年之後回國，著手組建通用人工智慧研究院，首要任務還是要建立一支策略人才隊伍。2020 年 11 月，我出任大學教職，開始制定全新的人工智慧課程。2021 年 1 月，通用人工智慧實驗班（簡稱通班）成立，4 月設立了通用人工智慧因材施教計畫。如何把這一批最聰明、最刻苦的學生培養成為傑出人才、未來的學術領袖？光有專業知識的培養是遠遠不夠的，更重要的是要塑造他們健全的人生理想和學術品味，以此指導他們在未來的二三十年中做出一系列正確的判斷與選擇。

　　2021 年春節來臨之際，我派給同學的寒假作業是：閱讀金庸小說，每位同學選擇一個最貼近自己性格與價值定位的武學高手，分析其成長歷程。這時候，林宙辰教授告訴我，有一個專頁專門談金庸人物，作者

序　從金庸武俠看學術人生

徐鑫是一個生物學博士，寫得很不錯。我看了幾篇文章後，感覺非常好，就讓林老師邀請徐鑫在 2021 年 5 月來發表一次「從金庸武俠世界看學術人生」的講座。此後，我提出，希望他把貼文整理成一本書，系統性梳理金庸武俠世界中的人物性格、動機、武功、門派、師承與配偶選擇，重點分析武學大師的責任擔當、領導力、家國情懷的形成過程。徐博士欣然應允，並迅速寫出了這本數十萬字的書！

作者推演了金庸小說中的人物和事件「編年史」，並與中國歷史背景相關聯，與科學史上的人物事件作類比與對映，把武學大師的成長歷程和價值取向蘊含在幽默風趣的文字之中。

兩年過去了，這本書就要跟讀者見面了。我認為，這是一本奇書，值得廣大家長、教師、研究生導師、研究生、大學生、高中生認真閱讀，體會其中的奧妙。

二、「打精神疫苗」

有人會問，難道科學家傳記不是更好的參照嗎？我個人認為，科學家傳記存在一些天然的不足。首先是避諱問題，科學家傳記的撰寫常常由崇拜者、學生、朋友甚至親人完成，這樣的傳記就難免為尊者諱，出現一定程度的選擇性呈現，並不能揭示出真實的全貌。其次是刻板單一，科學家傳記為了突出科學家的傑出成就，常常強調其堅強與刻苦突破瓶頸的一面，而淡化其性格與人性中的負面成分。只有將科學家放在具體時代、環境的激烈競爭中，才能避免對科學家的臉譜化描述，展現其面臨的衝突與選擇。

相比之下，作為成功影響了幾代華人的文學作品，金庸武俠小說以獨特、誇張的手法描繪了波瀾壯闊的歷史，塑造了千奇百怪的武功、栩栩如生的人物、風格迥異的派系，並揭示了各種武功發明過程、機緣與必然並存的成長歷程，展現不同派別之間爭鬥與合作的複雜關係。

特別值得一提的是，金庸小說之所以能取得社會大眾的廣泛共鳴，根本原因在於這些武俠故事中的各種選擇背後傳達了中華傳統文化的價值觀、人文關懷與家國情懷。讀金庸小說常常會有一種代入感，讓讀者能體會道路的坎坷與殘酷，獲得警示，有所準備。我讓學生讀金庸小說，就相當於「打精神疫苗」，讓他們在未來的真實學術成長過程中，面對自己的每一個人生決策，有一個參照物。

當前應試教育培養的學生，為了集中全部精力備考，被父母、老師很好地「保護」起來，整天刷題，對社會和人生知之甚少。家長和學校以為，把他們送上了頂尖大學就完成了任務，辦完謝師宴萬事大吉。殊不知，學生進入大學後，面對各種困難和重要的選擇往往茫然若失。我認為，這就是為什麼大學有這麼多的人才，卻難以出現真正的學術大師的一個主要原因。

傑出人才，尤其是大師，常常不是培養出來的；大師的出現，更多的是個人基於健全價值體系的主動選擇。上了大學，一切才剛剛開始，從學士到博士要 10 年，獲得正教授職位還要約 10 年，成為學術領袖大概還得再 10 年。在這 30 多年的人生中，一個人要經歷很多，其成就是國際、國內、社會、家庭、配偶、朋友、個人等帶來的必然影響和偶然因素疊加的結果，簡單表述為一個統計求和。大師的練成，其實是在這 30 多年中基於正確三觀的選擇，從而對抗隨機擾動的影響，避免向平均值的回歸，而終於脫穎而出，成為統計中的離群值。既然大師是價值體

系下主動選擇造就的，那麼價值體系的健康、正面與否就具有格外重要的意義。有了健康、正面的價值體系，就能有內驅力，練就洞察力，在選擇上就不會隨波逐流。

三、同構與對映

進一步說，金庸小說中描繪的武俠世界和現實生活中的學術共同體可被看作數學上的同構對映關係。我早就感到武俠世界中的武學門派、武林人物、內功修為、外功招式、價值取向等無不與現實世界中的學術世界高度同源。多年以來，我一直想寫一本用金庸小說解讀科學研究學術的書。徐博士的這本書就在讀金庸中建構了科學研究的有趣映像。

我這裡舉幾個書中的例子。（1）很多人在學術成長中會經歷天花板，可能的原因是什麼呢？書中借慕容復的例子給出了一種可能的解釋。慕容復武功總是不能大成，固然有個人天分等方面的原因，其並無真正興趣、汲汲於名利、心思不純乃至於患得患失恐怕是原因之一。（2）在學術成長路上，有時取得極大成就的常常不是最聰明的人，而是特別質樸堅毅、矢志不渝的人。書中借郭靖的例子給出了一種合理的闡發。郭靖功力震古爍今，固然與因緣際會的各種巧合有關，但百折不回、孜孜於簡潔、朝夕不輟，終於融會貫通，可能也是緣由之一。（3）配偶常常對學術路徑有巨大的影響。書中有兩個相關的例子，一個例子是令狐沖受到任盈盈的正面影響而終於笑傲江湖，另一個例子是游坦之遭遇阿紫的不良擺布而身死、為天下笑。

以上幾個例子，其實也是我觀察總結的對成才影響巨大的三個因素，分別是配偶（Spouse）、性格（Character）和興趣（Interest），是我心目中真正的 SCI。

　　事實上，徐博士在本書中用金庸武俠世界建構了更加宏大的學術對映。本書在（即縱篇）中，藉助「天龍」、「射鵰」、「神鵰」、「倚天」4 個時代的武學發展脈絡，演繹了現實學術的高峰與低谷及其背後的原因；在中篇（即橫篇）中，藉助金庸武俠世界的橫剖面，總結了具體學術的影響力、屬性、冷門熱門、有用無用等特點；在下篇（即外篇）中，則藉助金庸小說人物的個體選擇，總結了令人糾結的學術選擇時的經驗和教訓。為了更好地在金庸武俠世界與學術間建立連繫，本書還精心選擇了科學研究史上的事例。這些事例短小精悍，緊扣相關章節主題，輻射遼闊，異彩紛呈。作者在金庸小說武俠世界和學術世界之間建立了同構對映關係，於談笑之間自然揭示學術成長的奧祕。

四、認清與熱愛

　　文學創作高於生活，但來源於生活。金庸武俠小說能在一定程度上反映學術世界的真相。羅曼·羅蘭（Romain Rolland）說：「世界上只有一種英雄主義，就是在認清生活的真相之後依然熱愛生活。」我希望所有聰慧而優秀的學生也具有這樣的英雄主義氣質，能在認清科學研究學術的真實之後，依然熱愛科學研究，這樣的熱愛才是立得住、經得起時間考驗的。

序　從金庸武俠看學術人生

　　如果讀者能透過閱讀本書體悟培養與選擇，實踐同構與對映，收穫認清與熱愛，就是交出了一份合格的考卷。

　　以此與大家共勉！

朱松純

前言　我在頂大講金庸

01　緣起

《阿甘正傳》裡面有句話：「生命就像一盒巧克力，你永遠不知道下一顆是什麼味道。」（「Life is like a box of chocolates that you never know what you're going to get.」）。我沒想到的是，有一天我開到的那顆巧克力上寫著「**去大學講金庸和科學研究**」。但事情就這樣發生了，這也是命運的餽贈，是對堅持自己興趣的人的一種獎勵吧。林宙辰老師發現了我在網路上的文字，對其中用金庸小說解讀科學研究的內容很感興趣，邀請我去北大跟同學們分享。

我用金庸小說解讀科學研究，可以追溯到 2013 年，當時我在科學網上建立了自己的部落格，寫科普文章。2015 年，我建立了自己的粉絲專頁，因為我的專業是細胞生物學，所以命名為 cellstell。2017 年，我創作了第一篇和金庸小說有關的科普文章。2020 年，因為新型冠狀病毒肺炎，在家遠距教學，無法去實驗室工作，有了大量業餘時間，我寫了很多篇科普文章，其中用金庸小說解讀科學研究的文章漸漸形成了一個系列，受到很多讀者的好評。

我進行科普創作的目的，一開始就是覺得好玩，為了滿足自己的科學研究好奇心。《紅樓夢》裡有句話叫「弱水三千，只取一瓢」。我自己的研究領域就是這「一瓢」，可是科學研究領域是「弱水三千」，所以透過

科普能讓自己了解這「弱水三千」，我就很高興。

另外，我也發現，其實科普也能解決自己這「一瓢」裡面的東西，比如，**能解決具體科學研究問題，能拓展自己的科學研究思路，也能促進科學研究傳播**。

科普有助於解決科學研究中的具體問題。為了解決研究中碰到的具體問題，常常需要閱讀大量文獻，在理解前人學術成果的基礎上思考、總結，形成自己的假設，設計實驗。如果能把文獻閱讀的成果和自己的思路寫出來，無疑會加深理解。雖然大多數時候具體科學研究問題的解決止於大腦中的思考，但將有些值得記錄的經歷形成文字，對自己和他人，尤其是沒有相關背景的人，都是一種啟發。

就像金庸小說中一本很出名的書，黃裳的《九陰真經》，就可被看作黃裳在閱讀大量文獻、深度思考後解決具體問題的一本科普著作。《九陰真經》是金庸小說裡面最厲害的武功祕笈之一，是一個叫做黃裳的文官創造的。黃裳閱讀了五千四百八十一卷道藏，心有所感，居然由文入武，學會了一身驚人的武功。後來黃裳奉命去剿滅一個叫做明教的江湖幫派，遇到了很多高手，自己也受到重創，於是黃裳花了四十幾年潛心鑽研，終於寫出《九陰真經》。所以《九陰真經》就是一本解決具體問題的武學著作。為什麼說《九陰真經》也是科普著作呢？因為它被寫出來後，道家的王重陽、周伯通固然能看懂、學會，非道家的黃藥師、歐陽鋒、洪七公，佛門的一燈，古墓派的小龍女、楊過，都是一看就懂、一練就會，甚至基礎不大好的陳玄風、梅超風都憑藉這本著作得了「黑風雙煞」的名號，縱橫江湖。這是科普創作有助於解決具體科學研究問題的例子。

科普創作還能拓展科學研究思路。有時某個發現並不是自己的主業，但是蘊含了未來的趨勢，就值得涉獵、了解進而掌握。比如，2020年熱門的 AlphaFold，既和我的主業——生命科學相關，也和人工智慧相關。Google 的 AlphaFold 能根據胺基酸序列精確預測蛋白質的高級結構，其預測結果甚至和從實驗中得出的相差無幾，這樣的研究在藥物研發等領域有深遠的影響。如果我能迅速掌握，可能就佔有了先機。寫一篇科普文章就能很好地拓展自己的思路。

　　比如，全真派的王重陽在閱讀《九陰真經》後，寫了一本科普著作《重陽遺刻》，拓展了自己的武學思路。南宋時的奇人王重陽文才武功並世無雙，尤其是武功。第一次華山論劍時，王重陽和天下最厲害的四個人比拚了七天七夜，折服這四個人，奪得了武功天下第一的名號，而被他折服的四個人就是東邪、西毒、南帝、北丐。然而，王重陽天下第一是後來的事。第一次華山論劍之前，有幾個人可能比王重陽還要厲害，其中一個人叫林朝英。林朝英是古墓派的創始人，她針對全真派武功研發出的《玉女心經》，每一招都能克制全真派的武功。王重陽百思不得其解，惆悵苦悶。後來他閱讀了《九陰真經》，從中得到啟發，找到了反制《玉女心經》的辦法。於是王重陽選了《九陰真經》中一些可以克制《玉女心經》的招數，寫成科普著作，刻在活死人墓的棺板內側，這就是《重陽遺刻》。為什麼說它是科普著作呢？因為小龍女和楊過讀了居然很快領悟，找到了對抗李莫愁的方法。這就是科普工作拓展自己科學研究思路的例子。

　　科普創作還有一個很重要的功能，就是有助於科學傳播，讓自己的研究產生更廣泛的影響。我們處在一個資訊爆炸的時代，所以「酒香也怕巷子深」，科普傳播異常重要。科普能讓小同行重視自己的工作，讓大

前言　我在頂大講金庸

同行熟悉自己的工作，讓外行了解自己的工作，讓普羅大眾看到自己的工作，讓優秀的學生感興趣並參與自己的工作。

金庸小說中的一本奇書《辟邪劍譜》就是科普創作促進科學傳播的例子。《辟邪劍譜》來自《葵花寶典》。《葵花寶典》是前朝宦官所著，流傳了三百多年，最終落到福建莆田少林寺紅葉禪師手裡，始終默默無聞。但是，當紅葉禪師的徒弟林遠圖完成《葵花寶典》的科普簡化版──《辟邪劍譜》後，其流傳度遠遠超過原本《葵花寶典》。這說明專業的科學研究文章雖然很有價值，但由於艱澀難懂而導致曲高和寡；而科普文章的效果就是簡化後用大眾能理解的語言重新闡釋，反而可以達到更好的推廣作用。這是科普創作有助於學術傳播的例子。

後來我慢慢發現，以金庸小說為題材的科普創作完全可以解決上述幾類問題。2017 年，我讀到 Nature 上的一篇關於人際合作的論文──〈*Locally Noisy Autonomous Agents Improve Global Human Coordination in Network Experiments*〉，很感興趣。這篇文章的結論很有趣，就是**局部的干擾能促進整體合作**。然而這篇論文內容很晦澀難懂，怎麼科普一下呢？我偶然想到天罡北斗陣的故事。

天罡北斗陣是金庸小說《射鵰英雄傳》、《神鵰俠侶》中的一種陣法。金庸小說中的陣法還真不少，除天罡北斗陣外，還有：二人陣，如《神鵰俠侶》裡林朝英、王重陽的玉女素心劍法；三人陣，如《倚天屠龍記》裡少林寺三僧的金剛伏魔圈；四人陣，如《倚天屠龍記》裡崑崙派的正兩儀劍法和華山派的反兩儀刀法；五人陣，如《碧血劍》裡溫氏五老的五行陣；六人陣呢？《笑傲江湖》裡的桃谷六仙組合勉強算是；七人陣還有《倚天屠龍記》裡張三丰的真武七截陣；還有更誇張的，如《神鵰俠侶》裡絕

情谷主自創的由十六個人施展的漁網陣，以及《神鵰俠侶》裡全真三代開發出來的近百人組成的超級陣法——天罡北斗陣。所有陣法的特點，用數學來描述，就是 n 個 1 相加之和遠大於 n。這些陣法中最有名的恐怕是王重陽傳給全真七子的天罡北斗陣。

第一次華山論劍時，王重陽天下第一。王重陽如此厲害，他的七個徒弟，也就是全真七子，卻不是武學高手。王重陽垂垂老矣，為了不讓徒弟在自己死後受人（主要是歐陽鋒）欺負，他想到了一個辦法，就是讓七個徒弟排練一種陣法，產生 7 個 1 相加遠大於 7 的效果，以克制歐陽鋒，這就是天罡北斗陣的由來。

我覺得天罡北斗陣就是人際合作。用天罡北斗陣作為切入點，可以很好地理解 Nature 上的這篇論文。這就是我的第一篇科學研究和金庸小說結合的文章的由來，這也是用金庸小說拓展科學研究思路、促進學術傳播的例子。

在這樣的寫作過程中，我還發現科學研究和金庸小說中的武功有很多共性。科學研究（scientific research）一般是指利用科學研究手段和裝備，為了認知客觀事物的內在本質和運動規律而進行的調查研究、實驗、試製等一系列活動，這些活動可以為創造發明新產品和新技術提供理論依據。這個定義套在武功上似乎也成立。武功也是利用手段（如裘千仞的鐵砂）和裝備（如楊過在古墓中睡過的寒玉床），為了理解客觀事物（主要是物理和身體）的內在本質和運動規律而進行的調查研究（如黃裳閱讀道藏）、實驗（如梅超風用人頭骨練習九陰白骨爪）、試製（如段譽吸取別人內力）等一系列活動，為創造發明新產品（如歐陽鋒的靈蛇拳）和新技術（如周伯通的雙手互搏）提供理論依據。科學研究和金庸小說武功的共性意味著用金庸小說解讀科學研究簡直再合適不過了。

不僅如此，金庸小說還能解決科學研究中一些深層次的問題，比如為什麼要做科學研究，做什麼樣的科學研究，怎樣做科學研究，等等。這些深層次的問題，在具體的學術文獻中常常找不到答案。對這些問題的回答，需要閱歷、見識、氣質、品味等很多東西。這些問題，也不是一時一地就能解決的。但是，越早對這些問題有思考、有答案，對於個體一生的科學研究成就影響就越大。回答這些問題需要的閱歷、見識、氣質、品味以至於人生觀、世界觀等，金庸小說完全具備，並且極其精采而優秀。

在去大學作講座之前，本書系列寫了近 40 篇，約 15 萬字。在講座之後，兼任兩間頂尖大學講座教授、通用人工智慧研究院院長、頂尖大學智慧學院院長、頂尖大學人工智慧研究院院長的朱松純對我的講座很感興趣，並建議我寫一本書。事實上，在朱老師建議寫書前就有很多讀者提過類似的建議，甚至提過可能的書名，如《金庸世界平行科學研究宇宙》、《學術真經》等，但我從未深入想過這個問題。朱老師的鄭重提議打動了我。這就是本書的緣起。

02　內容：從編年體到紀傳體

我在真正開始寫作本書之後，才發現書的寫作和網路文章的創作是很不一樣的。社群貼文的內容常常是碎片化的，即使一篇長文，也無法容納系統性的內容；書則是系統性的，具有自己的體系。社群貼文是注重時效性的，所以常常有所謂的「蹭熱度」；書則是可以相對長久保留的，時效不明顯。社群貼文常常是閱後即棄的，雖然可以反芻，但很少有人那麼做；書則是可以反覆咀嚼的。社群貼文常常為了流量而犧牲自

我，捨己從人；書則有更多的堅守，推己及人。社群貼文像煙花，雖然絢爛奪目，但轉眼成空；書則像繁星，雖然在暗夜中若隱若現，卻可能穿越時空的長河，流傳久遠。

　　我想系統化地傳播我的想法，我不想讓自己的文字被瞬間遺忘而只得到流量，我想更多地傳達出一個普通人的獨特體驗。尤其是，儘管社群媒體有連續閱讀功能，但是我的新文字似乎只是在原有系列上的簡單增加，就像一個人吃了新東西，似乎只是變胖了，沒有更健壯，這種體驗降低了我更新社群媒體的動力。於是，我投入更多的精力開始撰寫本書。

　　本書和我以前在網路上發表的文章最大的不同是建立了自己的體系、架構。

　　本書的上篇是經線，以金庸小說中連續性最強的「天射神倚」為主。朱松純老師給我的建議是：「目前的思路有點散，需要形成體系、架構。建議擬定量化的維度（座標系），把人物的性格、志向和門派的武功屬性對映到這個空間中。這個空間就構成了金庸的武俠世界，然後，一些人的軌跡就可以初步展現、視覺化。」我想到的體系、架構就是「天射神倚」這4部，其中又以「射鵰」最有代表性。「射鵰」從王重陽第一次華山論劍開始，到郭靖第二次華山論劍結束，具有金庸小說中最活躍的武學創造，如黃、歐、段、洪四絕大都有自己的發明；最多姿多彩的武學人物，甚至包括瑛姑、歐陽克等次要人物；尤其是最強大的科學研究隱喻：第一次華山論劍時王重陽的科學研究布局，第二次華山論劍時郭靖的堅守，乃至第三次華山論劍時楊過的傳續以及張君寶、郭襄的肇始新學。「射鵰」上承「天龍」，下啟「神鵰」、「倚天」以至「笑傲」，能形成一條明確而又富於啟迪意義的邏輯鏈條。本書中的內容有很大一部

分來自「射鵰」，但向前輻射到「天龍」，向後延伸到「神鵰」、「倚天」。「天龍」時代在我看來武學表面繁榮但危機重重；前「射鵰」時代則異彩紛呈，如中國的戰國時代百家爭鳴；「射鵰」時代格局齊備，群星閃耀；「神鵰」時代又因為武學一統而隱隱浮現危機；「倚天」時代則找到了新的武學方向。基於這樣的考慮，本書分為「『天龍』的烏雲」、「前『射鵰』的彩霞」、「『射鵰』的碧空」、「『神鵰』的霏雨」、「『倚天』的和風」5編。

　　如果說金庸小說類似史書中的編年體，那麼本書可以說更像史書中的紀傳體。我從科學研究的角度看待金庸小說中的人物，從中提煉出對有志於科學研究學術者的一點啟發。為此，對於每一個人物，我回顧其一生，理出其武功發展脈絡，找到其中的學術邏輯，提煉出可供借鑑之處，啟迪科學研究。甚至對於那些反面人物，除了作為反面教材引以為戒以外，我也盡量找到他們身上的亮點，如裘千仞的定力等。

　　在用紀傳體對金庸小說中的人物的武功進行分析的時候，我會突出學術，淡化個人情感等必然因素和際遇等偶然因素。這樣做當然有缺陷，但我也發現這種淡化會突出金庸小說中的人物的武學追求這個點，而不會失去內在邏輯支撐，所以有時這種處理反倒會帶來一種趣味。比如寫歐陽克這個人物的時候，我突出了他因武學成績和聲望低於預期而懊悔的心態。

　　本書的中篇是緯線，主要是從橫向上比較金庸小說中的人物、武功、門派，以啟迪科學研究。其中，對於金庸小說中的人物主要從個體角度談動機、品味等對科學研究有影響的因素，對於金庸小說中的武功主要從學術發現角度談科學研究的影響力、冷門熱門、有用無用等維度，對於金庸小說中的門派從群體角度談一個群體的學術生態。

本書的下篇主要談了個體選擇對於武學發展的影響。在眾多選擇中，家國情懷是價值觀中非常重要的一種，對武學發展有極大影響，也是金庸小說中最打動人心的地方之一。我選擇了若干人物，闡發家國觀念對武學發展的影響，這一編就叫「俠客」；科學研究方向選擇，尤其是師承，對一個人的學術成長至關重要，所以我評析了若干選對和選錯導師的金庸小說中的人物，我希望用這樣饒有趣味的主題吸引讀者。

03　本書的特色

本書最大的特色是，針對金庸小說中的內容，尤其是一些不合理之處，根據我自己的理解和想像，架設了基本邏輯主線，即學術，從而達到啟迪科學研究的目的。這樣做或許也有助於解除長久以來大家對金庸小說某些矛盾的疑惑。比如，鳩摩智武藝高強，但為何不敢承認自己練習的是小無相功？慕容復武功遠不如喬峰（後恢復本名蕭峰），為什麼卻會和喬峰齊名？到底誰創造了《九陽真經》？《九陰真經》是實至名歸還是名不副實？《九陰真經》和《葵花寶典》之間是什麼關係？丘處機和江南七怪的十八年賭約僅是為了撫養英雄後人嗎？華山論劍有多麼競爭？郭襄為什麼沒有繼承父母和長輩的武功？宋青書為什麼殺死莫聲谷？對於這些問題，我都一一給出了指向學術目標的解答。這種做法或許可以概括為**致廣大而盡精微，極高明而道金庸**。

本書的第二個特色是涉及特別多的詩詞歌賦。這是我本人的個人喜好，我想這也和金庸先生的創作風格一致。

前言　我在頂大講金庸

04　本書可能對哪些人有吸引力

我原來覺得本書只能吸引金庸小說愛好者和有志於科學研究者的交集。當然，即使如此我也並不失望，因為我慢慢意識到，這個交集的數量可能不大，而品質卻可能極高。我被大學和研究院邀請去作講座就說明了這一點。

後來透過對一些術語的篩選，使本書更通俗了，似乎可以做到吸引金庸小說愛好者和有志於科學研究者（專業研究人員、研究生、大學生、高中生）的並集。本書對金庸粉絲來說，是從學術角度解讀金庸小說；而對有志於學術的人來說，則是用金庸小說解讀學術。

05　一些說明

本書中涉及的金庸小說內容全部來自流傳最廣的修訂版。金庸先生的小說分為舊版（1956 — 1970 年，最初的報紙連載版、朗聲舊版）、修訂版（1980 年，三聯版）、新修版（2003 — 2006 年，廣州出版社和花城出版社聯合出版）。其中，修訂版影響最大，是多數人接觸的版本；新修版則增添了一些內容，如《九陽真經》是無名僧和王重陽鬥酒之後參閱《九陰真經》而創出來的，又如黃藥師和梅超風的戀情。本書的目的僅是以金庸小說為渡船，到達科學研究彼岸，所以採用的是流傳最廣、影響最大的修訂版，而對舊版和新修版的內容並不採納。比如，對新修版的無名僧創《九陽真經》的說法本書並不採納，而我自己則給出了《九陽真經》的來歷的推斷。

本書有自己的時間線，所有對時間和年代的推算都選擇最簡單的方式，也就是基於金庸小說中涉及的真實歷史事件、人物推算。比如，「天龍」時間按照蕭峰遇到的耶律洪基的年齡推算，「射鵰」按照郭靖出生時在位的宋寧宗慶元紀年推算，「神鵰」按照楊過擊斃蒙哥的時間推算，「倚天」按照常遇春的年齡推算，等等。網上有各種演算法，但常常尋章摘句，過於瑣碎複雜，本書一般不予採納。本書的這種推算可能在金庸不同小說間有牴牾，但本書的目的並不是梳理一條精準的金庸小說年表，所以對這些瑕疵不進行推究。

　　本書有「注」和「附」。「注」主要是一些需要進一步說明的內容，同相關章節關聯緊密，如時間考證等；「附」則是相關內容在科學研究學術上的投影，同相關章節的連繫常需要點出，因此在目錄中列出了「附」。

　　本書中的引用全部來自權威資源。例如，關於歷史的部分來自二十四史，關於科學的部分來自權威期刊的學術論文，所有的引用都注明了出處。

　　最後，我要感謝以下諸位學者。

　　再次感謝朱松純老師。朱老師不但提議我完成本書，而且在我的整個寫作過程中提供了具體的建議和切實的幫助。

　　感謝林宙辰老師。是林宙辰老師「發現」了我，讓我有機會完成這樣一本有趣的書。

　　感謝物理研究所的邢志忠老師。邢老師鼓勵我寫作本書，幫我寫了熱情洋溢、才思縱橫的推薦文章。

徐鑫

前言　我在頂大講金庸

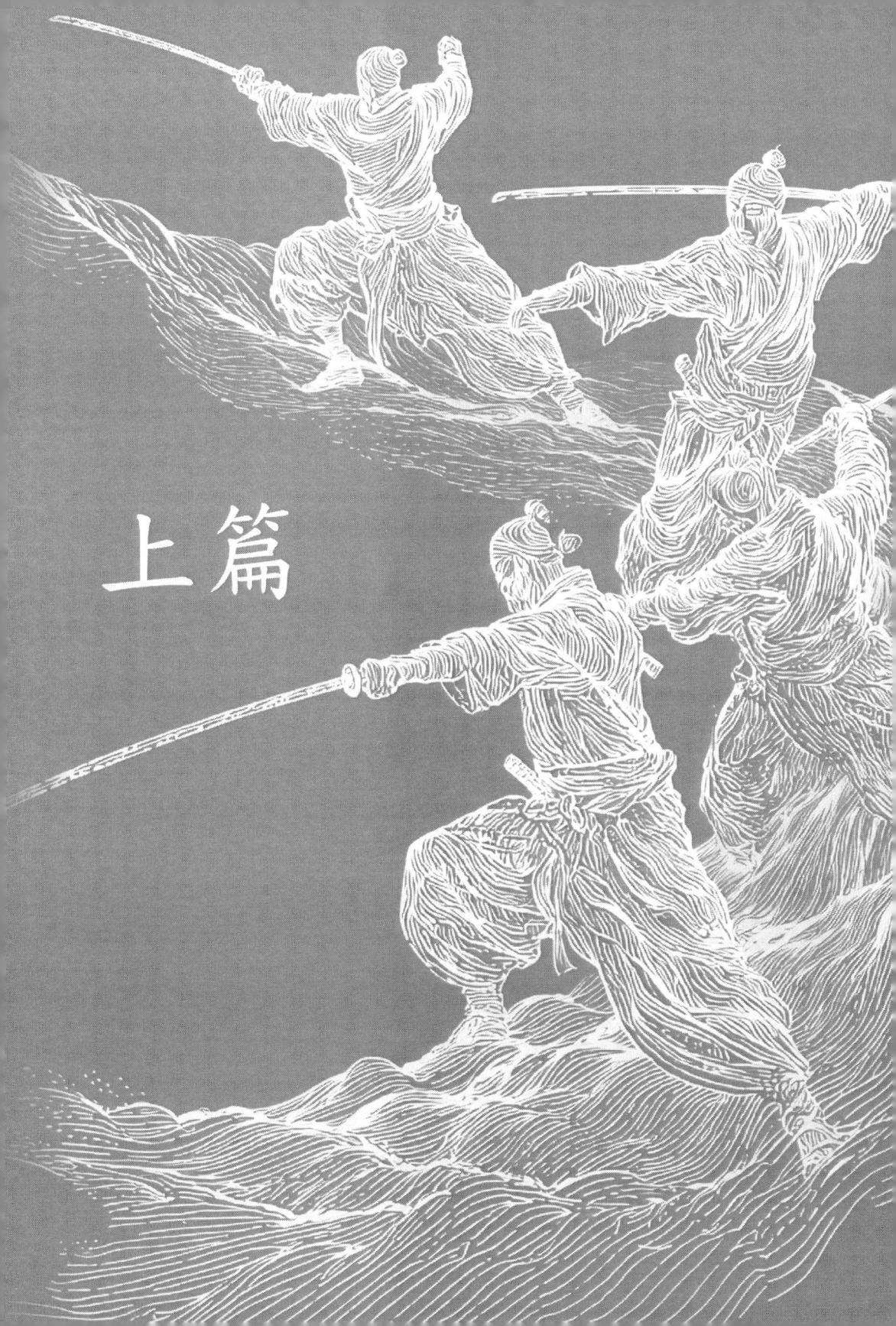

上篇

第一編　「天龍」的烏雲

引子：為什麼我們總是培養不出傑出人才

金庸小說《天龍八部》發生在一個在武學上充滿矛盾的時代。

一方面，「天龍」裡面有金庸小說中數量最為龐大又極具創造力的武功：「天龍」武功數量位居金庸小說之冠，多達 83 種，遠超第二名《倚天屠龍記》的 55 種、第三名《射鵰英雄傳》的 51 種以及第四名《笑傲江湖》的 46 種（數字可能略有出入）；「天龍」武功創造力很強，如逍遙派的北冥神功、凌波微步、小無相功、八荒六合唯我獨尊功，大理段氏的六脈神劍，丐幫幫主喬峰的擒龍功，姑蘇慕容的斗轉星移，都是天下絕學。

另一方面，「天龍」諸俠的武功大都得之不正，而且有繼承、無發明。比如，除了喬峰外，段譽的武功得自吸取他人內力，虛竹的武功得自無崖子等人內力的直接補給，游坦之的武功得自《易筋經》和冰蠶的毒性。喬峰、段譽、虛竹作為「天龍」三駕馬車，沒有創造一門武功。

這種矛盾造成了「天龍」時代武學天空中的兩團烏雲：一是如何獲得超人的內力；二是如何創出驚人的武功招式。這兩個問題，「天龍」人沒有答案。

有子孫，有田園，家風半讀半耕，但以箕裘承祖澤；
無官守，無言責，世事不聞不問，且將艱鉅付爾曹。

這副對聯很好地描述了「天龍」人的武學追求：向上箕裘承祖澤，向下艱辛付爾曹。大多數「天龍」人，如鳩摩智、慕容復、丁春秋等，或為職位，或為名氣，或為自尊，都在吃老本，幾乎沒有人去啃武學硬骨頭。

所以才有「天龍」無冕之王 —— 掃地僧的武學之問：「**為什麼我們總是培養不出傑出人才？**」而答案則在風中飄搖。還需要等很多年的時間，才有幾個人聆聽了「天龍」先賢的問詢，並各自給出了答案。

注：「有子孫……無官守……」對聯的出處

這副對聯為曾國藩的父親曾麟書於咸豐四年（西元 1854 年）正月所撰。見《唐浩明評點曾國藩家書》上卷第一篇〈評點：破天荒題翰林〉。

1　掃地僧之問

為什麼我們總是培養不出傑出人才？

—— 掃地僧

時間：北宋神宗熙寧十年（西元 1077 年）。

地點：少林寺藏經閣。

人物：蕭峰、蕭遠山、慕容復、慕容博、鳩摩智、神山、哲羅星、波羅星、少林眾僧。

熙寧十年，四十二歲的蘇軾在徐州寫下了〈陽關詞・中秋月〉：

暮雲收盡溢清寒，

銀漢無聲轉玉盤。

此生此夜不長好，

明月明年何處看。

這首詞描寫的景色，恰好也隱喻了「天龍」時代武學的現狀：暮雲收盡，一片清寒。在天龍表面繁盛的武學背後，是冉冉升起的巨大陰影。「不長好」、「何處看」恰恰是距徐州四百多公里外的少林寺藏經閣中，掃

上篇

地僧之問的背景。

當時蕭峰、蕭遠山、慕容復、慕容博、鳩摩智正為武學動機而爭執不休。蕭峰傾吐肺腑，他憑不世出的武學加入大遼，不是為了個人私利：

「我對大遼盡忠報國，是在保土安民，而不是為了一己的榮華富貴，因而殺人取地、建立功業。」

《天龍八部》第四十三章「王霸雄圖，血海深恨，盡歸塵土」

就是這句話，引出了蟄伏在少林寺藏經閣中的武學無冕之王——掃地僧。掃地僧先是肯定了蕭峰的觀念，接下來一一歷數了蕭遠山、慕容博、天竺僧波羅星來少林寺藏經閣竊取武學祕笈的過往。比如，蕭遠山入藏經閣偷閱的依次是《無相劫指》、《般若掌》、《伏魔杖法》；慕容博入藏經閣先偷閱《拈花指》，後來更抄錄少林七十二絕技副本。掃地僧還看出了鳩摩智在偷偷研習《易筋經》。

掃地僧接下來提出了自己的武學觀：慈悲仁善。武學對內為了滿足自身的追求、強身健體，對外為了懲惡揚善、利國利民、護法伏魔。武學是一把雙刃劍，既能行善，也能作惡，所謂「身懷利器，殺心自起」，所以要注意降伏心魔，要有慈悲仁善的念頭。如果武學中沒有慈悲仁善的利他念頭，只以利己的武林至尊地位為目標，慢慢就會傷害自身。在武學中，越是重大、重要的武功，如果沒有慈悲之念的話，帶來的傷害就越大。這是因為，越是重大、重要的武學所涉及的名、利、權勢就越大。就像拈花指等上乘武功，如果沒有慈悲仁善，戾氣會越來越大。武學求普利世人，但很多人練武求成名獲利，兩者即使不是背道而馳，也常相互克制。只有懷著濟世救人之心志和慈悲仁善之念，習武才值得推崇。

掃地僧還認為，「武學障」常常是學武之人的巨大障礙。大多數武學

都花費人力、物力、時間、金錢無數,往往「凌厲狠辣,大干天和」,因此每項武學都須有相匹配的普利眾生的價值以求化解,這個道理練武之人都懂。只是一般人練了幾門武功,取得一些成果、名氣、地位之後,在武學真理上的領悟常常會遇到障礙。佛教有所謂的「知見障」,武林則有所謂的「武學障」。

掃地僧對武學基礎更重視。他認為,大多數武學包含體和用。「『體』為內力本體,『用』為運用法門」,也就是武學的基礎研究和技術應用。這兩者需要匹配,沒有基礎研究的技術應用是不會長久的,而且可能反噬自身。

掃地僧最後丟擲自己的質問:「此後更無一位高僧能並通諸般武功,卻是何故?」也就是:**為什麼我們總是培養不出傑出人才?**

掃地僧之問其實指出了「天龍」時代的武學現狀:天資極高者缺少慈悲仁善,天資中等者有武學障,天資一般者不重視基礎、急功近利。雖然也有例外,如蕭峰就是天資極高而又有博大胸懷的人物,段譽就是天資中等卻從不執著於武功高低的人物,虛竹就是天資一般但具有雄厚基礎的人物。但更多的情況是:無崖子、丁春秋、鳩摩智等人都是天資極高的人物,卻將巧取豪奪看作逍遙,沒有濟世救人的寬廣胸懷;慕容復等人是天資中等者,但是執著於武功廣博、聲名遠播,無法自拔;大多數學武之人注重招數,但是沒有雄厚基礎,即內力。

其中天資極高者缺少慈悲仁善的問題很嚴重,比如逍遙派巧取豪奪的惡果遠比想像的要大:

原來這「瑯嬛福地」是個極大的石洞,比之外面的石室大了數倍,洞中一排排列滿木製書架,可是架上卻空洞洞地連一本書冊也無。他持燭走近,見書架上貼滿了籤條,盡是「崑崙派」、「少林派」、「四川青城

派」、「山東蓬萊派」等等名稱，其中赫然也有「大理段氏」的籤條。但在「少林派」的籤條下注「缺易筋經」，在「丐幫」的籤條下注「缺降龍十八掌」，在「大理段氏」的籤條下注「缺一陽指法、六脈神劍劍法，憾甚」的字樣。

《天龍八部》第二章「玉壁月華明」

逍遙派的武學霸權影響深遠，一定程度上導致了「天龍」時代武學的停滯不前。大理段氏面對鳩摩智的武功交換提議果斷拒絕，甚至不惜毀掉六脈神劍劍譜；蓬萊派和青城派世代仇殺，老死不相往來。但是，受影響最大的是雁門關事件。

三十餘年前，慕容博假傳消息，說契丹人要來少林寺搶奪武學典籍，才有了少林寺玄慈帶領丐幫汪劍通等人在雁門關阻擊蕭遠山事件。推本溯源，恐怕是逍遙派對各大幫派尤其是少林、丐幫的巧取豪奪留下了極不好的印象，才釀成了雁門關的悲劇。

那麼，掃地僧之問僅是一聲嘆息，還是在質問中尚懷著希望？可能是後者。面對「天龍」時代的科學研究烏雲：天資極高者缺少慈悲仁善，天資中等者有武學障，天資一般者不重視基礎、急功近利，掃地僧絕不僅在少林寺向蕭峰等隨緣說法，他也身體力行，書寫《九陽真經》，並極大地影響了「天龍」時代以後的武學發展方向（後文詳述）。掃地僧丟擲了問題，也給出了答案，可能本著不憤不啟、不悱不發的考慮，掃地僧沒有將答案輕易示人，就像習題的答案並不直接在題下面給出一樣。

掃地僧的武學之問在武林久久迴響。

注：蕭峰攜燕雲十八騎大鬧少林寺時間考

蕭峰遇到遼國國主耶律洪基時是西元1076年：

「甚好,甚好,在下蕭峰,今年三十一歲。尊兄貴庚?」那人笑道:「在下耶律基,卻比恩公大了一十三歲。」蕭峰道:「兄長如何還稱小弟為恩公?你是大哥,受我一拜。」說著便拜了下去。耶律基急忙還禮。

《天龍八部》第二十六章「赤手屠熊搏虎」

遼道宗耶律洪基生於 1032 年,遇到蕭峰時是 31+13=44 歲,所以當年是 1032+44=1076 年。蕭峰攜燕雲十八騎大鬧少林寺推測發生在次年,即 1077 年。

2 鳩摩智的職位

小舟從此逝,江海寄餘生。

—— 鳩摩智

掃地僧之問對鳩摩智沒有帶來立竿見影的效果。冰凍三尺非一日之寒,鳩摩智汲汲於功名多年,而且才高、自負,怎麼可能因為一番話就幡然醒悟呢?

鳩摩智在《天龍八部》剛出場時,從段譽的角度看,十分帥氣:「不到五十歲年紀,布衣芒鞋,臉上神采飛揚,隱隱似有寶光流動,便如是明珠寶玉,自然生輝」。環顧金庸武俠世界,以帥氣著稱的黃藥師也不過如此。黃藥師出場時也只不過十六個字:「形相清臞,豐姿雋爽,蕭疏軒舉,湛然若神」。

鳩摩智遠不止如此,始於外表,終於才華。他文才武功,威震西域,是西域武學領域最耀眼的一顆星。他的絕技火焰刀似乎縱橫吐蕃未遇敵手。

從形象、武學才華等來看,鳩摩智難道不應該擁有「布衣芒鞋輕勝

馬，一蓑煙雨任平生」的豁達人生嗎？事實卻不是如此。

鳩摩智佛法通達，聲譽馳於西域，但是在職位上有小小遺憾。

鳩摩智有三個頭銜：大雪山大輪寺釋子、吐蕃護法國師、明王。大輪寺釋子是工作職位，吐蕃護法國師是榮譽稱號，明王則是修為的美譽。所謂明王，據丁福保《佛學大辭典》：「明者光明之義，以智慧而名，有以智力摧破一切魔障之威德，故云明王。」

鳩摩智在佛法修為和榮譽上已經登峰造極：

保定帝素知大輪明王鳩摩智是吐蕃國的護國法王，但只聽說他具大智慧，精通佛法，每隔五年，開壇講經說法，西域天竺各地的高僧大德，雲集大雪山大輪寺，執經問難，研討內典，聞法既畢，無不歡喜讚嘆而去。

《天龍八部》第十章「劍氣碧煙橫」

然而，雖然有護法國師、明王稱號，但是在職位上，鳩摩智只是大雪山大輪寺釋子。比如，他在給天龍寺諸僧的信的落款是「大雪山大輪寺釋子鳩摩智合十百拜」。相比之下，少林寺的玄慈在發英雄帖時的落款是「少林寺住持玄慈，合十恭請天下英雄」。在面對天龍寺諸僧這麼重要的場合自稱釋子，絕對不是謙遜。這樣看來，鳩摩智並不是大輪寺的住持。

所以，在吐蕃，鳩摩智空有人望，實際地位遠遠稱不上超然：

鳩摩智笑道：「哪一個想跟我們小王子爭做駙馬，我們便一個個將他料理了。」

《天龍八部》第四十五章「枯井底，汙泥處」

在西夏公主招駙馬時，鳩摩智為了保證吐蕃國小王子必勝，在路口堵截天下英雄。堂堂吐蕃護法國師、明王，五年開壇說法一次的鳩摩

智，居然還要憑自己的武學修為去做吐蕃國的打手。而且，當時鳩摩智已經遭自身各種武功的反噬，苦不堪言，但他還是不敢違拗上命，仍然要咬牙堅持。這就是鳩摩智的職位處境。

因此，鳩摩智的中原之旅是靠武學突破職場天花板之旅。鳩摩智佛法如此高深，既是護法國師，又是明王，但依然只是大輪寺的釋子，所以在佛法上再求突破也不會有更好的結果。外來的和尚好唸經，最好的方法，就是到中原去靠武功打破僵局。當然，能讓鳩摩智在職位上提升的武功必須是佛門的武功，這叫名正言順。

鳩摩智的中原之旅去的主要地方就是寺院，這也能看出鳩摩智的職位野心。概括起來，鳩摩智在兩座佛寺燒了兩把火。

第一把火，天龍寺的煙火。

鳩摩智第一次覬覦的是大理段氏的六脈神劍。

大理段氏以佛教為國教，鳩摩智若能夠學會段氏的六脈神劍，也足以突破自己的天花板。而且，還有個好處，就是大理和吐蕃不遠，這樣鳩摩智很快就能獲得巨大聲名，也就不用走太遠的路了。

當然鳩摩智一開始並不知道六脈神劍，直到他遇見了慕容博。鳩摩智從青藏高原走來，第一站是四川，在那裡他遇見了慕容博。

鳩摩智嘆道：「我和你家老爺當年在川邊相識，談論武功，彼此佩服，結成了好友。」

《天龍八部》第十一章「向來痴」

慕容博向鳩摩智指出兩個方向——六脈神劍和《易筋經》，這成了鳩摩智一生的追求：

上篇

少林派《易筋經》與天龍寺六脈神劍齊名，慕容博曾稱之為武學中至高無上的兩大瑰寶。

《天龍八部》第四十三章「王霸雄圖，血海深恨，盡歸塵土」

需要說明的是，鳩摩智此時已經掌握了小無相功。在天龍寺，鳩摩智就施展了拈花指、多羅葉指、無相劫指，而這些實際上都是以小無相功驅動的，只不過當時天龍寺諸僧並未識破；而後來在少林寺，虛竹、掃地僧先後指出這實際上是小無相功。

鳩摩智的小無相功恐怕也是得自慕容博，因為在天龍寺鳩摩智特別提到「又得慕容先生慨贈上乘武學祕笈」，這裡的上乘祕笈可能就是小無相功。

然而，小無相功是道家武功，對鳩摩智的職業成長的作用有限。所以鳩摩智還是要得到六脈神劍或者《易筋經》，得一即可傲視武林。

鳩摩智當然知道從天龍寺搶奪六脈神劍是虎口奪食，並不容易。所以他做了充分的準備，比如花了九年時間練習火焰刀：

小僧閉關修習這「火焰刀」功夫，九年來足不出戶，不克前往大理。小僧的「火焰刀」功夫要是練不成功，這次便不能全身而出天龍寺了。

《天龍八部》第十一章「向來癡」

火焰刀威力不低，但名氣尤其是佛教屬性同樣不如六脈神劍和《易筋經》。

鳩摩智甚至準備了黃金信箋，上刻白金梵文。也就是說，鳩摩智為了得到六脈神劍，軟硬兩方面都是做了周全的準備。

然而，在鳩摩智的火焰刀和天龍寺諸僧的六脈神劍交織的煙火裡，鳩摩智最終敗於老謀深算的枯榮，無法得到劍譜。當然鳩摩智搶到了

「活劍譜」段譽，但是不能讓死心眼的段譽就範，最後還讓段譽跑了。

鳩摩智耗去九年時間，大費周章，其背後的動機就是透過大理段氏的佛門武功提高自己的職位。然而他的努力泡湯了，於是鳩摩智想到了慕容博提到的另一本書——《易筋經》。

第二把火，少林寺的煙火。

如果說鳩摩智的天龍寺之行是以奪經為主，那麼他的少林寺之行則主要是為了秀經。

當時鳩摩智已經從游坦之手裡得到了《易筋經》。但是，對鳩摩智而言，重要的不是自己掌握了《易筋經》，而是要讓別人相信自己掌握了《易筋經》，前者並不是後者的必要條件。天龍寺眾僧雖然相信鳩摩智會拈花指等，但如果在少林寺得到認可，那鳩摩智的目的就達到了，他完全可以凱旋回吐蕃了。

如果在天下英雄面前，以少林武功折服少林寺僧人，鳩摩智的中原之行就完美收官了。所以鳩摩智來到少林寺大炫武技，先後使用了玄生擅長的大金剛掌、般若掌、摩訶指，玄慈擅長的袈裟伏魔功，以及玄渡擅長的拈花指。

鳩摩智幾乎成功了：

群僧都知鳩摩智是吐蕃國的護國法師，敕封大輪明王，每隔五年，便在大雪山大輪寺開壇，講經說法，四方高僧居士雲集聆聽，執經問難，無不讚嘆。他是佛門中天下知名的高僧，所使的如何會不是佛門武功？

《天龍八部》第四十章「卻試問，幾時把痴心」

如果真的如此，少林寺的競技場也將是鳩摩智聲名大振的煙火場。

然而，虛竹的出現打破了鳩摩智的如意算盤，最終鳩摩智的真實武功被虛竹和掃地僧先後識破。

在這個時候，鳩摩智就必須真的掌握《易筋經》了。所以，明明武功很高，擅長火焰刀、小無相功，可是在少林寺被揭露後，鳩摩智只能硬碰硬《易筋經》了。

鳩摩智的命運並不是孤例。多年以後的金輪法王一樣有職場壓力，他貴為蒙古第一國師，卻還是要奪取蒙古第一勇士的稱號，同楊過、瀟湘子、尹克西等人競爭。但金輪法王一直修練的是佛教色彩濃厚的龍象般若功，所以更有定力。

掃地僧的勸勉在不久後發生作用。鳩摩智因練習多門武功走火入魔，最終放棄了所有因武學而得來的職位，不再糾結大輪寺釋子、吐蕃護法國師，而專注於佛學修為，終成一代高僧：

鳩摩智道：「我是要回到所來之處，卻不一定是吐蕃國。」

鳩摩智微微笑道：「老衲今後行止無定，隨遇而安，心安樂處，便是身安樂處。」

《天龍八部》第四十六章「酒罷問君三語」

料峭春風吹酒醒，微冷，山頭斜照卻相迎。

回首向來蕭瑟處，歸去，也無風雨也無晴。

附：科學研究中的彼得原理

勞倫斯‧彼得（Laurence J. Peter，1919 － 1990）在 1969 年出版的《彼得原理》（*The Peter Principle*）一度是暢銷書。這本書在成為暢銷書之前，被多達 30 個出版商拒絕，但最終賣了超過 800 萬冊，並被翻譯

成 38 種語言。彼得原理的簡單描述是：在一個組織中，每一個僱員最終會上升到他不能勝任的位置（in a hierarchy, every employee tends to rise to his level of incompetence）。科學研究活動中是不是也有符合彼得原理的現象？這是一個值得深思的問題。

3　慕容復的名氣

才過德者不祥，名過實者有殃。

—— 慕容復

聆聽掃地僧之問的人中，心裡最虛的是姑蘇慕容氏的少主慕容復，他擔心的是自己的名氣。

慕容復同丐幫幫主喬峰齊名，號稱「北喬峰，南慕容」，是「天龍」時代武學雙子星。

然而，慕容復的名氣有很多疑點。

王夫人道：「『南慕容，北喬峰』名頭倒著實響亮得緊。可是一個慕容復，再加上個鄧百川，到少林寺去討得了好嗎？當真是不自量力。」

《天龍八部》第十一章「向來痴」

說出這個懷疑的不是別人，是慕容復的姑姑兼鄰居王夫人。而且王夫人懷疑的似乎主要是慕容復，沒有涉及喬峰。

那麼這個時候喬峰都做了什麼事呢？

白世鏡朗聲道：「眾位兄弟，喬幫主繼任上代汪幫主為本幫首領，並非巧取豪奪，用什麼不正當手段而得此位。當年汪幫主試了他三大難題，命他為本幫立七大功勞，這才以打狗棒相授。那一年泰山大會，本幫受人圍攻，處境十分兇險，全仗喬幫主連創九名強敵，丐幫這才轉危

上篇

為安,這裡許多兄弟都是親眼得見。這八年來本幫聲譽日隆,人人均知是喬幫主主持之功。」

《天龍八部》第十五章「杏子林中,商略平生意」

也就是說,杏子林中的喬峰,當時已經攻克三大難題,立下七大功勞,挫敗九大強敵,帶領丐幫八年享有卓著聲譽。可見,喬峰的名氣不是吹出來的,是一步步打拚出來的。喬峰的武學成就是與他的名氣相稱的。

相比之下,慕容復出場前做過什麼事呢?書中沒有記載。唯一的間接介紹來自王語嫣:

不料王語嫣一言不發,對喬峰這手奇功宛如視而不見,原來她正自出神:「這位喬幫主武功如此了得,我表哥跟他齊名,江湖上有道是『北喬峰,南慕容』,可是……可是我表哥的武功,怎能……怎能……」

《天龍八部》第十五章「杏子林中,商略平生意」

王語嫣不敢往下想,很明顯是慕容復的實力比喬峰差太多了。喬峰只是顯露了一下自己的擒龍功,就把王語嫣驚呆了。別忘了,王語嫣號稱「人形武學圖書館」,閱讀武學文獻無數,而且能夠融會貫通。王語嫣的反應說明了慕容復是完全無法和喬峰相比的。

從慕容復出場後的表現也看得出來,他是名不副實的。慕容復一共出場五次。

第一次,假扮西夏武士李延宗,在磨坊中狙擊剛學會凌波微步的段譽。戰績如何呢?

王語嫣道:「適才你使了青海玉樹派那一招『大漠飛沙』之後,段公子快步而過,你若使太乙派的『羽衣刀』第十七招,再使靈飛派的『清風

徐來』，早就將段公子打倒在地了，何必華而不實地去用山西郝家刀法？又何必行奸使詐、騙得他因關心我而分神，這才取勝？我瞧你於道家名門的刀法，全然不知。」李延宗順口道：「道家名門的刀法？」王語嫣道：「正是。我猜你以為道家只擅長劍法，殊不知道家名門的刀法剛中帶柔，另有一功。」李延宗冷笑道：「你說得當真自負。如此說來，你對這姓段的委實是一往情深。」

《天龍八部》第十七章「今日意」

　　這時候段譽剛剛開始涉獵凌波微步，也談不上怎麼熟練，可是慕容復居然無法制服段譽。王語嫣的解說恰好也說明了慕容復的武學見識並非絕頂。而且慕容復格局狹小、心術不正，比如他利用段譽對王語嫣的關心對段譽進行打擊，比如他從王語嫣對自己武功的評論中得出的結論居然是「如此說來，你對這姓段的委實是一往情深」，這是什麼腦迴路？

　　第二次，珍瓏棋局。

　　眼前漸漸模糊，棋局上的白子黑子似乎都化作了將官士卒，東一團人馬，西一塊陣營，你圍住我，我圍住你，互相糾纏不清地廝殺。慕容復眼睜睜見到，己方白旗白甲的兵馬被黑旗黑甲的敵人圍住了，左衝右突，始終殺不出重圍，心中越來越是焦急：「我慕容氏天命已盡，一切枉費心機。我一生盡心竭力，終究化作一場春夢！時也命也，夫復何言？」突然間大叫一聲，拔劍便往頸中刎去。

《天龍八部》第三十一章「輸贏成敗，又爭由人算」

　　因為一個棋局聯想到自己的一生，慕容復居然想要自殺。注意，這只是慕容復第一次自殺（後面還有第二次自殺），抗壓性如此脆弱，很難同喬峰相比。喬峰（蕭峰）受丐幫幫眾懷疑，被父親蕭遠山一路算計，中了康敏之計誤殺心愛的阿朱，從未有想自殺的念頭，而是愈挫愈勇、百折不撓。

上篇

第三次,和丁春秋比拚。

但見慕容復守多攻少,掌法雖然精奇,但因不敢與丁春秋對掌,動手時不免縛手縛腳,落了下風。豈知內勁一迸出,登時便如石沉大海,不知到了何處。慕容復暗叫一聲:「啊喲!」他上來與丁春秋為敵,一直便全神貫注,決不讓對方「化功大法」使到自己身上,不料事到臨頭,仍然難以躲過。其時當真進退兩難,倘若續運內勁與抗,不論多強的內力,都會給他化散,過不多時便會功力全失,成為廢人;但若抱元守一,勁力內縮,丁春秋種種匪夷所思的厲害毒藥便會順著他真氣內縮的途徑侵入經脈臟腑。

《天龍八部》第三十三章「奈天昏地暗,斗轉星移」

同丁春秋相鬥不占上風,看得出慕容復無論武功還是計謀都不是頂級的。當然丁春秋也非比尋常,不能求全責備,但從名氣上慕容復是與喬峰並稱的人物,當然也要對他提出和喬峰一樣的要求 —— 少室山下,已經自稱蕭峰的喬峰一掌就讓丁春秋狼狽不堪。

第四次,飄緲峰會三十六島七十二洞領袖。

烏老大見情勢不佳,縱聲發令。圍在慕容復身旁的眾人中退下了三個,換了三人上來。這三人都是好手,尤其一條矮漢膂力驚人,兩柄鋼錘使將開來,勁風呼呼,聲勢威猛。慕容復以香露刀擋了一招,只震得手臂隱隱發麻,再見他鋼錘打來,便即閃避,不敢硬接。激鬥之際,忽聽得王語嫣叫道:「表哥,使『金燈萬盞』,轉『披襟當風』。」慕容復素知表妹武學上的見識高明,當下更不多想,右手連畫三個圈子,刀光閃閃,幻出點點寒光,只是「綠波香露刀」顏色發綠,化出來是「綠燈萬盞」,而不是「金燈萬盞」。

《天龍八部》第三十四章「風驟緊,飄渺峰頭雲亂」

第一編 「天龍」的烏雲

　　在段譽、丁春秋手中沒討到好處也就罷了，慕容復面對一些江湖上非一流的庸手，關鍵時刻還要靠王語嫣提醒，這就是慕容復的真實實力。相比之下，這群人的首領烏老大被還不會駕馭內力的虛竹打擊在前，被瞎眼的游坦之脅迫在後。兩相比較，依然是慕容復完敗。

　　第五次，和游坦之、丁春秋合鬥蕭峰。

　　蕭峰於三招之間，逼退了當世的三大高手（丁春秋、慕容復、游坦之），豪氣勃發，大聲道：「拿酒來！」一名契丹武士從死馬背上解下一只大皮袋，快步走近，雙手奉上。蕭峰拔下皮袋塞子，將皮袋高舉過頂，微微傾側，一股白酒激瀉而下。

　　　　《天龍八部》第四十一章「燕雲十八飛騎，奔騰如虎風煙舉」

　　這是慕容復和蕭峰的第一次對決。很顯然，慕容復根本不是蕭峰的敵手。

　　那麼問題來了，慕容復到底怎麼得來這麼大的名頭呢？

　　恐怕有兩個原因，第一個在慕容復自身：

　　慕容復接過鄧百川擲來的長劍，精神一振，使出慕容氏家傳劍法，招招連綿不絕，猶似行雲流水一般，瞬息之間，全身便如罩在一道光幕之中。武林人士向來只聞姑蘇慕容氏武功淵博，各家各派的功夫無所不知，殊不料劍法精妙如斯。

　　慕容復舞刀抵禦，但見他忽使「五虎斷門刀」，忽使「八卦刀法」，不數招又使「六合刀」，頃刻之間，連使八九路刀法，每一路都能深中竅要，得其精義，旁觀的使刀名家盡皆嘆服。

　　慕容復舉起右手單筆，砸開射來的判官筆，當的一聲，雙筆相交，只震得右臂發麻，不等那彎曲了的判官筆落地，左手一抄，已然抓住，使將開來，竟然是單鉤的鉤法。

039

群雄既震於蕭峰掌力之強，又見慕容復應變無窮，鉤法精奇，忍不住也大聲喝采，都覺今日得見當世奇才各出全力相拚，實是大開眼界，不虛了此番少室山一行。

《天龍八部》第四十二章「老魔小丑，豈堪一擊，勝之不武」

也就是說，慕容復武學最大的特點是廣博。慕容復涉獵很廣，精通劍法、刀法、筆法、鉤法，而且遠遠不止如此；再加上姑蘇慕容的斗轉星移，即以彼之道還施彼身，頗有武學星辰大海之貌。如果說王語嫣是「人形武學圖書館」，那麼慕容復就是「人形武學電影院」。電影當然傳播力更好。

慕容復的廣博為他贏得了聲名，而且慕容復的這些武學研究面對一般同行也不會露怯。但論真材實料，論對難題的解決，慕容復同蕭峰等人相比就大有不如了。

還有另一個重要的原因，**慕容復作為「武二代」，他的聲名相當程度上來自他的父親慕容博**。玄慈和慕容博的對話洩露了玄機：

玄慈道：「你殺柯百歲柯施主，使的才真正是家傳功夫，卻不知又為了什麼？」慕容博陰惻惻的一笑，說道：「老方丈精明無比，足下出山門，江湖上諸般情事卻瞭如指掌，令人好生欽佩。這件事倒要請你猜上一……」玄慈道：「那柯施主家財豪富，行事向來小心謹慎。嗯，你招兵買馬，積財貯糧，看中了柯施主的家產，想將他收為己用。柯施主不允，說不定還想稟報官府。」慕容博哈哈大笑，大拇指一豎，說道：「老方丈了不起，了不起！只可惜你明察秋毫之末，卻不見輿薪。」

《天龍八部》第四十二章「老魔小丑，豈堪一擊，勝之不武」

慕容博武功如此高超，殺河南伏牛派掌門柯百歲顯然不是為了報仇，又平添了很多仇家。慕容博心機之深沉在「天龍時代」堪稱第一，為

什麼這麼做？慕容博自己也說：「老方丈了不起，了不起！只可惜你明察秋毫之末，卻不見輿薪。」這輿薪是什麼呢？就是慕容復的名氣。

後來在慕容復不敵段譽，欲自殺而死（第二次自殺）的時候，慕容博出手干涉，並說：

當年老衲從你先人處學來，也不過一知半解、學到一些皮毛而已，慕容氏此外的神妙武功不知還有多少。嘿嘿，難道憑你少年人這一點兒微末道行，便創得下姑蘇慕容氏「以彼之道，還施彼身」的大名麼？

《天龍八部》第四十二章「老魔小丑，豈堪一擊，勝之不武」

很顯然，在這裡慕容博基本上等於承認了慕容復的微末道行無法支撐起姑蘇慕容的威名，慕容復雖然武功尚可，但遠非驚世駭俗，他的名氣來自慕容博多年的苦心經營。慕容博隱身幕後，努力打造慕容復年輕才俊的形象。

慕容復為什麼需要這麼大的名氣呢？

慕容復為的是自己的政治訴求。慕容復希望復興大燕的榮光。燕國歷史上可是出了慕容恪、慕容垂這樣的傑出人物。慕容恪被稱為十六國第一武將，一生戰績彪炳，更兼有德行操守，甚至進入了唐、宋武廟。連王夫之都說：

五胡旋起旋滅，殫中原之民於兵刃，其能有人之心而因以自全者，唯慕容恪乎！

《讀通鑑論》

而慕容垂的戰績可能比哥哥慕容恪還要卓著。最關鍵的是兄弟兩都年少成名。慕容復拿什麼和祖先相比？只能靠武學名氣。所以他武功博雜，所以慕容博幫著慕容復「寫作業」。如果說鳩摩智是將職位和武學連

結的話，那麼慕容復就是將名氣和武學連結。

慕容復最終損失了所有因武學而得來的名氣，成為一個瘋子，這也未嘗不是一種解脫吧。

附：名人與破抹布

2017年，著名數學和電腦科學家戴維‧芒福德（David Mumford）80歲了。他在數學領域成名早，自從獲得了菲爾茲獎後，各種國際大獎、榮譽接連不斷。他其實很看淡名利，一輩子自得其樂，居然都沒有組建一個自己的團隊。2008年，他拿到以色列的沃爾夫（Wolf）獎，立刻把獎金全部捐獻給巴勒斯坦的學校，惹得一些猶太人打電話找他理論。他本人倒是不反對拿獎，認為榮譽對於科學研究有正面促進作用。對於名利，他在很多年前講過一句精闢的話：「很多人想成名，其實成名之後，你也就變成了一塊破抹布。」

（引自朱松純〈文章千古事得失寸心知〉，「視覺求索」專頁，2017.1.24）

4　丁春秋的自尊

世界上最骯髒的，莫過於自尊心。

—— 丁春秋

丁春秋沒有機會直接面對掃地僧，他的武學生涯止於少室山下。

同鳩摩智和慕容復不同，丁春秋既無職位之憂，也無聲名之累，得以一心鑽研武學。**丁春秋的武功創造力極強，稱之為一代宗師也不為過。**

丁春秋發明的武功有龜息功（徒弟阿紫曾使用）、抽髓掌、三陰蜈蚣

爪（徒弟中排行第八的出塵子擅長）、腐屍毒、連環腐屍毒（游坦之曾使用）。其中最厲害的是化功大法：

　　這正是他成名數十年的「化功大法」，中掌者或沾劇毒，或內力於頃刻間化盡，或當場立斃，或哀號數月方死，全由施法者隨心所欲。

　　段譽的「北冥神功」吸入內力以為己有，與「化功大法」以劇毒化人內功不同，但身受者內力迅速消失，卻無二致，是以往往給人誤認。

　　　　　　　　　《天龍八部》第二十九章「蟲豸凝寒掌作冰」

　　可以說，化功大法開武學中未有的新境界。北冥神功的創制者曾經對化功大法不屑一顧，認為：「本派旁支，未窺要道，唯能消敵內力，不能引而為我用，猶日取千金而復棄之於地，暴殄珍物，殊可哂也。」段譽看到的北冥神功似乎是無崖子和李秋水在大理無量山感情尚好時留下的，可能當時無崖子就察覺到了丁春秋的武學傾向，並作出批評。但事實上，化功大法也並非如此不堪，而北冥神功也並非盡善盡美。北冥神功的重大問題是不同來源內力的融合，後世的任我行、令狐冲都遇到了不同來源內力無法有效融合的問題。而化功大法還是具有很大的武學價值的，比如化功大法可以消人內力，可以讓人染毒，可以置人死地，也可以讓人哀號不止，這樣的功效顯然是北冥神功不具備的。

　　除了武功，丁春秋還有很多發明。丁春秋發明了一系列輔助練功的儀器，如星宿三寶之柔絲網和神木王鼎。他發明了暗器穿心釘、極樂刺、碧磷針。他發明的藥物有無形粉、逍遙三笑散。他發明的刑罰有煉心彈。和丁春秋相比，其他用毒的人簡直不值一提，西毒簡直應該稱為西藥，靈智上人憨厚得就像個實習醫生，李莫愁單純得就像個小護士。

　　武功本無好壞，既可以助紂為虐，也可以護法除魔，全在施者仁心。比如北冥神功固然能奪人內力，但也可以逆運以授人（無崖子曾以

此法傳授虛竹功力）。化功大法未嘗不能逆運以療傷，只是丁春秋選擇的是害人罷了。

丁春秋的邪惡不止於此，他還營造了極具競爭性的武學氛圍。丁春秋領導的星宿派內部競爭激烈乃至殘酷，也催生了阿諛奉承的氛圍，這樣的競爭狀況和氛圍既不利於原創性武學發現的誕生，也無法孕育武學合作關係。

所以，丁春秋是一個創造力極強，但動機邪惡的絕命毒師。

抨擊丁春秋並不難，天下人都欲誅之而後快；懲罰他也很容易，丁春秋終於被生死符制住，一代梟雄囚於靈鷲宮。但問題是如何避免下一個丁春秋的出現。

推本溯源，丁春秋之惡，始於無崖子，始於逍遙派。無崖子恐怕是「天龍」中一個大號的丁春秋。**無崖子的內力、武功來自巧取豪奪**。無崖子擅長北冥神功，自己對虛竹說「七十餘年的勤修苦練」，可是，這北冥神功的勤修苦練，難道是如郭靖一般每天晚上攀登絕壁、打坐練習內功嗎？難道是如裘千仞一樣兢兢業業用熱砂磨練鐵掌嗎？難道是如楊過一樣在瀑布中練習重劍嗎？顯然不是，北冥神功是靠吸取他人內力增強自己修為的。那麼，七十餘年該有多少英雄豪傑的內力被無崖子吸乾？韋一笑只是不得已才吸人鮮血續命，而無崖子吸人內力則是為了增進自己的功力。

段譽看過北冥神功後掩卷凝思：

「這門功夫純係損人利己，將別人辛辛苦苦練成的內力，取來積貯於自身，豈不是如同食人之血肉？又如盤剝重利，搜刮旁人錢財而據為己有？」

《天龍八部》第五章「微步縠紋生」

所以北冥神功也是一門損人利己的陰毒武功。

無崖子不但內力取自別人，恐怕武功也是如此。他和李秋水在大理「收羅了天下各門各派的武功祕笈」，恐怕不是李秋水這麼輕描淡寫的一句話就能掩飾的，中間有多少巧取豪奪、明偷暗盜恐怕只有他們自己清楚。無崖子會的小無相功也是來自李秋水，他對李秋水始亂終棄，是不是只為了得到武功？

無崖子乃至逍遙派的箴言恐怕是「we do not sow」，即「強取勝於苦耕」。只不過到了丁春秋手裡，變成了「無力強取，則毀爾苦耕」，他不會吸取內力的北冥神功，就用化功大法毀掉對手辛苦得來的內力。

無崖子的人品也很差。無崖子恐怕只能說是一個渣男。他至少沒有明確地向童姥表明態度，以至於童姥和李秋水近百歲高齡依然爭風吃醋；他也沒有明白地向李秋水表明態度，以至於李秋水妄殺了很多年輕俊秀的少年。童姥和李秋水本身都是濫殺無辜，沒有道德底線的人物，比如童姥的靈鷲宮其實就類似一個大號的星宿海。雖然不能將童姥和李秋水的道德缺失歸結為無崖子的縱容，但至少可以想像得出無崖子年輕時的人品。

從無崖子到丁春秋，再到阿紫，從大理無量山到星宿海，其實一脈相承。丁春秋是逍遙派結出的惡之花，阿紫是星宿海結出的惡之果。如果星宿海不被虛竹收編，還會出現丁春秋、阿紫式的人物。

無崖子所代表的逍遙派和丁春秋、阿紫所代表的星宿派，其共同特點是過於放縱自身的追求，根本談不上掃地僧所說的慈悲仁善。

無崖子聲稱「乘天地之正，御六氣之辯，以遊於無窮，是為逍遙」，他的逍遙可能包含吸人內力、奪人武功。童姥可能認為駕馭三十六洞、

上篇

七十二島,用生死符讓大家聽命於自己才是逍遙。李秋水可能認為殺死男寵才是逍遙快樂。丁春秋恐怕認為打傷師父才是逍遙的真意。而阿紫,無論是奪星宿派掌門之位,還是踐踏別人的生命,都沒有任何負罪感,這可能也是她心中的逍遙。然而,絕對的逍遙是沒有的。以踐踏別人自由為基礎的逍遙不是真正的逍遙。只有帶著掃地僧的慈悲仁善的逍遙才是真正的逍遙。

丁春秋的「逍遙」源於他畸形的自尊心。丁春秋對自尊心的渴望位居金庸小說之首,甚至到了病態的程度:

西北角上二十餘人一字排開,有的拿著鑼鼓樂器,有的手執長旛錦旗,紅紅綠綠的甚為悅目,遠遠望去,旛旗上繡著「星宿老仙」、「神通廣大」、「法力無邊」、「威震天下」等等字樣。絲竹鑼鼓聲中,一個老翁緩步而出,他身後數十人列成兩排,和他相距數丈,跟隨在後。

《天龍八部》第二十九章「蟲豸凝寒掌作冰」

但是,丁春秋難道真的是喜歡毫無底線和節操的阿諛奉承嗎?一開始很顯然不是的。

星宿派眾門人見師父對他另眼相看,馬屁、高帽,自是隨口大量奉送。適才眾弟子大罵師父、叛逆投敵,丁春秋此刻用人之際,假裝已全盤忘記,這等事在他原是意料之中,倒也不怎麼生氣。

《天龍八部》第二十九章「蟲豸凝寒掌作冰」

丁春秋欺師滅祖,內心不安,他的自尊心其實是一種診斷試劑,用來判斷誰會對自己產生威脅。他當然知道這些都是假的,但是他需要這些弟子的阿諛以掌控眾人。

當年丁春秋有一名得意弟子,得他傳授,修習化功大法,頗有成

就，豈知後來自恃能耐，對他居然不甚恭順。丁春秋將他制住後，也不加以刀杖刑罰，只是將他囚禁在一間石屋之中，令他無法捕捉蟲豸加毒，結果體肉毒素發作，難熬難當，忍不住將自己全身肌肉一片片的撕落，呻吟呼號，四十餘日方死。

《天龍八部》第二十九章「蟲豸凝寒掌作冰」

丁春秋自己就是仗著武功和毒物將師父無崖子打入深谷，所以對自己的弟子格外警惕。自尊心是掃碼器，阿諛奉承是一種標籤，能讓丁春秋防微杜漸，把潛在威脅者消滅於萌芽狀態。但是，隨著時間流逝，丁春秋慢慢地沉浸在阿諛中不能自拔，倒是把初衷忘了。

所有得位不正的人都有這種高度敏感的自尊心，也喜歡阿諛奉承。從東方不敗的「千秋萬載，一統江湖」，到洪安通的「仙福永享，壽與天齊」，都是如此。弟子和下屬的一聲聲阿諛奉承是首腦的一顆顆安心丸，也是弟子和下屬的一顆顆救命丸。

丁春秋的不安與自尊心注定了他的武學後繼無人，星宿海終於風流雲散。

附：化學家佛列茲・哈伯

佛列茲・哈伯（Fritz Haber，1868 － 1934），德國化學家，於 1918 年因為固氮研究獲得諾貝爾化學獎。固氮讓肥料和炸藥的量產成為可能，具有重大的科學價值。但哈伯因另一件事而飽受詬病，就是他在第一次世界大戰時曾幫助德國製造毒氣。哈伯曾建議使用氯氣作為化學武器，基於這一建議，德軍於 1915 年在伊珀爾（YPres）施放了大量氯氣並造成英法士兵大量的傷亡。哈伯曾說：在和平年代，一個科學家屬於世界；但在戰時他屬於他的祖國。（During peace time a scientist belongs to

上篇

the world，but during war time he belongs to his country.）但這顯然不能成為他幫助德國製造毒氣的正當理由。

第二編　前「射鵰」的彩霞

引子：四大宗師的排名

春秋無義戰，「天龍」少良人。在壓抑的「天龍」時代武學氛圍中脫穎而出的，是《九陽真經》的作者、《九陰真經》的作者黃裳、劍魔獨孤求敗以及創立《葵花寶典》的前朝宦官。

面對掃地僧之問——**為什麼我們總是培養不出傑出的人才**？這些人都一致地回答：我們就是人才。

對「天龍」時代的具體的和關鍵的武學問題，**如何提高內力，如何創造武功招式**，這些人都給出了高分答案卷。

獨孤求敗得分最高，他的答案是：內力就是一切，無劍勝有劍；武功招式也很重要，無招勝有招。

《九陽真經》的作者分數次之。他也認同內力為王，他的研究只關注內力，沒有涉及招式。

黃裳的分數又次之。他的武功研究以招式為主，但沒系統化；也有內力，但不是頂級。

前朝宦官位居第四。他的回答是：招式最重要，天下武功，唯快不破。

結果是排名第三的黃裳的《九陰真經》最早產生了巨大的影響力。

其中緣由，還要等王重陽來講述。當然，王重陽的出場還要再等一段時間。我們先探討《九陽真經》作者之謎。

5 掃地僧的原創

基礎理論決定一切，未來史學派清楚地看到了這一點。

—— 掃地僧

提出武學靈魂拷問的掃地僧曾經自問自答。他的回答就是《九陽真經》。面對「天龍」時代的兩個主要問題，如何提高內力，如何創出招式，掃地僧認為，提高內力是「天龍」時代武學的主要矛盾，是當務之急，所以他創出《九陽真經》。

為什麼說《九陽真經》的作者是掃地僧？

《九陽真經》的名字第一次為人所知，是在華山之巔的第三次論劍之後：

> 只聽覺遠說道：「這四卷《楞伽經》，乃是達摩祖師東渡時所攜的原書，以天竺文字書寫，兩位居士只恐難識，但於我少林寺卻是世傳之寶。」眾人這才恍然：「原來是達摩祖師從天竺攜來的原書，那自是非同小可。」
>
> 覺遠微一沉吟，道，「出家人不打誑語，楊居士既然垂詢，小僧直說便是。這部《楞伽經》中的夾縫之中，另有達摩祖師親手書寫的一部經書，稱為《九陽真經》。」
>
> 《神鵰俠侶》第四十回「華山之巔」

覺遠在少林寺藏經閣任職，平時喜歡讀佛經，他說從《楞伽經》原書中偶然發現《九陽真經》，認為這是達摩親手書寫的經書。覺遠在這裡有

上篇

兩個判斷：一是他看到的《楞伽經》是達摩手書原本，二是這本《楞伽經》原本的夾縫中的《九陽真經》也是達摩所作。

覺遠的這些判斷對理解誰是《九陽真經》作者至關重要，所以這裡詳細說一下。覺遠的第二個判斷被張三丰否定了，後面再說。其實覺遠的第一個判斷也不對，先說一下。

寫有《九陽真經》的梵文《楞伽經》不可能是達摩手書。《楞伽經》確實是達摩推崇的一本經書。《景德傳燈錄》（宋代釋道原著）中說：「故我初祖兼付《楞伽經》四卷，謂我師二祖曰：『吾觀震旦唯有此經可以印心。』」禪宗初祖達摩將四卷《楞伽經》傳給二祖慧可，並告誡他說，中國只有這本經書可以用來印證自心而達頓悟。但達摩留下的是以心印心的開悟模式並以袈裟作為憑證。《景德傳燈錄》卷三記載達摩「內傳法印以契證心，外付袈裟以定宗旨。」《壇經》記載：「祖復曰：『昔達摩大師，初來此土，人未之信。故傳此衣，以為信體，代代相承。法則以心傳心，皆令自悟自解。』」所以達摩留下的是袈裟，以之作為傳法信物。如果達摩有親手書寫的《楞伽經》，那不是比袈裟更好的身分證明嗎？為什麼不用？另外，如果藏經閣中的《楞伽經》是達摩手書的，不可能不被屬於禪宗的少林寺視為瑰寶，也不可能讓職位低微的覺遠看管。

覺遠的第二個判斷也不對，**寫在梵文《楞伽經》夾縫中的《九陽真經》同樣不可能是達摩手書**。張三丰看出《九陽真經》並非是達摩所著：

> 數年之後，（張三丰）便即悟到：「達摩祖師是天竺人，就算會寫我中華文字，也必文理粗疏。這部《九陽真經》文字佳妙，外國人決計寫不出，定是後世中土人士所作。多半便是少林寺中的僧侶，假託達摩祖師之名，寫在天竺文字的《楞伽經》夾縫之中。」這番道理，卻非拘泥不化，盡信經書中文字的覺遠所能領悟。只不過並無任何佐證，張君寶其

時年歲尚輕，也不敢斷定自己的推測必對。

《倚天屠龍記》第二章「武當山頂松柏長」

張三丰當時雖「年歲尚輕」，但閱歷既豐富，天性又豁達豪邁，所以見識超卓，遠不是一輩子身居藏經閣、性子拘泥不化的覺遠可以比的。張三丰的判斷應該是對的，《九陽真經》文字佳妙，是後世中土人士所著。

那麼，這個中土人士是誰呢？

張三丰推測「多半便是少林寺中的僧侶」。張三丰在少林寺多年，雖然沒有出家，但是對少林寺內部，尤其是自己供職的藏經閣最為熟悉，他說多半，那基本就是一定了。除了少林寺的僧侶，外人既無條件、也無時間精力、更無動機在《楞伽經》中寫下《九陽真經》。那麼哪個僧侶有條件、時間精力、動機乃至能力、膽量，可以在《楞伽經》中寫下《九陽真經》呢？掃地僧在少林寺藏經閣數十年，他甚至目睹了蕭遠山、慕容博、哲羅星等人登閣讀經、錄經，**他有極大的方便條件、時間和精力。**

掃地僧喜歡把武功祕笈和佛經放在一起，這符合他一貫的行為邏輯。掃地僧在蕭遠山讀經的地方放了《法華經》和《雜阿含經》，希望度化蕭遠山而不成。所以，掃地僧反其道而行之，在佛經中加入武功，是不是合情合理？讓練武的人讀佛經而不得，讓讀佛經的人練武是不是更好？**所以，掃地僧有動機。**

除了條件、時間、精力、動機之外，恐怕也只有掃地僧有能力寫一部在後世產生廣泛影響的《九陽真經》。掃地僧武學造詣和佛理修為都驚世駭俗，是實踐和理論都超越時代的武學宗師，也只有這樣的人才有能力完成一部如《九陽真經》一樣精深的武學祕笈。而且，從掃地僧的不俗

談吐來看，寫出的書「文字佳妙」也是完全可能的。

還需要說明的是，**掃地僧選擇達摩認可的《楞伽經》書寫《九陽真經》，也大有深意**。達摩作為禪宗初祖，不但佛理圓融，武功也極為高深，相傳《易筋經》、《洗髓經》就是達摩所創。選擇達摩中意的佛經為載體書寫《九陽真經》，最具象徵意義。不僅如此，掃地僧之問發生在西元 1077 年，當時《楞伽經》也很流行。其時蘇東坡尚在，曾為《楞伽經》作序，即《楞伽阿跋多羅寶經序》（《楞伽阿跋多羅寶經》為《楞伽經》全稱），其中有「而軾亦老於憂患，百念灰冷，公以為可教者，乃授此經」之句。蘇軾序作於元豐八年，即 1085 年。蘇軾的推崇讓《楞伽經》非常流行。選擇流行的佛經書寫《九陽真經》，教化意義更大。尤其是玄難曾經間接證實了「天龍」時代《楞伽經》的流行程度：

「你天性淳厚，持戒與禪定兩道，那是不必擔心的，今後要多在『慧』字上下功夫，四卷《楞伽經》該當用心研讀。」

《天龍八部》第三十二章「且自逍遙沒誰管」

事情的原委可能是這樣的：掃地僧發出武學之問後，感慨蕭遠山、慕容博、鳩摩智等人不知改過，為了防止人們走入邪道，步蕭遠山等人後塵，所以他也改變了方法，在《楞伽經》中寫下了《九陽真經》。而且，或者是為了仿效達摩，或者為了防止激起人的貪念，掃地僧還特意不錄入招數。和《易筋經》一樣，《九陽真經》沒有任何招數。

他所練的《九陽真經》純係內功與武學要旨，攻防的招數是半招都沒有的。

《倚天屠龍記》第十六章「剝極而復參九陽」

那麼，已經有了《易筋經》，為什麼還要創制《九陽真經》呢？

> 這《易筋經》實是武學中至高無上的寶典，只是修習的法門甚為不易，須得勘破「我相、人相」。
>
> 《天龍八部》第二十九章「蟲豸凝寒掌作冰」

《易筋經》雖然威力無窮，適合除魔護法，但學習起來不容易，而且極易走火入魔，比如鳩摩智險些因練《易筋經》瘋掉。遍視金庸小說中的群俠，得《易筋經》益處的只有游坦之和令狐冲。佛教講求的是根據不同人的不同根器採用不同的策略：

> 世尊，若諸菩薩，入三摩地，進修無漏，勝解現圓；我現佛身，而為說法，令其解脫。若諸有學，寂靜妙明，勝妙現圓；我於彼前，現獨覺身，而為說法，令其解脫。若諸有學，斷十二緣，緣斷勝性，勝妙現圓；我於彼前，現圓覺身，而為說法，令其解脫。
>
> 《大佛頂首楞嚴經·觀世音菩薩圓通章》，唐天竺沙門般剌密諦譯

所以，為了更好地除魔護法，有必要開發簡單易學的武學祕笈。掃地僧開發《九陽真經》，是佛家方便法門，度化不同根器眾生，也講求緣法。《九陽真經》的緣法最終落到了覺遠、張三丰、郭襄、無色禪師以至張無忌身上。這些人都是善良、正直而又有影響力的人物，例如張無忌懷有「憐我眾生、憂患實多」的悲憫之心，做了很多除魔驅惡的好事。這就是掃地僧所期待的吧。

條件、時間、精力、動機、能力、膽量都表明掃地僧創立了《九陽真經》。最後，**從武功描述上，掃地僧的武功也和《九陽真經》高度吻合。**

> 不料指力甫及那老僧身前三尺之處，便似遇上了一層柔軟之極、卻又堅硬之極的屏障，嗤嗤幾聲響，指力便散得無形無蹤，卻也並不反彈而回。
>
> 《天龍八部》第四十三章「王霸雄圖，血海深恨，盡歸塵土」

宗維俠無暇去理會他的言外之意，暗運幾口真氣，跨上一步，臂骨格格作響，劈的一聲，一拳打在張無忌胸口。拳面和他胸口相碰，突覺他身上似有一股極強的黏力，一時縮不回來，大驚之下，更覺有股柔和的熱力從拳面直傳入自己丹田，胸腹之間感到說不出的舒服。

《倚天屠龍記》第二十一章「排難解紛當六強」

掃地僧內力雄厚無比，但並不霸道，面對攻擊並不會反彈，符合佛家真意；張無忌的九陽內力浩瀚如海，同樣不霸道強橫，面對攻擊不但不反彈，反倒有助於攻擊者恢復體力，頗有普度眾生的意味。另外，掃地僧被喬峰用降龍掌打中胸口，肋骨斷、口吐血之後，依然能拎著蕭遠山、慕容博如憑虛御風般奔行；而張無忌在被滅絕師太三掌打吐血甚至被周芷若倚天劍穿胸後，依然精神旺盛。所以掃地僧的武功和張無忌的武功高度相似。

因此，《九陽真經》的真正作者是掃地僧。其中蘊含的理念是：當務之急需要解決基礎理論問題。

注：新修版的《九陽真經》作者

新修版《倚天屠龍記》提到無名僧閱《九陰真經》創《九陽真經》，但本書基於修訂版，也並非是一本對金庸小說細節進行嚴格考證的書，因此對新修版的內容不予採納。

附：《三體》的基礎理論觀

劉慈欣在《三體2：黑暗森林》中說：「成吉思汗的騎兵，攻擊速度與二十世紀的裝甲部隊相當；北宋的床弩，射程達一千五百公尺，與二十世紀的狙擊步槍差不多。但這些仍不過是古代的騎兵與弓弩而已，不可能與現代力量抗衡。**基礎理論決定一切**，未來史學派清楚地看到了這一

點。而你們，卻被迴光返照的低階技術矇住了眼睛。你們躺在現代文明的溫床中安於享樂，對即將到來的決定人類命運的終極決戰完全沒有精神上的準備。」

6　黃裳的體系

體系是一切成功的基礎。

—— 黃裳

掃地僧之問後三十多年，黃裳為道君皇帝趙佶編纂《萬壽道藏》。又過了四十多年，黃裳寫出武學名著《九陰真經》。

黃裳的《九陰真經》在金庸小說中名氣最大，其影響的時間跨度最大、地域覆蓋最廣，受其影響的人物又都特別傑出。然而，《九陰真經》是一部被過譽的著作，其體系並非完美無缺。當然，指出《九陰真經》的缺點也絕不等於說它價值平平。對於《九陰真經》應給予客觀評價。

《九陰真經》有三個缺點和三個優點。先說三個缺點。

同獨孤求敗的劍法相比，**《九陰真經》沒有明確的境界、階段**。獨孤九劍有無劍、無招兩重境界，有利劍、軟劍、重劍、木劍四個階段。這樣的設計結構《九陰真經》都沒有。

同《九陽真經》相比，《九陰真經》沒有雄厚內力。《九陽真經》以內力雄渾著稱。《九陰真經》之《易筋鍛骨篇》以及梵文總綱都有助於內力恢復，但似乎必須依賴以其他方法獲得的內力，而從不以內力見長。

同前朝宦官所創的《葵花寶典》相比，**《九陰真經》沒有速度**。

這些缺點總結下來就是：《九陰真經》似乎只是黃裳的靈光一現之作，遠遠談不上形成自己的體系。

上篇

比如《九陰真經》上卷的內功中有讓洪七公受益的〈易筋鍛骨篇〉，讓郭靖縮骨的〈收筋縮骨篇〉和療傷的〈療傷篇〉，讓一燈恢復功力的梵文總綱，讓小龍女和楊過解穴、閉氣的功夫，下卷的招式中有讓陳玄風、梅超風縱橫江湖的九陰白骨爪和摧心掌，讓郭靖抗衡歐陽鋒的飛絮勁，讓周伯通戰平楊過的大伏魔拳，等等。這些功夫更像是針對各種武功的破解方法的集合，而不是體系完備的獨立的武學派別。

事實上也確實如此，《九陰真經》是黃裳針對明教眾多高手的不同武功，思考四十年所得的破解方法的心得，所以並不是理論體系完善之作。**《九陰真經》是一份針對各種問題的高分答案卷，卻不是一本系統、完善的專著。**

《九陰真經》的真實戰力也令人疑惑。

黃裳使用《九陰真經》時的戰力很難評估，因為沒有對他戰績的詳細描述。但是練習過《九陰真經》的一些人的武功可以作為推斷，比如郭靖。郭靖對《九陰真經》掌握得最好，因為他對整本《九陰真經》都先背誦、後研習，後來在桃花島居住時勤練武功不輟，在襄陽保境安民久歷戰陣，所以可以說「經」不離手。但郭靖的戰力如何呢？最好的指標是金輪法王，因為郭靖中年後對戰的高手中最厲害的就是金輪法王。

> 郭靖見對方掌勢奇速，急使一招「見龍在田」擋開。兩人雙掌相交，竟沒半點聲息，身子都晃了兩晃。郭靖退後三步，金輪法王卻穩站原地不動。他本力遠較郭靖為大，功力也深，掌法武技卻頗有不及。郭靖順勢退後，卸去敵人的猛勁，以免受傷。二人均是並世雄傑，數十招內決難分判高下。
>
> 《神鵰俠侶》第十三回「武林盟主」

金輪法王的武功與郭靖本在伯仲之間，郭靖雖然屢得奇遇，但法王比他大了二十歲年紀，也即多了二十年的功力，二人若是單打獨鬥，非到千招之外，難分勝敗。

《神鵰俠侶》第二十一回「襄陽鏖兵」

也就是說，練過《九陰真經》而且正值壯年的郭靖和金輪法王依然在伯仲之間。而金輪法王又和東邪、南僧武功相當。也就是說，精通全本《九陰真經》、浸淫多年又年富力強的郭靖並沒有像王重陽一樣鶴立雞群，而是依然和東邪、南帝等高手不分伯仲，而這兩人即使接觸過《九陰真經》，也相當有限。

不僅郭靖如此，周伯通同樣如此。周伯通是除郭靖之外對《九陰真經》掌握得最好的，和郭靖只差梵文總綱。但如果以金輪法王對照的話，周伯通也處於同一個層次：

法王瞧瞧一燈大師，瞧瞧周伯通，又瞧瞧黃藥師，長嘆一聲，將五輪拋在地下，說道：「單打獨鬥，老僧誰也不懼。」周伯通道：「不錯。今日我們又不是華山絕頂論劍，爭那武功天下第一的名號，誰來跟你單打獨鬥？臭和尚作惡多端，自己裁決了罷。」

《神鵰俠侶》第三十八回「生死茫茫」

也就是說，周伯通戰勝金輪法王並無十足把握，掌握了全本《九陰真經》的周伯通和郭靖一樣，並不比東邪、南僧厲害很多。這些比較說明了《九陰真經》並沒有讓周伯通出乎其類。

再看周伯通和楊過的比較。周伯通使用《九陰真經》中的大伏魔拳，和對《九陰真經》武功知道得很少、主要受益於獨孤求敗武功的楊過堪堪打平。所以《九陰真經》也沒有讓周伯通拔乎其萃。

當然，列舉《九陰真經》的缺點和真實戰力並非說它沒有可取之處。事實上，在金庸的武俠世界中，《九陰真經》依然是位於第一梯隊的絕世祕笈。

《九陰真經》也有自己的三個優點。

《九陰真經》的優點首先是新奇，也可以說是古怪。因為《九陰真經》的創立者黃裳沒有任何門派之見和武學基礎，也就是沒有所謂的「所知障」，所以它自出機杼。

一動上手，黃裳的武功古裡古怪，對方誰都沒見過，當場又給他打死了幾人。

《射鵰英雄傳》第十六章「《九陰真經》」

《九陰真經》的新奇的一個證據是它啟迪了王重陽開發出反制《玉女心經》的《重陽遺刻》。

《九陰真經》的優點還在於**廣博**。因為主要是針對多個高手的破局之作，所以《九陰真經》中不但有內功、招式，還有閉氣、解穴、收筋縮骨、蛇行狸翻甚至移魂大法等種種稀奇古怪的內容。

《九陰真經》的優點也在於**速成**。雖然黃裳沉浸在《九陰真經》創立過程中四十多年，但是他當時肯定是想盡快報全家被殺之仇的。所以《九陰真經》有速成的特點：陳玄風、梅超風盜經後不久就名動江湖，郭靖十八歲第二次華山論劍就和四絕相埒，楊過、小龍女一看之下就學會了部分《九陰真經》對付李莫愁，周芷若短短時間內就成為可以和張無忌一較長短的高手……所以《九陰真經》是一部速成的經典。江湖中爭搶激烈的，只有《九陰真經》和《葵花寶典》，也在於兩者都是速成的武功祕笈，遠比那些高深但耗時極久的武功如「全真正宗」更受追捧。

整體而言，黃裳的《九陰真經》無境界、無階段、無雄厚內力、無速度，但具有新奇、廣博、速成的優點。《九陰真經》遠談不上體系宏大嚴密，並不比四絕乃至金輪法王的武功造詣更高，更像是一部邏輯鬆散、不成體系的彙編，是極具針對性的實用技術的記錄，很有啟發意義。這就是《九陰真經》的真實面目。

注1：黃裳其人

黃裳（西元1044－1130年）在歷史上確有其人，福建人，元豐五年（1082年）進士第一，曾經官至端明殿學士，死後追贈少傅，著有《演山先生文集》、《演山詞》。

在金庸的小說中，徽宗政和年間（1111－1118年），黃裳負責《萬壽道藏》的編纂。在金庸的小說中，此時距掃地僧之問大概37年；再過四十多年，黃裳寫出《九陰真經》。

注2：走火入魔考

走火入魔是金庸小說中習武者練習內功時常常提到的一個概念。那麼，到底什麼是走火入魔呢？

內功需要走心。《黃帝內經》提到過心屬火，所以心情波動可以形容為走火。《楞嚴經》中說「無令心魔自起深孽」。全真教的馬鈺寫過一首〈滿庭芳·降心魔〉，其中提到「方寸雖然不大，起塵情、萬種牽心」。所以心可入魔。心既能走火，也能入魔，所以，走火入魔就連起來了。**走火入魔指的就是因心情波動導致的內功練習出現異常。**

走火入魔有哪些臨床表現呢？

如果走火入魔發生在下肢，那麼可能就會導致下肢癱瘓。比如，梅超風因為練功無人指點而走火入魔，導致下身癱瘓：

上篇

她行功走火，下身癱瘓後已然餓了幾日。

《射鵰英雄傳》第十章「冤家聚頭」

內力紊亂也能上衝入腦。比如，陽頂天練乾坤大挪移走火入魔傷的是腦，導致死亡：

只見陽頂天坐在一間小室之中，手裡執著一張羊皮，滿臉殷紅如血。

《倚天屠龍記》第十九章「禍起蕭牆破金湯」

內力紊亂上衝入腦除了可能造成死亡，也可能造成瘋癲。當然，這可能是機體的一種自我保護：

北宋年間，藏邊曾有一位高僧練到了第九層，繼續勇猛精進，待練到第十層時，心魔驟起，無法自制，終於狂舞七日七夜，自絕經脈而死。

《神鵰俠侶》第三十七回「三世恩怨」

歐陽鋒瘋癲可能同樣是因為走火入腦。歐陽鋒「倒行逆施」的怪異行動方式可能是他免於死亡的一種方法。

所以走火入魔的臨床表現是：練習內功時哪個部位發生紊亂，哪個部位就容易出問題，表現為相應部位的症狀。

走火入魔有哪些病因呢？

練習極其高深的武功可能導致走火入魔。《天龍八部》裡面的玄澄大師號稱二百年來武功第一，但忽然一夜之間筋脈俱斷，成為廢人，就是因為他練習的武功極其高深。鳩摩智學習《易筋經》也導致走火入魔，同樣是因為這部經書極其高深。

《倚天屠龍記》裡面明教祕傳的乾坤大挪移功夫也很高深，所以很容易走火入魔：

第二層心法悟性高者七年可成，次焉者十四年可成，如練至二十一年而無進展，則不可再練第三層，以防走火入魔，無可解救。

《倚天屠龍記》第二十章「與子共穴相扶將」

練習速成的武功容易走火入魔。林朝英的武功就是速成型的：

外功初成，轉而進練內功。全真內功博大精深，欲在內功上創制新法而勝過之，真是談何容易？那林朝英也真是聰明無比，居然別尋蹊徑，自旁門左道力搶上風。

《神鵰俠侶》第六回「玉女心經」

所以《神鵰俠侶》裡面記載了一起神祕的林朝英受傷事件：

「比聞極北苦寒之地，有石名曰寒玉，起沉痾，療絕症，當為吾妹求之。」

《神鵰俠侶》第二十八回「洞房花燭」

林朝英如何受傷？很可能不是外人襲擊，而是自己練習速成的內功所致。全真派之所以是天下正宗，正是在於雖然慢，但是很安全，不易走火入魔。古墓派終於克服了自己武功上的Bug，可能也是因為寒玉床：

這寒玉床另有一樁好處，大凡修練內功，最忌的是走火入魔，是以平時練功，倒有一半的精神用來和心火相抗。

《神鵰俠侶》第五回「活死人墓」

歐陽鋒的武功也是速成型的：

白駝山一派內功上手甚易，進展極速，不比全真派內功在求根基扎實。在初練的十年之中，白駝山的弟子功力必高出甚多，直到十年之後，全真派弟子才慢慢趕將上來。

《神鵰俠侶》第四回「全真門下」

歐陽鋒後來走火入魔，固然是練習假《九陰真經》所致，可是同他原來的武功基礎也有關係。

段譽在剛學會凌波微步的時候貪快，想要一蹴而就，也差點走火入魔。

極度動盪的心情可能導致走火入魔。段譽在突然得知自己和王語嫣可能是親兄妹（後來證明是虛驚一場）時心情極度動盪，以至於練習得異常熟練的內功突然走偏，以至於短暫癱瘓。

所以走火入魔有三種可能原因：一是極其高深的武功，二是速成的武功，三是極度動盪的心情。

哪些是走火入魔的易感族群呢？

曾經走火入魔過或者差點走火入魔的人包括段延慶、天山童姥、歐陽鋒、梅超風、裘千仞、金輪法王。這些人的特點是目標性極強，性格又執拗，所以常常容易走火入魔。周伯通這種隨性的人、張無忌這種仁慈的人和洪七公這種豁達的人就不容易走火入魔。**所以走火入魔易感族群常常是性格堅毅、執念很重的人。**

有哪些預防走火入魔的措施和手段呢？

郭靖在大漠練習全真派內功時，馬鈺用手掌按摩他的大椎穴以防止他走火入魔。楊過在古墓中睡在寒玉床上，練習內功不用擔心走火入魔，因而進境很快。楊過和小龍女練習《玉女心經》時互為奧援，也能減少走火入魔的機率。**所以物理按摩（熱敷）、玉床（冷敷）和互助可以防止走火入魔。**

附：希爾伯特的 23 個問題

希爾伯特（David Hilbert，1862 — 1943 年），德國數學家。1900 年，在巴黎國際數學大會上（International Mathematical Congress），希爾伯特做了題為 The Problems of Mathematics（《數學問題》）的演講。在這個演講裡，希爾伯特顯示出他對當時的所有數學領域的非凡見地，而且他還試圖提出可能對 20 世紀有重大影響的問題，這就是希爾伯特的 23 個問題的由來。這 23 個問題極大地影響了 20 世紀數學的發展，其中每一個的解決都是數學界的盛事。然而，直到今天，儘管我們已經處於 21 世紀，希爾伯特的 23 個問題還沒有全部解決。

希爾伯特曾提到過，預先判斷問題的價值是很難的，但如何界定一個好的數學問題確實存在某些標準。他提出的第一個標準是明確和易理解性（An old French mathematician said : "A mathematical theory is not to be considered complete until you have made it so clear that you can explain it to the first man whom you meet on the street."）他提出的第二個標準是：數學問題要有一定難度，但是又不是無解的（Moreover a mathematical problem should be difficult in order to entice us, yet not completely inaccessible, lest it mock at our efforts.）這樣的標準可能對所有科學問題都有啟示。

7 獨孤求敗的行為藝術

> 基礎理論決定一切，包括技術。
>
> —— 獨孤求敗

掃地僧之問後的八十餘年，武學怪傑獨孤求敗崛起。

獨孤求敗傳遞自己武學體悟的方式極其特別：他在臨終時透過行為

上篇

藝術的方式把自己一生的武學心得釋放出來。

武林中臨終最在乎的是什麼？恐怕是武學研究的傳承。古代有立功、立德、立言三不朽的說法，意思是研究（言）和功業、德行一樣，可以不朽。讓自己一生的研究成果流傳久遠，是多數武林中人的執著。

比如無崖子，他用了三十多年等待逍遙派的最佳傳人，為的是傳授自己一身內功、武學，並翦除逆徒丁春秋，以傳續逍遙一脈。比如王重陽，他臨終詐死，為的是除掉歐陽鋒，保護《九陰真經》，以光大重陽一派；比如覺遠，他在臨終時下意識地背誦《九陽真經》，可能希望這部絕學不因自己而湮滅；哪怕是任我行，他在西湖地下囚牢裡預想出獄無望，也把自己創立的《吸星大法》刻在鐵床上，希望流傳世間。

但這些人沒有哪個比獨孤求敗在傳續武學發現的方式上更具行為藝術氣質。

獨孤求敗精心選擇了自己的埋骨之所。楊過最初在襄陽附近山谷發現神鵰和獨孤求敗埋骨之所。當時他和李莫愁從襄陽城跑出數里之遙，所以獨孤求敗埋骨之所距離襄陽城不遠，應該不是人跡罕至的地方。

襄陽當時是什麼樣的一座城市呢？據《宋史》記載，崇寧（宋徽宗年號）時期襄陽人口有19萬多。這是個什麼概念呢？崇寧時北宋首都開封府人口44萬多，附近的河南府（含洛陽）人口23萬多。襄陽雖然比不上開封，但和古都洛陽人口接近。比如，2022年北京是兩千一百多萬人口，而濟南是九百多萬人口，如果開封府相當於今天的北京，那麼襄陽就相當於今天的濟南。所以襄陽是當時一個很大的城市。獨孤求敗埋骨於襄陽城附近，恐怕不是為了隱藏蹤跡，而是很希望被人發現的。

既然懷著被人發現的想法，獨孤求敗想傳達的訊息就非常值得玩味了。那麼獨孤求敗留下了什麼呢？

獨孤求敗在埋骨之所附近留下了神鵰。神鵰可不是普通物種，不但不普通，而且是極其拉風的存在，想不被發現都難。

獨孤求敗還留下了墓誌銘：

果然現出三行字來，字跡筆劃甚細，入石卻是極深，顯是用極鋒利的兵刃劃成。看那三行字道：「縱橫江湖三十餘載，殺盡仇寇，敗盡英雄，天下更無抗手，無可奈何，唯隱居深谷，以鵰為友。嗚呼，生平求一敵手而不可得，誠寂寥難堪也。」下面落款是：「劍魔獨孤求敗」。

《神鵰俠侶》第二十三回「手足情仇」

獨孤求敗的墓誌銘當真是豪氣干雲，短短數十字，就寫盡了一生的輝煌、絢爛、無奈、孤獨、寂寞。環顧歷史，似乎只有劉邦之「大風起兮雲飛揚」、項羽之「力拔山兮氣蓋世」才可媲美。

神鵰古拙雄奇，墓誌銘豪氣干雲，一定會極大地打動任何閱讀者，去探尋獨孤求敗留下的心得。

那麼，獨孤求敗天下更無抗手，憑藉的是什麼呢？

就是楊過在獨孤求敗的劍塚發現的三柄劍和四行字，並沒有劍譜。

楊過發現的第一柄劍是凌厲剛猛的寶劍：

楊過提起右首第一柄劍，只見劍下的石上刻有兩行小字：「凌厲剛猛，無堅不摧，弱冠前以之與河朔群雄爭鋒。」

《神鵰俠侶》第二十六回「神鵰重劍」

楊過發現的是一塊長條石片：

見石片下的青石上也刻有兩行小字：「紫薇軟劍，三十歲前所用，誤傷義士不祥，乃棄之深谷。」

《神鵰俠侶》第二十六回「神鵰重劍」

楊過發現的第二柄劍是玄鐵重劍：

> 看劍下的石刻時，見兩行小字道：「重劍無鋒，大巧不工。四十歲前恃之橫行天下。」

《神鵰俠侶》第二十六回「神鵰重劍」

楊過發現的第三柄劍是木劍：

> 但見劍下的石刻道：「四十歲後，不滯於物，草木竹石均可為劍。自此精修，漸進於無劍勝有劍之境。」

《神鵰俠侶》第二十六回「神鵰重劍」

楊過並沒有發現劍譜：

> （楊過）心想青石板之下不知是否留有劍譜之類遺物，於是伸手抓住石板，向上掀起，見石板下已是山壁的堅巖，別無他物，不由得微感失望。

《神鵰俠侶》第二十六回「神鵰重劍」

四柄劍（軟劍被棄、代之以長條石片）、四處石刻就是獨孤求敗的武學階段。最高兩重境界就是「重劍無鋒，大巧不工」和「無劍勝有劍」。

無劍勝有劍，木竹石均可為劍，說的就是內力大於一切，內力為王。所以獨孤求敗的武學觀其實就是基礎研究決定一切。

當然獨孤求敗也重視招數，無招勝有招，就是不拘一格的招數也有重大價值。獨孤九劍的劍法也森然博大，包括總訣式、破劍式、破刀式、破槍式、破鞭式、破索式、破掌式、破箭式和破氣式，破盡天下諸般武功。

但整體而言，獨孤求敗更重視內力。

因為擔心人們過於注重技術，獨孤求敗在劍塚裡沒有留下劍譜。獨孤九劍的劍譜輾轉被風清揚得到，傳給令狐冲。《金剛經》中說：「汝等比丘，知我說法，如筏喻者，法尚應舍，何況非法。」扔掉劍譜，正是獨孤求敗的「法尚應舍」之意。

那麼，具體如何提升內力以達到「無劍勝有劍」境界呢？獨孤求敗給出了具體方法，就是在劍塚附近的瀑布裡搏擊激流練劍，自外而內修練內力。

所以獨孤求敗的武學觀有**階段層次**，從剛猛凌厲的利劍到繞指柔的軟劍再到大巧不工的無鋒重劍最後到無劍勝有劍；有**方法體系**，怒濤練劍自外而內激發內力，獨孤九劍包羅萬有破盡天下諸般武學；有**重點**，強調內力的重要性。整體而言，獨孤求敗的武學研究「至矣盡矣，弗可以加矣」，是金庸小說中武學世界的頂峰。

以上就是獨孤求敗的高分答卷。

注1：立功立德立研

《左傳・襄公二十四年》：「太上有立德，其次有立功，其次有立言，雖久不廢，此之謂不朽。」在此，我將「立言」改成「立研」。

注2：襄陽人口

《宋史》卷八十五，志第三十八，地理一記載：「襄陽府，望，襄陽郡，山南東道節度。本襄州。宣和元年，升為府。崇寧戶八萬七千三百七，口一十九萬二千六百五。」

注3：獨孤求敗年代考

《神鵰俠侶》中沒有提到年號，我以人物為座標考證年代。這裡不選

上篇

丘處機是因為小說中的丘處機不同於歷史上真正的丘處機。我選蒙哥為時間座標，因為蒙哥是歷史人物，而且在小說中也沒有像丘處機一樣被演義化。

蒙哥西元1259年去世。以蒙哥去世時間減去16年（楊過、小龍女分離16年），大概是楊過初遇神鵰的年頭，1259-16=1243年。

楊過初遇神鵰時：

……心想：「武林各位前輩從未提到過獨孤求敗其人，那麼他至少也是六七十年之前的人物。這神鵰在此久居，心戀故地，自是不能隨我而去的了。」

《神鵰俠侶》第二十三回「手足情仇」

所以獨孤求敗是六七十年前在江湖上活躍的人物。

獨孤求敗聲稱縱橫江湖三十餘載，應該是三十歲之後的事，因為三十歲前他還用紫薇軟劍誤傷過義士，可能當時武功尚未精純，而他四十歲前橫行天下。兩個都取35，則獨孤求敗從35歲開始天下無敵，又統治了江湖35年，然後來到劍塚和神鵰隱居 x 年逝世。逝世後 y 年，楊過來到劍塚。$35+35+x+y$ 就是上限。

獨孤求敗「殺盡仇寇，敗盡英雄」，仇家不少，所以他到大城市襄陽近郊的劍塚隱居時應該餘威尚在，不至於太老，才能終老林泉，安然而逝，x 恐怕至少要算40年。作為比較，黃裳花了40年寫出《九陰真經》而仇家幾乎都死了。

獨孤求敗埋骨處「字跡筆劃甚細，入石卻是極深」，被苔蘚覆蓋。北英格蘭的一種苔蘚每年生長3～7公分（見：KELLYMG, WHITTON-BA. Growth Rate of the Aquatic Moss Rhynchostegium riParioides in Northern England. Freshwater Biology，1987，18（3）：461-468.）。考慮到襄陽的溼度遠遠低於北英格蘭，苔蘚品種雖不一樣，但可參考，取每年生長2公分，要長到20公分恐怕才可覆蓋入石頭極深的字跡，即要花費10年，所以 y 等於 10 年。因此，獨孤求敗出生距離楊過發現劍塚的時間就是 35+35+40+10=120 年，西元紀年為 1243-120=1123 年。

還可以用神鵰的可能年齡對這種推算進行驗證。

神鵰可以帶楊過去瀑布中練劍，而沒有傳授楊過任何其他劍法，如紫薇軟劍、木劍等，恐怕牠是在獨孤求敗使用玄鐵重劍的時候登場的，神鵰體型的重、拙、大恐怕也是獨孤求敗練重劍時才需要的，所以神鵰是在獨孤求敗 35 歲左右的時候來到他身邊的，之後陪伴獨孤求敗走過了 35 年全盛時期和 40 年隱居期，在獨孤求敗死後牠還有 10 年獨處期，終於遇到楊過。假設神鵰初遇獨孤求敗時出生不久，則神鵰遇到楊過時約 85 歲。

金庸在《神鵰俠侶》後記中提到神鵰：

神鵰這種怪鳥，現實世界中是沒有的。非洲馬達加斯加島有一種「象鳥」（Aepyornistitan），身高十英呎餘，體重一千餘磅，是世上最大的鳥類，在西元 1660 年前後絕種。象鳥腿極粗，身體太重，不能飛翔。象鳥蛋比鴕鳥蛋大六倍。我在紐約博物館中見過象鳥蛋的化石，比一張小茶几的几面還大些。但這種鳥類相信智力一定甚低。

神鵰是象鳥的一種。象鳥的壽命沒有記載，因為早就滅絕了。但是象鳥和紐西蘭奇異鳥是近親戚（MITCHELLKJ，SOUBRIERJ，RAWLENCENJ，et al. Ancient DNA reveals ElePhant Birds and Kiwi Are Sister Taxa and Clarifies Ratite Bird Evolution. Science，2014，344（6186）：898-900.）。奇異鳥壽命最長的可達 80 歲（RAMSTADKM，MILLERHC，

KOLLEG. Sixteen Kiwi（Apteryx spp）Transcriptomes Provide a Wealth of Genetic Markers and Insight into Sex Chromosome Evolution in Birds. BMC Genomics，2016，17：410.）。而一般來說，動物體型越大，壽命越長（SPEAKMANJR. Body Size, Energy Metabolism and Lifespan. J Exp Biol，2005，208（Pt9）：1717-1730.），所以象鳥壽命可達 90～100 歲。

第三次華山論劍時，神鵰還能攀上華山：

> 卻聽得楊過朗聲說道：「今番良晤，豪興不淺，他日江湖相逢，再當杯酒言歡。我們就此別過。」說著袍袖一拂，攜著小龍女之手，與神鵰並肩下山。
>
> 《神鵰俠侶》第四十回「華山之巔」

華山以險著稱，神鵰居然能自由上下。神鵰大概是 85+16=101 歲，對於一個百歲為壽限的物種來說，101 歲左右可能還能攀登以險著稱的華山似乎比較難，但別忘了，神鵰隨獨孤求敗縱橫天下，訓練有素。作為參照，老頑童、一燈年紀恐怕當時都年近百歲，依然能上華山。

這種推算是基於獨孤求敗出生於西元 1123 年而進行的。

還可以用《射鵰英雄傳》的時間線對獨孤求敗的生年進行驗證。

獨孤求敗 1193 年（70 歲）來到劍塚，一代天驕終老林泉。而第一次華山論劍發生在 1199 年。王重陽選擇這個時間論劍，也是為了填補獨孤求敗離去後的武學真空。

綜上，獨孤求敗 1123 年出生的可能性很大。他縱橫江湖的時間比掃地僧之問的年頭晚了八十多年。

附：科學研究套路 ——「雞爪對雞屎的影響」

　　科學研究本來是對未知領域的探索，是篳路藍縷、以啟山林，是登無人之境，所以一般來說科學研究是沒有套路可以參考的。然而，目前科學研究界流行一種所謂的「科學研究套路」：申請基金有基金的套路，比如蹭熱點的研究；發文章有文章的套路，比如什麼樣的模式能發影響指數為幾分的文章等等。

　　科學研究套路最大的特點是安全但不重要，安全是因為四平八穩，不重要則是因為不具有重要啟發性。神經生物學家蒲慕明先生在 2006 年神經科學研究所的年會上曾講過：「我有一個同事，在完成 NIH 四年專案評審工作後對我說：他現在終於不需要再讀那些申請研究『雞爪對雞屎的影響』的經費申請書了。」蒲先生這裡所說的「雞爪對雞屎的影響」，我認為就是那些安全但不重要的科學研究套路。

8　前朝宦官的理念

　　我死後哪管洪水滔天。

—— 前朝宦官

　　掃地僧之問後一百三十多年，前朝宦官創出《葵花寶典》。

　　《葵花寶典》有三個特點：新奇、迅捷以及速成。

　　《葵花寶典》奇、快無比，奇是招式新奇，快是施展速度快。

　　突然之間，眾人只覺眼前有一糰粉紅色的物事一閃，似乎東方不敗的身子動了一動。但聽得當的一聲響，童百熊手中單刀落地，跟著身子晃了幾晃。只見童百熊張大了口，忽然身子向前直撲下去，俯伏在地，就此一動也不動了。他摔倒時雖只一瞬之間，但任我行等高手均已看得

上篇

清楚,他眉心、左右太陽穴、鼻下人中四處大穴上,都有一個細小紅點,微微有血滲出,顯是被東方不敗用手中的繡花針所刺。

《笑傲江湖》第三十一章「繡花」

驀地裡岳不群空手猱身而上,雙手擒拿點拍,攻勢凌厲之極。他身形飄忽,有如鬼魅,轉了幾轉,移步向西,出手之奇之快,直是匪夷所思。

《笑傲江湖》第三十四章「奪帥」

林平之一聲冷笑,驀地裡疾衝上前,當真是動如脫兔,一瞬之間,與余滄海相距已不到一尺,兩人的鼻子幾乎要碰在一起。這一衝招式之怪,無人想像得到,而行動之快,更是難以形容。

《笑傲江湖》第三十五章「復仇」

岳不群的武功「出手之奇之快,直是匪夷所思」,林平之的武功「招式之怪,無人想像得到,而行動之快,更是難以形容」;而東方不敗因為太快,反倒看不出奇詭怪異了。整體而言,《葵花寶典》最大的特點是奇和快。

《葵花寶典》第三個特點是學習速度快。岳不群花了三個月,林平之花了六個月,就精通了《葵花寶典》而且挫敗了武藝高強的對手。

接下來分析岳、林學習《葵花寶典》的時間。

只聽黑白子道:「有一句話,我每隔兩個月便來請問你老人家一次。今日七月初一,我問的還是這一句話,老先生到底答不答允?」語氣甚是恭謹。

如此又過了一月有餘,他雖在地底,亦覺得炎暑之威漸減。

《笑傲江湖》第二十一章「囚居」

第二編　前「射鵰」的彩霞

　　從以上資訊可以推斷令狐冲脫困應該是西元 1563 年（見注）八月上旬。那麼他從杭州西湖趕到福建林家向陽老宅，算上路途時間，大概是八月底到達的。岳不群得到《辟邪劍譜》（《葵花寶典》簡化版）應該就是這個時候。那麼岳不群是什麼時候開始自宮練劍的呢？

　　只聽林平之續道：「袈裟既不在令狐冲身上，定是給你爹娘取了去。從福州回到華山，我潛心默察，你爹爹掩飾得也真好，竟半點端倪也瞧不出來，你爹爹那時得了病，當然，誰也不知道他是一見袈裟上的《辟邪劍譜》之後，立即便自宮練劍。旅途之中眾人聚居，我不敢去窺探你父母的動靜，一回華山，我每晚都躲在你爹娘臥室之側的懸崖上，要從他們的談話之中，查知劍譜的所在。」

　　　　　　　　　　　　　　　　《笑傲江湖》第三十五章「復仇」

　　岳不群拿到劍譜立刻自宮練劍，所以他開始練習的時間應該在 1563 年八月底。

　　林平之得到劍譜的時間要晚不少。《徐霞客遊記》記載，徐霞客在 1630 年七月十七從江蘇江陰老家出發，八月十九抵達福建漳州。《曾國藩家書》記載曾國藩在道光二十年從湖南湘鄉到北京走了八十多天。江陰到漳州 800 多公里，但是其間水路比較通暢，而且徐霞客獨自一人，體力又好；湘鄉到北京近 1,600 公里，其間陸路較多，曾國藩的體力恐怕也不如徐霞客。福州到華山也是大概 1,600 公里，而且華山派人很多，食宿不便，恐怕速度和曾國藩類似。以此推斷，從福建到華山，在明代的時候路程恐怕要三個月。那麼林平之最早也要在十二月初才開始練劍，比岳不群晚了至少三個月。

　　令狐冲攜江湖豪俠圍困少林寺救任盈盈是在十二月十五，任恆山掌門典禮是在二月十六，嵩山掌門人大會是在三月十五。就在這次嵩山掌

門人大會上,岳不群使用《辟邪劍譜》武功奇襲左冷禪,得到五嶽掌門人之位。會後,林平之憑《辟邪劍譜》殺余余滄海和木高峰,報了家仇,雪了己恨。

綜上所述,岳不群練了六個月(八月底到三月中)辟邪劍法,就戰勝了可以和任我行掰手腕的左冷禪,而林平之只學了三個月(十二月初到三月中)辟邪劍法,就殺了青城掌門余滄海以及塞外明駝木高峰。

這就是江湖人士不惜代價追尋《辟邪劍譜》的真相,因為它是速成型的。

《葵花寶典》的武學思想是追求招式奇、快、速成。也就是說,《葵花寶典》是不在乎內力強弱的,只要招式奇而快且速成,就無往不利。

《葵花寶典》當然也有內力屬性,但其內力只是為了讓劍法更奇更快。因為只注重招式新奇和速度,《葵花寶典》的招數有限,難免重複,這是它的缺點之一。

《葵花寶典》點燃內力的方式也迅速激烈,以便速成,比古墓派和西域白駝山修習內功還要快,也就更易走火入魔,所以只能透過自宮的方式消除隱患,這是《葵花寶典》的缺點之二。

《葵花寶典》的理念就是不在乎基礎研究,只注重技術突破,是對技術的極致追求、只求速效、不計長遠的思維方式的代表。

注1:《葵花寶典》成書年代考

《葵花寶典》到底是什麼時候成書的呢?

方證道:「至於這位前輩的姓名,已經無可查考,以他這樣一位大高手,為什麼在皇宮中做太監,那是更加誰也不知道了。至於寶典中所載

第二編　前「射鵰」的彩霞

的武功，卻是精深之極，三百餘年來，始終無一人能據書練成。」

《笑傲江湖》第三十章「密議」

所以，《葵花寶典》成書於令狐冲所處時代的三百餘年前。那麼推算具體成書時間就需要知道三百餘年到底是多少年以及令狐冲所處的時代。

先看「餘年」到底是多少。

《笑傲江湖》中的「餘年」代表的時間長短比較複雜，比如：

「其實，林師弟不過初入師門，向她討教劍法，平時陪她說話解悶而已，兩人又不是真有情意，怎及得我和小師妹一同長大，十餘年來朝夕共處的情誼？」

《笑傲江湖》第九章「邀客」

再比如：

他（令狐冲）從師練劍十餘年，每一次練習，總是全心全意的打起了精神，不敢有絲毫怠忽。

《笑傲江湖》第十章「傳劍」

這裡面的十餘年指的是近二十年，因為書中明確提到令狐冲和岳靈珊從小一起長大，而岳靈珊當時是十八歲左右。

但書中提到任我行因繫在西湖底也是十餘年，而我們知道具體是十二年，所以十餘年也可以代表十二年。

十八、十二兩者折中就是 15 年，所以，將「餘年」所指定為中間值。三百餘年就是 350 年。

「餘年」的含義是比較容易確定的，而確定《笑傲江湖》中令狐冲的

上篇

活躍年代比較難。

「天龍」、「射」、「神」、「倚天」或者有歷史人物，如「天龍」的耶律洪基、「神鵰」的蒙哥、「倚天」的常遇春；或者有歷史事件，如「射鵰」開篇提到的慶元年號。

《笑傲江湖》同這些小說相比，既沒有歷史人物，也沒有提到可參考的歷史事件。金庸先生在《笑傲江湖》後記中也明確說：「因為想寫的是一些普遍性格，是生活中的常見現象，所以本書沒有歷史背景，這表示，類似的情景可以發生在任何朝代。」

但是，金庸還是在《笑傲江湖》裡面埋下了時間線。另外，為了對不同小說尤其是《倚天屠龍記》和《笑傲江湖》做連貫研究，也需要建立時間線。那麼，令狐冲活躍的時間到底怎麼推算呢？網上有很多推算，如根據華山派談話中涉及的閏月，參考陳垣的《二十史朔閏表》進行推算，等等，過於複雜。

我採用了一種全新的推算方法。

《笑傲江湖》裡面有一個可以作為座標的時間點，這就是令狐冲曾經假扮過的赴泉州上任的軍官吳天德。

> 他在懷中一搜，掏了一只大信封出來，上面蓋有「兵部尚書大堂正印」的硃紅大印，寫著「告身」兩個大字。打開信封，抽了一張厚紙出來，卻是兵部尚書的一張委任令，寫明委任河北滄州游擊吳天德升任福建泉州府參將，克日上任。
>
> 《笑傲江湖》第二十二章「脫困」

吳天德原來在滄州做游擊，後來被調任福建泉州任參將。參將這個職位在《笑傲江湖》裡面還出現過，比如劉正風金盆洗手時得到的也是參

第二編　前「射鵰」的彩霞

將的頭銜。

中國歷史上參將這一官職始於明代。

《明史‧職官志》中提到：「鎮守福建總兵官一人，舊為副總兵，嘉靖四十二年改設，駐福寧州。分守參將一人，曰南路參將，守備三人，把總七人，坐營官一人。」

這個記載很重要。嘉靖四十二年，也就是西元 1563 年，明政府忽然將鎮守福建的最高長官由副總兵升為總兵，駐守福寧州，即今天的福建東北和浙江接壤的霞浦，而且下設參將一人、守備三人、把總七人、營官一人。

總兵以下就是參將。所以參將並非《笑傲江湖》裡面一幫江湖人士對劉正風的評價一樣是綠豆大的小官，這些江湖人士可能對軍隊官職沒有概念。**事實上，參將這個官並不小。**

比如，《明史》中有「東李西麻」的說法。被萬曆皇帝稱為「一時良將」的抗倭英雄麻貴在參將的位子上坐了近十二年才升為總兵：

麻貴，大同右衛人。父祿，嘉靖中為大同參將。貴由舍人從軍，積功至都指揮僉事，充宣府游擊將軍。隆慶中，遷大同新平堡參將。萬曆十年冬，以都督僉事充寧夏總兵官。

《明史‧麻貴傳》

從隆慶中到萬曆十年，麻貴這樣一代名將升遷之路也不順利。另外，從麻貴一路在山西、寧夏任職可以看出，**明代異地升遷恐怕不容易，高機率只能發生在軍隊建制之初。**

所以吳天德調任泉州參將的時候恐怕就是嘉靖四十二年（即 1563 年）左右。

上篇

那麼1563年發生了什麼事呢？明政府為什麼忽然擢升福建守軍主官的官銜並下設參將、守備、把總、營官多人？

《明史・列傳》第一百〔俞大猷（盧鏜、湯克寬）、戚繼光（弟繼美、朱先）、劉顯（郭成）、李錫（黃應甲、尹鳳）、張元勛〕記載：「明年，倭大舉犯福建。」這裡的「明年」指的是嘉靖四十一年。所以在嘉靖四十一年（即西元1562年）倭寇大舉入侵福建。

這就和《明史・職官志》的記載對上號了。原來嘉靖四十一年倭寇大舉入侵福建，因此明政府擢升福建守軍最高長官，將副總兵升為總兵，並下設參將、守備、把總、營官多人，而且特別駐防在倭寇來犯的最前沿——福寧州，即今天的霞浦。

不僅如此，西元1563年明政府重設澎湖巡檢司，同樣說明當時海防需要人手。《臺灣府志》（清高拱乾著）卷一〈封城志〉記載：「明嘉靖間，澎湖屬泉同安，設巡檢守之。」「嘉靖四十二年，流寇林道干擾亂沿海，都督俞大猷徵之。」俞大猷「留偏師駐澎島」。

滄州游擊吳天德就是在這樣的背景下於1563年被調往福建泉州任參將的。

另外，吳是福建大姓，雖然不如有「陳林半福建」之稱的陳姓、林姓，但依然是大姓，可能排到福建姓氏前五。吳天德可能祖籍福建，趁機會調回福建，既衛國又還鄉，兩全其美。

這就為令狐冲活躍的時間確定了一個基準點——西元1563年。順便說一句，1563年升任福建總兵的就是大名鼎鼎的戚繼光。

推算下來，350年前就是1213年，也就是《葵花寶典》創立的時間。

注2：論《葵花寶典》來自《九陰真經》的可能性

《葵花寶典》可能來自《九陰真經》。推論基於以下五點。

第一，洪七公、郭靖在歐陽鋒的脅迫下聯手造假《九陰真經》。

洪七公酒酣飯飽，伸袖抹了嘴上油膩，湊到郭靖耳邊輕輕道：「老毒物要《九陰真經》，你寫一部九陰假經與他。」郭靖不解，低聲問道：「九陰假經？」洪七公笑道：「是啊。當今之世，只有你一人知道真經的經文，你愛怎麼寫就怎麼寫，誰也不知是對是錯。你把經中文句任意顛倒竄改，教他照著練功，那就練一百年只練成個屁！」

《射鵰英雄傳》第二十章「竄改經文」

洪七公、郭靖造假方法是這樣的：

洪七公道：「你可要寫得似是而非，三句真話，夾半句假話，逢到練功的祕訣，卻給他增增減減，經上說吐納八次，你改成六次或是十次，老毒物再機靈，也決不能瞧出來。我寧可七日七夜不飲酒不吃飯，也要瞧瞧他老毒物練九陰假經的模樣。」

《射鵰英雄傳》第二十章「竄改經文」

第二，《笑傲江湖》中提到的《葵花寶典》成書於「射鵰」時代。

《葵花寶典》誕生於西元1213年。1213年是什麼年頭？是郭靖12歲的時候（見「瑛姑的逃離」的注），正在大漠練功。如果《葵花寶典》成書在「射鵰」時代，這一帶來武學新理念的武功怎麼會在「射鵰」時代默默無聞？一個很大的可能是那時它還不叫《葵花寶典》。

葵花，也就是向日葵，是在明朝中期即正德、嘉靖年間才被引入中國的，所以宋朝是不可能有葵花這一名字的。那麼，《葵花寶典》在那時叫什麼？

上篇

第三,《葵花寶典》的武功特點和《九陰真經》極其接近。

《九陰真經》有三個特點:廣博、新奇(或者說古怪)以及速成;《葵花寶典》有三個特點:新奇(或者說古怪)、速度快以及速成。兩者之間在新奇和速成上是一致的。

第四,《葵花寶典》的武功招式風格和《九陰真經》極其接近。

但東方不敗的身形如鬼如魅,飄忽來去,直似輕煙。

《笑傲江湖》第三十一章「繡花」

他生平見識過無數怪異武功,但周芷若這般身法鞭法,如風吹柳絮,水送浮萍,實非人間氣象,霎時間宛如身在夢中,心中一寒:「難道她當真有妖法不成?還是有什麼怪物附體?」

《倚天屠龍記》第三十七章「天下英雄莫能當」

「如鬼如魅」=「非人間氣象」,「飄忽來去,直似輕煙」=「風吹柳絮,水送浮萍」。

縱觀金庸小說中的武功,招式風格如此相似的只有《葵花寶典》和《九陰真經》。

第五,「葵花」和「九陰」傳遞的是一個意思。

老子說:「萬物負陰而抱陽,衝氣以為和。」陰陽互相趨向是天性。「九陰」為陰之極,要趨向於陽;而向日葵,顧名思義,也就是向陽的意思,所以「葵花」和「九陰」就是一件事的兩種表述。

英諺有云:If it looks like a duck, walks like a duck, and quacks like a duck, then it's a duck.(如果長得像鴨子,走路像鴨子,叫聲像鴨子,那牠就是一隻鴨子。)

一本絕世祕笈,成書時間、特點、風格甚至名字含義都和《九陰真

經》類似，極可能就源於《九陰真經》。

但是兩者之間依然有不同之處，如《九陰真經》博大，《葵花寶典》迅捷，可能的原因是這樣的：

歐陽鋒得到郭靖竄改的「九陰假經」，信以為真，視若珍寶，練習不輟。然而，假經脫胎於極高深的《九陰真經》，而且有造假的成分，練習時很容易走火入魔。

《九陰真經》是沒有問題的，雖然凶險，但在高手看來還可控。但是郭靖竄改的假經更容易走火入魔。歐陽鋒是西域武林至尊，不信邪硬練，結果走火入魔，瘋了。

然而歐陽鋒憑「九陰假經」天下無敵也確是事實。陰差陽錯，「九陰假經」其實比《九陰真經》還厲害，尤其是在瘋癲的歐陽鋒手裡，**假經在奇、快的特點上越走越遠**，《九陰真經》中博大的武功也被忽視了，因為不需要了。

「九陰假經」唯一的 bug 就是容易走火入魔導致瘋癲。瘋了的歐陽鋒疏於防備，「九陰假經」就此慢慢流入世間。這一讓人天下無敵的祕笈讓無數人為之瘋狂，但練習者大都走火入魔。

在其輾轉流傳中，前朝宦官可能偶然發現自己練了沒事，人們於是意識到，自宮這一方法是「九陰假經」的一個很好的補丁，剛好避免瘋癲，從而練成絕世武功。自此以後，「武林稱雄，引刀自宮」這一法門始為人們所熟知。

源自「九陰假經」的《葵花寶典》舍博大而專攻奇、快、速成。當《葵花寶典》被林遠圖改為《辟邪劍譜》後，這一特點被進一步放大了。

這可能就是《葵花寶典》以及《辟邪劍譜》的真相。

注3:「青青園中葵」與葵花

「青青園中葵」中的「葵」指的是錦葵科植物冬葵,而不是常見的菊科植物向日葵。向日葵是明朝中期才傳入中國的。

附:殘差神經網路的發現

2015 年,何愷明等人發表了一篇題為〈影像辨識中的深度殘差學習〉(Deep Residual Learning for Image Recognition) 的論文。目前,這篇論文已經被引用超過 13 萬次,是人工智慧領域引用次數最多的論文之一。

影像辨識是人工智慧領域的一個重要問題,神經網路在解決影像辨識問題中取得很大成績。人們推測,神經網路的層級越深,效果有可能更好。事實卻並非如此,隨著神經網路層級的增加,影像辨識的準確度卻下降了。在何愷明等人的論文發表前,最多的神經網路層級也就是 30 層左右。人們以為神經網路層級增加似乎能提高準確度,結果卻事與願違。有可能解決這一問題嗎?

這就是何愷明等人論文的背景。他們給出的答案思路相當簡潔而又深刻:與其讓堆積起來的神經網路層級同最底層相適應,不如讓它們同一個新建立的函式相適應,這個函式就是所謂的殘差函式。假定原始的底層為 H(x),那麼一個新建立的函式 F(x)=H(x)-x。新函式更容易調整。基於這樣的思路建構的神經網路就是殘差網路 (ResNet)。

第三編　「射鵰」的碧空

引子：王重陽罷黜百家、獨尊九陰

前「射鵰」時代誕生了四部武學鉅著：《九陽真經》、《九陰真經》、獨孤求敗心悟和《葵花寶典》。但是，在「射鵰」時代大放異彩的是位列探花之位的《九陰真經》，這僅僅是一個偶然嗎？

掃地僧的《九陽真經》在藏經閣中度過悠長歲月，但他有一身驚人的武功，難道就沒有想過傳下去嗎？畢竟玄慈以後少林聲譽、元氣大傷，少林寺難道不想憑掃地僧的武學修為重振少林威名嗎？

獨孤求敗縱橫江湖三十餘年，「殺盡仇寇，敗盡英雄，天下更無抗手」，恐怕不會沒有人記得。對於他的心悟，嚮往者不應該如過江之鯽嗎？

黃裳以一介文官身分，因為自悟的武功被皇帝委以剿滅明教的重任。《葵花寶典》的創立者前朝宦官難道不能因自己的武學而獲得巨大聲名嗎？

四大武功在後來的流傳恐怕不能用自身的自然傳播過程解讀，而人為篩選的機制可能發揮了重要作用。「射鵰」時代黃裳的《九陰真經》如天上明月，一時無兩，就是篩選的結果。

這一切要從王重陽罷黜百家、獨尊九陰說起。

王重陽生於北宋之末，長於南宋之初，和陸游、辛棄疾處於同一時代。這一時代的仁人志士常有家國之思，念念不忘的，是「夜闌臥聽風吹雨，鐵馬冰河入夢來」，是「王師北定中原日，家祭無忘告乃翁」，

是「醉裡挑燈看劍，夢迴吹角連營」，是「把吳鉤看了，闌干拍遍，無人會，登臨意」。丘處機說：

「我恩師不是生來就做道士的。他少年時先學文，再練武，是一位縱橫江湖的英雄好漢，只因憤恨金兵入侵，毀我田廬，殺我百姓，曾大舉義旗，與金兵對敵，占城奪地，在中原建下了轟轟烈烈的一番事業，後來終以金兵勢盛，先師連戰連敗，將士傷亡殆盡，這才憤而出家。那時他自稱『活死人』，接連幾年，住在本山的一個古墓之中，不肯出墓門一步，意思是雖生猶死，不願與金賊共居於青天之下，所謂不共戴天，就是這個意思了。」

《神鵰俠侶》第四回「全真門下」

王重陽一腔熱血，奈何「山河破碎風飄絮」，自己奮鬥過，但不過「身世浮沉雨打萍」，惶恐而又伶仃，心灰意冷之下，隱居活死人墓，自稱活死人，無力作為，唯有「留取丹心照汗青」。如果不出意外，王重陽恐怕就終老於此了。

但王重陽終於找到新的方向，這始於林朝英的一番苦心：

「先師一個生平勁敵在墓門外百般辱罵，連激他七日七夜，先師實在忍耐不住，出洞與之相鬥。豈知那人哈哈一笑，說道：『你既出來了，就不用回去啦！』先師恍然而悟，才知敵人倒是出於好心，乃是可惜他一副大好身手埋沒在墳墓之中，是以用計激他出墓。」

《神鵰俠侶》第四回「全真門下」

林朝英用激將法誘出王重陽，後來又用計賺得活死人墓，在王重陽眼前打開一片新天地。林朝英其時已經收徒立派，王重陽可能也受到啟發，收徒傳道。王重陽可能很快意識到，透過建立教派，收徒傳道，不失為一種新的拯救國家的方式。這恐怕是全真教創立的初衷。

當然，王重陽需要一系列的操作才能達成自己的最終目的。王重陽透過創立教派重整河山，是透過一系列關鍵策略達成的。

第一是選擇了《九陰真經》，以此為主題創立了「華山論劍」論壇。第二是遺計定歐（陽鋒）裘（千仞），為全真教發展贏得了時間。第三是透過天罡北斗陣團結弟子，讓全真派傳承更久遠。

王重陽的成就是異常巨大的。在王重陽創立教派後的近百年時間裡，千年傳承的少林寺居然毫無存在感，出現了少見的斷層。直到第三次華山論劍，少林寺的覺遠才出來刷了一下存在感。

不過，在詳細述說王重陽之前，讓我們先移目林朝英這個全真派真正的始作俑者。

9 林朝英的門派

月明林下美人來。

—— 林朝英

四大宗師有發明、無傳承，直到林朝英翩然而至。

「天龍」時代以後，前「射鵰」時代儘管有四大宗師，但武學內力、外功卓然成家的唯有獨孤求敗、王重陽以及古墓派創始人林朝英。

林朝英學究天人，在武學研究上別有巧思。

論內功，林朝英的《玉女心經》別道奇行：

全真內功博大精深，欲在內功上創制新法而勝過之，真是談何容易？那林朝英也真是聰明無比，居然別尋蹊徑，自旁門左道力搶上風。

《神鵰俠侶》第六回「玉女心經」

上篇

林朝英的內功，講究「十二少、十二多」正反要訣：「少思、少念、少欲、少事、少語、少笑、少愁、少樂、少喜、少怒、少好、少惡」，從克制情慾入手，提升內力。

論外功，林朝英的武功體系嚴密。林朝英武功分為：古墓派基本功；全真武功（沒錯，全真劍法也是林朝英武功的有機組成部分，這是林朝英的聰明之處）；古墓派高階武功，即克制全真武功的《玉女心經》；以及最高階的融全真武功、《玉女心經》於一爐的玉女素心劍法。所以林朝英的武功層次分明、境界明確，直追獨孤求敗。

林朝英還發明了獨步天下的暗器，如冰魄銀針、玉蜂針。環顧金庸小說，暗器最厲害的是天山童姥的生死符，其次就是林朝英的暗器，而丁春秋傳給阿紫的碧磷針只能位居其後。

林朝英也是陣法的先驅。林朝英開發了玉女素心劍法。王重陽的天罡北斗陣和全真五子（當時馬鈺和譚處端已故）的七星聚會等可能就是在林朝英的啟發下創出來的。

林朝英還有超越時代的工具意識，用特殊的裝備和方法進行武學訓練和對戰。

林朝英特別重視裝備，如銀索金鈴、金絲手套，尤其是寒玉床：

「……這是祖師婆婆花了七年心血，到極北苦寒之地，在數百丈堅冰之下挖出來的寒玉。睡在這玉床上練內功，一年抵得上平常修練的十年。」楊過喜道：「啊，原來有這等好處。」小龍女道：「初時你睡在上面，覺得奇寒難熬，只得運全身功力與之相抗，久而久之，習慣成自然，縱在睡夢之中也是練功不輟。常人練功，就算是最勤奮之人，每日總須有幾個時辰睡覺。要知道練功是逆天而行之事，氣血運轉，均與常時不同，但每晚睡將下來，夢中非但不耗白日之功，反而更增功力。」

《神鵰俠侶》第五回「活死人墓」

林朝英針對女性氣力不足的弱點從旁門左道搶占上風，但有走火入魔的風險。林朝英因此採用寒玉床預防走火入魔，讓內力增速極大提高。這是她超越時代的工具意識。

　　林朝英用麻雀進行「天羅地網式」練習，也是一種獨具匠心的訓練方法，和獨孤求敗用神鵰練劍一脈相承。

　　總之，林朝英的武功自成一家，有自己的武學體系，同獨孤求敗、黃裳、王重陽等相比，可能也僅次於獨孤求敗，她在暗器、陣法、工具方面的成就甚至大於獨孤求敗。

　　四大宗師中除了獨孤求敗以外，《九陽真經》的作者掃地僧只有內功，黃裳體系稍顯凌亂，《葵花寶典》的作者只有速度。

　　四絕也沒有自己的體系。東邪很難說有自己的體系。小說中關於黃藥師的內功介紹不多。他外功繁雜，如劈空掌、彈指神通、蘭花拂穴手等，涉獵廣泛，但博而不精。西毒也沒有自己的體系，歐陽鋒也是外家好手，蛤蟆功、靈蛇拳很厲害，但是並不成體系。南帝只是遺傳了家族的一陽指而已，再無任何發明創造。北丐是領導者，他率領的丐幫是一個幫派組織，洪七公精通降龍掌、打狗棒法，但是並無體系。裘千仞的情況和洪七公類似。

　　所謂體系，指的是內容表現出以下五大特點：有較為完備的輻射廣度，一般至少包含內力、外功乃至輕功、暗器等；有縱深的空間，可以之為基礎進一步發明創造；有一致的風格，辨識度高；有獨特的學習方法；而且非常重要的是，在設計上對於各種根器的人物具有普適性，便於傳承。

　　林朝英的體系涵蓋內力、外功、輕功和暗器，從古墓派入門到全真武功、《玉女心經》乃至玉女素心劍法層次分明，風格輕靈飄逸，有適宜

的工具、方法加快練習速度，不但上上根器的小龍女、楊過可以練習，而且上等資質者（如李莫愁）、一般天分者（如孫婆婆、洪凌波、陸無雙等）都各有所成，這就是體系的力量。

然而，林朝英對後世最大的貢獻是使武林中人重拾對門派的信心。

「天龍」時代門派凋零，逍遙派無崖子被丁春秋打入山谷，苟延殘喘；丁春秋的星宿派內部競爭嚴重，被靈鷲宮收編整合；大宗派難以為繼，如少林寺玄慈自身有汙點，難以服眾；幫派逐漸衰落，如丐幫經歷兩次幫主之亂、一次幫主被殺後幾乎四分五裂。小門派也內耗、外鬥厲害，內耗如大理無量劍派的南北宗之爭，外鬥如青城派和蓬萊派的世代仇殺。

「天龍」時代諸俠也缺少門派傳承。段譽的大理段氏是家族而不是門派，所以缺少門派的靈活性。蕭峰所在的丐幫主要是一個幫派，而不是武學傳播組織。虛竹的靈鷲宮沿襲天山童姥舊制，和丐幫類似。

但林朝英最先建立了自己的門派體系。她將武功傳給丫鬟，她的丫鬟又收了李莫愁、小龍女，李莫愁的徒弟有洪凌波、陸無雙，小龍女則收了楊過為徒。這樣的體系雖然不具規模，但是極大地重拾了人們對門派的信心。

承載學術 DNA 傳承的就是門派。

林朝英建立門派還在王重陽之前：

亂子就出在這裡。那位前輩生平不收弟子，就只一個隨身丫鬟相侍，兩人苦守在那墓中，竟然也是十餘年不出，那前輩的一身驚人武功都傳給了丫鬟。

《神鵰俠侶》第四回「全真門下」

也就是說，林朝英和王重陽打賭，用計賺得古墓的時候，她的丫鬟（即弟子）就已經在陪著她了。這時候王重陽只結了個廬，重陽宮還沒有

蓋起來，剛剛做道士，更不用提收馬鈺、丘處機等弟子了。王重陽當道士收徒弟，恐怕是在受到林朝英啟發後才開始的。

四絕始終沒有建立門派。東邪的桃花島更像是個天才孤兒收容所。西毒的白駝山也不是門派，是家族企業。南帝是皇室，還是家族。丐幫、鐵掌幫是幫派，不是武學門派。

只有門派的出現，才讓武學由**個體的偶然變成群體的必然**。因個體偶然而閃現的武功輝煌常常無法持久。強者如獨孤求敗也是一代而絕，和神鵰終老。只有門派才能讓武學因群體的強大力量而綿延不絕。少林寺千年傳承，靠的不是掃地僧這樣的傑出人物，而是一個穩定的群體，最終達成穩定輸出。

林朝英就是門派復興的先行者。

注1：古墓派年代考

古墓派主要人物的年代考證最好從楊過算起，因為關於他的線索最多，比較好算，可以逆推至林朝英。

楊過、小龍女

楊過出生於第二次華山論劍時，即西元1220年（見後面的「**華山論劍年代考**」）。楊過在《神鵰俠侶》中剛出場時是十三四歲（取十三歲）。而小龍女剛出場時是十八歲生辰之後，所以小龍女比楊過大五歲，出生於1215年。

李莫愁

當年在陸展元的喜筵上相見，李莫愁是二十歲左右的年紀，此時已是三十歲。

《神鵰俠侶》第二回「故人之子」

李莫愁剛出場時三十歲，比小龍女大十二歲，比楊過大十七歲，所以李莫愁生於 1203 年。

林朝英丫鬟兼徒弟，小龍女的師父

剛行禮畢，荊棘叢中出來一個十三四歲的小女孩，向我們還禮，答謝弔祭。

《神鵰俠侶》第四回「全真門下」

小龍女十三四歲（取十三歲）時師父去世，也就是 1228 年。

而小龍女的師父在重陽宮收養剛出生不久的小龍女時，在丘處機眼裡是一個中年婦女。中年要算多少歲呢？三十至五十似乎都可以。這裡算五十歲，後面會看出算五十歲的道理。所以小龍女的師父比小龍女大五十歲，生於 1165 年，比李莫愁大三十八歲，享年六十三歲。

林朝英

林朝英死後，王重陽

……獨入深山，結了一間茅廬，一連三年足不出山。十餘年後華山論劍，奪得武學奇書九陰真經。

《神鵰俠侶》第七回「重陽遺刻」

十餘年統一按十五年處理，則林朝英死後十八年第一次華山論劍。考慮到第一次華山論劍是在 1199 年（見後面的「華山論劍年代考」），**則林朝英死於 1181 年。**

而這一年，若按上邊以五十歲為中年，小龍女的師父剛好十六歲；若按四十歲為中年，則小龍女的師父為六歲。後一種的可能性是很小的。

西壁畫中是兩個姑娘。一個二十五六歲，正在對鏡梳妝，另一個是十四五歲的丫鬟，手捧面盆，在旁侍候。畫中鏡裡映出那年長容貌極美，秀眉入鬢，眼角之間卻隱隱帶著一層殺氣。楊過望了幾眼，心下不自禁的大生敬畏之念。

《神鵰俠侶》第五回「活死人墓」

這張畫恐怕是林朝英剛進入古墓定居時所畫。所以，林朝英比丫鬟大11歲，生於1154年。

林朝英只活了二十七歲。

附：居禮夫人的中國傳承

居禮夫人和中國有很深的淵源。施士元（1908 — 2007）於1929 — 1933年在法國巴黎大學鐳研究所從事研究工作，師從居禮夫人。施士元在1933年獲法國巴黎大學科學博士學位。從1933年夏季開始，施士元任南京中央大學物理系教授兼系主任。吳健雄（1912 — 1997）於1930年考入南京中央大學數學系，次年轉入物理系。1934年吳健雄的畢業論文是在施士元的指導下完成的。錢三強（1913 — 1992）於1937 — 1940年在法國攻讀博士學位，導師是居禮夫人的大女兒伊雷娜·約裡奧-居禮（Irène Joliot-Curie，西元1897 — 1956）。

居禮夫人很重視教育，尤其是針對女性的科學啟蒙。居禮夫人曾聯合多位傑出人士組織了一個家庭學習實驗計畫，教導包括她自己的兩個女兒在內的約10個孩子，這個計畫持續了約兩年。1923年，當時居禮夫人已經兩獲諾貝爾獎，卻依然在學校傳授物理，她說：

我對在學校的工作非常感興趣，並致力於建設實驗室，讓學生得到實操訓練。這些學生都是20歲左右的姑娘，她們通過嚴苛的考試進入

學校，但還要更加勤奮，只為了獲得高中教職。這些女孩以極大的熱情學習，而我則非常榮幸可以指導她們學習物理。（I became much interested in my work in the Normal School，and endeavoured to develop more fully the practical laboratory exercises of the pupils. These pupils were girls of about twenty years who had entered the school after severe examination and had still to work very seriously to meet there quirements that would enable them to be named professors in the lycées. All these young women worked with great eagerness, and it was a pleasure for me to direct their studies in physics.）

參考文獻：

[1] Ogilvie M B. Marie Curie. Greenwood Pub Group, 2004.

[2] CHIU M H, WANG N Y. Marie Curie And Science Education. MEI-HUNG CHIU AND NADIAY. WANG, Celebrating the 100th Anniversary of Madame Marie Sklodowska Curie's Nobel Prize in Chemistry. 2011：9-39.

10 王重陽的論壇

雪滿山中高士臥。

——王重陽

王重陽站在林朝英的肩膀上，以《九陰真經》為契機，建立了學術論壇——華山論劍，從而一統四大宗師之後的武學江湖，綿延近百年。

抗金不成，心灰意冷，隱居古墓，自號活死人，這是王重陽人生的至暗時刻。

被林朝英激出古墓，王重陽獲得了新生。王重陽後來有兩句詩：「出

門一笑無拘礙，雲在西湖月在天」，似乎正是描述了當時的心境。

王重陽出門一笑，不僅是因為武功大成，形成了自己的全真武學體系，隱隱和獨孤求敗、林朝英分庭抗禮，震古爍今；更重要的是，王重陽在林朝英的啟發下，決心創立宗派，傳續全真絕學，也期望驅除韃虜、北定中原。

王重陽首先完善了自己的武學體系。

全真內功上手慢，但穩健而且上不封頂。全真內功包羅極廣，如先天功，王重陽就是憑這門武功折服四絕；也有「金關玉鎖二十四訣」這種築基的武功。全真內功的一個特點是中正平和，不容易出錯和走火入魔，所以任何根器的人都可以練習，如郭靖在十六歲就開始練習全真內功。全真內功的另一個特點是練成後永無停歇，只會越來越精純，這是別人無可比擬的，所以王重陽遠勝四絕，而郭靖後來一個月就能掌握降龍十八掌，也是得益於全真內功。

全真外功也威力很大。小龍女、楊過看到刻在古墓中的全真劍法後都讚嘆不已，足以說明全真劍法的威力。全真外功除了劍法，還有三花聚頂掌法、指筆功等。

全真輕功也不俗。郭靖曾學習全真的上天梯。後來他無任何憑藉登上襄陽城頭，讓數萬蒙古大軍嘆為觀止，恐怕也得益於這門全真輕功。

危急之中不及細想，左足在城牆上一點，身子陡然拔高丈餘，右足跟著在城牆上一點，再升高了丈餘。這路「上天梯」的高深武功當世會者極少，即令有人練就，每一步也只上升得二三尺而已，他這般在光溜溜的城牆上踏步而上，一步便躍上丈許，武功之高，的是驚世駭俗。霎時之間，城上城下寂靜無聲，數萬道目光盡皆注視在他身上。

《神鵰俠侶》第二十一回「襄陽鏖兵」

上篇

全真武功還是一個開源的體系,可以站在前人肩膀上夠得更高。比如全真七子開發了同歸劍法,丘處機根據天罡北斗陣創出了七星聚會。

王重陽另外一個重要的舉措是創派授徒,而且是雙軌制。

一方面,可能考慮到逍遙派無崖子因為看臉而遇人不淑,王重陽選擇弟子時重德不重才,全真七子儘管學武天分稍差,但個個都是性行高潔的人物。另一方面,王重陽也選拔了武學天分極高的周伯通,傳承武學衣缽,但不納入全真門下。這樣的制度設計,既建立了全真武學傳承體系,又有頂尖武學人才,兩者共同保證了全真派的發揚光大。

但王重陽還面臨一個關鍵問題:一個新成立的宗派,如何提高影響力,持續不斷地吸引人才? 對於一個組織,尤其是一個新生組織,提高影響力、吸引人才永遠是一個不容易的任務,競爭異常激烈。比如明教就從名門正派挖人才。周伯通提到明教的時候說:

(黃裳)親自去向明教的高手挑戰,一口氣殺了幾個什麼法王、什麼使者。哪知道他所殺的人中,有幾個是武林中名門大派的弟子。

《射鵰英雄傳》第十六章「《九陰真經》」

明教當時就開始從各大門派搶人了。明教一直為正派所不容,恐怕遠不止正邪之分這麼簡單,人才爭奪恐怕也是原因之一。

王重陽是怎麼提高影響力、爭奪人才的呢?**他只創辦了一個武學論壇,就改變了整個金庸武俠世界的武學走向。**

王重陽一生有幾大成就。如創立全真武學、建立教派(即全真教)、培養了七個弟子(即全真七子)。**但這些成就的根源和保障是王重陽創辦了武學論壇——華山論劍。**

論武學發明,獨孤求敗和林朝英甚至超過王重陽;論武學團體創立

和年輕弟子培養，古墓派的林朝英、桃花島的黃藥師、白駝山的歐陽鋒、大理段智興、丐幫洪七公甚至鐵掌幫的裘千仞都各有可取之處，並沒有遠遜王重陽。然而，若論武學論壇建立，王重陽足以傲視群雄。**他敢說出「重陽一生，不弱於人」這句話，主要是因為武學論壇——華山論劍。**

王重陽選擇《九陰真經》作為第一次論壇的主題大有深意。

在眾多的前「射鵰」時代武學中，王重陽單單選擇了《九陰真經》，絕不是無緣無故的。王重陽縱橫天下半生，資訊渠道極為暢通，比如他甚至知道極北之地有寒玉床。王重陽很可能了解前「射鵰」時代的武學發明。獨孤求敗「縱橫江湖三十餘載，殺盡仇寇，敗盡英雄」，王重陽怎麼可能不知道？《九陽真經》作者掃地僧在少室山下被蕭峰打了一掌安然無恙，王重陽也可能聽聞。同獨孤九劍、《九陽真經》相比，《九陰真經》要稍遜一籌。王重陽為什麼要選擇《九陰真經》？

一個很重要的原因是《九陰真經》的道家絕學特徵最為明顯。

《九陽真經》是佛家的。獨孤求敗武功出處不詳，雖然可能也是道家，但不明顯。黃裳閱讀了5,481卷道藏，創出《九陰真經》，這本身就是對道家的巨大推崇。王重陽選擇《九陰真經》，對道家是一個很好的宣傳，對全真派有很大的推動作用。如果說鳩摩智念念不忘《易筋經》，是因為作為佛家武功的《易筋經》對他的事業有很大的推動作用，那麼王重陽選擇了《九陰真經》，也足以讓全真派光耀天下。

剛好當時上百名江湖豪客爭搶《九陰真經》。然而，這些人沒有哪一個有能力獨占《九陰真經》。王重陽看到了機會，也抓住了機會，搶到了《九陰真經》，使之成為第一次華山論劍的主題。

不僅對於主題的選擇，而且對於華山論劍邀請的人選，王重陽也是

上篇

做了充分考量的。

首先，華山論劍不是一個公開的論壇，對受邀請人選的數量是嚴格控制的。第一次論劍邀請五人，其中四人參會，算上王重陽和王處一，一共六人；第二次論劍只有四人；第三次論劍人最多，但也就十來個人。第三次論劍時曾有很多江湖人士想參與，結果被楊過趕跑。

其次，第一次論劍每個參會的人都是經過精心挑選的。黃、歐、段、洪、裘五人，在地理位置上涵蓋東西南北，可以綱舉目張，提挈整個宋王朝；在社會階層上，這些人涵蓋下至幫派、上至皇室、橫達少數族裔（如西域歐陽鋒）、包容三教九流各種勢力。最重要的是這些人都打不過王重陽，對王重陽創立論壇不會構成威脅。

請注意，王重陽還帶了王處一參加第一次論劍，王可能負責傳播。第一次論劍的結果需要公布天下，使海內知聞，但因為嚴格限制參會人數，該由誰讓論劍的結果遠遠傳播出去呢？東邪、西毒、南帝、北丐似乎都不是很好的人選。王重陽帶了自己的徒弟，可以很好地傳播結果。馬鈺低調謙和，不是好人選；丘處機又過於張揚，可能會讓人說閒話；王處一位於兩者之間，剛好合適。

第一次華山論劍論壇召開時間也有講究。

第一次華山論劍選在了當時大多數對王重陽武功構成威脅的人物去世之後。儘管王重陽號稱武功天下第一，周伯通甚至說金輪法王在王重陽手下走不了十招，但在當時，能和王重陽一決雌雄的，並不是一個沒有。比如林朝英，再比如打遍天下無敵手、和神鵰相伴、孤獨終老的獨孤求敗。獨孤求敗在第一次論劍時雖然健在，但已經隱居劍塚，不問世事（見「**獨孤求敗年代考**」）。第一次華山論劍論壇舉辦的時間剛好是這些人或去世或隱居的時候。

第一次華山論劍論壇召開地點也不是隨便選定的。

論壇地點一定要離重陽宮近。按理說東嶽泰山是帝王封禪的地方，難道不應該作為論劍的地方？再比如嵩山，是武學聖地少林寺所在地，而且位於中部，距離四絕平均距離最近，是不是更適合論劍？但是王重陽選了華山，華山距離終南山重陽宮很近，華山論劍，讓人自然而然想到重陽宮。

華山論劍論壇的創立，極大地提升了全真派的武學影響力和吸引力。第一次論壇召開之後短短數十年時間，全真教取代少林寺，成為天下武學正宗，在整個「射鵰」時代，讓少林寺默默無聞。《九陰真經》的名氣也越來越大，以至於黃藥師的徒弟陳玄風、梅超風甚至盜經出走。可以說，《九陰真經》成就了華山論劍論壇，華山論劍論壇也提升了《九陰真經》在江湖中的武學地位，而兩者共同托舉了全真教。如果說李白是繡口一吐就是半個盛唐，那麼王重陽則是論壇一開就是整個「射鵰」時代。

第一次華山論劍後不久，王重陽幾乎一統江湖。

黃藥師、洪七公隱然成為重陽一派。黃藥師學兼儒、釋、道，但以道家為主，他最厲害的武功——劈空掌是用鐵八卦練就的，屬於道家武功。黃藥師和王重陽私交也很好，完成了林朝英寫了一半的讚美王重陽的詩句。洪七公的逍遙遊掌法出自《莊子‧逍遙遊》，也屬於道家。洪七公的丐幫以抗金為使命，和王重陽一脈相承。段智興雖然屬於佛家，但是大理段氏以大宋為憑依，有唇亡齒寒、兔死狐悲之憂，抗金的政治傾向是一致的。另外段和王重陽私交也很好，王重陽後來去大理和段智興交換武功即是明證。

剩下的問題，一是歐陽鋒，一是裘千仞。歐陽鋒、裘千仞都自成一

上篇

派，而且頗有勢力。雖然這兩人並不構成很大威脅，王重陽還是做了準備。

對於歐陽鋒，王重陽採用了類似劉備「東和孫權，北拒曹操」的策略，**南和段智興，西拒歐陽鋒**。所以，王重陽去大理和段智興交換武功，以先天功換一陽指。而且，這個策略最終的結果不是三足鼎立，而是全真一匡天下。

為什麼會這樣呢？三足鼎立的前提是劉、孫弱而曹強。王重陽可不是劉備，他的實力類似曹操。王重陽將先天功教給段智興之後，對歐陽鋒有威脅的人變成了兩個，歐陽鋒更憂鬱了。

對於裘千仞，王重陽則埋下了周伯通這顆棋子。後來周伯通萬里追擊裘千仞，甚至在第二次華山論劍前截胡裘千仞，表面看源於瑛姑，其實和王重陽臨終前的布局也有淵源。

總之，憑著華山論劍，王重陽幾乎一統了學術江湖，登高一呼，天下景從。

華山論劍的長遠效果則是「**天下英雄盡入吾（道家）彀中矣**」。第二次華山論劍入選的郭靖憑的是降龍十八掌＋空明拳＋雙手互搏以及一些《九陰真經》的武功，基本上都是以全真為首的道家一派功夫。在第三次華山論劍入選的周伯通、郭靖和楊過中，周伯通不必說，本身就是王重陽師弟；郭靖也可以說是全真弟子，而且還是《九陰真經》的主要繼承者；楊過儘管一生屢逢奇遇，但是他的武學道路依然始於全真。

整體而言，華山論劍近百年的武學都是在第一次華山論劍時初具規模的。

吾道南來，原是全真一脈；

第三編 「射鵰」的碧空

大江東去，無非九陰餘波。

王重陽的全真派欣欣向榮，被王重陽選擇的《九陰真經》也綻放異彩。而其他門派可以說是默默無聞。

王重陽同時期和稍後的高手，如練成一指禪的少林寺靈興大師、創立《葵花寶典》的前朝宦官、反出少林的火工頭陀以及獨孤求敗，在三次華山論劍近百年的歷史中幾乎毫無存在感。獨孤求敗的劍法，在第一次華山論劍後，要等40多年才被楊過偶然發現。火工頭陀的武功，在第一次華山論劍後，要等近140年才被張無忌遭遇。前朝宦官的《葵花寶典》，在第一次華山論劍後，要等近400年才被林遠圖、東方不敗等人發現。在華山論劍的陰影逐漸淡去之後，這些人的光芒才慢慢浮現。

第三次華山論劍之後，王重陽的影響才逐漸式微。其綿延百年的威名主要來自華山論劍。

注1：華山論劍年代考

郭嘯天、楊鐵心出場時應是西元1200年的八月。

張十五道：「光宗傳到當今天子慶元皇帝手裡，他在臨安已坐了五年龍廷，用的是這位韓侂冑韓宰相，今後的日子怎樣？嘿嘿，難說，難說！」說著連連搖頭。

《射鵰英雄傳》第一章「風雪驚變」

慶元五年即是西元1200年，當年冬天，郭、楊遇到丘處機。

這時雖是十月天時，但北國奇寒，這一日竟滿天灑下雪花，黃沙莽莽，無處可避風雪。

《射鵰英雄傳》第三章「大漠風沙」

上篇

郭靖在第二年即 1201 年的十月出生。

十八年後，即 1219 年，郭靖遇到黃蓉。

> 洪七公與歐陽鋒都是一派宗主，武功在二十年前就均已登峰造極，華山論劍之後，更是潛心苦練，功夫愈益精純。這次在桃花島上重逢比武，與在華山論劍時又自大不相同。
>
> 《射鵰英雄傳》第十八章「三道試題」

> 二十年前華山論劍，洪七公與歐陽鋒對餘人的武功都甚欽佩，知道若憑劍術，難以勝過旁人，此後便均舍劍不用。
>
> 《射鵰英雄傳》第二十章「竄改經文」

所以第一次華山論劍發生在 1199 年。

> 那次華山論劍，各逞奇能，重陽真人對我師的一陽指甚是佩服，第二年就和他師弟到大理來拜訪我師，互相切磋功夫。
>
> 《射鵰英雄傳》第三十章「一燈大師」

所以王重陽去大理是在 1200 年。史載大理國第十八代皇帝段智興 1200 年去世，在《射鵰英雄傳》裡安排成退位為僧。金庸思路周詳，對這樣的細節也有精心考慮。

> 走到門口，洪七公道：「毒兄，明年歲盡，又是華山論劍之期，你好生將養氣力，我們再打一場大架。」
>
> 《射鵰英雄傳》第十九章「洪濤群鯊」

1219 年，郭靖當時十八歲，第二年歲盡的冬天就是第二次華山論劍之期。

所以第二次華山論劍發生在 1220 年，距第一次華山論劍時隔 21 年。

從這裡也能看出來，前兩次華山論劍都在冬天。

蒙哥既死，其弟七王子阿里不哥在北方蒙古老家得王公擁戴而為大汗。忽必烈得訊後領軍北歸，與阿里不哥爭位，兄弟各率精兵互鬥。最後忽必烈得勝，但蒙古軍已然元氣大傷，無力南攻，襄陽得保太平。直至一十三年後的宋度宗咸淳九年，蒙古軍始再進攻襄陽。

《神鵰俠侶》第三十九回「大戰襄陽」

《元史・本紀》第三「憲宗」記載：「秋七月辛亥，留精兵三千守之，餘悉攻重慶。癸亥，帝崩。」元憲宗蒙哥死於西元 1259 年。宋度宗咸淳九年是 1273 年，恰好是 13 年後，都對得上（再次感慨金庸之嚴謹周詳）。

1259 年農曆七月蒙哥死後，楊過等人趕往華山，考慮到從襄陽到華山的路程，到達華山可能是在八九月。書中有長、樹葉的描述，印證了此時是秋天：

其時明月在天，清風吹葉，樹巔烏鴉啊啊而鳴，郭襄再也忍耐不住，淚珠奪眶而出。

《神鵰俠侶》第四十回「華山之巔」

所以，第三次華山論劍發生在 1259 年秋，距離第二次華山論劍 39 年，距離第一次華山論劍 60 年。

從「直至一十三年後的宋度宗咸淳九年，蒙古軍始再進攻襄陽」這句話裡，我們還能判斷出郭靖可能就是在咸淳九年（即 1273 年）襄陽城破時身死的，享年 72 歲。

《神鵰俠侶》第四十回「華山之巔」曾提到前兩次論劍間隔 25 年，這裡以《射鵰英雄傳》的說法為準對華山論劍的年代進行考證。

上篇

注2：《倚天屠龍記》年代考

《倚天屠龍記》的年代考證從常遇春入手。

張三丰道：「好！遇春，你今年多大歲數？」常遇春道：「我剛好二十歲。」

《倚天屠龍記》第十一章「有女長舌利如槍」

張無忌十歲從冰火島回到武當山，被玄冥神掌打傷後，在武當山練了兩年內功：

張無忌依法修練，練了兩年有餘。

《倚天屠龍記》第十章「百歲壽宴摧肝腸」

後來張無忌跟隨張三丰遇到常遇春。所以張無忌比常遇春小八歲。常遇春生於西元1330年，張無忌生於1338年。

張無忌被常遇春帶到蝴蝶谷，在那裡待了兩年：

谷中安靜無事，歲月易逝，如此過了兩年有餘，張無忌已是一十四歲。

《倚天屠龍記》第十二章「針其膏兮藥其肓」

張無忌帶著楊不悔來到崑崙山，又遇到朱長齡等，這時已經15歲了。

他在這雪谷幽居，至此時已五年有餘，從一個孩子長成為身材高大的青年。

《倚天屠龍記》第十六章「剝極而復參九陽」

所以張無忌揚名光明頂、一戰封神是在20歲。

附：不只是「醉裡挑燈看劍」的鵝湖之會

《宋史‧列傳》卷一百九十三「儒林」四記載：「初，九淵嘗與朱熹會鵝湖，論辨所學多不合。及熹守南康，九淵訪之，熹與至白鹿洞，九淵為講君子小人喻義利一章，聽者至有泣下。熹以為切中學者隱微深痼之病。至於無極而太極之辨，則貽書往來，論難不置焉。」

南宋淳熙二年（西元 1175 年）六月，理學代表朱熹和心學代表陸九淵在呂祖謙的邀請下相會於鵝湖，展開辯論。這就是中國思想史上的鵝湖之會。我認為鵝湖之會可以看作有記載的最早的學術論壇。

南宋淳熙十五年（西元 1188 年），陳亮和辛棄疾在鵝湖相會，這也被稱為鵝湖之會。之後，辛棄疾寫下了〈破陣子‧為陳同甫賦壯詞以寄之〉：

醉裡挑燈看劍，夢迴吹角連營。八百里分麾下炙，五十弦翻塞外聲。沙場秋點兵。

馬作的盧飛快，弓如霹靂弦驚。了卻君王天下事，贏得生前身後名。可憐白髮生。

有趣的是，朱、陸鵝湖之會是在 1175 年，即第一次華山論劍的 24 年前；陳、辛鵝湖之會是在 1188 年，第一次華山論劍的 11 年前。有沒有可能鵝湖之會啟發了王重陽？

11 王重陽的合作

兄弟鬩於牆，外禦其侮。

—— 王重陽

王重陽除了創辦了華山論劍武學論壇之外，他的武學合作也很值得稱道。全真一派一統「射鵰」、「神鵰」時代，其廣泛的合作，尤其是全真

二代內部的合作至關重要。

王重陽和同行之間的合作搞得最好。王重陽能邀請五大高手參加第一次華山論劍論壇，這樣的人脈就很不一般。

王重陽和東邪黃藥師私交不錯。黃藥師曾經幫助王重陽解開林朝英用手指在石上刻字之謎，並且完成林朝英的詩，黃補寫的內容是

重陽起全真，高視仍闊步。

矯矯英雄姿，乘時或割據。

妄跡復知非，收心活死墓。

人傳入道初，二仙此相遇。

於今終南下，殿閣凌煙霧。

《神鵰俠侶》第四回「全真門下」

以黃藥師的高傲飛揚、魏晉風骨，願意說出「高視仍闊步」、「矯矯英雄姿」這樣近乎吹捧的話，肯定是真心佩服王重陽了。

王重陽能和大理段智興交換武功，說明他和南帝私交也很好。即使發生了周伯通和瑛姑私通這樣的事，南帝和全真派關係依然不錯，足以說明他們的關係是經得住考驗的。

王重陽和洪七公的關係也很好。洪七公這樣的人物願意去參加第一次華山論劍，恐怕只能是看在王重陽的面子：

洪老前輩武功卓絕，卻是極貪口腹之慾，華山絕頂沒什麼美食，他甚是無聊，便道談劍作酒，說拳當菜，和先師及黃藥師前輩講論了一番劍道拳理。

《射鵰英雄傳》第十一章「長春服輸」

洪七公對美食感興趣，又從未貪戀《九陰真經》，恐怕是為了照顧

王重陽的感受才赴會的。後來丐幫的幫主之位傳給了周伯通的徒弟耶律齊，進一步加強了全真派和丐幫的聯繫。

王重陽還能收羅周伯通這樣的練武奇才。王重陽並沒有讓周伯通加入全真教，說明他做事的靈活。但周伯通始終是全真教的守護神。

王重陽和林朝英的關係更是不用說。他在萬馬軍中還常常給林朝英寫信。林朝英一生對王重陽魂牽夢縈、愛恨交織，足以說明兩人的關係。王、林還曾在武學上互相促進，是一對學術上的好夥伴。

王重陽臨死時讓周伯通拿著《九陰真經》下卷去雁蕩山，可能該處還藏著某位武學隱者，不為世人所知，但依然實力超群。

王重陽和學生間的合作搞得也很好。王重陽的徒弟很多，達到七個，他們和王重陽關係都很好。相比之下，獨孤求敗、掃地僧、黃裳、前朝宦官似乎都沒有徒弟；林朝英只有一個徒弟；四絕在徒弟培養數量和品質上也遠不能和王重陽相比。徒弟，尤其是在數量很大的時候，總有些和師父關係不睦。有些是徒弟算計師父，比如，《連城訣》中的「鐵骨墨萼」梅念笙幾乎被三個徒弟打死，《天龍八部》中的無崖子被大徒弟丁春秋打傷，《射鵰英雄傳》中黃藥師的徒弟陳玄風、梅超風盜經叛逃，《神鵰俠侶》中的李莫愁引敵人打傷師父；還有些是師父欺負徒弟，比如，《射鵰英雄傳》中黃藥師在陳、梅外逃後把其他弟子的腿打斷，《笑傲江湖》中岳不群算計令狐冲，《倚天屠龍記》中圓真（成昆）毀了徒弟謝遜的一生。然而，王重陽和七個弟子則始終關係融洽，王既沒有傷害弟子，弟子對王也一生敬愛，這其實是很難得的。

王重陽的徒弟彼此之間的合作也很融洽。在王重陽的七個弟子中，馬鈺是掌教，名氣沒有丘處機、王處一大，武功也沒有丘、王高，但在掌教位子上坐得安穩舒適，甚至花兩年時間傳授郭靖武藝，也沒有人有

上篇

任何異議；丘處機醫術、詩詞、武功三絕，名氣在全真七子中最大，但是安心立命，沒有覬覦掌教之位；王處一可是第一次華山論劍時陪王重陽赴會的人物，武功又高，但從未盛氣凌於眾同門之上。尤其值得一提的是掌教馬鈺和武功最高、名氣最大的丘處機的關係處理。

原來馬鈺得知江南六怪的行事之後，心中好生相敬，又從尹志平口中查知郭靖並無內功根基。他是全真教掌教，深明道家抑己從人的至理，雅不欲師弟丘處機又在這件事上壓倒了江南六怪。但數次勸告丘處機認輸，他卻說什麼也不答應，於是遠來大漠，苦心設法暗中成全郭靖。否則哪有這麼巧法，他剛好會在大漠草原之中遇到郭靖？又這般毫沒來由的為他花費兩年時光？

《射鵰英雄傳》第六章「崖頂疑陣」

馬鈺作為掌教師兄，他的話丘處機不服，馬鈺也沒有拿身分壓人，而是顧全全真的聲望，委婉周旋；丘處機知道後也沒有對師兄心有芥蒂。這樣的師兄弟關係是極難得的。

那麼，王重陽的眾多弟子性格、能力各異，為什麼關係這麼融洽？僅僅是王重陽運氣好、眼光獨到嗎？恐怕還有重要原因。

王重陽弟子合作無間的一個原因是共同完成了武學陣法。 王重陽傳給全真七子一套名為天罡北斗陣的陣法：

原來天罡北斗陣是全真教中最上乘的玄門功夫，王重陽當年曾為此陣花過無數心血。小則以之聯手搏擊，化而為大，可用於戰陣。敵人來攻時，正面首當其衝者不用出力招架，卻由身旁道侶側擊反攻，猶如一人身兼數人武功，確是威不可當。

《射鵰英雄傳》第二十五章「荒村野店」

天罡北斗陣確實厲害，但是也有致命弱點，就是不靈活，要求人手

齊備，所以第一次使用後譚處端身故，對陣法造成很大影響。那麼，這個陣法的意義在哪裡呢？王重陽為什麼要花費心血研究這個突破瓶頸專案呢？為什麼到了「神鵰」時代，全真七子還在搞天罡北斗陣的升級版——七星聚會，以及超級北斗陣呢？

天罡北斗陣最大的價值在於促進同門之間的合作和關係。

這個陣法需要參與者互為奧援，心往一處想，勁往一處使，久而久之，自然心心相印、關係融洽。這樣，透過陣法的練習，能極大地促進參與者之間的感情。這也解釋了為什麼全真二代、三代無高手，因為王重陽在乎的是學術傳承，是作為基礎的組織體系的穩固和融洽，而不依賴個別高手。周伯通說：

「我那七個師姪之中，丘處機功夫最高，我師哥卻最不喜歡他，說他耽於鑽研武學，荒廢了道家的功夫。說什麼學武的要猛進苦練，學道的卻要淡泊率性，這兩者是頗不相容的。馬鈺得了我師哥的法統，但他武功卻是不及丘處機和王處一了。」

《射鵰英雄傳》第十六章「《九陰真經》」

王重陽為什麼不喜歡武功最高的丘處機？因為王重陽需要的是組織的穩定性，而不是某個高手。高手可能會導致全真教依賴某個人，而王重陽希望全真教依賴穩定的組織和人才輸出。透過天罡北斗陣這個陣法，王重陽極大地團結了全真教第二代領導核心。

不團結的門派都是從學術的分崩離析開始的。比如，逍遙派的失誤在於弟子性別比例不均衡，而無崖子、天山童姥和李秋水又是各練各的；華山有劍宗、氣宗；無量劍派有南宗、北宗；天龍派也有南宗、北宗。所有這些門派大量的時間、精力用在內耗上，禍起於蕭牆之內。

團結的門派都有合作性武學。張三丰繼承了王重陽的理念，開發了

上篇

真武七截陣，所以七個弟子都非常融洽；少林寺三老開發了金剛伏魔圈，少林寺還有羅漢陣；溫家堡的溫氏五老有五行陣。後來全真五子在天罡北斗陣的基礎上開發了七星聚會和容納近百人的超級北斗陣。這些合作類研究極大地促進了成員關係的和諧，也促進了組織和體系的傳承。

正是良好的合作，讓王重陽的全真教薪火相傳。

附：沃森和克里克的合作

DNA 雙螺旋的發現是沃森和克里克（Watson-Crick）的封神之作，這一發現直接把兩人推向最偉大的科學家之列。沒有兩人的合作，DNA 雙螺旋的發現很難想像。

沃森在名作《雙螺旋：發現 DNA 結構的故事》（*The Double Helix: A Personal Account of the Discovery of the Structure of DNA*）中第一次提到克里克時就說：「我從未在克里克身上看到一丁點謙遜的品格。」（I have never seen Francic Crick in a modest mood.）。事實上，克里克說話嗓門大、語速快，而且興趣廣泛，對當時卡文迪許實驗室其他的科學家勇於提出自己的建議，以至於那些尚未成名的科學家對克里克懷有不可言說的恐懼。

沃森似乎也不是一個容易相處的人。沃森在 2011 年曾經到美國的路易維爾演講，當地為他舉辦了規模盛大的歡迎儀式。在我去聆聽演講前，我的博士後合作導師告訴我：「Watson likes smart people.」我想，他的意思是「你必須很聰明，才能和沃森相處」。

不管怎樣，兩個極為聰明、極具個性的人最終以獨特的方式成功合作，並將人類對生命的理解大大提升了。

12　黃藥師的悔恨

嫦娥應悔偷靈藥，碧海青天夜夜心。

—— 黃藥師

第一次華山論劍之後，黃藥師如願地迎來了自己的武學爆發期，只不過這是以一種他絕不希望的方式到來的。

在黃藥師看來，自己最有可能取得王重陽去世後留下的位置。第一次華山論劍之後，四絕中的每個人的想法都一樣：在第二次華山論劍時獨占鰲頭。這是因為王重陽垂垂老矣，命不久矣。「秦失其鹿，天下共逐之。」王重陽離世後，天下第一的名號必將懸置，等待下一個有力者奪取。黃藥師的自信來自以下幾個方面。

黃藥師將門派建設得很好。黃藥師手下弟子數量僅比全真派少一人，但是資質卻好得多。西毒的弟子只有一個歐陽克。南帝有四個弟子，不但數量少，資質高的也就一個朱子柳。第一次華山論劍之時，洪七公無兒無女無弟子。

黃藥師的合作也不錯。黃藥師曾經續寫林朝英的詩稱讚王重陽。黃藥師與林朝英的這次跨越時間的合作不但拉近了他同全真派的關係，也彰顯了他的雄心 —— 同王重陽、林朝英鼎足而三。那麼，王、林去世後，黃藥師的地位顯而易見。

黃藥師的武功也很有特點。第一次華山論劍時黃藥師就施展了劈空掌和彈指神通，這當然不是他的全部。

最重要的一點是黃藥師很年輕。洪七公出場時是個中年乞丐，在黃蓉看來比丘處機還小幾歲，而丘處機剛出場時三十餘歲，過了十八年應該是四十八歲左右，那麼洪七公應該是四十三歲左右。黃蓉出場時是

十五六歲,那麼黃藥師可能也就是四十歲左右,黃蓉遇到洪七公時曾心道:「我爹爹也不老,還不是一般的跟洪七公他們平輩論交?」說明黃藥師比洪七公要年輕。歐陽克出場時三十五六歲,那麼歐陽鋒至少要五十多歲。一燈出場時已經眉毛全白,恐怕要年過六十。這樣看來,黃藥師可能在四絕中年齡最小。

然而,黃藥師如何才能奪得天下第一呢?

黃藥師決定發揮自己的才華。然而,最終促成他的武學爆發的卻主要是悔恨。

黃藥師身上有很多未解之謎,比如,他邂逅老頑童是偶然還是精心設計?他到底有沒有練習《九陰真經》?陳、梅為何要盜經?他為何在陳、梅盜經逃離之後打斷其他徒弟的腿?最關鍵的一個未解之謎是,黃藥師為何在第一次華山論劍之後武學爆發?要回答這些問題,必須先好好分析一下黃藥師這個人。

黃藥師才華橫溢,是一個對照無崖子的人物,他和無崖子有很多相似之處。

黃藥師的外貌和氣質是「形相清臞,豐姿雋爽,蕭疏軒舉,湛然若神」,無崖子則是「神采飛揚,風度閒雅」。兩者相比,無崖子似乎是輸了一籌。但別忘了,黃藥師出場時可能僅有四十歲左右,正是最具風采的年紀;無崖子當時已近百歲,又癱瘓了三十年,能「神采飛揚,風度閒雅」已經非同一般了。

黃藥師喜歡聰明人,所以一開始對忠厚木訥、資質平平的郭靖很不喜歡;無崖子收徒則必須是「聰明俊秀的少年」。

黃藥師聰明絕頂、涉獵廣博:

周伯通嘆道：「是啊，黃老邪聰明之極，琴棋書畫、醫卜星相，以及農田水利、經濟兵略，無一不曉，無一不精。」

《射鵰英雄傳》第十六章「《九陰真經》」

無崖子在這方面毫不遜色：

薛慕華道：「倘若我師父只學一門彈琴，倒也沒什麼大礙，偏是祖師爺所學實在太廣，琴棋書畫，醫卜星相，工藝雜學，貿遷種植，無一不會，無一不精。」

《天龍八部》第三十章「揮灑縛豪英」

黃藥師的武功風格一般來說是唯美的，如落英神劍掌、蘭花拂穴手。黃蓉在趙王府初露鋒芒時就充分展現了這一點：

黃蓉竄高縱低，用心抵禦，拆解了半晌，突然變招，使出父親黃藥師自創的落英神劍掌來。這套掌法的名稱中有「神劍」兩字，因是黃藥師從劍法中變化而得。只見她雙臂揮動，四方八面都是掌影，或五虛一實，或八虛一實，真如桃林中狂風忽起、萬花齊落一般，妙在姿態飄逸，宛若翩翩起舞，只是她功力尚淺，未能出掌凌厲如劍。

《射鵰英雄傳》第十二章「亢龍有悔」

無崖子逍遙派的武功也是如此：

逍遙派武功講究輕靈飄逸，閒雅清雋，丁春秋和虛竹這一交上手，但見一個童顏白髮，宛如神仙，一個僧袖飄飄，冷若御風。兩人都是一沾即走，當真便似一對花間蝴蝶，蹁躚不定，於這「逍遙」二字發揮到了淋漓盡致。旁觀群雄於這逍遙派的武功大都從未見過，一個個看得心曠神怡，均想：「這二人招招凶險，攻向敵人要害，偏生姿式卻如此優雅美觀，直如舞蹈。這般舉重若輕、瀟灑如意的掌法，我可從來沒見過，卻

不知哪一門功夫？叫什麼名字？」

《天龍八部》第四十一章「燕雲十八飛騎，奔騰如虎風煙舉」

黃藥師可能是金庸小說中使用或者創造武功數量最多的人，包括劈空掌、彈指神通、落英神劍掌、蘭花拂穴手、奇門五轉、玉簫劍法、旋風掃葉腿、碧波掌、碧海潮生曲、移形換位、靈鰲步等。

無崖子也是如此，他使用或者創造的武功包括北冥神功、小無相功、天山六陽掌、凌波微步，更不要提他將天下各門武功收羅殆盡。

黃藥師的武學可能來自巧取豪奪，比如他和妻子設局從周伯通手裡弄來《九陰真經》就是巧取。他的徒弟曲靈風去大內偷盜古玩字畫以討師父歡心，於此也可見「乃師風範」之一斑。

無崖子練武也是巧取豪奪。他的北冥神功吸人內力，他的「瑯嬛福地」山洞中藏有天下各門武功祕笈，恐怕都是他巧取豪奪而來的。無崖子本來不會小無相功，後來透過和李秋水相戀也學會了。逍遙派的箴言恐怕是「we do not sow」（強取勝於苦耕）。

當然黃藥師和無崖子也不是沒有區別。**黃藥師尚有大義，這是無崖子不具備的。**

黃藥師臉上色變，說道：「我平生最敬的是忠臣孝子。」俯身抓土成坑，將那人頭埋下，恭恭敬敬的作了三個揖。歐陽鋒討了個沒趣，哈哈笑道：「黃老邪徒有虛名，原來也是個為禮法所拘之人。」黃藥師凜然道：「忠孝乃大節所在，並非禮法！」

《射鵰英雄傳》第三十四章「島上鉅變」

可能就是這點不同，決定了黃藥師沒有重蹈無崖子的覆轍。

如果說王重陽奪取《九陰真經》是為華山論劍布局，著眼於全真教長

第三編 「射鵰」的碧空

遠的發展,那麼黃藥師騙得《九陰真經》,固然有稱雄天下的野心,而更大的可能則是好奇。

黃藥師之所以廣博,是因為好奇心熾盛,而且自負才學無雙。**所以黃藥師對於《九陰真經》見獵心喜,欲一窺這本被王重陽推崇的武功祕笈到底是什麼面目。**但是華山論劍使天下第一之爭塵埃落定,《九陰真經》名花有主,黃藥師也不能再像歐陽鋒那樣一直窮追不捨了。

偏偏周伯通攜帶《九陰真經》去雁蕩山。按《元和郡縣誌》記載,從長安向西南,經商州(今陝西商洛地區)、南陽、宣州(今安徽宣城地區)至溫州是一條自唐代起就形成的線路。周伯通去浙江雁蕩山必走這條線路,而宣州和溫州中間有一個大城市,就是杭州。以周伯通好玩樂的天性,必然要去杭州;而新婚燕爾的黃藥師夫婦很可能選擇杭州這一距離桃花島最近的大城市度蜜月。就這樣,他們和周伯通偶遇了。

黃藥師遇到周伯通可能既是一種偶然,也是一種必然。茫茫人海中,兩夥人相遇的機率不大,這是偶然。雁蕩山離桃花島很近,桃花島眼線眾多,周伯通又不是一個低調行事的人,這又是必然。

不管怎樣,這次相遇讓黃藥師心頭已經熄滅的小火苗(閱經)又燃起來了。他設計讓過目不忘的妻子看到並背誦了《九陰真經》下卷。

那麼黃藥師練沒練《九陰真經》上的武功呢?

原來黃夫人為了幫著丈夫,記下了經文。黃藥師以那真經只有下卷,習之有害,要設法得到上卷後才自行修習,哪知卻被陳玄風與梅超風偷了去。

《射鵰英雄傳》第十七章「雙手互搏」

注意,這是周伯通轉述的黃藥師的解釋:「只有下卷,習之有害,要設法得到上卷後才自行修習」。

113

為什麼只有下卷就習之有害呢？《九陰真經》下卷是招式，招式怎麼會有害？如果說一般人內力平平，修習高深招式有害也就罷了。黃藥師是什麼人？位列四絕，居然會習之有害？陳玄風、梅超風練了下卷，除了躁進導致走火入魔以外，害處何在？

這只不過是黃藥師糊弄周伯通的話罷了，他已經騙了周伯通一次，不在乎再騙一次。

事實上，黃藥師煞費苦心騙得《九陰真經》，肯定是看了。王重陽都沒忍住看，周伯通後來也沒有忍住，黃藥師恐怕也不會忍住。**而對於他這種高手，看了就相當於練了。王重陽讀了《九陰真經》之後就領悟了，黃藥師這麼聰明恐怕還要勝之。**

那麼，陳、梅為什麼要盜經？

小說中記載是陳、梅相戀，怕師父責罰，決定逃走，順便帶走了《九陰真經》。陳、梅有這麼愚蠢嗎？相戀只是小過，何況黃藥師不拘禮法；盜經就是叛出師門，武林人人得而誅之，孰輕孰重他們不知道嗎？

陳、梅似乎並不會桃花島高深武功。黃藥師雖然學究天人，但是可能無崖子被丁春秋偷襲殷鑑不遠，所以時時提防，對徒弟有些吝嗇，尤其是對行事狠辣決絕的陳玄風、梅超風：

陸乘風知道旋風掃葉腿與落英神劍掌俱是師父早年自創的得意武技，六個弟子無一得傳，如果昔日得著，不知道有多歡喜。

《射鵰英雄傳》第十四章「桃花島主」

可能的情況是：陳、梅似乎沒有學到黃藥師的高深武功，心情憂鬱，看到黃藥師自己修練《九陰真經》，再結合《九陰真經》因王重陽推崇帶來的盛名，誤以為《九陰真經》真的天下無雙，於是盜經出逃，希望和師

父分庭抗禮，甚至天下第一，以二對一，他們兩人贏面更大。

黃藥師為何打斷其他徒弟的腿？可能黃藥師見陳、梅出逃，聯想到丁春秋以不知從哪學來的武功暗算無崖子，致使無崖子癱瘓三十幾年。為了防止「破窗效應」，以儆效尤，所以痛下狠手。

還有一個最關鍵的問題，黃藥師武功爆發也可以從中得到合理的解釋。第一次華山論劍，黃藥師只使用了劈空掌和彈指神通：

> 老叫化心想：他當日以一陽指和我的降龍十八掌、老毒物的蛤蟆功、黃老邪的劈空掌與彈指神通打成平手。
>
> 《射鵰英雄傳》第三十三章「來日大難」

第一次華山論劍時，黃藥師擅長的武功除了劈空掌、彈指神通外，還有落英神劍掌和旋風掃葉腿，但黃藥師並沒有使用。另有碧波掌，但似乎這是桃花島基本功。黃藥師的徒弟中，大徒弟曲靈風會劈空掌和碧波掌，二徒弟陳玄風、三徒弟梅超風似乎並不會桃花島高深武功，四徒弟陸乘風會劈空掌和奇門五行陣法，武眠風、馮默風似乎也並不會什麼桃花島絕學。這些武功也間接印證了黃藥師第一次華山論劍時使用的只是劈空掌和彈指神通。蘭花拂穴手、移形換位、奇門五轉、玉簫劍法等恐怕都是黃藥師喪妻之後新創的。

蘭花拂穴手、移形換位除了黃藥師自己以外，只有黃蓉會，恐怕是黃藥師在黃蓉出生後所創；黃藥師在第二次華山論劍時才用奇門五轉，並且這項武功花了十餘年才練成，明顯是二次華山論劍前不久的事；玉簫劍法直到黃藥師遇到楊過時才行傳授。這些功夫每一門都不容易，比如奇門五轉就花了黃藥師十餘年的時間：

> 黃藥師見他居然有此定力，抗得住自己以十餘年之功練成的奇門五

轉，不怒反喜，笑道：「老叫化，我是不成的了，天下第一的稱號是你的啦。」雙手一拱，轉身欲走。

《射鵰英雄傳》第四十章「華山論劍」

那麼黃藥師的武學為什麼會爆發呢？恐怕是因為悔恨。他如果不算計周伯通，很可能就不會得到《九陰真經》；如果沒有《九陰真經》，陳、梅不一定出逃；如果陳、梅不出逃，黃藥師的妻子不一定死；如果妻子不死，黃蓉也不會出生就沒有母親，一生性格有乖張成分。

在這些新發明的武功中，蘭花拂穴手、玉簫劍法都和吹簫有關。蘭花拂穴手恐怕就是「碧海潮生按玉簫」時用的，甚至移形換位、奇門五轉也是配合手執玉簫、瀟灑絕俗的風格設計的。

簫是一種特別哀怨，適合表達悔恨心情的樂器：

李白說：「簫聲咽，秦娥夢斷秦樓月。」

杜牧說：「玉人何處教吹簫。」

蘇東坡說：「客有吹洞簫者，倚歌而和之。其聲嗚嗚然，如怨如慕，如泣如訴，餘音裊裊，不絕如縷。舞幽壑之潛蛟，泣孤舟之嫠婦。」

徐志摩說：「悄悄是離別的笙簫。」

所以，是悔恨，讓黃藥師創出了一門又一門和簫有關的絕世武功。

黃藥師才華不遜於無崖子，又不似無崖子一樣過於追求自由，而崇尚忠孝，本來也許可以和王重陽比肩。然而，一次他自己策劃的騙局害了自己，終其一生，黃藥師有創造，無傳承。

「愁極本憑詩遣興，詩成吟詠轉淒涼。」這可能正是黃藥師心境的寫照。

附：科學研究最強烈的動機之一是擺脫痛苦

1918 年，在普朗克生日慶祝會上，愛因斯坦闡述了自己對科學研究動機的觀點：

「我認同叔本華的觀念：引導人們走向藝術和科學的最強烈的動機之一就是擺脫日常生活中痛苦的粗俗和無望的沉悶。」(I believe with Schopenhauer that one of the strongest motives that leads men to art and science is escape from every day life with its painful crudity and hopeless dreariness.)

13 歐陽鋒的執念

日暮酒醒人已遠，滿天風雨下西樓。

—— 歐陽鋒

第一次華山論劍之後，歐陽鋒是最渴望成為武林至尊的，同時也是最不自信的。直到臨終，歐陽鋒才意識到，自己一生執念，宛如一醉。

為什麼說歐陽鋒其實是一個在武學上不自信的人呢？歐陽鋒的不自信表現在很多方面。

比如，他的蛤蟆功厲害無比，但他並不教給自己的親兒子。雖然一種說法是蛤蟆功繁複無比，一旦不小心走火入魔就會對自身傷害極大，然而，瘋癲的歐陽鋒教授基礎極端薄弱的楊過蛤蟆功，後者一直好好的，沒看到有什麼異常。走火入魔的說法似乎沒那麼可信。

又如，他在第一次和第二次華山論劍之間，除了一個靈蛇拳，再無別的發明。歐陽鋒隱居西域白駝山，沒有家事之累，沒有授徒之煩，但居然只創了一門靈蛇拳，又和蛤蟆功功法類似。

歐陽鋒的不自信表現得最明顯的是他一生追求《九陰真經》，而其實並不了解這部經書。

歐陽鋒在第一次華山論劍前後，從未和真正練過《九陰真經》的人交手；他只是從郭靖的武功進境判斷《九陰真經》的厲害；他無法分辨「九陰假經」，也說明他其實不了解《九陰真經》。

滿目「九陰」空念遠，不如憐取蛤蟆功。

自信的人，具有很強的定力，敢於堅持自我：他強任他強，清風拂山崗；他橫任他橫，明月照大江。不自信的人，則覺得自己提升無望，而選擇打壓別人來間接提升自己：他強不能任他強，拉屎臭山崗；他橫不能任他橫，撒尿汙大江。

不自信的人不致力於提升自己，因為並不確信自己有多大提升空間；相反，不自信的人致力於拉低他人，因為拉低他人的效果異常明顯。歐陽鋒致力於武學的一生，就是拉低他人的一生，就是「臭山崗」、「汙大江」的一生。在第一次華山論劍大開眼界之後，歐陽鋒的一生格局就沒有再寬過。

周伯通曾敘述王重陽的格局：

師哥當年說我學武的天資聰明，又是樂此而不疲，可是一來過於著迷，二來少了一副救世濟人的胸懷，就算畢生勤修苦練，終究達不到絕頂之境。當時我聽了不信，心想學武自管學武，那是拳腳兵刃上的功夫，跟氣度識見又有什麼關係？這十多年來，卻不由得我不信了。

《射鵰英雄傳》第十六章「《九陰真經》」

歐陽鋒就是一個格局逼仄的人。從上桃花島開始，到逼迫郭靖寫《九陰真經》、投靠完顏洪烈、殺譚處端、偷襲黃藥師、殺六怪、和郭靖三次打賭，直到第二次華山論劍時瘋掉，他一方面想走捷徑靠《九陰真

經》提升自己，另一方面一直在拚命拉低敵人。

其實歐陽鋒還有很多沒有被詳細描述的齷齪行為。

第一件事：**打傷武三通**。

第一次華山論劍發生在冬天：

周伯通道：「……你知道東邪、西毒、南帝、北丐、中神通五人在華山絕頂論劍較藝的事罷？」郭靖點點頭道：「兄弟曾聽人說過。」周伯通道：「那時是在寒冬歲盡，華山絕頂，大雪封山。」

《射鵰英雄傳》第十六章「《九陰真經》」

第二年，王重陽去大理和南帝交換武功：

一燈大師……說道：「……那一年全真教主重陽真人得了真經，翌年親來大理見訪，傳我先天功的功夫。」

《射鵰英雄傳》第三十章「一燈大師」

王重陽預感時日無多，應是華山論劍第二年的年初就趕往大理。而當年秋天王重陽就去世了，去世前破了歐陽鋒的蛤蟆功，同樣印證了王重陽是年初去的大理。

那書生神色黯然，想是憶起了往事，頓了一頓，才接口道：「不知怎的，我師練成先天功的消息，終於洩漏了出去。有一日，我這位師兄，」說著向那農夫一指，續道：「我師兄奉師命出外採藥，在雲南西疆大雪山中，竟被人用蛤蟆功打傷。」黃蓉道：「那自然是老毒物了。」

《射鵰英雄傳》第三十章「一燈大師」

武三通赴雪山採藥，應是夏天。雲南雖然號稱位於彩雲之南，但大雪山緯度很高，採藥也一定要在夏天進行。

所以在該年夏天，歐陽鋒打傷武三通，不可能是再往後的年分，因

上篇

為此後歐陽鋒被王重陽破去了蛤蟆功，需要很長時間恢復。歐陽鋒打傷武三通，是為了損耗南帝的真元，以便窮除南帝。

第二件事：**重陽宮奪經**。

一燈大師……繼續講述：「王真人向我道歉再三，跟著也走了，聽說他是年秋天就撒手仙遊。王真人英風仁俠，並世無出其右，唉……」

《射鵰英雄傳》第三十一章「鴛鴦錦帕」

第一次華山論劍之後，歐陽鋒就對《九陰真經》念念不忘，一直在尋找機會搶奪到手。當得知王重陽不久於人世的消息，他就窺伺在旁，等到確認王重陽的死訊，他突起發難，意圖搶奪《九陰真經》，結果被詐死的王重陽以先天功和一陽指破去了歐陽鋒的蛤蟆功。王重陽在秋天去世，所以歐陽鋒是在該年秋天偷襲重陽宮並被破去蛤蟆功的。

也就是說，第一次華山論劍之後，歐陽鋒就沒有閒著：當第二年春天王重陽去大理的時候，歐陽鋒知道；當第二年夏天武三通去採藥的時候，歐陽鋒知道，而且遠赴雲南打傷了武三通；當第二年秋天王重陽即將去世的時候，歐陽鋒知道，而且來到終南山重陽宮出手奪經。在近9個月的時間裡，歐陽鋒從華山跑到雲南大理，從大理到西疆雪山，從雪山又折回華山，萬里間關，疲於奔命。為了打擊段智興、奪取《九陰真經》，歐陽鋒真是拼了。

第三件事：**結納瑛姑**。

一燈微笑道：「正是如此，她當日離開大理，心懷怨憤，定然遍訪江湖好手，意欲學藝以求報仇，由此而和歐陽鋒相遇。那歐陽鋒得悉了她的心意，想必代她籌劃了這個方策，繪了這圖給她。此經在西域流傳甚廣，歐陽鋒是西域人，也必知道這故事。」

《射鵰英雄傳》第三十一章「鴛鴦錦帕」

歐陽鋒畫割肉飼鷹的畫給瑛姑，就是希望讓一燈損耗自身救人。而這個時候，歐陽鋒可能還沒有從王重陽的重創中恢復，只能採用這種移禍江東的辦法。

第四件事：**潛入活死人墓**

第二次華山論劍歐陽鋒瘋癲之後，還曾經潛入過活死人墓，恐怕是為了尋找《九陰真經》。

小龍女道：「師父深居古墓，極少出外，有一年師姊在外面闖了禍，逃回終南山來，師父出墓接應，竟中了敵人的暗算。師父雖然吃了虧，還是把師姊接了回來，也就算了，不再去和那惡人計較。豈知那惡人得寸進尺，隔不多久，便在墓外叫嚷挑戰；後來更強攻入墓，師父抵擋不住，險些便要放斷龍石與他同歸於盡，幸得在危急之際發動機關，又突然發出金針。那惡人猝不及防，為金針所傷，麻癢難當，師父乘勢點了他的穴道，制得他動彈不得。豈知師姊竟偷偷解了他的穴道。那惡人突起發難，師父才中了他的毒手。」

《神鵰俠侶》第二十八回「洞房花燭」

歐陽鋒雖然瘋癲，但於武學卻一點不亂，這從他瘋後歷次和人比武就可以看出來。歐陽鋒潛入古墓可能的原因是上了李莫愁的當。

李莫愁不尊師囑，出走古墓，始終對師父不傳授自己《玉女心經》耿耿於懷，一直想伺機得到《玉女心經》，這從她後來潛入古墓想從小龍女手裡奪經就能看出來。

李莫愁可能偶然知道一代宗師歐陽鋒瘋了，就想利用他，於是引誘他進入古墓，打傷自己的師父，她也確實完成了自己的計畫。

歐陽鋒能被李莫愁利用，因為潛意識中對《九陰真經》念念不忘，李莫愁可能利用了這一點，誆他說古墓中有《九陰真經》，這是李莫愁的杜

撰，而事實也確實如此，比如古墓中刻有《重陽遺刻》。

總之，歐陽鋒甚至在半瘋半醒之間依然心念《九陰真經》，這是因為他在學術上不自信。

歐陽鋒的不自信，可能是「不學有術」的結果。

王重陽文武全才，黃藥師也是如此，但歐陽鋒教育程度很一般：

> 黃蓉……道：「……這人全無書畫素養，什麼間架、遠近一點也不懂，可是筆力沉厚遒勁，直透紙背……這墨色可舊得很啦，我看比我的年紀還大。」

《射鵰英雄傳》第三十章「一燈大師」

所以歐陽鋒可能對有文化的武功特別迷信。黃裳以文官出身，閱讀五千多卷道藏創出《九陰真經》，對於歐陽鋒的吸引力是巨大的。他可能覺得自己從蛤蟆、蛇身上創出的武功無法和從道藏、易理得出的武功相提並論。

還是要多閱讀文獻，光做實驗不行。這是縱觀歐陽鋒的一生能夠總結的經驗教訓。

附：愛迪生對特斯拉的打壓

愛迪生（Thomas Alva Edison）於西元1847年生於美國俄亥俄州米蘭鎮，這一年是清宣宗道光二十七年，生肖羊。特斯拉（Nikola Tesla）於1856年生於當時的奧地利帝國的一個塞爾維亞家庭，這一年是清文宗咸豐六年，生肖龍。

愛迪生和特斯拉有很多相似之處。愛迪生只受過三個月的學校教育，因為老師說他腦子不好，隨後他的母親把他帶回家親自教育；特斯

拉曾就讀於位於格拉茨的奧地利理工學院，成績很好，但依然沒有拿到獎學金，他又賭輸津貼，以至於只讀到三年級，沒有畢業。愛迪生小時候患過猩紅熱，從此聽力有問題；特斯拉十七歲的時候得了霍亂，臥床不起九個月。

兩人一生命運又迥然不同。愛迪生一生結婚兩次，育有六個孩子；特斯拉一生未婚，每天從上午九點工作到下午六點，然後去公園餵鴿子，晚年成為素食者。愛迪生於 1931 年 10 月 18 日死於糖尿病併發症；特斯拉於 1943 年 1 月 7 日死於動脈血栓，死時身無分文而且欠債。

兩人交惡，或者更準確地說，愛迪生對特斯拉的打壓，始於 1885 年。

西元 1884 年，特斯拉來到紐約為愛迪生工作，一開始他是愛迪生的狂熱粉絲。然而，1885 年的一件事打破了幻象。特斯拉對愛迪生說，他能改善愛迪生效率低下的馬達和發電機。愛迪生認為特斯拉的想法棒極了，但是完全不切實際。他承諾，要是特斯拉能說到做到，就給他 5 萬美元（大概相當於今天的一百萬美元）。結果特斯拉真的做到了。愛迪生卻說那是個玩笑，只把特斯拉的薪資由原來的每週 18 美元漲到 28 美元。特斯拉似乎是個嚴守賭約的人，比如他曾因為賭輸津貼沒有畢業。愛迪生不守信用的行為可能徹底激怒了特斯拉，於是特斯拉辭職了。

愛迪生對特斯拉最大的打壓是 1890 年左右的電流之爭。

愛迪生擁有直流電的專利，所以一直推廣直流電；特斯拉則擁有交流電的專利，支持交流電，因為交流電對大城市的能源分配更好。愛迪生於是散布謠言來打壓交流電，比如他和公司僱員用交流電電死動物，以此汙名化交流電，愛迪生還遊說州議會禁止交流電的推廣。

就像斯特羅斯（Randall E. Stross）在其關於愛迪生的批評性傳記

《門羅公園的巫師：湯瑪斯‧阿爾瓦‧愛迪生是如何發明現代世界的》（*The Wizard of Menlo Park : How Thomas Alva Edison Invented the Modern World*）中說的那樣：愛迪生最偉大的發明是他自己的名望，他巧妙地使自己成為現代世界第一位偉大的名人。（Edison's greatest invention was his own fame, which he managed astutely to become "the first great celebrity of the modern age".）

那位當初判斷愛迪生腦子不好的老師到底是錯了還是對了呢？

關於特斯拉更全面的介紹可以參考加州大學聖塔巴巴拉分校歷史系麥克雷教授的一篇書評：

McCray W. Physics：The Mind electric. Nature, 2013, 497：562-563.

14　一燈大師的挽救

千門萬戶曈曈日，總把新桃換舊符。

—— 一燈

第一次華山論劍之後，看起來最有可能取代王重陽的地位，而實際上最不可能的人是一燈大師。說一燈是銀樣鑞槍頭似乎也不為過。

大家幾乎都認可一燈。第一次華山論劍時，一燈大師還叫段智興，憑一陽指奪得天下五絕之一「南帝」的稱號。從此之後，他龍隱天南。然而，一燈不在江湖，江湖上卻有一燈的傳說。王重陽對他深為折服，親赴大理，以先天功換一陽指。而歐陽鋒、裘千仞等都對他非常忌憚，苦心孤詣，只為把南帝拉出五絕。歐陽鋒甚至布置了情報系統，從而精確地監控一燈大師的進展，以至於掌握了一些很隱祕的情報，如一燈大師的徒弟武三通去雲南西疆大雪山採藥。裘千仞也布置了情報系統，甚至

知道了瑛姑的事,所以打傷了瑛姑和周伯通的私生子,希望一燈能救治小孩、損耗內力。洪七公親口說過「南火克西金」的話。

這樣看起來一燈是王重陽之後最有可能奪得武功天下第一名號的人物。然而,一燈大師的武功真的有這麼厲害嗎?其實,從書中的描述來看,一燈大師的武功有很多疑點。

疑點一:一燈的戰力。

一燈大師第一次施展武功是在替黃蓉治傷的時候《射鵰英雄傳》第三十章「一燈大師」。一燈大師連使各種指法,可以說令人目眩神馳。這也是《射鵰英雄傳》中唯一一次對一燈大師武功的描寫。但這令人讚嘆的一陽指指法當時僅用於治病,無法判斷真實戰力。

一燈大師的一陽指用於對戰只有兩次,都是在《神鵰俠侶》中。第一次是對戰慈恩(裘千仞):

楊過和小龍女眼見慈恩的鐵掌有如斧鉞般一掌掌向一燈劈去,劈到得第十四掌時,一燈「哇」的一聲,一口鮮血噴了出來。慈恩一怔,喝道:「你還不還手麼?」一燈柔聲道:「我何必還手?我打勝你有什麼用,你打勝我有什麼用?須得勝過自己、克制自己!」慈恩一楞,喃喃的道:「要勝過自己,克制自己!」

《神鵰俠侶》第三十回「離合無常」

這是金庸小說中一燈第一次對敵。這當然可以看作一燈故意相讓,但是否別有隱情?後來楊過憑玄鐵重劍壓制慈恩,後者終於折服、悔悟。一燈僅僅是方法不對還是力有未逮?注意,此時的一燈應該身兼先天功、一陽指於一身,比肩當年天下第一的王重陽。此時的一燈之於慈恩的一十四招鐵掌,難道不應該是空見之於謝遜的一十三記七傷拳、掃

125

上篇

地僧之於蕭峰的一式降龍掌嗎？然而我們看到的是一個在慈恩鐵掌下全力以赴抵擋（雖然沒有還手）依然口吐鮮血的一燈。

第二次則是一燈大戰金輪法王的時候：

> 一燈與法王本來相距不過數尺，但你一掌來，我一指去，竟越離越遠，漸漸相距丈餘之遙，各以平生功力遙遙相擊。黃蓉在旁瞧著，但見一燈大師頭頂白氣氤氳，漸聚漸濃，便似蒸籠一般，顯是正在運轉內勁。
>
> 《神鵰俠侶》第三十八回「生死茫茫」

一燈大師和金輪法王似乎勢均力敵，然而，他最後是在雙鵰以至於老頑童、黃藥師的幫助下，才生擒金輪法王。需要知道，這可是同時掌握先天功和一陽指的一燈。想想看，同時會這兩門武功的王重陽，可以在死前一年的華山論劍時和四絕鬥了七天七夜，折服四絕，也可以在死前不久以學了半年左右的一陽指破去了歐陽鋒苦練多年的蛤蟆功。王重陽打金輪法王可能用不了十招：

> 周伯通道：「若是我師兄在世，你焉能接得他的十招？」
>
> 《神鵰俠侶》第三十八回「生死茫茫」

一燈的戰力同他的名氣和被關注度相去甚遠。

疑點二：朱子柳的一陽指名不副實。

作為有百年傳承的絕世武學，一陽指很顯然也傳到了一燈的徒弟這一代。然而，作為漁樵耕讀中武功、計謀之首的朱子柳，棄一陽指不用，自己搞出了個「一陽書指」，即以判官筆使用一陽指，這是怎麼回事？張翠山也使用判官筆，並從師父那裡悟出了倚天屠龍功，但這門武功可不是張三丰唯一的本事。

「一陽書指」表面看來似乎是創新，其實完全不是那麼回事。以判官筆運使一陽指，只能模擬指法，而無法運使內力。指力從來也不是靠本身的堅硬作為優勢的，而是操控靈活。指法傷人主要靠的是內力。以兵器如判官筆運使一陽指，既失去了指法的靈活，也失去了指法的內力。「一陽書指」是狗尾續貂甚至畫蛇添足之作。然而，一燈大師並沒有能力去糾正朱子柳，而朱子柳還對自己的「創造」沾沾自喜。

疑點三：武修文、武敦儒二兄弟的一陽指平平無奇。武修文、武敦儒兄弟可以說是標準的「武二代」，但是兄弟倆的一陽指武功不但遠遠遜於南帝，和漁樵耕讀之首的朱子柳比也大大不如。當然兄弟倆也受到了朱子柳的影響：

武氏兄弟在旁觀鬥，見朱師叔的一陽指法變幻無窮，均是大為欽服，暗想：「朱師叔功力如此深厚強勁，化而為書法，其中又尚能有這許多奧妙變化，我不知何日方能學到如他一般。」一個叫：「哥哥！」一個叫：「兄弟！」

《神鵰俠侶》第十三回「武林盟主」

武氏兄弟跟隨郭靖多年，耳濡目染郭靖古拙雄偉、不以招式見長的武功，居然對大理絕學念念不忘。如果是一陽指也就算了，居然是朱子柳版的「一陽書指」，真是買櫝還珠，貽笑大方。

疑點四：朱武連環莊不再繼承一陽指。最後一個疑點是，朱武連環莊的朱長齡、武烈處心積慮，花費極大代價，希望獲得武林至尊的屠龍寶刀。而一陽指本就是天下絕學，為什麼不用？一陽指可是讓大理段氏雖不說成為武林至尊但足以稱雄天南的武學呀。

總之，**一燈大師戰力堪疑，一陽指凋零如落葉**。也就是說，一燈大師在第一次華山論劍時展示了一陽指這項絕學後，從未再現榮光。那

麼，為什麼一燈和一陽指實際能力有限，卻被多人誤認為會繼王重陽後天下第一呢？這很可能基於大理段氏數代累積起來的巨大聲望。就像沒有人敢於小看少林寺一樣。

那麼，一燈大師乃至大理段氏的問題到底出在哪呢？可能在於武學創新無力。一燈大師終其一生在武學上無任何發明創造。中神通、東邪自不必說，西毒有蛤蟆功、靈蛇拳、蛇杖，北丐也自創很多武功：

這降龍十八掌乃洪七公生平絕學，一半得自師授，一半是自行參悟出來，雖然招數有限，但每一招均具絕大威力。

《射鵰英雄傳》第十二章「亢龍有悔」

在蕭峰時代就被掃地僧稱為掌法天下第一的降龍十八掌在洪七公手裡依然有提升空間。而大理段氏歷經多年從未有創新。一陽指最大的bug，即損耗後的恢復問題，是大理段氏的噩夢：

那書生又道：「此後五年之中每日每夜均須勤修苦練，只要稍有差錯，不但武功難復，而且輕則殘廢，重則喪命。」

《射鵰英雄傳》第三十章「一燈大師」

直到透過郭靖得到《九陰真經》總綱之後，一燈才解決了功力迅速恢復的問題，如果這也能算創新的話，一燈的創新僅限於此。可以說，第一次華山論劍就是一燈的巔峰，從此一直在走下坡路，因為他沒有武學創新。不要用年齡大作為藉口，周伯通、黃裳創立武功時年齡都不小。張三丰年近百歲依然創出太極拳。而一燈弟子中最聰明的朱子柳的所謂創新——「一陽書指」，其實是在木板上最薄的地方打孔的取巧之作。段智興無大創新，朱子柳有小聰明，這就是大理段氏末期武學的面貌。

大理段氏創新無力的原因在於體制。

金庸小說中學術傳承的方式有五種：宗派、門派、幫派、家族以及教派。宗派就是以宗教傳播為主的組織，武學傳承是宗派工作內容的一部分，如少林寺、全真教等；門派是不涉及宗教、以武學傳承為紐帶的組織，如桃花島、古墓派、嵩山派、華山派等；很多宗派和門派有混合，如峨嵋派有出家弟子和俗家弟子；幫派是以某種行業或群體共同利益為主要紐帶的組織，武學只是錦上添花或者作為維護自身勢力的手段，如丐幫、鐵掌幫、巨鯨幫、海沙派等；家族則以血緣為紐帶，武學同樣是提升實力的利器，如大理段氏、白駝山歐陽氏、姑蘇慕容氏等；教派就是以某種信仰傳播為主的組織，武學傳承是教派工作內容的一部分，金庸小說中具有教派特點的組織只有一個，就是明教，因為是個例，後面再詳細說。

那麼這些組織中的哪一種學術傳承的效果最好呢？應該說門派的效果最好。門派因為沒有宗教、行業、血緣等限制，任人唯賢，常常能發現並培育傑出人物。一個最具代表性的例子是周伯通，周伯通沒有加入全真教、不是道士，但是他學武資質極高，王重陽把他網羅在身邊；張三丰也可以說是門派的傑出代表，他棲身少林藏經閣，但不是和尚，天分極高；桃花島的曲靈風、古墓派的小龍女也都是資質超卓的人物。

但是宗派信仰的凝聚力最強，從長遠看反倒能孕育傑出人物。如少林寺，雖然在某一時期光華內斂，但偶一露崢嶸就如天上明月，如「天龍」時代的掃地僧、「神鵰」時代的覺遠、「倚天」時代的空見、「笑傲」時代的方正，更不要提三十九年練成一指禪的靈興禪師、反出少林的火工頭陀、遠走西域的苦慧禪師等人了，甚至《鹿鼎記》中的澄觀也是不凡人物。

幫派的學術凝聚力、傳承力是較弱的。所以丐幫的降龍掌也是一路

下滑，從郭靖的十八掌、耶律齊的十四掌到史火龍的十二掌不斷縮水。鐵掌幫也是如此。

家族的學術傳承是最差的。姑蘇慕容的武功一蟹不如一蟹，歐陽鋒的白駝山也是後繼無人，其中最差的是大理段氏。

大理段氏的一陽指跌得比降龍掌更快，主要原因就是家族傳承。家族傳承和門派傳承截然相反，前者是任人唯親，後者則是任人唯賢。然而，任人唯親是不利於培養優秀人才的。一個家族那麼小的基因庫，無法包含一定數量的好苗子可供選擇，除非子女眾多，但即使是皇族，有時也無法保證子嗣的數量，更別提資質了。

大理段氏當然也有宗派傳承的學術延續方式，如天龍寺。天龍寺雖然是宗派，但它仍然是以家族為前提的宗派，進入條件非常苛刻，常常是退位的皇帝，所以年紀往往很大。天龍寺的這種門檻使其比一般的家族學術傳承還要差。段正淳時期的天龍寺就是老年人俱樂部，很難創新。

一燈曾試圖突破體制。一陽指是大理段氏皇家絕學，很少傳給外人。在段正明時期，鄯闡侯高昇泰，三公華赫艮、范驊、巴天石，四大家臣褚萬里、古篤誠、傅思歸、朱丹臣，都沒有誰得蒙段氏傳授一陽指。但是到了一燈大師時期，他將武功傳給了漁樵耕讀四弟子，再傳給武修文、武敦儒。可以說，一燈這麼做是試圖突破學術傳承的家族限制。但朱、武的後人卻沒有這種氣魄，一陽指逐漸消失在歷史的長河裡。這就是一陽指的結局。

對一燈大師而言，他沒有成功「新桃換舊符」，新桃是創新的武功，舊符則是祖傳的一陽指。

附：諾貝爾獎家族

獲得一次諾貝爾獎已經是可以寫進歷史的殊榮了。然而，諾貝爾獎也不乏家族統治，這在諾貝爾獎獲獎者中當然是少數派，但值得深思。

居禮夫人母女（1903，1911，1935）

居禮夫人（1867 — 1934）因為放射性研究於 1903 年和她丈夫皮耶‧居禮以及貝克勒爾分享了諾貝爾物理學獎，並於 1911 年單獨獲得諾貝爾化學獎。

居禮夫人的大女兒伊雷娜（Irène Joliot-Curie，1897 — 1956）在 1918 年來到巴黎大學的放射性研究所，做自己母親的助理。在那，伊雷娜也遇見了自己未來的丈夫約里奧（Jean-Frédéric Joliot）。1935 年，伊雷娜和丈夫因為發現人工製備的放射性同位素而獲得諾貝爾化學獎。

湯木生父子（1914，1937）

作為曼徹斯特書商的兒子，英國物理學家約瑟夫‧約翰‧湯木生（Joseph John Thomson，1856 — 1940）於 1897 年發現電子，1914 年因為氣體的電導性研究獲得諾貝爾物理學獎。

湯姆遜唯一的兒子喬治‧佩吉特‧湯木生（George Paget Thomson，1892 — 1975）於 1922 年成為亞伯丁大學的自然哲學教授，在那裡，他完成了一個實驗，發現一束電子在通過晶體物質時發生繞射，因而證實了德布羅意（Loui's de Broglie）的預測：粒子呈現波的特徵，其波長等於普朗克常數同粒子動量的比值。他因這個發現於 1937 年獲得諾貝爾物理學獎。

布拉格父子（1915）

農民和海員的後代布拉格（William Bragg，1862 — 1942）在 1985 年，年僅 23 歲，就成為當時剛創立不久的澳洲阿德萊德大學的數學和物理學教授。布拉格不僅是一位優秀的教師，也是一位傑出的實驗師，實驗室用於教學的所有設備都是他自己製作的。1912 年布拉格回到英國，設計並製造了 X 射線光譜儀，這是所有現代 X 射線和中子繞射儀的原型。

1912 年德國物理學家勞厄宣布晶體能讓 X 射線繞射，這啟釋布拉格和他在劍橋大學做研究的兒子勞倫斯（1890 — 1971）將 X 射線用於晶體結構研究，並於短短 3 年後共同獲得諾貝爾物理學獎。

布拉格父子是諾貝爾獎得主中唯一的一對父子，小布拉格以 25 歲獲獎創造了紀錄，這一紀錄至今仍未被打破。

波耳父子（1922，1975）

丹麥物理學家尼爾斯·波耳（Niels Bohr，1885 — 1962）的父親是一位心理學教授，弟弟是數學家。波耳本人是 20 世紀最偉大的物理學家之一，他第一次引入量子的概念，用來解決原子和分子結構問題，並因此於 1922 年獲得諾貝爾物理學獎。

波耳有六個兒子，其中兩個夭折，在剩下的四個兒子中，一個成為醫生，一個成為律師，一個成為工程師，還有一個也是諾貝爾獎得主。奧格·波耳（Agre Bohr，1922 — 2009）因為發現原子核的不對稱結構而獲得 1975 年諾貝爾物理學獎。有趣的是，尼爾斯·波耳在 37 歲時已經獲得諾貝爾獎，而奧格·波耳在 32 歲的時候剛剛獲得博士學位。奧格·波耳在 1940 年左右是父親的助理，這可能為他日後獲獎奠定了一定的基礎。

西格巴恩父子（1924，1981）

瑞典物理學家卡爾‧曼內‧西格巴恩（Karl Manne Georg Siegbahn，1886 － 1978）於1916年在X射線中發現了一組新的有特定波長的射線，稱為M系列，隨後，他研發了相關設備和技術，使自己和隨後的跟進者精確地測定了X射線的波長。他於1924年因為X射線光譜學研究獲得諾貝爾物理學獎。

西格巴恩的兒子凱‧曼內‧伯耶‧西格巴恩（Kai Manne Börje Siegbahn，1918 － 2007）於1981年因為物質電磁輻射的光譜學分析獲得諾貝爾物理學獎。

奧伊勒父子（1929，1970）

瑞典化學家奧伊勒-切爾平（Euler-Chelpin，1873 － 1964）於1929年因為糖酵解中的酶的研究獲得諾貝爾化學獎。

奧伊勒-切爾平的兒子烏爾夫‧馮‧奧伊勒（Ulf von Euler，1905 － 1983）是正腎上腺素、前列腺素的發現者，因為神經遞職的研究獲得1970年的諾貝爾生理學或醫學獎。

科恩伯格父子（1959，2006）

美國科學家阿瑟‧科恩伯格（Arthur Kornberg，1918 － 2007）於1959年因為DNA複製的研究獲得諾貝爾生理學或醫學獎。

他的兒子羅傑‧科恩伯格（Roger Kornberg，1947 －）於2006年因為DNA轉錄的研究獲得諾貝爾生理學或醫學獎。

對這七個諾貝爾獎家族可以做一些簡單的分析，如子女的壽命居然和父母的壽命相關。但最重要的是，這些子女的工作大都是父母工作的延續。

15　洪七公的平衡

> 二十四橋明月夜，玉笛誰家聽落梅。
>
> —— 洪七公

洪七公是後華山論劍時代工作和生活平衡做得最好的人物。

從某種意義上，王重陽加劇了從「射鵰」時代開始的武學競爭。在「天龍」時代，代表武學最高水準的是口碑式的「北喬峰，南慕容」並舉；但是第一次華山論劍之後，只有奪得天下第一的名號才能服眾，在武學上登頂的難度陡升。

洪七公面臨的壓力尤其大。

若論繁忙程度，洪七公可能是四絕之最，這主要是因為洪七公管理的丐幫人員複雜，管理的成本很高。

> 當年第十七代錢幫主昏暗懦弱，武功雖高，但處事不當，淨衣派與汙衣派紛爭不休，丐幫聲勢大衰。直至洪七公接任幫主，強行鎮壓兩派不許內訌，丐幫方得在江湖上重振雄風。
>
> 《射鵰英雄傳》第二十七章「軒轅台前」

洪七公需要處理非常複雜的幫內事務，而他在這一點上完成得很好。甚至可以說，洪七公在做丐幫幫主（第十八代）這件事上可能比蕭峰（第九代幫主）更成功。蕭峰雖然善於團結下層幫眾，但在中高層中卻沒有心腹。

> 「陳長老，我喬峰是個粗魯漢子，不愛結交為人謹慎、事事把細的朋友，也不喜歡不愛喝酒、不肯多說多話、大笑大吵之人，這是我天生的性格，勉強不來。我和你性情不投，平時難得有好言好語。我也不喜馬副幫主的為人，見他到來，往往避開，寧可去和一袋二袋的低輩弟子喝

烈酒、吃狗肉。我這脾氣,大家都知道的。」

《天龍八部》第十五章「杏子林中,商略平生義」

蕭峰和下層打成一片,對中高層卻敬而遠之,這不是一個大幫派幫主懂政治的表現。《三國志・蜀書・關張馬黃趙傳》中說:「**羽善待卒伍而驕於士大夫,飛愛敬君子而不恤小人。**」蕭峰恰好是和關羽一樣的人物,這也導致了杏子林中商議幫務時中高層懷疑、反對蕭峰的人特別多。

但是洪七公左右逢源、上下通吃,把丐幫內部的汙、淨兩派管理得服服貼貼。當楊康拿著丐幫信物綠玉杖欺騙群丐時,淨衣派中的三大長老在得知洪七公去世時也沒有立刻萌生異心,而汙衣派中的魯有腳則是洪七公的嫡系心腹。楊康最終沒有得逞,雖然說有郭靖、黃蓉的干涉,但主要基礎還是洪七公的威望。洪七公的政治、管理能力超過蕭峰。

洪七公還要帶領丐幫除惡。丐幫就像一把利劍:「今日把示君,誰有不平事?」

洪七公道:「不錯。老叫化一生殺過二百三十一人,這二百三十一人個個都是惡徒,若非貪官汙吏、土豪惡霸,就是大奸巨惡、負義薄倖之輩。老叫化貪飲貪食,可是生平從來沒殺過一個好人。裘千仞,你是第二百三十二人!」

《射鵰英雄傳》第三十九章「是非善惡」

而洪七公能帶領丐幫懲惡揚善、抗金衛國,而且內部和諧,肯定是要花費不少功夫和心思的。

但洪七公的武學成就也很大。

這降龍十八掌乃洪七公生平絕學,一半得自師授,一半是自行參悟

出來，雖然招數有限，但每一招均具絕大威力。當年在華山絕頂與王重陽、黃藥師等人論劍之時，這套掌法尚未完全練成，但王重陽等言下對這掌法已極為稱道。後來他常常嘆息，只要早幾年致力於此，那麼「武功天下第一」的名號，或許不屬於全真教主王重陽而屬於他了。

《射鵰英雄傳》第十二章「亢龍有悔」

曾被少林寺掃地僧大讚為天下第一的降龍掌，從蕭峰傳下來，洪七公居然更改了一半，這是極大的學術成就。

降龍掌主要是掌法，是不是洪七公下盤武功不行呢？完全不是，洪七公還有一路鐵帚腿法。

降龍掌是頂尖外功，威力巨大，並不以招數繁複見長，是不是洪七公並不擅長其他類型的武功呢？完全不是。洪七公還擅長變化精微的打狗棒法和逍遙遊掌法。

洪七公武功這麼高，是不是就不屑於用暗器了呢？也不是，洪七公暗器的功夫也了得，如「滿天花雨擲金針」。

那麼，洪七公有繁忙的幫務，又是如何取得如此大的學術成就的呢？他貪吃懶練，為何卻對自己的戰鬥力如此自信呢？

洪七公不語，沉思良久，說道：「本來也差不多，可是過了這二十來年⋯⋯二十來年，他用功比我勤，不像老叫化這般好吃懶練。嘿嘿，當真要勝過老叫化，卻也沒這麼容易。」

《射鵰英雄傳》第十二章「亢龍有悔」

極有可能是因為洪七公透過自己的愛好緩解了職場巨大的壓力，同時驅動了自己對武學的研究。

洪七公的愛好就是吃。洪七公每次出場幾乎都伴隨著美食。第一

第三編　「射鵰」的碧空

次出場，洪七公就用降龍十五掌換了「好逑湯」、「玉笛誰家聽落梅」、「二十四橋明月夜」等美食——飛龍在天與豆腐齊飛，亢龍有悔共雞腿一色。最後一次出場：

只見洪七公取出小刀，斬去蜈蚣頭尾，輕輕一捏，殼兒應手而落，露出肉來，雪白透明，有如大蝦，甚是美觀。楊過心想：「這般做法，只怕當真能吃也未可知。」洪七公又煮了兩鍋雪水，將蜈蚣肉洗滌乾淨，再不餘半點毒液，然後從背囊中取出大大小小七八個鐵盒來，盒中盛的是油鹽醬醋之類。他起了油鍋，把蜈蚣肉倒下去一炸，立時一股香氣撲向鼻端。楊過見他狂吞口涎，饞相畢露，不由得又是吃驚，又是好笑。

《神鵰俠侶》第十回「少年英俠」

洪七公上華山，居然背了鍋、油鹽醬醋和公雞，簡直是來野炊的。而且他輕車熟路就找到了蜈蚣很多的地方，說第一次來很難讓人相信。洪七公之所以同意參加第一次華山論劍，是因為王重陽的面子，但他後來是不是發現了蜈蚣？

王處一道：「二十餘年之前，先師與九指神丐、黃藥師等五高人在華山絕頂論劍。洪老前輩武功卓絕，卻是極貪口腹之慾，華山絕頂沒什麼美食，他甚是無聊，便道談劍作酒，說拳當菜，和先師及黃藥師前輩講論了一番劍道拳理。當時貧道隨侍先師在側，有幸得聞妙道，好生得益。」

《射鵰英雄傳》第十一章「長春服輸」

所以，他第一次上華山，別人是論劍，他可能是掄鏟（掄著鏟子煎蜈蚣），只是恐怕第一次去沒經驗，鍋、調料、油都沒帶，就只好退而求其次論劍了。

洪七公出場時在吃，落幕又在吃，來去無牽無掛，遊戲人間一回，

上篇

英風豪情令人心折。

　　司湯達（Stendhal）的墓誌銘是「活過、寫過、愛過」。洪七公的墓誌銘可以寫「活過、戰過、吃過」。

注：

　　①司湯達的墓誌銘「活過、寫過、愛過」的法語版本為 Errico Beyle, Milanese : visse, scrisse, amò.

　　英語版本為 Henri Beyle, Milanese : he lived, wrote, loved.

附：憂鬱是情感的痙攣

　　某本英語教材有一篇文章名為 Hobbies（業餘愛好），裡面有一段很有啟發的話：

　　一位天才的美國心理學家說過，憂慮是情感的痙攣：頭腦抓住了某樣東西，卻不肯放手。在這種情況下，寄希望於頭腦中理性的一面挽救執拗的一面是沒有用的。意志越堅強的頭腦，這種挽救任務就越徒勞。一個人只能輕輕地暗示其他的東西進入，來緩解執拗大腦的情感痙攣。如果這「其他的東西」被正確地選擇了，如果它真的點亮了頭腦中另一個感興趣的領域，那麼，逐漸地，而且常常是相當迅速地，舊的不適當的控制就會放鬆，恢復和修復的過程就開始了。

16　周伯通的眼光

　　在人生的軌跡中，我做過很多非常正確也非常重要的決定。

　　　　　　　　　　　　　　　　　　　　　　　　——周伯通

　　第一次華山論劍後，王重陽勝天半子，這半子就是周伯通。

第三編　「射鵰」的碧空

　　王重陽能在第一次華山論劍後一統江湖，武功、門派、合作缺一不可，此外還有奇兵周伯通，其至關重要的歷史地位不但超出了王重陽的預期，而且在很久之後也沒有被充分理解。

　　周伯通的一生彷彿是如何做出正確決定的教科書。

　　正確決定來自獨特的眼光。周伯通的眼光用一句話概括：**明見萬里**。他一生經歷**一次插足、兩次結義、三次拜師**，都是為了選擇最具潛力的武學方向。他完成了**四次武學否定和肯定**，成為宗師級人物。他開創了**未來武學**的新方向。他還傳遞了**「無武學相」**的大武學觀，直指人心。最關鍵的一點是，周伯通成就了全真教，也被全真教成就。

　　周伯通的一次插足，始於拒練先天功，代表了他本真質樸的武學判斷。

　　周伯通和南帝皇妃瑛姑的不倫之戀發生在第一次華山論劍之後、王重陽攜周伯通去大理和南帝交換武功的時候。王重陽深謀遠慮，對自己死後的武林格局洞若觀火。他最擔心的，表面看是西毒歐陽鋒，其實更是「鐵掌水上漂」裘千仞。

　　之所以說表面擔心歐陽鋒，因為王重陽算準了《九陰真經》就是歐陽鋒的心頭好，以《九陰真經》為餌，就可以控制歐陽鋒，所以不用過於擔心。事實確實如此，後來「**重陽遺計定歐陽**」，王重陽以詐死誘來歐陽鋒，以一陽指破了歐陽鋒的蛤蟆功，換來了全真教二十年的和平發展。

　　之所以說王重陽其實更擔心裘千仞，是因為當王重陽邀請裘千仞參加第一次華山論劍時，裘千仞居然推辭了。這件事讓王重陽看出裘千仞非池中之物。王重陽從裘千仞身上看到了劉邦的影子：

　　范增說項羽曰：「沛公居山東時，貪於財貨，好美姬。今入關，財物無所取，婦女無所幸，此其志不在小。吾令人望其氣，皆為龍虎，成五

139

上篇

采，此天子氣也。急擊勿失！」

《史記・項羽本紀》

裘千仞推辭王重陽的邀請，從中能看出裘千仞的幾點過人之處：

一是知己知彼之能。四絕即使不是心存僥倖，低估了王重陽的武功，成就王重陽的威名，至少也是對自己沒有足夠深刻的了解。裘千仞則選擇了保留實力、以待有為。

二是富有定力。裘千仞似乎從未對《九陰真經》熱衷過，這同四絕形成鮮明對比。所以，歐陽鋒中了王重陽的計策，被破去蛤蟆功，而裘千仞則不會輕易上當。這是裘千仞超過歐陽鋒甚至其他三絕的地方。

三是示人以弱。裘千仞還默許大哥裘千丈招搖撞騙，營造名不副實的假象，以韜光養晦。如果沒有他默許，以鐵掌幫的情報能力，怎麼可能讓裘千丈為所欲為好多年？

王重陽預感時日無多，又考慮到歐陽鋒和裘千仞的威脅，他採取了兩個措施。

王重陽的第一個措施是**和一燈交換武功，以對抗歐陽鋒**。這個措施可以打造「段重陽」，以制衡歐陽鋒。天無二日，王重陽去世前是重陽與歐陽，王去世之後則是一陽與歐陽。

王重陽的第二個措施是要求周伯通練習自己的絕學先天功，以遏制裘千仞。王重陽最重要的棋子是周伯通。全真教是雙軌制，全真七子負責體系傳承，周伯通則是武學天才。把周打造成第二個王重陽，「指約而易操，事少而功多。」後來周伯通萬里追擊裘千仞，固然是因為瑛姑，同時也可能是為了完成王重陽的遺囑。最終裘千仞萬般無奈、心灰意懶，才在第二次華山論劍前拜在一燈門下。然而，周伯通居然拒絕練習先天

功，所以王重陽只能帶他去大理，以便路上做工作。

為什麼說王重陽曾要求周伯通練習先天功呢？線索有三條：一是周伯通並不會先天功。周是武痴，對吃喝、男歡女愛等沒有任何興趣，只喜歡武功，以至於天下武學無所不窺。在這種情況下，他師兄會先天功而他不會，只能是他自己不想學。所以，王重陽想讓他學，只靠吸引是不夠的，需要要求。二是王重陽帶周伯通去大理有其目的。王重陽只是為了和一燈交換武功，為什麼要帶上周伯通？可能王重陽計劃由自己一人教兩個人先天功，對於年老力衰的他，這樣省時省力效果好，因為王重陽在華山論劍後第二年的春天去大理，當年秋天就去世了，確實時日無多。三是周伯通由於特殊的條件才可以去大理皇宮轉悠。這固然是因為兩人是一燈的客人，但恐怕更主要的原因王重陽本打算傳授南帝和周伯通先天功，這樣周伯通就會保持童子之身，一燈是在知曉這一安排的情況下才對周伯通失去戒心的。否則皇宮法度森嚴，周伯通怎麼可能進入內苑接觸女眷？

那麼問題來了，為什麼嗜武如命的周伯通不學先天功？這可是王重陽據以獨步天下的絕學啊！

這是**因為先天功代表的不是先進的武學方向**。先天功需要童子之身才能練成，違背人性、常理。佛教經典《維摩詰所說經》中說：「**雖處居家，不著三界；示有妻子，常修梵行。**」維摩詰菩薩尚且有妻子，為什麼先天功這麼絕情？林朝英的武功雖然也講求克制情慾，如「十二少、十二多」法門，但從未徹底禁絕，這從她創立的玉女素心劍法也看得出來。周伯通甚至可能對王重陽和林朝英的糾葛不以為然。他可能認為，如果一門武功不近人情，那一定不是好武功；如果一門科學違背常理，必為妖怪。

管仲臨死前，齊桓公問：「易牙如何？」管仲答：「殺子以適君，非人情，不可！」又問：「開方如何？」答：「背親以適君，非人情，難近！」又問：「豎刁如何？」答：「自宮以適君，非人情，難親！」易牙、開方和豎刁透過殺子、背親和自宮來向君主表忠心，都是不近人情、違背常理的，必有巨大陰謀，為管仲所不齒。這三件事在金庸小說中都有代表人物：殺子的凌退思、背親的王重陽和自宮的岳不群。

在武學選擇上，王重陽背親（拒絕林朝英），周伯通可能不贊成。對於後來的《辟邪劍譜》，周伯通應該也不會贊成。周伯通沒有拒絕和瑛姑的感情，從某種意義上說是對王重陽處理感情問題的無聲反抗，和他拒練先天功是一脈相承的。

當然，和瑛姑的孽緣是周伯通一生抹不去的汙點，是他對道德倫理的背棄。然而，拒練先天功卻是他在武學上的一次主動選擇和抗爭，代表了他對武學倫理的認知：不近人情、違反常理的武學不可觸碰。

周伯通沒有學習先天功，但後來以自己的方式依然使武功大進，這恐怕是王重陽始料不及的。

周伯通的兩次結義讓他武功飛升，是他武學眼光的獨到之處。周伯通一生結義兩次，對象都是流芳百世的大俠。金庸小說中有很多結義情節，如段譽、喬峰、虛竹三人結義以及黃藥師、楊過的忘年交。但這些結義者一般都彼此身分相當或武功相若。比如段譽和喬峰結義時，喬峰雖然已是天下聞名的「北喬峰」，但當時段譽內力已經強於喬峰，六脈神劍又神妙無雙。又如楊過遇到黃藥師的時候，黃藥師雖然成名已久，但楊過一聲長嘯持續一頓飯的時間，讓黃驚嘆他的經歷一定有過於常人之處。周伯通和王重陽結義時如何呢？周伯通對郭靖說：

「你真的不願麼？我師哥王重陽武功比我高得多，當年他不肯和我結拜，難道你的武功也比我高得多？」

《射鵰英雄傳》第十六章「《九陰真經》」

可見，周伯通和王重陽結義時，兩人完全不在一個等級上。事實上，周伯通後來被黃藥師用計賺得《九陰真經》時，他的武功也還不如黃藥師，更不如王重陽。

從周伯通的話語中也能看出一開始王重陽並不想和他結義。那麼，周伯通是怎麼打動王重陽最終同意結義的呢？

我們不得而知，但至少有一點，周伯通可以做到「**善不吾與，吾強與之附**」（曾國藩語）。也就是說，良朋諍友不主動與我交好，那我就主動地、死皮賴臉地與之結交。他和郭靖結義也是這樣達成的。

另外，最終周伯通也證明了自己。看後來周伯通的種種表現，無論是武學修為，還是武功創新，尤其是對武學趨勢的掌握，都是天下第一流的。

周伯通和王重陽結義，看似高攀，實則平等，周伯通甚至是全真「託孤」之人。第一次華山論劍王重陽中神通開局，第二次華山論劍前周伯通截胡裘千仞，第三次華山論劍周伯通中頑童收官，可以說不負重託，完美接力。

如果說周伯通第一次結義是表面高攀，實際完成「託孤」重任，那麼周伯通第二次結義就是表面低就，實際完成自度、度人的壯舉。

周伯通在桃花島獨居已久，無聊之極，忽得郭靖與他說話解悶，大感愉悅，忽然間心中起了一個怪念頭，說道：「小朋友，你我結義為兄弟如何？」

《射鵰英雄傳》第十六章「《九陰真經》」

上篇

　　周伯通和郭靖結拜，得到的機會是他的空明拳和雙手互搏的第一次測試，並大獲成功。這次測試讓周伯通解開了自身武學的枷鎖。

　　這次測試還讓周伯通悟到了自己武功已經高於黃藥師，周以後也可以「仰天大笑出門去，我輩豈是蓬蒿人」了。因此也讓周伯通也開了自己心靈的枷鎖。

　　另外，周伯通還從郭靖那裡得到了《九陰真經》下卷。

　　最關鍵的是，周伯通以往的武功一味空、柔。

　　周伯通道：「我這全真派最上乘的武功，要旨就在『空、柔』二字，那就是所謂『大成若缺，其用不弊。大盈若沖，其用不窮。』」跟著將這四句話的意思解釋了一遍，郭靖聽了默默思索。

《射鵰英雄傳》第十七章「雙手互搏」

　　自遇到郭靖開始，周伯通從郭靖的降龍十八掌中得到啟發：空、柔並不是武學最高境界。草蛇灰線，伏脈千里，周伯通後來成為一代宗師，遇到郭靖是重要機緣。

　　所以，世人只知道郭靖受益於周伯通，不知道周伯通從郭靖身上收穫更多。

　　後人有對聯評周伯通：

　　清濁一錦帕（瑛姑定情的鴛鴦錦帕代表了周伯通一生中的道德汙點）

　　成敗兩大俠（王重陽為周伯通啟蒙，郭靖助周伯通飛升）

　　總之，王重陽帶周伯通入門，郭靖帶來周伯通武功大成的契機。

周伯通的三次拜師代表他逐漸成熟的武學眼光。

周伯通一生曾三次拜師（其中有兩次為意欲拜師未成，各算半次，合為一次）。王重陽那麼高的身分，年齡又大，而且傳授了周伯通武功，但只是周伯通的師兄。所以，周伯通自主選擇的三次拜師都極不簡單。

第一個半次，意欲拜歐陽鋒為師。

「當時我就想：『這門輕功我可不會，他若肯教，我不妨拜他為師。』但轉念一想：『不對，不對，此人要來搶《九陰真經》，不但拜不得師，這一架還非打不可。』明知不敵，也只好和他鬥一鬥了。」

《射鵰英雄傳》第十六章「《九陰真經》」

這是周伯通第一次想拜師，對方是歐陽鋒，但這個想法一閃而過，所以算半次。

第二個半次，意欲拜郭靖為師。

那老人臉上登現欣羨無已的神色，說道：「你會降龍十八掌？這套功夫可了不起哪。你傳給我好不好？我拜你為師。」隨即搖頭道：「不成，不成！做洪老叫化的徒孫，不大對勁。洪老叫化沒傳過你內功？」郭靖道：「沒有。」

《射鵰英雄傳》第十七章「雙手互搏」

周伯通的這半次拜師，始於言，也終於言。周伯通點出了原因：洪七公的降龍十八掌沒有內功不行。事實上，不僅洪七公，丐幫前幫主喬峰也有同樣的問題：喬峰內力不如段譽，飛奔六十里以上就一定會敗給段譽；阿朱偷盜《易筋經》，出發點也是補喬峰的內力弱點。郭靖的武學方向始於老頑童的一句話。後來郭靖的降龍十八掌有《九陰真經》輔助，能連發一十三道後勁，無堅不摧，這層境界已經超過洪七公。

所以，周伯通這半次拜師，既自度又度人。

第二次，意欲拜金輪法王為師。

周伯通聽到「龍象般若功」五字，心中一動，搶上去伸臂一擋，架過了他這一掌，說道：「且慢！」法王昂然道：「老僧可殺不可辱，你待怎地？」

周伯通道：「你這什麼龍象般若功果然了得，就此沒了傳人，別說你可惜，我也可惜。何不先傳了我，再圖自盡不遲？」言下竟是十分誠懇。

《神鵰俠侶》第三十八回「生死茫茫」

同前兩個半次拜師的迅即收手不一樣，這次周伯通「十分誠懇」。讓周伯通變得誠懇的是「龍象般若功」代表的武學陽剛之美。龍象般若功一掌一拳擊出，幾乎有十龍十象的大力。自此始，周伯通已經不再執著於全真派「空、柔」的武學了，而是對武學的「重、拙、大」有了體悟。

第三次，意欲拜楊過為師。

兩人激鬥將近半個時辰，周伯通畢竟年老，氣血已衰，漸漸內力不如初鬥之時，他知再難誘楊過使出黯然銷魂掌來，雙掌一吐，借力向後躍出，說道：「罷了，罷了！我向你磕八個響頭，拜你為師，你總肯教我了罷！楊過師父，弟子周伯通磕頭！」說著便跪將下來。

《神鵰俠侶》第三十四回「排難解紛」

同第二次拜師的「十分誠懇」不一樣，這一次周伯通甚至跪下磕頭了。讓周伯通如此折節的是神鵰時期最具美學、實用價值的武學——黯然銷魂掌。

周伯通的三次拜師是周伯通武學眼光和品味的成熟歷程。

在犀利眼光的指導下，周伯通的武學經歷了四次否定和四次肯定，最終成熟。

第三編 「射鵰」的碧空

周伯通的四門常用武功依次是全真武功、空明拳、左右互搏和大伏魔拳，是經歷了自我否定和肯定最終形成的。

第一次，否定先天功，肯定普通全真武功。

第二次，否定降龍十八掌，肯定空、柔的空明拳和繁複的左右互搏。

第三次，否定完全空、柔、繁，欣賞重、拙、大的龍象般若功和黯然銷魂掌。

第四次，否定一味重、拙、大的黯然銷魂掌，施展從《九陰真經》中化來的大伏魔拳，既內力雄厚陽剛，也招式繁雜多變，華美莊嚴。

周伯通雖以單臂應戰，然招數神妙無方，楊過仍感應付不易。瞬息間二十餘招過去，楊過暗想，我雖只一臂，但方當盛年，與這年近百歲的老翁拆到一百餘招仍是勝他不得，我這十多年來的功夫練到哪裡去了？但覺周伯通發來的拳掌之力中剛陽之氣漸盛，與空明拳的一味陰柔頗不相同，心念一動，猛地裡想起了終南山古墓石壁之上所見的《九陰真經》，此刻周伯通所使招數，正是真經中所載的一路《大伏魔拳法》，拳力籠罩之下，實是威不可當。

《神鵰俠侶》第三十四章「排難解紛」

周伯通的眼光還打開了未來的武學方向。第三次華山論劍，周伯通作了總結。

周伯通得意洋洋的道：「好，你們站穩了聽著，東邪、西狂、南僧、北俠、中頑童，五絕之中，老頑童居首。」

《神鵰俠侶》第四十回「華山之巔」

邪不勝正，狂歌痛飲，僧以空遁隱，俠以武犯禁，都過於偏頗，有

悖武學中庸之道。老頑童不慕功利、出於好奇的心態是武學的中和境界。周伯通的觀念和另一個赤子頑童 —— 覺遠的境界一致。第三次華山論劍周伯通宣說的境界，在年幼的張君寶（三丰）、郭襄心中種下種子，他們最後都成為一代宗師。

周伯通還嘗試輸出自己的大武學觀。

周伯通哈哈大笑，說道：「你們瞧這大和尚豈非莫名其妙？我幫他討經，他反而替他們分辯，真正豈有此理。大和尚，我跟你說，我賴也要賴，不賴也要賴。這經書倘若他們當真沒偷，我便押著他們即日起程，到少林寺中去偷上一偷。總而言之，偷即是偷，不偷亦偷。昨日不偷，今日必偷；今日已偷，明日再偷。」

《神鵰俠侶》第四十回「華山之巔」

不偷即是偷。色即是空，空即是色。研究和不研究沒有分別。所以要「無我相，無人相，無眾生相，無壽者相，無武學相」。周伯通自己也踐行「**無武學相**」這一觀念，後來做偈曰：

平生不修善果，

只愛武學相佐，

忽然頓開金繩，

這裡扯斷玉鎖，

噫！

華山頂上論劍來，

今日方知我是我。

總結一下周伯通的武學眼光：武學不能不近人情，違背常理；碰到武學大師和好的方向，要強與之附；武學要注重意義，但也要注意研究

方法、手段，兩者平衡，秉持中庸之道；武學沒有功利心才能有原創發現；最後，武學只是生活的一部分，不要過於執著。

周伯通在精研武學之餘，以飼養玉蜂為樂，甚至白髮轉黑。周伯通是武學、人生贏家，他最後真正做到了

May there be enough transitions in your academic life to make a beautiful sunset.（學術生命中有足夠多的嘗試，造就一個美麗的黃昏。）

附：楊振寧談科學研究選擇

諾貝爾物理學獎得主楊振寧先生在談科學研究選擇時說：

在人生的軌跡中，我做過很多非常正確也非常重要的決定：我1971年回中國訪問，後來在2003年左右決定完全回國。這些都是正確的決定。

所以我給中國年輕人的建議是，**要更加關注自身興趣的發展**。但是如果你讓我給美國的年輕人提建議，我會建議他們對自己所謂的興趣少關注一點，**也要多考慮社會和科學的發展趨勢**。

楊振寧談國家層面的決定時說：

要決定一個國家的科學發展應該保守還是激進，這是一個非常複雜的問題。我想這其中應該有兩個基本原則：第一是國家利益要高於團體利益；**第二是要奉行中庸之道，不走極端**。

（〈楊振寧：科學研究的品味〉，社群媒體「知識分子」）

17 裘千仞的定力

> 知止而後有定，定而後能靜，靜而後能安，安而後能慮，慮而後能得。
>
> ── 裘千仞

如果說一燈是第一次華山論劍以來最被高估的人物，那麼最被低估的人物則是裘千仞。鐵掌幫幫主裘千仞有很多過人之處。

裘千仞武學眼光獨到，知己知彼。第一次華山論劍，收到邀請的黃、歐、段、洪四人心存僥倖，欣然前往，低估了王重陽的武功，成了陪襯，成就了王重陽的威名。裘千仞則清楚地保留實力、以待有為。

> 當年華山論劍，王重陽等曾邀他參與。裘千仞以鐵掌神功尚未大成，自知非王重陽敵手，故而謝絕赴會，十餘年來隱居在鐵掌峰下閉門苦練，有心要在二次論劍時奪取武功天下第一的榮號。
>
> 《射鵰英雄傳》第二十八章「鐵掌峰頂」

四絕眼光何等犀利？然而裘千仞恐怕更勝一籌。

裘千仞武學理念先進。裘千仞精通化學，他透過化學方法鍛練鐵掌，成就不可限量。

> 這老頭身披黃葛短衫，正是裘千仞。只見他呼吸了一陣，頭上冒出騰騰熱氣，隨即高舉雙手，十根手指上也微有熱氣裊裊而上，忽地站起身來，雙手猛插入鑊。那拉風箱的小童本已滿頭大汗，此時更是全力拉扯。裘千仞忍熱讓雙掌在鐵砂中熬煉，隔了好一刻，這才拔掌，回手拍的一聲，擊向懸在半空的一只小布袋。這一掌打得聲音甚響，可是那布袋竟然紋絲不動，殊無半點搖晃。
>
> 郭靖暗暗吃驚，心想：「看這布袋，所盛鐵砂不過一升之量，又用細

索憑空懸著，他竟然一掌打得布袋毫不搖動。此人武功深厚，委實非同小可。」

《射鵰英雄傳》第二十八章「鐵掌峰頂」

裘千仞透過熱鐵砂熬煉和擊打鐵砂布袋，鐵掌威力驚人。

裘千仞武學創新能力不弱。

這鐵掌功夫豈同尋常？鐵掌幫開山建幫，數百年來揚威中原，靠的就是這套掌法，到了上官劍南與裘千仞手裡，更多化出了不少精微招數，威猛雖不及降龍十八掌，可是掌法精奇巧妙，猶在降龍十八掌之上。

《射鵰英雄傳》第三十二章「湍江險灘」

可以說，裘千仞和洪七公類似，洪七公將降龍十八掌改造了一半，裘千仞也對鐵掌招數精微化貢獻很大。

裘千仞的政治才略也不下於洪七公。

裘千仞非但武功驚人，而且極有才略，數年之間，將原來一個小小幫會整頓得好生興旺，自從「鐵掌殲衡山」一役將衡山派打得一蹶不振之後，鐵掌水上飄的名頭威震江湖。

《射鵰英雄傳》第二十八章「鐵掌峰頂」

裘千仞有作為一生政績的「鐵掌殲衡山」，洪七公有的則是因誤事斬斷手指的經歷。丐幫在得知洪七公死訊（楊康謠傳）後立刻面臨危機，而鐵掌幫在裘千仞十幾年隱居期間依然興旺。

裘千仞還頗有城府。前面已經提到，裘千仞還默許大哥裘千丈招搖撞騙，以韜光養晦。

裘千仞的武功可能極高。從《射鵰英雄傳》中的記載來看，裘千仞同

郭靖、周伯通、歐陽鋒都交過手。除了不敵使用雙手互搏的周伯通外，裘千仞同歐陽鋒在伯仲之間，尚高於二次華山論劍前的郭靖。《神鵰俠侶》中裘千仞死於金輪法王之手，這有時被認為是裘千仞武功不行的證據：

> 慈恩（裘千仞）見老衲心念故國，出去打探消息，途中和一人相遇，二人激鬥一日一夜，慈恩終於傷在他的手下。
>
> 《神鵰俠侶》第三十四回「排難解紛」

然而，這可能恰恰是裘千仞武功很強的說明。裘千仞出場時是一個白鬚老者，推測至少要五十歲了，相比之下，周伯通出場時「鬚髮蒼然，並未全白」，一燈出場時眉毛全白了。那麼第二、三次華山論劍間隔近40年，則裘千仞遇到金輪法王時恐怕已經九十歲了。九十歲時還能和金輪法王比拚一日一夜，而且只是受傷，並沒有立刻死掉，這是什麼樣的戰鬥力！另外，關鍵的是裘千仞皈依一燈之後，恐怕主要是一心向佛、懺悔罪過，而不是苦練鐵掌。在這種狀況下和金輪大戰就更能說明裘千仞的實力了。

裘千仞最大的優點是他的定力。他的眼光、理念、創新、政治才略以至於武功可能也來自他極大的定力。

裘千仞的定力首先表現在他對《九陰真經》不感興趣。第一次華山論劍的背景是天下人對《九陰真經》趨之若鶩，連王重陽、黃藥師都不能免俗，更不要提歐陽鋒、武痴周伯通。除了洪七公對吃的興趣更大外，大家幾乎都抵抗不住《九陰真經》的誘惑。然而，裘千仞面對第一次華山論劍的邀請，安之若素。在整部《射鵰英雄傳》和《神鵰俠侶》裡，我們沒有看到裘千仞對《九陰真經》表現出一點興趣。

裘千仞的定力還在於他忍受甚至享受練習鐵掌的枯燥。鐵掌的練習

是要用燒熱的鐵砂熬製，然後擊打布袋中的鐵砂，這樣的功課日復一日、年復一年，一般人看來殊無樂趣。小龍女用麻雀練天羅地網式多麼生動，獨孤求敗用神鵰練劍多麼鮮活。而鐵掌的練習相比之下簡直是煎熬。然而，裘千仞一練就是二十多年。

裘千仞的定力似乎來自赤子之心。只有孩子才會反覆做一件事而不厭倦。裘千仞能持續不斷練習鐵掌，就有這種赤子之心的味道。裘千仞赤子之心的另一個表現是他的悔悟。金庸小說中大多數反派或者被囚，如《天龍八部》中的丁春秋、《笑傲江湖》中的林平之；或者瘋掉，如《天龍八部》中的慕容復、《射鵰英雄傳》中的歐陽鋒；或者死掉，如《射鵰英雄傳》中的楊康、《神鵰俠侶》中的公孫止。真正悔悟的似乎只有《天龍八部》中的鳩摩智和《射鵰英雄傳》中的裘千仞。

裘千仞的赤子之心從他的僧號也能看出來：慈恩，就是因此心而慈的意思，隱喻正是慈心讓裘千仞最終悔悟。

附：「暮年詩賦動江關」的張益唐

定力這個詞似乎只存在於中華文化裡面。英語中定力翻譯為專注力（ability to concentrate）或者鎮定（Composure），但都不能反映定力的微言大義，因為定力不是專注於一件事或者沉著鎮定能涵蓋的，它有時指的是心緒不隨外界環境改變的一種境界。

《禮記》的第四十二篇〈大學〉就提到過「定」：「知止而後有定，定而後能靜，靜而後能安，安而後能慮，慮而後能得。」了解自己的邊界後心才能定，也因此才有後面的靜、安、慮和得。據說《禮記》出自孔子的弟子。孔子在《論語‧為政》中說：「四十不惑，五十而知天命，六十而耳順」，我想，「不惑」和「知天命」都是知止，而「耳順」則是定吧。

上篇

明確提出定力這個詞的是佛教。佛教有所謂戒、定、慧的說法。其中，戒代表自律，慧代表覺悟，似乎也見於很多其他宗教；但定似乎是佛教不同於其他宗教的一個特色。很多佛教經典都涉及定，直接提到定力的有佛教經典《雜阿含經》、《無量壽經・德尊普賢第二》，後者提到「以定慧力，降伏魔怨」。

從這也能看出為什麼佛教在中國興旺發達，它似乎和儒家天然接近。兩者的不同在於：儒家提倡知止才能定，佛教則宣稱戒才能定。

諸葛亮在〈誡子書〉中說「險躁則不能冶性」，又說「非淡泊無以明志」，其實也在說定力。淡泊可能既有知止又有戒的意味。

程顥在〈定性書〉中提到「所謂定者，動亦定，靜亦定」，也就是定不見得是靜止的，動中也可以定。要做到這一點，需要拋開分別心，要「廓然而大公，物來而順應」。提到動和靜中都有定是程顥的創見。

王陽明在《傳習錄》卷上〈門人陸澄錄〉中提到：「人需在事上磨，方能立得住，方能動亦定、靜亦定。」王陽明在程顥的基礎上進一步提出，要在事上磨練，才能達到動靜皆定的境界。

綜上，了解邊界、節制欲望、去除分別心以及在事上磨練是獲得定力的手段。

美籍華裔科學家張益唐似乎可以作為超凡定力的典型代表。1955年出生的張益唐，大半生默默無聞，甚至窮困潦倒。2013年，他憑藉一篇發表於《數學年刊》(Annals of Mathematics) 的文章〈質數間的有界間隔〉(Bounded gaps between Primes)，一舉解決了孿生質數領域的一個關鍵問題，獲得了舉世矚目。2022年11月，張益唐發表新作〈離散平均估計和朗道 - 西格爾零點〉(Discrete mean estimates and the Landau-Siegel Zero)，宣稱實質上解決了西格爾零點（猜想）問題，而這是一個比孿生

質數猜想還要重要的問題。

英國偉大的數學家哈代（Godfrey Harold Hardy，1877 — 1947）曾說過：「同其他藝術或者科學相比，數學是年輕人的遊戲」（mathematics, more than any other art or science, is a young man's game）以及「我從不知道哪項偉大的數學進步是由 50 歲以上的人做出的」（I do not know an instance of a major mathematical advance initiated by a man past fifty）這樣的話。哈代進一步列舉了偉大數學家的年齡：牛頓在 50 歲時已經放棄數學；高斯在 50 歲時發表微分幾何，但其想法始於發表時的約十年前；其他的例子則全是年輕人的，如群論的創立者伽瓦羅（Galois）死於 21 歲，證明了五次及五次以上的方程不能用公式求解的阿貝爾（Abel）死於 27 歲，印度數學天才拉馬努金死於 33 歲，黎曼幾何創立者黎曼死於 40 歲。張益唐分別於 58 歲和 67 歲做出重要貢獻（後者尚待確認），至少前無古人。

在回顧自己的成就時，張益唐引用了杜甫的詩句，「庾信平生最蕭瑟，暮年詩賦動江關。」而論及自己取得成就的原因，張益唐則說自己並不具有過人天分，其特長是可以很長時間專注於一個問題。張益唐的過人定力可能來自他對數學的熱愛以及他恬淡自適的性格。

18　瑛姑的逃離

There is only one heroism in the world：to see the research as it is, and to love it. 世上只有一種英雄主義，就是在認清科學研究真相之後依然熱愛科學研究。

—— 瑛姑

第一次華山論劍的第二年，大理發生了一件不能算小的小事，但這件事的深遠影響多年以後才慢慢顯現。瑛姑選擇了放棄大理貴妃的身

分，離開了段智興，決定追隨周伯通。

西元1200年，宋寧宗慶元五年，在大理為後理王段智興安定十二年，論干支則為庚申年，屬猴。

這一年，是第一次華山論劍的後一年，是未來的巨星郭靖出生的前一年，本年並無大事可敘。在歷史上，安定十二年像名字一樣，實為安安定定、平平淡淡的一年。

但也正是這一年，在武學界發生了若干為歷史學家所易於忽視的事件。這些事件，表面看來雖似末端小節，但實質上卻是以前發生的大事的癥結，也是將在以後掀起波瀾的機緣。其間的關係因果恰為歷史的重點。

這些末端小節最具代表性的事件就是發生在雲南大理的瑛姑逃離事件。瑛姑的選擇讓周圍的人都驚掉下巴。段智興是大理皇帝。大理雖然是小國，但歷史悠久，名震天南。段智興武藝高超，就在前一年，還在華山論劍中獲得南帝美稱。能與其比肩的，環顧當世，只有四個人：東邪黃藥師、西毒歐陽鋒、北丐洪七公、中神通王重陽。段智興風光無限，他是皇帝中武功最高的，也是習武之人中地位最高的。

瑛姑做了個愚蠢的決定嗎？可能恰好相反。司馬遷在《史記·六國年表》中說：

夫作事者必於東南，收功實者常於西北。故禹興於西羌，湯起於亳，周之王也以豐鎬伐殷，秦之帝用雍州興，漢之興自蜀漢。

也就是說，歷來最終成就功業的，常在西北。西元1200年，恰恰是變革之年。

華山論劍上名動天下的五絕，**東南衰，西北興**。

第三編　「射鵰」的碧空

　　先說南帝段智興。大理段氏武學歷史悠久，有國家傾力扶持，人丁也興旺，怎麼說也是蒸蒸日上，怎麼會衰落呢？大理段氏之衰落並非始於段智興。在他祖上段譽的時代，大理段氏就開始衰落了。段譽的父親、伯父都沒有掌握段氏傳統武學六脈神劍的精髓。段譽雖然掌握了六脈神劍，但那是機緣巧合促成的，基礎並不牢固，以至於成果極不穩定。到了段智興的年代，祖上留下的六脈神劍居然已經沒有人知道了。大理段氏拿得出手的本領只剩下一個一陽指。由「六」到「一」，某種程度上象徵了段氏的衰落。南帝段智興自己雖然名列五絕，但完全是吃老本，一項像樣的創新性研究都沒有。相比之下，中神通王重陽是集大成者，不用細論；東邪黃藥師有自創的落英神劍掌、玉簫劍法、蘭花拂穴手、碧海潮生曲等；北丐洪七公自創了降龍十八掌中的一半，另有逍遙遊掌法、鐵箒腿法、滿天花雨擲金針暗器等；西毒歐陽鋒有蛤蟆功、靈蛇拳、神駝雪山掌、自製毒藥等。除了第一次華山論劍上榜人物以外，周伯通屬於創造力極強的人物，甚至裘千仞也創出了鐵掌中的很多招數。南帝段智興呢？只有一項救人一次需要損耗五年功力的一陽指法。段智興自己創新能力不強也罷了，手下的徒弟也沒有能幹的。漁樵耕讀四大弟子中，漁樵存在感很低（**在《射鵰英雄傳》中甚至沒有兩者的名字**）；耕夫武三通瘋瘋癲癲，人品還有些問題；書生朱子柳算是最能幹的，但只不過搞了個「一陽書指」，就是融書法於一陽指。這與其說是錦上添花，還不如說是畫蛇添足：恰恰是朱子柳為了掩蓋自己指力的不足，才以判官筆代替手指。事實上漁樵耕讀還算好的，自此以後，大理段氏一脈逐漸淪為路人。直至「倚天」時代的朱武連環莊，朱長齡、武烈不但武功稀鬆，人品也極為低下。

　　再說東邪黃藥師。東邪黃藥師自身創新能力是沒有問題的。不但沒

有問題，而且是他的優勢。黃藥師除了上面提到的幾項武功，還有劈空掌、彈指神通、移形換位、碧波掌法、旋風掃葉腿、靈鰲步和奇門五轉，創造力驚人。黃藥師還精於製藥，如九花玉露丸。黃藥師主要的問題是後續發展乏力，對學生培養不足。陳玄風、梅超風很早就「跳槽」了，後來自號黑風雙煞，沒黃藥師什麼事。剩下的陸乘風、曲靈風、馮默風、武眠風都被他趕跑了。總之，東邪雖然創新能力強，但為人苛刻，留不住人。

武功不過三代的魔咒在南帝、東邪身上盡顯無遺。

再說中神通。王重陽雖然號稱中神通，但實際地處西北。他罷黜百家，獨尊「九陰」，幾乎成就了學術大一統。

西毒呢？歐陽鋒也有後繼無人的問題。然而，歐陽克雖然死於非命，但是後來的義子楊過間接完成了傳承，第三次華山論劍接過西毒的位次，得了「西狂」的名號。

北丐呢？洪七公雖然公務在身，又兼好吃懶練，但是有郭靖繼承武學衣缽，又有黃蓉繼承幫主職位，直至耶律齊、史火龍執掌丐幫，使丐幫綿延不絕。

整體而言，中神通格局廣大，以《九陰真經》為基礎，利用華山論劍一統武林。西毒、北丐後繼有人，而且積極融入王重陽的全真格局，也成就了自己。南帝衰於缺乏創新，東邪衰於忽視繼承人培養，兩人逐漸邊緣化。

事實上，南帝和東邪的衰落也是武林大勢使然──盛時已過。南帝的招牌研究叫做一陽指，東邪的看家本領叫做彈指神通，兩者的共同點都是指法。但是**指法研究的巔峰是在「天龍」時代**。「天龍」時代指法眾多。段智興祖上的六脈神劍就是指法。姑蘇慕容的指法有參合指；少

第三編　「射鵰」的碧空

林派指法極多，如摩訶指、拈花指、金剛指、無相劫指、多羅葉指、天竺佛指、去煩惱指、大智無定指。指法最大的優勢是靈活，但最大的劣勢是脆弱。所以必須輔以極強的內力。然而內力獲取非常不易，都是實打實的經年累月功力，所以對初學者很不友好。段譽能腳走凌波微步，手舞六脈神劍，瀟灑絕倫，完全是因為機緣巧合獲得的絕世內力，成功不可複製。鳩摩智寶相莊嚴，時而拈花微笑（拈花指），時而金剛怒目（金剛指），靠的是小無相功催動。慕容博的參合指也靠的是自己幾十年的修為。所以指法是內力充沛的高手提升格調的設計，對於缺乏內力的人卻極不友好。對於一般人，靠指法成名幾乎是不可能的。而「天龍射神倚天笑」以來，內力是逐漸衰退的。難怪大理段氏的後人，朱武連環莊的朱長齡和武烈要靠陰謀詭計騙取屠龍寶刀的下落。他們有一陽指而不用，一心謀求屠龍寶刀，正是因為深知指法操作很難，用功多而收益少。到了「倚天」時代，只剩下一個圓真、一個楊逍使用指法，圓真的指法叫做幻陰指，楊逍的指法則是彈指神通。但是圓真的指法只用於偷襲，因為比較隱蔽。圓真也就是成昆，外號混元霹靂手，主要的武功是混元功和霹靂掌，幻陰指只是加成技能。圓真就是用指法偷襲了楊逍。到了「笑傲」時代，黑白子的玄天指只用於喝酒時製作冰塊。指法衰落如此之快，幾乎可有可無了。指法的繁盛時代一去不復返，白雲千載空悠悠。

　　瑛姑是有眼光的。她很敏銳地意識到了大理段氏武學的限制。西元1200年，當周伯通隨同天下聞名的王重陽來到大理的時候，瑛姑就知道自己的機會來了。王重陽是來和段智興合作的，要用自己的先天功交換一陽指。那是因為王重陽看到段氏的武學薄弱，希望加強合作，以對抗遠在西域的勁敵歐陽鋒。周伯通對武學天資穎悟，立刻就吸引了瑛姑。周伯通當時只是一個無名之輩。但是他居然和王重陽稱兄道弟。事實

上，金庸小說中唯一一個和兩大絕世高手（王重陽和郭靖）稱兄道弟的只有周伯通。瑛姑慧眼識人，一眼就看出了周伯通絕非池中之物。就像初識李靖的紅拂一樣。瑛姑做出了一個改變了自己、周伯通以及段智興的決定。這個決定也隱喻了「射鵰」時代之後直至「笑傲」時代上百年的世事變遷。

紅拂夜奔！

瑛姑追隨周伯通遠不是一帆風順。這樣的跳槽首先讓王重陽非常震怒。段智興也不再提供資助。最關鍵的是，周伯通被迫滯留桃花島。後來的結果證明，周伯通是有收穫的。收穫之一是空明拳。這項研究開武學中前所未有的新境界，以柔克剛，只有後世的太極拳可以媲美。另一項收穫是左右互搏，這是一種讓人瞬間功力加倍的奇妙武功。這兩項武功是金庸武俠世界最具創新性的研究成果。儘管瑛姑沒有和周伯通在一起，但受到周伯通的精神引領，瑛姑在前人的基礎上也有自己的創造：可能吸收了歐陽鋒的仿生學研究——蛤蟆功的成果，瑛姑自己研發了泥鰍功；吸收了洪七公的滿天花雨擲金針的成果，瑛姑自己創造了金針。

她處心積慮的要報喪子之仇，深知一燈大師手指功夫厲害，於是潛心思索克制的手段。她是刺繡好手，竟從女紅中想出了妙法，在右手食指尖端上戴了一個小小金環，環上突出一枚三分來長的金針，針上喂以劇毒。她眼神既佳，手力又穩，苦練數年之後，空中飛過蒼蠅，伸指戳去，金針能將蒼蠅穿身而過。

《射鵰英雄傳》第三十一章「鴛鴦錦帕」

後來的古墓派冰魄銀針和玉蜂針都是瑛姑之後的事了。榜樣的力量是無窮的。

在金庸小說中，論武力排行，瑛姑三流都算不上。但是按照創造

第三編　「射鵰」的碧空

力，她排名卻非常靠前。金庸小說中位於創新第一梯隊的只有寥寥幾人，如獨孤九劍的研發者獨孤求敗、《九陽真經》的作者掃地僧、《九陰真經》的作者黃裳、《玉女心經》的作者林朝英、太極拳的創立者張三丰，以及空明拳和左右互搏的創立者周伯通。瑛姑的創造力可能只略遜於第一梯隊，已經非常可觀了。黃蓉聰明機智世間無雙，但是聰明不等於創造力。論創造力，瑛姑甩她幾條街。黃蓉沒有一項自己獨創的武功招式。而瑛姑有泥鰍功和金針。

　　古代人講究立功、立德、**立研**（原為「立言」）三不朽，這就是古人追求的人生境界：要建立功業，要樹德立範，**要專心研究**。瑛姑的功幾乎沒有，德行其實也非常不堪，但研究做得還是挺出色的。醉心研究讓她童顏華髮。**自古學術成名將**，人間不許見黑頭。

注1：關於本章一句話的出處

　　「但也正是這一年，在武學界發生了若干為歷史學家所易於忽視的事件。這些事件，表面看來雖似末端小節，但實質上卻是以前發生的大事的癥結，也是將在以後掀起波瀾的機緣。其間的關係因果恰為歷史的重點。」這段話出自黃仁宇的《萬曆十五年》。我很喜歡這句話，就稍加改動放在這了。

注2：歷史中的段智興與小說中的一燈

　　以安定為年號的段智興是大理國第十八位皇帝，1200年駕崩。他可能是金庸小說中一燈大師段智興的原型。

附：德爾布呂克的逃離 —— 生物的追求還是物理的不挽留

　　1969年，德爾布呂克（Max Delbrück）同赫希（Alfred Hershey）、盧瑞亞（Salvador Luria）因為噬菌體研究獲得諾貝爾生理學或醫學獎。如果

一直從事物理學研究,德爾布呂克會不會得諾貝爾獎更早呢?這是一個有趣的問題。

1906 年,德爾布呂克生於柏林。他的父親在柏林大學教授歷史,母親則是著名化學家李比希 (Justus von Liebig) 的孫女。儘管出生在歷史學和化學背景的家庭,小時候的德爾布呂克感興趣的卻是物理學。在哥廷根大學,德爾布呂克先是學習天文學,之後則是理論物理。1930 年,德爾布呂克從哥廷根大學獲得物理學博士學位。

1932 年,德爾布呂克到柏林做邁特納 (Lise Meitner) 的助手。邁特納那時同哈恩 (Otto Hahn) 合作。哈恩因核裂變研究於 1944 年獲得了諾貝爾化學獎。邁特納本人獲得了 19 次諾貝爾化學獎提名和 29 次諾貝爾物理學獎提名,被愛因斯坦稱為德國的居禮夫人。德爾布呂克在做邁特納助理的時候,發現了後來被命名為德爾布呂克散射 (Delbrück scattering) 的現象。

然而,有趣的是,德爾布呂克對生物學的興趣也是來自一位物理學家,他就是大名鼎鼎的波耳。波耳在 1932 年做了一個名為《光與生命》的講座,這激起了德爾布呂克的興趣。

1937 年,德爾布呂克離開了納粹德國,在洛克斐勒基金資助下加入加州理工學院,研究生物與遺傳。那時,摩爾根在加州理工學院利用果蠅研究遺傳學的故事廣為人知。1938 年,德爾布呂克遇到埃利斯 (Emory Ellis) 並因此對噬菌體產生了興趣。他們共同發表了論文〈噬菌體的生長〉(The Growth of Bacteriophage)。

1939 年,洛克斐勒基金的資助到期,為了留在美國,德爾布呂克加入了范登堡大學 (Vanderbilt University),但在那裡德爾布呂克教的是物理。於是他設法抽出時間在冷泉港實驗室做噬菌體研究。

1943 年，德爾布呂克同另外兩位科學家（即赫希和盧瑞亞）成立了噬菌體研究組。1946 年，德爾布呂克同赫希分別獨立地發現了基因重組現象。

　　在 1940－1950 年代，德爾布呂克開始對感知現象感興趣，並利用黴菌研究細胞對光的利用以及光如何影響生長的問題。

　　1969 年，德爾布呂克等三人因為病毒的複製機制和基因組成研究獲得諾貝爾生理學或醫學獎。

　　德爾布呂克雖然從物理學跨界到生命科學，但他對物理學家理解生命有很大影響。例如，薛丁格正是基於德爾布呂克的基因對突變易感的論斷寫出了他的名著《生命是什麼》(What Is Life?)。

　　以德爾布呂克的聰明才智，如果繼續堅守在物理學領域，我想有很大可能更早拿到諾貝爾獎，但是諾貝爾獎不是科學的意義所在。德爾布呂克一生經歷了兩次逃離，一次是從德國逃到美國，另一次是從物理學「逃」到生物學。其中固然有政治原因，但主要還是緣於自己的研究興趣吧！以自己喜歡的方式過一生，可能是德爾布呂克留下的比獲得了諾貝爾獎的研究成果更具啟發意義的遺產吧。

19　丘處機的招生

得學生者得天下。

―― 丘處機

　　丘處機一直擔心的是全真派的招生問題。隨著第一次華山論劍的舉行和王重陽的離世，全真派招生的問題已經迫在眉睫。

　　金庸小說中有兩難，一是選老師難，一是選學生難。優秀的老師

和學生在任何時代都是稀缺資源，在眾多人選中選擇中意者當然不容易。

選老師難的例子很多。 楊康為了拜歐陽鋒為老師，不惜殺掉歐陽克。歐陽克之死的直接動機當然是他調戲穆念慈，然而他罪不至死。楊康冒險殺死歐陽克，更深層次的原因恐怕有拜師歐陽鋒的考慮。

完顏洪烈大喜，站起身來，向歐陽鋒作了一揖，說道：「小兒生性愛武，只是未遇明師，若蒙先生不棄，肯賜教誨，小王父子同感大德。」別人心想，能做小王爺的師父，實是求之不得的事，豈知歐陽鋒還了一揖，說道：「老朽門中向來有個規矩，本門武功只是一脈單傳，決無旁枝。老朽已傳了舍姪，不能破例再收弟子，請王爺見諒。」完顏洪烈見他不允，只索罷了，命人重整杯盤。楊康好生失望。

《射鵰英雄傳》第二十二章「騎鯊遨遊」

楊康受驚於寶應，受辱於歸雲莊，對他這樣一個心高氣傲的人簡直是不可忍受的，想來全是藝不如人的緣故，所以初見歐陽鋒，楊康就在大庭廣眾下行了磕四個頭的大禮。然而，歐陽鋒簡單直接地拒絕了楊康，這簡直是啪啪打楊康的臉。歐陽鋒沒有想到的是，他的這句話送了歐陽克的命。

選老師難，但恐怕招學生更難。 逍遙派無崖子等了三十年，才等來了虛竹。

星河的資質本來也是挺不錯的，只可惜他給我引上了岔道，分心旁騖，去學琴棋書畫等等玩物喪志之事，我的上乘武功他是說什麼也學不會的了。這三十年來，我只盼覓得一個聰明而專心的徒兒，將我畢生武學都傳授於他，派他去誅滅丁春秋。可是機緣難逢，聰明的本性不好，保不定重蹈養虎貽患的覆轍；性格好的卻又悟性不足。眼看我天年將

盡，再也等不了，這才將當年所擺下的這個珍瓏公布於世，以便尋覓才俊。

《天龍八部》第三十一章「輸贏成敗，又爭由人算」

無崖子經年等待，還放棄了自己的選擇標準——聰明俊秀，才找到了虛竹這個差堪造就的學生，最終完成了自己的夢想。

招學生難的一個重要的原因是，才華橫溢的學生也常常頭角崢嶸、極具個性，不會輕易拜倒。郭襄曾拒絕了金輪法王主動提出的招徒之意。張三豐沒有接受郭襄的推薦去拜郭靖為師。令狐沖拒絕了方正向他傳授《易筋經》。

招生難，還因為各大組織都在爭搶學生。無崖子搶了少林派的學生虛竹，不但化去了虛竹的內功，還強行灌注給虛竹自己修練了七十多年的內力。郭靖這種優質學生先後被馬鈺、洪七公、周伯通爭搶。

事實上，這種對學生的爭奪遠遠不是針對某幾個人的爭搶，金庸小說中對學生的爭搶是系統性的。明教曾經大量搶奪學生資源。

哪知道他（黃裳）所殺的人中，有幾個是武林中名門大派的弟子。

《射鵰英雄傳》第十六章「《九陰真經》」

明教在黃裳討伐之時就吸納了大量其他門派的弟子。這恐怕也是明教常常被各大門派汙為魔教，並欲滅之而後快的一個重要原因。

鐵掌幫也曾想從丐幫挖人：

裘千仞笑道：「差遣二字，決不能提。趙王爺只對老朽順便說起，言道北邊地瘠民貧，難展駿足……」楊康接口道：「趙王爺是要我們移到南方來？」裘千仞笑道：「楊幫主聰明之極，適才老朽實是失敬。趙王爺言道：江南、湖廣地暖民富，丐幫眾兄弟何不南下歇馬？那可勝過在北邊

苦寒之地多多了。」楊康笑道：「多承趙王爺與老幫主美意指點，在下自當遵從。」

《射鵰英雄傳》第二十七章「軒轅台前」

鐵掌幫和趙王完顏洪烈達成共識，在洪七公失位的丐幫君山大會上，由裘千仞出面彈壓丐幫。這一方面是因為裘千仞的武力足以服眾；另一方面恐怕是因為鐵掌幫有大的體量，可以從丐幫吸收人才加入自己的幫派。

這就是在王重陽死後丘處機面臨的主要問題：**如何吸納優秀人才，如何和各個派別爭搶人才，從而傳承全真一脈？**

王重陽創立全真派，是一個以宗派為主，兼具門派、幫派性質的組織，既有宗教傳播考慮，也有武學傳承目的和抗金衛國的政治任務。所以，招生尤其重要。而華山論劍固然帶給全真派巨大聲望，但王重陽駕鶴西去、騎鯨入海，招生是會受到很大影響的。在這種情形下，全真派必須解決如何招生的問題，而全真七子每個人也都需要致力於招生。

丘處機是全真派主要負責招生的人物。丘處機的能力構成都是為招生而設計的：

貧道平生所學，稍足自慰的只有三件。第一是醫道，煉丹不成，於藥石倒因此所知不少。第二是做幾首歪詩。第三才是這幾手三腳貓的武藝。

《射鵰英雄傳》第一章「風雪驚變」

丘處機的這些能力在全真七子中非常突出：醫生是當時極有社會影響力的人物，再會作詩，就更能擴大影響，十分有利於招生。

丘處機甚至有針對女生的招生宣傳：

春遊浩蕩，是年年、寒食梨花時節。
白錦無紋香爛漫，玉樹瓊葩堆雪。
靜夜沉沉，浮光靄靄，冷浸溶溶月。
人間天上，爛銀霞照通徹。
渾似姑射真人，天姿靈秀，意氣舒高潔。
萬化參差誰通道，不與群芳同列。
浩氣清英，仙才卓犖，下土難分別。
瑤臺歸去，洞天方看清絕。

《倚天屠龍記》第一章「天涯思君不可忘」

在這首〈無俗念·靈虛宮梨花詞〉裡，丘處機說，加入我全真派的女生，都是「天姿靈秀，意氣舒高潔」、「不與群芳同列」。尤其是這句「不與群芳同列」，這對女生有多大的吸引力？所以全真派有孫不二、程瑤迦一流的人物。後來，當小龍女的父母遺棄她時，想到的是把她送到重陽宮門外，可以間接想像全真派招生的聲望。

丘處機初遇郭嘯天、楊鐵心，就是在執行招生任務。

丘處機指著地下碎裂的人頭，說道：「這人名叫王道乾，是個大大的漢奸。去年皇帝派他去向金主慶賀生辰，他竟與金人勾結，圖謀侵犯江南。貧道追了他十多天，才把他幹了。」楊郭二人久聞江湖上言道，長春子丘處機武功卓絕，為人俠義，這時見他一片熱腸，為國除奸，更是敬仰。

《射鵰英雄傳》第一章「風雪驚變」

從郭、楊的反應看，丘處機的名氣首先是武學宗師，專業能力突出，其次是為人俠義，這都強烈吸引當時有才華的學生。丘處機斬殺王

上篇

道乾，除了抗金，也有招生的考慮。王道乾這個人只是一個使臣，斬殺不難，殺他不會阻止金國圖謀江南，但殺這個人社會影響力很大，十分有助於招生。相比之下，「天龍」時代，丐幫長老陳孤雁擊殺契丹國左路副元帥耶律不魯，則完全是為了策略考慮。

十年之後，貧道如尚苟活人世，必當再來，傳授孩子們幾手功夫，如何？

《射鵰英雄傳》第一章「風雪驚變」

丘處機明確表明了意欲教授郭靖、楊康的想法，這已經是明顯的師生協議了。**而且給了郭嘯天、楊鐵心錄取通知書：刻著郭靖、楊康名字的匕首。**

等到後來丘處機和江南七怪因為誤會大打出手，丘處機仍不忘宣傳，他手持大銅缸上樓與江南七怪纏鬥，驚駭眾人，令人難忘：

這日午間，酒樓的老掌櫃聽得丘處機吩咐如此開席，又見他托了大銅缸上樓，想起十八年前的舊事，心中早就惴惴不安。

《射鵰英雄傳》第三十四章「島上鉅變」

大銅缸讓老掌櫃記了十八年，多好的宣傳效果！

後來段天德挾李萍逃走，真相大白之後，丘處機和江南七怪再起波瀾。就在這時候，丘處機想到了一個絕妙的全真派招生廣告：

丘處機道：「那兩個女子都已懷了身孕，救了她們之後，須得好好安頓，待她們產下孩子，然後我教姓楊的孩子，你們七位教姓郭的孩子……」江南七怪聽他越說越奇，都張大了口。韓寶駒道：「怎樣？」丘處機道：「過得一十八年，孩子們都十八歲了，我們再在嘉興府醉仙樓頭相會，大邀江湖上的英雄好漢，歡宴一場。酒酣耳熱之餘，讓兩個孩子

比試武藝，瞧是貧道的徒弟高明呢，還是七俠的徒弟了得？」江南七怪面面相覷，啞口無言。

《射鵰英雄傳》第三章「大漠風沙」

丘處機斬殺王道乾，只得到了郭靖、楊康兩個潛在學生。然而，透過和江南七怪立下十八年比拚之約，該有多大的社會影響力？

江南七怪武功不高，但慷慨重義、古道熱腸，名氣很大，又是嘉興人，距離當時的國都臨安很近，十分有利於丘處機的招生宣傳。丘處機和江南七怪的賭約先是要找到郭靖、楊康，這樣的萬里間關難道不是一個移動廣告？會有多少人受到影響投奔重陽宮？

丘處機的招生廣告創意冠絕天下。結果怎樣呢？

據史籍載，丘處機與成吉思汗來往通信三次，始攜弟子十八人經崑崙赴雪山相見。弟子李志常撰有《長春真人西遊記》一書，備記途中經歷，此書今尚行世。

《射鵰英雄傳》第三十七章「從天而降」

丘處機的徒弟眾多，知名的有尹志平、李志常、王志坦、宋德方、祁志誠等，徒弟數量位居全真七子第一，後來更帶十八個徒弟隨成吉思汗西行。

丘處機的招生廣告也有外溢效應，其他人也受益。比如，王處一有徒弟趙志敬、崔志方、申志凡，趙志敬有徒弟鹿清篤、姬清虛、皮清玄等，郝大通有徒弟張志光。

其實，丘處機只是全真七子中最有招生才能的，其他人也很善於招生。比如，王處一曾獨足傲立憑臨萬丈深谷，使一招「風擺荷葉」，由此威服河北、山東群豪，是不是有丘處機手持大銅缸作戰的風範？馬鈺遠

赴大漠教授郭靖，僅僅是為了抑己從人嗎？

原來馬鈺得知江南六怪的行事之後，心中好生相敬，又從尹志平口中查知郭靖並無內功根基。他是全真教掌教，深明道家抑己從人的至理，雅不欲師弟丘處機又在這件事上壓倒了江南六怪。但數次勸告丘處機認輸，他卻說什麼也不答應，於是遠來大漠，苦心設法暗中成全郭靖。否則哪有這麼巧法，他剛好會在大漠草原之中遇到郭靖？又這般毫沒來由的為他花費兩年時光？

《射鵰英雄傳》第六章「崖頂疑陣」

馬鈺作為全真教掌教，不惜得罪師弟丘處機，還放下教內事務遠赴大漠教郭靖兩年武功，僅僅是古道熱腸嗎？其實馬鈺也有為全真派招生的考慮。

果然，全真派在丘處機、王處一、馬鈺等人的宣傳下人丁興旺，以至於在《神鵰俠侶》之初可以組成多個天罡北斗陣。

全真派延續百年，全靠優秀的招生能力。

附：為什麼孔子的學生這麼多

《史記·孔子世家》記載孔子有「受業身通者七十有七人」，遠遠超過其他學派。同時期的道家本身就講求自隱無名，可是墨家、法家、縱橫家、兵家的弟子也都沒有孔子多。孔子思想最終成為主流，固然同內容有關，同眾多弟子的傳播是不是也有關係？那麼問題來了，孔子的學生為什麼這麼多？《論語·先進》第二十六章可能道出了孔子的祕密：

> 暮春者，春服既成，冠者五六人，童子六七人，浴乎沂，風乎舞雩，詠而歸。

在這裡，孔子描繪了一幅溫馨、愜意、美好的師生出遊圖，其間天

朗氣清、惠風和暢，學生年齡參差，但都載歌載舞而歸。這句話畫面感極強，沒有學生補課，沒有老師加班，更不要提內捲了，可能因此極大地吸引了眾多追隨者。

20　郭靖的 4.5 次創新

> 機會老人先送上它的頭髮給你。當你沒有抓住而又後悔時，卻只能摸到它的禿頭了。
>
> —— 郭靖

郭靖能在第二次華山論劍拿到參賽資格，非常不容易。

郭靖是個很有創造力的人。

郭靖給人的印象是魯鈍。代表性的說法，來自《倚天屠龍記》裡張無忌和對周芷若的對話：

> 貴派創派祖師郭女俠的父親郭靖大俠，資質便十分魯鈍，可是他武功修為震爍古今，太師父（張三丰）說，他自己或者尚未能達到郭大俠當年的功力！

《倚天屠龍記》第三十一章「刀劍齊失人云亡」

這種說法是站不住腳的。**郭靖其實一點也不魯鈍**。張三丰只在華山之巔和郭靖有過短暫的交集，他對郭靖魯鈍的看法可能來自郭襄。而郭襄的看法極有可能來自她的爺爺 —— 七怪之首的柯鎮惡。事實上，第一次有人認為郭靖魯鈍，就是江南七怪教他武功後。當時拖雷等人學武進境遠超郭靖。江南七怪尤其是柯鎮惡對郭靖的記憶，就像上了年紀父母對孩子的記憶，常常是小時候的樣子。然而，郭靖稍大後學全真內功，學降龍十八掌，學雙手互搏，學《九陰真經》，哪一項不是進境極快？

上篇

以學降龍十八掌為例，郭靖用一個月左右的時間學會降龍掌，資質魯鈍嗎？要知道，令狐冲學獨孤九劍也用了十幾天時間，張無忌學《九陽真經》用了好幾年。洪七公教郭靖的時候，雖然說他笨，恐怕也是開玩笑說的，可能是為了多吃點黃蓉做的菜，故意拖延，這事洪七公幹得出來。所以，郭靖學習能力不弱。聰明如黃蓉，學習能力固然極強，但創造力很弱。而郭靖，學習能力固然不弱，創造力尤其強。

郭靖一生有 4.5 次重要的創新。

1 次，補齊降龍十八掌。

郭靖第一次創新，是在寶應遇見歐陽克的時候。郭當時已經學了降龍十五掌，但是和世家子弟、正值壯年的歐陽克相比，還是有所不如，以至於打鬥時捉襟見肘。因為十五掌不完整，所以郭靖在這時就自己杜撰了降龍後三掌。郭靖自己創造的這後三掌當然無法和原來的招數相比，但依然發揮奇兵的作用，讓歐陽克大吃一驚。請注意，郭靖這時只有十八歲。在這個年紀、臨陣對敵之時，就能創出三掌，容易嗎？這是多麼好的創造力，多麼強大的抗壓性！想想看，黃裳花費四十年破盡仇家招數，那是自己躲在沒人地方偷偷研究；張三丰一百歲才創出太極拳，那是閉關好久之後的領悟。

1 次，雙手雙足互搏。

郭靖的第二次創新是在桃花島遇到周伯通的時候。當時，周伯通教會了郭靖雙手互搏。郭靖天才般地想到：

「倘若雙足也能互搏，我和他二人豈不是能玩八個人打架？」但知此言一出口，勢必後患無窮，終於硬生生的忍住不說。

《射鵰英雄傳》第十七章「雙手互搏」

第三編　「射鵰」的碧空

周伯通在島上十五年，沒有意識到雙手互搏讓自己武功倍增，也沒有再進一步。郭靖短短時間內不但練成，而且有進一步的創新想法，由雙手而至雙足，這是多強的創新能力！

0.5 次，古藤十二式。

郭靖這半次創新是在第二次華山論劍之前。

兩人來到華山南口的山蓀亭，只見亭旁生著十二株大龍藤，夭矯多節，枝幹中空，就如飛龍相似。郭靖見了這古藤枝幹騰空之勢，猛然想起了「飛龍在天」那一招來，只覺依據《九陰真經》的總綱，大可從這十二株大龍藤的姿態之中，創出十二路古拙雄偉的拳招出來。正自出神，忽然驚覺：「我只盼忘去已學的武功，如何又去另想新招，鑽研傷人殺人之法？……」

《射鵰英雄傳》第三十九章「是非善惡」

這次創新只存在於郭靖的想像裡，最後也沒有實現。但我們也知道郭靖是個厚道人，他既然用「大可」這個詞，那就是一定行的意思了，**所以算半次**。十二株龍藤據說是陳摶老祖所植，距郭靖所處年代久遠，而「古拙雄偉」四字，正和郭靖的氣質性格接近，如果創出，必然是一項卓然獨立的武學。

1 次，降龍十八掌＋《九陰真經》。

郭靖的第四次創新，是在《神鵰俠侶》中開始對戰歐陽鋒的時候。

……正是降龍十八掌中的「亢龍有悔」。這一招他日夕勤練不輟，初學時便已非同小可，加上這十餘年苦功，實已到爐火純青之境，初推出去時看似輕描淡寫，但一遇阻力，能在剎時之間連加一十三道後勁，一道強似一道，重重疊疊，直是無堅不摧、無強不破。這是他從《九陰真

上篇

經》中悟出來的妙境。縱是洪七公當年，單以這一招而論，也無如此精奧的造詣。

《神鵰俠侶》第二回「故人之子」

郭靖的這次創新是在降龍十八掌基礎上融合《九陰真經》。

1次，降龍十八掌+《九陰真經》+天罡北斗陣

郭靖的第五次創新是在蒙古大營被金輪法王等圍攻的時候。

豈知郭靖近二十年來勤練《九陰真經》，初時真力還不顯露，數十招後，降龍十八掌的勁力忽強忽弱，忽吞忽吐，從至剛之中竟生出至柔的妙用，那已是洪七公當年所領悟不到的神功。

只是郭靖的降龍十八掌實在威力太強，兼之他在掌法之中雜以全真教天罡北斗陣的陣法，鬥到分際，身形穿插來去，一個人竟似化身為七人一般。

《神鵰俠侶》第二十一回「襄陽鏖兵」

郭靖的這次創新，在降龍十八掌和《九陰真經》的基礎上又加上了天罡北斗陣，是三種武功的組合。

對郭靖的這些創新，其實可以分析一下：

第一次創新，補齊降龍十八掌，屬於**需求引領**，**突破瓶頸**。此時郭靖年紀尚輕，基礎薄弱，但同時創造力強、膽子大。不管怎樣，郭靖的這次創新談不上有多成功。

第二次，雙手雙足互搏，屬於**聚焦前沿**，**獨闢蹊徑**。此時郭靖年紀稍長，基礎增強，創造力也很強，但閱歷一多，膽子反倒小了，所以，屬於臨淵羨魚。

第三次，古藤十二式，屬於**鼓勵探索，突出原創**。此時郭靖年紀更長，基礎扎實，閱歷漸豐，創造力極強，膽子也大，卻隨即反思武學的意義，從而和自己這輩子最大的學術發現失之交臂。

第四次，降龍十八掌＋《九陰真經》，屬於**共性導向，交叉融通**。此時郭靖已達壯年，基礎穩固，閱歷深沉，但創造力開始不如以前，桃花島歲月悠悠，既是天倫之樂也是妻兒之累，但是整體說來絕對創新能力依然上升，成就了最成功的創新。

第五次，降龍十八掌＋《九陰真經》＋天罡北斗陣，還是屬於**共性導向，交叉融通**。此時郭靖年富力強，基礎雄厚，人情練達，但創造力已經開始下滑，而且除妻兒之累之外更有政事分心，開始吃老本了。儘管如此，整體創新體量仍然龐大，這次創新也很成功。

總結如下：人在年輕時，基礎不強，閱歷不廣，膽子最大，創造力較強，但可能不切實際；隨著年齡成長，基礎厚實了，閱歷更廣，創造力達到巔峰，可能膽子反而小了；等到基礎穩固、閱歷廣博的時候，可能有家庭、雜務之累，創造力可能反倒弱些。

所以，**路遇創新一聲吼，該出手時就出手**。人的一生，能做出的傑出創新其實是很有限的，錯過了，就不再有。在郭靖的創新生涯中，最讓人遺憾的就是古藤十二式了。金庸武功，有據理而創，如來自《道德經》等道藏的空明拳、《九陰真經》，模擬動物而創的蛤蟆功、靈蛇拳等，但是沒有一項模擬植物而創的武功。黃藥師的蘭花拂穴手、落英神劍掌有植物之名，而無植物之實。名實兼備的，只有古藤十二式。郭靖的古藤十二式若能創出，實在是填補了金庸武學的一大空白。

郭靖駐守襄陽、保境安民數十年，外敵不敢南下而牧馬，內奸不敢彎弓而報怨，被百姓倚若長城。這是立功。郭靖一直踐行「為國為民，

上篇

「俠之大者」的理念,一句話總括了金庸十四部小說,數百年之久,數千里之廣,無出其右者,這是立德。然而,郭靖的武學有缺憾。他本可創出一門前無古人甚至後無來者的獨特武功,可是竟與之失之交臂。楊過在立功、立德上,都無法和郭靖相比,但是楊過的黯然銷魂掌讓他永載武學史冊。

此事古難全,這就是人生吧。

附:凱庫勒的貪食蛇

郭靖是因為「飛龍在天」這一招想到古藤十二式的。這可能隱喻了科學研究創新的靈感就像龍一樣。《三國演義》中提到了龍:「龍能大能小,能升能隱;大則興雲吐霧,小則隱介藏形;升則飛騰於宇宙之間,隱則潛伏於波濤之內。」蛇也被稱為小龍,凱庫勒因蛇而破解苯的結構的故事對科學研究創新的靈感問題有很好的注解作用。

凱庫勒(Friedrich August Kekulé,1829－1896),德國化學家,是當時歐洲最傑出的理論化學家。他提出了苯的分子結構,稱為凱庫勒式。1890年,在闡明苯的結構25年之後,凱庫勒在柏林城市禮堂做了一次演講,回顧了自己發現苯結構的歷程,其中提到著名的貪食蛇之夢:

在苯理論研究中,我也經歷了類似的事情。在根特逗留期間,我住在主幹道上優雅的單身宿舍。我的書房面對是一條狹窄的小巷,不見陽光。但對於在實驗室度過一天的化學家來說,這無關緊要。我在我的筆記本上寫著什麼,但思路毫無進展;我的思想在別處。我把椅子轉向爐火邊,開始打瞌睡。原子再次在我眼前跳躍。這一次,它們的小團體保持低調。我的心智之眼由於這種反覆出現的景象而變得更加敏銳,現在可以分辨出多種構象的更大結構:很長的一行,有時更緊密地結合在一

起，所有這些都以蛇形運動纏繞著。但是你看！那是什麼？其中一條蛇抓住了自己的尾巴，它在我眼前嘲弄地旋轉著。我好像被一道閃電擊中，瞬間驚醒了。之後就容易多了，我花了一整晚的時間研究這個假設的結果。讓我們學會做夢吧，先生們，也許我們會發現真相。

(Something similar happened with the benzene theory . During my stay in Ghent I resided in elegant bachelor quarters in the main thoroughfare. My study, however, faced a narrow side-alley and no day-light Penetrated it . For the chemist who spends his day in the lab this mattered little. I was sitting writing at my text book but the work did not Progress; my thoughts were elsewhere. I turned my chair to the f ire and dozed . Again the atoms were gamboling before my eyes. This time he smaller groups kept modestly in the background . My mental eye, rendered more acute by repeated visions of the kind, could now distinguish larger structures of manifold conformation：long rows, sometimes more closely fitted together all twining and twisting in snake-like motion . But look! What was that? One of the snakes had seized hold of its own tail, and the form whirled mockingly before my eyes. As if by a f lash of lightening I awoke; and this time also I spent the rest of the night in working out the consequences of the hypothesis. Let us learn to dream, gentleman, then Perhaps we shall find the truth .)

引自：Benfey O T. August Kekulé and the Birth of the Structural Theory of Organic Chemistry in 1858 . Journal of Chemical Education, 1958, 35 (1)：21-23 . doi：10 . 1021/ed035P21.

21　歐陽克的鄙視

Seven times have I despised my soul. 我曾七次鄙視自己的靈魂。

—— 歐陽克

如果說沒能參加第一次華山論劍是歐陽克的遺憾的話,那麼沒能參加第二次華山論劍則幾乎是歐陽克的恥辱。也難怪,西域崑崙白駝山少主歐陽克在成長路上曾七次鄙視自己的靈魂。

第一次,當他本可選擇詩和遠方時,卻滿足於眼下的苟且。

歐陽克缺乏雄心壯志。他生在武學世家,經濟條件也好,卻整天悠閒度日,沒有什麼遠大志向。如果有的話,也就是吃喝玩樂之類的嗜好。

這和歐陽鋒形成鮮明對比。歐陽鋒多年來早已躋身五絕,王重陽死後,四絕分庭抗禮。然而,歐陽鋒枕戈待旦,聞雞起舞,身處西域,虎視中原。他陰謀、陽謀雙管齊下,陰謀包括策劃並實施了大雪山突襲、重陽宮奪經、活死人墓入侵等行動,他還曾送給瑛姑割肉飼鷹畫;陽謀包括結親桃花島、奪經於郭靖、擊殺譚處端、嫁禍於黃藥師等一系列行動。歐陽鋒同時也沒有耽誤練功,二十年如一日勤練蛤蟆功,終於恢復了被王重陽破去的蛤蟆功。相比之下歐陽克簡直是太沒有上進心了。

不過這也難怪,「武二代」都有不思進取這個問題,比如段譽、黃蓉、郭芙。那些身為「武二代」而又勤奮上進,能走出自己的舒適區,開闢新天地的,常常有不幸遭遇(如張無忌、令狐冲)或者敏感身世(如楊康、霍都)。歐陽克很「幸運」,而這恰恰是他的大不幸。生於憂患,死於安樂;艱難困苦,玉汝於成。誠哉斯言。

第二次，當他在空虛時，用愛慾來填充。

歐陽克是出了名的好色，這可能是為了填補自己的空虛。如果說洪七公每次出場都和吃有關，那麼歐陽克每次出場都和色有關。甚至在歐陽克還沒出場時，他收羅的美姬就先聲奪人了。在趙王府，歐陽克就垂涎黃蓉的秀雅絕倫；在寶應，歐陽克看中了程瑤迦；在桃花島、明霞島，歐陽克始終對黃蓉不死心；在荒村野店，歐陽克剛恢復一點就又覬覦程瑤迦和穆念慈，終於死於楊康之手。

第三次，在困難和容易之間，他選擇了容易。

歐陽克只選擇容易的武功練習。歐陽鋒是一代宗師，蛤蟆功、靈蛇拳、神駝雪山掌、瞬息千里、蛇杖都獨步天下。他還是一個毒物大師，不但有厲害無比的蛇毒，還有通犀地龍丸這種解藥。歐陽鋒的蛇陣也很厲害。然而，歐陽克學了什麼呢？歐陽克似乎只會靈蛇拳、瞬息千里，再加上吹笛子弄蛇這種奇技淫巧。厲害無比的蛤蟆功、製毒的工藝，歐陽克似乎都不熟悉。

靈蛇拳和蛤蟆功比起來，勝在招式巧妙。靈蛇拳似乎也更加瀟灑飄逸，和瞬息千里輕功搭配起來，肯定翩若浮雲、矯若驚龍，讓歐陽克翩翩濁世佳公子的人設更加立體化。與靈蛇拳對照的，應該是洪七公的逍遙遊。洪七公把逍遙遊傳給黃蓉時，就說逍遙遊遠不如降龍十八掌。這樣的武功學起來肯定是容易的，比如黃蓉一下就學會了逍遙遊。然而靈蛇拳把妹有餘，保命不足。相比之下，蛤蟆功要艱難得多。蛤蟆功是和降龍十八掌對照的，需要刻苦練習。歐陽克放棄了艱難的蛤蟆功，選擇了簡單的靈蛇拳，但結果是致命的。蛤蟆功以靜制動，後發制人。如果歐陽克學了，怎麼會被楊康殺死呢？

上篇

第四次，他做出錯誤選擇，卻以別人也會犯錯來寬慰自己。

歐陽克初見黃蓉，驚為絕色，從此不斷追求。從趙王府到桃花島再到東海。歐陽克似乎也把自己感動了。不知道黃蓉芳心早就許給郭靖了。犯錯並不愚蠢。愚蠢的是反覆做一件事，而期待不同結果。(Insanity is doing the same thing over and over again and expecting different results.)

第五次，他散漫而軟弱，卻誤以為這是自由。

歐陽克似乎沒有羞恥感。歐陽克人到中年，三十五六歲，在趙王府敗於二八佳人黃蓉，沒有羞恥的感覺，還可以用對黃蓉心懷愛慕來解釋，但在寶應、桃花島先後敗於十八歲的郭靖，似乎也並不在乎，心可就太大了。

相比之下，楊康當眾拜歐陽鋒為師，是因為先後兩次敗於郭靖之手，令他羞愧而憤怒。楊康畢竟和郭靖同齡，還覺得憤怒，歐陽克是西毒親傳，年齡又大，敗於郭靖之手居然滿不在乎，從另一個角度看是沒有羞恥感。知恥近乎勇，羞恥感也能是一種正面的力量。歐陽克不覺得羞恥，並且認為這是自己生性灑脫。

第六次，當他鄙夷一張醜惡的嘴臉時，卻不知那正是自己面具中的一副。

歐陽克聽他語含譏刺，知道先前震開他的手掌，此人心中已不無芥蒂，心想顯些什麼功夫，叫這禿頭佩服我才好，只見侍役正送上四盆甜品，在每人面前放上一雙新筷，將吃過鹹食的筷子收集起來。歐陽克將那筷子接過，隨手一撒，二十隻筷子同時飛出，插入雪地，整整齊齊的排成四個梅花形。

《射鵰英雄傳》第八章「各顯神通」

在趙王府，面對沙通天、彭連虎、梁子翁和靈智上人，歐陽克是很自負的。歐陽克雖然只學會了歐陽鋒二三成的武功，但倚仗西毒的名頭，足以橫行西域。所以歐陽克面對沙、彭、梁、靈四人時，心中是充滿鄙視的。歐陽克不知道的是，在郭靖、黃蓉看來，他其實和沙、彭、梁、靈四人沒有區別。

第七次，他廁身於生活的汙泥中，雖不甘心，卻又畏首畏尾。

歐陽克一生中最耀眼的時刻是年少時在雲南大雪山中戰平武三通。從此之後，歐陽克敗多勝少。歐陽克先後敗給過江南六怪、黃蓉（憑藉智計）、梅超風、郭靖等，最後死於楊康之手。歐陽克可能偶爾也想過奮發，但面對練武的困難，面對女色的誘惑，就繳械投降了。**幹大事（學武）而惜身，見小利（女色）而忘命**。這是對歐陽克一生最準確的評價。

附：科學研究人生的成長

可能很多科學研究人在成長路上都遇到過和歐陽克類似的困局。很好的實驗室，很厲害的導師，很難得的機會，但是因為和歐陽克類似的原因，如缺乏規劃、不懂珍惜、選擇容易、堅持錯誤、畏首畏尾，而喪失機會，懊悔不已。科學研究中的好機會極其稀少，錯過了，可能就再也不會有了。而沒有把握住的機會就不再是機會了。

歐陽克已經沒有機會了，但我們還有。

上篇

第四編　「神鵰」的霏雨

引子：亢龍有悔，盈不可久

從西元 1199 年第一次華山論劍，到 1259 年第三次華山論劍，王重陽的武學布局綿延六十年，逐漸式微。

王重陽以《九陰真經》為主題的武學論壇走向衰落，重要原因有二：一是學術一統；二是近親繁殖。

學術一統，說的是《九陰真經》一經獨大。《九陰真經》儘管不是最高明的武功，但被王重陽追捧，其影響力貫穿於整個「射鵰」時代，郭靖、楊過、小龍女等人都得益於《九陰真經》。《九陰真經》獨大導致了學術思想單一，無法帶來進一步的突破。

近親繁殖，說的是「射鵰」時代天下英雄盡在全真派彀中。第一次華山論劍全真派五占其一（王重陽為五絕之首），第三次華山論劍則五占其三（周伯通、郭靖、楊過都可以說是全真一脈），近親繁殖程度可見一斑。

學術一統和近親繁殖是一個問題的兩個方面，學術一統會導致近親繁殖，近親繁殖又會加劇學術一統，兩者都會限制學術創新。

亢龍有悔，盈不可久。《九陰真經》終於讓位於《九陽真經》。以郭襄為代表的「神鵰」時代群俠敏銳地意識到了這種趨勢，做出了自己的選擇，從而開創了新的武學時代。在講述郭襄之前，請先看看那個曾經想收郭襄為徒弟的金輪法王。

22　法王的金輪

弱小和無知不是生存的障礙，傲慢才是。

—— 金輪法王

金輪法王有足夠的理由傲慢。

金庸小說西藏三人組中，金輪法王的武功、地位都勝過鳩摩智和靈智上人。鳩摩智只是吐蕃護國法師，號稱大輪明王。金輪法王不但號稱金輪，而且還是蒙古第一護國法師。蒙古的聲威遠不是吐蕃可以相比的，第一法師也不是普通的法師可比的。至於靈智上人，比鳩摩智都差遠了，更不用提和金輪法王相比了。

而且，金輪法王的教育程度極高：

金輪法王文武全才，雖然僻居西藏，卻於漢人的經史百家之學無所不窺。

《神鵰俠侶》第二十回「俠之大者」

最關鍵的是金輪法王武學成就驚人：

但金輪法王胸中淵博，浩若湖海，於中原名家的武功無一不知。

《神鵰俠侶》第十二回「英雄大宴」

金輪法王的龍象般若功更是西藏密宗至高無上的護法神功。不但是靈智上人的大手印無法相比的，恐怕鳩摩智的火焰刀也瞠乎其後。以至於洪七公碰到金輪法王的徒孫藏邊五醜時提到「你們學的功夫很好」。尤其是金輪法王的龍象般若功宗教色彩鮮明，有「般若」二字，血統純正，自帶佛教光環。

金輪法王甚至吸引了蒙古王子霍都投到門下。雖然這還不能稱為帝

上篇

師，但已經是極高榮譽了。要知道鳩摩智只能在吐蕃小王子鞍前馬後跑腿，而歐陽鋒收的徒弟只是大金王爺的養子。

金輪法王的兵器也符合他的傲慢心態。無論是從性質還是種類上看，輪子都不是一種好兵器。如果說刀、劍、槍可以找到生物進化上的起源（如人手、動物角）的話，輪子在生物進化上從未實現。輪子的優勢在於它們的宗教色彩，比如《大妙金剛經》中有八輻金剛輪的記載；輪子的優勢還在於令人印象深刻，特別適合做 logo。

金輪法王幾乎是全能的，他還擅長使毒，可能不遜於歐陽鋒，比如他攜帶了天下三絕毒之一的採雪蛛。但是金輪法王的驕傲性格讓他沒有使用這樣的毒物。

金輪法王也有自己的心病，他覺得他的榮譽配不上他的武功。

首先，金輪法王的第一護國法師的名頭是蒙古皇后封的，總有些不是滋味不是？

霍都王子朗聲說道：「這位是在下的師尊，西藏聖僧，人人尊稱金輪法王，當今大蒙古國皇后封為第一護國大師。」

《神鵰俠侶》第十二回「英雄大宴」

其次，霍都也不是真正意義上的蒙古王子：

郭靖喃喃說了幾遍「霍都王子」，回思他的容貌舉止，卻想不起會是誰的子嗣，但覺此人容貌俊雅，傲狠之中又帶了不少狡詐之氣。成吉思汗共生四子，長子朮赤慓悍英武，次子察合台性子暴躁而實精明，三子窩闊台即當今蒙古皇帝，性格寬和，四子拖雷血性過人，相貌均與這霍都大不相同。

《神鵰俠侶》第四回「全真門下」

第四編　「神鵰」的霏雨

　　金輪法王覺得配得上自己武功的是蒙古第一勇士，是武林至尊。為了這個目標，金輪法王需要的是一場酣暢淋漓的勝利。因此，金輪法王既不像靈智上人一樣寄身在大金趙王府，同其他幾個人一樣混口飯吃，也不像鳩摩智一樣，為了獲得進身之階甚至要曲線救國，赴大理奪經。所以金輪法王施施然地直接來到了陸家莊英雄大宴，面對中原大半的英雄，以少對多，以客壓主，有劉邦赴鴻門宴一樣的英雄氣概。數十年前的華山論劍武學論壇上，王重陽靠先天功奪得天下第一的名號。金輪法王希望複製這份榮耀：一鳴驚人，大勝中原群雄。

　　結果金輪法王大敗而回，他的傲慢第一次帶來了對自己的傷害。金輪法王傲慢地認為自己的徒弟就足以解決問題。事情一開始按計畫有條不紊地進行，金輪法王的兩個弟子霍都和達爾巴分別戰勝了朱子柳和點蒼漁隱，按照三局兩勝的規則，金輪法王已經贏了。然而變生肘腋，楊過，一個無名之輩，金輪法王的一生之敵，突然出現。楊過不但戰勝了霍都和達爾巴，更意想不到的是，楊過的年輕師父小龍女，一個同樣名不見經傳的人物，也對金輪法王構成了極大威脅，隱隱有分庭抗禮之勢。而此時，小龍女剛獨立沒有多久，只有楊過一個學生。金輪法王在和郭靖的比試中也極為傲慢。他和郭靖兩次對掌，為了保持臉面，兩次選擇了不動，結果身受內傷。這次陸家莊之旅給金輪法王躊躇滿志的武林至尊計劃蒙上了一層陰影。

　　接下來的遭遇也足以引起金輪法王的重視，但他故意選擇忽視。比如，金輪法王偶遇楊過和小龍女，被他們的玉女素心劍法逼退。又如，金輪法王在蒙古大營遇到周伯通，見識了老頑童無法預測的武功。再如，金輪法王幾次和郭靖交手，有時甚至以多欺少，但都沒有占到便宜。

上篇

金輪法王的下一個「小目標」是全殲全真教。這個計畫不但能作為忽必烈入主中原大策略的一部分，也是金輪法王自己對王重陽的一次隔空叫板。然而在重陽宮，金輪法王遇到的是學會雙手互搏、一人雙手同時使用玉女素心劍法的小龍女以及使用玄鐵重劍的楊過，再次鎩羽而歸。

接連遭受兩次打擊，金輪法王需要重新審視自己的傲慢了。他選擇了放棄一切事務，在蒙古潛心專研龍象般若功。

那金輪法王實是個不世的奇才，潛修苦學，進境奇速，竟爾衝破第九層難關，此時已到第十層的境界，當真是震古爍今，雖不能說後無來者，卻確已前無古人。

《神鵰俠侶》第三十七回「三世恩怨」

金輪法王的十六年刻苦突破瓶頸，足以讓他重新收穫傲慢。剛剛重新出山，金輪法王就取得了好彩頭：他一舉打敗了慈恩，也就是鐵掌幫前幫主裘千仞。金輪法王以為大功告成，水火既濟，從此睥睨天下。

但金輪法王的好心情沒有持續太久，在他招生的時候就消失殆盡了。十六年前金輪法王就有好幾個學生了。但是他的第一個學生早夭。第二個學生達爾巴性格愚魯，無法獨當一面。第三個學生蒙古王子霍都人非常聰明，武功也不錯，但是最近十幾年跳槽去了丐幫，準備轉行政。暫停一切事務的這十六年，金輪法王空有頭銜，但沒有招生名額。所以出山的金輪法王需要招新的學生。他看中了「武二代」郭襄。但是郭襄居然拒絕了他，理由也很簡單，他的武功沒有楊過好。

又是楊過！

《周易》「既濟」卦辭是「亨，小利貞，初吉終亂」，用來形容十六年後出山、打敗慈恩的金輪法王再合適不過了。金輪法王不知道的是，楊

過在十六年裡也沒有閒著，創出了黯然銷魂掌。而楊過的這項創造還要拜金輪法王所賜：

> 法王笑道：「人各有志，那也勉強不來。楊兄弟，你的武功花樣甚多，不是我倚老賣老說一句，博採眾家固然甚妙，但也不免博而不純。你最擅長的到底是那一門功夫？要用什麼武功去對付郭靖夫婦？」
>
> 《神鵰俠侶》第十六回「殺父深仇」

金輪法王的傲慢來自自己的精純。 金輪法王其實所知非常廣博，但也僅限於知道，並沒有想過練習，他主要是專攻自己的龍象般若功。但是，一味精純似乎也並不完全是最優解，由博而精似乎效果更好。金輪法王獨戰老頑童、一燈、黃藥師是他一生的頂點。這一戰雖然金輪法王失手被擒，但也是榮耀無限了。

但金輪法王最終也毀於自己的精純。 在最後和楊過的競爭中，金輪法王十層功力的龍象般若功不及十七招的黯然銷魂掌。楊過得其形，金輪法王得其神。真正黯然銷魂的反倒是金輪法王：「黯然銷魂者，唯別而已矣」。

金輪法王的武學生涯畫上了句號。離開前，他不由得想起自己十六年苦練武功那緩慢悠然的時光，那是自己最快樂的時光。

附：鮑林如何在 DNA 結構競賽中折戟

萊納斯·鮑林（Linus Carl Pauling）是歷史上「唯二」在兩個不同領域獲得諾貝爾獎的科學家，他在 1954 年和 1962 年分別獲得了諾貝爾化學獎和諾貝爾和平獎。另一個跨領域兩次獲獎的人是居禮夫人，她於 1903 年和 1911 年分別獲得了諾貝爾物理學獎和諾貝爾化學獎。但鮑林兩次獲獎都是獨享，而居禮夫人 1903 年的諾貝爾物理學獎則是和丈夫皮耶·

居禮以及法國科學家貝克勒共同獲得的。鮑林的兩次獲獎配得上他的貢獻，他是毫無爭議的 20 世紀最偉大的化學家，儘管是否也是歷史上最偉大的化學家還有爭議。

所以，1951 年夏天，當鮑林開始對 DNA 感興趣的時候，不但他自己，幾乎所有人都認為他勢在必得。但鮑林對 DNA 感興趣並不是因為相信它是遺傳物質。恰恰相反，雖然 DNA 是染色體中的重要成分，但是當時幾乎沒有人認為 DNA 是遺傳物質，鮑林也是如此。唯一的一點不和諧來自埃弗里（Oswald Theodore Avery）。1944 年，埃弗里發現 DNA 自身能在肺炎細菌中傳遞遺傳訊息。鮑林知道這個發現，但並不接受。鮑林對 DNA 感興趣僅是因為這是一種生物大分子，而鮑林對解析複雜結構有實力，也有興趣。

但是鮑林很快就第一次錯失了 DNA 晶體繞射圖譜。1951 年夏天，鮑林寫信向英國卡文迪許實驗室的威爾金斯（Maurice Wilkins），索要 DNA 晶體繞射圖譜，但是威爾金斯拒絕了他。鮑林甚至直接寫信給威爾金斯的上級，但同樣被拒絕了。

於是鮑林暫時把 DNA 放在一邊。這時，一個叫 Edward Ronwin 的人在美國化學學會雜誌（*Journal of American Chemical Society*，JACS）發表了關於 DNA 結構的文章。但是鮑林一看就知道這個結構是錯的。

不久後，鮑林看到 DNA 圖譜的機會又一次錯失了。1951 年秋天，鮑林收到英國皇家協會的邀請，請他參加 1952 年 5 月 1 日舉行的會議。但他最終沒能成行。因為政治原因，鮑林的護照沒有被簽發。

鮑林終於開始意識到 DNA 的重要性。鮑林解決了護照問題，在 1952 年夏天參加了巴黎國際生化大會。會上，每個人都在談論赫希的實驗。赫希分別標記了 DNA 和蛋白質，雄辯地說明了是 DNA 傳遞了遺傳

訊息。同埃弗里的肺炎實驗沒有激起太大水花不同，赫希的實驗可以說一石激起千層浪。現在，鮑林意識到自己走錯了方向。但鮑林依然認為自己遲早會解決 DNA 結構的問題。

鮑林第三次錯失了看到 DNA 圖譜的機會。1952 年的 8 月，鮑林來到了英國蛋白中心。但是鮑林甚至沒有嘗試和威爾金斯及富蘭克林見面，而後者得到了越來越多的質量更好的 DNA 圖譜。最終由沃森和克里克提出了 DNA 雙螺旋模型，威爾金斯甚至與沃森和克里克分享了諾貝爾獎。

歷史學家在分析鮑林錯失 DNA 結構發現的原因時提到三點：第一是興趣，鮑林的興趣永遠是蛋白；第二是數據，在競爭中，鮑林從未看到過高品質的 DNA 圖片；第三是驕傲，鮑林始終認為自己一定是那個最終解析 DNA 結構的人。

參考：湯瑪斯・哈格・鮑林：20 世紀的科學怪傑・周仲良，郭宇峰，郭鏡明，譯．上海：復旦大學出版社，1999。

23　朱子柳的逍遙巾

霜凋荷葉，獨腳鬼戴逍遙巾。

—— 朱子柳

大理段氏之衰，始於段譽，造極於朱子柳。或者換句話說，朱子柳有中興大理段氏的機會，但是他的小聰明害了他。

初遇黃蓉時，朱子柳出了上聯：「風擺棕櫚，千手佛搖折迭扇」。微風吹拂棕櫚樹，就像千手佛在搖動摺扇一樣。這就像大理段氏昔日的榮光，高手如棕櫚葉般層出不窮，所以能夠創出六脈神劍這樣的高深武功。

上篇

黃蓉對的下聯則是「霜凋荷葉，獨腳鬼戴逍遙巾」，因為黃蓉看到：

> 只見對面平地上有一座小小寺院，廟前有一個荷塘，此時七月將盡，高山早寒，荷葉已然凋了大半。
>
> 《射鵰英雄傳》第三十章「一燈大師」

這幅景象恰好是大理段氏今日的景象：高山早寒，荷葉半凋。

段智興的徒弟中，朱子柳就是那個獨腳鬼，還在蹣跚前行，他身上唯一的亮色就是腦後那條在風中凌亂的逍遙巾。

面對大理段氏的衰落，一燈大師段智興曾試圖力挽狂瀾。段智興或者應該叫志興，就是立志復興的意思。比如他曾經打破教條，將一陽指傳給弟子。這在「天龍」時代是不敢想像的。在郭、黃初遇一燈的時候，漁樵耕讀並不會一陽指：

> 漁樵耕讀四人的點穴功夫都得自一燈大師的親傳，雖不及乃師一陽指的出神入化，但在武林中也算得是第一流的功夫，豈知遇著瑛姑，剛好撞正了剋星。
>
> 《射鵰英雄傳》第三十一章「鴛鴦錦帕」

這說明在郭、黃初遇一燈時，也就是第二次華山論劍之前，漁樵耕讀四人只會點穴，還沒有得到師父傳授一陽指。事實上一陽指是段氏絕學，在一燈之前也從未傳給家臣。

然而，這個禁忌被一燈打破了。

> 朱子柳與黃蓉一見就要鬥口，此番闊別已十餘年，兩人相見，又是各逞機辯。歡敘之後，泗水漁隱與朱子柳二人果然找了間靜室，將一陽指的入門功夫傳於武氏兄弟。
>
> 《神鵰俠侶》第十二回「英雄大宴」

也就是說，在第二次華山論劍之後的十幾年，一燈決定將一陽指傳給徒弟。之所以說是在此時，因為武敦儒、武修文在桃花島追隨郭靖的事大理肯定早知道，但是在此時才傳功，說明一燈剛剛做出決定。

一燈的選擇自有道理，以家族為主的武學傳承模式最大的問題是基因庫有限，無法篩選出一定數量的傑出人才，即使是皇族也不行。但只想通了道理也不行，一燈這樣做是需要極大魄力的。魄力也不能解釋所有，開放一陽指也是大理段氏的無奈之舉。「天龍」時代大理段氏就很難繼承家傳的六脈神劍，段譽的因緣際會得天獨厚，不可複製；「射鵰」時代以來，大理段氏武學已經一路向下狂奔了。

一燈大師的希望是朱子柳。朱子柳在漁樵耕讀中雖然排名最末，但是最具悟性，而大理段氏的武功很講究悟性。

朱子柳當年在大理國中過狀元，又做過宰相，自是飽學之士，才智過人。大理段氏一派的武功十分講究悟性。朱子柳初列南帝門牆之時，武功居漁樵耕讀四大弟子之末，十年後已升到第二位，此時的武功卻已遠在三位師兄之上。

《神鵰俠侶》第十二回「英雄大宴」

然而，朱子柳只做自己喜歡的事情。朱子柳涉獵廣泛，但大都是自己擅長的繁複武功，比如劍法：

那書生劍法忽變，長劍振動，只聽得嗡然作聲，久久不絕，接著上六劍，下六劍，前六劍，後六劍，左六劍，右六劍，連刺六六三十六劍，正是雲南哀牢山三十六劍，稱為天下劍法中攻勢凌厲第一。

《射鵰英雄傳》第三十章「一燈大師」

而大理段氏最大的問題實際是內力成長問題。指法在先天上有力量劣勢和靈活性優勢，有高深內力加成就會無往不利，沒有高深內力則既

無往又不利。段譽儘管陰差陽錯學會了六脈神劍，但是成功無法複製。段譽之後無人練成六脈神劍，甚至一陽指也難保。大理段氏最需要解決的是內力成長問題。

但朱子柳關心的是炫目的招式，他投入了極大的時間精力，搞了個「一陽書指」。 在英雄大宴上同霍都比拚的時候，成敗可以說在此一舉，然而，朱子柳卻拿出了一枝筆：

> 霍都凝神看他那枝筆，但見竹管羊毫，筆鋒上沾著半寸墨，實無異處，與武林中用以點穴的純鋼筆大不相同。
>
> 《神鵰俠侶》第十二回「英雄大宴」

要知道，在《笑傲江湖》中，禿筆翁的筆是精鋼打造的，只是筆頭有羊毛。朱子柳居然敢用一支普通的竹管羊毫，這不是「做作」嗎？原來朱子柳自己獨自開發出了融書法與一陽指於一爐的武功：

> 朱子柳是天南第一書法名家，雖然學武，卻未棄文，後來武學越練越精，竟自觸類旁通，將一陽指與書法融為一爐。這路功夫是他所獨創，旁人武功再強，若是腹中沒有文學根柢，實難抵擋他這一路文中有武、武中有文、文武俱達高妙境界的功夫。
>
> 《神鵰俠侶》第十二回「英雄大宴」

朱子柳的「一陽書指」極其炫目，比如〈房玄齡碑〉：

> 原來〈房玄齡碑〉是唐朝大臣褚遂良所書的碑文，乃是楷書精品。前人評褚書如天女散花，書法剛健婀娜，顧盼生姿，筆筆凌空，極盡仰揚控縱之妙。朱子柳這一路「一陽書指」以筆代指，也是招招法度嚴謹，宛如楷書般的一筆不苟。
>
> 《神鵰俠侶》第十二回「英雄大宴」

第四編 「神鵰」的霏雨

又如張旭的〈自言帖〉：

朱子柳見他識得這路書法，喝一聲採，叫道：「小心！草書來了。」突然除下頭頂帽子，往地下一擲，長袖飛舞，狂奔疾走，出招全然不依章法。但見他如瘋如癲、如酒醉、如中邪，筆意淋漓，指走龍蛇。

《神鵰俠侶》第十二回「英雄大宴」

接著朱子柳又施展了隸書的〈褒斜道石刻〉和大篆。最終朱子柳打敗了霍都，當然霍都使詐，又傷了朱子柳，最後靠楊過解圍。

不管霍都是否使詐，朱子柳的「一陽書指」是好功夫嗎？「一陽書指」作為一種藝術品自有其價值，但不是重振大理段氏武學的當務之急。在比拚之初，黃蓉就指出，如果朱子柳使用一陽指，勝過霍都並不難。但朱子柳偏要拿一枝沒有任何殺傷力的毛筆，費了偌大精力，真隸篆都使遍了，才打贏霍都。真是一頓操作猛如虎，到頭卻自取其辱。朱子柳如果專精在《射鵰英雄傳》中就使用的哀牢山三十六劍，大概也能把霍都拿下。可他愣是「苦研十餘年」，用來研究「一陽書指」。朱子柳的武學方向得到的只能是黃蓉這種喜歡精巧的人的推崇，郭靖這種真正的大家卻不以為然：

郭靖不懂文學，看得暗暗稱奇。黃蓉卻受乃父家傳，文武雙全，見了朱子柳這一路奇妙武功，不禁大為讚賞。

《神鵰俠侶》第十二回「英雄大宴」

朱子柳的追求辜負了一燈的期望，也帶偏了大理一脈的武學走向。武敦儒、武修文兄弟本來就不是上等資質的人，偏偏認為朱子柳的武功是正道：

武氏兄弟在旁觀鬥，見朱師叔的一陽指法變幻無窮，均是大為欽

上篇

服，暗想：「朱師叔功力如此深厚強勁，化而為書法，其中又尚能有這許多奧妙變化，我不知何日方能學到如他一般。」一個叫：「哥哥！」一個叫：「兄弟！」兩人一般的心思，都要出言讚佩師叔武功。

《神鵰俠侶》第十三回「武林盟主」

武氏兄弟既資質平庸，又被朱子柳帶偏。武氏兄弟的後人喜歡的都是華而不實的武功：

朱九真道：「啊喲，你這不是要我好看嗎？我便是再練十年，也及不上你武家蘭花拂穴手的一拂啊。」

《倚天屠龍記》第十五章「奇謀密計夢一場」

也就是說，在郭靖和黃蓉之間，武氏兄弟沒有選擅長降龍十八掌、空明拳、《九陰真經》的郭靖，而是選擇了黃蓉；在黃蓉眾多的武功中，他們不是選打狗棒、彈指神通，而是選了華而不實的蘭花拂穴手。他們不但沒有黃蓉的聰明，甚至也沒有朱子柳的機敏，卻去學繁複精巧的武功。

難怪從此大理段氏的下滑開始加速，終於無法挽回，直至朱武連環莊，不但武學式微，道德也墮落了。可見，**內力實而知禮節，招式足而知榮辱。**

朱子柳甚至也差點帶偏了楊過的武學走向。在絕情谷同公孫止比拚的時候，楊過自己說受到朱子柳書法與武功融合的啟示，將詩詞和武功結合：

只聽他又吟道：「息徒蘭圃，秣馬華山。流磻平皋，垂綸長川。目送歸鴻，手揮五弦。」這幾句詩吟來淡然自得，劍法卻是大開大闔，峻潔雄秀，尤其最後兩句劍招極盡飄忽，似東卻西，趨上擊下，一招兩劍，難以分其虛實。

《神鵰俠侶》第二十回「俠之大者」

幸虧金輪法王給了楊過武學忠告：

法王笑道：「人各有志，那也勉強不來。楊兄弟，你的武功花樣甚多，不是我倚老賣老說一句，博採眾家固然甚妙，但也不免博而不純。你最擅長的到底是那一門功夫？」

《神鵰俠侶》第十六回「殺父深仇」

楊過本身浮躁輕動，貪多務得，要不是金輪法王提醒在前，被郭芙斬斷臂膀在後，可能就被朱子柳帶偏了。

朱子柳的武學方向的問題是過分注重靈感和藝術氣質，缺少結硬寨、打呆仗，解決具體燃眉問題的氣質。禿筆翁在寫完〈裴將軍詩〉後說：

我捨不得這幅字，只怕從今而後，再也寫不出這樣的好字了。

《笑傲江湖》第十九章「打賭」

張三丰在開發出了倚天屠龍功後說：

「我興致已盡，只怕再也寫不成那樣的好字了。遠橋、松溪他們不懂書法，便是看了，也領悟不多。」

《倚天屠龍記》第四章「字作喪亂意徬徨」

無論是禿筆翁還是張三丰，都指出書法與武功結合這樣的方向不穩定，難以持續輸出。謝遜則指出，外表過於美好的東西常常難以長存：

謝遜嘆了口氣，低聲道：「但願他長大之後，多福多壽，少受苦難。」殷素素道：「謝前輩，你說孩子的長相不好嗎？」謝遜道：「不是的。只是孩子像你，那就太過俊美，只怕福澤不厚，將來成人後入世，或會多遭災厄。」

《倚天屠龍記》第七章「誰送冰舸來仙鄉」

上篇

如果說黃蓉和朱子柳初遇，一句「獨角鬼帶逍遙巾」一語成讖的話，那麼第二次華山論劍後，黃蓉和朱子柳的對答再次應驗如神。

當時朱子柳對黃蓉說的是《詩經・檜風》中的一句「隰有萇楚，猗儺其枝」，意思是「窪地生長奇異果，柔嫩枝條多婀娜」。黃蓉回覆說的是《詩經・王風》中的一句「雞棲於塒，日之夕矣」，意思是「群雞個個進窩去，太陽已經落山了」。

自朱子柳開始，大理段氏的一個太陽（一陽）真的落山了。

附：錢德拉塞卡——科學中的美和對美的追求

錢德拉塞卡（Subrahmanyan Chandrasekhar，1910－1995），印度裔美籍天體物理學家，1983年因星體結構和演化的研究而獲得諾貝爾物理學獎。錢德拉塞卡是第一位亞裔諾貝爾獎得主拉曼（Raman）的外甥。錢德拉塞卡的一項著名成就是發現了錢德拉塞卡極限，說的是恆星坍縮的命運不總是變為白矮星，如果質量很大，恆星還能變成中子星、黑洞等，而這個決定白矮星、中子星、黑洞等的命運選擇的恆星質量就是錢德拉塞卡極限，它大概是太陽質量的1.44倍。

錢德拉塞卡興趣廣泛，愛好文學，據說閱讀過從莎士比亞時代到湯瑪斯・哈代（Thomas Hardy）時代的各種文學作品。他曾經寫過一本書，叫《莎士比亞、牛頓和貝多芬》。

錢德拉塞卡在1979年寫過一篇短文：〈科學中的美和對美的追求〉（*Beauty and the Quest for Beauty in Science*），其中有一些對科學中的美的論述發人深省。

比如，錢德拉塞卡認為，哪怕是沒有事實依據的純粹具有美學價值的理論也依然具有重大意義：

第四編　「神鵰」的霏雨

沙利文大膽地說：「科學理論與方法的正當性都在於它的美學價值。」在這一點上，我想向沙利文提出一個問題：一個無視事實的理論（但可能基於美學）是否對科學具有與一個基於事實的理論同等的價值。我想他會說不；然而，就我所見，沒有純粹的美學理由認為為什麼不應該這樣做。（Sullivan boldly says："It is in its aesthetic value that the justification of the scientific theory is to be found and with it the justification of the scientific method." I should like to pose to Sullivan at this point the question whether a theory that disregarded facts would have equal value for science with one which agreed with facts. I suppose he would say No；and yet so far as I can see there would be no purely aesthetic reason why it should not.）

我認同在數學和物理學中存在錢德拉塞卡所謂的極致美學的價值，比如基於純粹數學的虛數現在已經被發現在量子力學中具有實際意義。但我同時也認為，在大多數理工科中，解決難題的實用主義比美學價值可能更重要。

24　公孫止的桃花源

> 高尚士也聞之，欣然規往，未果，尋病終，後遂無問津者。
>
> ── 公孫止

絕情谷公孫止的家族有悠久而光榮的歷史。

公孫止的祖上在唐代為官，後來為避安史之亂，舉族遷居在這幽谷之中。

《神鵰俠侶》第十九回「地底老婦」

如果仔細探究，公孫止有可能是赫赫有名的公孫大娘一族的後人嗎？提出這種可能性，不僅是因為姓氏，原因之一是劍勢。公孫大娘的

劍招似乎弧形的動作很多，如杜甫的〈觀公孫大娘弟子舞劍器行〉記載：

> 昔有佳人公孫氏，一舞劍器動四方。
> 觀者如山色沮喪，天地為之久低昂。
> 霍如羿射九日落，矯如群帝驂龍翔。
> 來如雷霆收震怒，罷如江海凝清光。

其中形容劍招走勢的主要是「日落」、「龍翔」兩句，而無論是日落還是龍翔，都是弧形的走勢。而公孫止的劍法似乎也是如此：

> 公孫谷主出手快極，楊過後躍退避，黑劍劃成的圓圈又已指向他身前，劍圈越劃越大，初時還只繞著他前胸轉圈，數招一過，已連他小腹也包在劍圈之中，再使數招，劍圈漸漸擴及他的頭頸。楊過自頸至腹，所有要害已盡在他劍尖籠罩之下。金輪法王、尹克西、瀟湘子等生平從未見過這般劃圈逼敵的劍法，無不大為駭異。
>
> 《神鵰俠侶》第十八回「公孫谷主」

金輪法王、瀟湘子、尹克西都是一代宗師，見多識廣，卻對公孫止的劍招表示驚訝，可能這是一種來源於劍舞的獨特武學。

原因之二則是金刀黑劍。

公孫止的兵器很獨特，主要就在於他的金刀與黑劍。而公孫大娘的舞蹈也有金刀、黑劍的影子。明代的徐渭，就是大名鼎鼎的徐文長，寫過〈張旭觀公孫大娘舞劍器〉，其中想像兩蛇相爭，有「黑蛇比錦誰邛低」之句，形容劍器的黑與彩，是不是有黑劍、金刀的影子？

然而，擁有悠久而光榮的歷史的絕情谷就像個金玉其外、敗絮其中的柑子。絕情谷表面看和桃花源很像：

> 原來四周草木青翠欲滴，繁花似錦，一路上已是風物佳勝，此處更

是個罕見的美景之地。信步而行，只見路旁仙鶴三二、白鹿成群，松鼠小兔，盡是見人不驚。

《神鵰俠侶》第十七回「絕情幽谷」

但是，絕情谷的人絕不是「黃髮垂髫，並怡然自樂」的。事實上，絕情谷中的人大都活得很壓抑。整個絕情谷中的飲食以青菜、豆腐為主，沒有一點葷腥；絕情谷眾人竟然只在書中看到過酒；公孫綠萼的美貌從未被意識到。公孫止的大弟子是年紀很大的樊一翁，也說明了絕情谷的現狀：沒有哪個年輕人願意學習公孫止的武學，只有樊一翁這種老古董才願意。公孫止本人也很壓抑。比如他表面上「四十五六歲年紀，面目英俊，舉止瀟灑，只這麼出廳來一揖一坐，便有軒軒高舉之概」，實際則「面皮臘黃，容顏枯槁」。公孫止壓抑的極端表現是娶了裘千尺。裘千尺即使在沒有和公孫止結合前，恐怕也是個暴躁乖戾的人物，而且裘千尺對絕情谷的武功改良貢獻很大，對公孫止更是頤指氣使，這加劇了公孫止的壓抑。公孫止後來出軌柔兒，覬覦小龍女美貌，劫掠完顏萍，甚至想和李莫愁結為連理，都是對壓抑的反抗。

絕情谷金玉其外、敗絮其中的代表是公孫氏武學。公孫止的武功有祖傳的閉穴功夫、金刀黑劍和漁網陣。閉穴功夫確實是一門奇功，在金庸小說中似乎只有逆轉經脈的歐陽鋒才有這種功力。然而，閉穴功夫需要終身茹素，不吃葷腥，非常不人性化，後來被裘千尺在茶中摻血輕易破掉。另外，如此壓抑的武功，說白了只是一門防守的武功。如果公孫氏將精力更多放在提升內力上，是不是收效更大？總之，公孫氏閉穴功夫成難破易，是一門非常保守的武功。金刀黑劍則是一門花巧太多的武學：

他揮動輕飄飄的黑劍硬砍硬斫，一柄沉厚重實的鋸齒金刀卻是靈動飛翔，走的全是單劍路子，招數出手與武學至理恰正相反；但若始終以

刀作劍，以劍作刀，那也罷了，偏生倏忽之間劍法中又顯示刀法，而刀招中隱隱含著劍招的殺著，端的是變化無方，捉摸不定。

《神鵰俠侶》第二十回「俠之大者」

金刀黑劍雖然看來神妙，但是底子其實簡單，「刀即是刀，劍即是劍」，而且「招數錯亂，雖然奇妙，但路子定然不純」。公孫氏武學處處有著公孫大娘劍舞的影子。如果公孫氏將精力用在招數的精純上，是不是獲益更多？總之，金刀黑劍是一門花巧大於實效的武功。

漁網陣同樣是防守有餘、進攻不足的陣法。漁網陣和天罡北斗陣、金剛伏魔圈等一樣，注重防守，而弱於進攻。

周伯通的反常表現了他對絕情谷武學的極度厭惡。周伯通有老頑童的稱號，這個頑字主要取的是胡鬧、淘氣、惡作劇的意思。惡作劇肯定不是讓人笑的，但也不是讓人哭的，一般的效果是都是讓人哭笑不得。惡作劇能有這樣的效果，關鍵在於分寸感：傷人面子卻不傷人裡子，是惡作劇的精髓。周伯通一直對惡作劇的精髓掌握得很好，比如他設計讓黃藥師、歐陽鋒淋了一身屎尿，比如他扮鬼戲弄沙通天等人，比如他萬里追逐裘千仞，比如他闖入蒙古大營搶牛肉吃，這些行為可能傷人面子，但不會傷人裡子。可是在絕情谷，周伯通的作為遠遠不是惡作劇，而是作惡劇了，作惡劇不同於惡作劇在於既傷面子又毀裡子。周伯通在絕情谷踢了丹爐，折了靈芝，撕了藏書，燒了劍房。這樣的行為就不僅僅是傷人面子了，對裡子也有極大傷害，所以已經是作惡了。

縱觀周伯通一生，很少有絕情谷作惡這樣的反常行為。那麼，周伯通為何如此反常呢？從周伯通對公孫止的評價可以看出端倪：

你這麼老了，還想娶一個美貌的閨女為妻，嘿嘿，可笑啊可笑！

《神鵰俠侶》第十七回「絕情幽谷」

公孫止當時四十多歲，而小龍女當時則是二十歲左右，也不能說公孫止就很老。周伯通初遇郭靖時，是一個「鬚髮蒼然」的老者，恐怕至少六十歲了。瑛姑初遇郭靖時「容色清麗，不過四十左右年紀，想是思慮過度，是以鬢邊早見華髮」。這樣看，周伯通和瑛姑也是差了20歲左右。

周伯通如此反常，唯一的可能就是他來到了絕情谷，看到絕情谷的丹房、芝房、書房、劍房所展現的公孫氏武學極端的腐朽。周伯通曾拒絕先天功這樣違背常理的武學，絕情谷的一切讓他回憶起了不堪回首的過往——自己夭折的孩子和一生癡絕的瑛姑，以至反常，大鬧絕情谷。

公孫氏武學為何會存在呢？

公孫止叫道：「眾弟子，惡婦勾結外敵，要殺盡我絕情谷中男女老幼。漁網刀陣，一齊圍上了。」

《神鵰俠侶》第三十二回「情是何物」

「外敵要殺盡我絕情谷中男女老幼」，就是這個藉口，可能讓絕情谷從唐代一直存在到「神鵰」時代。

公孫氏的桃花源終於消亡。公孫氏的桃花源其實更像禁閉島，然而終於凋零。

此時絕情谷中人煙絕跡，當日公孫止夫婦、眾綠衣子弟所建的廣廈華居早已毀敗不堪。

《神鵰俠侶》第三十八回「生死茫茫」

公孫止這個名字起得好，公孫氏止於公孫止，這也是保守封閉武學的末路吧。

附：著作權（copyright）與著佐權（copyleft）

　　開源軟體指的是開放原始碼、允許免費重新發放的軟體。因為經歷更廣泛的同行審查，開源軟體在減少電腦 bug 和降低安全風險方面做得更好。

　　開源運動可以追溯到 1960 年代。當時學術界和早期電腦使用者群體經常非正式地共享他們編寫的程式碼，以便解決常見技術問題。開源軟體的一個典型是 UNIX 作業系統。事實上，UNIX 早期的成功相當程度上歸功於開源，所以，1987 年 UNIX 的開發者 AT&T 等決定將 UNIX 商業化後，一大群電腦製造商和軟體開發人員反對。反對 UNIX 商業化的一個關鍵人物是美國人史托曼（Richard M. Stallman）。他對 1980 年代初軟體的日益商業化感到沮喪，決定公開反對專有軟體。1984 年，他從麻省理工學院辭職，成立了 GNU（GNU's Not Unix! 的遞迴縮寫）專案，目標是開發一個完全免費的類 UNIX 作業系統。史托曼還編寫了通用公眾授權條款（General Public License，GPL），這是一份附在電腦程式碼之後的檔案，用於在法律上申明以下要求：任何透過分發獲得該程式碼的人也必須讓他們對程式碼的修改可以分發。史托曼還專門替這種要求取了個名字，叫 copyleft，中文翻譯為著佐權，用以同傳統的 copyright 即著作權或版權相區別。1991 年，基於 GNU 專案的 GPL 和程式設計工具，芬蘭人托瓦茲（Linus Torvalds）開發了用於個人電腦的 UNIX，即 Linux。Linux 是第一個以網路為中心的大型開源專案。

　　1997 年，電腦程式設計師雷蒙（Eric Raymond）在他的論文〈大教堂與市集〉（*The Cathedral & the Bazaar*）中用大教堂與集市描述閉源與開源。雷蒙用大教堂形容傳統軟體開發的集中化、保密性、慢釋出速度、垂直管理與自上而下的分層結構，用市集形容 Linux 社區的去中心化、

透明化、開放性和同儕網路化。史托曼的開源軟體論點主要是道德層面的,即「訊息需要自由」,所以史托曼將開源軟體稱為自由軟體(free software);雷蒙則用工程學、理性選擇和市場經濟學支持開源軟體,所以他用這句格言總結了自己的觀點:「如果有足夠多的眼球,所有的(電腦)缺陷都是膚淺的。」(Given enough eye balls, all bugs are shallow.)1998年初,雷蒙提出開源(open source)一詞,作為對史托曼以前在自由軟體這個概念下推廣的社區實踐的描述。此後,開源運動取得巨大進展,促使各國思索依賴專利程式碼是否明智。

開源對軟體外的其他事物有啟示嗎?史托曼、托瓦茲和雷蒙德並不願意討論開源原則在軟體之外的應用,但其他人受到了鼓舞。比如,維基百科是一本免費的、使用者編輯的線上百科全書,其來源之一就是模仿開源程式設計運動(另外的來源包括科學領域的開放出版品運動和生物資訊學領域的開放基因組學運動)。開源程式設計理念(以及它所建構的程式碼)還影響了 eBay、亞馬遜以及基於 Web 的社群網站。也許開源運動正在對世界各地未來的經濟發展產生更多的影響。

25 華山論劍的內捲

自古華山一條路,迄今黃河百匯成。

──前後四絕等

華山論劍論壇一共只舉行了三次。**一方面,它越來越不正式;另一方面,它對入選者的要求越來越高。**

第一次,西元 1199 年,王重陽邀請了黃藥師、歐陽鋒、段智興、洪七公、裘千仞五人,其中除裘千仞以外的四人實際參會。五人大戰七

天七夜，不但比實戰，也比理論。最終王重陽蟾宮折桂，被推為天下第一，稱為中神通，其餘四人則被稱為東邪、西毒、南帝、北丐。這是最正式的一次論劍。

第二次，1220年，裘千仞被周伯通、洪七公等逼迫，最終拜在一燈門下，裘千仞、周伯通和一燈都沒有參與論劍。只剩下黃藥師、洪七公，他們考教了郭靖的武功，又帶上黃蓉一起打跑瘋了的歐陽鋒。第二次就不那麼正式了，不但人數減少，也沒有排名。

第三次，1259年，黃藥師、一燈大師、周伯通、郭靖、黃蓉、楊過、小龍女以及郭襄等都適逢其會，但沒有任何比武，只是一個提名＋頒獎儀式。黃藥師名號不變；段智興此時早已是一燈大師，稱號由南帝變為南僧；周伯通被稱為中頑童；郭靖接替了洪七公，稱為北俠；楊過接替了歐陽鋒，稱為西狂。曾有些人意圖參會，但被楊過粗暴地趕走。

第一次華山論劍，王重陽憑的是先天功，黃藥師憑的是劈空掌和彈指神通，歐陽鋒憑的是蛤蟆功，段智興憑的是一陽指，洪七公憑的是降龍十八掌。

第二次華山論劍，郭靖出鏡。郭靖憑的是降龍十八掌、空明拳，雙手互搏以及《九陰真經》。歐陽鋒也靠逆練《九陰真經》刷了存在感。

第三次華山論劍，周伯通、楊過上位。周伯通憑的是全真派武功、自創的雙手互搏、空明拳，再加上《九陰真經》。楊過憑的是全真派和古墓派武功、東邪的彈指神通、西毒的蛤蟆功心法、北丐的打狗棒、獨孤求敗的劍法以及自悟的武功黯然銷魂掌。不僅如此，周伯通還攜大鬧蒙古軍營、踏滅王旗餘威；而楊過則創下飛石擊斃蒙哥、單掌KO金輪法王的不世功業。

第一次華山論劍的時候，大家真刀真槍地比，而且一門絕技就可以

了，當時，洪七公甚至都沒有用打狗棒，歐陽鋒也沒有用靈蛇拳；第二次華山論劍時，準岳父和親師父考察了郭靖，而郭靖需要三門絕技。第三次華山論劍，根本沒有比武環節，而周伯通和楊過分別需要四門和七門絕技，還需要卓越功勳。

這就是華山論劍內捲的慘烈狀況。

一個充分發展的體系有內捲的趨勢。內捲的英文是 involution，字面意思是向內進化，指的是過度競爭。比如，洪七公的降龍十八掌厲害，正常的競爭是開發其他武功，如蛤蟆功、一陽指甚至古藤十二式對抗降龍十八掌，內捲則是以有《九陰真經》加成的降龍十八掌對抗降龍十八掌。再比如，楊過學會獨孤重劍和其他高手抗衡，這是正常的競爭；而金輪法王硬碰硬龍象般若功，從第八層練到第十層，就有內捲的味道了。

內捲意味著創新的空間有限，低水準重複；內捲意味著技術密集向勞動密集的變遷。整個華山論劍就是圍繞《九陰真經》進行的。第一次是爭《九陰真經》的歸屬。第二次郭靖就用到了很多《九陰真經》上的武功，洪七公也得益於《九陰真經》之〈易筋鍛骨篇〉，歐陽鋒則逆練《九陰真經》，黃藥師也曾得到《九陰真經》的啟發，可以說《九陰真經》的含量幾乎高達100%。第三次新增的一燈學過《九陰真經》的總綱、楊過從《九陰真經》起步、周伯通則是除郭靖外掌握《九陰真經》最多的人，《九陰真經》含量同樣是100%。三次華山論劍也是《九陰真經》內捲史。

內捲的體系可能會導致流於形式和近親繁殖。三次論劍就是越來越流於形式，而且近親繁殖嚴重。到第三次華山論劍的時候，五絕中有翁婿（黃藥師、郭靖）、兄弟（周伯通、郭靖）、叔姪（郭靖、楊過）等組合。

只有創新才能打破內捲。世上沒有第四次華山論劍。如果有的話，可能參加者應該有郭襄、張君寶、無色、何足道等。郭襄親歷了第三次華山論劍，又是峨嵋派掌門，為什麼不舉行第四次華山論劍呢？要知道，她父親郭靖可是參加了兩次，她的大哥哥楊過也參加了一次。郭襄有能力，也有理由以第四次華山論劍作為紀念：紀念襄陽城頭西風冷，紀念風陵渡口偶相逢，紀念絕情谷中雲霧繞，紀念華山之頂劍氣橫。

但是郭襄沒有。因為她早已脫離了王重陽體系的內捲了。郭襄沒有選擇《九陰真經》體系。她選擇了更具前景的《九陽真經》體系，從而開創了新的格局，卓然成家。

附：內捲（involution）與進化（evolution）

內捲即非理性的內部競爭，本來是一個人類學和經濟學詞彙。最早的時候，人類學家紀爾茲（Clifford Geertz）發現，在某些農業社會中，人口的增加伴隨著人均財富的下降，他於是將這種現象稱為 involution，即內捲。進化（evolution）則更多地用來指生物學中物種的演化。

大家常常在抱怨各行各業的內捲狀況。以補習班為例，我聽到一個老師說：「如果一個學生參加補習班，那麼他的分數會提高；如果每個人都參加補習班，那麼最低錄取標準會提高。」分數內捲的一個結果是廣大學生喪失了全面發展的機會。

科學研究中可能也有內捲。內捲其實帶來了巨大的浪費。

內捲（involution）的破局之道可能是進化（evolution）：對個體而言，就是勇於追求內心趨向，給予新奇尋求以同熱情相一致的投入；對國家而言，就是善於改良政策導向，使原創探索能夠獲得與風險相匹配的收益。這樣，才有可能解決內捲的問題。

第五編　「倚天」的和風

引子：凡所過往，皆是序章

「吹面不寒楊柳風」。經歷了「神鵰」時代的霏雨，「倚天」時代的武學研究如微風拂面，觸目皆春。

覺遠首開先河，重回武學正脈，注重內力蘊含。《九陽真經》在經歷了多年的酣睡之後，大夢初覺，遠來近悅，與覺遠融為一體。郭襄做出了令世人瞠目的選擇，盡棄家學，而皈依《九陽真經》，創立峨嵋一派。但張三丰和無色面臨的挑戰可能更大。張三丰需要以一部《九陽真經》和數招武功為基礎，自創武功招式，他以過人天資和毅力創立了武當派。而無色在少林寺推動失傳已久的新學術是有很大政治阻力的，但他成功克服了難題。自此之後，《九陽真經》一花三葉，少林、武當、峨嵋並行於世。

讓我們先從覺遠說起。

26　覺遠的格局

後發制人，先發者制於人。

——覺遠

覺遠以自然之眼觀物，以自然之舌言武。此由初入江湖，未染匠人風氣，故能真切如此。北宋掃地僧、獨孤求敗以來，一人而已。**覺遠是掃地僧、獨孤求敗之後的又一位傑出人物。**

第三次華山論劍出場的覺遠是一個被嚴重低估的人。人們一直以為

上篇

覺遠是一個刻板、迂腐的人物。但事實上，覺遠對規矩、禮儀固然迂腐，但對武學不但不迂腐，而且靈活至極。

比如，覺遠見到尹克西的武功時作出了公開評論：

> 覺遠心頭一凜，叫道：「尹居士，這一下你可錯了。要知道前後左右，全無定向，後發制人，先發者制於人啊。」
>
> 《神鵰俠侶》第四十回「華山之巔」

覺遠在學術上最大的貢獻就是後發制人的格局。

自從掃地僧的武學之問提出之後，集大成者為獨孤求敗、黃裳、前朝宦官，他們給出的答案無非內力、招式，而在招式上或繁、或快，不一而足，但都屬於先發制人。此後，即使林朝英、王重陽等人也沒有提出更具見識的觀念。但恰恰是覺遠劃時代地提出了後發制人這一格局上的巨大突破。

那麼，後發制人的觀念是《九陽真經》原來就有的，還是覺遠自己提出來的呢？我認為這個說法是覺遠自己提出來的，或者說，覺遠至少明確地表述了後發制人的觀念。《九陽真經》不包含招數，這是沒有疑問的：

> 他所練的《九陽真經》純係內功與武學要旨，攻防的招數是半招都沒有。
>
> 《倚天屠龍記》第十六章「剝極而復參九陽」

九陽雖然不包含招數，但也不僅是內功，還有武學要旨與精義：

> 覺遠所說的這幾句話，確是《九陽真經》中所載拳學的精義。
>
> 《神鵰俠侶》第四十回「華山之巔」

第五編 「倚天」的和風

但是，原書中似乎沒有明確提出後發制人這一超越性的觀念，這一觀念應該是覺遠自己從《九陽真經》中發展出來的。

證據之一是張君寶雖然熟讀《九陽真經》，但並不熟悉後發制人的道理，而是經覺遠指點才領悟的。書中明確提到《九陽真經》遺失的過程：瀟、尹設計進入藏經閣，覺遠入定，張君寶讀《九陽真經》、瀟、尹奪經而走。所以，張君寶對經文是熟悉的。在華山之巔，覺遠對張君寶的指點一共有七次，其中哪些是經中的，哪些是自己闡發的，似乎都有說明。覺遠對張君寶的指點分別是：第一次是「氣沉於淵，力凝山根」，第二次是「氣還自我運，不必理外力從何方而來」，第三次是「你記得我說，氣須鼓盪，神宜內斂，無使有缺陷處」，第四次是「一動嗔怒，靈臺便不能如明鏡止水了」，第五次是「經中說道：要用意不用勁」，第六次是「要知道前後左右，全無定向，後發制人，先發者制於人啊」，第七次是「我勁接彼勁，曲中求直，借力打人」。覺遠的這些指點有一個重要的特點，就是分得清楚哪些是經中的，哪些是自己闡發的，有明確交代。其中，經中提到的只有第五次的「要用意不用勁」，覺遠之所以提到經文，是因為張君寶熟悉《九陽真經》，這樣說能讓他更好地回憶經文，其餘的恐怕都是覺遠自己闡發的。覺遠的這些指導，大部分（五次）是防守的，只有少部分（二次）是進攻招式的，但依然是後發先至、借力打人，充分反映了《九陽真經》的慈悲和拯救的意味。

總之，後發制人恐怕是覺遠自行闡發的。那麼，覺遠有這樣的理論素養和能力嗎？當然有：

這覺遠五十歲左右年紀，當真是腹有詩書氣自華，儼然、宏然、恢恢廣廣、昭昭蕩蕩，便如是一位飽學宿儒、經術名家。楊過不敢怠慢，從隱身之處走了出來，奉揖還禮，說道：「小子楊過，拜見大師。」

上篇

眾人見覺遠威儀棣棣，端嚴肅穆，也不由得油然起敬。

《神鵰俠侶》第四十回「華山之巔」

楊過是什麼人？「眾人」中的黃藥師、一燈、周伯通、黃蓉、郭靖又是什麼人？這些人哪一個不是閱人無數、眼光精準的人物？尤其是楊過和黃藥師。能被他們視為飽學宿儒、經術名家，而且肅然起敬的，一定不是中看不中用的繡花枕頭，也不是僅僅武功高就可以的，一定是有高超的理論素養的人物才可以。這也間接印證了覺遠是一位同掃地僧、獨孤求敗類似的人物。

證據之二是張君寶的武功構成暗示後發制人、以柔克剛的拳理可能來自覺遠。

他得覺遠傳授甚久，於這部《九陽真經》已記了十之五六，十餘年間竟然內力大進，其後多讀道藏，於道家練氣之術更深有心得。某一日在山間閒遊，仰望浮雲，俯視流水，張君寶若有所悟，在洞中苦思七日七夜，猛地裡豁然貫通，領會了武功中以柔克剛的至理，忍不住仰天長笑。

這一番大笑，竟笑出了一位承先啟後、繼往開來的大宗師。他以自悟的拳理、道家沖虛圓通之道和《九陽真經》中所載的內功相發明，創出了輝映後世、照耀千古的武當一派武功。

《倚天屠龍記》第二章「武當山頂松柏長」

這段記載說明張君寶的武功有三部分：自悟的拳理、道家理論和《九陽真經》的內功。這說明張君寶得自《九陽真經》的只是內功，而拳理部分是自悟的，部分來自道藏理論指導。張君寶的武當一派拳理，從太極拳來看主要是後發制人、以柔克剛，那雖說自悟，但一定是在覺遠啟發下提出來的。這進一步說明後發制人的理論主要來自覺遠。

順便說一句，為什麼張君寶作為少林俗家弟子，最終選擇了成為道士呢？恐怕主要是張君寶的武功構成中的拳理得到了道藏的印證。

證據之三是張無忌學會《九陽真經》之後，並不熟悉後發制人。張無忌得到的《九陽真經》不是來自覺遠，而是《楞伽經》中藏著的原本，而他神功大成之後，並不熟悉後發制人，這間接說明經中並沒有直接提到過後發制人：

> 可是要不動聲色的叫他知難而退，這人武功比崆峒諸老高明得太多，我可無法辦到。
>
> 《倚天屠龍記》第二十一章「排難解紛當六強」

張無忌剝極而復參九陽大成，又學會了乾坤大挪移，然而在光明頂上面對空性剛猛絕倫的龍爪手，一開始並沒有想到後發先至的辦法。直到空性說「我不信這龍爪手拾奪不了你這小子」，張無忌才「心念一動」，想到了用龍爪手對龍爪手，後發先至、克敵致勝的辦法。這說明張無忌頭腦中並沒有先入為主的後發制人的觀念。張無忌在崑崙山谷中學了五年左右的《九陽真經》，如果經中明確提到後發制人的觀念，張無忌怎麼會不知道，又怎麼會不第一時間想到呢？

綜上，覺遠絕不是一位迂腐的僅有內力的高手，而是一位具有極高理論素養的武學大師。

附：科學研究後發優勢

經濟學中有一個後發優勢的說法。哈佛大學教授、經濟史專家格申克龍（Alexander Gerschenkron）曾提到過後發優勢。1952 年，他發表了一篇題為〈經濟落後的歷史透視〉（*Economic Backwardness in Historical Perspective*）的論文，文中提出，某些情況下後來者在工業化上具有優

勢，經濟落後國家一旦跨越知識和實踐的鴻溝，就有可能獲得更快的經濟成長。

科學研究中可能也存在後發優勢。雖然後發者可能有更少的知識累積與經驗，但同時，後發者可能有更少的成見。比如，在發現 DNA 雙螺旋結構的競賽中，鮑林的失敗可能源於自己在蛋白結構方面的成見；而沃森和克里克在這方面則具有優勢，他們更容易接受 DNA 包含遺傳訊息的觀點。後發者可能有更先進的技術，所謂「船小好掉頭」，後發者更容易採用新技術。

27 郭襄的斷捨離

凡所過往，皆為序章。

—— 郭襄

金庸小說中，「武二代」有很多，但沒有誰像郭襄一樣得天獨厚。父親是北俠，師爺分別是北丐和江南七怪，師伯是中頑童，母親是丐幫幫主，外公是東邪，大哥哥楊過是西狂，嫂子小龍女是古墓派傳人，另外兩個哥哥武敦儒、武修文是南帝傳人，姐夫耶律齊也是丐幫幫主，郭襄還得到過金輪法王的垂青。

所以，當郭襄自己開宗立派的時候，擁有幾乎無窮的選擇。降龍十八掌固然不適合女孩，逍遙遊掌法卻可以作為入門。雙手互搏怎麼也要看看有沒有天分再說。江南七怪中，柯鎮惡的杖法似乎太過猛惡，但是朱聰的妙手空空、韓小瑩的越女劍都是可以涉獵一下的。打狗棒這種以技巧取勝的必須學一學。劈空掌剛勁有餘，但是彈指神通和落英神劍掌，特別是蘭花拂穴手——「其形也，翩若驚鴻，矯若遊龍，榮耀秋

菊，華茂春松。彷彿兮若輕雲之蔽月，飄颻兮若迴雪之流風」，這麼美妙的武功的確值得擁有。古墓劍法、《玉女心經》本身就是女子創的功夫，自然多多益善。龍象般若功聽起來雖然一點也不溫柔，也一定要練練才知道其奧妙。

事實上，以上諸般武功，郭襄也確實大都有所涉獵。少室山下，郭襄和無色禪師交鋒，使用的武功包括黃藥師落英劍法之「萬紫千紅」、王重陽全真劍法之「天紳倒懸」、丐幫打狗棒法之「惡犬攔路」、林朝英玉女劍法之「小園藝菊」、楊過傳授給張君寶戰勝瀟湘子和尹克西的「四通八達」、瑛姑的泥鰍功、大理段氏的一陽指、周伯通空明拳之「妙手空空」、裘千仞鐵掌之「鐵蒲扇手」、少林派羅漢拳之「苦海回頭」。而且，郭襄在運用這些武功時毫無拘泥，而是信手拈來，隨心所欲。比如以劍使用打狗棒法和一陽指，即便和風清揚的「無招勝有招」相比，也相差無幾，**宗師氣像已經初露端倪。**

但是，郭襄後來開宗立派的，卻不是自己得天獨厚的家傳武功。郭襄後來創立的峨嵋派武功分三塊：峨嵋九陽功、峨嵋掌法、峨嵋劍法。峨嵋九陽功來自覺遠口誦所傳的二三成《九陽真經》。峨嵋掌法和劍法都是郭襄自創的。可能因為父親擅長掌法，郭襄的掌法最多。峨嵋掌法之一是飄雪穿雲掌（為峨嵋派掌法精要所在，是張無忌為保銳金旗殘眾與滅絕師太約定承受的第一掌，掌力忽吞忽吐，閃爍不定，引開敵人的內力，再行攻擊）；峨嵋掌法之二是截手九式（也是峨嵋派掌法精要所在，是張無忌與滅絕師太約定承受的第二掌，滅絕師太以截手九式的第三式擊中張無忌背心）；峨嵋掌法之三是佛光普照掌（只有一招，以峨嵋九陽功作為根基，掌力籠罩敵人全身，使對方擋無可擋。在峨嵋派中，只有滅絕師太一人練就，是張無忌與滅絕師太約定承受的第三掌）；峨嵋掌法

上篇

之四是金頂綿掌。峨嵋劍法包括金頂九式（趙敏迎戰陳友諒時所用的峨嵋派劍法）。峨嵋派的劍法很厲害，滅絕師太號稱劍法僅次於近百歲的張三丰。從光明頂上滅絕師太和張無忌的比拚也看得出來滅絕師太的劍法堪稱登峰造極：

> 在這一瞬時刻之中，人人的心都似要從胸腔中跳了出來。實不能信這幾下竟是人力之所能，攻如天神行法，閃似鬼魅變形，就像雷震電掣，雖然過去已久，兀自餘威迫人。
>
> ——《倚天屠龍記》第二十二章「群雄歸心約三章」

這當然主要是形容滅絕師太的劍法的。所以郭襄創立的劍法是非常凌厲猛悍的。

可以看出，郭襄所創峨嵋派的武功基本上都是原創性的，既是對自己的家學淵源的斷捨離，也是對少室山下自己施展的武功的斷捨離，甚至也是對楊過的斷捨離。

郭襄為什麼做出這樣的選擇呢？

郭襄的第一個斷捨離是對家學淵源尤其是《九陰真經》的斷捨離。究其原因，最重要的一點是，《九陽真經》代表了第三次華山論劍之後最具潛力的內力發展方向。

從「天龍」時代直至「射鵰」時代、「神鵰」時代，金庸武俠世界的主要矛盾是日益增加的武功對抗需求和落後的內力成長方式之間的矛盾。大理段氏就是個很好的例子。包括枯榮大師、段正明在內的一眾大理高手都無法練成六脈神劍，單單段譽練成了，為什麼？主要是段譽透過北冥神功累積了絕世內力。到了段智興時期，連一陽指都幾乎守不住了，更不必提什麼六脈神劍了。段智興以後，一陽指也漸漸式微，原因無非

是內力不足罷了。

丐幫也面臨同樣的問題。喬峰這種天縱奇才，外功已達登峰造極，但內力是相對薄弱的環節。喬峰初遇段譽，二人比拚腳力：

> 那大漢已知段譽內力之強，猶勝於己，要在十數里內勝過他並不為難，一比到三四十里，勝敗之數就難說得很，比到六十里之外，自己非輸不可。
>
> 《天龍八部》第十四章「劇飲千杯男兒事」

阿朱偷《易筋經》，就是想彌補喬峰內力的不足。除了喬峰，丐幫歷任幫主也都有類似的內力劣勢。洪七公是外家高手。洪七公之後，史火龍只練成十二掌。降龍十八掌的衰亡史實際上是步六脈神劍凋零的後塵。

那麼，有哪些增加內力的方式呢？獨孤求敗怒濤練劍，自外而內，是一種很好的方式，但是對於一般根器的人，操作性不強。金庸武俠世界中增加內力的經典，除了阿朱偷盜的《易筋經》外，就是《九陰真經》和《九陽真經》。《易筋經》世間罕逢，偶出世間，曇花一現。

> 這《易筋經》實是武學中至高無上的寶典，只是修習的法門甚為不易，須得勘破「我相、人相」，心中不存修習武功之念。
>
> 《天龍八部》第二十九章「蟲豸凝寒掌作冰」

《易筋經》最大的問題是修習起來不容易，而且這種不容易還不是能力層面的，而是智慧層面的，所以全靠緣分。

《九陰真經》代表的是郭襄所處境遇的頂峰，但衰勢已現。《九陰真經》是黃裳面對仇家，集近四十年心血而成的武功，主要是破解各家招數，以招數勝，內力成長並非所長。《九陰真經》之〈易筋鍛骨篇〉雖然

有神效，例如洪七公、一燈得之則武功恢復舊觀，郭靖等練了也內功大有進境，但似乎要求門檻很高，需要基礎雄厚才可以成就。否則，周芷若也不會盡挑一些速成的功法，如九陰白骨爪等練習了。

《九陽真經》則不然，中正平和，進境很快。十幾歲的張君寶在修練了很少的《九陽真經》後，武功雖不及崑崙三聖何足道，但是內力居然和何足道在伯仲之間。而當覺遠死後，張君寶更是在得了五六成《九陽真經》後創武當一派，專修武當九陽功，並培養出了武當七俠。無色禪師在得了二三成《九陽真經》後，盡棄少林內功，專修少林九陽功，並培養出了三渡（渡劫、渡厄、渡難）、四空（空見、空聞、空智、空性）等少林神僧。而郭襄在得了二三成《九陽真經》後，盡棄得天獨厚的家學，專修峨嵋九陽功，並培養出了風陵師太、孤鴻子、滅絕師太等人。《九陽真經》一花三葉，自此大行於世。

可以說，《九陽真經》解決了「天龍」、「射鵰」、「神鵰」、「倚天」諸時代最主要的矛盾，代表金庸武俠世界先進內力的發展要求，**代表金庸武俠世界先進武學的前進方向，代表金庸武俠世界最廣大武俠的根本利益**。郭襄拋棄《九陰真經》，全面接受《九陽真經》，就理所當然了。

郭襄的第二個斷捨離是對武功風格的斷捨離。

郭襄由繁至簡。十八歲的郭襄，曾經十招用十種不同的武功，似乎郭襄繼承了母親黃蓉的天分更多，繁複巧妙。四十歲以後，郭襄則只留下峨嵋內功、劍法、掌法，而且都簡潔凝練，可能像父親更多。在金庸小說中，武功太博的，似乎都未達絕頂。比如袁紫衣，號稱天下掌門人，搶了九家半掌門人令牌。又如楊逍，在和三渡對戰時，連變了二十二般兵刃、四十四套招式。再如鳩摩智，用小無相功催動少林七十二絕技。郭襄的這種選擇，同自己的性格關係很大。郭襄雖然聰

明，但是豁達豪邁不輸鬚眉，所以喜歡的是簡潔凌厲的武功。

郭襄開始使用兵器。《天龍八部》、《射鵰英雄傳》、《神鵰俠侶》中的男性都不大使用兵器，喬峰、虛竹、段譽都不用，南帝、北丐、東邪、西毒基本也不用。尤其是郭襄的父親郭靖也很少用兵器，而憑藉一雙肉掌對敵。楊過開始用兵器，部分彌補斷臂的不足。李莫愁、小龍女都用兵器。郭襄選擇兵器，以彌補女性力氣弱的缺點。

荀子說：「假輿馬者，非利足也，而致千里；假舟楫者，非能水也，而絕江河。君子生非異也，善假於物也。」

郭襄選擇了根據地，建立了宗派。「天龍」、「射鵰」、「神鵰」群俠都不大有據點，如丐幫據點似乎不固定，一會兒在杏子林，一會兒在君山。另外，很多宗師有門派、但少師承，如喬峰、虛竹、段譽都不授徒，南帝、北丐、東邪、西毒也都門牆冷落。與之相反的是，少林派傳承千年，靠的是穩定的根據地和師承。林朝英是門派始作俑者，但規模不大。直至王重陽罷黜百家、獨尊「九陰」，建立宗派體系。所以郭襄效法少林派、王重陽，開山立派。此後六大門派、五嶽劍派等等莫不如是。學術要有根據地，就像人要有屁股。

郭襄的第三個斷捨離是對楊過的斷捨離。少室山下郭襄的十招武功中有四招來自楊過：王重陽全真劍法之「天紳倒懸」、林朝英玉女劍法之「小園藝菊」都是直接來自楊過，張君寶戰勝尹克西的「四通八達」是楊過教的，少林派羅漢拳之「苦海回頭」來自楊過送給郭襄的生日禮物，那也是因為楊過。算下來郭襄的這些武功的含「過」量高達40%。可是在峨嵋派的自創武功中，楊過的影子幾乎都沒有了。郭襄的一招「佛光普照」顯然是來自郭靖的「亢龍有悔」。

很多人認為，風陵渡以後，那個豪爽豁達的郭襄就死了，少室山

下，遠去的是一個孤單落寞的背影，一生在那一刻定格。為此，有很多廣為流傳的句子，如「**風陵渡口初相遇，一見楊過誤終生**」，如「**我只是愛上了峨嵋山上的雲和霞，像極了十六歲那年的煙花**」。人們甚至用滅絕師太推想郭襄。問題是，能用宋青書推想張三丰嗎？人們對女性的觀察總是帶著來自性別刻板印象的有色眼鏡。能創出峨嵋派武功的郭襄難道不會擁有一種別樣的生活嗎？

附：吳健雄的質問 —— 原子、DNA 也重男輕女嗎

吳健雄（英文名 Chien-Shiung Wu）於 1912 生於瀏河鎮。這位傑出的女性物理學家曾經與諾貝爾獎近在咫尺，卻終究擦肩而過。

1933 年，吳健雄在中央大學（今南京大學）接受施士元的指導，施士元是兩次獲得諾貝爾獎的居禮夫人唯一來自中國的博士生。值得一提的是，施士元在 1930 年春才到巴黎，1933 年初夏得到博士學位回國，也就是他花了 3 年時間就拿到博士學位，而時時才 25 歲，並迅即成為國立中央大學教授。吳健雄接受施士元指導的時間恐怕不長。

1936 年，吳健雄來到美國加州大學柏克萊分校，師從將於 3 年後因迴旋加速器而獲得諾貝爾獎的勞倫斯（Ernest Lawrence）、6 年後領導曼哈頓計劃的奧本海默（Julius Robert Oppenheimer）以及 23 年後因反質子研究獲得諾貝爾獎的賽格瑞（Emilio Segre）。

1949 — 1950 年，吳健雄透過一系列實驗得到了支持 β 衰變的證據，這一理論是諾貝爾獎得主費米（Enrico Fermi）於 1934 年提出的。

1956 年，吳健雄設計了巧妙的實驗，證實了楊振寧、李政道提出的宇稱不守恆理論，吳健雄的實驗立竿見影，第二年（1957 年）就把楊、李二人推上諾貝爾獎頒獎臺，儘管如此，吳健雄卻沒有分享這一殊榮。

1964 年，在麻省理工學院的一次學術研討會上，吳健雄質問：「原子、原子核、數學符號以至於 DNA 分子也會重男輕女嗎？」(「Whether the tiny atoms and nuclei, or the mathematical symbols, or the DNA molecules have any preference for either masculine or feminine treatment.」)

李政道在 Nature 上發文悼念吳健雄時說：

「居禮夫人逝世後，愛因斯坦曾寫下下面的話，這些話也完全適用於吳健雄：『當一位具有偉大品性的人走到生命盡頭的時候，我們固然要回顧她工作結出的果實帶給人類哪些東西，但請我們絕不要因此滿足了。同智力成就相比，這位傑出人物的道德品質對當代人以及整個歷史都有更大的意義。力量、純粹的意志、客觀以及清晰的判斷力這些罕見的品質和諧地凝聚在她的身上。一旦找到正確的路，她就會毫不妥協、堅定不移地追求下去。』」("When Madame Curie Passed away, Einstein wrote as follows. All of his words apply equally to Chien-Shiung Wu. 'At a time when a towering Personality has come to the end of her life, let us not merely rest content with recalling what she has given to mankind in the fruits of her work. It is the moral qualities of its leading Personalities that are Perhaps of even greater significance for a generation and for the course of history than Purely intellectual accomplishments. Her strength, her Purity of will, her objectivity, her Incorruptible judgement, all these were of a kind seldom found joined in a single individual. Once she had recognized a certain way as the right one, she Pursued it without compromise and with extreme tenacity'"」)

引自李政道在 1997 年吳健雄逝世後發表在 Nature 上的悼念文章：Chien-Shiung Wu（1912 — 1997）：Experimental Physicist, co-discoverer of parity violation。

上篇

28　張三丰的骨氣

人激志則宏。

—— 張三丰

張三丰是真正的天資出類拔萃的人物。儘管金庸小說中聰明俊秀的人物不少，但若論天資，張三丰恐怕是最高的。天資不僅是學習能力，也是見識、氣魄甚至威儀。張三丰很小的時候就有宗師氣魄。

只聽那少年說道：「師父，這兩個惡徒存心不良，就是要偷盜寶經，豈是當真的心近佛法？」他小小身材，說話卻是中氣充沛，聲若洪鐘。眾人聽了都是一凜，只見他形貌甚奇，額尖頸細、胸闊腿長，環眼大耳，雖只十二三歲年紀，但凝氣卓立，甚有威嚴。楊過暗暗稱奇，問道：「這位小兄弟高姓大名？」

《神鵰俠侶》第四十回「華山之巔」

張三丰在十二三歲的時候就讓楊過等人先「一凜」，後「稱奇」，這可不是件容易的事。要知道，能讓楊過一凜的人可不多。楊過年幼的時候初入古墓，看到林朝英的畫像，「心下不自禁的大生敬畏之念」，但這時楊過年幼，再加上古墓自帶莊嚴氛圍。楊過遇到覺遠則是先驚後奇、不敢怠慢，但這是在覺遠顯露絕世內力的情況下。《說文解字》中說，驚是「馬駭」的意思，《康熙字典》說凜是寒的意思，看來凜比驚的語氣還要強。張三丰小小年紀就讓楊過有壓迫感，這就是氣場。

張三丰的聰慧在他戰瀟湘子、尹克西時顯露無遺。此時張三丰沒有任何武功招式基礎，但在同樣是外行的覺遠幾次指點之後，居然讓尹克西奈何不得，這絕不只是內力修為的問題，而是聰慧問題。不僅如此，張三丰在得到楊過傳授的三招後，居然制住了尹克西。張三丰的勝利，

固然是楊過機巧過人，傳授招數時猜透了尹克西的心思，但尹克西儘管比不上楊過、小龍女等人，畢竟也是一代宗師，張三丰迅速學會招式，又拿捏得恰到好處，一舉奏功，真是聰明無比。

金庸小說中有很多現場示範教學，對比之下就能看到張三丰的卓越。金庸小說中著名的現場示範教學包括：洪七公教郭靖以降龍十八掌對戰歐陽克；張三丰教張無忌以太極劍對戰阿大，也就是丐幫長老八臂神劍方東白；風清揚教令狐冲以獨孤九劍對戰田伯光。這些現場教學都發揮了很好的效果。但要注意，郭靖、張無忌、令狐冲在學習時正當年，而且都有武功基礎，三人都是 20 歲左右，郭靖童子功學了多年，張無忌當時幾乎天下無敵，令狐冲是華山模範弟子。張三丰和尹克西比拚時只有十二三歲，連一個武功招式也沒有學過。另外，郭靖和歐陽克、令狐冲和田伯光的武功差沒有那麼大，張無忌則即使不學太極劍也比方東白厲害得多。反觀十二三歲的張三丰，碰到的是武功僅次於五絕的尹克西。

張三丰不只是聰慧，還有宗師的法度。三年後張三丰自學了半個月的羅漢拳，就打敗了崑崙三聖何足道，而何足道是連當時的少林寺掌門也自認不敵的人物。當時張三丰重遇郭襄，得到了一份禮物──鐵羅漢。

郭襄笑道：「大和尚勿嗔勿怒，你這說話的樣子，能算是佛門子弟麼？好，半月之後，我佇候好音。」說著翻身上了驢背。兩人相視一笑。

《倚天屠龍記》第一章「天涯思君不可忘」

半個月後，當和何足道比拚的時候，張三丰的羅漢拳已經有宗師風範了：

眾人剛自暗暗叫苦，卻見張君寶兩足足跟不動，足尖左磨，身子隨

之右轉，成右引左箭步，輕輕巧巧的便卸開了他這一拳，跟著左掌握拳護腰，右掌切擊而出，正是少林派基本拳法的一招「右穿花手」。這一招氣凝如山，掌勢之出，有若長江大河，委實是名家耆宿的風範，哪裡是一個少年人的身手？

但見張君寶「拗步拉弓」、「單鳳朝陽」、「二郎擔衫」，連續三招，法度之嚴，勁力之強，實不下於少林派的一流高手。

《倚天屠龍記》第二章「武當山頂松柏長」

張三丰內力因為修習《九陽真經》的緣故而頗為強勁不足為奇，但是他只學了半個月的羅漢拳，就能法度嚴謹，只能說這是老天爺賞飯。

張三丰學武遠不只是聰慧和有法度，還有宗師的格局。

猛聽得達摩堂、羅漢堂眾弟子轟雷也似的喝一聲彩，盡對張君寶這一招衷心欽佩，讚他竟以少林拳中最平淡無奇的拳招，化解了最繁複的敵招。

《倚天屠龍記》第二章「武當山頂松柏長」

張三丰有以簡馭繁的見識氣度，這是宗師才有的格局，而這時張三丰只有十六七歲。蕭峰在聚賢莊曾使用太祖長拳，但那時蕭峰已經是丐幫幫主。虛竹在少林寺曾使用「黑虎掏心」，但那時虛竹已經學會逍遙派眾多武功。

所以張三丰的資質無疑是極高的，甚至可以在金庸小說的群俠中獨占鰲頭。

但張三丰最值得稱道的是他的骨氣。

張三丰不拜師，是他的骨氣。分別之際，郭襄送給張三丰金絲鐲，讓他去襄陽投奔郭靖，但張三丰最終沒有去。

張君寶又想,「郭姑娘說道,她姊姊脾氣不好,說話不留情面,要我順著她些兒。我好好一個男子漢,又何必向人低聲下氣,委曲求全?這對鄉下夫婦尚能發奮圖強,我張君寶何必寄人籬下,瞧人眼色?」

《倚天屠龍記》第二章「武當山頂松柏長」

張三丰憑著自己的骨氣苦練武功:

某一日在山間閒遊,仰望浮雲,俯視流水,張君寶若有所悟,在洞中苦思七日七夜,猛地裡豁然貫通,領會了武功中以柔克剛的至理,忍不住仰天長笑。

這一番大笑,竟笑出了一位承先啟後、繼往開來的大宗師。他以自悟的拳理、道家沖虛圓通之道和《九陽真經》中所載的內功相發明,創出了輝映後世、照耀千古的武當一派武功。

後來北遊寶鳴,見到三峰挺秀,卓立雲海,於武學又有所悟,乃自號三丰,那便是中國武學史上不世出的奇人張三丰。

《倚天屠龍記》第二章「武當山頂松柏長」

張三丰不勉強別人拜師,也是他的骨氣。張三丰遇到常遇春之後,覺得他英雄了得,推薦他去拜在武當門下,但是常遇春拒絕了。按理說以張三丰當時的身分,招生被拒絕應該很沒有面子,甚至惱羞成怒,但張三丰沒有,反倒把張無忌託付給常遇春,這是他內心的骨氣與自信。

張三丰年逾百歲,依然活躍在創造一線,同樣是他的骨氣。

「武當派一日的榮辱,有何足道?只須這套太極拳能傳至後代,我武當派大名必能垂之千古。」說到這裡,神采飛揚,豪氣彌增,竟似渾沒將壓境的強敵放在心上。

《倚天屠龍記》第二十四章「太極初傳柔克剛」

上篇

金庸小說中很多年老的人早已遠離發明創造。年紀很大的無崖子只能苟且三十餘年，等待一副聰明俊秀的軀殼，好傳續自己的一身內力；年紀很大的蕭遠山、慕容博整天想著偷讀武功祕笈；年紀很大的周伯通、一燈只能養養蜜蜂、狐狸什麼的；年紀很大的少林寺三僧也只不過搞了個陣法──金剛伏魔圈。相比之下，張三丰真是活到老、創新到老，真可謂：「老當益壯，寧移白首之心？窮且益堅，不墜青雲之志。」金庸小說中能當得起這句話的只有張三丰。

張三丰的骨氣，還在於他甚至看破了武學本身。

我卻盼這套太極拳劍得能流傳後世，又何嘗不是和文丞相一般，顧全身後之名？其實但教行事無愧天地，何必管他太極拳能不能傳，武當派能不能存！

《倚天屠龍記》第二十四章「太極初傳柔克剛」

「文章千古事，得失寸心知。」說的就是張三丰吧。

注：歷史中的張三丰

《明史・列傳》卷一百八十七「方伎」中張三丰和李時珍並列。其中提到張三丰「頎而偉，龜形鶴背，大耳圓目，鬚髯如戟」。

附：呦呦鹿鳴，食野之蘋

1930 年 12 月 30 日，浙江寧波開明街 508 號屠家誕生了一個小女孩，父親用《詩經・小雅・鹿鳴》中的「呦呦鹿鳴，食野之蘋」給她命名。

1985 年後的 2015 年 12 月 7 日，瑞典卡羅琳醫學院諾貝爾大廳中，屠呦呦用中文做題為〈青蒿素的發現：中國傳統醫學對世界的禮物〉的演講。

屠先生在演講中說：

「資訊收集、準確解析是研究發現成功的基礎。接受任務後，我收集整理歷代中醫藥典籍，走訪名老中醫並收集他們用於防治瘧疾的方劑和中藥，同時調閱大量民間方藥。在彙集了包括植物、動物、礦物等2,000餘種內服、外用方藥的基礎上，編寫了以640種中藥為主的《瘧疾單驗方集》。正是這些資訊的收集和解析鑄就了青蒿素發現的基礎，也是中藥新藥研究有別於一般植物藥研發的地方。

「關鍵的文獻啟示。當年我面臨研究困境時，又重新溫習中醫古籍，進一步思考東晉葛洪《肘後備急方》有關『青蒿一握，以水二升漬，絞取汁，盡服之』的截瘧記載。這使我聯想到提取過程可能需要避免高溫，由此改用低沸點溶劑的提取方法。」

這難道不正是和張三丰自己努力（「自悟的拳理」）和文獻蒐集（「道家沖虛圓通之道和《九陽真經》中所載的內功」）相發明而做出的重大貢獻是同樣的嗎？

29　無色的魄力

「天龍」、「神鵰」、「射鵰」間，「倚天」只隔數重天。春風又綠江南岸，明月何時照我還？

——無色

金庸武俠世界的所有少林僧人中，無色可能是除了掃地僧外最為傑出的一個。

「天龍」時代以來，少林式微，尤其是「射鵰」、「神鵰」時代，千年少林甚至沒有黯淡無光。在無色漸趨老邁的年歲裡，武當派、峨嵋派都在江南的春風裡茁壯成長。那麼，少室山頭的當年明月，還會照亮少林、

上篇

重回「天龍」時代巔峰嗎？

無色橫空出世，給出了肯定的回答。

無色盛年時，少林寺的殿宇、碑林依然矗立，但是聲望、吸引力大為衰退。自從西元1077年玄慈之死、掃地僧之問以後，少林寺進入了休整期。本來漸有枯木逢春之勢，比如南宋建炎年間（1127－1130年），少林寺出了一位靈興大師，用三十九年練成一指禪（《鹿鼎記》）。然而，1186年，少林寺又發生了火工頭陀叛逃事件，真是屋漏偏逢連夜雨；而雨上加冰的是羅漢堂首座苦慧禪師的出走，剛剛燃起的少林寺復甦的一點小火苗又熄滅了。

火工頭陀叛逃對少林寺是一場致命打擊，當時少林寺住持苦智被打死尚在其次，最大的打擊是少林寺的武學方向。那時少林寺的《易筋經》不知流落到何處，只待有緣；《九陽真經》則在藏經閣的《楞伽經》中安睡，「堂春睡足，窗外日遲遲」。還要等待大約七十年，才被覺遠偶然發現。當時少林弟子渴望內功，卻又沒有厲害的內功加持。火工頭陀靠天資加勤奮，居然在沒有半分內功的情況下，只憑外功戰平住持苦智，更打死苦智。少林寺的出路在哪裡呢？

所以，當時的羅漢堂首座苦慧禪師一怒之下遠走西域，開創了西域少林一派。從苦慧禪師的弟子潘天耕等人的武功看，苦慧禪師走的也是外功的路子。苦慧禪師開宗立派的初衷恐怕是以外功對外功。從火工頭陀的金剛門到苦慧禪師的西域少林派，似乎只有外功才能讓少林寺再現榮光。

就在這樣的年歲裡，無色加入了少林寺，他手裡握的是一副並不太好的牌。但是，無色把手裡的牌打得高潮迭起，並在多年以後讓少林寺恢復了往日風采。

第五編　「倚天」的和風

無色的第一張牌是科技牌。 無色第一次將機器人技術引入少林寺武學傳播，這就是鐵羅漢。

那肥頭肥腦的人廚師從懷裡掏出一只鐵盒，笑道：「有個小玩意，倒也可博姑娘一笑。」揭開鐵盒，取出兩個鐵鑄的胖和尚，長約七寸，旋緊了機括，兩個鐵娃娃便你一拳、我一腳的對打起來。各人看得縱聲大笑。但見那對鐵娃娃拳腳之中居然頗有法度，顯然是一套少林羅漢拳，連拆了十餘招，鐵娃娃中機括使盡，倏然而止，兩個娃娃凝然對立，竟是武林高手的風範。

《神鵰俠侶》第三十五回「三枚金針」

從小說情節來看，無色是第一個將 3D 技術引入少林武功教學並取得成功的。一般來說，古代的武功祕笈都是純文字，連圖和表都很少。柏楊在寫《白話資治通鑑》時抱怨古代的史書沒有圖和表。對於史書，沒有圖和表並不是一個不能接受的問題；可是對於武功祕笈來說，沒有圖是致命的。郭靖的「亢龍有悔」怎麼「亢」、怎麼「悔」呢？蕭峰的「沛然有雨」如何「沛」、如何「雨」呢？一張圖的內涵，十頁紙可能都容納不下。解決這個問題的只有《俠客行》裡面的俠客神功和《天龍八部》裡面的圖畫版《易筋經》，但都是 2D 的圖畫。無色跨時代地選擇了 3D 的表現形式，效果特別好。

效果有多好呢？郭襄在少室山下施展了十招，最後一招就是從鐵羅漢中得到的招數。郭襄施展的招數有 40% 來自楊過，其他的來自母親、大小武、完顏萍等親近的人。鐵羅漢的一招為何能出現在郭襄的武功中？只能說鐵羅漢令人印象深刻。張三丰在得到郭襄贈予的鐵羅漢後，學了半個月，就精通了羅漢拳。甚至在近百年後，張三丰在武當面臨巨大危機時，還不忘把鐵羅漢交給俞岱巖，希望傳承少林武學。這些事實說明無色的科技牌對於少林武學傳承裨益極大。

無色的第二張牌是社交牌。廣泛的交往能讓少林武功博採相容、推陳出新。事實上，少林武功之所以獨絕天下，就是因為善於吸收各種元素，比如摩訶指就是一位在少林寺掛單的七指頭陀創立的。少林寺既有武學科學研究處——達摩院，也有武學外交處——羅漢堂，也是為了吸納各門各派的先進武功。少林寺的很多和尚其實交遊廣泛，如《天龍八部》中的玄慈，能以領袖大哥身分號令群雄遠赴雁門關，沒有出色的社交能力是不成的。無色也是其中的佼佼者，甚至可以說超過了「倚天」初期的天鳴、「倚天」中期的空聞和《笑傲江湖》中的方正等。無色之所以成為羅漢堂首座，也是因為他是半路出家，年輕時可能也是如李白一樣既好武、又善於結交——「十五好劍術，遍幹諸侯；三十成文章，歷抵卿相。」

無色的結交有廣的特點。比如無色送生日禮物給郭襄時選擇了人廚師。人廚師是一個什麼人物呢？他同百草仙、絕戶手聖因師太、轉輪王張一氓等人喝酒吃肉，很顯然是一個邪派人物。無色專門選擇人廚師送賀禮，而不是其他少林寺人物，因為是表示個人禮儀而不是代表少林寺。這件事表現了他的靈活，但更重要的是表明他交遊廣泛。

無色的結交有精的特點。無色和楊過是莫逆之交。在整部《神鵰俠侶》中，和楊過談得上莫逆的只有兩個人，一個是黃藥師，另一個就是無色。能和楊過這樣的人物相處融洽可不容易，這能看出無色的過人之處。

楊過道：「貴寺羅漢堂首座無色禪師豪爽豁達，與在下相交已十餘年，堪稱莫逆。六年之前，在下蒙貴寺方丈天鳴禪師之召，赴少室山寶剎禮佛，得與方丈及達摩院首座無相禪師等各位高僧相晤，受益非淺。」

《神鵰俠侶》第四十回「華山之巔」

第五編 「倚天」的和風

從楊過的話還能看出來，是無色的牽線搭橋，讓楊過走進少林寺。無色的社交能力為少林寺贏得了廣泛的學術聯繫，功績還在方丈天鳴和達摩院首座無相之上。

無色的結交發自內心地展露了真性情，贏得了很多好友，這可能源於無色的出身。

無色少年時出身綠林，雖在禪門中數十年修持，佛學精湛，但往日豪氣仍是不減，否則怎能與楊過結成好友？

他盛年時縱橫江湖，閱歷極富。

《倚天屠龍記》第一章「天涯思君不可忘」

無色和虛竹等從小長於少林寺的人不一樣，而是半路出家，所以交遊廣泛、氣勢恢宏。

無色的結交還有謙遜低調的特點，「事了拂衣去，深藏功與名。」比如在《神鵰俠侶》中，楊過送給郭襄十六歲生日的三件禮物中的第二件「南陽大火」就是無色放的。當時樊一翁告知郭靖：

在南陽城中縱火的，是聖因師太、人廚師、張一氓、百草仙這些高手，共有三百餘人，想來尋常蒙古武士也傷他們不得。

《神鵰俠侶》第三十六回「獻禮祝壽」

但事實上，這次縱火的統帥極可能是無色，人廚師等人武功、聲望都不足以擔此重任。無色後來說：

那年姑娘生日，老和尚奉楊大俠之命燒了南陽蒙古大軍的草料、火藥之後，便即回寺，沒來襄陽道賀。

《倚天屠龍記》第一章「天涯思君不可忘」

上篇

　　無色這裡承認了自己是「南陽大火」的首腦。樊一翁當時之所以沒有說出無色，可能有兩個原因：原因之一，可能是當時在襄陽萬馬軍中，人多耳雜，說出來可能怕連累在嵩山的少林寺，而那時的少林寺恐怕還在蒙古的掌控之內；原因之二，這次縱火說不定是無色自己偷偷出走做的，同少林寺無關，無色選擇入廚師而不是少林寺僧送給郭襄禮物，可能也有不牽連少林寺的考慮。無色的功績，不次於擊殺契丹國左路副元帥耶律不魯的丐幫陳孤雁，遠超斬殺通金使節王道乾的丘處機。但無色從未對人說起，如果郭襄不是偶然來到，無色也不會說。

　　總之，無色有科技視野、社交精神。

　　但無色最大的王牌是改革牌，這是無色一生魄力下的壯舉，是少林再起風雲的關鍵一步。無論是科技牌還是外交牌，都是0，改革牌才是0前面的1。無色的改革牌就是在覺遠死後繼承了《九陽真經》的一部分，並發揚光大。

　　事情的起因是崑崙三聖何足道的來訪。何足道的來訪是火工頭陀反出少林、苦慧禪師遠走西域後少林寺最大的危機。甚至可以說，何足道的來訪成為壓倒少林武學的最後一塊巨石，而不是最後一根稻草。

　　無色……說道：「少林寺千年來經歷了不知多少大風大浪，至今尚在，這崑崙三聖倘若決意跟我們過不去，少林寺也總當跟他們周旋一番……」

　　……

　　那僧人奔到無色身前，行了一禮，低聲說了幾句。無色臉色忽變，大聲道：「竟有這等事？」

《倚天屠龍記》第一章「天涯思君不可忘」

　　堂堂羅漢堂首座，雖然和郭襄侃侃而談，表現得滿不在乎，可是一

旦真的聽聞何足道來訪，不但臉色大變，還脫口大聲驚嘆。無色嘴上很硬，但是內心很誠實。可以想像，少林寺當時是多麼不自信。

何足道來時，少林寺是什麼樣的迎接場面呢？

突見寺門大開，分左右走出兩行身穿灰袍的僧人，左邊五十四人，右邊五十四人，共一百零八人，那是羅漢堂弟子，合一百零八名羅漢之數。其後跟出來十八名僧人，灰袍罩著淡黃袈裟，年歲均較羅漢堂弟子為大，是高一輩的達摩堂弟子。稍隔片刻，出來七個身穿大塊格子僧袍的老僧。七僧皺紋滿面，年紀少的也已七十餘歲，老的已達九十高齡，乃是心禪堂七老。然後天鳴方丈緩步而出，左首達摩堂首座無相禪師，右首羅漢堂首座無色禪師。潘天耕、方天勞、衛天望三人跟隨其後。最後則是七八十名少林派俗家弟子。

《倚天屠龍記》第二章「武當山頂松柏長」

這樣的近 220 人的陣仗，就是為了一個何足道，至於嗎？少林寺如此大動干戈，一是因為何足道在羅漢堂留書，二是因為何足道一人戰敗西域少林派三人。但還沒有真正動手就如此氣沮，少林寺千年傳承，顯得多麼外強中乾！

少林寺不自信的根源則是內功的不足。

他這手劃石為局的驚人絕技一露，天鳴、無色、無相以及心禪堂七老無不面面相覷，心下駭然。天鳴方丈知道此人這般渾雄的內力寺中無一人及得。

《倚天屠龍記》第二章「武當山頂松柏長」

直到覺遠出手，僅憑一雙腳就將何足道劃在石頭上的棋盤抹去，少林寺才得以保留聲望臉面。無色一見覺遠武功，立刻就意識到這才是少林武功中興正路。所以他才尾隨覺遠三人，一夜聽經，從而得了少林九

上篇

陽功,並光大少林。正是「小樓一夜聽春雨,深巷明朝賣杏花。」少林千年中興,在於無色靜立一夜。「似此星辰非昨夜,為誰風露立中宵。」少林寺的星辰已非昨夜,少室山頭「天龍」時代的當年明月又升起來了。

無色的推動效果顯著。後來少林寺的空見、空聞都會九陽功,稱為少林九陽功。比如空見曾將該武功傳給了圓真,也就是混元霹靂手成昆。空聞也應該精通少林九陽功,以至於張三丰為了救張無忌而向空聞求助。空智、空性、三渡等都熟悉少林九陽功。所有這些,看來應該是得自無色。也就是說,無色一手實現了少林武功的九陽化。

在「射鵰」和「神鵰」時代沉寂多年的少林寺在「倚天」時代重回武學正宗,為六大門派之首,並延續到「笑傲」時代。無色厥功至偉。

無色推動九陽功,恐怕並不容易。《九陽真經》出自《楞伽經》,但除了覺遠、張三丰等人外,沒有人見過原本。《九陽真經》是掃地僧寫的,但是一般人無法接受。在少林寺僧看來,這就是棄徒覺遠、張君寶的遺作,怎麼可以使用呢?而且,少林寺一直就有另一個武學方向,也就是陣法。苦智時期就有所謂的心禪七老,甚至在多年以後,三渡還在採用陣法這種方式革新少林武功。三渡採用金剛伏魔圈,希望開闢少林武功的新路。但無色力排眾議推動了九陽功,其間的辛苦不足為外人道也。

無色能推動少林九陽功,可能也因為他在天鳴之後成為少林寺的方丈。少林寺的方丈有時是順位繼承制,尤其是達摩、羅漢兩院首座地位最為尊崇,常常在方丈卸任之後榮升下一任方丈。

進達摩院研技,是少林僧一項尊崇之極的職司,若不是武功到了極高境界,決計無此資格。

《天龍八部》第四十章「卻試問,幾回把痴心」

第五編 「倚天」的和風

無色又道：「只不過武師們既然上得寺來，若是不顯一下身手，總是心不甘服。少林寺的羅漢堂，做的便是這門接待外來武師的行業。」

《倚天屠龍記》第一章「天涯思君不可忘」

玄慈死後，按理說方丈之位應該傳給達摩院首座玄難，從玄難擔負的各種任務也能看出栽培他的意思。可是玄難也死於丁春秋之手，因此龍樹、戒律兩院首座玄寂才繼承了方丈之位。

苦智禪師死後，羅漢堂首座苦慧因為理念緣故才遠走西域，否則苦慧可能就是下一任方丈。

無色作為羅漢堂首座，又豁達豪爽，可能成為方丈。天鳴是他長輩，年紀更大，同輩的只有一個無相，是達摩院首座。但無相面對何足道時表現出的胸襟、謀略都不及無色。

覺遠辭世時，無色做偈：

諸方無雲翳，四面皆清明。
微風吹香氣，眾山靜無聲。
今日大歡喜，舍卻危脆身。
無瞋亦無憂，寧不當欣慶？

《倚天屠龍記》第二章「武當山頂松柏長」

九陽功的出現，讓少林武學從此「諸方無雲翳，四面皆清明」。

無色的魄力還在於氣勢恢宏，放走張三丰、郭襄。在當時，以他的武功，完全可以降伏張、郭二人。郭襄也還罷了，畢竟是北俠郭靖之女；張三丰作為少林門人，無色擒住他於情於理一點問題都沒有，而在當時，以無色的武功，這是輕而易舉的事情。但無色沒有這樣做，這才有了後來武林的格局，尤其是武當派的崛起。

233

上篇

　　張三丰在少林寺有三次主要的經歷：第一次在少林寺讀經遇到瀟湘子、尹克西奪經；第二次在少林寺遇見來訪的郭襄，力戰何足道；第三次到少林寺，則是數十年以後攜帶張無忌來治傷的。

　　當張三丰第三次踏上少室山的時候，撫今追昔，他恐怕會想起這句話：

三過少室山下，半生彈指聲中。

多年不見老仙翁，壁上龍蛇飛動。

欲吊武功耆叟，仍歌靜山香風。

休言萬事轉頭空，未轉頭時皆夢。

注：火工頭陀年代考

　　覺遠之死發生在第三次華山論劍兩年後，也就是西元 1261 年。

　　覺遠死前回憶起少林寺的一樁舊事，有「距此七十餘年之間」的話，算 75 年，則該事發生在 1186 年，即第一次華山論劍的十三年前。

　　也許因為少林寺的內訌，才讓王重陽有了勇氣，開始了全真派的論劍之舉。

附：從文科生到力學大師的錢偉長

　　錢偉長（1912 － 2010 年）是著名力學家、教育家、社會活動家。錢偉長的學術生涯中有從文到理的巨大轉折。

　　錢偉長祖籍江蘇無錫鴻口鎮七房橋，他的叔父是大名鼎鼎的錢穆，當然錢偉長後來的名氣恐怕要遠大於錢穆。錢偉長的文學素養從他的名字中都能看出來。錢偉長的名字是叔父錢穆起的。錢穆的大哥原名恩第，字聲一，錢穆原名思，字賓四，都是他們的父親錢承沛起的。1912

年春天，錢穆的大哥自己改名為錢摯，把四弟改名為錢穆，把六弟改名為錢藝（字漱六），把八弟改名為錢文（字起八）。錢偉長的名字則來自錢穆，據說是源自建安七子中一個叫徐幹的著名文學家。徐幹字偉長，擅長詩賦，尤工五言詩，有「思君如流水，何有窮已時」的佳句。可能偉長這個名字也寄託了錢穆對姪兒從文的寄託。

所以，據說當 1931 年考入清華大學時錢偉長文史都是滿分，但是物理只考了 5 分，也就不足為奇了。

九一八事變爆發後，錢偉長本著科技救國的理念，要求轉到物理學專業，最終說服了吳有訓，試讀物理學專業一年，並達到了數理課程平均超過 70 分的要求，留在了物理系。直到最後成為著名力學家。

注：錢偉長夢遊清華園記考

按照紀錄片中錢偉長的自述，當年考清華語文得了 100 分，是因為自己寫的一篇〈夢遊清華園記〉。季羨林也曾說過自己高考的作文也是此篇。季老 1930 年入學，錢老 1931 年入學，怎麼會是同一篇作文呢？必有一個是記錯了。

作家卞毓方曾經考證過這件事：

《清華週刊》1931 年的某期載〈國立清華大學入學考試試題・民國十九年（1930 年）〉作文題兩則：一、「將來擬入何系？入該系之志願如何？」；二、「在新舊文學書中任擇一書加以批評。」

《清華週刊》1933 年 10 月 23 日刊載了 1931 年和 1932 年的作文題。1931 年的作文題如下：

1. 本試場記。

2. 釣魚。

3. 青年。

4. 大學生之責任。

附注：任作一題，文言白話均可。

1932年的國文題如下：

1. 試對下列之對子：(甲) 少小離家老大回；(乙) 孫行者。

2. 夢遊清華園記。

附注：此題文言白話皆可，但文言不得過三百字，白話不得過五百字。不管孰是孰非，錢老的文學功底應該是不容置疑的。

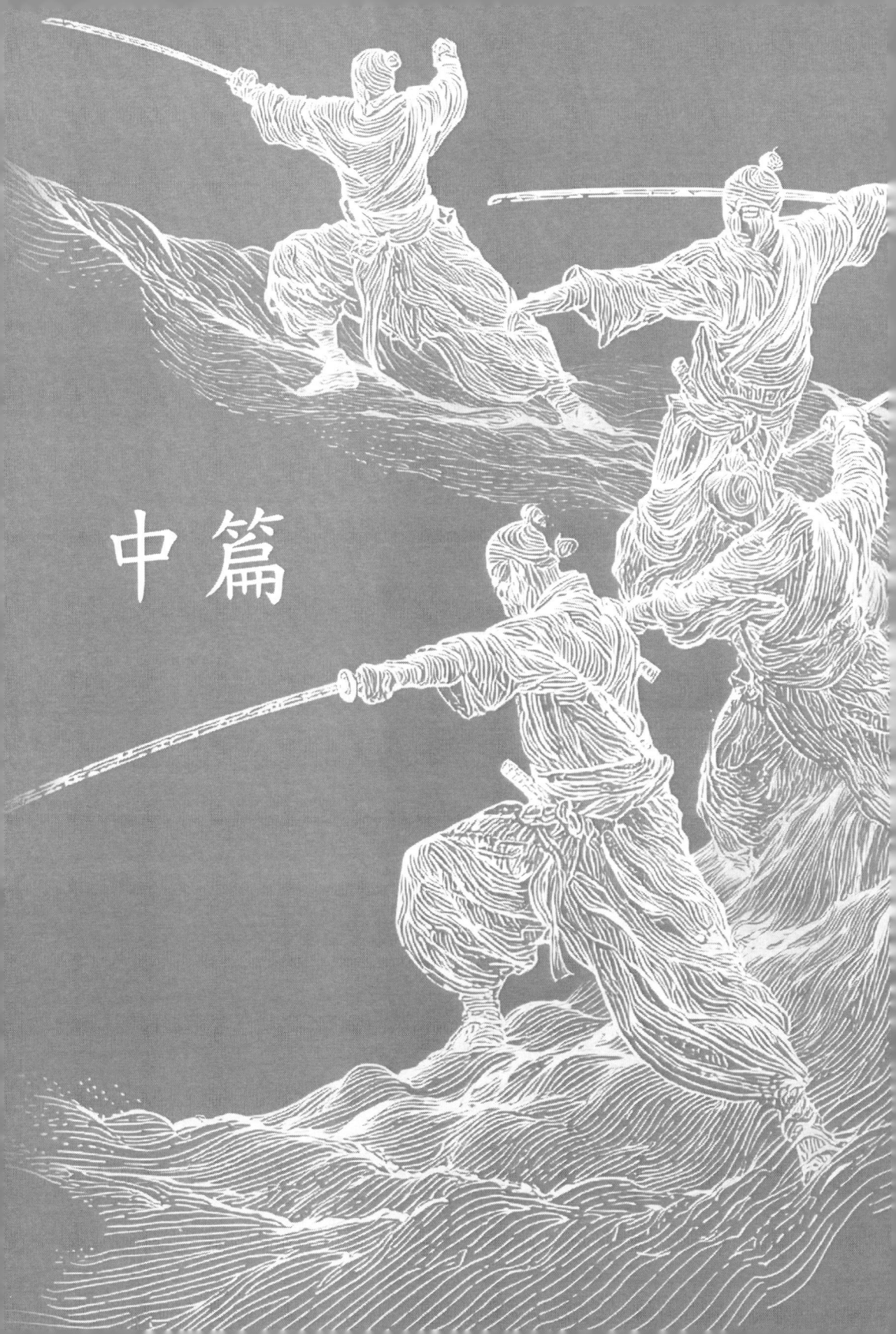

中篇

中篇

第六編　金庸的人物

引子：千江有水千江月

金庸小說中最具影響力的是一個個活生生的人物。提到那些低調但實力超群的人物，我們會形容為掃地僧；談起那些堅貞而為國為民的人物，我們會想到郭靖；論及那些虛偽又道貌岸然的人物，我們會記起岳不群；遇見那些好玩兼創造力強的人物，我們眼前會浮現出老頑童。金庸小說中這些人物似乎已經融入文化的長江大河之中，流向遠方。

宋代禪僧雷庵正受有這樣的詩句：「千江有水千江月，萬里無雲萬里天。」這兩個詩句很好地概括了金庸小說中異彩紛呈的人物。佛教有「標月指」的說法，從金庸小說人物匯成的江水中，我們也許能看到科學研究學術的月亮。

30　金庸小說人物的武學動機

金庸小說人物學武的動機是什麼？

動機來自需求。馬斯洛關於人類需要的研究非常有名，一開始他總結了五種需要，後來又擴大到八種。依次是：生理的需求（Physiological need），如食物、水、空氣、睡眠、性的需求等；安全的需求（safety need）；歸屬和愛的需求（belongingness and love need）；尊重的需求（esteem need），又分為尊重自己的需求和尊重他人的需求；認知的需求（cognitive need）；審美的需求（aesthetic need）；自我實現的需求（self-actualization need）；超越的需求（transcendence need）。其中，前四種被概括為缺失

性需求（deficiency needs），如果這些需求不被滿足，會對人的身、心造成不良影響；後四種被總結為成長性需求（growth needs），主要是為了成長。

金庸小說人物的武學動機是基於哪些需求呢？

大多數人恐怕還是為了滿足缺失性需求。洪七公研究武功，部分可能因為好吃這種生理需求，比如他可以憑武功去皇宮吃上三個月的「鴛鴦五珍膾」。歐陽克研究武功恐怕相當程度上是因為好色，比如他可以蒐羅天下美女（如程瑤迦、穆念慈等）。狄雲研究武功是為了保障自身的安全。金庸小說中的很多人物都在找爸爸，可能是基於歸屬和愛的需求。閻基研究武功提升了社會地位，得到了別人的尊重，滿足了尊重的需求。

金庸小說中還有一些人，他們學武是為了成長，這些人是人們的脊梁。用金庸小說中一些膾炙人口的句子概括那些傑出人物的武學動機，能發揮畫龍點睛的效果。這裡選出六句話。

第一句，「情為何物」，用來指基於認知需求（尤其是興趣）的武學動機，代表人物是周伯通和覺遠。

周伯通開發空明拳和雙手互搏顯然是基於興趣。他在練成這兩門武功之後，居然沒有意識到自己的武功比黃藥師高了，直到郭靖提醒，他才仰天大笑，決定走出桃花島，這恰恰說明了周伯通學武是基於興趣，沒有任何功利色彩。周伯通還曾萬里追趕裘千仞，和靈智上人比試靜坐，這一動一靜的武學兩極也是基於興趣。周伯通還曾多次想拜師，如想拜郭靖為師學習降龍十八掌，想拜金輪法王為師學習龍象般若功，想拜楊過為師學習黯然銷魂掌，都是基於興趣。

覺遠喜歡讀書，尤其是佛經，並因此從《楞伽經》中讀到《九陽真

中篇

經》，練習之下，有易筋洗髓的神奇功效，但是覺遠並不想同人爭勝，而僅僅是興趣。覺遠不會招式，就是明證。後來崑崙三聖何足道來訪，覺遠也僅僅是用雙腳抹去何足道刻在石地上的棋盤線。

興趣是最好的老師。周伯通和覺遠都學成一身驚人武功。周伯通位列第三次華山論劍的五絕之首，覺遠則開創了身後近百年的少林、武當、峨嵋一花三葉的武學格局。

第二句，「黯然銷魂」，用來指基於審美需求的武學動機。武學未嘗不是一種審美，作為轉移注意力的代償性選擇，代表人物是黃藥師和楊過。

黃藥師一生創造力驚人。從數量看，極有可能位居金庸小說之冠。他創造了諸如劈空掌、彈指神通、落英神劍掌、蘭花拂穴手、奇門五轉、玉簫劍法、旋風掃葉腿、碧波掌、碧海潮生曲、移形換位、靈鰲步等武功。值得注意的是，黃藥師在第一次華山論劍的時候，使用的只是劈空掌和彈指神通。他的其他武功，似乎很多都是在華山論劍之後，特別是陳梅叛逃、黃蓉出生、妻子難產而死之後的創造，間接的證據是六大弟子似乎只會劈空掌、彈指神通等。

黃藥師在此期間武功大進，值得深思。最大的可能是哀念妻子亡故後的一種排遣：「十年生死兩茫茫，不思量，自難忘；料得年年斷腸處，明月夜，練功房。」想來多少個不眠之夜，黃藥師都在練功中度過，才有了這麼多創造。直接的證據是，旋風掃葉腿配合的心法確實就是黃藥師後來因悔恨所創。

你見過桃花島凌晨四點鐘的太陽嗎？黃藥師見過。試想，黃藥師的「九花玉露丸」採自九種花的露水，那麼要在什麼時候去採露水呢？當然是凌晨。正是在這樣的努力下，黃藥師創出了一門又一門獨特的武功。

這一切，都始於他用計竊取周伯通的《九陰真經》祕笈。他應該很後悔吧？因為得來的是夜夜的辛酸。「東邪應悔偷祕要，碧海青天夜夜辛。」

楊過的黯然銷魂掌更是對愛人思念所化。小龍女失蹤之後，楊過思念如狂，以至於形銷骨立、黯然銷魂。所以才誕生了黯然銷魂掌。從黯然銷魂掌的招數名稱也看得出來，十七招中幾乎都是對心情的描寫：「六神不安」、「杞人憂天」、「無中生有」、「魂不守舍」、「徘徊空谷」、「力不從心」、「行屍走肉」、「拖泥帶水」、「倒行逆施」、「廢寢忘食」、「孤形隻影」、「飲恨吞聲」、「心驚肉跳」、「窮途末路」、「面無人色」、「想入非非」、「呆若木雞」。而楊過終於能走出陰霾，恐怕是這路掌法消弭了很多愁思。

第三句，「**不弱於人**」，用來指基於自我實現需求的武學動機，代表人物有王重陽和林朝英。

每個人都想追求卓越，雖說「文無第一，武無第二」，但讀書人爭強好勝之心並不比學武的人弱。偏偏王重陽、林朝英文武雙全，所以爭強好勝之心更盛。王重陽表面上豁達大度，「出門一笑無拘礙，雲在西湖月在天」。可他心裡想的卻更多是「海棠亭下重陽子，蓮葉舟中太乙仙」，可以說自視極高。王重陽舉抗金義旗，是國之棟梁，所以是**崗上君子**；林朝英如姑射仙子，意氣殊高潔，木秀於林，所以是**林下美人**。然而，他們兩個始終沒有走到一起。王重陽苦心研究全真武功和先天功，而林朝英則心繫《玉女心經》，二者展開了如火如荼的武學競賽。他們的這種自我實現需求蓋過了歸屬和愛的需求。當然問題主要在王重陽。他甚至在活死人墓的棺板上刻下「重陽一生，不弱於人」，這是多較勁！和一個女孩子，至於嗎？華山論劍之後，世人誰不知你是天下第一？這種人活該單身。

第四句,「**武林至尊**」,同樣用來指基於自我實現需求的武學動機,代表人物有歐陽鋒、金輪法王和鳩摩智。

歐陽鋒、金輪法王和鳩摩智這些人不但是不弱於人,更可以說是雄長西域了。他們都來自西域。他們每一個人都是要錢有錢,要名有名,要地位有地位。然而,他們都想爭一個武林至尊的名號。他們最後的下場,除了鳩摩智幡然悔悟外,都不大好。在金庸小說中,西域武林人物對中原武林的挑戰從來沒有成功過。自我實現是沒有問題的,但把自己的成功建立在別人甚至天下人的屈辱之上,就不大好了。

第五句,「**憐我眾生,憂患實多**」,用來指基於超越需求的武學動機,代表人物是張無忌。張無忌在蝴蝶谷和胡青牛、王難姑夫妻學藝的時候,就有扶危濟困之思。後來在崑崙山救何太沖家人,是為了眾生。在光明頂,張無忌憑一己之力排難解紛、縱橫捭闔,挽救而且改革了明教,是為了眾生。在大都六安塔下,張無忌運乾坤大挪移之法救下六大門派,是為了眾生。在武當山頂,張無忌用太極拳力克趙敏手下悍將,是為了眾生。在少林寺內,張無忌大戰三渡,還是為了眾生。

第六句,「**為國為民,俠之大者**」,還是用來指基於超越需求的武學動機,代表人物是郭靖。張無忌在十歲時父母慘死,而郭靖還沒有出生時父親就死了。在郭靖六歲的時候,他失手殺了黑風雙煞之一的陳玄風。然而在這些打擊下,郭靖最終依然選擇的是學習武功。他一開始的學武動機可能只是為了報殺父之仇,後來則是超越自我,成為為國為民的大俠。當襄陽面臨蒙古入侵的時候,郭靖站了出來,利用自己的武功和聲望,守衛襄陽數十年。郭靖一直踐行「為國為民,俠之大者」的理念,可以說是金庸小說第一大俠。

張無忌、郭靖恰恰是從小就被命運捉弄的人物,他們小時候都遭遇

過極大的坎坷，他們甚至可能都患有PTSD（Post‐Traumatic Stress Disorder，也就是創傷後壓力症候群）。他們選擇了「憐我眾生」和「為國為民」，是不是對自己的PTSD的一種自我救贖呢？「憐我眾生」和「為國為民」這樣的超越小我追求大我乃至無我的境界，可能具有一種對抗人世間大多數苦難的絕大力量。

不同武學動機的力量和效果是不一樣的。

追求個人興趣為動機的武學常常孕育極大的原創性發現。比如，覺遠學習《九陽真經》純粹是出於興趣，沒有任何爭勝的念頭。所以他只會內功，外功甚至連少林寺入門的羅漢拳也不會。他的徒弟張君寶學會了羅漢拳，還是來自郭襄送給他的一對帶機括的鐵羅漢。後來崑崙派的何足道來少林寺挑戰，覺遠也只是利用內力把何足道畫在地上的棋盤用腳抹去。然而，就是覺遠練習的《九陽真經》主導了未來超過百年的世界。無色的少林派、張三丰的武當派和郭襄的峨嵋派都根源於覺遠的武功，而且在未來百年影響了金庸武俠世界的武學、政治格局。

過於追求個人興趣易流於輕浮。《笑傲江湖》執掌西湖梅莊的「江南四友」黃鐘公、黑白子、禿筆翁、丹青生分別愛好琴、棋、書、畫。在看守任我行的十二年裡，這四個人沉浸在自己的藝術世界，樂在其中，也取得了自己的藝術成就。然而，沉溺於興趣讓這四個人忽略了底線和原則，被前教主任我行的親信下屬向問天設計，以令狐冲為誘餌，狸貓換太子，救出任我行。趣味的極端，可能是青春作賦，皓首窮經，筆下雖有前言，胸中實無一策。

對美的追求可能本身就是一種創新方法。在絕情谷，楊過和公孫止比拚，使用了一種自己在靜養讀詩中創出的一種武功。楊過讀的詩是嵇康的〈贈秀才入軍詩〉。其一為：「良馬既閑，麗服有暉，左攬繁弱，右

中篇

接忘歸。風馳電逝，躡景追飛。凌厲中原，顧盼生姿。」其二為：「息徒蘭圃，秣馬華山。流磻平皋，垂綸長川。目送歸鴻，手揮五弦。俯仰自得，遊心太玄。嘉彼釣翁，得魚忘筌。郢人逝矣，誰與盡言？」楊過把這首詩融入武功，形成了一項既實用又好看的劍法。

過分追求美則可能降低實用性。歐陽克作為西毒歐陽鋒的姪兒，也是西域白駝山的少主，武學資源非常豐富。比如他擅長歐陽鋒的靈蛇拳。但是歐陽鋒最厲害的武功蛤蟆功他卻不會。一個很可能的原因是蛤蟆功看起來不好看，而歐陽克風流倜儻，追求玉樹臨風、瀟灑飄逸，所以可能嫌棄蛤蟆功。然而，不會蛤蟆功是致命的。在荒村野店，歐陽克被楊康殺死。如果他會以靜制動的蛤蟆功，可能結果就會改變了。

自我實現是促人奮進的積極力量。在《射鵰英雄傳》中，為了備戰二次華山論劍，四絕可以說都各有努力。東邪黃藥師在劈空掌和彈指神通之外，又開發了很多武功，如玉簫劍法等。西毒歐陽鋒創造了靈蛇拳、蛇杖等。北丐準備二次華山論劍時使用打狗棒。甚至錯過了第一次華山論劍的裘千仞也日日勤練鐵掌，準備在第二次華山論劍時奪得武功天下第一的榮號。所以說，替自己設立一個目標，會相當程度上激勵自己積極向上。

盲目的自我實現可能會導致學術造假。實現自我本來是一件很正能量的事，但是過於爭名逐利則適得其反。歐陽鋒本已位列五絕，已經是極大的成就，偏偏執念最深。為了成為天下第一，他始終對《九陰真經》念念不忘，想據為己有。他開始偷襲全真教，暗算王重陽，後來得知郭靖掌握《九陰真經》，對郭靖展開脅迫。最後無奈之下，郭靖在《九陰真經》上造假，導致歐陽鋒逆練《九陰真經》，成為一個瘋子，變成了歐陽瘋。

不同的武學動機之間，有的相得益彰，有的針鋒相對。

比如追求興趣和美可能常常是互相促進的。張無忌的父親張翠山外號「銀鉤鐵劃」，一方面是形容他使用的兵器——爛銀虎頭鉤和鑌鐵判官筆，另一方面也說明他書法很好。張三丰曾經傳授張翠山蘊含書法意境的武功——倚天屠龍功。這項武功融個人的書法興趣和武術美學於一體，**充分體現了興趣和美的追求的共性。**

追求個人興趣和美的人常常在自我實現上執念不深，比如周伯通。《神鵰俠侶》中第三次華山論劍的時候，東邪不變，西毒歐陽鋒變成西狂楊過，南帝人沒變，稱呼變為南僧，北丐洪七公變成北俠郭靖。剩下的中神通早已死去，該讓誰取代中神通呢？大家其實心裡都把老頑童周伯通作為人選，但是言語之間故意逗他，說可以選黃蓉，也可以選小龍女。讓大家驚詫的是，周伯通居然不以為意。於是大家感慨，東邪視名氣為糞土，南帝視名氣為空無，只有周伯通的心中從來沒有名這個概念。周伯通一直追求個人興趣，但是卻不是為了爭天下第一，而只是覺得好玩。

「憐我世人」和「俠之大者」這樣的追求，有時會犧牲以興趣驅動的武學。比如郭靖，他也曾因為興趣，妙手偶得，幾乎發明了一路古拙雄偉的掌法，可是後來為了堅守襄陽、保境安民，郭靖和這路掌法失之交臂。

人們的武學動機可能會在一生中不斷切換。郭靖學武一開始是為了報殺父之仇，是為了歸屬與愛的需求；後來是為了和楊康比武能勝出，是為了不弱於人。但這些都並沒有為郭靖的內心帶來寧定。第二次華山論劍之前，郭靖產生了信仰危機，他突然不知道自己學武是為了什麼，以至於渾渾噩噩。甚至當梁子翁去吸他的血時，他也只是下意識地反

抗。直到後來他遇到丘處機，終於明白「俠之大者，為國為民」的道理。**人在一生中境遇的變化會導致需要的改變，武學動機也常常改變。**

儘早找到自己的武學動機可能會事半功倍。郭靖在第二次華山論劍之前一度非常失落，以至於失去了一次極好的武學創新的機會。郭靖在心灰意懶、神不守舍的情況下，在華山看到十二株龍藤。這十二株龍藤據說是宋初陳摶種下的。從宋初到郭靖所處的南宋，龍藤長了上百年，夭矯多姿，古意盎然。郭靖曾練習過降龍十八掌。儘管他用得最多的是裡面的一招「亢龍有悔」，但是另一招「飛龍在天」威力也很大。郭靖看到龍藤，回想起自己經常使用的「飛龍在天」，覺得從十二株龍藤的姿態裡大可創出十二式古拙雄偉的掌法。然而，這個念頭一閃而過。後來郭靖生兒育女、保衛襄陽數十年，這項傑出武學從未來到世上。所以，這項郭靖一生難得的學術發現胎死腹中。如果郭靖早一點找到人生學武的意義，恐怕十有八九能創出這門武功。**儘早確立自己的武學動機可能意味著更大的武學成就。**

附：超越諾貝爾獎發現的美學來源

楊振寧先生創立楊-米爾斯理論中的一個故事揭示了美學在科學研究發現中的巨大作用。

楊振寧於1957年因提出宇稱不守恆定律同李政道分享了諾貝爾物理學獎。然而，楊振寧更大的學術貢獻可能是他同米爾斯發展的楊-米爾斯理論（Yang-Mills Theory），這是近代物理學規範場理論的基石。楊振寧先生提到過該理論產生的趣事，有很多啟發。

楊振寧和米爾斯一開始在建立理論的時候注意到計算後期產生了很多複雜的二次項和三次項。他們想，能不能在開始的時候加入一些二次

項或三次項，從而把後期產生的項消掉呢？結果他們只加入了一個二次項，就奇蹟般地把後面產生的所有複雜的、「壞」的東西全部消掉了，得到了非常漂亮的數學結果。但這不是問題的全部。理論中還有一些未解決的問題。但是他們想，這個理論如此漂亮，能不能在其中包含尚未解決的問題的情況下就把它發表呢？他們最後決定發表，因為結果太漂亮了。

（〈楊振寧：科學研究的品味〉，社群媒體「知識分子」）

31　金庸小說人物的武學品味

01

《九陰真經》碩果纍纍，但不同人採擷的果實並不一樣。

涉獵過《九陰真經》的人有很多：自黃裳始創之後，王重陽、周伯通、黃藥師、陳玄風、梅超風（若華）、郭靖、洪七公、歐陽鋒、一燈大師、楊過、小龍女，以至於周芷若、宋青書等，都和《九陰真經》有交集。

王重陽從《九陰真經》挑選的是用來克制《玉女心經》的《重陽遺刻》。

周伯通從《九陰真經》收割的是剛猛可媲美降龍十八掌、招式可比肩打狗棒的大伏魔拳。當空明拳無法抗衡楊過時，周伯通靠大伏魔拳單臂和楊過鬥得旗鼓相當。

黃藥師高傲得很，看起來似乎沒有學習《九陰真經》。然而，第一次華山論劍時，黃藥師只有劈空掌和彈指神通，數量上和西毒、南帝、北丐類似，為何後來突然創出蘭花拂穴手、奇門五轉、玉簫劍法、旋風

中篇

掃葉腿、移形換位、靈鰲步等武功？他的創造力為何突然有如此大的提升？亡妻、悔恨固然可能，但是否還有可能是受了《九陰真經》的啟發？

沒有不吃魚的貓，也沒有不練神奇武功的高手。王重陽、周伯通都說不練《九陰真經》，後來還是都練了。黃藥師的妻子都背誦了《九陰真經》，他怎麼可能一點不知道？

黃藥師基本上可以肯定看了，可能也練了《九陰真經》。這從他後來創造的武功看得出來。蘭花拂穴手會不會來自九陰白骨爪，化陰狠為優雅，以陰柔克制洪七公的降龍十八掌，順便暗諷一下洪只有九根手指？碧海潮生曲懾人魂魄，會不會來自《九陰真經》的移魂大法，為克制因情所困的周伯通？移形換位、靈鰲步、奇門五轉會不會來自《九陰真經》，以動制靜，以克制一味取靜（蛤蟆功）的歐陽鋒？落英神劍掌結合旋風掃葉腿會不會來自《九陰真經》，彰顯以己之長攻敵之短的理念，以克制只練上半身武功（一陽指）的一燈大師？總之，黃藥師很可能練習或者改造了下卷《九陰真經》，以便在第二次華山論劍時獨占鰲頭。

「風華絕代」（陳玄風、梅若華）從《九陰真經》提取的是摧心掌和九陰白骨爪，而且把這兩門武功練得陰狠毒辣。周伯通提到《九陰真經》正大光明，那麼這兩門武功的陰毒屬性是陳、梅二人自己賦予的。

郭靖選了《九陰真經》之〈易筋鍛骨篇〉和精神核心。降龍十八掌是天下至剛的掌法，但郭靖後來的降龍十八掌卻是剛柔相濟、陰陽和合，其境界已經超越洪七公，這主要是源於郭靖的降龍十八掌接受了《九陰真經》的改造。

同是《九陰真經》，不同的人選擇的品味截然不同。

王重陽的出發點是功利的。他學究天人，參考而不是盲從《九陰真經》，為的是不弱於人乃至成為武林至尊。王重陽的道家武功天然接近

《九陰真經》，《九陰真經》之於王重陽就像一層窗戶紙，所以他隨手就寫下了《重陽遺刻》。

周伯通的出發點是唯美的。大伏魔拳莊嚴華美，既陽剛威猛又招數多變，一般人只能臨淵羨魚，但是周伯通能力、境界都很高，才能駕馭。

「風華絕代」的出發點是實際的。他們叛出師門，後有追兵，前途渺渺。他們需要的是速成，以便生存；需要的是狠辣，以便震懾；需要的是特色，以便讓人記住。他們的能力和桃花島的教育讓他們沒有太多選擇。

郭靖的出發點既有務實的考慮，也有自己的美學思考：簡單、直接。

02
在眾多因素中，流行的趨勢似乎對武學品味影響很大。

這從蕭遠山、慕容博的武學品味上就看得出來。蕭遠山、慕容博都先後潛入過少林寺藏經閣。少林寺號稱有七十二門絕技，其實七十二可能只是虛指，實際武功門類更多。那麼，在藏經閣中，蕭遠山、慕容博二人選擇的是什麼武功呢？

那老僧道：「居士（蕭遠山）全副精神貫注在武學典籍之上，心無旁騖，自然瞧不見老僧。記得居士第一晚來閣中借閱的，是一本《無相劫指譜》，唉！從那晚起，居士便入了魔道，可惜，可惜！」

只聽那老僧嘆了口氣，說道：「慕容居士雖然是鮮卑族人，但在江南僑居已有數代，老僧初料居士必已沾到南朝的文采風流，豈知居士來到藏經閣中，將我祖師的微言法語、歷代高僧的語錄心得，一概棄如敝屣，挑到一本《拈花指法》，卻便如獲至寶。昔人買櫝還珠，貽笑千載。兩位居士乃當世高人，卻也作此愚行。唉，於己於人，都是有害無益。」

《天龍八部》第四十三章「王霸雄圖，血海深恨，盡歸塵土」

中篇

為什麼蕭遠山、慕容博二人選擇的都是指法？因為指法是「天龍」時代最流行的武功門類。

「天龍」時代指法數量多、級別高，比如大理段氏的六脈神劍和一陽指，其中六脈神劍和少林寺的《易筋經》、丐幫的降龍十八掌一樣同屬無上絕學。

此外的指法還有姑蘇慕容的參合指以及少林派的摩訶指、拈花指、金剛指、無相劫指、多羅葉指、天竺佛指、去煩惱指、大智無定指。

這種崇尚指法的風氣，到「射鵰」時代還餘音裊裊，繞樑三日，如「射鵰」時代前期南宋建炎年間少林寺靈興大師的一指禪，如「射鵰」時代中期南帝的一陽指、東邪的彈指神通。

到了「倚天」時代，指法則只剩下楊逍的彈指神通和圓真的幻陰指。有趣的是，會彈指神通的楊逍被圓真用幻陰指偷襲，而圓真的幻陰指則被張無忌的九陽內力破去，隱喻指法的沒落。

到了「笑傲」時代，黑白子的玄天指就只是用來代替冰箱的功能，製作冰塊了；左冷禪使用過具有指法氣質的寒冰勁，但已經不叫指法了。

所以蕭遠山、慕容博二人也不能免俗，進入少林寺藏經閣，第一次選擇的就是指法。追逐潮流，畢竟是看起來最安全和最有收益的。

另外，現實的職場壓力對品味的影響也極大。

比如讓鳩摩智念念不忘、初心不改的，始終是少林寺武功。鳩摩智最初的武功是火焰刀，這足以讓他雄長西域。但進入中原，火焰刀就不夠用了。而他去大理搶奪六脈神劍，為的只是憑弔慕容博。哪怕後來他偷學到了逍遙派的絕學小無相功，也不滿足。小無相功甚至可以催動少林寺七十二絕技，讓人難辨真偽。但小無相功並不能讓鳩摩智稍作停

第六編　金庸的人物

留。鳩摩智的初心依然是少林寺各項絕學。念念不忘，必有迴響，後來他終於得到了《易筋經》，得償所願。

為什麼鳩摩智始終如此在乎少林寺武功呢？這恐怕和鳩摩智的身分有關。鳩摩智是吐蕃國師，是佛教上師。吐蕃宗教以佛教為主，鳩摩智的稱號「大輪明王」可能來自佛經：

「爾時慈氏尊菩薩，現作大輪金剛明王，遍身黃色放大火，右手持八輻金剛輪，左手拄一獨股金剛杵。」

《大妙金剛大甘露軍拏利焰鬘熾盛佛頂經》

金輪法王的金輪恐怕也是出自這部佛經。作為以佛教為主要宗教的吐蕃國的國師，鳩摩智如果能得到佛教來源的武功，如《易筋經》和少林七十二絕技，那對他職業加成的作用極大，這是六脈神劍、降龍十八掌、小無相功等非佛家武功遠遠不能媲美的。這叫名正言順，就像用籃球征服美國人、用足球征服巴西人一樣，接受度特別高，信心特別足。有了《易筋經》，鳩摩智甚至可以說繼承了達摩的衣缽、法統，這對他的事業發展至關重要。所以，**現實的職業發展考慮對武學品味影響非常大**。

03

武學品味是慢慢發展出來的。

郭靖從小到大，涉獵過江南七怪武功、全真內功、降龍十八掌、空明拳、《九陰真經》（含九陰神爪，即九陰白骨爪）、天罡北斗陣。一路走來，郭靖會過黑風雙煞、尹志平、黃河四鬼、沙通天、彭連虎、楊康、梁子翁、歐陽克，以至於歐陽鋒、裘千仞、霍都、金輪法王等人。在這樣的打鬥中，郭靖逐漸知道哪種武功最有效、最適合自己的性格。最

終，在眾多武功中，郭靖選擇了融合了《九陰真經》的降龍十八掌；在掌法之中，最常用的則是一招「亢龍有悔」。郭靖從來不用九陰白骨爪、摧心掌、大伏魔拳等。

慢慢發展出來的武學品味一定是和性格、工作等密切相關的。

04
武學品味對成就影響巨大。

張無忌涉獵過的武功很多：從小父親用武當武功給他築基，然後謝遜用自己的高深武功（如七傷拳）教育他，可能母親的天鷹教武功對他也有影響，之後張無忌在崑崙山系統性學習了《九陽真經》，在明教禁地學習了乾坤大挪移，在武當山學習了太極拳，在大海中學習了聖火令武功。

那麼，平時張無忌使用什麼武功呢？

在光明頂排難解紛時，張無忌所使用的基本上是《九陽真經》＋乾坤大挪移，以做到「以彼之道，還施彼身」，就是對方用什麼，我就用什麼，但以《九陽真經》＋乾坤大挪移為底子，可以實現後發先至。比如遇到崆峒派，就用該派的七傷拳；遇到少林派空性，就用空性成名的龍爪手。在武當山，面對趙敏手下高手，張無忌使用的是張三丰的太極拳。太極拳基本上和乾坤大挪移類似，你勁力越大，我反彈越強。在少林寺，面對高僧三渡，張無忌一開始使用的是聖火令武功，後來變回《九陽真經》＋乾坤大挪移＋太極拳。

所以張無忌基本上都是以《九陽真經》雄渾內力配合乾坤大挪移、太極拳的捨己從人、後發先至的法門。後來在對陣中，張無忌幾乎從不使用七傷拳、龍爪手這種霸道武功。張無忌的以《九陽真經》＋乾坤大挪移

+太極拳為基礎的武學品味具有極大的包容性，所以張無忌任何招式都可駕馭。**武功練到張無忌這個份上，基本上上不封頂了，只會隨著時間沉澱，功力逐日精純而已。**

游坦之其實和張無忌很類似。

在內功上，張無忌學習的是九陽神功，游坦之學的是《易筋經》。從名氣、功效等看，《易筋經》都比《九陽真經》有過之而無不及。

在招式上，張無忌有乾坤大挪移、太極拳，不但可以運用《九陽真經》內力，還能對任何武功招式做到駕馭自如。游坦之小時候很懶惰，沒有學會這些過人武功招式，但是他的冰蠶勁力獨步天下。游坦之的冰蠶勁力是金庸小說中唯一具有冰、毒兩種元素屬性的攻擊方式。圓真的幻陰指、玄冥二老的玄冥神掌都是冰屬性，李莫愁的赤練神掌是毒屬性，只有游坦之身兼兩種屬性。以蕭峰的純陽外功，面對冰蠶勁力都感覺很難當，這對蕭峰可以說是非常罕見的了。

原來蕭峰少了慕容復一個強敵，和游坦之單打獨鬥，立時便大占上風，只是和他硬拚數掌，每一次雙掌相接，都不禁機伶伶的打個冷戰，感到寒氣襲體，說不出的難受。

《天龍八部》第四十二章「老魔小丑，豈堪一擊，勝之不武」

所以，游坦之雖然招式巧妙不如張無忌，但是冰蠶勁力天下獨絕，他只要運用一般的武功，就可以穩定輸出《易筋經》（物理攻擊）+冰蠶勁力（冰、毒攻擊）。游坦之對付任何人，完全可以像段譽用六脈神劍對付慕容復一樣，立於不敗之地。莽軍閥張宗昌的「**大砲開兮轟他娘**」說的就是游坦之這種《易筋經》+冰蠶勁力舉世無雙的攻擊手段，對上其他人完全是壓倒性的實力輾壓。

然而，游坦之品味極其低劣，傾慕阿紫，拜丁春秋為師，沒有道德底線，助紂為虐，他的武功也沒有繼續進步，後來被蕭峰打斷雙腿，再後來跳崖殉情。游坦之就是一手好牌打得稀爛的代表。

所以，武學品味能在相當程度上決定成就。

05

越早確立自己的武學品味越好。

楊過既早熟又晚熟。早熟說的是他接觸高深武功很早，也小有成就。晚熟說的是他的武學品味成熟得很晚。楊過最初接觸了北丐、西毒的武功，然後是全真心法、古墓派入門武功、全真武功、《玉女心經》，以至於打狗棒法、玉簫劍法、彈指神通等。

這樣的複雜經歷，其實並不見得很好。「五色令人目盲；五音令人耳聾；五味令人口爽；馳騁畋獵，令人心發狂；難得之貨，令人行妨。」過多的涉獵反倒讓楊過無法融會貫通，形成自己的品味。直到被郭芙斷臂，重返劍塚，楊過才最終形成重、拙、大的武學品味，武功大成。郭靖十八歲左右就在第二次華山論劍中和四絕中的東邪、北丐相彷彿；楊過要在近四十歲的時候才在第三次華山論劍中封神。

早確立自己的武學品味多重要啊！

06

見聞越廣，越容易形成自己的獨特品味。

郭襄很早就開宗立派，創立峨嵋派，因為她見聞廣博，很快就形成自己的獨特品味。在少室山下，郭襄和無色禪師交鋒時，使用的武功是十種不同來源的招式。

但是，郭襄最終選擇了符合自己品味的武功，包括九陽內功、峨嵋

劍法（金頂九式）、峨嵋掌法（飄雪穿雲掌、截手九式、佛光普照掌）以及金頂綿掌、四象掌。最能說明問題的佛光普照掌只有一招，來自他的父親郭靖常用的「亢龍有悔」。

郭襄是武學研究由博而精，形成自己品味的例子。

07
見解精深可能是形成自己的獨特品味的更好方式。

同郭襄形成鮮明對比的是張三丰。在少室山下，郭襄隨手一揮就是十種不同招式，連羅漢堂首座無色也認不出。此時的張三丰則只會一招「四通八達」，還是兩年前華山之巔楊過教的。半個月後，張三丰如飢似渴地學習了羅漢拳，這套拳法出自郭襄送給他的鐵羅漢。張三丰就是一張武學白紙。

然而，就是這張白紙，卻最終畫出了一幅濃墨重彩、影響深遠的武學畫卷，名叫武當派。武當派的武功深深滲透了張三丰的品味：以柔克剛，後發先至。

張三丰是武學研究由精而博，形成自己品味的例子。

08
配偶對武學品味影響極大。

郭靖的品味受到黃蓉的影響。郭靖是出了名的死腦筋，也願意只用一招有效的招式，比如降龍十八掌之「亢龍有悔」。但是，後來郭靖的掌法中加入了《九陰真經》的柔勁，以至於初看平平無奇，卻可以一遇阻力連發一十三道後勁。再後來，郭靖甚至能在掌法中融入天罡北斗陣。郭靖的這種由簡入繁，不能說不是受到了以聰慧著稱、喜歡複雜性的黃蓉的影響。比如郭靖和黃蓉初遇洪七公的時候，郭靖一招要練習很久，黃

蓉則一轉眼就學會了以曼妙繁複見長的逍遙遊，這可能在郭靖心裡種下了由簡入繁的種子。

楊過的品味受到小龍女的影響。楊過性格「浮躁輕動」，所以貪多務得。但他最後選擇了重、拙、大的武學，可能受小龍女單純的性格影響很大。尤其是作為重、拙、大的武學代表的黯然銷魂掌，更是直接來自對小龍女的思念。

09

王國維先生在《人間詞話》裡提到過：「古今之成大事業、大學問者，必經過三種之境界：『昨夜西風凋碧樹。獨上高樓，望盡天涯路。』此第一境也。『衣帶漸寬終不悔，為伊消得人憔悴。』此第二境也。『眾裡尋他千百度，驀然回首，那人卻在，燈火闌珊處。』此第三境也。」王先生的三重境界的說法非常有名，也很有影響力。但在我看來，這樣的事業、學問境界可能並不符合事實，而「望盡天涯路」、「為伊消得人憔悴」、「眾裡尋他千百度」給人一種苦大仇深、苦多樂少的感覺，反倒可能帶來額外壓力，以至於扼殺興趣。

我模仿王先生從《詩經》中選了三句話，我覺得能更好地形容學問中品味的三重境界：

學問品味的第一層境界是「所謂佳人，在水一方」。

學問品味的第二層境界是「既見君子，雲胡不喜」。

學問品味的第三層境界是「執子之手，與子偕老」。

附：楊振寧談科學研究品味

科學研究品味指的是面對眾多科學研究選擇的時候選擇自己中意的科學研究方向和手段的心理傾向。

楊振寧說過：「（科學研究）品味的形成受到很多因素的影響，與個人的能力、家庭環境、早期教育、自身的性格還有運氣都有關係。」

楊振寧還說：「沒錯，而且我還要說：不只是大的科學問題需要品味。即便是對一個研究生，發展自己的品味也很重要，他需要判斷哪些觀點、哪類問題、哪些研究方法是自己願意花精力去做的。」

（〈楊振寧：科學研究的品味〉，社群媒體「知識分子」）

32　金庸小說人物中最好的和最差的師父

評價師父，有三個標準：

一是**徒弟未來的武學成就，這是最重要的標準**。當然這個標準也比較含糊，因為徒弟未來發展的決定因素很多。但是不管如何，以徒弟的武學成就為評價標準衡量師父依然是比較可靠的，就像亞里斯多德的傑出間接證明了柏拉圖的偉大一樣。二是**求學階段的產出**。這個常常能直接衡量師父指導的效果。三是**師父對學生身心的影響**。這個比較空泛，藏於隱祕，難於衡量，但也是標準之一。

金庸小說中有哪些好的和差的師父呢？

先說最佳導師。

第一名：洪七公，有教無類，因材施教。

千百年來，人們評價孔子的教育，總結下來就是八個字：「有教無類，因材施教。」一代聖人，就是這八個字，所以每個字都重逾千斤。而洪七公，也只有洪七公，完全當得起這八個字。

身為丐幫幫主，洪七公有非常瑣碎繁雜的行政事務。然而，他對學生的教育一點沒有落下。他教過的有穆念慈、黎生、魯有腳、黃蓉、郭

靖。你看，無論男、女、老、幼、貧、富、世家、根、聰明、愚鈍、駿馬西風塞北、杏花煙雨江南，洪七公都能指導，而徒弟都各有所成。這是有教無類。對黃蓉，他傳授逍遙遊和打狗棒，對郭靖，則傳授降龍十八掌，這是因材施教。

從具體指標看，洪七公的教育同樣優秀。論徒弟事業發展，洪七公的弟子中有兩個丐幫幫主（魯有腳、黃蓉），一個當世大俠且天下五絕之一（郭靖）。論讀書期間產出，郭靖、黃蓉分別有降龍十八掌和打狗棒法。論身心愉悅程度，黃蓉不用說，郭靖在江南七怪那裡得到了嚴苛教育，而在洪七公這裡卻如沐春風。郭靖性子本身偏於端凝厚重，弄不好就會變成類似歸辛樹（《碧血劍》、《鹿鼎記》）式的古板人物，但是洪七公的豁達隨性很好地糾正了郭靖的這種傾向。

另外，洪七公非常難能可貴的一點是對徒弟毫無保留。華山之巔，郭靖以雙手互搏為基礎，左手降龍十八掌、右手空明拳對戰洪七公的降龍十八掌，而洪七公沒有任何不快，這是何等的豁達與自信！

所以，洪七公當之無愧是最佳師父。

第二名：覺遠，無為而治，垂拱天下。

覺遠差一點就是最佳師父。幾乎成為最佳師父，是因為覺遠培養出了張君寶，也就是後來的張三丰，一代承前啟後、繼往開來的武學大宗師。差一點，是因為張三丰天資高邁，絕倫超群，選誰作為師父可能都不會影響他自己的傑出，所以覺遠屈居亞軍。

不管怎樣，多年以後張三丰妙悟太極拳，寫出《太極拳論》的時候，心中迴盪的還是華山之巔覺遠的諄諄教誨：「後發制人，先發者制於人。」那時，張三丰年紀輕輕，就戰敗瀟湘子、尹克西，成為年度最佳徒弟，

甚至讓第三次華山論劍的莊嚴肅穆相形見絀。而覺遠的威儀棣棣、與世無爭也給年幼的張三丰身心撫慰。

覺遠最大的理念是沒有功利心。他習武只為強身健體。張三丰因此沒有壓力，可以自己興之所至，任意發揮。從以後張三丰的武功看，也大都是妙手偶得、渾然天成的原創作品。如張三丰看到龜蛇二山，見龜凝重而蛇靈動而創真武七截陣，又如張三丰手書「武林至尊，寶刀屠龍」等而創倚天屠龍功。

所以，覺遠位居第二。

第三名：風清揚，無招勝有招。

風清揚只用了十幾天，就讓令狐冲從三流直臻於絕頂高手，以至於東方不敗都誇令狐冲的劍法好。而且令狐冲多年後依然可以笑傲江湖、開宗立派，多是風清揚之功。

風清揚最大的教導在於無招勝有招的理念，就像微風輕揚、無形無影、潤物無聲。一般的招式能成就余滄海、岳不群、左冷禪，但是真正的絕頂高手是沒有套路的，這是風清揚最大的創見。

第四名：馬鈺，引人入勝，發現優點。

馬鈺傳功給郭靖的過程簡直就是一個教科書式的師父指導徒弟的過程。馬鈺初見郭靖，為了引起他的興趣，先是指出了郭靖的不足：

抬起長劍，又練了起來，練了半天，這一招「枝擊白猿」仍是毫無進步，正自焦躁，忽聽得身後一個聲音冷冷的道：「這般練法，再練一百年也是沒用。」

《射鵰英雄傳》第五章「彎弓射鵰」

中篇

然後透過舞劍、救雙鵰吊足了郭靖的胃口：

那道士叫道：「看清楚了！」縱身而起，只聽得一陣嗤嗤嗤嗤之聲，已揮劍在空中連挽了六七個平花，然後輕飄飄的落在地下，郭靖只瞧得目瞪口呆，楞楞的出了神。

那道士卻已落在懸崖之頂。他道袍的大袖在崖頂烈風中伸展飛舞，自下望上去，真如一頭大鳥相似。

《射鵰英雄傳》第五章「彎弓射鵰」

已經牢牢打動了郭靖之後，馬鈺還擔心所遇非人。徒訪師三年，師訪徒三年，故而設計了一個非常艱難的任務：黑夜攀登絕壁，以考察郭靖的志氣、毅力等素質。這個策略可以媲美黃石公橋下擲履，考察張良。

在郭靖完成任務之後，馬鈺又向郭靖剖析他的認知不足，如敗給尹志平是因為後者取巧；馬鈺還指出郭靖的優勢，如武功基礎扎實。這些話語大大鼓舞了茫然無措的郭靖，簡直是郭靖求學生涯的一縷春風。

馬鈺還針對郭靖的性情優勢教給他內家功。可以說，沒有馬鈺傳授的內功，郭靖後來修習降龍十八掌和《九陰真經》等也不會如此迅速。

最重要的，馬鈺做好事不求回報，「事了拂衣去，深藏功與名。」《金剛經》說「菩薩於法，應無所住，行於布施」，說的就是馬鈺吧。

第五名：趙半山，言傳身教，潤物無聲。

趙半山在商家堡親自和陳禹對戰太極拳，教給胡斐太極拳之「陰陽訣」和「亂環訣」。

不僅如此，趙半山還德藝雙授：

他轉過身子，負手背後，仰天嘆道：「一個人所以學武，若不能衛國

禦侮，也當行俠仗義，濟危扶困；若是以武濟惡，那是遠不如作個尋常農夫，種田過活了。」這幾句其實也是說給胡斐聽的，生怕他日後為聰明所誤，走入歧途。

《飛狐外傳》第四章「鐵廳烈火」

需要說明的是，金庸小說中做現場教學的，最著名的，算上趙半山指導胡斐，一共有三次。另兩次是：張三丰現場指導張無忌學習太極拳劍，對戰阿大、阿二、阿三；洪七公現場指導郭靖學習降龍十八掌，對戰歐陽克。

趙半山所以勝出，妙在不教而教，羚羊掛角，不著痕跡，春風化雨，沁人心脾。

再說最差導師。

第五名，歸辛樹，思維僵化。

歸辛樹號稱神拳無敵，武功了得，但是指導徒弟卻不是很在行。

袁承志微微一笑。劉培生從這五招之中學得了隨機應變的要旨，日後觸類旁通，拳法果然大進，終身對袁承志恭敬萬分。要知他師父歸辛樹的拳法決不在袁承志之下，但生性嚴峻，授徒時不會循循善誘，徒兒一見他面心中就先害怕，拆招時墨守師傳手法，不敢有絲毫走樣，是以於華山派武功的精要之處往往領會不到。

《碧血劍》第九回「雙姝拚巨賭，一使解深怨」

歸辛樹性子嚴峻，學生也就跟著僵化。歸辛樹的徒弟沒有一個成器的，也間接說明了他指導能力的不足。

第四名：黃藥師，武學專制。

陳玄風、梅超風盜經逃離桃花島，是金庸小說中一段著名公案，是

金庸小說中眾多逃離事件之一。其他逃離事件有楊過逃離重陽宮、火工頭陀逃離少林寺、瑛姑逃離大理等。這些本質上可能都是學術逃離。

陳、梅逃離桃花島的緣由，名義上是二人相戀，怕黃藥師追究，故而叛離桃花島。然而，這種說法在仔細推敲下是站不住腳的。疑點有三。

一是陳、梅相戀黃為何要追究？黃藥師在荒村野店撮合陸冠英、程瑤迦，何等不拘禮法，為何自己的徒弟相戀就不行？

黃藥師自己也說：

「桃花島主東邪黃藥師，江湖上誰不知聞？黃老邪生平最恨的是仁義禮法，最惡的是聖賢節烈，這些都是欺騙愚夫愚婦的東西，天下人世世代代入其彀中，還是懵然不覺，真是可憐亦復可笑！我黃藥師偏不信這吃人不吐骨頭的禮教，人人說我是邪魔外道，哼！我這邪魔外道，比那些滿嘴仁義道德的混蛋，害死的人只怕還少幾個呢！」

《射鵰英雄傳》第二十五章「荒村野店」

二是為何要盜經。黃藥師的武功並不比《九陰真經》差多少。陳、梅盜經有什麼動力呢？本來若不盜經，充其量是男歡女愛，以黃老邪的不拘禮法，即使不高興，可能也不是大罪；一旦盜經，性質就完全變了，那是欺師滅祖的大罪。陳、梅二人怎麼會犯這個錯呢？

三是黃藥師的反應。陳、梅盜經之後，黃藥師的決定，居然是挑斷其他徒弟的腳筋。這個反應極為反常。作為一代宗師，黃藥師有什麼理由如此做呢？黃藥師出名在於行事不拘禮法，但不是腦子糊塗。

一個合理的解釋是，陳、梅好奇《九陰真經》武功，而知道黃藥師在學術上非常專制，自高於人，所以只能盜經逃跑。黃藥師擔心其他徒弟效尤，所以對其他徒弟進行預防性懲戒。

總之，黃藥師過於嚴苛，武學專制。想想洪七公在得知郭靖學了周伯通武功時的反應，想想穆人清在得知袁承志學了金蛇郎君武功時的反應，高下立判。

第三名：戚長發，武學欺騙。

戚長發研究的唐詩劍法有非常大的經濟價值，所以他很注意保密。這本無可厚非，具有巨大價值的武學常常是父子檔（如白駝山歐陽氏、燕子塢慕容氏）、夫妻檔（如陳玄風、梅超風），就是為了防止祕密洩漏。可是，戚長發為了保密，教給女兒和徒弟的劍法都是假的，這就有點過了。比如，他把「落日照大旗，馬鳴風蕭蕭」說成「落泥招大姐，馬命風小小」，把「孤鴻海上來，池潢不敢顧」說成「哥翁喊上來，是橫不敢過」。

這樣的傳授虛假知識的導師必然是最差導師。

第二名，丁春秋，武學內捲。

武學競爭本來已經很激烈了。丁春秋的星宿派搞得更加烏煙瘴氣。丁春秋喜歡阿諛奉承也就罷了，最大的問題是武學內捲。星宿派弟子各個祕密練功，個個陰險歹毒，內部權力鬥爭慘烈無比。阿紫就是星宿派結出的一朵惡之花。這一切都是丁春秋所造成的。金庸小說有所謂的蠱毒，星宿派簡直就是人蠱派。

第一名，武三通。

何沅君是武三通的義女，可能也是徒弟。因為她和江湖馳名的陸展元不僅是夫妻，也有雙俠之名。陸展元可不是一般人：他的嘉興陸家莊和陸乘風的太湖陸家莊齊名，他和大魔頭李莫愁還有感情糾葛，讓李莫愁生死以之。所以何沅君高機率在和陸展元結婚之前就有不錯的武功，才能和

陸展元伉儷俠名著於江湖。何沅君會武功，那就高機率是武三通教的。

武三通因喜歡自己的女學生而瘋瘋癲癲，拋妻棄子，這樣的師父排最差第一名，相信沒有異議吧？

注：關於成昆

成昆殺徒弟謝遜全家，只為了自己的私利。這樣的師父在現實中幾乎沒有參照意義，所以沒有將成昆算在內。

附：一代宗師葉企孫

葉企孫，名鴻眷，字企孫。他一手創辦了清華大學物理系，他培養的院士達七十幾人。

坦白講，葉企孫並沒有像他的學生楊振寧、李政道那樣取得了舉世矚目的學術成就。葉企孫在哈佛大學的主要成就是精確測定了普朗克常數。這當然是一項在當時非常重要的工作，但無法和楊振寧、李政道的成就相比。葉企孫的博士論文題目是〈靜水壓力對鐵和鎳磁導率的影響〉（*The Effect of Hydrostatic Pressure on the Magnetic Permeability of Iron and Nickel*），而葉企孫的博士導師布里奇曼（P. W. Bridgman）獲得諾貝爾獎的理由是發明了超高壓設備並在高壓物理學方面貢獻卓著。所以似乎也不能將葉企孫對導師獲獎的貢獻過分誇大。

但是葉企孫是一位在人才培養上取得了極大成就的人物，他在這方面的貢獻比自己直接取得的學術成就更大，後來的事實也說明了這一點。這裡只選擇幾件小事說明葉企孫在人才培養方面的努力。

一是破格聘用華羅庚。

1930年春，華羅庚在上海《科學》雜誌上發表〈蘇家駒之代數的五次

方程式解法不能成立之理由〉。時任清華大學算學系主任的熊慶來注意到了華羅庚，邀請他來清華。華羅庚只是國中生，而且左腿有殘疾。葉企孫力排眾議留下了華羅庚。因為熊慶來雖然是算學系主任，但葉企孫是清華大學理學院的首任院長，而理學院下轄七個系，除物理系外，還有算學系、化學系等，葉企孫是說了算的。後來華羅庚去劍橋大學深造也是葉企孫送出去的。

二是破格推薦李政道。

1946年春，華羅庚、吳大猷、曾昭掄三位教授受政府委託，分別推薦數學、物理學、化學方面的優秀青年助教各兩名去美國深造。吳大猷從西南聯大的物理系助教中推薦朱光亞一人，尚缺一人他無法確定，就找當年任西南聯大理學院院長的葉企孫，葉企孫破格推薦當時只是大學二年級學生的李政道去美國做博士生。葉企孫還保留了李政道在西南聯大的電磁學考卷分數：58+25=83。其中，理論滿分60分，李政道拿了60分；實驗滿分40分，李政道拿了25分。葉企孫認為李政道的實驗成績差，所以理論也要扣兩分，就有了這個58分。

三是推薦王淦昌學習理論物理學。

核物理學家王淦昌和葉企孫一樣，是實驗物理學家。然而，在1931年，當王淦昌去德國留學時，葉企孫推薦他去哥廷根大學，聽普朗克、愛因斯坦、薛丁格等人的理論物理學講座。

從這些事情上，能看出葉企孫任人唯賢、敢於破格、胸襟廣博而且極為珍愛人才。這可能也是為什麼葉企孫門下院士輩出，是大師的大師的原因。

（引自李政道〈深切懷念葉企孫老師〉和虞昊〈葉企孫與王淦昌師生之間一段未為人知的歷史及其對後人的啟示〉）

中篇

33　金庸小說人物中的世家和平民

　　金庸小說中取得極大武學成就的多數是世家，當然這個世家不是指血緣，而是學術傳承的世家。

　　喬峰真正的父親早早失蹤，但喬峰從小就受到丐幫和少林寺悉心培養，可以說得到了最好的教育，所以年紀輕輕就有「北喬峰」的赫赫威名。

　　郭靖出生前父親就去世了，但郭靖小時候有七位師父，後來又遇到馬鈺傳授內功，洪七公傳授天下至剛的降龍十八掌，老頑童傳授天下至柔的空明拳，一燈大師講解《九陰真經》總綱，所以躋身五絕。

　　楊過也是很早就父母雙亡，但他接連受到郭靖、全真派、洪七公、歐陽鋒、小龍女、黃蓉、黃藥師等人的指點。這從他的黯然銷魂掌就能看出來。楊過自全真教學得玄門正宗內功的口訣，自小龍女學得《玉女心經》，在古墓中見到《九陰真經》，自歐陽鋒學會蛤蟆功和逆轉經脈，被洪七公與黃蓉授以打狗棒法，得黃藥師授以彈指神通和玉簫劍法。他融合這些武功，創立了黯然銷魂掌。

　　張無忌從小是跟隨父母以及金毛獅王謝遜長大的，從小就背誦拳經口訣，稍大一點就得到謝遜傾囊相授。後來張無忌在崑崙山幽谷之中從白猿體內得到《九陽真經》，學習五年而有成，和他從小接受的指導是分不開的。

　　令狐冲雖然是孤兒，但從小長於華山，學習華山正宗武功，後來學習獨孤九劍，是得到了風清揚的親自指點的，當然他積年修習華山劍法的底子也有很大幫助。

　　胡斐也是父母早亡，但他繼承了胡一刀留下來的祖傳刀譜，在成長

路上還得到了紅花會趙三當家的親傳，發揮了非常關鍵的催化作用。

基本上，金庸小說中的群俠有三個特點：一是「武二代」，他們的成長路上得到了別人無法企及的武學資源；二是起步早，以上群俠都是童子功；三是努力，郭靖從小沒少挨師父的打罵，張無忌也是。

其實金庸自己也是「學二代」。金庸的家族，即海寧查氏，得到康熙御筆親題「唐宋以來巨族，江南有數人家」。金庸先祖查慎行是被趙翼的《甌北詩話》評價為可以比肩白居易、陸游的人物，曾寫出過「微微風簇浪，散作滿天星」這樣的名句。金庸和著名詩人穆旦、徐志摩都有親戚關係。

那麼，平民還有機會嗎？答案是有的。有一個人給了我們很好的啟示，那就是《飛狐外傳》和《雪山飛狐》中的閻基，也就是寶樹大師。閻基沒有任何人提攜，基礎薄弱，年紀又大，但完全憑著搶來的兩頁胡一刀祖傳刀譜，武功陡增，雖然不是天下第一，但是足以稱霸一方，號令手下，嘯聚山林。在《飛狐外傳》中閻基剛出場的時候，就和江湖上赫赫有名的鏢頭馬行空勢均力敵，最後憑心計戰勝馬行空。閻基並不是故步自封、小富即安的人。他平時刻苦鑽研，在《雪山飛狐》中，閻基功力更加深厚，甚至可以打敗天龍門北宗的高手。而這一切，都是閻基靠自己的天分和刻苦一步一步換來的成就。要知道，閻基開始練武的時候年紀已經不小了。當喬峰、郭靖在名師的諄諄教誨中突飛猛進的時候，閻基還是個跌打醫生，為生活奔忙。可以想像，閻基如果擁有喬峰等人的資源，或是能有胡斐的全本刀譜，成就也不可限量，說不定甚至可以和胡一刀、苗人鳳等人一較長短，爭一爭「打遍天下無敵手」的名頭。

那麼閻基給我們帶來了哪些啟示呢？非「武二代」如果想取得武學成功，需要專注於少數甚至一件事。閻基沒有想過學降龍十八掌、蛤蟆

功、一陽指、蘭花拂穴手,他甚至連苗人鳳的劍法都沒有覷覦過,他也沒想過補齊胡家刀法。他就是老老實實地練習他搶來的兩頁刀法,朝夕不輟。

閻基應該是有巨大天分而埋沒於莽的人物。他能號令群豪,也不單單是武功高強那麼簡單。張無忌比朱元璋武功高多了,但是在統治權上還是輸給了朱元璋。閻基因為聰明,在專業上反倒是選擇專注於一件事。

附:非天才人物如何取得學術成功

科學界也一樣,取得成功的常常是在世家中成長的天才。1915 年,威廉‧亨利‧布拉格(William Henry Bragg)和他的兒子威廉‧勞倫斯‧布拉格(William Lawrence Bragg)因 X 射線對晶體結構的分析獲得諾貝爾物理學獎。小布拉格在獲獎時年僅 25 歲,是迄今最年輕的獲獎者。1935 年,兩次獲得諾貝爾獎的居禮夫人的大女兒伊雷娜‧約里奧 - 居禮(Irène Joliot-Curie),當時 38 歲,獲諾貝爾化學獎。這些人物固然天資卓越,然而也有家庭的資源提攜。

科學界留給普通人的機會是專注於少數甚至一件事。比如,科學家洛瑞(Oliver H. Lowry)雖然不是諾貝爾獎得主,但他是歷史上文章被引用次數最多的科學家,他的文章被引用超過 22 萬次。洛瑞的文章到底是關於什麼的呢?就是用福林酚試劑對蛋白質進行測量。

1910 年,洛瑞出生於芝加哥,上大學時,在西北大學學習化學工程,兩年後轉到生物化學專業。1932 年,洛瑞得到西北大學的學士學位,進入芝加哥大學讀研究生,主修生理化學,此時,他開始致力於微量測量,這也是他一生做的事情。

1933 年，系主任問洛瑞是否願意參加一個芝加哥大學的醫學博士 - 理學博士聯合專案，他報名參加了。1937 年，洛瑞同時拿到了醫學和理學博士學位。畢業後，洛瑞去哈佛大學從事電解質測量。其間赴哥本哈根大學繼續從事微量測量。1942 — 1947 年洛瑞在紐約公共健康研究所工作，其間他用微量測量的方法從兒童的少量血液中檢測維生素是否缺乏。也正是在這個時候，他寫出了科學史上被引用次數最多的論文。但是他沒有立刻發表論文，而是把研究內容告訴了每一個需要的人。直到 1951 年他才發表論文。1947 年，洛瑞出任華盛頓大學藥學院的主任。他的兩個前任主任都是諾貝爾獎得主。但是洛瑞在主任的位子上一坐就是 29 年。其間他還兼任醫學院的主任。在任職期間，他繼續進行微量測量的研究，開發了很多測量代謝物和酶的方法。

洛瑞在他自己的傳記性自述《How to Succeed in Research without Being a Genius》裡面提到自己智力中等，他有所成就的祕訣是：對於具有中等天分的人，與其奢望精通多個領域，不如努力成為某個具體領域的專家。

洛瑞終其一生都在進行微量測量。

居禮夫人也說過類似的話：「我們必須相信，我們對一件事情有天賦的才能，並且，無論付出任何代價，都要把這件事情完成。」

34　金庸小說人物的「萬曆時刻」

黃仁宇先生的名著《萬曆十五年》有句話解釋書名的來歷：「1587 年（即萬曆十五年）這些事件，表面看來雖似末端小節，但實質上卻是以前發生大事的癥結，也是將在以後掀起波瀾的機緣。其間關係因果，恰為歷史的重點。」

中篇

其實對一個人的成長來說也未嘗不是如此：生命中的某些時刻的一些小事，恰恰是此前多年的生命累積，並肇始了之後多年的人生軌跡。我把這些時刻稱為「萬曆時刻」。「萬曆時刻」絕不是人生精采時刻，有時甚至是至暗時刻，但可能成就了精采時刻。草蛇灰線，伏脈千里，「萬曆時刻」的選擇對人的成長是雪中炭，而不是錦上花，但卻常常為人所忽視。

金庸小說人物的「萬曆時刻」都是什麼呢？

郭靖：遇到馬鈺。

郭靖一生的精采時刻很多，甚至說高潮迭起也不為過。比如郭靖在君山丐幫大會上對戰裘千仞，在第二次華山論劍中戰平黃、洪等人，在重陽宮一人破掉全真派超級天罡北斗陣，尤其是在蒙古軍營中獨戰金輪法王等人並全身而退，揚威於敵陣之中，耀武於萬眾之前。

但這些都不是郭靖的「萬曆時刻」。郭靖的「萬曆時刻」是他初遇馬鈺的時候。當時郭靖遭遇的是教而不得其法的江南六怪，自己又學而不得要領，雖刻苦堅韌，但進度緩慢，與自己的努力不副，心情憂鬱。就在這個時候，郭靖遇到了馬鈺。馬鈺不但鼓勵和肯定了郭靖的成績，最關鍵的是教給了郭靖適合他氣質、能力的武功——全真派以穩健著稱的內功。

郭靖在和馬鈺學了兩年內功之後，發生了鳳凰涅槃般的蛻變。他遇到洪七公後，花了一個月左右的時間學會了降龍十八掌；他遇到周伯通後，很快就學會了雙手互搏和空明拳；在君山，他自悟了天罡北斗陣的精義。這一切以及後來的一切，可以說都始於和馬鈺的相遇。

楊過：遇見神鵰。

楊過的一生分為兩個階段，使智的階段和用力的階段，在這兩個階段楊過都精采紛呈。

使智的階段包括楊過初逢柯鎮惡、交惡武氏兄弟、小鬧重陽宮擊敗鹿清篤、計賺趙志敬，以至於對付李莫愁、洪凌波、霍都、達爾巴等人。這一階段，楊過面對的大都是比自己武功高的人，最後憑智取勝。

用力的階段則是在楊過武功大成之後，如制服慈恩、戰平周伯通、石獺蒙哥、掌敗金輪法王，此時神鵰俠威震天下。這一階段，楊過已經不需要用智了，力量足以成事。

楊過的「萬曆時刻」就是智與力交接的時刻，具體說，就是第一次遇見神鵰的時候。神鵰的重、拙、大在楊過心中產生了深深的影響。楊過本來性格浮躁輕動，如果一直發展下去，武功很難達到宗師境界。但在與神鵰第一次相遇這一「萬曆時刻」之後，楊過終於大成。正是因為有了這一「萬曆時刻」，後來楊過才創出黯然銷魂掌，武功直追獨孤求敗。

楊過與別人不同，他還有第二個「萬曆時刻」，就是在華山之巔遇到覺遠的那一刻。那時，覺遠提出的後發制人的理念同樣在楊過心中打下了深深的烙印。但是這一時刻如何影響楊過的武學，就沒有人知道了，我們只能從《倚天屠龍記》中楊過後人黃衫女的風采遙想楊過的境界了。

郭襄：何足道和覺遠、張君寶比試。

郭襄的精采時刻是刻在基因裡面的。郭襄剛降生時就屢遭奇遇，先後經過李莫愁、楊過、小龍女等人之手，見證過一眾高手之間的明爭暗鬥。在風陵渡口，郭襄追隨神鵰俠楊過，見識了雪夜追靈狐的奇景。楊過和周伯通的絕世一戰，三絕擒金輪法王的驚天一搏，郭襄都親眼目

睹。後來在萬馬軍中，郭襄更是成為樞軸，所有高手聚如一團火；直到楊過黯然銷魂，金輪法王悽然殞命，天下英雄散如滿天星。華山之巔，覺遠登場，內力震古爍今，理念振聾發聵，在郭襄心中，都人似秋鴻，事如春夢，了無痕跡。所以郭襄可謂見多識廣。

郭襄在少室山下遇到無色時的表現是她多年經歷的反映。她在少室山下小試牛刀，使用十種不同招式，竟讓少林寺羅漢堂的無色嘆為觀止，驚詫莫名。

但郭襄的「萬曆時刻」還在此之後，發生在何足道先後和覺遠、張君寶比拚之時。何足道是一個奇才，他的武功恐怕遠遠高於崑崙派後來的何太沖、班淑嫻。少林寺住持天鳴何等眼光，對何足道的評價是「震古爍今」，以至於沒有比試就要認輸。玄慈遇到鳩摩智沒有想過認輸，方正遇到任我行也沒有想到認輸。天鳴遇到何足道居然要認輸，只能說何足道太強了。然而，何足道先是內力不及覺遠，後又招式不如張君寶，只能失意返回崑崙。這一時刻就是郭襄的「萬曆時刻」。

這一刻，在見證何足道、覺遠和張君寶的比試中，郭襄領略了內力和招式簡潔的重要性。此後，那個連使十種不同招式的小東邪不見了，而成為老老實實默記覺遠遺訓的郭襄。郭襄後來的峨嵋一派也沒有繁複的武功，而是有「佛光普照」這樣的簡明武功。正是郭襄經歷的這一時刻，成就了峨嵋一派。

張君寶：不去襄陽。

張君寶甚至可以說出道即巔峰。他在華山之巔初出茅廬，就遇到了「神鵰」時代的黃金一代，如南帝、東邪、中頑童、北俠、黃蓉，以至於小龍女、楊過。他得到了一眾高手的一致認可。他還力擒一代宗師尹克西，儘管楊過在其中發揮關鍵作用，但張君寶的天分令人驚嘆。張君寶

第二戰就是與崑崙三聖何足道的較量。憑藉跟著鐵羅漢學了半個月的羅漢拳，張君寶戰平何足道。

但這都不是張君寶的「萬曆時刻」，他的「萬曆時刻」發生在他做出不去襄陽的選擇之後。覺遠圓寂之後，張君寶在荒山野嶺之間悽悽惶惶，手中拿著郭襄贈予的金手鐲，準備去襄陽投奔郭靖。然而，張君寶最後沒有去。他的骨氣讓他做出了自學的選擇。這個選擇當然不容易，甚至是極難的，張君寶走過岸然遠橋，乘過勁健蓮舟，宿過嵯峨岱巖，飲過悠遠松溪，攀過險峻翠山，憩過翼然梨亭，踏過晦暗聲谷，閱讀了青書，譜寫了金經，自創了梯雲縱、繞指柔劍、武當綿掌、真武七截陣、倚天屠龍功和太極拳，成為一代武學宗師。

張無忌：蝴蝶谷。

張無忌的幼年武學教育可以說是最好的。他用父親傳授的武當派武功築基，又得到他母親——明教魔女殷素素的指導，尤其是義父謝遜的栽培。謝遜曾告訴張翠山自己的武功太深，不適合太早讓張無忌涉獵。從這一點可以看出謝遜眼光犀利，頭腦清楚，對武學教育的層次、階段很有心得。

但張無忌脫胎換骨的「萬曆時刻」是在蝴蝶谷學習醫術的歲月。這段歲月，讓張無忌對人體生理、病理有了理論和實踐的認知，正因為有了這種認知，張無忌才能在後來躲過一個又一個坑，武功大成。

武學的坑不容易跨越。練習乾坤大挪移的明教第八代鍾教主練成第五層當天走火入魔；練習龍象般若功的藏邊僧人在精進到第十層時狂舞七天七夜而死；練習《九陰真經》的梅超風下肢癱瘓；練習《易筋經》的鳩摩智也是心魔驟起，幾乎瘋狂；林朝英都曾練功得病，幸虧寒玉床之助力才康復。

中篇

除了石破天透過圖畫學習之外，張無忌是唯一一個自學練習絕世武功而輕鬆闖關的人，這恐怕不是幸運就能解釋的，張無忌的生理學知識可能幫了他。張無忌練習《九陽真經》，最終在說不得的「乾坤一氣袋」裡水火既濟，打通任督二脈，要是沒有深厚的醫學知識，如何履險如夷？張無忌練習乾坤大挪移第七層武功時，要是沒有醫學知識，為何能知止不殆？張無忌在少林寺對戰三渡，使用聖火令武功時心魔大盛，幾乎敗於金剛伏魔圈，要是沒有醫學知識，如何力挽狂瀾？

令狐冲：沖靈劍法。

如果說楊過的一生可以分為使智的階段和用力的階段，那麼令狐冲的一生可以分為使志和用力的階段。

「子規聲裡雨如煙」，令狐冲在儀琳的講述中登場，靠的都是意志取勝，他戰青城四秀，計殺羅人傑，後來坐戰田伯光，靠的與其說是智力，更應該說是一種豁出命去的意志。再後來令狐冲偶遇向問天，路見不平一聲吼，靠的也一樣是意志。使志的令狐冲是最吸引人的。

等到令狐冲終於解決了內力的問題，劍法與內力齊飛，意志共俠情一色，這時的令狐冲就有些平淡了。

但令狐冲的「萬曆時刻」是在華山和小師妹練習「同生共死」的時候。這時令狐冲經歷成千上萬次刻苦練習，終於對劍的掌握臻於化境。正因為有了這些歷練，令狐冲才能在後來精通獨孤九劍，才能「少年俠氣，交結五都雄。肝膽洞，毛髮聳。立談中，死生同。一諾千金重」，才能「不請長纓，系取天驕種，劍吼西風」，以至於「恨登山臨水，手寄七弦桐，目送歸鴻」，終於笑傲江湖。

然而，「萬曆時刻」不僅通往山頂，也直達深淵。

游坦之：初遇阿紫。

游坦之的「萬曆時刻」是初遇阿紫的那一刻。游坦之雖然頑劣，父輩也是一時豪傑。游坦之敢於偷襲蕭峰，應該說勇氣過人。然而這一切在遇到阿紫之後都煙消雲散了。「溫柔鄉是英雄塚」，阿紫並非溫柔，游坦之也不是英雄，但這種痴迷最終讓游坦之變成了崇尚暴力、沒有原則的暴漢。

梅超風：桃與逃。

梅超風的「萬曆時刻」發生在師兄陳玄風摘了一枚鮮紅的大桃子給她吃的那一刻。梅超風天資聰穎但時運不濟，從小受惡人欺負，黃藥師把她帶到桃花島，她心中的春天卻遲遲沒有來臨，直到陳玄風送她桃子。也正是這枚桃子，開始了陳、梅的叛逃。梅超風始終堅信陳玄風。梅超風撇開了少年厄運，卻逃不過青年那顆悸動敏感的心。

楊康：假師父。

楊康的一生關鍵時刻就兩個字：師、父。

楊康幼年被丘處機尋到，有了第一個師父；可是當遇到梅超風後，楊康居然自己做主拜了新的師父，也就是梅超風；當王處一來到趙王府質問楊康的師父時，楊康抬出了一個武官湯祖德冒充自己的師父；當遇到歐陽鋒時，楊康決定拜他為師。

楊康一直追隨完顏洪烈為父，當得知身世之後，他下決心拒絕生父楊鐵心，繼續跟隨養父，並且與丘處機決裂。

楊康的生死成敗都在師、父兩字之上。

楊康的「萬曆時刻」恐怕是當他在趙王府抬出湯祖德的一刻，這一刻，是楊康對師、父的「乾坤大挪移」。在這一刻，楊康從內心已經完全

背叛了丘處機。從這一刻開始，楊康也背棄了生父楊鐵心，而選擇能給自己帶來榮華富貴的養父。當在荒村野店楊康殺死歐陽克時，他心裡想得更多的恐怕是想拜師歐陽鋒。最終，楊康也死於對師父的恐懼。

宋青書：光明頂敗於張無忌。

宋青書的「萬曆時刻」是在光明頂時使用武當綿掌，依然被張無忌的乾坤大挪移神功逆轉，扇了自己耳光的時候。心念周芷若的宋青書經此一役，一直在想著找回面子，結果越陷越深。他偷窺峨嵋女眷，被莫聲谷發現而最終殺害莫聲谷，恐怕都源於光明頂上自己扇自己的那記耳光。

林平之：十七歲那年的大宛馬。

林平之的「萬曆時刻」恐怕是十七歲那年的大宛馬。漢武帝曾因大宛馬派兵攻打西域，可見其名貴。十七歲的林平之的生日禮物就是大宛馬。從這匹大宛馬上，大概可以看出林家是多麼豪闊，以及對林平之是多麼嬌慣。林家身在江湖，對子女卻缺少江湖教育。林平之不知道江湖險惡，雖有家傳辟邪劍法和萬貫家財，既不能憑武功自立，又沒有德才兼備的下屬家臣可用，還高調奢華，一旦出事，轉瞬間土崩瓦解。

附：黃仁宇的「萬曆時刻」

歷史學家黃仁宇於1918年6月25日生於湖南長沙。黃仁宇的父親黃震白曾加入同盟會，追隨孫中山，並獲贈孫手書題字「博愛」。黃震白曾做過國民黨早期骨幹許崇智的參謀。黃震白後來回歸普通生活，生育二子一女，黃仁宇是長子。

黃仁宇似乎在很小的時候就喜歡寫文章。據黃仁宇的弟弟黃競存回

憶，在黃仁宇十四歲的時候，《湖南日報》副刊就連載黃仁宇寫的世界名人傳記。黃仁宇自己卻從未在自傳中提及此事。

1936 年，黃仁宇入南開大學電機工程系就讀。1937 年，日軍侵華，黃仁宇準備投筆從戎，但聽從了父親的建議，暫緩做決定。1938 年，在觀望行止的時間，黃仁宇毛遂自薦去了《抗戰日報》工作，當時負責編輯的則是作家廖沫沙。黃仁宇自此與廖沫沙結緣，並在多年後在中國出版《萬曆十五年》的時候得到廖沫沙的幫助。

1940 年左右，黃仁宇終於參軍，並於 1941 年加入國民黨駐印軍隊，隨後輾轉印度、緬甸。黃仁宇在緬甸時成為前線觀察員，寫了八篇文章，投稿至《大公報》。其中報導密支那（Myitkyina）之役的文章連載 4 天，得到了約 75 美元，相當於黃仁宇當時 5 個月的津貼。

1946 年 6 月，黃仁宇參加了美國留學考試，從 1,000 多人中脫穎而出，前往美國短期留學，就讀於美國堪薩斯州陸軍參謀大學。黃仁宇於 1947 年夏天回到南京。1949 年黃仁宇在東京擔任中國駐日代表團團長副官。1950 年，黃仁宇去臺灣，並於同年退伍。1952 年 9 月，黃仁宇去安娜堡的密西根大學讀書，學習歷史。1954 年和 1957 年，黃仁宇先後獲得學士和碩士學位。

1964 年，46 歲的黃仁宇獲得博士學位，博士論文為〈明代之漕運〉。他讀博期間的導師先是霍爾（John Whitney Hall），然後是費維愷（Albert Feuerwerker）和余英時，費維愷和余英時分別比黃仁宇小 9 歲和 12 歲。

1967 年，經余英時的介紹，49 歲的黃仁宇去紐約州立大學紐柏茲分校任教。同年 7 月，他參加李約瑟的《中國科學與文明》寫作計畫。1972 年，黃仁宇去劍橋大學訪問。

1975 年，57 歲的黃仁宇完成《萬曆十五年》初稿，英文名為《1587，

A Year of No Significance》。1976 年 7 月，《萬曆十五年》稿完成。《萬曆十五年》的出版備受波折，所以 1978 年黃仁宇委託赴中國的郁興民（郁達夫的兒子）尋找中文版出版商。1978 年 12 月，黃仁宇將英文版交到了耶魯大學出版社。到了 1979 年 8 月，黃仁宇才得到耶魯大學出版社有意出版的消息。而同時郁興民也傳來消息，郁興民的妹夫黃苗子拜訪了廖沫沙，後者同意為該書寫序。英文版和中文版的《萬曆十五年》分別於 1981 年和 1982 年出版。而早在 1978 年 6 月，60 歲的黃仁宇收到紐約州立大學紐柏茲分校的解聘通知。

我想，黃仁宇的「萬曆時刻」應該是在緬甸寫報導的時候，這個時候的經歷奠定了黃仁宇一生的事業基礎。他一生經歷傳奇，46 歲才拿到博士，63 歲出版名著《萬曆十五年》，之後依然孜孜不倦，堪稱老驥伏櫪、志在千里的典型。

黃仁宇自己說：「我完全信服這種說法（機遇和事件可以改變人的命運）。在我一生中，我常必須在特定時間點做出關鍵決定。回顧過去，我不確定當時是否由自己來下決定，似乎是決定等著我。」

一個偉大的作品自有其生命。《萬曆十五年》的生命就是在黃仁宇傳奇的一生的肥厚土壤中開出的一朵奇花吧。

（引自《黃河青山：黃仁宇回憶錄》（*Yellow Rivers, Blue Mountains*），中文版由三聯書店出版，張逸安譯。關於書名，書中沒有給出說明。但我想，黃河可能代表了中國，是黃仁宇的姓氏和一生思想淵源；青山則可能代表了美國，是黃仁宇寄居和思想大成之地。）

第七編　金庸的武功

引子：一尺竹含千尺勢

在這一編裡，我對金庸小說中的武功做了總結，包括武功的屬性、影響力、有用和無用、快和慢、博和精、熱和冷等。

鄭板橋有兩句詩：「一尺竹含千尺勢，老夫胸次有靈奇。」這兩句詩很適合用來概括金庸小說博大精深的武學體系。從金庸小說想像雄奇瑰麗的武學體系中，我們也能看到各種靈奇，得到各種學術啟發。

35　金庸小說武功的屬性

金庸小說中的武功是具有不同屬性的，可以分為四類。

第一類是**以新為屬性的武功**。

一是周伯通之左右互搏和空明拳。

周伯通是金庸小說中最具創造力的人物，沒有之一。他最大的原創性發現是左右互搏。左右互搏的原理非常簡單，就是一心二用，但能過這一關的人非常稀少，屬於知易行難的武功。在金庸的所有小說中，只有周伯通、郭靖和小龍女可以完成。左右互搏效果非常驚人，能讓人武功陡然加倍，實在是一種無上妙法。

人們常常因為左右互搏的新穎而忽略空明拳的創意。其實空明拳開武學中前所未有的新境界。周伯通作為全真派的一員，一直是修習全真派武功的。從丘處機到馬鈺等人的表現來看，全真派的正宗武功中規中矩，沒有以柔克剛的記載。但是周伯通無師自通，悟到了空、無的妙

處。《道德經》第十一章中說：「**故有之以為利，無之以為用。**」周伯通因此而創空明拳。王重陽弟子徒孫眾多，都是道士，但是明瞭道家無之為用的反倒是周伯通這個俗家人物。「**出門一笑無拘礙，雲在西湖月在天。**」這是對王重陽的描述。但從王重陽對林朝英的感情處理來看，遠不如周伯通對瑛姑的豁達與空明。周伯通不但看待名氣和感情空明，看待武功也空明。

二是張三丰之太極拳。

周伯通畢竟是全真派的，屬於道家，所以說周伯通創空明拳是由道入道，相對簡易。而張三丰則是出自少林，底子是佛家的《九陽真經》，而最終創出了以柔克剛、由陽轉陰的太極拳，尤其難得。張三丰名字中的「丰」字也是六十四卦之一，其卦相是上雷下火，為陽剛之卦。張三丰剛好有三「陽」：《九陽真經》＋純陽體質＋性格陽剛有為。他能陽極而陰，創立太極拳，非常難得。

三是楊過之黯然銷魂掌。

金庸小說中的武學的主要構成就是內力和外功。內力為王，但是內力必須透過某種方式（外功）釋放，否則就像飆升的股票卻沒法變現一樣，所以渾身內力的覺遠實戰無力，對付瀟湘子和尹克西甚至不如張君寶，所以內力充盈的令狐冲反而病入膏肓，所以剛獲得極大內力的虛竹、剛打通任督二脈的張無忌等人都有勁無處使。而外功可以讓內力釋放，實現內力的變現，所以掌握了《神照經》內力的狄雲需要血刀刀法才能遊刃有餘，所以虛竹需要天山六陽掌和折梅手運化自己身上天山童姥等人的內力，所以段譽需要六脈神劍駕馭北冥神功的內力。

這些內力變現方法都緩慢、悠長而間接。楊過想出了一種新方法：內力簡單粗暴的外放，這就是黯然銷魂掌。這種內力釋放的方法條件非

常苛刻，需要心如死灰。環顧金庸小說中的武俠世界，此絕學只有楊過一人擅長。

四是郭靖未發表之古藤十二式。

郭靖在金庸小說中給人的感覺一直是駑鈍。其實郭靖學習能力驚人，比如只花了不到一個月時間就學會了降龍十八掌中的十五掌、空明拳等，雖然沒有辦法和幾個時辰學會乾坤大挪移的張無忌、半天工夫學會二三成凌波微步的段譽相比，但學習能力依然很強。

郭靖的創造力尤其強悍。郭靖在十八歲和歐陽克比拚的時候，就試圖創出洪七公尚未教授的降龍十八掌中的後三掌。郭靖在華山看到古老的龍藤，就覺得能創出十二式古拙的掌法。只是當時郭靖心灰意冷，這路掌法才沒有來到世間，但這足以說明郭靖的創造力。

從周伯通到張三丰、楊過、郭靖，這類以新為屬性的武學創造的主要特點是沒有摻雜目的性。周伯通百無聊賴，張三丰興之所至，楊過黯然銷魂，郭靖心如死灰。所以，原創性最大的特點是來自創作者的靈感，是長期審美、情趣的醞釀，可能不是學術前沿、社會需求或者交叉融通，而是沉醉中偶然靈光一現的神蹟。

這正是「醉裡不知天在水，滿船清夢壓星河。」

第二類是**以前沿為屬性的武功**。

一是歐陽鋒之蛤蟆功。

仔細思考一下，歐陽鋒的蛤蟆功其實是目的性極強的一種武功。

此功純係以靜制動，全身蓄勁涵勢，勁力不吐，只要敵人一施攻擊，立時便有猛烈無比的勁道反擊出來。

《射鵰英雄傳》第十八章「三道試題」

所以蛤蟆功並不是普通的打打殺殺的武功，因為在積蓄勁力的時候，對方可能就跑路了。它針對的只能是自顧身分不會逃跑的絕世高手，針對的是終極比拚的生死相搏，針對的是伯仲之間的以硬碰硬。所以歐陽克不會蛤蟆功，可能因為歐陽鋒知道這種武功就是生死對決，不會輕易教給親兒子（名義上的姪子）。蛤蟆功不是鵰蟲小技，是倚天屠龍之技，是最具前沿邊際特徵的武功。

二是黃藥師之彈指神通。

黃藥師的彈指神通同樣是目的性極強的武功。黃藥師出生之前的年代，指法大行其道。從大理段氏六脈神劍，到姑蘇慕容參合指，到少林寺的拈花指等，堪稱一時瑜亮。到了「射鵰」時代，只剩下大理段氏的一陽指。黃藥師是什麼樣人？「形相清癯，豐姿雋爽，蕭疏軒舉，湛然若神」，是看了王重陽的天罡北斗陣都要想著破解的大師，是《射鵰英雄傳》中創造武功最多的人物，自然要創出格調高冷的武功。指法剛好滿足了黃藥師的虛榮心。

靈山之上，佛祖拈花，眾人不解，唯有迦葉微笑，所以佛祖教外別傳，付囑摩訶迦葉，故屬於禪宗的少林寺有拈花指。大理段氏皇家一脈，獨霸天南，雍容華貴，故有一陽指。黃藥師可能獨闢蹊徑，創造出了以手指彎曲為特徵的彈指神通。「碧海潮生按玉簫」，黃藥師指按玉簫可能也是修練彈指神通的妙法。

前沿性研究最大的特點是目的性：針對的是難點、熱點和前沿的邊際拓展。它不見得是沒有功利心的穎悟，常常關注社會需求和交叉融通。

不是「文章本天成，妙手偶得之」，而是「兩句三年得，一吟雙淚流」。第三類是**以解決需求為屬性的武功。**

一是全真派之北斗大陣。

全真派自王重陽以下，武功衰落。丘處機還算好的，到了尹志平、趙志敬時期已經上不了檯面了。所以馬鈺等人面臨的最大需求不是等待下一個王重陽、周伯通，那樣的人物可遇不可求。他們的最大需求是整合現有資源，實現能力最大化，這就是北斗大陣的由來。北斗大陣針對全真派弟子眾多、菁英很少的現狀，透過結陣增加整體實力，實現了武學效果的最大化。

二是黃藥師之旋風掃葉腿法。

黃藥師憤世嫉俗，也遺世獨立。他有極高的天資，有傑出的弟子，但是他性格太過孤高，所以一怒之下打傷弟子的腿。這是他平生恨事，他想補救。所以他的最大需求是如何讓弟子的腿恢復。於是他發明了旋風掃葉腿法。這是一種有極大心理彌補需求的武功。

所以，需求性研究最大的特點是**時效性**：針對的是急迫的現實需求。它常常不是靈感性原創，但和前沿常常關係密切，也可能面對的是突發的需求。

第四類是**以學科融合為屬性的武功**。

比如內力和外功的融合，如張無忌的九陽神功＋乾坤大挪移、袁承志的華山內功＋金蛇劍法、令狐冲的《易筋經》＋獨孤九劍。又如外功的融合，如林朝英的玉女素心劍法、公孫止的陰陽倒亂劍法、華山派的反兩儀刀法＋崑崙派的正兩儀劍法。這些融合都是水乳交融、天衣無縫。

交融要滿足 1+1>2，甚至遠遠大於 2。最明顯的例子是辟邪劍法。這個劍法的內功就是引刀自宮，外功也不過是平平無奇的劍法，但是兩者融合，就能生出厲害無比的辟邪劍法。再比如武當派的真武七截陣，若

中篇

七人同使,好似六十四位武林高手一樣。所以,融合性武學最大的特點是學科之間的有機融合。這種融合可能拓展前沿,滿足社會需求,甚至給原創研究提供土壤。正所謂「南山與秋色,氣勢兩相高」。

36 金庸小說武功的影響力

金庸小說中的武學浩如煙海,異彩紛呈,評價它們有很多角度,如實用效果、美學氣質等,而其中影響力一定是一個非常重要的標準。如何評價金庸小說武功的影響力呢?武功在時空上的覆蓋程度一定是最有說服力的考慮,而武功在時間和空間的波及面又受武功創立平臺的影響,據此,可以將金庸小說武功分為四類。

第一類,平臺高,傳播廣,包括《九陰真經》、《九陽真經》、太極拳、降龍十八掌、獨孤九劍和《易筋經》。

《九陰真經》位列第一。黃裳遍閱道藏,皓首窮經,終於創出前無古人、後無來者的絕世武功,屬於創立平臺極高、傳播極廣的武功。《九陰真經》創出之後不久就名動天下,一時令無數英雄豪傑競折腰。「射鵰」五絕、老頑童和郭靖等都和《九陰真經》淵源深厚;《神鵰俠侶》裡面的林朝英、小龍女、楊過等都和《九陰真經》恩怨糾纏;《倚天屠龍記》裡面的郭襄、滅絕師太、周芷若、古墓派傳人等都和《九陰真經》藕斷絲連。《九陰真經》的影響力是金庸小說中的武學之冠。

《九陽真經》緊隨其後。書寫於少林寺藏經閣的《楞伽經》之中的《九陽真經》傳播也極廣。自掃地僧首創,最初有覺遠、張三丰練習,瀟湘子、尹克西覬覦,再傳至郭襄、無色,以至於少林派、武當派、峨嵋派一花三葉,直至張無忌得到全本。《九陽真經》的影響力僅次於《九陰真經》。

太極拳創立時格調極高。張三丰創立太極拳，初傳給俞蓮舟，後來武當七俠練習者眾多。張無忌在武當山透過張三丰現場教學學習太極拳，並力克趙敏手下悍將時，太極拳迎來精采時刻。到了《書劍恩仇錄》裡面，趙半山傳給胡斐太極拳之「陰陽訣」和「亂環訣」，風雲再起。

降龍十八掌是金庸小說中最具雄性荷爾蒙的武功，影響很大。從喬峰開始，到洪七公，以至於郭靖、耶律齊甚至史火龍，金庸小說中最豪氣干雲的大俠大都是練習降龍十八掌的。耶律齊雖然只學會了十四掌，但是也是一時俊傑；史火龍只學會了十二掌，是倚天時的一流高手；再加上黎生、魯有腳等，也都是厲害角色。降龍十八掌是金庸小說中最陽剛的武功。

獨孤九劍是「劍魔」獨孤求敗的武功，影響深遠。後來楊過、令狐冲都練習過，傳播也很廣。

《易筋經》據傳是達摩所創，平臺很高。後來修習這項內功的有游坦之、方正大師、令狐冲等。

所以，一般來講傳播和平臺是正相關的。平臺越高，在平臺上創出的武功的影響力可能就越大。

第二類，平臺高，傳播次數低，包括黯然銷魂掌等多種。

並非所有平臺高的武功流傳都很廣，有很多成為「絕學」，就是至此而絕的武學，比如黯然銷魂掌、龍象般若功、六脈神劍、天山六陽掌、先天功、蛤蟆功、凌波微步、北冥神功、火焰刀、擒龍功、倚天屠龍功等。

黯然銷魂掌是楊過所創，在楊過擊斃金輪法王時大放異彩，是和彈指神通、降龍十八掌功力悉敵的武功，但是也止於楊過。龍象般若功始

於金輪法王，也終於金輪法王。六脈神劍只有段譽一人練成。先天功似乎只有王重陽和南帝段智興會。一個很奇怪的現象是，同為頂級武功，先天功只要求不近女色，辟邪劍法卻要求引刀自宮，兩者要求類似，但是練習後者的遠遠多於練習前者的，可能是由於**人性常常意志薄弱，而又追求速成**。其他所列絕學也大抵如此。

第三類，平臺低，傳播廣，如太祖長拳。

太祖長拳的創立者肯定不是宋太祖，誰會用死後的廟號命名自己的發明呢？就像《黃帝內經》肯定不是黃帝寫的一樣。宋徽宗趙佶的獨特書法叫瘦金體而不是「徽宗體」。太祖長拳的創立者肯定是沒有太大影響的根，所以假托太祖之名。但這不妨礙聚賢莊喬峰用太祖長拳大戰天下群雄。在金庸小說中，以一敵眾的著名場面只有3個，喬峰大鬧聚賢莊是一個，另外兩個，一是郭靖大鬧蒙古軍營，一是張無忌大戰光明頂。經聚賢莊一役，太祖長拳名動天下。

第四類，平臺高，傳播廣，但是害人不淺，如辟邪劍法。

辟邪劍法源自前朝宦官，可能是一個類似黃裳的人物，影響很大。先後和辟邪劍法有關的人物有福建莆田少林寺的紅葉禪師，渡元禪師（後改名林遠圖），華山派的岳肅、蔡子峰，以至於岳不群、東方不敗、林平之等人。儘管如此，辟邪劍法激發了人們走捷徑的欲望，所以引起很多血腥殺戮，如林家滅門。金庸小說中武功眾多，因搶奪引起災禍之慘烈的，以辟邪劍法為第一。

但整體而言，平臺高、傳播廣是常態，其他的都是小機率事件。

評價傳播次數時最好消除內部自行傳播，如一陽指。一陽指是大理皇室絕學，平臺很高。修習的有：段正淳、段正明兄弟，南帝和南帝的

弟子漁、樵、耕、讀，直至郭靖的徒弟武修文、武敦儒，到「倚天」時代的朱長齡、武烈以及後人朱九真、武青嬰，傳播很廣。但這些大都是大理一脈內部傳播，所以一陽指逐漸式微，傳播次數並沒有挽救它。

學術評價應注意對冷門絕學的保護。

金庸小說中的人物用得最多的是劍，所以劍法中影響大、傳播廣的不少見，如獨孤九劍。但是不能忽視冷門絕學。比如，青城派以雷公轟使的「青字九打」、「城字十八破」和蓬萊派的「天王補心針」，研習的人很少，但這些武功也很有價值。

冷門絕學還有金輪法王的五輪。歷史上使用輪子做武器的恐怕只有金輪法王。

武功生態多樣性只有好處，因為你不知道哪塊雲彩有雨。

附：關於學術評價的一點想法

學術評價是非常難的事情，從嚴格意義上說，只有在無限長的時間內才可能對學術的意義與價值進行評判。但這種情形顯然不能令人滿意。「知也無涯，而吾生也有涯。」要怎麼辦呢？人類發明了一系列方法進行學術評價。

第一種方法是評獎。評獎是衡量科學發現的一種好方法。以大名鼎鼎的諾貝爾獎為例，它常常能夠衡量科學發現的重大價值。雖然很多諾貝爾獎甚至會頒給前一年的科學發現。比如，胰島素於1922年被發現，它的發現者在1923年就獲得了諾貝爾獎；再比如，楊振寧、李政道於1956年提出宇稱不守恆定律，1957年就獲獎。但大多數諾貝爾獎都經過了時間的洗禮，DNA雙螺旋的諾貝爾獎也要等待9年（1953－1962年）時間，轉座因子從發現到獲獎經過了35年，誘導性多能幹細胞則經過了

50年。評獎適用範圍有限，而且時間跨度可能很大，無法讓人滿意，於是有了另一種方法，即引用次數。

學術評價的第二種方法是引用次數。就像一篇社群貼文，有「瀏覽」、「點讚」和「分享」統計數字。「瀏覽」相對容易，有些人可能是被標題吸引進去讀的；「點讚」達到一定數量就比較難了，代表了閱讀者對內容的認可；「分享」則更難一點，需要閱讀者非常認可，以至於願意分享。學術文章引用類似貼文的「分享」，但是比「分享」要求高得多，因為學術文章的創作過程比社群貼文艱難、漫長得多。在這樣的漫長過程中，最終選擇引用一篇文章，表明被引用文章有不可替代的價值。所以引用次數能較好地衡量學術文章的價值。引用次數的時間跨度一般來說肯定比諾貝爾獎等要短，但還不夠快，於是又有了影響指數。

引用次數後來發展出影響指數。比如社群貼文的「瀏覽」、「點讚」和「分享」計數一般是文章推送之後的一段時間達到高峰的，這個時間以分鐘、小時計。學術文章的引用次數的生成過程要慢得多，這是學術文章的創作過程決定的。學術文章的誕生要經歷一系列過程：產生想法，設計實驗，完成實驗，總結數據，分析結果，撰寫論文，選擇雜誌，投稿，經歷同行評議，修改，直至發表。所以學術文章的引用過程可能要以年計。但有時候對學術評價的需求挺迫切的。獎勵申報、職稱晉升等有時要求對剛發表的文章進行學術價值評估。既然學術文章的引用要以年計，那麼如何在學術文章剛剛發表時就進行評價呢？這就引出了影響指數的概念。

學術文章都是發表在學術刊物上的。那些引用次數高的文章得到更多的關注。發表這些有重要發現的文章的刊物慢慢地也得到了更多的重視。反過來，這些刊物慢慢地對一般的學術文章也不怎麼待見了，更願

意發表可能被廣泛引用的重大發現。經過這個過程之後，好的文章和刊物互相成就：好的文章願意投到好的刊物，好的刊物也願意要好的文章。結果就是，通常來說，好的刊物上的文章有更亮眼的引用次數。衡量一個刊物上某一年的文章的平均引用次數的一個指標被稱為影響指數。

影響指數是逐年計算的，不同年分會有波動。文章在投稿的時候，只能根據刊物的歷史影響指數大致判斷出文章在發表後不同年分可能的引用次數。當然影響指數只是對文章的一種近似的判斷。近似之處在於，對於早就發表的文章，影響指數用所有文章的平均引用次數來衡量具體文章；對於剛發表的文章，還要再加上一條——用歷史評價未來。

影響指數雖然不能和引用次數畫等號，但依然是一個很好的學術評價指標。影響指數是對刊物的衡量，是對刊物上文章的平均化，不是對具體文章的衡量。但根據影響指數能大致判斷文章被引用情況，儘管不是非常準確。就像我們常常從學校出身對人進行判斷一樣。從統計學上看，名校畢業的學生可能有更好的發展，雖然具體到每一個名校畢業的人，常常不是非常精確。因為引用次數的衡量需要漫長的時間檢驗，刊物的影響指數變成了一種雖不完美，但是相對可靠的衡量標準，尤其對新發表的文章。

影響指數進一步塑造了刊物分區的概念。影響指數沒有引用次數具體，但是更具有指導和預判價值，可是還有一個問題，有些內容雖然意義重大，但相對小眾，研究者少，引用也少，影響指數也低。比如數學，在影響指數上是沒有辦法和生、化、環、材相比的。所以又有了所謂分區的概念。分區就是先按刊物所屬類別分類，再根據影響指數分區，比如前 25%、後 25% 分為 1 區、4 區等。

分區避免了不同關注度領域之間的不公平比較，讓學術評價在領域

內得到更好的衡量。這樣，一個影響指數為 4 分的數學刊物可能屬於 1 區，而在生、化、環、材領域中 4 分的刊物可能只在 3 區。分區解決了不同領域之間比較的問題，在本領域內自行比較，顯然是一種更加可靠的辦法。

如何有效地進行學術評價呢？**學術評價很難。但整體而言，引用次數（除去自引）＋影響指數＋學術分區能解決 99% 的學術評價問題，最具說服力。**其中，引用次數（除去自引）應該是最有價值的。但是現在很多學校在進行學術評價的時候常常只關注影響指數和分區，而忽視引用次數（除去自引），有點「得筌忘魚」的意思。影響指數和分區是針對刊物的平均化處理，引用次數（除去自引）才是文章自身的準確指標。

只破不立是不行的。所以需要立的，就是對論文的正確評價體系：

(1) 以引用次數（去除自引）為核心。
(2) 用分區加權，以在不同學科間比較。
(3) 僅對發表當年影響指數未出的論文用影響指數評價。

但依然要注意，極少數重大的學術發現是沒有辦法用這種方式評價的。只有時間才能大浪淘沙，讓真正的發現閃耀於世。孟德爾就是一個例子。

（這篇文章探討的僅是以論文為代表的學術成果的評價，不包括解決重要技術問題的專利等內容。）

37　金庸小說中的冷門絕學

熱門酒肉臭，冷門凍死骨。金庸小說中有很多熱門武功，支持者者如過江之鯽，如《九陰真經》、《九陽真經》。金庸小說中的很多冷門武

功，追隨者卻寥寥無幾，常常止於一代。然而，逝者不死，必將再起，其勢更烈。金庸小說中有些冷門絕學，如彗星劃過天際，如曇花幽幽一現，照亮了江湖的夜空，裝點了武林的原野，它們雖然一代而絕，但是啟發了後世的重大發現，從而在金庸武學史上留下了濃墨重彩的篇章。

火焰刀（鳩摩智）——大手印（靈智上人）和鐵掌（裘千仞）

只見他左手拈了一枝藏香，右手取過地下的一些木屑，輕輕捏緊，將藏香插在木屑之中。如此一連插了六枝藏香，併成一列，每枝藏香間相距約一尺。鳩摩智盤膝坐在香後，隔著五尺左右，突然雙掌搓了幾搓，向外揮出，六根香頭一亮，同時點燃了。眾人都是大吃一驚，只覺這人內力之強，實已到了不可思議的境界。

《天龍八部》第十章「劍氣碧煙橫」

鳩摩智在大理天龍寺施展了一次火焰刀，此後再未使用。然而，靈智上人的大手印、裘千仞的鐵掌，似乎都是源於火焰刀：在物理攻擊中有火的屬性。

（沙通天）一抓下去，剛碰到靈智上人的後頸，突感火辣辣的一股力道從腕底猛打將上來，若不抵擋，右腕立時折斷。

《射鵰英雄傳》第二十二章「騎鯊遨遊」

靈智上人來自藏邊，而鳩摩智是吐蕃國師，兩人武功也很相似，所以靈智上人的大手印恐怕來自鳩摩智的火焰刀。裘千仞的鐵掌可能不是直接來源於火焰刀，而是借鑑了火焰刀的火屬性特徵。

冰蠶勁力（游坦之）——寒冰真氣（左冷禪）和幻陰指（圓真）

原來蕭峰少了慕容復一個強敵，和游坦之單打獨鬥，立時便大占上風，只是和他硬拚數掌，每一次雙掌相接，都不禁機伶伶的打個冷戰，

中篇

感到寒氣襲體，說不出的難受。

《天龍八部》第四十二章「老魔小丑，豈堪一擊，勝之不武」

《天龍八部》裡面游坦之的《易筋經》＋冰蠶勁力天下無雙，連蕭峰這樣的人物面對游坦之打來的每一掌都覺得一陣寒意，足以說明冰蠶勁力的霸道。冰蠶勁力自游坦之跳崖而死就不見了，可是《笑傲江湖》中的左冷禪卻從中得到啟發，戰勝了任我行。

原來左冷禪適才這一招大是行險，他已修練了十餘年的「寒冰真氣」注於食指之上，拚著大耗內力，將計就計，便讓任我行吸了過去，不但讓他吸去，反而加催內力，急速注入對方穴道。這內力是至陰至寒之物，一瞬之間，任我行全身為之凍僵。左冷禪乘著他「吸星大法」一窒的頃刻之間，內力一催，就勢封住了他的穴道。

《笑傲江湖》第二十七章「三戰」

嵩山派雖然毗鄰少林寺，但不是佛教來源，左冷禪名字為什麼叫冷禪？一方面可能是示少林寺以同源之意；另一方面，更重要而且更隱蔽的，恐怕是紀念游坦之的冰蠶勁力。

圓真也曾用陰寒的幻陰指封住了明教五散人和光明左使楊逍。

生死符（天山童姥）—— 三尸腦神丹（魔教）

童姥道：「我這生死符，乃是一片圓圓的薄冰。」

接著便道：「更何況每一張生死符上我都含有分量不同的陰陽之氣，旁人如何能解？你身上這九張生死符，須以九種不同的手法化解。」

「這生死符一發作，一日厲害一日，奇癢劇痛遞加九九八十一日，然後逐步減退，八十一日之後，又再遞增，如此周而復始，永無休止。每年我派人巡行各洞各島，賜以鎮痛止癢之藥，這生死符一年之內便可不發。」

《天龍八部》第三十五章「紅顏彈指老，剎那芳華」

生死符是天山童姥的獨門暗器，有威懾、控制的作用，端是厲害。然而，生死符的使用需要高手、內力、手法，所以產能是缺點。三尸腦神丹很好地解決了量產的問題。

黃鐘公和禿筆翁、丹青生面面相覷，都是臉色大變。他們與秦偉邦等久在魔教，早就知道這「三尸腦神丹」中裡有尸蟲，平時並不發作，一無異狀，但若到了每年端午節的午時不服克制尸蟲的藥物，原來的藥性一過，尸蟲脫伏而出。一經入腦，其人行動如妖如鬼，再也不可以常理測度，理性一失，連父母妻子也會咬來吃了。當世毒物，無逾於此。再者，不同藥主所煉丹藥，藥性各不相同，東方教主的解藥，解不了任我行所製丹藥之毒。

《笑傲江湖》第二十二章「脫困」

三尸腦神丹的思想，如需要解藥、複雜配方、個體精準投放特徵，都源於生死符。但三尸腦神丹化生死符的物理屬性為化學屬性，不用耗費高手內力，可以量產，可以委託手下管理、使用，輻射範圍遠大於生死符。所以，使用生死符的只是一個古怪的老太太，而使用三尸腦神丹的則是江湖著名門派的首腦。

化功大法（丁春秋）── 千蛛萬毒手（殷離）

他（丁春秋）所練的那門「化功大法」，經常要將毒蛇毒蟲的毒質塗在手掌之上，吸入體內，若是七日不塗，不但功力減退，而且體內蘊積了數十年的毒質不得新毒克制，不免漸漸發作，為禍之烈，實是難以形容。

《天龍八部》第二十九章「蟲豸凝寒掌作冰」

丁春秋的化功大法用毒物養成，殷離也是如此。

盒中的一對花蛛慢慢爬近，分別咬住了她（蛛兒，即殷離）兩根指頭。她深深吸一口氣，雙臂輕微顫抖，潛運內功和蛛毒相抗。花蛛吸取她手指上的血液為食，但蛛兒手指上血脈運轉，也帶了花蛛體內毒液，回入自己血中。

《倚天屠龍記》第十七章「青翼出沒一笑揚」

同歸劍法（丘處機）—— 天地同壽（殷梨亭）

當即劍交左手，使開一套學成後從未在臨敵時用過的「同歸劍法」來，劍光閃閃，招招指向柯鎮惡、朱聰、焦木三人要害，竟自不加防守，一味凌厲進攻。

《射鵰英雄傳》第二章「江南七怪」

全真派有對付歐陽鋒的同歸劍法，武當派則有天地同壽。

這一招更是壯烈，屬於武當派劍招，叫做「天地同壽」，卻非張三丰所創，乃是殷梨亭苦心孤詣地想了出來，本意是要和楊逍同歸於盡之用。

《倚天屠龍記》第二十九章「四女同舟何所望」

武當派和全真派有很多相似之處：祖師都是天下第一的高手；都是七個弟子，且武功不如其師；都有陣法，如全真派的天罡北斗陣、武當派的真武七截陣；另外就是都有同歸劍法和天地同壽這種兩敗俱傷的打法。

碧海潮生曲（黃藥師）—— 七弦無形劍（黃鐘公）

這套曲子（碧海潮生曲）模擬大海浩淼，萬里無波，遠處潮水緩緩推近，漸近漸快，其後洪濤洶湧，白浪連山，而潮水中魚躍鯨浮，海面

上風嘯鷗飛，再加上水妖海怪，群魔弄潮，忽而冰山飄至，忽而熱海如沸，極盡變幻之能事，而潮退後水平如鏡，海底卻又是暗流湍急，於無聲處隱伏凶險，更令聆曲者不知不覺而入伏，尤為防不勝防。

《射鵰英雄傳》第十八章「三道試題」

黃藥師的碧海潮生曲攻人內力，非常厲害。金庸小說中只有黃鐘公隔代遺傳了這項絕學。

他知道黃鐘公在琴上撥弦發聲，並非故示閒暇，卻是在琴音之中灌注上乘內力，用以擾亂敵人心神，對方內力和琴音一生共鳴，便不知不覺地為琴音所制。琴音舒緩，對方出招也跟著舒緩；琴音急驟，對方出招也跟著急驟。但黃鐘公琴上的招數卻和琴音恰正相反。他出招快速而琴音加倍悠閒，對方勢必無法擋架。

《笑傲江湖》第二十章「入獄」

黃鐘公也姓黃，恐怕不是沒有原因的，是不是其實叫「鍾黃功」（鍾意黃藥師的武功，尤其是碧海潮生曲）？黃鐘公還有自己的發揮，即招數和內力相反，非常難以抵禦。

泥鰍功（瑛姑）—— 金蛇遊身拳（夏雪宜）和飄雪穿雲掌（郭襄）

但說也奇怪，手掌剛與她（瑛姑）肩頭相觸，只覺她肩上卻似塗了一層厚厚的油脂，溜滑異常，連掌帶勁，都滑到了一邊。

《射鵰英雄傳》第二十九章「黑沼隱女」

瑛姑的武功在金庸小說中不入流，但她是一個創造力極強的人物。她隱居黑沼，居然從泥鰍身上悟出了泥鰍功，非常難得。多年以後，《碧血劍》中金蛇郎君夏雪宜可能從瑛姑的創造中得到啟發，開發了金蛇遊身拳。

中篇

又拆得數十招，袁承志突然拳法一變，身形便如水蛇般遊走不定。這是金蛇郎君手創的「金蛇遊身拳」，係從水蛇在水中游動的身法中所悟出。

《碧血劍》第十回「不傳傳百變，無敵敵千招」

除了金蛇郎君，郭襄在少室山下初鬥無色禪師的時候也用過瑛姑的泥鰍功。

她當年在黑龍潭中見瑛姑與楊過相鬥，弱不敵強，使「泥鰍功」溜開，這時便依樣葫蘆。

《倚天屠龍記》第一章「天涯思君不可忘」

後來峨嵋派有飄雪穿雲掌，就是滅絕師太和張無忌三掌賭局的第一掌，掌力吞吐閃爍，是不是郭襄從泥鰍功得到的啟發不得而知，但是可能性不小。

龍象般若功（金輪法王）—— 乾坤大挪移（張無忌）

那「龍象般若功」共分十二層，第一層功夫十分淺易，縱是下愚之人，只要得到傳授，一二年中即能練就。第二層比第一層加深一倍，需時三四年。第三層又比第二層加深一倍，需時七八年。

《神鵰俠侶》第三十七回「三世恩怨」

金輪法王死後，龍象般若功不存於世。達爾巴等人都沒有繼承衣缽。金輪法王看好的郭襄也拒絕了他收徒傳藝之意。然而，龍象般若功的精神血脈還是流傳下去了。

見羊皮上寫著：「此第一層心法，悟性高者七年可成，次者十四年可成。」心下大奇：「這有什麼難處？何以要練七年才成？」

但見其中註明：第二層心法悟性高者七年可成，次焉者十四年可成，

如練至二十一年而無進展，則不可再練第三層，以防走火入魔，無可解救。

《倚天屠龍記》第二十章「與子共穴相扶將」

張無忌的乾坤大挪移和龍象般若功很像：都是來自西域的武功；都是運使巨大力量的法門；最關鍵的是，難度都呈指數增加；而且，最高層次都沒有人練成，後者第七層不完整，前者據說到可達十三層，但無人得窺絕高境界。

雷公轟（青城派）—— 手槍

那漢子點頭道：「不錯。」左手伸入右手衣袖，右手伸入左手衣袖，便似冬日籠手取暖一般，隨即雙手伸出，手中已各握了一柄奇形兵刃，左手是柄六七寸長的鐵錐，錐尖卻曲了兩曲，右手則是個八角小錘，錘柄長僅及尺，錘頭還沒常人的拳頭大，兩件兵器小巧玲瓏，倒像是孩童的玩具，用以臨敵，看來全無用處。

諸保昆生平最恨人嘲笑他的痲臉，聽得姚伯當這般公然譏嘲，如何忍耐得住？也不理姚伯當是北方大豪、一寨之主，左手鋼錐尖對準了他胸膛，右手小錘在錐尾一擊，嗤的一聲急響，破空聲有如尖嘯，一枚暗器向姚伯當胸口疾射過去。

《天龍八部》第十三章「水榭聽香，指點群豪戲」

古代的暗器，或者用手發射，如鏢，或者用彈力發射，如弓箭、袖箭，但是憑藉打擊力發射的只有雷公轟。而我們知道，憑藉打擊力發射的還有手槍，只是用火藥產生這種打擊力量。「天龍」時代的雷公轟可以視為後世手槍的雛形。

釋迦擲象功（尼摩星）── 大砲

他（尼摩星）這一擲乃是天竺釋氏的一門厲害武功，叫做「釋迦擲象功」。佛經中有言：釋迦牟尼為太子時，一日出城，大象礙路，太子手提象足，擲向高空，過三日後，象還墮地，撞地而成深溝，今名擲象溝。這自是寓言，形容佛法不可思議。後世天竺武學之士練成一門外功，能以巨力擲物，即以此命名。

《神鵰俠侶》第二十回「俠之大者」

拋巨物傷人的有投石機，後來的大砲恐怕也是從投石機演化來的。尼摩星的釋迦擲象功極有可能啟迪了後世大砲的發明。

「天龍」、「射鵰」時代是金庸武俠世界的巔峰，確實如此，連冷門絕學也最多。

這些冷門絕學不一而足，流傳不廣，大多一代而絕，但是都充滿想像力，給後世發明創造留下了巨大的想像空間。

附：新型冠狀病毒肺炎與 mRNA 疫苗

熱門的科學研究常是從冷門開始的。

萬尼瓦爾・布什（Vannevar Bush）是美國最偉大的科學家和工程師之一，也主導了美國的科技發展。他在談到關於科學研究人才培養時強調：能做科學研究的人極少，但是要找到這極少的人需要一個很大的基礎人群。（引自：〈為何美國的科學研究既能得諾貝爾獎，又能產生高科技產品〉，社群媒體「賽先生」，作者吳軍）

其實這句話可以套用一下：真正有價值的科學研究極少，但是要找到這極少的科學研究，需要一個很大的基礎研究，比如 mRNA 疫苗。在新型冠狀病毒肺炎爆發之前，人類從未有過 mRNA 疫苗；然而，人類應

對新型冠狀病毒肺炎的首批疫苗都是基於 mRNA 技術的。研究 mRNA 疫苗是名副其實的冷門絕學。卡里科（Katalin Kariko）在這個冷板凳上坐了 30 多年。mRNA 疫苗之所以冷門，是因為兩個原因：一是 mRNA 很不穩定；二是 mRNA 會被免疫系統當作外來物。卡里科發現，第一個問題還是挺好解決的，比如用脂質體等包裹 mRNA，就可以提高穩定性；但是第二個問題似乎判了 mRNA 疫苗死刑，如果它會被免疫系統攻擊，那還有救嗎？有的。卡里科後來發現同屬 RNA 的 tRNA 就不會被免疫系統攻擊，這是因為 tRNA 攜帶一種叫做假尿苷的分子。於是，2005 年，卡里科想到在 mRNA 中新增假尿苷，從而避免受到免疫系統攻擊。德國的 BioNTech 公司，就是在這次新冠病毒疫情中最先生產出疫苗的公司，慧眼識珠，購買了卡里科的 mRNA 摻入假尿苷修飾的專利。2020 年疫情暴發後，BioNTech 公司迅速應對，在 11 月 8 日就拿到了第一批疫苗的臨床陽性結果，這在傳統疫苗領域是不敢想像的。

不僅對於哲學和社會科學需要重視，自然科學也一樣，也要保護冷門絕學，因為冷門絕學可能成為救命之學。

無論個人還是國家，對冷門的堅守都是極為不易的。但是，正如大仲馬所說的那樣：「人類所有的智慧都包含在這兩個詞裡面：等待和希望。」（All human wisdom is summed up in two words：wait and hope.）梁啟超也有一句類似的話：「十年飲冰，難涼熱血。」

38　金庸小說中的無用功

金庸小說中有很多貌似無用但實際有大用的武功。這些武功雖然名不見經傳，但是可能催生了金庸武俠世界的頂級武功。

中篇

第一名：沖靈劍法 —— 獨孤九劍。

令狐冲曾經和岳靈珊創出沖靈劍法，其中一招叫做「同生共死」，可以做到劍尖相撞不差分毫：

> 殊不知雙劍如此在半空中相碰，在旁人是數千數萬次比劍不曾遇上一次，他二人卻是練了數千數萬次要如此相碰，而終於練成了的。這招劍法必須二人同使，兩人出招的方位力道又須拿捏得分毫不錯，雙劍才會在迅疾互刺的一瞬之間劍尖相抵，劍身彎成弧形。這劍法以之對付旁人，自無半分克敵致勝之效，在令狐冲與岳靈珊，卻是一件又艱難又有趣的玩意。二人練成招數之後，更進一步練得劍尖相碰，濺出火花。

《笑傲江湖》第三十三章「比劍」

沖靈劍法就是一種無用功，書中說「自無半分克敵致勝之效」。然而，沖靈劍法可能是令狐冲練成獨孤九劍的基礎。

> 令狐冲更無餘想，長劍倏出，使出「獨孤九劍」的「破箭式」，劍尖顫動，向十五人的眼睛點去。只聽得「啊！」、「哎唷！」、「啊喲！」慘呼聲不絕，跟著叮噹、嗆嘟、乒乓，諸般兵刃紛紛墮地。十五名蒙面客的三十隻眼睛，在一瞬之間被令狐冲以迅捷無倫的手法盡數刺中。獨孤九劍「破箭式」那一招擊打千百件暗器，千點萬點，本有先後之別，但出劍實在太快，便如同時發出一般。這路劍招須得每刺皆中，只稍疏漏了一刺，敵人的暗器便射中了自己。令狐冲這一式本未練熟，但刺人緩緩移近的眼珠，畢竟遠較擊打紛紛攢落的暗器為易，刺出三十劍，三十劍便刺中了三十隻眼睛。

《笑傲江湖》第十二章「圍攻」

令狐冲多次施展獨孤九劍，這是極具代表性的一次，能一劍刺瞎十五名高手的眼睛，靠的是什麼？別忘了，當時令狐冲內力一團混亂。

靠的恐怕是他和岳靈珊「練了數千數萬次」的「同生共死」。「同生共死」這一招不僅要在運動中控制方向，劍尖對劍尖，而且還要精準控制力度，濺出火花，這是多麼重要的基本功訓練？

如果說成就達文西畫藝的是畫雞蛋，那成就令狐冲劍藝的就是練「同生共死」。「同生共死」就是令狐冲的雞蛋。

令狐冲沉醉其中，練習了千萬遍才成功，所謂**「滿堂花醉三千遍」**，所以在面對十五個高手的時候，才可以**「一劍霜寒十五人」**。

並非學了獨孤九劍就瞬間天下無敵了的，或者說，令狐冲能在短時間內學會並精通獨孤九劍，以前的武功練習，尤其是冲靈劍法之「同生共死」，為其打下了堅實的基礎。

恰恰是「同生共死」這種無用功成就了大用。

第二名，呼吸、睡覺 —— 降龍十八掌。

金庸小說一大謎團就是：資質平平的郭靖為何迅速學會降龍十八掌？一個重要的原因也是無用功。

那道人道：「……這樣吧，你一番誠心，總算你我有緣，我就傳你一些呼吸、坐下、行路、睡覺的法子。」郭靖大奇，心想：「呼吸、坐下、行路、睡覺，我早就會了，何必要你教我？」

《射鵰英雄傳》第五章「彎弓射鵰」

郭靖武功的迅速成長，就是從看似和練武毫無關係的無用功開始的。馬鈺不遠千里來到大漠，傳給了郭靖一些呼吸、睡覺的無用功。看似無用，結果如何呢？

如此晚來朝去，郭靖夜夜在崖頂打坐練氣。說也奇怪，那道人並未教他一手半腳武功，然而他日間練武之時，竟爾漸漸身輕足健。半年之

後，本來勁力使不到的地方，現下一伸手就自然而然的用上了巧勁：原來拚了命也來不及做的招數，忽然做得又快又準。江南六怪只道他年紀長大了，勤練之後，終於豁然開竅，個個心中大樂。

《射鵰英雄傳》第五章「彎弓射鵰」

師父相見不相識，笑問客從何處來。馬鈺傳授的無用功，讓郭靖練習江南六怪的武功更加順暢、快捷。不僅如此，郭靖後來在一個月時間內學會降龍十五掌，馬鈺傳授的無用功發揮了極大的作用。相比之下，資質不錯又得到周伯通真傳的耶律齊終其一生也只會降龍十四掌。

無用功的大用可見一斑。

第三名，美女拳法──**黯然銷魂掌**。

楊過也是創立無用功的代表：

楊過悄退數步，坐到小龍女身畔，右手支頤，左手輕輕揮出，長嘆一聲，臉現寂寥之意。這是「美女拳法」最後一招的收式，叫做「古墓幽居」，卻是楊過所自創，林朝英固然不知，小龍女也是不會。楊過當年學全了美女拳法之後，心想祖師婆婆姿容德行，不輸於古代美女，武功之高更不必說，這路拳法中若無祖師婆婆在，算不得有美皆備，於是自行擬了這一招，雖說為抒寫林朝英而作，舉止神態卻是模擬了師父小龍女。當日小龍女見到，只是微微一哂，自也不會跟著他去胡鬧。

《神鵰俠侶》第十三回「武林盟主」

楊過自創這手美女拳法看似毫無用處，然而，楊過後來得以創出黯然銷魂掌，和這美女拳法關係很大：

楊過見他將自己突起而攻的招式盡數化解，無一不是妙到巔毫，不禁暗暗嘆服，叫道：「下一招叫做『拖泥帶水』！」周伯通和郭襄齊聲發

笑,喝采道:「好名目!」楊過道:「且慢叫好!看招!」右手雲袖飄動,宛若流水,左掌卻重滯之極,便似帶著幾千斤泥沙一般。

《神鵰俠侶》第三十四回「排難解紛」

從美女拳法的「右手支頤」到黯然銷魂掌的「右手雲袖飄動」,難道不是「青山一道同雲雨」?從美女拳法的「左手輕輕揮出」到黯然銷魂掌的「左掌卻重滯之極」,看來就是「明月何曾是兩鄉」!

第四名,五羅輕煙掌 —— 一陽指。

大理段二的武功五羅輕煙掌一度被認為是調情用的:

段正淳不答,站起身來,忽地左掌向後斜劈,颼的一聲輕響,身後的一只紅燭隨掌風而熄,跟著右掌向後斜劈,又是一只紅燭陡然熄滅,如此連出五掌,劈熄了五隻紅燭,眼光始終向前,出掌卻行雲流水,瀟灑之極。木婉清驚道:「這……這是『五羅輕煙掌』,你怎麼也會?」

《天龍八部》第七章「無計悔多情」

然而事實上,這五羅輕煙掌恐怕是大理絕學一陽指的奠基功夫。一燈大師給黃蓉治傷的時候,展示了五脈,即督脈、任脈、陰維、陽維、帶脈的不同指法:

最後帶脈一通,即是大功告成。那奇經七脈都是上下交流,帶脈卻是環身一周,絡腰而過,狀如束帶,是以稱為帶脈。這次一燈大師背向黃蓉,倒退而行,反手出指,緩緩點她章門穴。這帶脈共有八穴,一燈出手極慢,似乎點得甚是艱難,口中呼呼喘氣,身子搖搖晃晃,大有支撐不住之態。

《射鵰英雄傳》第三十章「一燈大師」

五羅輕煙掌恐怕是一陽指的基礎。段正淳的「掌向後斜劈」和一燈的

中篇

「倒退而行，反手出指」何其相似乃爾。不僅如此，一陽指施於五脈，有向六脈神劍致敬的含義。「日暮漢宮傳蠟燭，輕煙散入五侯家。」五羅輕煙掌恐怕是出自下句，上句中有「日暮」，暗含六脈神劍盛極而衰的意思。大漠孤煙，莫不是五羅輕煙掌的煙？長河落日，會不會是一陽指的日？所以，五羅輕煙掌恐怕是大理段氏六脈神劍衰落後為一陽指築基的功夫。

第五名，天羅地網式 —— 雙手互搏。

小龍女後來可以雙手互搏駕馭玉女素心劍法，得益於天羅地網式：

但見她雙臂飛舞，兩隻手掌宛似化成了千手千掌，任他八十一隻麻雀如何飛滾翻撲，始終飛不出她雙掌所圍成的圈子。楊過只看得目瞪口呆，又驚又喜，一定神間，立時想到：「姑姑是在教我一套奇妙掌法。快用心記著。」

《神鵰俠侶》第六回「《玉女心經》」

天羅地網式的訓練讓小龍女如千手觀音一般，所以在後來施展雙手互搏催動劍法就格外自如：

只見白衣飄飄，寒光閃閃，雙劍便似兩條銀蛇般在大殿中心四下遊走，叮噹、嗆啷、「啊喲」、「不好」之聲此起彼落，頃刻之間，全真道人手中長劍落了一地，每人手腕上都中了一劍。奇在她所使的都是同樣一招「皓腕玉鐲」，眾道人但見她劍光從眼前掠過，手腕便感到劇痛，直是束手受戮，絕無招架之機。倘若她這一劍不是刺中手腕而是指向胸腹要害，群道早已一一橫屍就地。群道負傷之後，一齊大駭逃開，三清神像前只餘下尹志平等一批被縛的道人。小龍女自學得左右互搏之術以後，除了在曠野中練過幾次之外，從未與人動手過招，今日發硎新試，自己也想不到竟有如斯威力，殺退群道之後，竟爾悚然自驚。

《神鵰俠侶》第二十六回「神鵰重劍」

第七編　金庸的武功

　　莊子在《人間世》裡說：「**人皆知有用之用，而莫知無用之用也。**」金庸小說中的武功很好地詮釋了無用之用。

　　科學研究同樣如此，有很多看似無用的發現最終改變了世界。法拉第在發現了電磁感應之後，一位女性問他，這有什麼用呢？（「Even if the effect you explained was obtained, what is the use of it?」）法拉第回答，初生的嬰兒有什麼用呢？（「Madam, will you tell me the use of a newborn child？」）現在恐怕沒有人質疑電磁感應的用處了吧？

　　如何辨別可能有用的無用？這恐怕是一個很難的工作，但有些標準似乎可以用來找到可能有用的無用。

　　比如搞笑諾貝爾獎的原則：First make people LAUGH, then make them THINK. 即，**那些能先讓人笑，但是接下來思考的東西，可能是有用的無用。**

　　再比如《小王子》的原則：「如果你對大人們說：『我看到一幢用玫瑰色的磚蓋成的漂亮的房子，它的窗戶上有天竺葵，屋頂上還有鴿子。』他們怎麼也想像不出這種房子有多麼好。必須對他們說：『我看見了一幢價值二十萬美元的房子。』那麼他們就驚叫道：『多麼漂亮的房子啊！』」（If you were to say to the grown-ups："I saw a beautiful house made of rosy brick, with geraniums in the windows and doves on the roof . " they would not be able to get any idea of that house at all. You would have to say to them：" I saw a house that cost $ 200,000."Then they would exclaim："Oh, what a Pretty house that is! "）用童真眼光看到的，可能是有用的無用。

　　還有諾貝爾物理學獎得主費曼的標準。費曼在《別鬧了，費曼先生》（*SURELY YOU'RE JOKING, MR. FEYNMAN!*）中回憶自己小時候父親對他的教育時說：

「看到那隻鳥了嗎？」他說，「那是斯氏鶯。」（我很清楚，其實他並不知道正確的名字。）「哦，在義大利牠叫『查圖拉皮提達』。在葡萄牙，牠叫『波姆達培達』。中文名字是『春蘭鵝』，日文名字則叫『卡塔諾・塔凱達』。即便你知道牠在世界各地的叫法，可對這種鳥本身還是一無所知。你只是知道世界上有很多不同的地方，這些不同地方的人是這麼叫牠的。所以我們還是來觀察一下這隻鳥吧，看看牠在做什麼⋯⋯這才有意義。」（所以我很小就懂得知道某個事物的名字與真正了解這一事物的區別。）

關注事實所發現的，可能是有用的無用。

我想，發人深思、童真眼光（無功利）和關注事實，可能是判斷出有用的無用的幾個原則。

科學研究活動中其實危害更大的是無用的有用。有用的無用千里挑一，而且就像囊中的錐子，常常會自己露出頭來。無用的有用不僅十之八九可能是浪費，而且可能帶來極大的危害。在大多數科學研究實踐中，我們的問題不是錯失了有用的無用，而是過於關注無用的有用。

注：「初生嬰兒之用」公案溯源

「初生嬰兒之用」這段公案雖然被認為是法拉第的故事，但是這句話很可能是美國開國元勳班傑明・富蘭克林說的。出處見 *Nature*（1946年，157卷，196頁），題目叫 *Authenticity of Scientific Anecdotes*（〈科學研究軼事的真實性〉）。作者是 Clement Charles Julian Webb（1865 — 1954），他是英國學者和哲學家，以在宗教的社會層面研究的貢獻而知名。

附：科學研究怪傑胡立德

我偶然發現了一位似乎在研究上作了很多無用功的科學家。我想他的故事值得講述。胡立德，華裔，英文名為 David Hu，畢業於麻省理工學院，現在喬治亞工學院機械工程系（即 George W. Woodruff School）任教授，主要研究方向是流體力學。

在生物醫學搜尋引擎 PubMed 裡面搜尋 David Hu，或者 DL Hu，能發現數十篇文章，其中有很多是胡立德的文章。

2003 年，胡立德作為第一作者在 Nature 發表論文〈水黽移動的動力學〉（The Hydrodynamics of Water Strider Locomotion）。2005 年，胡立德再次作為第一作者在 Nature 發表論文〈爬彎月的昆蟲〉（Meniscus-Climbing Insects）。2009 年，胡立德又是作為第一作者在 PNAS 發表論文〈滑行運動的力學〉（The Mechanics of Slithering Locomotion）。同前兩次研究水上運動昆蟲不一樣，這次研究的是蛇的滑行。整體而言，這一時期胡立德的研究還是挺「正經」的。

他成為獨立研究員和通訊作者之後，慢慢開始放飛自我了。

2011 年，他在 PNAS 發表論文〈火蟻自組裝成防水筏以便在洪水中生存〉（Fire Ants Self-Assemble into Waterproof Rafts to Survive Floods）。2012 年，他在 PNAS 發表論文〈蚊子因其質量較小而在雨滴碰撞中存活〉（Mosquitoes Survive Raindrop Collisions by Virtue of Their Low Mass）。2012 年，胡立德在 Journal of the Royal Society Interface 發表論文〈溼漉漉的哺乳動物以調諧的頻率抖動來弄乾自己〉（Wet Mammals Shake at Tuned Frequencies to Dry）。

如果說這些研究還不是那麼令人覺得腦洞大開的話，請看下面的研究。

中篇

2014 年，胡立德在 PNAS 發表論文〈排尿時間不隨體型變化〉（*Duration of Urination Does Not Change with Body Size*）。2018 年，胡立德在 PNAS 發表論文〈貓用中空的吸管分泌唾液溼潤皮毛〉（*Cats Use Hollow Papillae to Wick Saliva into Fur*）。2021 年，胡立德發表論文〈剛性不均一的腸子讓樹袋熊塑造自己糞便的形狀〉（*Intestines of Non-Uniform Stiffness Mold the Corners of Wombat Feces*）。

胡立德因為這些研究獲得過兩次搞笑諾貝爾物理學獎，分別是：2015 年因〈排尿時間不隨體型變化〉的研究獲獎，2018 年因為樹袋熊糞便研究再次獲獎。

這些看似無用的研究其實有很多潛在價值，比如樹袋熊糞便研究可能對製造業、臨床病理和消化道健康有啟發。

39　金庸小說武功的一日千里和十年一劍

金庸小說中的武功有快和慢兩極，這裡快和慢指的是學習或者創造的速度，而不是招式的快和慢。

先說快的。

第五名，郭靖學降龍十八掌，一個月。

> 如此一月有餘，洪七公已將「降龍十八掌」中的十五掌傳給了郭靖，自「亢龍有悔」一直傳到了「龍戰於野」。
>
> 《射鵰英雄傳》第十二章「亢龍有悔」

也就是說，被大多數人視為資質平平的郭靖，在一個多月的時間裡就學會了降龍十五掌。

當下把降龍十八掌餘下的三掌,當著眾人之面教了他,比之郭靖剛才狗急跳牆,胡亂湊乎出來的三記笨招,自是不可同日而語。

《射鵰英雄傳》第十五章「神龍擺尾」

降龍十八掌餘下的三掌,郭靖恐怕只學了一頓飯的工夫就完成了。算下來,郭靖只用了一個月左右的時間,就學會了降龍十八掌。

第四名,令狐冲學獨孤九劍,十多天。

令狐冲和風清揚相處十餘日,雖然聽他所談論指教的只是劍法,但於他議論風範,不但欽仰敬佩,更是覺得親近之極,說不出的投機。

《笑傲江湖》第十章「傳劍」

令狐冲只花了十餘日,就學會了天下劍法第一的獨孤九劍。當然令狐冲當時只是入了門,風清揚也告訴他:「再苦練二十年,便可和天下英雄一較長短了。」

第三名,虛竹學生死符和天山六陽掌,七天。

虛竹學習天山童姥的天山六陽掌花了多久呢?

他花了四日功夫,才將九種法門練熟。虛竹又足足花了三天時光,這才學會。

《天龍八部》第三十六章「夢裡真,真語真幻」

天山童姥在教授虛竹生死符的同時,夾帶了天山六陽掌,一共耗時大概七天。

第二名,段譽學凌波微步,一天。

段譽學習凌波微步用了大概一天時間:

中篇

如此一日過去，卷上的步法已學得了兩三成。

《天龍八部》第五章「微步縠紋生」

第一名，張無忌學乾坤大挪移、太極劍，兩小時。

張無忌學習乾坤大挪移速度極快：「悟性高者七年可成，次者十四年可成」的第一層心法，張無忌「竟是毫不費力地便做到了」；「悟性高者七年可成，次爲者十四年可成，如練至二十一年而無進展，則不可再練第三層，以防走火入魔，無可解救」的第二層心法，張無忌也是「片刻真氣貫通」；而接下來，「張無忌邊讀邊練，第三層、第四層心法勢如破竹般便練成了」；最後，張無忌「一個多時辰後，已練到第七層」。

張無忌學太極劍用了多久呢？

張三丰道：「不用到旁的地方，我在這裡教，無忌在這裡學，即炒即賣，新鮮熱辣。不用半個時辰，一套太極劍法便能教完。」

《倚天屠龍記》第二十四章「太極初傳柔克剛」

張無忌確實用了一個時辰左右就學會了太極劍，而且打敗了以劍術著稱的丐幫長老「八臂神劍」方東白。

再說慢的。

第五名，周伯通創空明拳和雙手互搏，十五年。

周伯通被囚在桃花島上十五年，創出這兩門武功。

第四名，金輪法王練龍象般若功到第十層，十六年。

金輪法王花了大概十六年的時間，將龍象般若功提至第十層。

第三名，裘千仞練鐵掌，二十一年。

第一次和第二次華山論劍之間的二十多年裡，裘千仞苦練鐵掌。

第二名，靈興大師練一指禪，三十九年。

靈興大師花了三十九年練成一指禪。

第一名，黃裳創《九陰真經》，四十多年。

眾所周知，黃裳花了四十多年創出《九陰真經》。

可以歸納一下：

速成、慢成武功有別。速成的武功一般都是招式或內力運用法門，招式和運力技巧可以速成，比如降龍十八掌主要包括具體的簡單招式和運使內力的法門，短時間內掌握是可能的。慢成的武功大都是內力或者武學體系，而這兩者很難速成，比如黃裳的《九陰真經》既包括內力，也包括武學體系，需要長時間累積和貫通。

速成的武功需要堅實的基礎。比如郭靖，他在學習降龍十八掌前的十二年裡，一直和江南六怪學習各種武功；在學習降龍十八掌前的兩年裡，和馬鈺學習全真內功。所以郭靖基礎特別扎實，以至於能在一個月內學會降龍十八掌。再比如張無忌，他從小學習武當築基的功夫，殷素素的天鷹教武功可能張無忌也有所涉獵，之後是謝遜嚴苛、專業、系統的武學訓練；張無忌後來又跟隨張三丰，恐怕內力、外功上的見識不一般；在蝴蝶谷，張無忌見識了江湖各色人物的武功，更學會一身醫術，這些歷練和武功都是相通的；在此基礎上，張無忌在崑崙山花了五年時左右間學會九陽神功；更在光明頂上透過說不得的乾坤一氣袋實現了內功的蛻變。有了這一系列的鋪陳，張無忌才能在一個時辰內學會乾坤大挪移，在半個時辰內學會太極劍。

那些速成的武功只是入門。想要精純需要漫長的歷練。比如郭靖在學會降龍十八掌後，終其一生一直勤練不輟，甚至一招「亢龍有悔」不知

練了多少遍。比如令狐冲要再苦練二十年才能和天下英雄較短長。

速成的武功常常是招式，代表技術，技術可以發展得很快。慢成的武功常常是內力或者武學體系，代表基礎研究，基礎研究的突破是非常難的。技術是要以基礎研究為鋪陳的，沒有基礎研究的突破，技術很難憑空產生。技術更新很快，但是完善和系統化依然需要漫長的磨合。

附：有哪些極其漫長的實驗

人類歷史上有很多極其漫長的實驗。

以下是**物理學**中的幾個例子。

牛津電鈴實驗（Oxford electric bell experiment）。英國牛津大學克拉倫登實驗室（Clarendon Laboratory）的門廳裡有個電鈴，從西元 1840 年一直響到現在，已經響了超過 100 億次。這個實驗的目的是區分兩種不同的電作用理論：接觸張力理論（基於當時流行的靜電原理的過時科學理論）和化學作用理論。

巴伐利鐘實驗（Beverly clock experiment）。紐西蘭奧塔哥大學（University of Otago）物理系第三層的休息室裡矗立著一座巴伐利鐘，它從 1864 年開始運轉，直到現在。這座鐘靠空氣壓力和溫度的變化驅動。當然，由於維修、搬家等原因這座鐘曾經停擺數次。

瀝青滴漏實驗（pitch drop experiment）。澳洲昆士蘭大學的帕奈爾（Thomas Parnell）教授在 1927 年開始這個實驗，目的是告訴學生們那些看起來是固體的東西實際上是高度黏稠的液體組成的。2005 年，帕奈爾被授予搞笑諾貝爾物理學獎。2014 年 4 月第 9 滴瀝青掉落，花費 13 年 4 個月。

除了物理學中的漫長實驗，植物學、農學、微生物學、生物學、醫

學和心理學中還有很多耗時漫長的實驗。這些實驗都是人類追求真理、不計功利、執著求索的明證。

中國的二十四史也是人類歷史上最長的思想實驗之一。得出的結論可能就是杜牧在〈阿房宮賦〉中的「後人哀之而不鑑之，亦使後人而復哀後人也」或者是黑格爾所說的「人類唯一能從歷史中吸取的教訓就是人類從來都不會從歷史中吸取教訓」。（The only thing we learn from history is that we learn nothing from history.）

（引自 wikimili 的 long-term experiment）

40　金庸小說武功的廣博和精一

金庸武功有廣博和精一兩極。

先說廣博的。

第一個是**鳩摩智**。

鳩摩智聲稱精通少林寺七十二絕技。在少室山下，鳩摩智先後施展了大金剛拳、般若掌、摩訶指、袈裟伏魔功、拈花指、無相劫指、如影隨形腿、多羅指、燃木刀法、大智無定指、去煩惱指、寂滅爪、因陀羅爪、龍爪功以及吐蕃武學火焰刀等武功，令人目眩神馳。

如果鳩摩智將這些精力用於一門武功的話，是不是成就不止於此？

第二個是**慕容復**。

群雄既震於蕭峰掌力之強，又見慕容復應變無窮，鉤法精奇，忍不住也大聲喝采，都覺今日得見當世奇才各出全力相拚，實是大開眼界，不虛了此番少室山一行。

《天龍八部》第四十二章「老魔小丑，豈堪一擊，勝之不武」

中篇

慕容復精通劍法、刀法、筆法、鉤法，是一個武學全才，但面對蕭峰的降龍十八掌，這些武功都相形見絀。如果他也能精於一道，是不是能縮小和蕭峰的差距？

慕容復以為廣博是自己的優點：

「眼前雖還不能，那喬峰所精者只是一家之藝，你表哥卻博知天下武學，將來技藝日進，便能武功天下第一了。」

《天龍八部》第十七章「今日意」

第三個是**黃藥師**。

雙方都是騎虎難下，不得各出全力周旋。黃藥師在大半個時辰之中連變十三般奇門武功，始終只能打成平手，直鬥到晨雞齊唱，陽光入屋，八人兀自未分勝負。

《射鵰英雄傳》第二十五章「荒村野店」

黃藥師不但創造了很多武功，也使用了很多武功。儘管如此，黃藥師似乎從未達到登峰造極之境。雖說對人不能苛求，但是對黃藥師這種有天分、有創造力的人，我們不由得惋惜，如果他能專精一道的話，是不是能取得更大成績？

第四個是**楊逍**。

楊逍卻是忽柔忽剛，變化無方。這六人之中，以楊逍的武功最為好看，兩枚聖火令在他手中盤旋飛舞，忽而成劍，忽而為刀，忽而作短槍刺、打、纏、拍，忽而當判官筆點、戳、捺、挑，更有時左手匕首，右手水刺，忽地又變成右手鋼鞭，左手鐵尺，百忙中尚自雙令互擊，發出啞啞之聲以擾亂敵人心神。相鬥未及四百招，已連變了二十二般兵刃，每般兵刃均是兩套招式，一共四十四套招式。

《倚天屠龍記》第三十六章「天矯三松鬱青蒼」

楊逍的武功也很雜，類似黃藥師。楊逍除了繁複的招式以及乾坤大挪移第二層功夫外，還會彈指神通。

楊逍長相類似一燈。

但見他約莫四十來歲年紀，相貌俊雅，只是雙眉略向下垂，嘴邊露出幾條深深皺紋，不免略帶衰老悽苦之相。

《倚天屠龍記》第十四章「當道時見中山狼」

另一個身穿粗布僧袍，兩道長長的白眉從眼角垂了下來，面目慈祥，眉間雖隱含愁苦，但一番雍容高華的神色，卻是一望而知。

《射鵰英雄傳》第三十章「一燈大師」

兩人都是眉毛下垂，一個衰老悽苦，一個隱含愁苦。

但和一燈不同，楊逍武功駁雜。如果楊逍能專精於一道，可能成就更大。

第五個是**范遙**。

但覺這苦頭陀的招數甚是繁複，有時大開大闔，門戶正大，但倏然之間，又是詭祕古怪，全是邪派武功，顯是正邪兼修，淵博無比。

《倚天屠龍記》第二十六章「俊貌玉面甘毀傷」

范遙類似楊逍，同樣正邪兼修，武功淵博無比。

再說精一的。

第一個是**裘千仞**。

當年「華山論劍」，王重陽等曾邀他參與。裘千仞以鐵掌神功尚未大成，自知非王重陽敵手，故而謝絕赴會，十餘年來隱居在鐵掌峰下閉門

中篇

苦練，有心要在二次論劍時奪取武功天下第一的榮號。

《射鵰英雄傳》第二十八章「鐵掌峰頂」

裘千仞數十年如一日，苦練鐵掌。這份耐力極為難得。

第二個是**金輪法王**。

那金輪法王實是個不世出的奇才，潛修苦學，進境奇速，竟爾衝破第九層難關，此時已到第十層的境界，當真是震古鑠今，雖不能說後無來者，卻確已前無古人。據那「龍象般若經」言道，此時每一掌擊出，均具十龍十象的大力，他自知再求進境，此生已屬無望，但既已自信天下無敵手，即令練到第十一層，也已多餘。

《神鵰俠侶》第三十七章「三世恩怨」

金輪法王是史上練習龍象般若功成就最高的人物。

再說先廣博而後精一的。

第一個是**虛竹**。

和鳩摩智的繁複花哨形成對比的是虛竹，他用少林寺最簡單的羅漢拳、韋陀掌對鳩摩智使用的最高深的般若掌，最後甚至只用一招羅漢拳中的黑虎掏心，就立於不敗之地。

第二個是**蕭峰**。

少室山下，蕭峰面對慕容復、游坦之、丁春秋等人的圍攻，只用降龍十八掌，以一敵三。而在聚賢莊，蕭峰則僅使用太祖長拳，以簡單招式就戰敗了游坦之等人。

第三個是**郭靖**。

同岳父黃藥師不同，郭靖儘管武學也很淵博，如江南六怪武功、全真派內功、降龍十八掌、空明拳、雙手互搏、《九陰真經》、天罡北斗陣

等，但是郭靖慢慢地只使用降龍十八掌，而降龍十八掌中又只使用一招「亢龍有悔」。

第四個是**張無忌**。

同楊逍、范遙不一樣，張無忌也曾使用非常駁雜的招式，例如在少林寺，張無忌使用聖火令武功：

> 張無忌初時照練，倒也不覺如何，此刻乍逢勁敵，將這路武功中的精微處盡數發揮出來，心靈漸受感應，突然間哈哈哈仰天三笑，聲音中竟充滿了邪惡奸詐之意。
>
> 《倚天屠龍記》第三十八章「君子可欺之以方」

張無忌最終又返璞歸真，拒絕了駁雜的招式，只用九陽神功＋乾坤大挪移／太極拳對敵。

廣博與精一，最優的組合是先廣博而後精一。

鳩摩智、慕容復、黃藥師、楊逍、范遙有廣博無精一。

裘千仞、金輪法王則是有精一無廣博。

虛竹、蕭峰、郭靖、張無忌都是先廣博而後精一的。

泛而後精是武學正道，也最有可能取得大成績。

附：學者喜博而常病不精

《朱子語類》卷十「學四」提到：「學者喜博而常病不精。泛濫百書，不若精於一也。有餘力然後及諸書，則涉獵諸篇亦得其精。」

做學問，最容易出現的問題是喜歡廣博，而不專精，廣博不精意味著淺嘗輒止，既能滿足好奇心甚至成就感，又不必付出耐心與枯燥。較少見的則是專精而不廣博，精而不博意味著停在自己的舒適區，給他人

中篇

和自己以勤奮的假象。若想成為大師，需要廣博基礎上的專精，廣博是厚實的地基，越厚實，可以起的樓就越高。

41　金庸小說武功的繁花似錦和一枝獨秀

金庸小說中的武功，有的招式繁複，如花團錦簇春色滿園；有的招式簡單，如一枝紅杏生機盎然。

先說繁複的。

第二名，天山折梅手。

這「天山折梅手」雖然只有六路，但包含了逍遙派武學的精義，掌法和擒拿手之中，含蘊有劍法、刀法、鞭法、槍法、抓法、斧法等諸般兵刃的絕招，變法繁複，虛竹一時也學不了那許多。童姥道：「我這『天山折梅手』是永遠學不全的，將來你內功越高，見識越多，天下任何招數武功，都能自行化在這六路『折梅手』之中。好在你已學會了口訣，以後學到什麼程度，全憑你自己了。」

《天龍八部》第三十六章「夢裡真，真語真幻」

天山折梅手是一項開源的武功，可以容納任何武功，簡直是招式版的北冥神功，所以肯定是繁複華麗的。

第一名，獨孤九劍。

風清揚又喃喃的道：「第一招中的三百六十種變化如果忘記了一變，第三招便會使得不對，這倒有些為難了。」

《笑傲江湖》第十章「傳劍」

獨孤九劍一招中就有三百六十種變化，其繁複可見一斑，否則也不能破盡天下諸般武學了。

再說簡單的。

第五名,「天地同壽」。

這一招更是壯烈,屬於武當派劍招,叫做「天地同壽」,卻非張三丰所創,乃是殷梨亭苦心孤詣地想了出來,本意是要和楊逍同歸於盡之用。他自紀曉芙死後,心中除了殺楊逍報仇之外,更無別念,但自知武功非楊逍之敵,師父雖是天下第一高手,自己限於資質悟性,無法學到師父的三四成功夫,反正只求殺得楊逍,自己也不想活了,是以在武當山上想了幾招拚命的打法出來。

《倚天屠龍記》第二十九章「四女同舟何所望」

「天地同壽」是武當殷六使想到的一招與敵同歸的厲害招式,因為同歸於盡,所以排名最末。

第四名,「無對無雙,寧氏一劍」。

猛地裡她一劍挺出,直刺令狐冲心口,當真是捷如閃電,勢若奔雷。令狐冲大吃一驚,叫道:「師娘!」其時長劍劍尖已刺破他衣衫。岳夫人右手向前疾送,長劍護手已碰到令狐冲的胸膛,眼見這一劍是在他身上對穿而過,直沒至柄。

《笑傲江湖》第七章「授譜」

華山玉女寧中則的「無對無雙,寧氏一劍」也是一劍,雖然有後招,但也是簡明扼要武功的代表。

第三名,「一拍兩散」。

玄寂適才所出那一掌,實是畢生功力之所聚,叫做「一拍兩散」。所謂「兩散」,是指拍在石上,石屑四「散」;拍在人身,魂飛魄「散」。這路掌法就只這麼一招,只因掌力太過雄渾,臨敵時用不著使第二招,敵

中篇

人便已斃命，而這一掌以如此排山倒海的內力為根基，要想變招換式，亦非人力之所能。

《天龍八部》第十八章「胡漢恩仇，須傾英雄淚」

玄寂在玄慈死後接任少林寺住持，武功著實了得，這「一拍兩散」和「亢龍有悔」、「佛光普照」類似。

第二名，「佛光普照」。

這一掌是峨嵋派的絕學，叫做「佛光普照」。任何掌法劍法總是連綿成套，多則數百招，最少也有三五式，但不論三式或是五式，定然每一式中再藏變化，一式抵得數招乃至十餘招。可是這「佛光普照」的掌法便只一招，而且這一招也無其他變化，一招拍出，擊向敵人胸口也好，背心也好，肩頭也好，面門也好，招式平平淡淡，一成不變，其威力之生，全在於以峨嵋派九陽功作為根基。一掌既出，敵人擋無可擋，避無可避。

《倚天屠龍記》第十八章「倚天長劍飛寒鋩」

郭襄創立的這一招可能是受了父親的啟發。郭襄在少室山下初遇無色的時候，曾經使用十招不同的武功，其中 40% 和楊過大有淵源；但是創派之後自己發明的武功，如「佛光普照」，則從自己的父親那裡得到啟發，這是郭襄的回歸。

第一名，「亢龍有悔」。

「亢龍有悔」雖然是降龍十八掌中的一招，但是威力很大，郭靖臨敵對陣，用這一招的次數最多。後人有詩讚曰：

就是那一招「亢龍有悔」

鐵臂疾揮著銅掌

第七編　金庸的武功

一招揮出「天龍」
從「射」、「神」上空悄悄降落
落在金庸小說裡
夜夜唱歌
就是那一招「亢龍有悔」
在降龍十八掌裡唱過
在空明拳邊唱過
在雙手互搏中唱過
在黃裳的《九陰真經》旁唱過
在天罡北斗陣內唱過
梁子翁聽過
歐陽克聽過
就是那一招「亢龍有悔」
在初遇洪七公的松林裡唱過
在陸家歸雲莊上唱過
在寶應的祠堂中唱過
在桃花島的花間唱過
裘千丈聽過
梅超風聽過
霍都聽過
金輪法王聽過
就是那一招「亢龍有悔」
在蕭峰的記憶裡馳想
在洪七公的記憶裡唱歌

321

中篇

想和段譽結拜的驚喜
想杏子林中的寂寞
想起雁門絕壁
想起聚賢莊燈零落
想起千里追襲遠
想起塞上空許約
回憶和泥烤制的叫花雞
回憶玉笛誰家聽梅落
回憶好逑湯
回憶銀絲捲
回憶二十四橋明月夜
回憶華山頂上長蜈蚣
回憶歲月偷偷流去許多許多
就是那一招「亢龍有悔」
在射鵰這邊唱歌
在神鵰那邊唱歌
在牛家村的密室裡唱歌
在嘉興的客店裡唱歌
在每個郭靖足跡所到之處
處處唱歌
比碧海潮生更單調
比笑傲江湖更諧和
凝成水
是紅馬汗珠

燃成光

是襄陽烽火

變成鳥

是大漠神鵰

啼叫在專一者的心窩

就是那一招「亢龍有悔」

在第二次華山論劍時唱歌

在第三次華山論劍時唱歌

黃蓉在傾聽

黃蓉在想念

郭靖在傾聽

郭靖在吟哦

黃蓉該猜到郭靖在吟些什麼

郭靖會猜到黃蓉在想些什麼

郭靖有郭靖的心態

郭靖有郭靖的耳朵

附：關於 DNA 雙螺旋結構最初的論文

在科學研究中，現在有種說法叫做講故事（tell a story），類似繁雜的武功，學術文章也要有層次，比如 A 分子透過 B 通路對 C 事件的調控，這就是一個故事。但是一味強調講故事，或者在進行學術發現時明確以講故事為導向，恐怕也不好。

一個極端的例子是沃森和克里克在 1953 年發表在 *Nature* 上的揭示 DNA 雙螺旋結構的文章，題目為〈脫氧核糖核酸的結構〉（*A Structure for*

Deoxyribose Nucleic Acid），只有兩頁，兩張圖。沃森和克里克的文章顯然不是一個好故事，卻是重大的發現。重大的發現有時就像簡單、直接的武功招式，雖然只有一招，也是石破天驚、震古爍今。

42　金庸小說武功的美學

　　武功如詩詞。唐代司空圖把詩歌分為二十四品，分別為雄渾、沖淡、纖穠、沉著、高古、典雅、洗鍊、勁健、綺麗、自然、含蓄、豪放、精神、縝密、疏野、清奇、委曲、實境、悲慨、形容、超詣、飄逸、曠達、流動。金庸小說中的武功似乎也可以進行類似的劃分。但是，第一，在這裡筆者並不想按司空圖原來的順序進行總結；第二，筆者也不想勉強湊齊二十四品。這裡只選最為耳熟能詳的金庸武功，按照筆者的審美一一品評。

　　雄渾——《九陽真經》、獨孤九劍之「無劍」。

　　大用外腓，真體內充。

　　反虛入渾，積健為雄。

　　具備萬物，橫絕太空。

　　荒荒油雲，寥寥長風。

　　超以象外，得其環中。

　　持之匪強，來之無窮。

　　九陽神功就是雄渾的代表。覺遠在華山之巔被瀟湘子攻擊時，反倒把瀟湘子擊倒，是「真體內充」。

　　楊過、周伯通、一燈大師、郭靖四人齊聲大叫：「小心了！」但聽得砰的一響，覺遠已然胸口中掌，各人心中正叫：「不妙！」卻見瀟湘子便

似風箏斷線般飄出數丈，跌在地下，縮成一團，竟爾昏了過去。

《神鵰俠侶》第四十回「華山之巔」

覺遠在少室山下挑數百斤鐵桶大戰何足道，是「積健為雄」。

張無忌決戰光明頂，以身承受滅絕師太三掌沒有受傷，是「橫絕太空」。

旁觀眾人齊聲驚呼，只道張無忌定然全身骨骼粉碎，說不定竟被這排山倒海般的一擊將身子打成了兩截。那知一掌過去，張無忌臉露訝色，竟好端端地站著，滅絕師太卻是臉如死灰，手掌微微發抖。

《倚天屠龍記》第十八章「倚天長劍飛寒鋩」

張無忌在武當山解圍，是「來之無窮」。

張三丰於剎那之間，只覺掌心中傳來這股力道雄強無比，雖然遠不及自己內力的精純醇正，但泊泊然、綿綿然，直是無止無歇，無窮無盡。

《倚天屠龍記》第二十四章「太極初傳柔克剛」

獨孤求敗在怒濤中練劍，縱橫天下而無抗手，一生求一敗不得，也是雄渾。

自然 —— 獨孤九劍之「無招」。

俯拾即是，不取諸鄰。

俱道適往，著手成春。

如逢花開，如瞻歲新。

真與不奪，強得易貧。

幽人空山，過雨採蘋。

中篇

薄言情悟，悠悠天鈞。

獨孤求敗的武學分「無劍」、「無招」兩重境界。其中，「無劍」是最高境界，後人只有楊過達到此境界；「無招」的境界經風清揚傳給令狐冲。

無招即是自然。令狐冲學劍一月打敗田伯光，靠的是「俯拾即是」；初戰劍宗高手，是「著手成春」；力戰任我行，是「真與不奪」；冒險破武當高手劍法是「悠悠天鈞」。

豪放 —— 蕭峰之降龍十八掌。

觀花匪禁，吞吐大荒。

由道反氣，處得以狂。

天風浪浪，海山蒼蒼。

真力彌滿，萬像在旁。

前招三辰，後引鳳凰。

曉策六鰲，濯足扶桑。

金庸小說中的武功很多，當得起豪放兩字的，只有降龍十八掌；金庸小說中會降龍十八掌的人很多，當得起豪放兩字的，唯有蕭峰。

天下武術之中，任你掌力再強，也絕無一掌可擊到五丈以外的。丁春秋素聞「北喬峰，南慕容」的大名，對他絕無半點小覷之心，然見他在十五八丈之外出掌，萬料不到此掌是針對自己而發。殊不料蕭峰一掌既出，身子已搶到離他三四丈外，又是一招「亢龍有悔」，後掌推前掌，雙掌力道並在一起，排山倒海地壓將過來。

《天龍八部》第四十一章「燕雲十八飛騎，奔騰如虎風煙舉」

當時丁春秋挾毒死玄難之餘威，游坦之憑掃蕩丐幫之剩勇，齊聚少林，可以說愁雲慘霧，一片陰霾，沒有誰能停止二人的耀武揚威。然而

蕭峰一出手就一掃陰霾！「秦王掃六合，虎視何雄哉！」、「大風起兮雲飛揚」，說的就是蕭峰吧！

曠達 —— 洪七公之降龍十八掌。

生者百歲，相去幾何。
歡樂苦短，憂愁實多。
何如尊酒，日往煙蘿。
花覆茅簷，疏雨相過。
倒酒既盡，杖藜行歌。
孰不有古，南山峨峨。

同樣是降龍十八掌，洪七公的風格則是曠達。洪七公初遇郭靖、黃蓉，一句「撕作三份，雞屁股給我」，這是食上的曠達；洪七公在歐陽鋒船上面對眾多坦裎相向的婢女，毫不扭捏，這是色上的曠達；洪七公傾囊傳授郭靖武功，這是武學上的曠達。

沉著 —— 郭靖之降龍十八掌。

綠林野屋，落日氣清。
脫巾獨步，時聞鳥聲。
鴻雁不來，之子遠行。
所思不遠，若為平生。
海風碧雲，夜渚月明。
如有佳語，大河前橫。

郭靖的降龍十八掌與蕭峰、洪七公的又不相同：

這一招他日夕勤練不輟，初學時便已非同小可，加上這十餘年苦功，實已到爐火純青之境，初推出去時看似輕描淡寫，但一遇阻力，能

在剎時之間連加一十三道後勁，一道強似一道，重重疊疊，直是無堅不摧、無強不破。

《神鵰俠侶》第二回「故人之子」

郭靖氣質樸直木訥，所以他使出的降龍十八掌風格沉著，如海風碧雲。他的一十三道後勁是不是就像「灧灧隨波千萬里」的「海風碧雲、夜渚月明」一樣？

清奇 ──《九陰真經》

娟娟群松，下有漪流。

晴雪滿竹，隔溪漁舟。

可人如玉，步屧尋幽。

載瞻載止，空碧悠悠，

神出古異，淡不可收。

如月之曙，如氣之秋。

《九陰真經》最大的特點是奇，但既不是陳玄風、梅超風、周芷若的奇詭難測，也不是老頑童的奇正相生，而是屬於黃裳的清奇。黃裳以文官身分創出包羅萬有的《九陰真經》，正是「神出古異，淡不可收」的清奇。

典雅 ── 玉女素心劍法。

玉壺買春，賞雨茅屋。

坐中佳士，左右修竹。

白雲初晴，幽鳥相逐。

眠琴綠陰，上有飛瀑。

落花無言，人淡如菊。

書之歲華，其日可讀。

小龍女的《玉女心經》是「眠琴綠陰」，天羅地網式是「幽鳥相逐」，以玉女素心劍法為代表的古墓派武功最大的特點則是「落花無言，人淡如菊」。

悲慨 —— 黯然銷魂掌。

大風捲水，林木為摧。

適苦欲死，招憩不來。

百歲如流，富貴冷灰。

大道日往，若為雄才。

壯士拂劍，浩然彌哀。

蕭蕭落葉，漏雨蒼苔。

楊過的黯然銷魂掌創自對小龍女的思念，而又符合楊過斷臂的特點，以內力取勝，與一般武學道理相悖。這難道不是「壯士拂劍，浩然彌哀」？

飄逸 —— 凌波微步，落英神劍掌，蘭花拂穴手。

落落欲往，矯矯不群。

緱山之鶴，華頂之雲。

高人畫中，令色氤氳。

御風蓬葉，泛彼無垠。

如不可執，如將有聞。

識者已領，期之愈分。

逍遙派武功最大的特點是飄逸，黃藥師是對照無崖子的人物。逍遙派和桃花島的武功都是「落落欲往，矯矯不群」。

中篇

含蓄 —— 小無相功。

不著一字，盡得風流。

語不涉難，已不堪憂。

是有真宰，與之沉浮。

如淥滿酒，花時反秋。

悠悠空塵，忽忽海漚。

淺深聚散，萬取一收。

鳩摩智的小無相功運使的摩訶指、拈花指先後騙過了大理天龍寺諸僧、少林諸僧，真是「不著一字，盡得風流」，又似「淺深聚散，萬取一收」。

沖淡 —— 太極拳。

素處以默，妙機其微。

飲之太和，獨鶴與飛。

猶之惠風，荏苒在衣。

閱音修篁，美曰載歸。

遇之匪深，即之愈希。

脫有形似，握手已違。

張三丰出於少林寺，但是武功獨處心裁，尤其是道家沖虛圓通的品味對張三丰影響很大。「白鶴亮翅」不就是「獨鶴與飛」嗎？「懶扎衣」不就是「荏苒在衣」嗎？

綺麗 —— 六脈神劍，一陽指，一陽書指。

神存富貴，始輕黃金。

濃盡必枯，淡者屢深。

霧餘水畔，紅杏在林。

月明華屋，畫橋碧陰。

金尊酒滿，伴客彈琴。

取之自足，良殫美襟。

大理段氏皇家氣象，雍容華貴自帶綺麗威儀。六脈神劍中，少商劍法宏大，商陽劍法輕靈，中衝劍法雄邁，少澤劍法精微，關衝劍法古拙，少衝劍法工巧。一燈大師替黃蓉治傷時使用的一陽指也極盡變化之能事。朱子柳在英雄大宴上使用的一陽書指儘管內力不行，但是真、草、隸、篆四式也是一樣的綺麗。

委曲 ── 乾坤大挪移，斗轉星移。

登彼太行，翠繞羊腸。

杳靄流玉，悠悠花香。

力之於時，聲之於羌。

似往已回，如幽匪藏。

水理漩洑，鵬風翱翔。

道不自器，與之圓方。

姑蘇慕容的斗轉星移似乎和乾坤大挪移大有淵源，都是改變力量的絕妙法門。張無忌在光明頂戲弄華山二老、崑崙何太沖、班淑嫻可以說是「似往已回，如幽匪藏」。慕容復對戰丁春秋之毒不落下風，可以說是「水理漩洑，鵬風翱翔」。

洗鍊 ── 空明拳。

如礦出金，如鉛出銀。

超心鍊冶，絕愛緇磷。

空潭瀉春,古鏡照神。
體素儲潔,乘月返真。
載瞻星辰,載歌幽人。
流水今日,明月前身。

周伯通的空明拳聽起來滑稽可笑,比如練習的十六字訣是「空朦洞松、風通容夢、衝窮中弄、童庸弓蟲」,但是練習起來卻有宗師氣象,連洪七公、歐陽鋒等人都很敬佩他。空,就是「空潭瀉春」,明,就是「乘月返真」;空,就是「流水今日」,明,就是「明月前身」。

纖穠──天山折梅手。

采采流水,蓬蓬遠春。
窈窕深谷,時見美人。
碧桃滿樹,風日水濱。
柳陰路曲,流鶯比鄰。
乘之愈往,識之愈真。
如將不盡,與古為新。

天山折梅手如「窈窕深谷,時見美人」,變化多端而不繁複:

「這『天山折梅手』是永遠學不全的,將來你內功越高,見識越多,天下任何招數武功,都能自行化在這六路『折梅手』之中。」

《天龍八部》第三十六章「夢裡真,真語真幻」

疏野──七傷拳。

唯性所宅,真取不羈。
控物自富,與率為期。

築室松下，脫帽看詩。

但知旦暮，不辨何時。

倘然適意，豈必有為。

若其天放，如是得之。

七傷拳是金庸小說的武學中極具個性的一門武功，可能不是頂級，但讓人一見難忘：

「七傷拳自是神妙精奧的絕技，拳力剛中有柔，柔中有剛，七般拳勁各不相同，吞吐閃爍，變幻百端，敵手委實難防難擋……」

《倚天屠龍記》第二十一章「排難解紛當六強」

但七傷拳最大的特點不是變換，而是先傷己、後傷人的野性，是「倘然適意，豈必有為」的率性。

超詣──雙手互搏。

匪神之靈，匪幾之微。

如將白雲，清風與歸。

遠引若至，臨之已非。

少有道契，終與俗違。

亂山喬木，碧苔芳暉。

誦之思之，其聲愈希。

周伯通的雙手互搏開武學新境界，但只有少數有大智慧的人，如郭靖、小龍女，才能掌握，可以說是「少有道契，終與俗違。」

縝密──打狗棒。

是有真跡，如不可知。

中篇

意象欲生，造化已奇。

水流花開，清露未晞。

要路愈遠，幽行為遲。

語不欲犯，思不欲痴。

猶春於綠，明月雪時。

打狗棒名字雖然俗鄙，但是招數驚奇，綿密無比，是一門謀定後動、動必有為的武功。能使好的，也都是心思縝密的人，如黃蓉。

勁健──倚天屠龍功，贈秀才入軍劍法。

行神如空，行氣如虹。

巫峽千尋，走雲連風。

飲真茹強，蓄素守中。

喻彼行健，是謂存雄。

天地與立，神化攸同。

期之以實，御之以終。

張三丰一夜創倚天屠龍功，可謂「行神如空，行氣如虹」。楊過的贈秀才入軍劍法可謂「巫峽千尋，走雲連風」，都是勁健的代表。

附：那些著名公式的美學特徵

$E=mc^2$，雄渾。

這是**愛因斯坦**提出的著名的質能公式，E 代表能量，m 代表質量，c 代表光的速度，近似值為 3×10^8 m/s。這個公式提出能量可以用減少質量的方法創造。古今第一雄渾公式！

$e^{i\pi}+1=0$，自然。

這是**尤拉**公式，e 是自然對數的底數，是一個無限不循環小數，其值是 2.71828…，i 是虛數，π 是圓周率，1 是自然數，0 則是整數。把這麼多自然界中的基本因素整合在一起，真如造物一樣自然和諧。

F=ma，豪放。

這是**牛頓**第二定律公式，F 即力，以牛頓為單位，m 是質量，a 是加速度。將力與質量連結起來，豪氣干雲。

c=2πr，曠達。

這是圓的周長公式，c 是周長，r 是半徑，π 則是圓周率。π 的無垠無界與周長的可計算完美統一，就像歷史長河裡生命只是一瞬，但是不妨礙精采華美。這樣的公式表達出一種曠達之美。

$a^2+b^2=c^2$，清奇。

勾股定理揭示了直角三角形三條邊的關係，既在意料之外，又在情理之中，是一個清奇的公式。

第八編　金庸的派別

引子：武學傳承的五種方式

武學傳承一般分為宗派、門派、幫派、家族及教派五種方式。武學傳承短期內門派效果最好；長期看宗派、教派的凝聚力最強、傳承度最高，在較大時間尺度上反倒能孕育傑出人物；幫派的學術凝聚力、傳承力是較弱的；家族的學術傳承是最差的。

中篇

金庸小說中宗派、門派、幫派、家族及教派的代表分別是少林寺、華山派、丐幫、大理段氏和明教。下面分別敘述這幾個典型的派別。

43 少林寺：藏經閣的燦陽

少林寺是常為新的。

—— 掃地僧、玄生、覺遠、無色等

少林寺傳承千年，是金庸小說中唯一屹立不倒的派別，不是沒有原因的。

少林寺的機構設計利於武學傳承。少林寺同一般派別最大的不同是專業化。少林寺各部門分工明確、各司其職，包括達摩院、羅漢堂、般若院、戒律院、藏經閣等。其專門研究武技的達摩院和羅漢堂地位崇高：

進達摩院研技，是少林僧一項尊崇之極的職司，若不是武功到了極高境界，決計無此資格。

《天龍八部》第四十章「卻試問，幾回把痴心」

無色又道：「只不過武師們既然上得寺來，若是不顯一下身手，總是心不甘服。少林寺的羅漢堂，做的便是這門接待外來武師的行業。」

《倚天屠龍記》第一章「天涯思君不可忘」

達摩院相當於少林寺的科技處，而羅漢堂則相當於外事處，這兩個部門地位崇高，反映了少林寺的發展導向。達摩院和羅漢堂的首座極受重視，除了名譽上「尊崇之極」，還常常是方丈的繼任者。比如《天龍八部》裡面達摩院首座玄難，他其實是被按照方丈培養的，他去燕子塢、聚賢莊，赴珍瓏棋局，是作為歷練的，只是後來被丁春秋毒死，玄慈死後的繼任者才變為戒律院首座玄寂。比如《倚天屠龍記》裡面的羅漢堂首

座苦慧，遠走西域，成為少林西域分支的創始人。再如《倚天屠龍記》裡面的羅漢堂首座無色，後來很可能繼任了方丈，才讓少林九陽功在少林寺流行起來。達摩院、羅漢堂這兩個部門的門檻極高，只有最優秀的人才才能進入；反過來，這兩個部門也極大地反哺了少林寺武學。比如無色最後讓少林寺選擇了少林九陽功。

除了達摩院和羅漢堂，少林寺的藏經閣更是藏龍臥虎的地方。掃地僧、覺遠、張三丰都先後從藏經閣走出。不僅如此，藏經閣還對寺內僧人無條件開放：

七十二絕技的典籍一直在此閣中，向來不禁門人弟子翻閱。

《天龍八部》第四十三章「王霸雄圖，血海深恨，盡歸塵土」

總之，少林寺的部門分工、寺內地位、執行規則都是為了少林寺武學發展服務的。

少林寺還是最早開分行的門派。少林寺位於中原天下仰望之地，很有吸引人才的地理優勢。但少林寺絕不故步自封，早早地開了很多分行。《天龍八部》裡面少林寺就在福建開了分行：

這人的金剛指是福建蒲田達摩下院的正宗。

《天龍八部》第九章「換巢鸞鳳」

福建蒲田達摩下院可能後來演變成了紅葉禪師所在的南少林。《倚天屠龍記》裡面少林寺又有苦慧禪師開創的西域少林一派。所以少林一花三葉，占中、西、南地利，得天下英才而教之。

少林寺的機構設定表現出對武學的制度支撐，少林寺的擴張顯示了少林寺的學術雄心，同兩者相匹配的是少林寺巨大的創造力。少林寺絕不故步自封，前仆後繼，創造了一門又一門武功：

中篇

但這般若掌創於本寺第八代方丈元元大師，摩訶指係一位在本寺掛單四十年的七指頭陀所創。那大金剛拳法，則是本寺第十一代通字輩的六位高僧，窮三十六年之功，共同鑽研而成。此三門全係中土武功，與天竺以意御勁、以勁發力的功夫截然不同。

《天龍八部》第三十九章「解不了，名韁系嗔貪」

少林武功的創新有三大途徑：來自掌門人的引領，如元元大師創般若掌；來自團隊合作，如通字輩六位高僧合創大金剛拳；來自對外來人才的吸納，如七指頭陀創摩訶指。

少林寺的創新還體現在一件事上追求極致：

五代後晉年間，本寺有一位法慧禪師，生有宿慧，入寺不過三十六年，就練成了一指禪，進展神速，前無古人，後無來者。料想他前生一定是一位武學大宗師，許多功夫是前生帶來的。其次是南宋建炎年間，有一位靈興禪師，也不過花了三十九年時光。那都是天縱聰明、百年難遇的奇才，令人好生佩服。

《鹿鼎記》第二十二回「老衲山中移漏處，佳人世外改妝時」

少林寺對武學成果似乎有明確記載，這種記載造就了力圖追趕超越的武學氛圍。

少林寺極大的創造力突出的表現是相容並包的創新氛圍。比如，不但方丈可以創新，連掛單的頭陀的武功摩訶指也能進入七十二絕技名錄，這展現了少林寺的大方。少林寺後來能選擇掃地僧創造、覺遠發揚的《九陽真經》，正是因為有這樣的包容的傳統。

但少林寺最傑出的地方，在於根據少林寺的寺情，實現了《易筋經》的中土化，即《九陽真經》。《易筋經》是達摩首創，是少林寺巨大聲望的基礎：

第八編　金庸的派別

阿朱又道：「那日慕容老爺向公子談論這部易筋經。他說道：『達摩老祖的《易筋經》我雖未寓目，但以武學之道推測，少林派所以得享大名，當是由這部《易筋經》而來。那七十二門絕技，不能說不厲害，但要說憑此而領袖群倫，為天下武學之首，卻還談不上。』老爺加意告誡公子，說決不可自恃祖傳武功，小覷了少林弟子，寺中既有此經，說不定便有天資穎悟的僧人能讀通了它。」

《天龍八部》第二十一章「千里茫茫若夢」

但是，《易筋經》似乎並不適合少林寺的寺情。《易筋經》雖然有個「易」字，但其實有兩難。第一難是文字難：

其圖中姿式與運功線路，其旁均有梵字解明，少林上代高僧識得梵文，雖不知圖形祕奧，仍能依文字指點而練成《易筋經》神功。

《天龍八部》第二十八章「草木殘生顱鑄鐵」

所以《易筋經》的門檻很高，對教育程度的要求不是一般地高，沒有梵文基礎是學不了的，這其實限制了大部分資質優秀的少林弟子。

第二難是去除執念難：

這《易筋經》實是武學中至高無上的寶典，只是修習的法門甚為不易，須得勘破「我相、人相」，心中不存修習武功之念。但修習此上乘武學之僧侶，必定是勇猛精進，以期有成，哪一個不想盡快從修習中得到好處？要「心無所住」，當真是千難萬難。少林寺過去數百年來，修習《易筋經》的高僧著實不少，但窮年累月的用功，往往一無所得。

《天龍八部》第二十九章「蟲豸凝寒掌作冰」

《易筋經》最大的難點在於破除執念。然而，真正沒有武學執念的人又不見得會有動機學武，這是《易筋經》的惡性循環。《易筋經》破除執念難的 bug 其實有補丁，但是隱而不顯：

中篇

> 游坦之奇癢難當之時，涕淚橫流，恰好落在書頁之上，顯出了圖形。那是練功時化解外來魔頭的一門妙法，乃天竺國古代高人所創的瑜伽祕術。
>
> 《天龍八部》第二十九章「蟲豸凝寒掌作冰」

這個補丁之所以隱而不顯，可能是創造者怕這門武功的巨大威力被用來作惡。

不管怎樣，《易筋經》並不適合少林寺。

《九陽真經》的出現，實現了《易筋經》的中土化。掃地僧橫空出世，創立《九陽真經》，以促進少林僧眾武學修為。針對《易筋經》的第一難——文字，《九陽真經》由中文寫成，文字佳妙：

> 數年之後，（張三丰）便即悟到：「達摩祖師是天竺人，就算會寫我中華文字，也必文理粗疏。這部《九陽真經》文字佳妙，外國人決計寫不出，定是後世中土人士所作。多半便是少林寺中的僧侶，假託達摩祖師之名，寫在天竺文字的《楞伽經》夾縫之中。」這番道理，卻非拘泥不化，盡信經書中文字的覺遠所能領悟。只不過並無任何佐證，張君寶其時年歲尚輕，也不敢斷定自己的推測必對。
>
> 《倚天屠龍記》第二章「武當山頂松柏長」

針對《易筋經》的第二難——執念，《九陽真經》上手容易而且安全。學習《九陽真經》的覺遠、張三丰、郭襄、無色、張無忌，以至於武當九陽功、峨嵋九陽功、少林九陽功的繼承者，大都成就非凡。

掃地僧固然創造了《九陽真經》，但真正讓少林寺僧見識到《九陽真經》威力的則是覺遠。少林寺對《九陽真經》的採納遠不是一帆風順的。掃地僧神龍偶現世間，又飄然而逝。《九陽真經》在少林寺藏經閣中度過了漫長歲月，直到近兩百年後，才讓覺遠發現。覺遠在華山之巔驚鴻

一瞥,但少林寺僧無緣見到。直到何足道來少林寺挑戰,覺遠以數百斤鐵桶對戰何足道,以拙勝巧,以慢打快,終於讓《九陽真經》一掃陰霾。

覺遠固然實現了《九陽真經》的再發現,但讓少林全面「九陽」化的則是無色。無色以過人眼光和絕大魄力推動《九陽真經》,從此《九陽真經》大行於世間。事實上,樹立少林寺聲望的是《易筋經》;中興少林的,則恰恰是《九陽真經》。在《天龍八部》的玄慈之後,少林寺中落,《易筋經》和少林寺分分合合,可能由段譽還給少林寺,但前車之鑑,不受重視;前「射鵰」時代火工頭陀反出少林寺、苦慧禪師遠走西域,少林寺榮光不再,《易筋經》默默蒙塵;整個「射鵰」、「神鵰」時代少林和《易筋經》都寂寂無聞;「倚天」時代之初,無色吸納九陽功,少林寺開始蛻變;「倚天」時代,在《九陽真經》加持下,少林寺王者地位歸來;「笑傲」時代,少林寺實現了《易筋經》的再發現,重回巔峰,然而此時的《易筋經》沒有從前的執念 bug,可能是《九陽真經》改造過的版本。總之,《易筋經》的中土化,即《九陽真經》,再造了少林寺。

掃地僧、覺遠和無色先後打開藏經閣的門窗,燦爛的陽光照了進來,並長久地溫暖了少林寺。

附:科學家對白血病治療的貢獻

急性早幼粒細胞白血病曾經是致死率極高的癌症,但也是第一個可以治癒的癌症,這得益於科學家的發現。

1983 年,美國的 Flynn 等發現,一種叫做異維 A 酸的化學物質可以在體外試驗中有效遏制急性早幼粒細胞白血病。Flynn 等其實也進行了體內實驗,但對象只有一例,接受了 13 天的異維 A 酸治療,很多指標有改善,但最後死於感染。

王振義等就是在此基礎上開展研究的。他們不僅注意到了 Flynn 等的異維 A 酸研究，還發現了一些其他的例子，比如一位 30 歲的急性早幼粒細胞白血病女性接受異維 A 酸治療一個月後開始好轉，並維持了 11 個月；另一位 33 歲的復發急性早幼粒細胞白血病伴併發症患者接受異維 A 酸治療 7 周後完全緩解；還有一例在接受異維 A 酸治療 13 天後開始緩解。所有上述研究都是基於異維 A 酸。使用維 A 酸（化學構型不同於異維 A 酸）的只有一例，是一位復發急性早幼粒細胞白血病的 58 歲日本男性，來自他的白血病細胞在體外試驗中對維 A 酸敏感。王振義等正是在這種情況下開始了對維 A 酸的研究，而且其試驗是在體內進行的。他們發現，使用維 A 酸的 24 例急性早幼粒細胞白血病患者全部得到了完全緩解，儘管後來其中一些復發，但這是當時世界上最好的治療效果了。維 A 酸治療急性早幼粒細胞白血病即使在今天也是所有癌症治療中能取得的最好療效的方法之一。

Flynn 等的論文：Retinoic Acid Treatment of Acute Promyelocytic Leukemia：in Vitro and in Vivo Observations. Blood.1983，62（6）：1211-1217.

王振義等的論文：Use of All-trans Retinoic Acid in the Treatment of Acute Promyelocytic Leukemia. Blood，1988，72（2）：567-72.

44 華山派：思過崖的晚霞

孤村落日殘霞，輕煙老樹寒鴉。

——鮮于通、岳肅、蔡子峰、岳不群等

華山派創始人很可能承受了巨大的壓力。華山上曾經三次論劍，這

第八編　金庸的派別

份榮光，留給那個最初創立華山派的人物的，是巨大的負擔。華山派是何時創立的呢？「神鵰」時代還沒有華山派；但是到了「倚天」時代，華山已經是六大門派之一了，雖然位於最末。

這路「鷹蛇生死搏」乃華山派已傳之百餘年惡毒絕技，鷹蛇雙式齊施，蒼鷹天矯之姿，毒蛇靈動之式，於一式中同時現出，迅捷狠辣，兼而有之。

《倚天屠龍記》第二十一章「排難解紛當六強」

張無忌生於西元 1338 年，在光明頂拯救明教時大概是 1358 年，那麼「鷹蛇生死搏」創立的時間大概是 1358-100=1258 年，也就是差不多第三次華山論劍時，這可能也是華山派創的時間。

華山派的開山鼻祖是不是第三次華山論劍時被楊過嚇走的人之一？

楊過哈哈一笑，縱聲長嘯，四下裡山谷鳴響，霎時之間，便似長風動地，雲氣聚合。那一干人初時慘然變色，跟著身顫手震，嗆啷啷之聲不絕，一柄柄兵刃都拋在地下。楊過喝道：「都給我滾罷！」那數十人呆了半晌，突然一聲發喊，紛紛拚命的奔下山去，跌跌撞撞，連兵刃也不敢執拾，頃刻間走得乾乾淨淨，不見蹤影。

《神鵰俠侶》第四十回「華山之巔」

當時有些武功平庸的人在華山比劍，附庸風雅。然而，在這些人中，有沒有可能會崛起一位不同凡響的人物？不管怎樣，華山派的創立者面對的是一個非常嚴苛的局面。古人以五嶽比五經，華山類似《春秋》，威嚴肅殺。華山派創立者面對的環境從一開始就一樣是威嚴肅殺的，所以華山派創立者最初的武學是迅捷狠辣的「鷹蛇生死搏」。就像黑風雙煞初入江湖使用的九陰白骨爪一樣，「鷹蛇生死搏」有助於迅速建立聲望。

中篇

經過了創立者篳路藍縷、艱苦卓絕的開創，華山派逐漸累積了可以匹配華山的聲名。到了「倚天」時代，華山派已經可以和少林派、武當派、峨嵋派、崑崙派、崆峒派並列了。雖然在六大門派中位居最末，但是居然可以和千年傳承的少林派、人才輩出的武當派、家學淵源的峨嵋派、馳名西域的崑崙派、武功獨特（七傷拳）的崆峒派並列，華山派也足以自豪了。

但光明頂上，華山派掌門鮮于通名敗身死，為天下笑，對華山派如雪上加霜。

頂著巨大壓力誕生的華山派，前景一片黯淡。

光明頂之役後，華山派開發了內功——紫霞功，但結果差強人意。 華山派經歷光明頂之役以後，掌門死去，華山派內鬥暴露於天下，這是華山派巨大的政治危機。華山派的「鷹蛇生死搏」效果有限，是華山派不可承受的學術危機。華山派痛定思痛，開發出了內功——紫霞功。紫霞功的來歷已經不可考，但似乎源於武當派的九陽功：

如此循環一周，身子便如灌甘露，丹田裡的真氣似香煙繚繞，悠遊自在，那就是所謂「氤氳紫氣」。這氤氳紫氣練到火候相當，便能化除丹田中的寒毒。各派內功的道理無多分別，練法卻截然不同。張三丰所授的心法，以威力而論，可算得上天下第一。

《倚天屠龍記》第十章「百歲壽宴摧肝腸」

華山派熟知少林、武當、峨嵋三派的九陽功，又在光明頂見識了張無忌橫掃天下英雄的九陽功之後，沒有理由不想學習，可能因此透過某種手段習得九陽功，但可能不是貨真價實的九陽功。九陽功的表現是「氤氳紫氣」，這在張三丰、張無忌身上都能看到，這種紫氣並不表現在臉上，而是真氣內斂。而岳不群施展紫霞功的時候，動不動就臉上「紫氣大盛」，這顯然並不利於比武較量，因為缺少掩飾，所以華山派的紫霞

第八編　金庸的派別

功可能源於九陽功，但並不是真正高明的功夫。

紫霞功的實際戰鬥力確實很一般。紫霞功受到華山派自己的吹捧，如「華山九功，第一紫霞」，不足相信；紫霞功也受過向問天等人的誇獎，但絕非真心。真實記錄紫霞功戰力的只有少數幾次，比如岳不群使用紫霞功在木高峰手下救林平之，同令狐冲比拚，由於這幾次不是生死對決，因此無法判斷。可以用來直接判斷紫霞功實力的僅有的一次：

每一股真氣雖較自己的紫霞神功略遜，但只須兩股合而為一，或是分進而擊，自己便抵擋不住。

《笑傲江湖》第十一章「聚氣」

令岳不群感到兩股就無法抵禦的，是桃谷六仙的真氣。桃谷六仙是什麼人呢？絕不是江湖一流高手，可能二流也算不上，可以看出岳不群的紫霞功實力非常一般。

紫霞功不但實力一般，使用起來也很費力：

岳不群聽到「百藥門」三字，吃了一驚，微微打個寒噤，略一疏神，紫霞神功的效力便減。

《笑傲江湖》第十五章「灌藥」

一吃驚居然紫霞功的效力就減少，這怎麼和張無忌談笑之間檣櫓灰飛煙滅的九陽功相比呢？張無忌有很多次遇到危機，結果護體九陽功自動發揮威力，化險為夷，這樣的特點很顯然紫霞功是不具備的。

紫霞功還很消耗內力：

只因發覺岸上來了敵人，這才運功偵查，否則運這紫霞功頗耗內力，等閒不輕運用。

《笑傲江湖》第十五章「灌藥」

最搞笑的是岳不群其實也知道紫霞功不大好用：

岳不群走入房中，見令狐冲暈倒在床，心想：「我若不露一手紫霞神功，可教這幾人輕視我華山派了。」當下暗運伸功，臉向裡床，以便臉上紫氣顯現之時無人瞧見，伸掌按到令狐冲背上大椎穴上。

《笑傲江湖》第十五章「灌藥」

很顯然，岳不群也知道紫霞功不是雲淡風輕的武功，自己在實戰時也覺得有點丟人，所以常常不自覺地掩飾。

紫霞功功效一般就罷了，偏偏練習起來還很費力：

一練此功之後，必須心無雜念，勇猛精進，中途不可有絲毫耽擱，否則於練武功者實有大害，往往會走火入魔。

《笑傲江湖》第九章「邀客」

所以，紫霞功其實名不副實，功效很一般，練習方法也不友好。

因此，可以說岳肅、蔡子峰受命於兵敗之時、危難之際。當岳肅、蔡子峰成為華山新一代領軍人物時，當然知道紫霞功只能用來唬人，要想光大華山派，非要新的武學不可。他們不知透過什麼渠道知曉了《葵花寶典》的下落：

百餘年前，這部寶典為福建莆田少林寺下院所得。

《笑傲江湖》第三十章「密議」

本書推算過令狐冲所在時間約為西元 1563 年，百餘年按 100 年算，那麼《葵花寶典》出現在福建莆田下院應該是 1563-100=1463 年，距 1358 年約 100 年。也就是在光明頂之役後的大約 100 年，華山派傳到了岳肅、蔡子峰的手上，而他們計劃去莆田少林寺竊取《葵花寶典》，並最終成功。

第八編　金庸的派別

　　岳肅、蔡子峰可能從《葵花寶典》中收穫很大。在岳肅、蔡子峰手中，華山派進一步發展壯大，似乎已經超過了峨嵋派、崑崙派、崆峒派，並和新崛起的其他四嶽劍派齊名，直追少林派、武當派。華山派的迅速發展，可能就是始於華山派的岳肅、蔡子峰時期，並進一步分化出氣宗、劍宗。

　　為什麼說岳肅、蔡子峰從《葵花寶典》中收穫很大呢？《葵花寶典》極可能來自《九陰真經》，所以內容繁雜。它可能也類似《九陰真經》，分上下卷，而《九陰真經》上卷是內功心法，下卷是招數，還有梵文總綱。在《笑傲江湖》中方證明確說到岳肅、蔡子峰二人的情形：

　　其實匆匆之際，二人不及同時遍閱全書，當下二人分讀，一個人讀一半，後來回到華山，共同參悟研討。

《笑傲江湖》第三十章「密議」

　　所以，恐怕是岳肅讀上卷內功，蔡子峰讀下卷招數，因此不和，並且在後來分別創立氣宗和劍宗。林遠圖從岳肅、蔡子峰二人處得來的應該既有內功也有招數，但數量遠遠不及二人所得。只是林遠圖可能掌握了「引刀自宮」的總綱，並因此貪快取巧創立《辟邪劍譜》。不管怎樣，岳肅、蔡子峰從《葵花寶典》中所得的應該主要是無須自宮的正大武學，而且還讓華山派武功大進，並發展出氣、劍二宗。

　　岳肅、蔡子峰二人既是華山派武學的功臣，也是華山派受到重創的始作俑者。他們固然得到了武功，但人算不如天算，華山派得經被魔教知曉，於是魔教發起進攻，岳肅、蔡子峰二人身死，華山派凋零。而且，因為岳肅、蔡子峰武功見解不和導致的氣、劍二宗的裂痕因魔教進攻而迅速拉大，直至無法彌合。

　　這就是岳不群繼承的華山派政治和武學遺產。

中篇

岳不群是長在氣宗軀殼裡面的劍宗愛好者。岳不群很顯然是氣宗岳肅的後代，這是他的「原罪」。其實岳不群早就知道氣宗的劣勢：

岳不群嘆了口氣，緩緩的道：「三十多年前，我們氣宗是少數，劍宗中的師伯、師叔占了大多數。再者，劍宗功夫易於速成，見效極快。大家都練十年，定是劍宗占上風；各練二十年，那是各擅勝場，難分上下；要到二十年之後，練氣宗功夫的才漸漸地越來越強；到得三十年時，練劍宗功夫的便再也不能望氣宗之項背了。然而要到二十餘年之後，才真正分出高下，這二十餘年中雙方爭鬥之烈，可想而知。」

《笑傲江湖》第九章「邀客」

岳不群的嘆息說明了，對要在三十年後才能勝出的氣宗，他已經厭倦了。岳不群自己其實也很喜歡用劍宗的招數，比如在少林寺與令狐冲比鬥的時候，他就使用了劍宗的絕招「奪命連環三仙劍」。所以，岳不群早就想得到可速成、重招數的《辟邪劍譜》了。但華山派氣宗掌門的位置讓岳不群無法突破自己。

從某種意義上說，岳不群和《三體》中的章北海很相似：岳不群出自氣宗，章北海出自軍事家庭；岳不群相信劍宗才是未來，章北海認為人類無法打贏三體人；岳不群必須隱藏自己對劍宗的推崇，章北海偽裝成堅定的勝利主義者；岳不群一旦得到《辟邪劍譜》就毫不猶豫地自宮練劍，章北海則毫不猶豫地帶領飛船逃離，為人類保留火種。區別在於，章北海有機會證明自己，岳不群卻從未能突破束縛。

唐代司空圖有《二十四詩品》，其中「飄逸」一節似乎就是岳不群的寫照：

落落欲往，矯矯不群。

緱山之鶴，華頂之雲。

第八編　金庸的派別

　　大的環境和個人氣質注定了岳不群無法解決氣、劍二宗之爭，也無法打破二宗之間的壁壘。岳不群如華山頂思過崖上的雲彩，看起來是「氤氳紫氣」，可是在大環境下，也只是孤村落日殘霞。

附：巨人身後的巨大陰影

　　一個引人深思的現象是，失敗固然是成功之母，但成功中也常常埋下了失敗的隱患。牛頓是劍橋大學的驕傲，但這份驕傲也成了劍橋大學沉重的金冠。詹姆斯・格雷克（James Gleick）在《資訊簡史》（*The Information: A History, a Theory, a Flood*）中寫道：

　　「當時劍橋的數學正停滯不前。一個世紀之前，牛頓是這所大學的第二位數學教授，這門學科的所有權威和聲望都來自於他的遺產。而到了巴貝奇的年代，他的巨大影響力反而成為了英國數學揮之不去的陰影。最傑出的學生都在學習他巧妙而深奧的流數以及《自然哲學的數學原理》中的幾何學證明。然而在牛頓以外的人手裡，古老的幾何學方法帶來的只有挫敗感，而他獨特的微積分表述方式也並未給他的後輩帶來多少益處，只是讓他們越來越與世隔絕。一位19世紀的數學家對此評論道，英國的教授們『將任何創新的企圖都視為對牛頓的嚴重冒犯』。而學生們想要趕上現代數學的潮流，他們必須另尋別處，轉向歐洲大陸，轉向『解析』以及由牛頓的競爭者和死對頭哥特弗利德・萊布尼茲發明的微分語言。」

45　楊氏：古墓的麗影

　　終南山下，活死人墓，神鵰俠侶，絕跡江湖。

　　　　　　　　　　　　　　　　　　　—— 楊過、黃衫女等

　　楊過開創的楊氏家族是金庸小說中學術最成功的家族。

中篇

　　金庸小說中有很多家族，如姑蘇慕容氏、大理段氏、白駝山歐陽氏、絕情谷公孫氏等，但其中綿延最久的莫過於楊氏家族，即古墓楊氏。姑蘇慕容氏在小說中只有慕容博、慕容復兩人。慕容博以坑兒子為主業，慕容復以和自己過不去為主業，慕容氏很快星流雲散；大理段氏從段正淳、段譽直至段智興，逐漸式微，段智興甚至將一陽指傳給了家臣；白駝山歐陽鋒、歐陽克名為叔姪，實為父子，自從歐陽克身死荒村野店，歐陽鋒魂斷絕頂華山，白駝山一脈也消逝於歷史長河；公孫氏到了公孫止時代確實也終止了。但楊氏一門卻源遠流長。楊過的祖先可以追溯到楊再興，槍法了得：

　　要知楊家槍非同小可，當年楊再興憑一桿鐵槍，率領三百宋兵在小商河大戰金兵四萬，奮力殺死敵兵二千餘名，刺殺萬戶長撒八孛堇、千戶長、百戶長一百餘人，其時金兵箭來如雨，他身上每中一枝敵箭，隨手摺斷箭桿再戰，最後馬陷泥中，這才力戰殉國。金兵焚燒他的屍身，竟燒出鐵箭頭二升有餘。這一仗殺得金兵又敬又怕，楊家槍法威震央原。

《射鵰英雄傳》第一章「風雪驚變」

　　楊過的爺爺楊鐵心也是一條鐵骨錚錚、赤膽忠心的人物，武功不弱。楊過的父親楊康雖然人品很差，但不可否認是一個極厲害的人物，他甚至殺死歐陽克、拜師歐陽鋒，這種機謀可驚可怖，同時他一直也沒有扔下學術。楊過自是不必提了。楊過的後人呢？楊過於西元1259年第三次華山論劍後絕跡江湖。楊氏後人再現江湖已經是一百年後的「倚天」時代了，也就是張無忌縱橫天下的1358年。100年大概是幾代人呢？算25年一代，大概是楊過的第五代了，這一代表現如何呢？

　　那女子約摸二十七八歲年紀，風姿綽約，容貌極美，只是臉色太過

蒼白，竟無半點血色。

《倚天屠龍記》第三十三章「簫長琴短衣流黃」

楊過的第五代黃衫女絕不是僅僅貌美，她一出手就戳穿陳友諒的陰謀，揭露丐幫假幫主的真實面目，救丐幫於危難之際；後來更是在絕大的危機時刻出手制住周芷若，防止謝遜被殺，也間接幫助了峨嵋派。可以看出，黃衫女頭腦清楚，而且關鍵情報蒐集能力超強，未出古墓，全知天下，最重要的是武藝高強，強到可以輕鬆制住連武當派的俞蓮舟都無法拿下的周芷若。楊氏後人黃衫女足以光宗耀祖了。

楊氏家族武學源遠流長的祕訣是什麼呢？**楊氏的基因可能很好**。但是再好的基因也無法對抗遺傳學規律，從長遠看，基因的效應會逐漸回歸。**楊氏，尤其是楊過，可能很注重教育**。楊過截然不同於蕭峰、郭靖、張無忌、令狐冲的地方，在於他成長路上經歷過各種坎坷，並因為這種坎坷而特別酷愛並善於學習。蕭峰同樣是學武奇才：

他天生異稟，實是學武的奇才，受業師父玄苦大師和汪幫主武功已然甚高，蕭峰卻青出於藍，更遠遠勝過了兩位師父，任何一招平平無奇的招數到了他手中，自然而然發出巨大無比的威力。熟識他的人都說這等武學天賦實是與生俱來，非靠傳授與苦學所能獲致。蕭峰自己也說不出所以然來，只覺什麼招數一學即會，一會即精，臨敵之際，自然而然有諸般巧妙變化。

《天龍八部》第二十四章「燭畔鬢雲有舊盟」

但是，這樣的天才型選手對自己的武功成長「也說不出所以然來」，拿來教導別人也很難。類似地，郭靖古拙雄偉，令狐冲飛揚灑脫，可以說武功天授，似乎也同樣並不善於教導弟子。

楊過不一樣。楊過從小隨母親穆念慈學了些功夫；遇到歐陽鋒，學

中篇

了些逆練《九陰真經》的心法；去桃花島，見識了郭靖、黃蓉的武功；在終南山，學習了全真派心法；在古墓中，楊過開始真正意義上的學習；離開古墓後，遇到洪七公、歐陽鋒，又學了很多招式；直到遇到神鵰，楊過才武功大成。楊過的成長道路上涉獵得過多過雜。在這樣的經歷中，楊過充分展現出善於學習的能力。在楊過的武學路上，有三次重要的契機。

第一次，向金輪法王學習。

　　法王笑道：「人各有志，那也勉強不來。楊兄弟，你的武功花樣甚多，不是我倚老賣老說一句，博採眾家固然甚妙，但也不免博而不純。你最擅長的到底是哪一門功夫？要用什麼武功去對付郭靖夫婦？」

《神鵰俠侶》第十六回「殺父深仇」

　　金輪法王的一番評論深深地打動了楊過，讓他深思求學要專精而後廣博的道理，並隱約悟到了無招勝有招的境界。這是楊過的一次重大成長，也為後來吸收獨孤求敗的武功奠定了基礎。

第二次，向裘千尺學習。

　　法王等均已明白，原來裘千尺適才並非指點楊過如何取勝，卻是教他如何從不可勝之中尋求可勝之機，並非指出公孫止招數中的破綻，而是要楊過在敵人絕無破綻的招數之中引他露出破綻。她一連指點了幾次，楊過便即領會了這上乘武學的精義，心中佩服無已，暗道：「敵人若是高手，招數中焉有破綻可尋？這位裘老前輩的指點，當真令人一生受用不盡。」

《神鵰俠侶》第二十回「俠之大者」

　　如果說楊過第一次的領悟是針對自己的專精以及無招、有招的體會，第二次的領悟則是針對敵人的無破綻、有破綻的體會。破綻的有無

是相對的，要在遊鬥中將敵人的無破綻轉化為有破綻，這是一種很重要的體悟。

第三次，向覺遠學習。

　　楊過心道：「這位大師的話深通拳術妙理，委實是非同小可，這幾句話倒是使我受益不淺。『後發制人，先發制於人』之理，我以往只是模模糊糊地悟到，從沒想得這般清楚。」

《神鵰俠侶》第四十回「華山之巔」

　　楊過似乎是眾高手中唯一從覺遠身上獲益的人，這始於他強大的學習能力。

　　楊過一生經歷過博和精的博弈，做出過浮躁輕動和重、拙、大的取捨，糾結過閱盡世間繁華和古墓終老的選擇。在這樣的複雜經歷中，楊過不但善於學習，也很善於教育。在華山之巔，楊過在教導張三丰擊敗尹克西的整個過程中充分體現了對教育的深刻理解。

　　首先，**不憤不啟，不悱不發**。楊過指點張三丰是在他不敵尹克西、覺遠又無法指導的情況下才開始的。太早失之於率，太晚失之於拖延。

　　其次，**彰顯實力**。楊過拉住張三丰的手臂，使他「半身痠麻」。楊過畢竟是獨臂，他需要考慮張三丰是否信服自己，不信則傳授效果就會打折扣，所以他輕輕秀了下肌肉。

　　再次，**注意基礎**。楊過的教導是在覺遠「用意不用力」的基礎上提出的，只加了招式變化，這樣張三丰才好接受。楊過的第一次教導無疑是極其成功的。但並沒有讓張三丰徹底打敗尹克西，於是楊過又教了張三丰三招。這三招，楊過精確計算了張三丰的學習能力和尹克西的心思，真是知己知彼，是楊過作為教育家的巔峰時刻。楊過教授張三丰的這三

中篇

招,也可以說是楊過一生武學的體悟。張三丰後來卓然成家,自楊過教授三招而始。

楊過教的第一招叫「推心置腹」,是不是懷念金輪法王敞開心扉,指出楊過武功博而不精的弊端?楊過教的第二招叫「四通八達」,是不是追憶裘千尺指點他在無破綻中發現破綻,「條條大路通羅馬」?楊過教的第三招叫「鹿死誰手」,是不是感謝覺遠指出後發制人的理念,並預言了「神鵰」時代之後天下武學將出現新的逐鹿中原的局面?

總之,楊過是一個很好的老師,能給自己的後代很好的教育。既有基因優勢,又善於教導,楊氏家族武學的興旺就可想而知了。

附:人才輩出的錢氏

在《史記·孔子世家》中,司馬遷這樣評價孔子:「天下君王至於賢人眾矣,當時則榮,沒則已焉。孔子布衣,傳十餘世,學者宗之。自天子王侯,中國言六藝者折中於夫子,可謂至聖矣!」司馬遷所說的,正是孔子因善於教育而庇蔭後代,綿延不絕。

現代史上的無錫錢氏可能是人們更熟悉的例子。無錫錢氏出自吳越錢氏,始祖是五代吳越國的開國君主錢鏐。錢氏一族是名副其實的人才鼎盛的家族,在現代中國,能與錢氏媲美的家族鳳毛麟角。

先看**錢穆家族**。

國學大師錢穆的哥哥叫錢摯,錢摯的兒子是著名科學家錢偉長。

錢穆有三子二女,分別是錢拙、錢行、錢遜、錢易(女)、錢輝(女)。其中,錢行是報社編輯部原副主任,錢遜是北京清華大學思想文化研究所原所長,錢易是工程院院士、北京清華大學環境學院教授。

再看**錢鍾書家族**。

錢鍾書的父親錢基博是國學大師，錢基博的孿生兄弟叫錢基厚。錢鍾書的兄弟姐妹以及堂兄弟姐妹（錢基厚子女）大都學有專長。

無錫錢氏家族人才輩出的祕訣是什麼呢？難道是基因嗎？也許從錢穆的自傳中能發現一些線索。

錢穆的祖父錢鞠如曾手抄五經：「首尾正楷，一筆不苟，全書一律。墨色濃淡，亦前後勻一，宛如同一日所寫。」這本手抄書上還有苦學的淚痕：「在此書後半部，紙上皆沾有淚漬，稍一辨認即得。愈後則漬痕愈多。因先祖其時患眼疾，臨書時眼淚滴下，遂留此痕。」錢穆的祖父還曾圈點《史記》：「家中又有大字木刻本《史記》一部，由先祖父五色圈點，並附批註，眉端行間皆滿。余自知讀書，即愛《史記》，皆由此書啟之。」

錢穆的父親錢承沛也非常刻苦：「先父一人讀書其中，寒暑不輟。夏夜苦多蚊，先父納雙足兩酒甕中，苦讀如故。每至深夜，或過四更，仍不回家。時聞有人喚其速睡。翌晨詢之，竟不知何人所喚。」

這種精神不但傳到錢穆身上，在錢偉長身上也有烙印：「先母曰：『我今無事，當務督導長孫（即錢偉長）讀書。』每夜篝燈，伴孫誦讀。余在家，亦參加。同桌三代，亦貧苦中一種樂趣也。」

我想，錢氏家族的興旺，與其說是基因，不如說是文化傳承，後者是教育的巨大力量。

46　丐幫：打狗棒的挺立

There are only two forces in the world, the sword and the spirit. In the long run the sword will always be conquered by the spirit.

──蕭峰、洪七公、黃蓉等

中篇

打狗棒法和降龍十八掌是丐幫的君和臣。

如果說降龍十八掌如對臣子的封賞，可以雨露均霑的話，打狗棒法則如君主重器，不可輕易付人。

這兩項絕技是丐幫的「鎮幫神功」。降龍十八掌偶然也有傳與並非出任幫主之人，打狗棒法卻必定傳於丐幫幫主，數百年來，從無一個丐幫幫主不會這兩項鎮幫神功的。

《天龍八部》第四十一章「燕雲十八飛騎，奔騰如虎風煙舉」

確實如此，洪七公曾將降龍十八掌傳給黎生、魯有腳、郭靖，但是打狗棒法從未傳給除了幫主以外的人。楊過從洪七公處得到打狗棒招數，在黃蓉給郭芙、武氏兄弟講解打狗棒心法時恰好在旁，因此學全了，這是洪七公、黃蓉兩人從未想到的。

打狗棒法才是丐幫的信物，其地位超過降龍十八掌。

洪七公……便道：「這三十六路打狗棒法是我幫開幫祖師爺所創，歷來是前任幫主傳後任幫主，決不傳給第二個人。我幫第三任幫主的武功尤勝開幫祖師，他在這路棒法中更加入無數奧妙變化。數百年來，我幫逢到危難關頭，幫主親自出馬，往往便仗這打狗棒法除奸殺敵，鎮懾群邪。」

《射鵰英雄傳》第二十一章「千鈞巨巖」

所以喬峰在杏子林將打狗棒交還丐幫，從此沒有再碰。也因此，喬峰在杏子林事變之後從未施展打狗棒法。這是因為，如果使用打狗棒法，那就是代表丐幫出面做事了，喬峰不想遭禍丐幫結怨天下，所以棄打狗棒法不用。

而楊康得到打狗棒後，可以僭越幫主之位；霍都假扮的何師我隱藏

丐幫多年，得到打狗棒，希望因此上位；十幾歲的史紅石拿著打狗棒，少林寺的空智也要以幫主之禮相待。

打狗棒和打狗棒法的地位從未被降龍十八掌超越。

打狗棒法和降龍十八掌的地位差別代表了丐幫政治和武學在柔與剛、精明與豁達、權變與堅持中傾向的往往是後者。

丐幫幫眾數量眾多、來源不同、成分複雜，統領起來非常不易。需要的不是碾壓，而是平衡；需要的不是一刀切，而是個性化對待；需要的不是一個強者，而是一個智者。

蕭峰的降龍十八掌毋庸置疑，應該也會打狗棒法，但似乎從未使用過。而同時，蕭峰似乎也不是一個稱職的幫主：他能結納三袋、四袋弟子，卻和高層不和睦，以至於在杏子林中遭遇危機時支持者很少。

洪七公在降龍十八掌上有很大創新，對打狗棒法也極其精通。他雖然遊戲風塵，常常因貪吃誤事，卻是一個好幫主，因為他能把汙衣、淨衣調理得和睦融洽。

黃蓉只會打狗棒法，並不會降龍十八掌，但聰明機敏、權謀無雙，將丐幫治理得好生興旺。事實上，可以說黃蓉不是一個人做幫主，掌握降龍十八掌的郭靖其實是丐幫的隱形幫主，所以黃蓉是洪七公之後的好幫主。

黃蓉以下，丐幫似乎優秀的幫主不多了。魯有腳不用說，既沒有學好降龍十八掌，也不擅長打狗棒法；耶律齊是一個例外，近似蕭峰；「倚天」時代的史火龍只會降龍十八掌中的十二掌，同樣不擅長打狗棒法。

對打狗棒法的傾向可能是丐幫武學傳承的更優解。

相比降龍十八掌，打狗棒法是可以透過努力學習到的。掌握降龍

中篇

十八掌需要的是透過內功修為或者外功淬鍊習得的內力，否則效果很差，看看會一招「神龍擺尾」的黎生就知道了。而打狗棒法是可以透過努力學習的，比如黃蓉教會了魯有腳三十六路打狗棒法，比如郭襄偷學了打狗棒法的招數，在少室山下令羅漢堂首座無色也大吃一驚。

相比降龍十八掌的單打獨鬥，打狗棒法可以更好地實現合作。打狗棒法可以衍生打狗陣法，威力大增。

喬峰自知本幫這打狗陣一發動，四面幫眾便此上彼下，非將敵人殺死殺傷，決不止歇。

《天龍八部》第十四章「劇飲千杯男兒事」

龍是神物，降龍宏大敘事，舉輕若重；狗是俗物，打狗微末小事，舉重若輕。所以擅長降龍十八掌的是蕭峰、郭靖這樣一身正氣的大俠，擅長打狗棒法的則是洪七公、黃蓉這樣或不拘小節或亦正亦邪的人物。打狗棒法代表的是丐幫的武學實用主義傾向。對於丐幫這樣一個幫派，這可能是最好的選擇了。

附：日本獲得的自然科學諾貝爾獎的特點

截至 2021 年，日本一共獲得過 19 次自然科學諾貝爾獎（獲獎者共 24 人，包括外籍日裔得主）。值得注意的是，這 19 次自然科學諾貝爾獎中的 14 次是在 2000 年後獲得的。

日本獲得的自然科學諾貝爾獎有什麼特點呢？先看列表再分析：

物理學獎 7 次：

1949 年，湯川秀樹，介子存在的設想。

1965 年，朝永振一郎，量子電動力學基礎研究。

1973 年，江崎玲於奈，在量子穿隧效應實驗中發現半導體。

2002 年，小柴昌俊，對於天體物理學、特別是宇宙微子檢驗有卓越的貢獻。

2008 年，小林誠，益川敏英，南部陽一郎（美籍），CP 破壞。

2014 年，赤崎勇，天野浩，中村修二（美籍），發明高亮度藍色發光二極體。

2015 年，梶田隆章，發現微中子振盪現象並因此證明中微子具有質量。

化學獎 7 次：

1981 年，福井謙一，化學反應過程的理論研究。

2000 年，白川英樹，導電性高分子的發現與發展。

2001 年，野依良治，手性觸媒的不對稱合成研究。

2002 年，田中耕一，開發生物大分子的同定與構造解析手法。

2008 年，下村修，綠色螢光蛋白（GFP）的發現。

2010 年，鈴木章，發現鈴木耦合反應；根岸英一，發現根岸耦合反應。

2019 年，吉野彰，開發鋰離子電池。

生理學或醫學獎 5 次：

1987 年，利根川進，多樣性抗體的生成和遺傳原理的闡釋。

2012 年，山中伸彌，誘導多功能幹細胞。

2015 年，大村智，治療蛔蟲寄生蟲感染的新療法。

2016 年，大隅良典，細胞自噬的機制。

2018年，本庶佑，免疫調節治療癌症。

分析這些諾貝爾獎，其最大的特點是：2000年以前的諾貝爾獎幾乎都是基礎研究，2000年以後的研究，除了2002年、2008年、2015年三次物理學獎和2016年的生理學或醫學獎外，幾乎都是工科以應用為導向的諾貝爾獎。

47　明教：聖火令的墜落

西人已乘聖火去，此地空餘屠龍刀。

—— 陽頂天、楊逍、范遙、殷正天、謝遜等

明教雖然稱為教，但其實是一個教派。

周伯通道：「……有一年他治下忽然出現了一個希奇古怪的教門，叫做什麼『明教』，據說是西域的波斯胡人傳來的。這些明教的教徒一不拜太上老君，二不拜至聖先師，三不拜如來佛祖，卻拜外國的老魔，可是又不吃肉，只是吃菜。徽宗皇帝只通道教，他知道之後，便下了一道聖旨，要黃裳派兵去剿滅這些邪魔外道。不料明教的教徒之中，著實有不少武功高手，眾教徒打起仗來又人人不怕死，不似官兵那麼沒用，打了幾仗，黃裳帶領的官兵大敗。他心下不忿，親自去向明教的高手挑戰，一口氣殺了幾個什麼法王、什麼使者。哪知道他所殺的人中，有幾個是武林中名門大派的弟子……」

《射鵰英雄傳》第十六章「《九陰真經》」

從周伯通的描述中能看出，明教似乎屬於宗教，因為他們「拜外國的老魔」。

但從《倚天屠龍記》中的描述來看，明教似乎更像是一個以宗派為幌子的教派。

第八編　金庸的派別

　　這才想起，魔教中人規矩極嚴，戒食葷腥，自唐朝以來，即是如此。北宋末年，明教大首領方臘在浙東起事，當時官民稱之為「食菜事魔教」。食菜和奉事魔王，是魔教的兩大規律，傳之已達數百年。宋朝以降，官府對魔教誅殺極嚴，武林中人也對之甚為歧視，因此魔教教徒行事十分隱祕，雖然吃素，卻對外人假稱奉佛拜菩薩，不敢洩漏自己身分。

《倚天屠龍記》第十一章「有女長舌利如槍」

　　明教會隱藏掩蓋自己的信仰對象，有哪個宗教會這樣呢？《宋史‧列傳》第二百二十七提到方臘，只說他「託左道以惑眾」。另一本很具史料價值的書，北宋方勺的《清溪寇軌》引用了《容齋逸史》記載的方臘起義，其中提到方臘「一日臨溪顧影，自見其冠服如王者，由此自負，遂託左道以惑眾」。也就是方臘在溪水中看到自己的影子，覺得帥極了，像王一樣，所以決定藉助宗教施加自己的影響。所以方臘領導的明教不是宗派，而是具有教派性質。

　　《倚天屠龍記》中的一則記載也說明了明教是教派而不是宗派：

　　是時蝴蝶谷前聖火高燒，也不知是誰忽然朗聲唱了起來：「焚我殘軀，熊熊聖火。生亦何歡，死亦何苦？」

　　眾人齊聲相和：「焚我殘軀，熊熊聖火，生亦何歡？死亦何苦？為善除惡，唯光明故。喜樂悲愁，皆歸塵土。憐我世人，憂患實多！憐我世人，憂患實多！」

《倚天屠龍記》第二十五章「舉火燎天何煌煌」

　　在教眾即將踏上征途之時，大家互相安慰的不是宗教常常追求的天國、永生、輪迴、覺悟，而是具有理想主義氣質的「憐我世人，憂患實多」。

中篇

具有教派性質的明教有三個特點：高手多，幫眾不怕死，有吸納名門大派弟子的影響力。

周伯通提到過明教的這三個特點。特別值得一提的是高手眾多。「倚天」時代，武當七俠、少林四僧都很有名，但和明教比起來就差遠了。明教的光明左右二使、四大法王、五散人、五行旗正負掌旗使，個個都是頂尖人才，甚至明教小嘍囉，如朱元璋、徐達、常遇春等，都是傑出人才。明教人才從數量和品質上看都遠超同時期的武當派、少林寺。

明教對名門正派弟子的吸引力也很大。正統的名門正派弟子張無忌最終成了明教的教主，雖然機緣使然，但是不可否認明教的巨大吸引力。

明教的學術傳承源遠流長。

明教雖然是一個具有教派性質、政治綱領（憐我世人）的組織，但是對學術極為重視，甚至幫主都會為了學術付出生命的代價。比如第八代鍾教主練成乾坤大挪移當天走火入魔，三十三代教主陽頂天死亡的主要原因也是練習乾坤大挪移。儘管如此，明教人依然前仆後繼，這樣的學術傳承歷史恐怕是明教長盛不衰、人才濟濟、具有很大吸引力的一個原因。從唐代到宋代方臘再到明代朱元璋，世事變遷，滄海桑田，政治訴求變得不具有現實意義，但是學術的追求讓明教跨越數百年。丐幫傳到史火龍大概是二十三代，而明教傳到張無忌是三十四代，到楊逍則是三十五代，遠遠超過丐幫，恐怕只有少林寺可以媲美。

除了幫主之外，整個明教也是一個崇尚科技的派別。明教的五行旗都是科技色彩濃厚，但更偏向技術應用。少室山下楊逍指揮銳金、巨木、洪水、烈火、厚土五旗進行科技實力展示，令天下英雄嘆為觀止。銳金旗主吳勁還精通兵器煆造，並成功接續了屠龍刀。

第八編　金庸的派別

　　明教五散人的設立完全是不帶任何功利色彩的學術自由主義。五散人在明教似乎並沒有指揮權，但是這幾個人都很有特點，學術能力有多強很難說，但是方向都很新穎。比如，說不得的乾坤一氣袋最終孵化了張無忌的九陽神功。五散人的制度設計類似全真派王重陽收羅的周伯通，周也是在自由的學術氛圍中創立了左右互搏、空明拳。自由的氛圍是產生創新的優良土壤。

　　明教四大法王學術追求專精。紫衫龍王的水中武功，白眉鷹王的鷹爪擒拿功，金毛獅王的七傷拳，青翼蝠王的輕功，都是學有專精。

　　明教光明左右二使則追求廣博，這對上有助於拓展幫主的學術視野，對下利於辨識具有潛力的方向。

　　總之，明教的行政組織架構和學術特點掛鉤，幫主抓世紀難題，光明左右二使求廣，四大法王專精，五散人愛自由，五行旗重應用，這樣的架構提供給明教學術發展組織基礎。

　　明教還提供了不拘一格的學術上升通道。紫衫龍王憑藉一次卓越表現，位居四大法王之首，這固然是功績，但也是學術專長的一次勝利。其餘三人沒有任何異議，足以說明明教學術氛圍的寬鬆舒暢。

　　但明教取得成功，最大的原因恐怕是對波斯明教的摒棄了。表現就是明教對聖火令的輕蔑。明教源於波斯：

　　我明教源於波斯國，唐時傳至中土。當時稱為祆教。唐皇在各處敕建大雲光明寺，為我明教的寺院。

《倚天屠龍記》第十九章「禍起蕭牆破金湯」

　　但明教早已植根於中土，明教有識之士對此都有深刻認知，如陽頂天：

中篇

> 本教雖發源於波斯，然在中華生根，開枝散葉，已數百年於茲。今韃子占我中土，本教誓與周旋到底，決不可遵波斯總教無理命令，而奉蒙古元人為主。聖火令若重入我手，我中華明教即可與波斯總教分庭抗禮也。
>
> 《倚天屠龍記》第二十章「與子共穴相扶將」

儘管如此，波斯明教依然對中土明教有巨大影響，作為波斯明教象徵的聖火令的地位依然崇高。陽頂天是一位很有聲望的教主，但是還是想著「聖火令若重回我手」，並說：

> 不論何人重獲聖火令者，為本教第三十四代教主。不服者殺無赦。
>
> 《倚天屠龍記》第二十章「與子共穴相扶將」

楊逍想的則是：

> 聖火令歸誰所有，我便擁誰為教主。這是本教的祖規。
>
> 《倚天屠龍記》第十九章「禍起蕭牆破金湯」

明教甚至自己開發了聖火令替代品：

> 突然看到她頸中的黑色絲絛，輕輕一拉，只見絲絛盡頭結著一塊鐵牌，牌上金絲鏤出火焰之形，正是他送給紀曉芙的明教「鐵焰令」。
>
> 《倚天屠龍記》第十四章「當道時見中山狼」

而張無忌在光明頂上捨生忘死，挽六大門派狂瀾於既倒，扶明教大廈於將傾，建立赫赫功業，第一個反應依然是尋找聖火令：

> 張無忌堅執陽前教主的遺命決不可違。眾人拗不過，只得依了。
>
> 《倚天屠龍記》第二十二章「群雄歸心約三章」

張無忌這麼做，是他的聰明之處，一個效果是不忘聖火令權威，再

親手把它打破，從而真正建立明教的聲望。

波斯明教和中土明教的衝突很快發生了。波斯三使、十二王意圖讓中土明教臣服波斯，以供驅策。張無忌憑藉絕世武功奪回聖火令，並永遠地割斷了來自波斯明教的束縛。

> 於是將兩枚聖火令夾住半截屠龍刀，然後取過一把新鋼鉗，挾住兩枚聖火令，將寶刀放入爐火再燒。
>
> 《倚天屠龍記》第三十九章「祕笈兵書此中藏」

從教中聖物到夾住半截屠龍刀的夾子，自張無忌開始，聖火令的權威就被終結了，屠龍刀成為中土明教的新一代象徵。張無忌實現了明教的真正獨立，並且真正地「號令天下，莫敢不從」。

以上，就是明教卓然不群的學術密碼。

附：結晶牛胰島素合成的關鍵一戰

結晶牛胰島素的合成是一項偉大成就。這項成就的取得，同團隊作戰、不迷信權威密不可分。

結晶牛胰島素的合成是合作的成果。為了快速合成結晶牛胰島素，科學家們決定分工合作，不同人各司其職。最初整個專案被拆分成五步：一是有機合成，由鈕經義負責；二是天然胰島素拆合，由鄒承魯負責；三是肽庫，由曹天欽負責；四是酶啟用，五是轉肽，由沈昭文負責。這四人都來自中科院生化所。但是生化所專家很快意識到了合成多肽的難度，於是聯繫了北京大學，並微調了計畫：北京大學有機教研室負責胰島素A鏈的合成，生化所負責胰島素B鏈的合成以及A、B鏈的拆合。

其中天然胰島素拆合是最難的一步。難道不應該是合成更難嗎？並

不是。當時一個關鍵問題是生物大分子（如多肽鏈）是否能自動組裝。因此，如果拆開的蛋白鏈能重新合成有活性的蛋白，則意義非常重大。然而，在當時，拆開的蛋白鏈重新組合成胰島素的可能性似乎早已經被無數次實驗否定了，因為過去三十多年很多人的實驗結果都指出拆開的蛋白鏈無法合成胰島素。

儘管如此，鄒承魯依然沒有完全接受這個結果。鄒承魯認為，以往實驗失敗是因為反應條件不夠溫和。1959年3月19日，鄒承魯、杜雨蒼等採用了較為溫和的方法，居然發現接合產物表現出了0.7%～1%的生物活性。後來，杜雨蒼、鄒承魯摸索出了不使用氧化劑，而使氧化反應在較溫和的低溫、較強鹼性（最適宜的PH值為10.6）的水溶液中由空氣緩慢完成的方法，使天然胰島素拆開後再重合的活力穩定地恢復到原活力的5%～10%。

回顧結晶牛胰島素的合成過程，鄒承魯不迷信權威，加上多位傑出科學家的合作，最終促成了這一原創重大成果的實現。

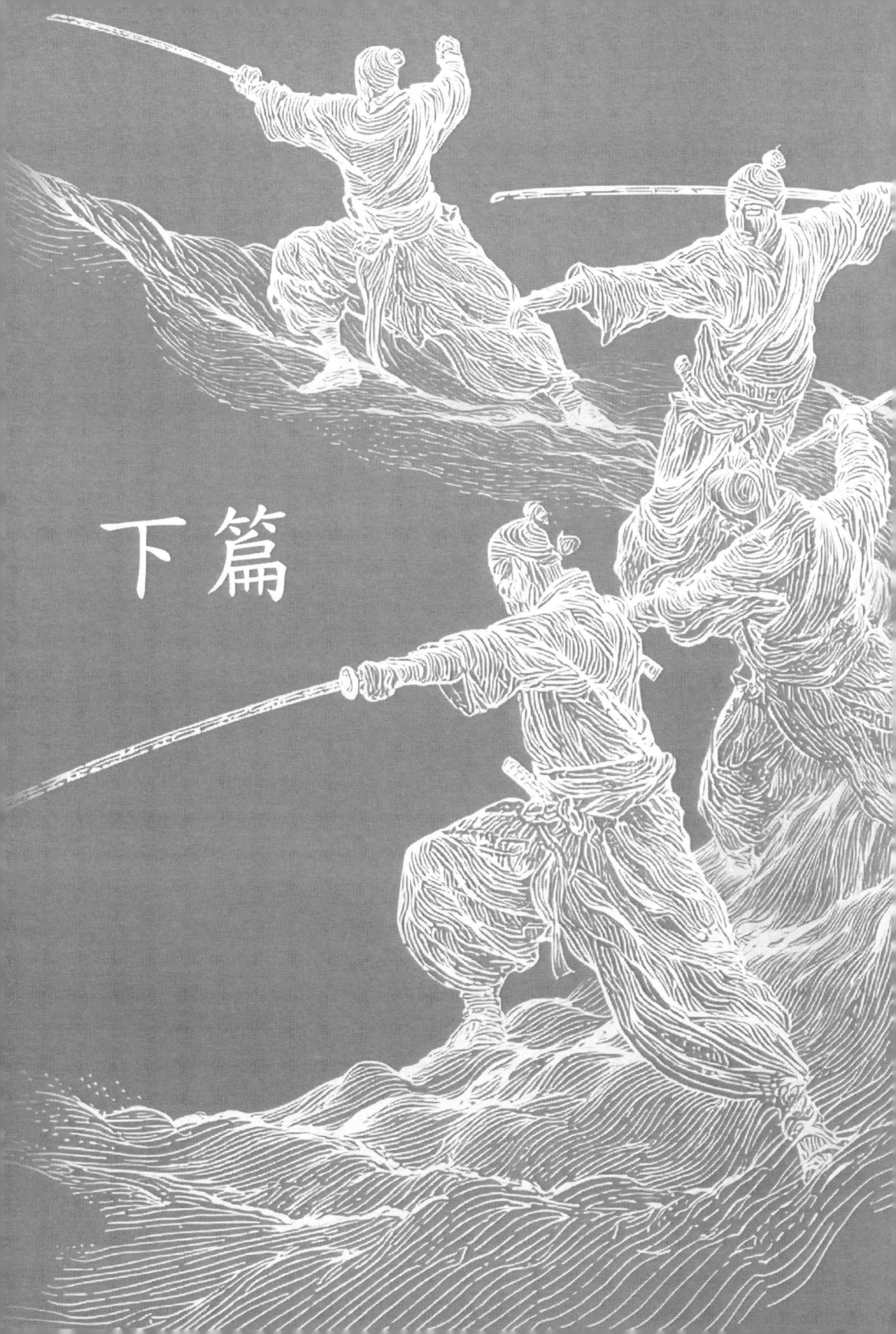

下篇

下篇

第九編　俠客

> 引子：俠之大者，為國為民

　　司馬遷心胸開闊，在《史記・游俠列傳》中為俠客立傳，不僅前無古人，也幾乎後無來者。司馬遷說：今天的游俠，他們的行為雖然不符合正義，但言必信，行必果，一諾千金，慷慨赴死，幫助人解除困境。而他們一旦救人危難之後，又不誇耀自己的本領和品德，真是值得稱道。班固在《漢書・游俠傳》中雖然也記載了俠客，但是態度就嚴苛多了：這些俠客以普通人的身分竊取生殺權柄，罪不容誅。但他們性格溫良，對人友愛，賑濟窮苦，急人危難，又謙虛退讓，都有不同凡響之處。可惜他們不符合主流價值觀，難登大雅之堂，即使自身被殺、宗族連坐，也是咎由自取。范曄在《後漢書・獨行列傳》中對俠客更多的是褒獎，但是已經不用「游俠」這個名字了，改為「獨行者」這樣的稱呼。《後漢書》後，游俠就從正史中消失了。

　　但俠的精神從來都是中國傳統中所珍視的寶貴品質，它從正史中消隱，卻在詩歌和演義中盛放，就像地表的波濤化為地下的潛流，奔騰如故，從未止息。從唐代的虯髯客到清朝的手持大鐵椎的異人，不絕如縷。金庸的十四部小說更是勾勒了鮮活的俠義形象，在全世界華人中得到共鳴。同司馬遷對俠的描述，如一諾千金、輕生重義、扶危濟困不同，金庸創造性地提出了「俠之大者，為國為民」的概括，發人深思，在華人中有很大影響。

　　為國為民的精神常常能極大地激勵一個人，而產生非凡的成就。在《射鵰英雄傳》中，周伯通說：

第九編　俠客

「師哥當年說我學武的天資聰明，又是樂此而不疲，可是一來過於著迷，二來少了一副救世濟人的胸懷，就算畢生勤修苦練，終究達不到絕頂之境。當時我聽了不信，心想學武自管學武，那是拳腳兵刃上的功夫，跟氣度識見又有什麼關係？這十多年來，卻不由得我不信了。」

《射鵰英雄傳》第十六章「九陰真經」

在王重陽看來，缺少濟世救人的胸懷，武功難以大成，這和掃地僧的看法是一致的。

家國情懷作為最大的濟世救人行為，能成為個體極大的內驅力，而可能成就偉業。孟子說：「吾善養吾浩然之氣。」至於什麼是浩然之氣，他又說：「至大至剛，以直養而無害，則塞於天地之間。」文天祥進一步闡發過浩然之氣，認為就是家國情懷，「時窮節乃見，一一垂丹青」。

本編想揭示的，就是俠之大者精神對武學成就的影響。本編既選擇了擁有主角光環、廣為人知的蕭峰、郭靖和張無忌，也選擇了存在感較弱的吳長風、耶律齊、馮默風等，他們同樣具有俠義精神，不應該被忽略。有趣的是，這六人中除了吳長風外，都有留學或者遊學經歷，其個性中不同文化交流碰撞的印記非常明顯，而最終都歸於家國情懷。

48　蕭峰：提攜玉龍為君死

蕭峰武功鼎盛，在雁門關外一戰。 三十餘年前，蕭峰在此倖存，而他最終又死於此地，生於斯又逝於斯，恍如一夢。

蕭峰打鬥的場面很多，最重要的有四個，分別是杏子林、聚賢莊、少林寺和雁門關。這四次打鬥中，除了聚賢莊在因緣際會中蕭峰失手殺人，其他場合蕭峰都是救人的。在杏子林內，蕭峰代丐幫人受過，戒刀

刺肩。在少林寺裡，蕭峰打敗游坦之、慕容復，卻並未殺人。在雁門關外，蕭峰用插在胸口的利箭挽救了宋遼無數蒼生。如果採用受到影響的人數評價武功，蕭峰雁門關外一戰挽救生靈如海。

雁門關外一戰，在於蕭峰的氣魄。 蕭峰一生做過很多仁義的事。在杏子林，蕭峰是仁慈的，救人眾多，他的武功是舉重若輕的。在聚賢莊，蕭峰是狂暴的，殺人無數，他的武功是殘忍嗜血的，但起因是為了救一個素不相識的小姑娘。在少林寺，蕭峰是威猛的，奔騰如虎風煙舉，他的武功是爽利的。唯有在雁門關外，蕭峰是有一股浩然之氣的，拯救千萬百姓，他的武功是投向自己的，卻征服了無數人。

蕭峰的氣魄來自他的身世和受到的教育。

蕭峰是一個看似漢人的契丹人，但骨子裡還是漢人。金庸小說中有看似漢人的異族人，如慕容復、歐陽鋒、楊康；有看似異族人的漢人，如耶律齊、小昭；還有看似漢人的異族人，實際還是漢人，如段譽、蕭峰。那麼區分漢人、異族人的邊界在哪裡呢？似乎主要是文化的歸屬與認同，而並非基因。無論是慕容復、歐陽鋒、楊康還是耶律齊、小昭、段譽、蕭峰，關鍵是心中最大的文化認同。

蕭峰身上最大的文化認同是傳統的止戈為武觀念。古代一直有厭戰的思想。《左傳·宣公十二年》中提到「楚子曰：『非爾所知也。夫文，止戈為武。』」

《道德經》第三十一章中提到「兵者不祥之器，非君子之器，不得已而用之，恬淡為上」。《孫子兵法》這部兵書則說「上兵伐謀，其次伐交，其下攻城」。〈弔古戰場文〉中說：

「屍踣巨港之岸，血滿長城之窟。無貴無賤，同為枯骨。可勝言哉！

鼓衰兮力竭，矢盡兮弦絕，白刃交兮寶刀折，兩軍蹙兮生死決。降矣哉，終身夷狄；戰矣哉，暴骨沙礫。鳥無聲兮山寂寂，夜正長兮風淅淅。魂魄結兮天沉沉，鬼神聚兮雲冪冪。日光寒兮草短，月色苦兮霜白。傷心慘目，有如是耶！」

蕭峰的數次表現都能看出他對殺戮的牴觸。在杏子林，蕭峰完全有機會以力服人，但他肩頭插滿戒刀，以承受苦楚面對那些欲趕走他的人；在聚賢莊，蕭峰為了素昧平生的阿朱與眾人為敵，當局面失控時才造成傷亡；在遇到星宿海的弟子時，蕭峰也沒有妄殺，甚至在少林寺時，蕭峰也沒有殺掉雙手沾滿鮮血的游坦之。

蕭峰的厭戰心理在他死前異常強烈。在蕭峰自殺之前，有過三次心路的描寫。距他自殺最近的一次，是經過雁門關外、蕭遠山絕筆之地，蕭峰想起了阿朱；稍遠的一次，是他讚賞段譽歌詠的李白的詩：「乃知兵者是凶器，聖人不得已而用之」；更遠的一次，則是感慨契丹人和漢人互相仇殺，不知何日結束。正因為這些心理上的積澱，蕭峰最後選擇了自殺，以求得契丹人和漢人之間的和平。

蕭峰的厭戰可能來自他在丐幫的打殺經歷，也同教育有關。少林寺、丐幫在錯誤地實施雁門關阻擊戰後，在教育蕭峰時刻意揭示了戰爭的殘酷。

止戈與厭戰有很多方式，蕭峰選擇了一種最慘烈的方式 —— 自殺。 但蕭峰之死，並非是對宋、遼矛盾的逃避，而是透過他的死鎖定耶律洪基三十年不侵犯大宋的誓言。如果蕭峰活著，耶律洪基被迫的罷兵誓言就有反悔的可能，而他完全可以用兵不厭詐、事急從權、能屈能伸來賦予自己反悔的合理性；蕭峰一死，耶律洪基反悔的心理基礎不復存在，而被迫盟誓就不構成恥辱了。蕭峰之死最大的受益者是普通士兵和百

姓，使無數春閨夢裡人不再成為無定河邊骨。

蕭峰之死，是他獻給天下的最好禮物。金庸同樣替郭靖安排了一場死亡，那是大概200年後襄陽城破的時候，郭靖同樣選擇了身死。雖然死法不同，其道理是一樣的。為國為民，俠之大者。

李賀在〈雁門太守行〉中提到「提攜玉龍為君死」。巧的是，也是在雁門關，蕭峰為宋、遼兩國的萬千百姓而死。

49　郭靖：長煙落日孤城閉

郭靖武功鼎盛，在襄陽城外蒙古大營一戰。多年前，郭靖誕生於兵荒馬亂之中；多年後，他在萬馬軍中暗嗚叱吒，而他最終又死於軍中。生於斯，盛於斯，又逝於斯，一以貫之。

郭靖在《射鵰英雄傳》中有多次打鬥，但縱觀一生，他的絕世一戰是在蒙古大營中獨戰金輪法王等一眾高手。當時，郭靖用左右互搏驅動降龍十八掌，腳踏天罡北斗陣方位，力抗金輪法王、瀟湘子、尹克西、尼摩星等人，全身而退。

蒙古大營一戰，在於郭靖的情懷。郭靖從來不是一個心雄萬夫的人物，無論是大漠面對黃河四鬼、黑風雙煞，還是面對楊康、歐陽克以至於歐陽鋒、裘千仞，郭靖都不是自信的，甚至是有些恐懼的。但是當郭靖攜楊過去蒙古大營見忽必烈時，他卻是「雖千萬人吾往矣」。

郭靖的情懷來自他的身世和受到的教育。郭靖其實是金庸小說中最早的留學生之一，他在大漠出生，又在大漠接受教育。年幼的時候郭靖就被江南七怪收為徒弟，雖然在武功上進境很慢，但是在心態上卻毫不懈怠。江南七怪萬里奔波，有撫養趙氏孤兒一樣的古人遺風，這必然

在郭靖心中造成不可磨滅的衝擊。馬鈺傳功給郭靖，也一樣「事了拂衣去，深藏功與名」。洪七公教郭靖掌法表面上看是因為貪吃，實際源於郭靖的品性。在這樣的經歷中，郭靖的家國情懷日益牢固，而在蒙古大營中達到高峰。正是因為這樣的俠之大者風範，郭靖內力震古爍今。在武當山三清殿群豪圍攻武當派時：

> 張三丰於剎那之間，只覺掌心中傳來這股力道雄強無比，雖然遠不及自己內力的精純醇正，但泊泊然、綿綿然，直是無止無歇，無窮無盡，一驚之下，定睛往張無忌臉上瞧去，只見他目光中不露光華，卻隱隱然有一層溫潤晶瑩之意，顯得內功已到絕頂之境，生平所遇人物，只有本師覺遠大師、郭大俠等寥寥數人，才有這等修為，至於當世高人，除了自己之外，實想不起再有第二人能臻此境界。
>
> 《倚天屠龍記》第二十四章「太極初傳柔克剛」

也就是說，以張三丰的判斷，華山之巔遇到的包括楊過、黃藥師、一燈、老頑童等人的內力都遠不及郭靖。要知道，當時張三丰同郭靖幾乎沒有交集，一直是楊過在指點他，但事後回思，張三丰反倒認定郭靖內力最強。郭靖之所以內力絕高，固然因為自身經歷，也源於他的浩然之氣。

郭靖最後隨襄陽城破而死。中國古代有魯仲連義不帝秦等故事，但真正以平民身分精忠報國、保家衛國、以身殉國的，郭靖是其中最壯烈者。金庸小說中直接稱大俠的，似乎只有郭靖。

范仲淹有名句「長煙落日孤城閉」。郭靖在蒙古大營逃脫生天，面對的是城門緊閉的襄陽城，那一次，郭靖有驚無險。然而，以布衣身分保家衛國，郭靖身處之地是落日孤城。正所謂「人不寐，將軍白髮征夫淚」。

50　張無忌：八千里路雲和月

張無忌武功鼎盛，在光明頂力挽狂瀾一戰。多年前，張無忌誕生於海外極遠之地冰火島，多年後他又在光明頂上如救世主般降臨，生於火盛於光，一脈相承。

張無忌在《倚天屠龍記》中有多次打鬥，但縱觀一生，他的絕世一戰是在光明頂上獨戰六大門派。當時，張無忌用九陽神功驅動乾坤大挪移，一戰而笑傲江湖，號令天下，莫敢不從。

光明頂一戰，彰顯張無忌的寬容。張無忌既沒有蕭峰的豪氣，也沒有郭靖的堅毅，但是他性格寬厚。張無忌面對逼父母而死的眾多仇家，自己又身負絕世武功，能以直抱怨。因為寬厚，所以在武學上張無忌也相容並包，既能掌握明教的乾坤大挪移，也能駕馭武當派的太極拳，甚至波斯明教的聖火令武功。

張無忌的寬容來自他的身世和受到的教育。張無忌五歲的時候就跟張翠山學習《莊子》，潛移默化地受到了莊子生死觀的影響：

> 張無忌在冰火島上長到五歲時，張翠山教他識字讀書，因無書籍，只得畫地成字，將《莊子》教了他背熟。這四句話意思是說：「一個人壽命長短，是勉強不來的。我哪裡知道，貪生並不是迷誤？我哪裡知道，人之怕死，並不是像幼年流落在外面不知回歸故鄉呢？我哪裡知道，死了的人不會懊悔他從前求生呢？」
>
> 《倚天屠龍記》第十三章「不悔仲子逾我牆」

張無忌此後的經歷中，對他成年後性情影響最大的是他背上所受的陰毒無比的玄冥神掌。張無忌自從受傷之後，幾乎必死。張三丰救不了他，胡青牛救不了他，那麼天下還有人能救得了他嗎？在這樣的必死命

運之中，張無忌看淡了很多事，原諒了很多人。

張無忌向死而生的路上最重要的事件是帶楊不悔從蝴蝶谷走到崑崙山。蝴蝶谷位於「皖北女山湖畔」，距離崑崙山直線距離六千多里，可以說真是八千里路了。一路上張無忌見識了「白骨露於野，千里無雞鳴」，經歷了生死隔絕、離合無常、悲歡交織、爾虞我詐，莊子的「等生死」的觀念可能就在張無忌身上生根發芽、開花結果了。如果沒有這「八千里路雲和月」，張無忌就不可能沒有仇恨地學習九陽神功，就不可能適可而止地修練乾坤大挪移，更不可能原諒那些害死自己父母的人，最關鍵的是，也不可能對「憐我世人，憂患實多」有太多感受。

那「憐我世人，憂患實多！憐我世人，憂患實多！」的歌聲，飄揚在蝴蝶谷中。群豪白衣如雪，一個個走到張無忌面前，躬身行禮，昂首而出，再不回顧。張無忌想起如許大好男兒，此後一二十年之中，行將鮮血灑遍中原大地，忍不住熱淚盈眶。

《倚天屠龍記》第二十五章「舉火燎天何煌煌」

張無忌最後在畫眉中落幕，似乎溫柔鄉是英雄塚，然而絕非如此。在金庸小說中，只有蕭峰、郭靖為國而死，楊過隱居古墓常常被人質疑，張無忌則似乎更加不負責任了。事實上，張無忌的不爭，是「倚天不出，誰與爭鋒」，是他最大的武功，是對家國最大的貢獻。死亡曾經是高懸在張無忌頭上的達摩克利斯之劍，而現在張無忌則是高懸在朱元璋頭上的達摩克利斯之劍。岳飛寫過「三十功名塵與土，八千里路雲和月」的千古名句。在「八千里路雲和月」中，張無忌已將功名看作塵土，而最終成就了家國。

51　吳長風：貂裘換酒也堪豪

「天龍」時代的丐幫長老吳長風是一個有氣節操守的人，令人印象深刻。當時丐幫在正副幫主下有傳功、執法二長老，再往下是宋奚陳吳四位長老。也就是說，吳長風排名最末。然而，光明磊落、從善如流、幫眾愛戴、思維縝密、武功高強、豪爽不羈的吳長風是丐幫中的佼佼者。

在杏子林中，當密謀擒住蕭峰失敗後，吳長老是第一個坦白承認的，這是光明磊落。

當蕭峰代人受過，戒刀插肩後，吳長風立刻意識到蕭峰是頂天立地的英雄，於是堅定地站在蕭峰一邊，這是從善如流。

當蕭峰離開後，丐幫商量新幫主人選時，有人推薦宋長老，有人推薦吳長老；當全冠清得勢之後，急於除掉的也是吳長老，這足以看出吳長老的影響力，是幫眾愛戴的明證。

當聽說蕭峰力阻遼帝南犯大宋時，吳長老先是不信，後來又實地調查，得出確定結論後當機立斷策畫對蕭峰的營救，這是思維縝密。

吳長老的武功也似乎比其他幾個長老要高。吳長老的武功得到了蕭峰的肯定：

> 喬峰走到吳長風身前，說道：「吳長老，當年你獨守鷹愁峽，力抗西夏『一品堂』的高手，使其行刺楊家將的陰謀無法得逞⋯⋯」
>
> 《天龍八部》第十五章「杏子林中，商略平生義」

吳長老的武功似乎超過他的地位。西夏「一品堂」即使在蕭峰心目中也大不一般，後來其中高手有四大惡人等，可以看出是個實力不俗的機構。吳長老能憑一己之力，力抗「一品堂」的高手，說明他的武功很厲害。相比之下，位列吳長老之上的陳長老曾經刺殺過契丹左路副元帥耶

律不魯，而刺殺和面對面碰撞的難度是不一樣的。奚長老和吳長老都曾同雲中鶴交過手，前者敗後者勝，雖然有王語嫣的指點，似乎吳長老還是略勝一籌。至於宋長老，只是年紀較大而居高位的，從他的言談能看出來是一個平庸的老好人。傳功、執法二長老在杏子林事件之初就被囚禁，其武功和能力也令人懷疑。執法長老白世鏡的人品更加不堪。

吳長老獨立鷹愁峽，恐怕是憑一股血勇。梁實秋的散文〈怒〉中提到「血勇之人，怒而面赤」，吳長老剛好就是一個紅臉的人。吳長老的血勇幾乎必然源於家國憂思。為了保護楊家將，他置生死於度外。

吳長老的可愛之處在於，他雖然心憂家國，但是對榮譽看得很輕。他因守護楊家將而獲贈記功金牌，但一次因為沒錢喝酒就把金牌賣了買酒，這一點蕭峰也不見得能做到。

秋瑾曾寫過「不惜千金買寶刀，貂裘換酒也堪豪」的詩句，也是吳長風的寫照。

52　耶律齊：百年垂死中興時

耶律齊接手的丐幫危如累卵。事實上，丐幫到耶律齊接手時經歷了至少四次重大危機。第一次是「天龍」時代的杏子林事件。此次事件之後，丐幫的機構設定大幅壓縮。丐幫原來有正副幫主、傳功執法二長老、四大長老、五大舵主等。杏子林蕭峰危機事件中，副幫主遇害，執法長老白世鏡後來被證明是凶手之一，五大舵主中的大智舵主全冠清狼子野心。所以到了「射鵰」時代，丐幫設定中的副幫主、傳功執法二長老以及五大舵主都消失了。但丐幫並沒有就此一帆風順，而是又經歷了第二次重大危機，即汙衣派和淨衣派爭鬥事件。這次內訌最終由洪七公擺平，這也是洪七公對丐幫的重大功績之一。「神鵰」時代丐幫發生了第

三次危機，就是幫主魯有腳的死亡，後來真相大白，凶手是蒙古王子霍都。等耶律齊真正成為幫主的十幾年後，丐幫經歷了最大的犧牲：襄陽陷落，郭靖夫婦殉難，丐幫因此而死的人大概不在少數。丐幫經歷的四大事件中，同耶律齊相關的就有兩件，其中襄陽城破對丐幫的打擊是前所未有的。

耶律齊繼任丐幫幫主時絕不輕鬆。耶律齊在競選丐幫幫主時，就被霍都質疑身分，畢竟作為蒙古丞相耶律楚材的兒子，耶律齊的身分是很敏感的。除此之外，作為性格囂張的郭芙的丈夫，耶律齊執掌幫主的腰桿也沒那麼硬氣。這兩大不利因素對耶律齊來說有很大的壓力。

在外，耶律齊面對丐幫的巨大危機；在內，耶律齊的身分又敏感。耶律齊要做出怎樣的努力？丐幫又要怎樣才能屹立不倒？從小說中很難直接看到耶律齊的舉措，卻未嘗不能從後來丐幫的走向上做出一番推論。

在政治上，耶律齊可能一定程度恢復了丐幫的建制。在「倚天」時代，丐幫又有了傳功執法二長老，甚至有掌缽掌棒二龍頭。這些職位的設立，既有助於分擔管理責任，實際上也是幫主權力的下放，是耶律齊贏得以漢人為主體的丐幫信任的關鍵一招。

在武學上，耶律齊可能力圖革新降龍十八掌。耶律齊最大的舉措可能是革新降龍十八掌和打狗棒法。蕭峰只用降龍十八掌；洪七公則降龍十八掌、打狗棒法都很出色；黃蓉雖然只會打狗棒法，但實際上郭靖是丐幫隱形幫主，他們夫妻分享這兩個絕技。到了耶律齊手裡，最優策略是效法蕭峰，專精降龍十八掌，以喚起幫眾對傑出幫主的記憶。事實上，耶律齊極有可能精簡改良了降龍十八掌：

上代丐幫幫所傳的那降龍十八掌，在耶律齊手中便已沒能學全，

此後丐幫歷任幫主，最多也只學到十四掌為止。史火龍所學到的共有十二掌。

《倚天屠龍記》第三十三章「簫長琴短衣流黃」

也就是在丐幫看來，耶律齊沒有學全降龍十八掌。但這種可能性不大。耶律齊跟隨郭靖多年，應該有足夠時間學習。郭靖、黃蓉甚至有時間將降龍十八掌精義藏入用玄鐵重劍改造的倚天劍和屠龍刀裡，怎麼會沒有時間教給自己的女婿呢？耶律齊的資質恐怕絕不低於郭靖，甚至可能超過洪七公：

原來耶律齊於十二年前與周伯通相遇，其時他年歲尚幼，與周伯通玩得投機，周伯通便收他為徒。所傳武功雖然不多，但耶律齊聰穎強毅，練功甚勤，竟成為小一輩中的傑出人物。

《神鵰俠侶》第二十九回「劫難重重」

耶律齊左手捏著劍訣，左足踏開，一招「定陽針」向上斜刺，正是正宗全真劍法。這一招神完氣足，勁、功、式、力，無不恰到好處，看來平平無奇，但要練到這般沒半點瑕疵，天資稍差之人積一世之功也未必能夠。楊過在古墓中學過全真劍法，自然識得其中妙處，只是他武功學得雜了，這招「定陽針」就無論如何使不到如此端凝厚重。

《神鵰俠侶》第十回「少年英俠」

耶律齊能在玩鬧中學會纏夾不清的老頑童的拳法、劍法，而且端凝厚重，楊過也自嘆不如，李莫愁都曾暗自佩服，恐怕資質是極好的。

所以，以耶律齊的機緣和資質，沒有學全降龍十八掌不大可能，而他積極改造降龍十八掌卻並非不可能。他可能嘗試革新降龍十八掌，以便在襄陽之戰之後丐幫人才凋零的情況下，更好地傳承丐幫絕學。降龍

下篇

十八掌最常用的無非「亢龍有悔」、「飛龍在天」和「神龍擺尾」，如果能精簡，是有助於傳播的。當然，由於後世沒有傑出人才，降龍十八掌還是逐漸沒落了，但不能否定耶律齊的努力。

耶律齊實現了丐幫的中興。丐幫到「倚天」時代依然聲譽卓著：

> 彭瑩玉道：「依事勢推斷，必當如此。剛才那個知客僧就是冒充的，只可惜沒能截下他來。可是少林派的對頭之中，哪有這樣厲害的一個幫會門派？莫非是丐幫？」周顛道：「丐幫勢力雖大，高手雖多，總也不能一舉便把少林寺的眾光頭殺得一個不剩。除非是我們明教才有這等本事，可是本教明明沒幹這件事啊？」
>
> 《倚天屠龍記》第二十三章「靈芙醉客綠柳莊」

也就是說，在明教心中，丐幫是一個僅次於明教、和少林派不相上下的幫派。

耶律齊是一個深受中原文化影響的人，有中興丐幫的動機。他從小就有俠義心腸：

> 但耶律齊慷慨豪俠，明知這一出手相救，乃是自捨性命，危急之際竟然還是伸出左手，在完顏萍右腕上一擋，手腕翻處，奪過了她的柳葉刀來。
>
> 《神鵰俠侶》第十回「少年英俠」

之後，耶律齊又一直追隨郭靖、黃蓉，從未離開。襄陽城破，耶律齊和郭芙不知所終，可能隱忍下來，最終實現了丐幫的中興。

耶律齊對丐幫的延續厥功至偉，他的努力卻常常被人忽視。杜甫寫過「百年垂死中興時」的名句，耶律齊就是讓垂死的丐幫續命的功臣。

53　馮默風：回頭萬里，故人常絕

馮默風作為黃藥師最小的徒弟，一生大部分時間可以用一個「默」字概括。桃花島叛逃事件之後，馮默風也不能倖免，被打折左腿，流落襄漢之間，以打鐵為生，與江湖人不通聲氣，一隱三十多年。馮默風儘管有武功在身，但從未與人爭鬥。

直到偶遇程英、楊過，力退李莫愁之後，馮默風深埋的俠義氣質被激發出來了。他說：

「蒙古大軍果然南下。我中國百姓可苦了！」

他還勸說楊過：

「一人之力雖微，眾人之力就強了。倘若人人都如公子這等想法，還有誰肯出力以抗異族入侵？」

《神鵰俠侶》第十六回「殺父深仇」

馮默風不是僅僅說說，而是說幹就幹：

馮默風將鐵錘、鉗子、風箱等縛作一捆，負在背上，對程英道：「師妹，你日後見到師父，請向他老人家說，弟子馮默風不敢忘了他老人家的教誨。今日投向蒙古軍中，好歹也要刺殺他一、二名侵我江山的王公大將。」

《神鵰俠侶》第十六回「殺父深仇」

馮默風到蒙古軍中，刺殺了一名千夫長，一名百夫長。成吉思汗西元 1206 年建國時，手下也只有 95 個千夫長，包括《射鵰英雄傳》中提到的博爾術、木華黎等。馮默風的功勞雖默默無聞，但影響巨大。

馮默風最後在營救郭靖的過程中，拚命拖住金輪法王，被掌擊而

下篇

死。他身有殘疾，又三十多年不練武功，能拖住金輪法王，全憑一股浩然之氣。

馮默風雖然是一個普通人，是黃藥師的徒弟中武功最低微的，但卻是黃藥師的徒弟中家國情懷最濃烈的一位。

辛棄疾〈賀新郎·別茂嘉十二弟〉中有如下幾句：「向河梁、回頭萬里，故人長絕。易水蕭蕭西風冷，滿座衣冠似雪。正壯士、悲歌未徹。啼鳥還知如許恨，料不啼清淚長啼血。誰共我，醉明月。」

馮默風將鐵錘、鉗子、風箱等負在背上，辭別程英，投向蒙古軍中那一幕，不就是「回頭萬里、故人常絕」嗎？不也像荊軻赴秦時一樣「易水蕭蕭西風冷，滿座衣冠似雪」嗎？

第十編　最重要的選擇

引子：一蓑煙雨任平生

選擇師父和選擇學生對於雙方都很重要，但是選擇師父對學生尤其重要。學生作為相對弱勢的群體，在社會地位、知識儲備、經驗閱歷等方面和師父都是不可同日而語的。選對了師父，能極大地提升自己；選錯了，也能極大地削弱自己。學生如舟，師父如水，水能載舟，也能覆舟，而舟對水的影響要小得多。

有時水深舟小，欲乘風破浪、直濟滄海，需要主動拜師，如楊康選擇歐陽鋒。

有時水淺舟大，欲水擊三千，扶搖九萬，可能需要拒絕某些老師，

如張三丰沒有投奔郭靖、郭襄拒絕金輪法王。

那些做出正確選擇的學生，他們的選擇固然可能包含運氣成分，但更重要的是有自己的思考。這樣的選擇，就像蘇東坡在〈定風波〉裡面提到的：

莫聽穿林打葉聲，何妨吟嘯且徐行。竹杖芒鞋輕勝馬，誰怕？一蓑煙雨任平生。

料峭春風吹酒醒，微冷，山頭斜照卻相迎。回首向來蕭瑟處，歸去，也無風雨也無晴。

這首詞的詞序很好地描述了選擇師父的過程：「同行皆狼狽，余獨不覺。已而遂晴。」剛剛做出選擇時，大多數人會有狼狽的感覺；熬過了磨合期，就「遂晴」了；最終回首來時路，感到一路蕭瑟，但終究無風無雨。

54　蕭峰：如果我也懂曉風殘月

> 學士詞，須關西大漢，銅琵琶，鐵綽板，唱「大江東去」。
>
> ── 蕭峰

金庸小說中，論武功之高，蕭峰絕對是一個神奇的存在。**蕭峰武功的神奇，就在於它絕不神奇。**

在杏子林中，蕭峰雲淡風輕地使了招「擒龍功」，就讓天龍「人形武學圖書館」王語嫣花容失色、驚詫莫名；在少林寺，在玄慈、玄難、玄寂等少林高僧圍攻下，蕭峰全身而退；在聚賢莊，蕭峰憑一路太祖長拳大敗天下英雄，少林的玄難、玄寂雙戰蕭峰，沒有占到一絲便宜；在少林寺內，蕭峰掌擊丁春秋、斜劈慕容復、拳打莊聚賢，一戰而力退天下

下篇

三大高手。蕭峰也是唯一一個打傷「天龍」之神——掃地僧的人物：

> 便在此時，蕭峰的右掌已跟著擊到，砰的一聲呼，重重打中那老僧胸口，跟著喀喇喇幾聲，肋骨斷了幾根。那老僧微微一笑，道：「好俊的功夫！降龍十八掌，果然天下第一。」這個「一」字一說出，口中一股鮮血跟著直噴了出來。
>
> 《天龍八部》第四十三章「王霸雄圖，血海深恨，盡歸塵土」

蕭峰武功如此之高，卻幾乎沒有任何奇遇。虛竹得了無崖子、李秋水、天山童姥的內力。段譽在無量山劍湖底得到了北冥神功，後來更是吸取無數人內力。郭靖喝過梁子翁寶蛇的血，偶然得到《九陰真經》等。楊過睡過寒玉床，得到獨孤求敗心悟，得神鵰傳劍，並服食過蛇膽。張無忌偶然得到《九陽真經》和《乾坤大挪移》，更在說不得的「乾坤一氣袋」中水火既濟、淬鍊成鋼。令狐冲得過桃谷六仙、不戒大師等人的真氣補給。相比之下，蕭峰的遭遇要平凡得多。

蕭峰的師父也遠不能說厲害。他的師父分別是少林的玄苦大師和丐幫的汪劍通，都不是頂級高手。虛竹的天山六陽掌、天山折梅手、生死符等直接來自天山童姥傳授，而天山童姥是「天龍」時代的絕頂高手。段譽的六脈神劍可以說得自天龍寺高僧如枯榮等，枯榮可是讓無崖子心嚮往之的高僧，武功和智謀都是一流的。郭靖的師父是位列五絕的洪七公，老頑童、一燈也傳過他武功。楊過則得過歐陽鋒、小龍女、黃藥師、洪七公、黃蓉等的傳授。張無忌的武功受過明教金毛獅王謝遜、武當派張三丰的指點。令狐冲則蒙風清揚傳授獨孤九劍。

蕭峰既沒有驚人的奇遇，又沒有無敵的老師，為什麼武功如此之高？

蕭峰當然有學武的天資。

他天生異稟，實是學武的奇才，受業師父玄苦大師和汪幫主武功已然甚高，蕭峰卻青出於藍，更遠遠勝過了兩位師父，任何一招平平無奇的招數到了他手中，自然而然發出巨大無比的威力。熟識他的人都說這等武學天賦實是與生俱來，非靠傳授與苦學所能獲致。蕭峰自己也說不出所以然來，只覺什麼招數一學即會，一會即精，臨敵之際，自然而然有諸般巧妙變化。

《天龍八部》第二十四章「燭畔鬢雲有舊盟」

但蕭峰能學成如此一身驚人武功，不是天分能完全解釋的。**蕭峰的高超武技，很可能是因為他的武功和自己的性格很匹配，又恰好是武學正道。**

蕭峰性格粗豪，雖然粗中有細，但整體上是一個性格豪邁、不拘小節的人物。這樣的性格特點適合學習簡單、厚重的外功。而蕭峰最開始學習的是少林武功。蕭峰七歲在山中採栗、遇野狼，被玄苦救下，學習少林武功至十六歲。玄苦的武功就是簡單、厚重的外功：

鳩摩智⋯⋯所使的卻是「燃木刀法」。這路刀法練成之後，在一根乾木旁快劈九九八十一刀，刀刀不能損傷木材絲毫，刀上發出的熱力，卻要將木材點燃生火，當年蕭峰的師父玄苦大師即擅此技，自他圓寂之後，寺中已無人能會。

《天龍八部》第四十章「卻試問，幾時把癡心」

從描述上看來，玄苦的武功簡單但功力深厚，這正適合蕭峰的脾性。

十六歲後，蕭峰跟隨丐幫幫主汪劍通學武，得受降龍十八掌和打狗棒法。降龍十八掌剛好也是簡單、厚重的武功，招式不多，但是越練越精。蕭峰出道以後，似乎一直使用的是降龍十八掌、太祖長拳這樣的簡

單武功。蕭峰似乎也會打狗棒法，但從未使用過，可能也和自己脾性不和有關。另外，蕭峰學習的重、拙、大的武功也是武學正道。

相比之下，金庸小說中的其他人物就不像蕭峰那樣從小就能實現武功和性格的匹配無間或者接觸正統武學。虛竹、段譽的內力太高，使用任何招式都差別不大，所以武功和性格的匹配程度相比之下可以忽略不計。郭靖少年時的武功和性格則是極不匹配的，所以武功進境很慢。郭靖性格剛毅質樸，適合學習招式簡單、內力渾厚的武功，可是一開始遇到的江南七怪教他六種不同風格、招式的武功，尤其是韓小瑩的越女劍法，這對郭靖來說是一種摧殘。郭靖是在六歲遇到江南七怪的，比玄苦傳授蕭峰武功還早一年。然而，江南七怪教而不得其法，郭靖學習的武功與脾性不和，所以過得很壓抑。郭靖直到遇到了馬鈺後武功才大進，是因為全真派的武功很符合郭靖的性格。令狐冲最初的武功也和性格不匹配。令狐冲跟隨華山岳不群學習氣宗劍法，偏偏性格落拓不羈，因此令狐冲最初對敵絕不是憑劍法取勝，而是用智。直到遇見了風清揚，令狐冲才實現了武功和性格的匹配。楊過少年時學的武功倒是和性格匹配，但不是武學正道。楊過性格浮躁輕動，小時候剛好貪多務得，學過西毒、北丐、全真、古墓、東邪等一系列武功，但是無法融會貫通。楊過在得到了獨孤求敗心悟後才武功大進。

如果蕭峰的性格、武功中不僅是「劇飲千杯男兒事」、「雖千萬人吾往矣」、「赤手屠熊搏虎」、「奔騰如虎風煙舉」，也有些「曉風殘月」的柔情，他或許能及時發現阿朱的心思，也就不會誤傷阿朱，以至於「塞上牛羊空許約」。正所謂「此情可待成追憶，只是當時已惘然」。

55　郭靖：拿什麼拯救你，我的魯鈍

> 只是當時站在三岔路口，眼見風雲千檣，你做出選擇的那一日，在日記上，相當沉悶和平凡，當時還以為是生命中普通的一天。
>
> —— 郭靖

郭靖的學武生涯並不開心。

他本來在大漠過著開心的生活。騎馬、射鵰、打架，大口吃肉、喝奶，和部落首領的兒子結成安達（異姓兄弟），帶著部落首領的女兒瘋跑。即使他還不懂欣賞長河落日、大漠孤煙，夜深燈燭千帳，日昇牛羊如雪，他依然發自內心地快樂。大漠的粗獷豪邁，讓他**玩無止境、氣有浩然**。

直到他六歲那年，七個怪模怪樣的人來到了大漠。他們經年奔波，萬里風塵，其實是想讓自己無法實現的夢想（打敗丘處機）透過郭靖來實現（打敗楊康）。他們對郭靖的期望，其實是對自己失意的迴避。為人父母，無論孩子多麼笨拙、醜陋，心裡還是愛的。可是，江南七怪對郭靖的感情，更多的是功利。他們不在乎郭靖的身心健康、特長喜好。他們只在乎輸贏，只在乎江南七怪響噹噹的聲望，那是他們人生唯一的希望。

所以，在剛見郭靖的時候，僅僅觀察了幾分鐘，他們就斷定郭靖不堪大用，不是學武的好苗子，並用土話紛紛表示了鄙視。

郭靖正白呆呆出神，不知在想些什麼，茫然搖了搖頭。七怪見拖雷如此聰明伶俐，相形之下，郭靖更是顯得笨拙無比，都不禁悵然若失。

《射鵰英雄傳》第四章「黑風雙煞」

郭靖是聽得懂幾句江南土話的（郭靖籍貫是臨安附近的牛家村，母親從小和他交流用的應該是土語而不可能是蒙古話），而且，即使聽不懂話，江南七怪那鄙視、失望的表情，誰都能看出幾分。

郭靖從小孤苦伶仃，和母親相依為命，面對生人本能地懷著戒備，表現得呆呆的，不是最正常的反應嗎？拖雷那可是部落首領的孩子，「普天之下，莫非王漠，率漠之濱，莫非王臣」，自有捨我其誰、君臨大漠的威儀，籌措應對，郭靖怎麼比得了？

而且，作為一個六歲的孩子，郭靖前幾天剛剛因為救神箭手哲別挨了一頓打，讓母親擔驚受怕，現在乍逢七個怪人，呆呆出神，再正常不過了，這是笨拙無比的證據嗎？

江南七怪對郭靖的草率定論，就像一心希望學生考出好成績讓自己揚名的老師，剛拿到學生的作業本，只看到了封面潦草，沒有耐心看內容，就狠狠批評一樣。

再說，初見郭靖，江南七怪也沒有顯出卓越師父應有的樣子。柯鎮惡露了手矇眼射雁的本事，雖然不一般，但是在大漠，射鵰都常見，矇眼射雁也不見得多稀罕，比慷慨豁達、英勇仁義的哲別恐怕差遠了。朱聰教拖雷的幾招武功也沒有看出什麼特殊。蒙古部落講究的是「**馬作的盧飛快，弓如霹靂弦驚**」，你一個幾十歲的人，教小孩幾手武功，算什麼啊？

所以當他們說要教郭靖武功時，郭靖本不想去的。郭靖之所以去，純粹是好奇。而且，江南七怪中的朱聰還要給郭靖出難題：

朱聰向左邊荒山一指，說道：「你要學本事報仇，今晚半夜裡到這山上來找我們。不過，只能你一個人來，除了你這個小朋友之外，也不能

讓旁人知道。你敢不？怕不怕鬼？」

《射鵰英雄傳》第四章「黑風雙煞」

看，多麼的傲慢和敷衍，「向左邊荒山一指」，山那麼大，去哪裡找呢？萬一郭靖走丟了呢？江南七怪難道不應該從旁偷偷觀察保護嗎？

黃石公面對青年張良，考察的也僅僅是五天后是否遲到而已，而且地點還是兩人初見的橋下，並不是偏遠地區。

郭靖平時恐怕沒有去過荒山，能找到江南七怪，不單是勇氣，也是智力卓越的表現。而這一點，江南七怪從未注意到。

然後，稀裡糊塗、鬼使神差般，郭靖誤殺了陳玄風。

郭靖一匕首將人刺倒，早嚇得六神無主，胡裡胡塗的站在一旁，張嘴想哭，卻又哭不出聲來。

《射鵰英雄傳》第四章「黑風雙煞」

如果當時郭靖哭出聲來，可能會好很多。沒有哭出來，對郭靖的傷害很大。

郭靖的魯鈍自此而始。其實郭靖的魯鈍，極可能是外在表現，其本質，是 PTSD，即創傷後壓力症候群。金庸小說中有很多 PTSD 患者，如《天龍八部》裡面的蕭遠山、游坦之（PTSD 導致併發斯德哥爾摩綜合症）、《倚天屠龍記》裡面的謝遜（PTSD 導致併發精神分裂）、張無忌，《笑傲江湖》裡面的林平之（PTSD 導致併發性別倒錯）。這些人中，郭靖的年紀最小，受到的影響也最大。一個六歲孩童乍逢大難、徬徨無措、欲哭無淚，江南七怪沒有任何心理疏導。他們在乎的只是和丘處機的賭局：

韓小瑩把耳朵湊到他嘴邊，只聽得他說道：「把孩子教好，別輸在……臭道士手裡……」韓小瑩道：「你放心，我們江南七怪，決不會

下篇

輸。」張阿生幾聲傻笑，閉目而逝。

《射鵰英雄傳》第四章「黑風雙煞」

這幾聲傻笑，給郭靖造成了加倍傷害。面對如此殘酷的情景，又沒有其餘六怪的任何撫慰，一般人早就自閉了吧。郭靖沒有患自閉症，只能說**種性強韌**（the seed is strong）了。他的母親李萍歷盡千辛萬苦終於生下他。李萍骨子裡的堅韌是上天對郭靖的餽贈。

至於江南七怪，人們似乎從未能在他們身上看到對郭靖的關懷和愛。他們不但不疏導，還給郭靖六門功課，每日嚴加督導。根本不考慮郭靖是否能接受。試想，盲眼柯鎮惡的杖法，老油條朱聰的手法，韓小瑩同大漠氣質格格不入的越女劍法，這些適合郭靖嗎？郭靖始終完不成的，恰恰是韓小瑩的越女劍法中的一招「枝擊白猿」。江南七怪才不管這些。他們還時時嘲笑郭靖：

韓寶駒常說：「你練得就算駱駝一般，壯是壯了，但駱駝打得贏豹子嗎？」郭靖聽了只有傻笑。

《射鵰英雄傳》第四章「黑風雙煞」

不但嘲笑，還打罵：

驀然間郭靖勁力一個用錯，軟鞭反過來刷的一聲，在自己腦袋上砸起了老大一個疙瘩。韓寶駒脾氣暴躁，反手就是一記耳光。郭靖不敢作聲，提鞭又練。

《射鵰英雄傳》第五章「彎弓射鵰」

別人也還罷了，韓小瑩作為女性，心思只在張阿生之死上，沒有對郭靖展開任何有效的疏導。恰恰相反，她對郭靖造成的傷害其實最大。

韓小瑩想起自己七人為他在漠北苦寒之地捱了十多年，五哥張阿生更葬身異域，教來教去，卻教出如此一個蠢材來，五哥的一條性命，七人的連年辛苦，竟全都是白送了，心中一陣悲苦，眼淚奪眶而出，把長劍往地上一擲，掩面而走。

《射鵰英雄傳》第五章「彎弓射鵰」

對於郭靖，恐怕其他幾位師父的責打遠沒有韓小瑩師父一個人的眼淚傷人。韓小瑩的眼淚，**殺傷性不強，侮辱性極大**。

如果不是遇見了馬鈺，真不敢想像郭靖會變成什麼樣子。最有可能的，恐怕是歇斯底里的謝遜吧。

郭靖求學生涯的新生始於遇見馬鈺的那一天。多年以後，郭靖回憶起那一天，心頭依然充滿陽光。可以比較一下郭靖分別同江南七怪和馬鈺的初見。

江南七怪：怪模怪樣，衣衫襤褸，風塵僕僕。

馬鈺：「臉色紅潤，一件道袍一塵不染，在這風沙之地，不知如何竟能這般清潔。」

江南七怪：柯鎮惡矇眼射雁，朱聰教拖雷簡單武功。

馬鈺：完美完成郭靖練不成的越女劍之「枝擊白猿」，攀絕壁救雙鵰（白鵰是大漠神物），而且把鵰送給郭靖當寵物。

江南七怪：讓**六歲**的郭靖上荒山，沒有任何其他指示，結果遇到黑風雙煞。

馬鈺：明確告訴**十六歲**的郭靖來救雙鵰的絕壁，那是郭靖常去的地方，而且讓郭靖體驗雲霄飛車般的刺激感。

那道人叫道：「縛好了嗎？」郭靖道：「縛好了。」那道人似乎沒有聽

見，又問：「縛好了嗎？」郭靖再答：「縛好啦。」那道人仍然沒有聽見，過了片刻，那道人笑道：「啊，我忘啦，你中氣不足，聲音送不到這麼遠。你如縛好了，就把繩子扯三下。」

郭靖依言將繩子連扯三扯，突然腰裡一緊，身子忽如騰雲駕霧般向上飛去。他明知道人會將他吊扯上去，但決想不到會如此快法，只感腰裡又是一緊，身子向上飛舉，落將下來，雙腳已踏實地，正落在那道人面前。

《射鵰英雄傳》第五章「彎弓射鵰」

人正常的聲音能傳大約兩百公尺。十六歲的郭靖嗓門不小，馬鈺是道家練氣之士，耳力也比一般人要強，所以郭靖所處的位置距崖頂恐怕不止兩百公尺。**馬鈺不遠萬里來到大漠，居然準備了一條超過兩百公尺的很粗的繩索。這是有多用心！**

江南七怪：百般奚落。

馬鈺：剖析郭靖的優勢，如基礎扎實；指出尹志平取巧。

江南七怪：沒有告訴郭靖賭局（**居然瞞了郭靖十年**）。

馬鈺：沒有揭露江南七怪。

江南七怪：教郭靖六門武功，都是外功，招式繁雜，風格迥異，郭靖常常徹夜練習不回家（最缺的就是睡覺）。

馬鈺：教郭靖呼吸、坐下、行路、睡覺（終於可以好好睡覺了）。

江南七怪：苦大仇深，「可憐無定河邊骨，猶是春閨夢裡人」（韓小瑩）。

馬鈺：溫潤如玉，「出門一笑無拘礙，雲在西湖月在天」（溫潤的玉，是馬鈺）。

江南七怪：偶爾諷刺，常常打罵，總是鄙視。

馬鈺：偶爾治癒，常常幫助，總是安慰。

馬鈺可能是中國歷史上最早展開PTSD研究並提出系統治療理念、策略和具體方法的人。比如他教給郭靖的全真心法：「思定則情忘，體虛則氣運，心死則神活，陽盛則陰消。」這恰恰是克服PTSD的妙法，尤其是「**思定則情忘**」這句。

結果呢，用了近半年時間，郭靖的PTSD慢慢好轉。PTSD逐漸消除後，郭靖的真實智力方才顯露：

如此晚來朝去，郭靖夜夜在崖頂打坐練氣。說也奇怪，那道人並未教他一手半腳武功，然而他日間練武之時，竟爾漸漸身輕足健。半年之後，本來勁力使不到的地方，現下一伸手就自然而然的用上了巧勁；原來拚了命也來不及做的招數，忽然做得又快又準。江南六怪只道他年紀長大了，勤練之後，終於豁然開竅，個個心中大樂。

《射鵰英雄傳》第五章「彎弓射鵰」

馬鈺讓郭靖如鳳凰涅槃般重生。

馬鈺的成功最重要的有兩點：首先是對郭靖心理疏導，即PTSD的治療；其次是因材施教，針對郭靖的特點，教授內功。

江南七怪中可能最有耐心、教郭靖最多的是韓小瑩，所以郭靖一直練那招「枝擊白猿」。然而，韓小瑩的越女劍「只合十七八女郎，執紅牙板，歌『楊柳岸、曉風殘月』」。而郭靖的氣質、稟賦、早期培養，無疑更適合的是「須關西大漢、銅琵琶、鐵綽板，唱『大江東去』」。郭靖適合的，不是曉風殘月，而是大江東去；不是三秋桂子、十里荷花，而是鐵馬冰河、氣吞萬里。

下篇

馬鈺教給郭靖的內功，恰恰是質樸、古拙的郭靖最適合的武學。 江南七怪的武功不僅類型不適合郭靖，數量也過多。郭靖不適合六個課題，一個的話能做得很好。郭靖的一生，使用得最多的就是「亢龍有悔」。遇到梁子翁用這招，遇到裘千丈、梅超風、黃藥師、歐陽克（兩次）、瑛姑、漁樵耕讀、黃藥師（第二次華山論劍）、歐陽鋒、洪七公（第二次華山論劍），永遠都是這一招「亢龍有悔」。在《神鵰俠侶》開始遇到歐陽鋒時：

> 郭靖知道師父雖然摔下，並不礙事，但歐陽鋒若乘勢追擊，後著可凌厲之極，當下叫道：「看招！」左腿微屈，右掌劃了個圓圈，平推出去，正是降龍十八掌中的「亢龍有悔」。這一招他日夕勤練不輟，初學時便已非同小可，加上這十餘年苦功，實已到爐火純青之境，初推出去時看似輕描淡寫，但一遇阻力，能在剎時之間連加一十三道後勁，一道強似一道，重重疊疊，直是無堅不摧、無強不破。
>
> 《神鵰俠侶》第二回「故人之子」

據統計，郭靖出手就用「亢龍有悔」的比例超過75%。你見過黃藥師迎敵只用一招的嗎？郭靖位列《射鵰英雄傳》四大死腦筋（簡稱「四根筋」）之首：

逢敵亢龍有郭靖，
遇友插刀是楊康。
敵妃宜廢裘千仞，
友妻可欺小歐陽。

所以，郭靖不適合太多的學習內容，但是能把一件事做到極致。而馬鈺教給郭靖的就是一件事：呼吸，坐下、行路、睡覺時的呼吸。遇到馬鈺之後，郭靖就一日千里了，後來用個把月學會降龍十八掌、空明

拳、左右互搏、《九陰真經》等。

郭靖自己還常常有發明創造。如「微微風簇浪，散作滿河星」一般，郭靖開始綻放、蛻變、華麗轉身。郭襄的創造力，恐怕不是來自黃蓉，而是來自郭靖。這一切都源自丹陽子馬鈺，一個高尚的人，一個純粹的人，一個有道德的人，一個脫離了低階趣味的人，一個有益於人民的人。

郭靖實為良材美質，專注、質樸，是個很好的苗子。初期困頓，所遇非人。經馬鈺點撥之後，郭靖的發展就容易多了。

真正的問題學生其實是楊過。

注1：**關於開篇引語**

開篇引語來自陶傑的散文〈殺鵪鶉的少女〉。

注2：**「四根筋」解**

在「四根筋」中，郭靖已在上文中有詳細解說；楊康既插過郭靖刀，也插過歐陽克刀；裘千仞襲擊南帝愛妃瑛姑並廢掉她和周伯通的孩子；歐陽克調戲黃蓉、穆念慈、程瑤迦，身死荒村野店。其實金庸小說中還有兩根筋：「一諾千金柯鎮惡，不弱於人王重陽」。

56　楊過：選哪一張做我的畢業照

天下之至拙，能勝天下之至巧。

── 楊過

楊過跟著她走向後堂，只見堂上也是空蕩蕩的沒什麼陳設，只東西兩壁都掛著一幅畫。西壁畫中是兩個姑娘。一個二十五六歲，正在對鏡

下篇

梳妝，另一個是十四五歲的丫鬟，手捧面盆，在旁侍候。畫中鏡裡映出那年長女郎容貌極美，秀眉入鬢，眼角之間卻隱隱帶著一層殺氣。楊過望了幾眼，心下不自禁的大生敬畏之念。

《神鵰俠侶》第四回「全真門下」

終其一生，楊過心中迴盪的是他踏進古墓看到壁畫後的第一個念頭：**當我畢業時，要選哪一張相片做我的畢業照，以刻劃我求學路上的真實面目？**

以開始學業後最初的狀態而言，如果說郭靖是白紙，那楊過就是塗鴉，而且是名家塗鴉，「眼前有景道不得，崔顥題詩在上頭」的那種。楊過從小和母親學過功夫，而穆念慈是北丐一脈。剛出道，楊過就學習了歐陽鋒傳授的逆練《九陰真經》，以解李莫愁冰魄銀針之毒，瘋癲的歐陽鋒還教給楊過蛤蟆功。楊過也見識了驚走李莫愁的黃藥師的武功。在桃花島，他和南帝傳人武氏兄弟打過架。至於郭靖、黃蓉的武功，楊過更是耳濡目染。

所以，當楊過來到終南山的時候，已經身兼北丐、西毒的武功，領略過東邪、南帝、郭靖、黃蓉的威力。在終南山，當郭靖力壓全真派之後，楊過的眼界更高。趙志敬雖然是全真派第三代武功第一，但在楊過看來，簡直是一文不值。全真派穩紮穩打、步步築基、曾經讓郭靖進步神速的功夫，在楊過看來，簡直是老年痴呆。

其實，楊過有點錯怪全真派了。全真派的內功扎實穩健，不易出錯，恰恰是初學者的良配，只是楊過眼高手低、自作聰明罷了。

楊過武功沒有根柢，雖將入門口訣牢牢記住了，卻又怎能領會得其中意思？偏生他聰明伶俐，於不明白處自出心裁的強作解人。

《神鵰俠侶》第二回「故人之子」

另外，全真派自第二代馬鈺等開始，逐漸演化為以教學、傳承為主的宗教武學團體。王重陽學究天人，教學、學術兩手抓，兩手都硬，但不可複製；其傳人以教學為主，比如馬鈺就是一位教學名師。但以武功而論，全真派一代不如一代。

然而，雖然全真派是以**教學為主的單位，在年終考核時，偏偏學術也是考核指標**：

> 轉眼到了臘月，全真派中自王重陽傳下來的門規，每年除夕前三日，門下弟子大較武功，考查這一年來各人的進境。眾弟子見較武之期漸近，日夜勤練不息。
>
> 《神鵰俠侶》第四回「全真門下」

年終考核，傳遞到各個弟子門下，變成了月考：

> 這一天臘月望日，全真七子的門人分頭較藝，稱為小較。
>
> 《神鵰俠侶》第四回「全真門下」

楊過剛跟了師父趙志敬，師徒不和，沒有學到東西，又遇考核，簡直是屋漏偏逢連夜雨。這次考核直接導致了楊過的出走。

當楊過回眸自己的學習生涯時，會選這時候自己的相片做畢業照嗎？恐怕不會。

在古墓裡，楊過在貪多務得的道路上越走越遠。楊過遇到的新師父小龍女和原來的師父趙志敬迥然不同。

趙志敬：狼狽不堪。

> 主持陣法的長鬚道人雖然閃避得快，未為道侶所傷，可是也已狼狽不堪，盛怒之下，連聲呼喝，急急整頓陣勢，見郭靖向山腳下的大

下篇

池 —— 玉清池奔去，當即帶著十四個小陣直追。

《神鵰俠侶》第三回「求師終南」

小龍女：清麗絕倫。

那少女披著一襲輕紗般的白衣，猶似身在煙中霧裡，看來約莫十六七歲年紀，除了一頭黑髮之外，全身雪白，面容秀美絕俗，只是肌膚間少了一層血色，顯得蒼白異常。

《神鵰俠侶》第四回「全真門下」

趙志敬：催動北斗大陣百人團，卻被郭靖團滅。

小龍女：用玉蜂，談笑間驚走霍都，曲終人散，餘音裊裊，深藏身與名。

趙志敬：只教歌訣，不教武功。

小龍女：教學內容、方式豐富多彩，比如，用麻雀教天羅地網式，用寒玉床促進內功。

在這樣的反差下，楊過幾乎可以說是如飢似渴地吸收知識。他本來就**浮躁輕動**，對**貪多務得**也不以為意。

從那日起，小龍女將古墓派的內功所傳，拳法掌法，兵刃暗器，一項項的傳授。如此過得兩年，楊過已盡得所傳，藉著寒玉床之助，進境奇速，只功力尚淺而已。古墓派武功創自女子，師徒三代又都是女人，不免柔靈有餘，沉厚不足。但楊過生性浮躁輕動，這武功的路子倒也合於他的本性。

《神鵰俠侶》第六回「《玉女心經》」

學完古墓派的武功，楊過又系統性學習了全真派武功以及技壓全真派的古墓派高階武功《玉女心經》。接下來，楊過又學習了活死人墓中來

第十編　最重要的選擇

自《九陰真經》的《重陽遺刻》。在華山絕頂，楊過還學習了洪七公的打狗棒法、歐陽鋒的蛇杖。和小龍女重逢之後，他們一起練習了《玉女心經》最後一章的玉女素心劍法。遇到黃藥師後，楊過又學習了東邪的彈指神通、玉簫劍法。楊過資質之高，運氣之好，涉獵之廣，幾乎位居金庸人物之冠。後人有詩讚曰：

資質魯鈍是楊過，

作風正派尹志平。

情義無價公孫止，

精神正常武三通。

尹志平作風正派嗎？公孫止憐妻愛女嗎？武三通精神正常嗎？如果答案是否定的，那楊過就是資質極高的。

然而，**博而不精常常是天資高者的通病**。論真實戰力，楊過這時候其實是打不過金輪法王的。

當楊過回首自己的求學長路時，會選這時候自己的相片做畢業照嗎？恐怕不會。

神鵰顛覆了楊過多年的世界觀。

楊過睡到中夜，忽然聽得西北方傳來一陣陣鵰鳴，聲音微帶嘶啞，但激越蒼涼，氣勢甚豪。

眼前赫然是一頭大鵰，那鵰身形甚巨，比人還高，形貌醜陋之極，全身羽毛疏疏落落，似是被人拔去了一大半似的，毛色黃黑，顯得甚是骯髒，模樣與桃花島上的雙鵰倒也有五分相似，醜俊卻是天差地遠。這醜鵰鉤嘴彎曲，頭頂生著個血紅的大肉瘤，世上鳥類千萬，從未見過如此古拙雄奇的猛禽。

《神鵰俠侶》第二十三回「手足情仇」

下篇

　　如果說楊過的第一個真正意義上的師父小龍女是極美的,那神鵰就是極醜的;如果說小龍女是極輕靈飄逸的,神鵰則是極**古拙雄奇**的;如果說楊過以前的武功是龐雜、輕、巧、小的,神鵰展現出來的武功則是簡單、重、拙、大的。然而,見到神鵰之後,楊過的世界裡突然出現的重、拙、大,還只是在他的心裡淺淺留下一個痕跡。神鵰此時還不是楊過的 logo。當楊過向神鵰提議和他一起走的時候,神鵰拒絕了。神鵰知道還不是時候。

　　直到楊過斷臂之後,在他退無可退之後,**神鵰才真正和楊過結成亦師亦友的關係。**

　　楊過又驚又羨,只覺這位前輩傲視當世,獨往獨來,與自己性子實有許多相似之處,但說到打遍天下無敵手,自己如何可及。現今只餘獨臂,就算一時不死,此事也終身無望。

　　楊過喃喃念著「重劍無鋒,大巧不工」八字,心中似有所悟,但想世間劍術,不論哪一門哪一派的變化如何不同,總以輕靈迅疾為尚,這柄重劍不知怎生使法,想懷昔賢,不禁神馳久之。

　　如此練劍數日,楊過提著重劍時手上已不如先前沉重,擊刺揮掠,漸感得心應手。同時越來越覺以前所學劍術變化太繁,花巧太多,想到獨孤求敗在青石上所留「重劍無鋒,大巧不工」八字,其中境界,遠勝世上諸般最巧妙的劍招。

《神鵰俠侶》第二十三回「神鵰重劍」

　　金庸的這部小說為什麼叫《神鵰俠侶》?如果說《射鵰英雄傳》中的鵰喻義大漠風沙,那麼神鵰代表什麼?神鵰代表的簡單、重、拙、大,**恰恰是楊過在武學上新的領悟**。從此之後,楊過在武學上進入新的境界,以前的輕靈迅疾、龐雜花哨的武學「譬如昨日死」,簡單、重、拙、

大的武學「譬如今日生」。在此之後，神鵰和楊過就合而為一了。神鵰是簡單、重、拙、大的，斷臂之後的楊過也是簡單、重、拙、大的。**神鵰從此成為楊過的 logo，他自己被稱為神鵰俠。**

當楊過回眸自己的上下求索歲月時，會選這時候自己的相片做畢業照嗎？恐怕會的，哪怕是斷臂的自己。

黯然銷魂掌是楊過的一生武學成就頂峰。

他生平受過不少武學名家的指點，自全真教學得玄門正宗內功的口訣，自小龍女學得《玉女心經》，在古墓中見到《九陰真經》，歐陽鋒授以蛤蟆功和逆轉經脈，洪七公與黃蓉授以打狗棒法，黃藥師授以彈指神通和玉簫劍法。除了一陽指之外，東邪、西毒、北丐、中神通的武學無所不窺，而古墓派的武學又於五大高人之外別創蹊徑，此時融會貫通，已是卓然成家。只因他單剩一臂，是以不在招數變化取勝，反而故意與武學道理相反。他將這套掌法定名為「黯然銷魂掌」，取的是江淹〈別賦〉中那一句「黯然銷魂者，唯別而已矣」之意。

《神鵰俠侶》第三十四回「排難解紛」

「唯別而已矣」指的是和小龍女的分別嗎？是，也不是。「別」還指楊過同以往的武學理念的別離，**一派新的武學體系已經卓然而立於世界之巔。**

楊過的一生，就是做減法的一生。

在感情上，楊過先後和郭芙、小龍女、洪凌波、陸無雙、程英、公孫綠萼、完顏萍、耶律燕以至於郭襄有過糾葛。最後楊過意識到自己的風流自賞的問題，減去各種糾葛，回到古墓和小龍女終老。

在武功上，楊過先後學習過北丐、西毒、全真派、古墓派、東邪以

至於獨孤求敗的武功，最後自己減去一切繁雜，回到「重劍無鋒、大巧不工」，最終創出「黯然銷魂掌」。

在經歷上，楊過浪跡天涯，最後減去俗世紛亂，回到古墓。小龍女問過他好幾次，他都並不想留在古墓。楊過初入古墓時，小龍女問過他；古墓落下斷龍石後，小龍女問過他；甚至在絕情谷底十六年後，他依然不願意隱居。但在經歷了第三次華山論劍之後，楊過終於覺悟了。從此神鵰俠侶飄然遠逝，絕跡江湖。

楊過的斷臂，也是一種做減法的隱喻：從左右逢源減到一心精誠。

楊過的名字也未嘗不是如此，過，固然是楊康之過，也是他自己一生的種種太「過」了，所以要減。

楊過的一生，就是由巧減至拙的一生。

在《人間詞話》裡，王國維在評價氣象雄渾的詩人佳句時，說：「太白純以氣象勝。『西風殘照，漢家陵闕』，寥寥八字，遂關千古登臨之口。後世唯范文正（范仲淹）之〈漁家傲〉、夏英公之〈喜遷鶯〉，差足繼武，然氣像已不逮矣。」

如果用畫面表現楊過一生的武學，我覺得最好的場景就是：古墓（陵闕）之旁，西風下，獨臂楊過面向夕陽而立，留給人的背影是一招黯然銷魂掌。這一形象剛好是李白的「**西風殘照，漢家陵闕**」。

如果用畫面表現郭靖一生的武學，我覺得最好的場景就是：襄陽城下，城破身死之前，「平生塞北江南，歸來華髮蒼顏」的郭靖雙手互搏，以《九陰真經》催動降龍十八掌，連發一十三道後勁。這一形象剛好是范仲淹的「**濁酒一杯家萬里，燕然未勒歸無計**」。

那麼，誰的武功如星辰大海、無所不包，當得起夏竦（被宋仁宗封為英國公）的一句「**夜涼河漢截天流**」呢？

57 張無忌：為什麼我無地赴死

All I want to know is where I'm going to die so I'll never go there.

―― 張無忌

張無忌總是知道自己可能會死在哪裡。這個「自己」，也包括習武者張無忌這一側面。

張無忌武學成長中的第一次可死是過早學習高深武功，張無忌逃掉了。

到無忌四歲時，殷素素教他識字。五歲生日那天，張翠山道：「大哥，孩子可以學武啦，從今天起你來教，好不好？」謝遜搖頭：「不成，我的武功太深，孩子無法領悟。還是你傳他武當心法。等他到八歲時，我再來教他。教得兩年，你們便可回去啦！」

《倚天屠龍記》第七章「誰送冰舸來仙鄉」

蕭峰七歲習武，郭靖六歲習武，楊過要到十三歲左右才正式學武，令狐冲學武可能也是童子功。這些人學武都是由淺入深、循序漸進。殷素素愛子心切，想找著名培訓機構 —— 明教中的金牌導師 —— 金毛獅王謝遜為張無忌啟蒙，但是謝遜拒絕了。謝遜的這次拒絕給了張無忌生機。因為謝遜的拒絕，張無忌得以從容不迫地學習基本功：

張翠山傳授孩子的是扎根基的內功，心想孩子年幼，只須健體強身，便已足夠，在這荒島之上，絕不會和誰動手打架。

《倚天屠龍記》第七章「誰送冰舸來仙鄉」

張無忌武學成長中的第二次可死是對高深武功強作理解，張無忌逃掉了。

下篇

　　謝遜甚至將各種刀法、劍法,都要無忌猶似背經書一般的死記。謝遜這般「武功文教」,已是奇怪,偏又不加半句解釋,便似一個最不會教書的蒙師,要小學生呆背詩云子曰,囫圇吞棗。殷素素在旁聽著,有時忍不住可憐無忌,心想別說是孩子,便是精通武學的大人,也未必便能記得住這許多口訣招式,而且不加試演,單是死記住口訣招式又有何用?難道口中說幾句招式,便能克敵致勝嗎?

《倚天屠龍記》第八章「窮髮十載泛歸航」

　　高深武功的消化理解需要過程、甚至經驗閱歷,在沒有足夠的經驗閱歷和見識的情況下,死記硬背未嘗不是好選擇。楊過遇到自己不懂的,常常「於不明白處自出心裁的強作解人」;相比之下,郭靖就是先背誦了《九陰真經》,在後來的數十年中不斷揣摩,終於能將《九陰真經》融會貫通,以至於降龍十八掌的「亢龍有悔」可以連發一十三道後勁。謝遜要求張無忌大量背誦對於他的武學成長至關重要。

　　張無忌武學成長中的第三次可死是帶有目的性學習高深武功,張無忌逃掉了。

　　武當山頂,在張三丰百歲壽宴上,張無忌身中玄冥神掌,幾乎不治,於是學習武當九陽功。九陽功雖然對學習者很友好,但是依然是高深武功,躁進的話會有走火入魔的風險。張無忌學習九陽功則主要是為了治自己的傷,所以沒有太多目的性,進境也較快。

　　張無忌武學成長中的第四次可死還是過早學習高深武功,張無忌逃掉了。

　　這一次,擺在張無忌面前的是九陽神功。張無忌第一次沒有學習高深武功,是謝遜的明智決策;這一次,則靠的是自己的悟性。儘管張無忌從張三丰那裡學到了武當九陽功,風險降到最低,但在崑崙山中偶然

得到全本《九陽真經》，依然是一種巨大風險。覺遠在學習全本《九陽真經》時年紀很大，而且似乎是飽學宿儒；張三丰則是在覺遠的指導下學習的，即使如此，在華山之巔，覺遠還是不厭其煩地臨陣指導張三丰。更何況，全本《九陽真經》同武當九陽功差別很大。自學《九陽真經》，對於沒有太多基礎的人，依然很凶險。

但張無忌在武當山之後、崑崙山之前，有一段在蝴蝶谷的經歷，這段經歷極大地降低了張無忌自學的風險。張無忌在蝴蝶谷待了兩年多，這兩年裡，他苦學中醫，而且不僅有理論，還有豐富的實踐。

在理論上，張無忌閱讀了很多中醫經典：

張無忌日以繼夜，廢寢忘食的鑽研，不但將胡青牛的十餘種著作都翻閱了一過，其餘「黃帝內經」、「華佗內昭圖」、「王叔和脈經」、「孫思邈千金方」、「千金翼」、「王燾外臺祕要」等等醫學經典，都一頁頁的翻閱。

《倚天屠龍記》第十二章「針其膏兮藥其肓」

在實踐上，張無忌先後救治了常遇春、紀曉芙等人。

武學和醫學是相通的，這樣的醫學理論和實踐經歷對於張無忌自學《九陽真經》可以說有極大的幫助。事實上，即使對於擁有扎實醫學基礎的張無忌，《九陽真經》也依然過於深奧，但是張無忌此時學習依然沒有功利考慮：

他心想，我便算真從經中習得神功，驅去陰毒，但既被囚禁在這四周陡峰環繞的山谷之中，總是不能出去。幽谷中歲月正長，今日練成也好，明日練成也好，都無分別。就算練不成，總也是打發了無聊的日子。

《倚天屠龍記》第十六章「剝極而復參九陽」

下篇

同樣是沒有功利心，讓張無忌履險如夷。

張無忌武學成長中的第五次可死是對科學假設過分依賴，張無忌逃掉了。

張無忌在明教禁地發現乾坤大挪移心法，因為有多年的九陽功累積，瞬間將乾坤大挪移練至第七層。但是第七層中有一十九句古奧艱深，張無忌於是停止不練，他的理由是不可貪多務得。張無忌的這個選擇救了他的命。

張無忌所練不通的那一十九句，正是那位高人單憑空想而想錯了的，似是而非，已然誤入歧途。要是張無忌存著求全之心，非練到盡善盡美不肯罷手，那麼到最後關頭便會走火入魔，不是瘋顛痴呆，便致全身癱瘓，甚至自絕經脈而亡。

《倚天屠龍記》第二十章「與子共穴相扶將」

張無忌不為己甚，對於尚未證實、同實驗結果不一致的理論不迷信、不盲從，從而躲開了危險。

張無忌武學成長中的第六次可死是糾纏細節，張無忌逃掉了。

張無忌在武當山頂，面對趙敏手下三員悍將，使用張三丰現場傳授的太極劍。

張無忌學太極劍法，關鍵的是學劍意，而不是糾纏招數細節。

張三丰道：「都記得了沒有？」張無忌道：「已忘記了一小半。」張三丰道：「好，那也難為了你。你自己去想想罷。」張無忌低頭默想。過了一會，張三丰問道：「現下怎樣了？」張無忌道：「已忘記了一大半。」

張三丰畫劍成圈，問道：「孩兒，怎樣啦？」張無忌道：「還有三招沒忘記。」張三丰點點頭，收劍歸座。張無忌在殿上緩緩踱了一個圈子，

406

沉思半晌,又緩緩踱了半個圈子,抬起頭來,滿臉喜色,叫道:「這我可全忘了,忘得乾乾淨淨的了。」

《倚天屠龍記》第二十四章「太極初傳柔克剛」

張無忌面對阿大三兄弟,生死搏鬥,凶險萬分,使用現學的招數,只能是重意不重招式。因此,忽視細節、抓住本質非常重要。

張無忌武學成長中的第七次可死是完全崇尚技術而忽視道德,張無忌逃掉了。

張無忌在少林寺大會上想要救出謝遜,同守衛的三名少林寺高僧比武,使用了聖火令武功。聖火令武功出自西域山中老人霍山,奇詭難測,威力巨大,但是霸道狠辣。張無忌在使用聖火令武功時,受到感應,以至於笑聲中透出奸詐邪惡。在謝遜誦讀的《金剛經》的感召下,張無忌意識到問題,及時收手。

張無忌一面聽謝遜唸誦佛經,手上招數絲毫不停,心中想到了經文中的含義,心魔便即消退,這路古波斯武功立時不能連貫,刷的一聲,渡劫的長鞭抽向他左肩。張無忌沉肩避開,不由自主的使出了挪移乾坤心法,配以九陽神功,登時將擊來的勁力卸去,心念微動:「我用這路古波斯武功實是難以取勝。」

《倚天屠龍記》第三十八章「君子可欺以之方」

文天祥在〈指南錄後序〉中提到二十二次瀕死而未死,是浩然之氣;張無忌七次可死而不死,是仁者之心。

科技向善,無暇赴死。

58　令狐冲：有個一起求學的女友是一種怎樣的體驗

巧笑倩兮，美目盼兮……大夫夙退，無使君勞。

——《詩經·衛風·碩人》

這一千古名句出自《詩經·衛風》對碩士生（**碩人**）的描述：一個一起讀碩士的佳偶，不但美目、巧笑令人忘俗，還能在事業上提供幫助（無使君勞），共同成長。

金庸小說中擁有這份幸運的，是令狐冲。

第一階段，**氣宗令狐冲**。

韓非子說：「儒以文亂法，俠以武犯禁。」李白說：「十步殺一人」、「救趙揮金槌」。所以，一般說來，武是俠的必要條件，沒有武，就沒有俠。在金庸小說中，很多人沒了武，俠字還能不能剩下，就很值得懷疑了。比如，袁承志如果沒有武功，是不是就變成了一個憨厚的官二代，類似《倚天屠龍記》裡面韓山童的兒子韓林兒了呢？又如，洪七公如果沒有武功，是不是就變成了一個貪吃的中年油膩大叔了呢？

但凡事都有例外，在金庸小說中，沒有武的時候而依然可以稱為俠的有三人：救哲別時的郭靖、蝴蝶谷中的張無忌、坐鬥田伯光的令狐冲。郭靖在救哲別的時候還沒有武功在身，但是見人為難，為哲別的英風傾倒，不計利害，挺身而出，當此時，應該是俠吧？張無忌在蝴蝶谷救治各色人物時也沒有武功在身，但是胸懷寬廣，手段爽利，當此時，應該是俠吧？令狐冲在救儀琳的時候自己已經生命垂危，武功也沒剩下多少，但他將生死置之度外，機變百出，折服「萬里獨行」田伯光，當此時，也應該是俠吧？

此時的令狐冲，是氣宗華山派掌門岳不群的大弟子，武功尚可，但

並不是絕頂人物。他心儀的是岳靈珊，但是不敢表白，這是一個稍顯壓抑的令狐冲。如果一直這樣，令狐冲會不會變成第二個岳不群？這似乎是有可能的。令狐冲的身上有的，不僅僅是對自由的嚮往，也有妥協和城府。比如令狐冲差一點就加入魔教，這是他的妥協。

令狐冲心想：「莫大師怕對這事推算得極準，我沒參與日月教，相差也只一線之間。當日任教主若不是以內功祕訣相誘，而是誠誠懇懇的邀我加入，我情面難卻，又瞧在盈盈和向大哥的份上，說不定會答應料理了恆山派大事之後，便即加盟。」

《笑傲江湖》第二十九章「掌門」

（任我行自認權謀智計不如東方不敗，看他幾次勸令狐冲入夥時的表現，確實如此。）

比如令狐冲面對向問天欺騙時的表現，這是他的城府。向問天在利用了令狐冲救出任我行之後，對令狐冲只是賠了個禮，而令狐冲只得強顏歡笑。

令狐冲笑道：「賠什麼不是？我得多謝兩位才是。我本來身受內傷，無法醫治，練了教主的神功後，這內傷竟也霍然而愈，得回了一條性命。」三人縱聲大笑，甚是高興。

《笑傲江湖》第二十二章「脫困」

三人的笑大不相同。任我行的笑，恐怕是逃脫囚牢的開懷之笑；向問天的笑，恐怕是有點尷尬的掩飾之笑；而令狐冲的笑，恐怕是心存敷衍的城府之笑。向問天救任我行的整個過程，分明就是把令狐冲當一個送死的棋子使用的：他沒有預期令狐冲的出現，不會想到任我行能把吸星大法刻在鐵床上，無法預料江南四友是否發現任我行被掉了包，更何

下篇

況他和任我行脫困後近兩個月才再來梅莊，是不是為了救令狐冲也很難說。向問天這些作為，明擺著就是沒把令狐冲的生死放在心上。「一將功成萬骨枯」，向、任這樣的梟雄是不會在乎一條人命的。令狐冲僥倖不死，只是命大而已，絕不是一切在向、任掌控之下。令狐冲雖然豁達，但並不傻，向、任的梟雄手段他心裡是清楚的，但是裝出高興的笑，其實就是在情勢下的城府而已。

所以，令狐冲有變成岳不群的潛力。而岳不群在少年時會不會也是令狐冲？巫婆曾經是少女，這是很有可能的。被華山玉女寧中則傾心的岳不群，恐怕年輕時確實也是倜儻不群的人物。

然而，令狐冲沒有變成岳不群。**幸好，令狐冲遇見了風清揚。**

第二階段，**劍宗令狐冲**。

令狐冲生命的轉捩點是在華山思過崖遇到了風清揚。

> 那老者（風清揚）道：「唉，蠢才，蠢才！無怪你是岳不群的弟子，拘泥不化，不知變通。劍術之道，講究如行雲流水，任意所至。你使完那招『白虹貫日』，劍尖向上，難道不會順勢拖下來嗎？劍招中雖沒這等姿式，難道你不會別出心裁，隨手配合麼？」這一言登時將令狐冲提醒，他長劍一勒，自然而然的便使出「有鳳來儀」，不等劍招變老，已轉「金雁橫空」，長劍在頭頂劃過，一勾一挑，輕輕巧巧的變為「截手式」，轉折之際，天衣無縫，心下甚是舒暢。當下依著那老者所說，一招一式的使將下去，使到「鐘鼓齊鳴」收劍，堪堪正是三十招，突然之間，只感到說不出的歡喜。
>
> 《笑傲江湖》第十章「傳劍」

令狐冲遇見風清揚，天性中率性豁達的一面充分顯露，學習氣宗武學的壓抑一掃而空，從「心下舒暢」到「說不出的歡喜」，只用了三十

招。在令狐冲的性格中，率性豁達是主要的方面，所以在華山這麼多年，進行氣宗武學修練恐怕沒有體會過太多的快樂。令狐冲喜歡岳靈珊，是不是對壓抑學習氛圍的一種自我救贖？這種可能性是很大的。岳靈珊固然並非發自心底喜歡令狐冲，她喜歡父親那樣的人物；令狐冲是不是也在內心深處知道岳靈珊並非自己佳偶？令狐冲面對小師妹常常拘謹，但是和任盈盈在一起卻是說不出來的放鬆，這是他真實性情的流露。

劍宗令狐冲，從劍宗武學中得到了極大的愉悅，劍術極高，然而內力一般，而這時，岳靈珊已經遠離，這是一個靈性舒展的令狐冲。岳靈珊在這個時候遠離令狐冲，其實也是必然：岳靈珊喜歡的是另一個岳不群。和令狐冲相比，林平之更像岳不群，所以岳靈珊選擇了林平之。而令狐冲在遇見風清揚之後靈性被釋放，就再也不可能成為岳不群了。

然而，只有劍術沒有內力的令狐冲是走上了另一條邪路。風清揚所在的思過崖有一個「**過**」字，這恐怕指的是思念另一個練習了獨孤九劍的楊過。眾所周知，獨孤九劍有兩個版本，楊過版和令狐冲版。**然而，令狐冲在思過崖得自風清揚的獨孤九劍只是第二層境界的劍招，獨孤九劍第四層境界的內功、劍意只有楊過得到了。**獨孤九劍的精髓不是**無招勝有招**，而是**無劍勝有劍**。劍魔獨孤求敗悟到的最高境界其實是**內力遠勝於劍法**。獨孤求敗木竹石均可為劍，經年累月，求一敗而不得，靠的只能是絕世內力。令狐冲呢？有劍有內力的時候，還被儀琳的母親抓了，而且差點被閹了；沒了劍基本上連三流高手也不如，這還是有內力的時候，沒有內力的時候更弱。所以當時令狐冲走上的另一條邪路，就是一味地注重花俏招式，華而不實。

幸好，令狐冲遇見了一生之愛 —— 任盈盈。

下篇

第三階段，**有劍無力令狐冲**。

得到獨孤九劍的令狐冲陰差陽錯丟失了內力，象徵了令狐冲走的另一個極端。

但是任盈盈很好地改變了令狐冲的這個傾向。任盈盈的做法是從音樂展開教育：

> 這一曲時而慷慨激昂，時而溫柔雅致，令狐冲雖不明樂理，但覺這位婆婆所奏，和曲洋所奏的曲調雖同，意趣卻大有差別。這婆婆所奏的曲調平和中正，令人聽著只覺音樂之美，卻無曲洋所奏熱血如沸的激奮。奏了良久，琴韻漸緩，似乎樂音在不住遠去，倒像奏琴之人走出了數十丈之遙，又走到數里之外，細微幾不可再聞。
>
> 令狐冲雖於音律一竅不通，但天資聰明，一點便透。綠竹翁甚是喜歡，當即授以指法，教他試奏一曲極短的〈碧霄吟〉。令狐冲學得幾遍，彈奏出來，雖有數音不準，指法生澀，卻洋洋然頗有青天一碧、萬里無雲的空闊氣象。
>
> 《笑傲江湖》第十三章「學琴」

學劍的令狐冲本來走向另一個極端，但在綠竹巷，任盈盈的琴聲中正平和，隱隱對令狐冲有訓導之意，感應之下，令狐冲也拒絕了熱血如沸的激憤，趨向豁達空闊的境界。

然而，對於內力，令狐冲還是顛倒的。所以他身上有桃谷六仙、不戒大師的不同內力，這是內力混亂的令狐冲。

有劍無力的令狐冲，是**劍法豐碩但是動機迷失**的令狐冲。岳靈珊已經遠離，任盈盈走進視野，這是一個渴望覺醒的令狐冲。

幸好，令狐冲遇到了任我行。

第四階段，**有劍有力（混亂）令狐冲**。

在西湖地下囚牢之中，令狐冲學會任我行的吸星大法。吸星大法來自北冥神功和化功大法，但是化功大法的比重更大。吸星大法是令狐冲混亂內力的解藥，讓他變得有劍有力，但此時令狐冲得自任我行的解決混亂內力的法門是強行壓制。吸星大法有致命 bug，但任我行在西湖之下囚居十二年，想到的方法居然是壓制而不是疏導，想來也是梟雄氣質和囚居境遇的一種必然。相比之下，囚居十五年的周伯通創出的是更加豁達平和的空明拳和雙手互搏。

有劍有力的令狐冲，**武學成果豐碩，動機不再迷失，但混亂**，是不是可能成為第二個任我行？這是一個有意思的想法，但還是那句話，有可能。人的性格不是鐵板一塊。令狐冲性格中，豁達率性固然占主導，但是心機城府也有，狠辣果決也有。心機城府前面提到了。令狐冲下手狠辣，比如初遇向問天的時候不問青紅皂白就殺了很多追擊的人。令狐冲也受到吸星大法的反噬，而武功反噬對性格的影響在東方不敗和任我行身上都很明顯。任我行的城府與狠辣也是在痛定思痛中建立起來的，有什麼理由認為假以時日令狐冲就不會改變呢？令狐冲有從岳不群走向任我行的傾向。

幸好，任盈盈又一次拯救了令狐冲。

第五階段，**有劍有力（圓融無礙）令狐冲。**

令狐冲終於化解了身上諸般內力，也化解了吸星大法，是因為方證大師傳授的《易筋經》。方證能傳授令狐冲《易筋經》，追根溯源，來自任盈盈第一次背負令狐冲去少林寺，並以自己為人質，換回令狐冲的自由。任盈盈的做法讓方證看到了任盈盈的善良，也間接看到了令狐冲的品質。自此而始，方證始終關心、照顧令狐冲。令狐冲帶群雄去少林寺救任盈盈時不傷一人，令方證欽佩，堅定了對令狐冲的判斷，為後來傳

下篇

功給令狐冲埋下了伏筆。

《六祖壇經》中說：「有情來下種，因地果還生。」

令狐冲得《易筋經》，始於任盈盈。

有劍有力（圓融無礙）的令狐冲，武學成果豐碩，武學動機明晰堅定，他既不是岳不群，也不是任我行，而是在兩者之間找到了自我的令狐冲。

任盈盈自己也在不斷進步。

金庸小說中大多數的所謂魔女都是被拯救的。郭靖拯救了黃蓉，張翠山拯救了殷素素，張無忌拯救了趙敏，袁承志拯救了溫青青。如果沒有郭靖，黃蓉是否會變成梅超風？如果沒有張翠山，殷素素是不是會變成李莫愁？

但是，只有任盈盈拯救了令狐冲。溫青青是青澀的，殷素素是小白（素），只有任盈盈，是自然盈滿的。任盈盈出身魔教，自然有手段狠辣的一面，但她也有善良正直的地方，所以藍鳳凰、老頭子、祖千秋等人都承她的情。任盈盈自己去綠竹巷進修，學習音樂，也是為了化解自身的戾氣，琴為心聲，她的琴聲中正平和。任盈盈一當上教主，就把少林寺的原本《金剛經》、武當的真武劍和《太極拳經》還回，後來更是將魔教教主之位讓給向問天。她始終在自我成長。沒有令狐冲，任盈盈很可能還是任盈盈；但沒有任盈盈，令狐冲恐怕會變成或者岳不群（偽聖），或者任我行（梟雄），或者風清揚或莫大（隱士）。郭靖自己就完善了丐幫。郭靖其實可以看成丐幫的真正幫主（從北丐到北俠），黃蓉只是輔助。張無忌自己也改良了魔教。令狐冲則只能透過任盈盈對魔教施加影響。

任盈盈是個融霹靂手段和菩薩心腸於一爐的人物，對令狐冲影響極大。

第十編　最重要的選擇

總結一下令狐冲的成長之路。

在華山，令狐冲學著和自己品味不合的武功，成就一般，動機也不強，身邊是岳靈珊。在思過崖遇到風清揚之後，令狐冲武功和品味融合無間，武功大進，但動機依然不強，而岳靈珊已經慢慢遠離。在綠竹巷，令狐冲劍術絕頂，武學成果豐碩，但動機混雜，這時任盈盈走進視野。在杭州梅莊囚牢，令狐冲劍術絕頂，暫時解決了武學動機問題，但有隱憂，岳靈珊漸行漸遠，任盈盈越走越近。最後，令狐冲劍法、內力圓融無礙，武功大進，動機明晰堅定，放下岳靈珊，和任盈盈曲諧。

令狐冲的進步並未終結。**無招勝有招，是正確做事；無劍勝有劍，是做正確的事**。令狐冲終於找到了正確武學方向，從此笑傲江湖。

令狐冲、任盈盈，這對組合的名字是大有深意的。《道德經》第四章：「道**冲**而用之或不**盈**，淵兮似萬物之宗。」《道德經》第四十五章：「大**盈**若**冲**，其用不窮。」冲是缺，盈是滿。

有人說，金庸小說主角的爸爸都是缺位的，所以很多人都在找爸爸，喬峰在找，慕容覆在找，郭靖在找，楊過在找，張無忌在找，甚至林平之都在報父仇，連韋小寶都對自己的出身好奇。可是令狐冲沒有找。令狐不是常見的姓氏，為什麼令狐冲這個孤兒從未試圖了解自己的身世？令狐冲不找，一個原因是他知道爸爸是誰，另一個原因是他有了精神導師。**任盈盈才是令狐冲最好的導師，無論是武學還是人生**。

注：關於令狐冲武功設定不合理的討論

令狐冲是金庸小說中武功最不合理的人物。武功＝力量（內力、外力）× 招式變化 × 招式速度。令狐冲內力幾乎為零的時候居然能接近天下無敵，令人無語。

令狐冲的劍術違背牛頓第二定律。根據牛頓第二定律，F=ma，令狐冲要想讓手中劍（m）達到一定的招式變化或者速度（a），必須有基本的力量（F），然而令狐冲在極度虛弱（F ≈ 0）時依然可以使用獨孤九劍，違背牛頓第二定律。

令狐冲的劍術違背牛頓第三定律。根據牛頓第三定律，有作用力必有反作用力。令狐冲在沒有內力的情況下多次用劍擊中內力深厚的高手，居然沒有被對方的內力反噬，違背牛頓第三定律。

第十一編　不幸的血淚

引子：四海無人對夕陽

幸福的學生各有各的幸福，不幸的學生卻都是相似的。

不幸的求學生涯，常常始於選錯老師。

有的是一開始就選錯，無法重選，如謝遜。

有的是選錯一個之後，彷彿推倒了厄運西洋骨牌，接二連三的選錯，如游坦之。

有的是本來選對了，但是陰差陽錯地換了老師，如梅超風、楊康、李莫愁。

本編就講述不幸的學生的故事。

59 游坦之：天降厚禮的不菲價格

上帝給我們贈送的每一份禮物，都在暗中標好了價格。（life never gives anything for nothing, and that a price is always exacted for what fate bestows.）

—— 游坦之

聚賢莊「武二代」游坦之是金庸小說中運氣最差的學生，沒有之一。

一般的人碰到一兩個差老師後就立刻時來運轉了。比如狄雲，他雖然一開始遭遇了「鐵索橫江」戚長發，但其實也只是武功練差了而已，後來遇到了丁典；比如郭靖，他最初的老師江南七怪雖然目的性強，教學又不得法，但依然不失正人君子，而且郭靖很快又遇到了馬鈺、洪七公等人。

但游坦之一而再、再而三地遭遇厄運。游坦之的厄運在於接連碰到三個不可靠的師父。第一次，游坦之選擇了星宿海輟學的阿紫作為自己的老師，收穫了一張鐵皮面具畢業證和斯德哥爾摩綜合症。第二次，游坦之選擇了星宿海學閥丁春秋作為老師，得到了崇尚暴力的武學觀和阿諛奉承的武學氛圍。第三次，游坦之選擇全冠清作為老師，學會的是沒有底線和不擇手段。

游坦之的厄運還在於他陰差陽錯地發現兩門絕學：《易筋經》和冰蠶勁。《易筋經》是金庸小說中內力成長最具潛力的祕笈，可能還超過《九陽真經》，但很難練成，需要破除「我執」才具備了練習條件，而游坦之在極其嚴苛的情況下才練成，這種機緣不但前無古人，恐怕也後無來者。冰蠶的毒力可能不亞於歐陽鋒的毒藥、程靈素的七星海棠，而又是在極端的情況下和游坦之融為一體的，同時具有冰、毒兩種屬性，遠

417

超丁春秋的化功大法、李莫愁的赤練神掌、靈智上人的大手印、圓真的幻陰指、玄冥二老的玄冥神掌等諸多具有冰、毒屬性的武功。一般人有一項運氣就很好了，游坦之居然擁有兩門絕學、三種屬性（物理、冰、毒）。

為什麼說《易筋經》和冰蠶勁是游坦之的厄運呢？因為具有這正邪兩項奇功的游坦之如鬧市執黃金的小兒。「匹夫無罪，懷璧其罪」，《易筋經》和冰蠶勁就是游坦之的黃金和白璧。也正是因為這兩項奇功，讓游坦之先後成為丁春秋、全冠清的刀。

為什麼游坦之的運氣如此之差呢？

游坦之的厄運，恐怕是因為他自己沒有一份內心的道德堅守。我們可以比較一下金庸小說中的其他人物，看看他們各自面對厄運時的抉擇。比如虛竹，他的運氣恐怕也不能說好。虛竹先是遇到了無崖子，接著是天山童姥、李秋水，這些人都不是省油的燈，恰恰相反，這些人都是天下數一數二的魔頭。比如無崖子，他不知道吸取了多少人的內力，搶奪了多少人的武功祕笈；比如天山童姥，能讓三十六洞、七十二島的豪傑畏之如蛇蠍；比如李秋水，光是用來讓無崖子生氣的年輕俊秀的男子不知讓她殺了多少。這些人比阿紫、丁春秋、全冠清只能有過之而無不及，惡名不顯，只是壞人變老而已。然而，虛竹並沒有因為這些人的影響變成一個魔頭，因為虛竹始終有自己的是非善惡觀念。狄雲同樣不能說運氣很好。狄雲先是遇到了「鐵索橫江」戚長發，後來被冤入獄，碰到丁典，雖然最終得到高深武功，但三年裡不知捱了多少毒打，一般人是不是怨念滿滿？狄雲後來遇到血刀老祖，也完全可以放棄道德羈絆，放飛自己的報復欲望。但狄雲還是守住了自己，守住了一個質樸孩子的天性善良。游坦之卻沒有這些內心的道德堅守。看游坦之第一次見到阿

紫時的反應：

游坦之突然見到這樣一個清秀美麗的姑娘，一呆之下，說不出話來。

《天龍八部》第二十七章「金戈蕩寇鏖兵」

再看游坦之第一次見到丁春秋時的反應：

那老翁手中搖著一柄鵝毛扇，陽光照在臉上，但見他臉色紅潤，滿頭白髮，頷下三尺銀髯，童顏鶴髮，當真便如圖畫中的神仙人物一般。那老翁走到群丐約莫三丈之處便站定了不動，忽地撮唇力吹，發出幾下尖銳之極的聲音，羽扇一撥，將口哨之聲送了出去，坐在地下的群丐登時便有四人仰天摔倒。游坦之大吃一驚：「這星宿老仙果然法力厲害。」

《天龍八部》第二十九章「蟲豸凝寒掌作冰」

游坦之似乎是一個顏控，例如他面對丁春秋殘殺無辜，第一反應居然是覺得丁春秋「果然法力厲害」，這就是游坦之的三觀。

游坦之沒有道德操守，可能是因為年幼時過於順遂，又沒有人引導。

游坦之小時候家境豪富，而且恐怕是家裡的獨苗，所以父親和伯父對他很寵愛，以至於武不成、文不就，家裡對他依然聽之任之。在金庸小說中，小時候家境優越的人不成材的比較多，只因周圍無人引導。比如，楊康小時候家裡條件很好，完顏洪烈對他很是溺愛，也正因如此，楊康做事沒有太多原則、底線，所以楊康能做出偷偷拜梅超風為師、學習九陰白骨爪這樣的事，能做出調戲穆念慈這樣的事，能做出偷襲王處一這樣的事。楊康雖然有丘處機這樣的老師，但是丘處機是在楊康七歲的時候才找到他的，平時又只負責傳授武功，疏於以身作則的道德教

下篇

化。再比如，林平之小時候家境很好，但是應該也是任性的公子哥，雖然沒有大毛病，但並無堅定的操守。林平之周圍是什麼人呢？

史鏢頭心想：「這一進山，憑著少鏢頭的性兒，非到天色全黑決不肯罷手，我們回去可又得聽夫人的埋怨。」便道：「天快晚了，山裡尖石多，莫要傷了白馬的蹄子，趕明兒我們起個早，再去打大野豬。」他知道不論說什麼話，都難勸得動這位任性的少鏢頭，但這匹白馬他卻寶愛異常，決不能讓它稍有損傷。這匹大宛名駒，是林平之的外婆在洛陽重價覓來，兩年前他十七歲生日時送給他的。

《笑傲江湖》第一章「滅門」

林平之周圍都是史鏢頭這樣見風使舵的人物，怎麼能有很好的提攜引領作用呢？

如果游坦之後來良知回歸，他依然有機會成為一個正直的人，但他沒有。

游坦之和《冰與火之歌》(*A Song of Ice and Fire*) 裡面的席恩・葛雷喬伊有很多相似之處。比如他們都出身世家，游坦之是遊氏雙雄的後人，席恩是鐵群島的少主；比如他們都受到過非人的虐待，游坦之被放「人鳶子」，席恩則被剝皮；比如他們的真實面目都被剝奪，游坦之被套上鐵皮面具，席恩則被變成臭佬 (reek)；比如他們都犯過大錯，游坦之殺掉了丐幫的很多人，席恩背叛過北境的 Stark 家族。

然而，席恩最後完成了對自己的救贖。在《冰與火之歌》第五部《與龍共舞》(*A Dance with Dragons*) 中，席恩最後勇敢地邁出了救贖的第一步：Theon grabbed Jeyne about the waist and jumped. 一個幾乎被摧殘至崩潰的人，終於打破了自己身心上的枷鎖，從搭救珍妮 (Jeyne) 開始。在電視劇中，席恩則徹底地反轉。但游坦之沒有，他心中的良知之光已

經逐漸泯滅，道德之柴被陰毒之雨澆得太溼了，無法被重新點燃。

游坦之哪怕擁有志氣或激憤之心，也可能擁有不一樣的命運。游坦之小時候頑劣異常，學什麼都是半途而廢，但他也曾經立志報仇、悍不畏死：

那少年挺了挺身子，大聲道：「我叫游坦之。我不用你來殺，我會學伯父和爹爹的好榜樣！」說著右手伸入褲筒，摸出一柄短刀，便往自己胸口插落。蕭峰馬鞭揮出，捲住短刀，奪過了刀子。游坦之大怒，罵道：「我要自刎也不許嗎？你這該死的遼狗，忒也狠毒！」

《天龍八部》第二十七章「金戈蕩寇鏖兵」

項羽小時候也是學什麼都不成。《史記・項羽本紀》提到：「項籍少時，學書不成，去學劍，又不成。項梁怒之。籍曰：『書足以記名姓而已。劍一人敵，不足學，學萬人敵。』於是項梁乃教籍兵法，籍大喜，略知其意，又不肯竟學。」但是項羽有志向：「秦始皇帝遊會稽，渡浙江，梁與籍俱觀。籍曰：『彼可取而代也。』梁掩其口，曰：『毋妄言，族矣。』」

游坦之雖然不像項羽一樣「長八尺餘，力能扛鼎，才氣過人」，但擁有《易筋經》和冰蠶勁的他也一樣讓人害怕忌憚。但是沒有志向或者激憤之心的游坦之，無法駕馭自己的內力和武功。最終──

他父親死後，浪跡江湖，大受欺壓屈辱，從無一個聰明正直之士好好對他教誨指點，近年來和阿紫日夕相處，所謂近朱者赤，近墨者黑，何況他一心一意的崇敬阿紫，一脈相承，是非善惡之際的分別，學到的都是星宿派那一套。星宿派武功沒一件不是以陰狠毒辣取勝，再加上全冠清用心深刻，助他奪到丐幫幫主之位，教他所使的也盡是傷人不留餘地的手段，日積月累的浸潤下來，竟將一個系出中土俠士名門的弟子，

變成了善惡不分、唯力是視的暴漢。

《天龍八部》第四十一章「燕雲十八飛騎，奔騰如虎風煙舉」

如果沒有道德操守、內心堅持，過人的能力可能反倒是雙刃劍，在傷害別人的同時也毀滅自己。

60　梅超風：有哪些讀研的道理後悔沒有早點知道

一生負氣成今日，四海無人對夕陽。

—— 梅超風

梅超風家境很好，時運不濟，而又才華橫溢。

梅超風家境優越，這從她的原名就能看出來。梅超風的原名是梅若華。若華，若木（《山海經》中提到的一種植物）的花，出現在屈原的《天問》、曹植的〈感節賦〉中。這樣的一個名字，恐怕不是一般的家庭能想出來的。比如，在《射鵰英雄傳》中，嘉興市井的女孩可能叫小瑩，牛家村農家的女孩可能叫萍；稍微有點文化的家庭取的名字會文雅點，如紅梅村私塾老師的女孩可能叫惜弱，牛家村出身的賣藝人的義女可能叫念慈；再進一步，寶應地主家的女孩可能叫瑤迦；只有家學淵源的女孩才能叫蘅、蓉等。這樣看來，梅超風家境應該很好。

然而梅超風命運很差。

不幸父母相繼去世，我受著惡人的欺侮折磨。

《射鵰英雄傳》第十章「冤家聚頭」

梅超風雖然家境很好，但是父母相繼去世之後，她的厄運就開始了，受惡人欺負。終於，梅超風被黃藥師發現和拯救。黃藥師恐怕不是

萬家生佛，誰都救的，不但看緣分，大概也要看天資。梅超風很可能天資聰穎。黃藥師的徒弟個個資質極佳。

黃藥師望著曲靈風的骸骨，呆了半天，垂下淚來，說道：「我門下諸弟子中，以靈風武功最強，若不是他雙腿斷了，便一百名大內護衛也傷他不得。」

《射鵰英雄傳》第二十六章「新盟舊約」

曲靈風的武功甚至比練過《九陰真經》的陳、梅還要厲害，而且數次出入大內蒐羅無數古玩，武功應該極高，這沒有天分是不成的。陳玄風可以用自己的方法練習《九陰真經》，應該也是天資高邁、很有創造力的人物。陸乘風通曉書畫、奇門，雖然腿廢了，但是武功不弱，而且經營太湖歸雲莊好大一份家業，資質也是不必說了。馮默風用燒紅的鐵枴破了李莫愁的拂塵、毒掌，也是別有巧思的超卓人物。

從黃藥師給徒弟命名上，大體能看出六個徒弟的天分。靈、玄、超、乘、眠、默，可以分三組，靈玄是一組，通靈入玄，資質最好；超乘是一組，超越凌駕，資質次之；眠默是一組，安眠沉默，資質又次之。

梅超風作為黃藥師唯一的女弟子，資質可以想見。

梅超風在學武的時候，做出了兩個致命的誤判。第一個誤判是和陳玄風的感情帶來的責罰。

梅超風和師兄陳玄風相戀後，擔心師父責罰，故而逃走。然而，這種擔心可能是錯誤的。黃藥師是對照無崖子的人物，崇尚逍遙，最恨仁義禮法，最惡聖賢節烈，對於弟子之間的感情，怎麼會一定責罰呢？

桃花島主東邪黃藥師，江湖上誰不知聞？黃老邪生平最恨的是仁義禮法，最惡的是聖賢節烈，這些都是欺騙愚夫愚婦的東西，天下人世世

代代入其殼中，還是懵然不覺，真是可憐亦復可笑！我黃藥師偏不信這吃人不吐骨頭的禮教，人人說我是邪魔外道，哼！我這邪魔外道，比那些滿嘴仁義道德的混蛋，害死的人只怕還少幾個呢！」

《射鵰英雄傳》第二十五章「荒村野店」

從這段話能看出，黃藥師是很開明的。黃藥師可不是說說，他親手撮合了陸冠英和程瑤迦的婚事。也就是說，黃藥師不但不責罰，還鼓勵這種兩情相悅。梅超風可能高估了來自黃藥師的責罰。

梅超風第二個誤判是自己的武學。

梅超風和陳玄風在求學的時候，選擇自己方向的時間比別的學生要晚。曲靈風作為大弟子，很早就開始學習劈空掌，還有個備選的碧波掌法，這也罷了；可是老四陸乘風也會劈空掌，還會奇門五行、文玩書畫鑑賞。這讓陳、梅二人憂心忡忡。他們以為師父偏心，所以心態崩了。

基於這兩個誤判，梅超風做出了錯誤的決定，跟隨陳玄風，盜經逃離桃花島。

梅超風和陳玄風既然沒有從黃藥師手裡得到武功方向，就一不做二不休，盜取《九陰真經》，逃離桃花島。他們的想法是，既然你黃藥師不給我們課題，我們就偷走號稱天下絕學的《九陰真經》。他們不知道的是，《九陰真經》並非絕頂武功。他們更不知道的是，哪怕是通俗易懂的《九陰真經》，只有下卷，一般人的閱讀理解能力恐怕也無法充分掌握。

以後是在深山的苦練，可是只練了半年，丈夫便說經上所寫的話他再也看不懂了，就是想破了頭，也難以明白。

《射鵰英雄傳》第十章「冤家聚頭」

梅超風和陳玄風這時候已經意識到自己的學術訓練做得並不好，但是已經晚了，無法回頭。他們只能咬著牙繼續自己練，希望有一天能發生奇蹟。梅超風在心中回憶當年的那一幕：

「我說：『你懊悔了嗎？若是跟著師父，總有一天能學到他的本事。』他說：『你不懊悔，我也不懊悔。』於是他用自己想出來的法子練功，教我跟著也這麼練。他說這法子一定不對，然而也能練成厲害武功。」

《射鵰英雄傳》第十章「冤家聚頭」

逃離桃花島後，梅超風犯了另一個錯：違反醫學倫理。

因為無法理解《九陰真經》，陳、梅二人決定鋌而走險，在沒有充分理解《九陰真經》的情況下，開展人體實驗。

那一日陳、梅夫婦在荒山中修習九陰白骨爪，將死人骷髏九個一堆的堆疊，湊巧給柯氏兄弟撞上了。柯氏兄弟見他夫婦殘害無辜，出頭干預，一動上手，飛天神龍柯辟邪死在陳玄風掌下。幸好其時陳、梅二人九陰白骨爪尚未練成，柯鎮惡終於逃得性命，但一雙眼睛卻也送在他夫婦手裡。

《射鵰英雄傳》第四章「黑風雙煞」

陳、梅二人為了取得更大的武學成就，採用人體進行實驗，這嚴重違反了醫學倫理。醫學倫理委員會的柯鎮惡、柯辟邪弟兄提出質疑，反倒被陳、梅二人傷害。然而，陳、梅的名譽被大大地損害了。

梅超風在錯誤的道路上越走越遠。

梅超風還追求速效，然而欲速則不達。

唉，這內功沒人指點真是不成。兩天之前，我強修猛練，憑著一股

下篇

剛勁急衝，突然間一股氣到了丹田之後再也回不上來，下半身就此動彈不得了。

《射鵰英雄傳》第十章「冤家聚頭」

梅超風追求速效，強修猛練，結果癱瘓了。梅超風最大的失誤是在沒有得到很好的學術訓練的情況下強行獨立，結果一錯再錯，終於無法挽回。

總結一下梅超風的錯誤：對師父誤判；沒有足夠的基礎就換方向；自己獨立過於急躁，違反醫學倫理，又貪多躁進。

在金庸小說中，名字有若字的，如周芷若、苗若蘭，大都命運多舛，尤其是梅超風（若華）。

若不撇開終是苦，各自捺住即成名。

對於梅超風而言，她應該好好抓住而終於撇開的是她錯過的學術訓練，她不應該抓住不放而終於捺住的是給她帶來災禍的名氣。

61 楊康：師父？師傅！

我愛我師，但我更愛自己。

── 楊康

對於楊康，學術這瓶醬油是權勢這道大餐可有可無的佐料。

楊康又名完顏康，表面上看是金國六王子完顏洪烈的獨子。生在權勢之家，楊康從小受到的恐怕是帝王術的教育。帝王術是韓非的「明主不躬小事」，所以楊康不是很在乎武功這種小事。帝王術也是馬基維利所謂的「君主應同時具備狐狸和獅子的本領：獅子有足夠的實力震懾群獸，卻不會躲避獵人的陷阱；狐狸懂得躲避獵人的陷阱，卻沒有實力震

懾群獸。所以君主應該像狐狸一樣躲避陷阱，像獅子一樣震懾群獸。」(A Prince must imitate the fox and the lion, for the lion cannot protect himself from traps, and the fox cannot defend himself from wolves. One must therefore be a fox to recognize traps, and a lion to frighten wolves.)。楊康絕不缺少聰明，但是威懾力還不夠。他需要的是威懾力，所以他也不是完全不在乎武功這種小事。

因此，當楊康七歲那年，一個穿著奇怪、頭型不男不女、左腮有顆紅痣的男人找到他，說要教他武功時，不但完顏洪烈同意，楊康自己也覺得有些幸運。**丘處機這個師父是天上掉下來的**。完顏洪烈當然知道這個人就是七年前射了自己一箭的那個道人：

> 完顏洪烈定了定神，見他目光只在自己臉上掠過，便全神貫注的瞧著焦木和那七人，顯然並未認出自己，料想那日自己剛探身出來，便給他羽箭擲中摔倒，並未看清楚自己面目，當即寬心，再看他手中托的那口大銅缸時，一驚之下，不由得欠身離椅。
>
> 《射鵰英雄傳》第二章「大漠風沙」

但完顏洪烈久攻帝王術，城府極深，知道丘處機多年前認不出自己，現在就更不會認出自己。現在自己坐鎮主場，身邊高手環繞，並不怕丘處機。而且，讓他教楊康武功好處有二。第一個好處是可以撇清自己和郭、楊天降橫禍的關係，讓包惜弱見過的丘處機教楊康武功，還有楊家槍法，能真正得到包惜弱的芳心。當然，完顏洪烈也有辦法讓包惜弱並不真正和丘處機見面，因為包惜弱有羞愧之心。第二個好處是顯示自己胸懷寬廣，有孟嘗君的風采，有助於招攬天下英豪。想想看，連抗金聯盟中極具號召力的丘處機都來教自己的孩子，這對完顏洪烈的政治影響力是好處還是壞處？

下篇

丘處機當然也認識包惜弱，但他並不知道完顏洪烈和自己的「一面之緣」。他性子粗疏，老而彌烈，當年就上了完顏洪烈的當，如今也沒有仔細考慮包惜弱如何來到趙王府，更無法得知郭、楊之禍的真相。

丘處機只知道包惜弱是念舊的人。他之所以能找到包惜弱和楊康，極有可能是在包惜弱從臨安牛家村故居搬東西時發現線索的。包惜弱隱居趙王府，全真教就算有天大的本事也不易找到，但念舊的包惜弱從牛家村搬來鐵槍破犁，可能是被丘處機在牛家村長期潛伏的眼線發現，所以能順藤摸瓜。丘處機還知道江南七怪和郭靖的動向，可能也是利用了潛伏在嘉興的眼線，從江南七怪的家人、朋友處得到線索，以便知己知彼。

但丘處機還是留了幾手。比如他收徒的事甚至連師弟也不知道：

王處一……尋思：「丘師兄向來嫉惡如仇，對金人尤其憎惡，怎會去收一個金國王爺公子為徒？何況那完顏康所學的本派武功造詣已不算淺，顯然丘師哥在他身上著實花了不少時日與心血，而這人武功之中另有旁門左道的詭異手法，定是另外尚有師承，那更教人猜想不透了。」

《射鵰英雄傳》第八章「各顯神通」

再比如丘處機教給楊康的武功可能主要是用於比賽而不是傷人的。因為從後來楊康的表現看，每到關鍵時刻，他用的都是梅超風的招數。

他左掌向上甩起，虛劈一掌，這一下可顯了真實功夫，一股凌厲勁急的掌風將那少女的衣帶震得飄了起來。這一來郭靖、穆易和那少女都是一驚，心想：「瞧不出這相貌秀雅之人，功夫竟如此狠辣！」

《射鵰英雄傳》第七章「比武招親」

楊康被穆念慈激怒，被楊鐵心糾纏，和郭靖比拚，關鍵時刻用的都

是梅超風的武功。所以丘處機似乎沒有教給楊康殺招。全真派可不是沒有殺招，丘處機自己都開發了「同生共死」這種玉石俱焚的招數。就像海大富教給韋小寶的用於和康熙對打的招式，又哪裡有真的狠招呢？

但丘處機心高氣傲，也不想輸，所以在距離比武還有兩年的時候派自己最好的徒弟尹志平去大漠，試試郭靖的武功。尹志平確實小勝郭靖，再加上自尊心，回去之後，恐怕會半真半假地說郭靖武功平平，這樣一來，丘處機對楊康就更不上心了。尹志平試探之後的兩年，丘處機都沒有在楊康身邊。

丘處機的心思，楊康可能也早就感受到了。事實上，楊康也早早地找了下一個師父。

第二個師父似乎是楊康自己選的。湯祖德，這個粗魯的武官，一直不受完顏洪烈重視，成為了楊康的第二個師父。選湯祖德，可能是楊康的病急亂投醫。楊康年齡漸長，知道威嚴的重要性，可是丘處機教給自己的用於比賽的武功無法帶來威嚴，讓他很是惱火，於是可能就選了湯祖德。

楊康選擇湯祖德，可以說是「取之僅錙銖，用之如泥沙」。為了應對突然出現的王處一，楊康甚至利用了湯祖德。當王處一突然出現，認出楊康的師承時，楊康最初的反應是承認丘處機。可是在等待王處一、郭靖赴宴的時刻，經過一番短暫的思索，楊康就做出了決定：不認，而且用湯祖德做擋箭牌。楊康可能在一刹那想明白了，丘處機這個師父就是個師傅，和湯祖德一樣，我為什麼要尊敬他呢？祭出湯祖德這一看似無用的舉動，實際是楊康在宣告：這些人只不過是我的師傅罷了，「率土之濱，莫非王臣」，不配擁有我的尊重。學術只是我獲得權力的手段，師傅也只是獲得權力的工具而已。

下篇

當然，楊康敢於用湯祖德向全真派示威，還在於他早就拜師梅超風了。

梅超風眼盲是在郭靖六歲時，此後梅超風被完顏洪烈收留。幾年後她練功被楊康看到並收楊康為徒。又是幾年後她隨完顏洪烈去大漠，為了祭拜陳玄風，遇到馬鈺和江南六怪，被驚走。當時郭靖十六歲，所以恰逢陳玄風十年死祭，也能對上。

我們假設這兩個「幾年」相當，那就是各五年。所以梅超風教給楊康武功應該是在楊康11歲時。楊康被丘處機找到時是七歲。所以在丘處機教了四年後，楊康就師從梅超風。

楊康要的是像獅子一樣震懾群獸的威懾力，梅超風陰毒狠辣的九陰白骨爪簡直是再合適不過了。

如果沒有楊鐵心的出現，楊康的武功已經足夠了。

楊鐵心的出現，提高了楊康武功預期的下限。

楊康從小得到的教育恐怕是馬基維利式的，權力以及榮華富貴是唯一的追求。這和完顏洪烈的定位有關。完顏洪烈年紀很小就同王道乾策畫進攻大宋，結果王道乾被丘處機斬殺，完顏洪烈自己也幾乎斃命，但這磨鍊了完顏洪烈。後來完顏洪烈獲封趙王，這可不是一般的名號，而是類似王儲的位子，因為燕趙一帶可是金國的龍興之地。三王子完顏洪熙的名號是榮王，但比趙王可差遠了。歷史上有名的趙王那可有胡服騎射的趙武靈王，完顏洪烈獲封這個名號，絕不一般。在去大漠離間鐵木真、扎木和以及王罕時，完顏洪烈雖是弟弟，但似乎權勢更大。所以完顏洪烈可能很小的時候就灌輸楊康各種君主的理念了。這種教育下成長的楊康，思維很早就定型了：

完顏康心想：「難道我要捨卻榮華富貴，跟這窮漢子浪跡江湖，不，

萬萬不能！」他主意已定，高聲叫道：「師父，莫聽這人鬼話，請你快將我媽救過來！」丘處機怒道：「你仍是執迷不悟，真是畜生也不如。」

《射鵰英雄傳》第十一章「長春服輸」

當包惜弱、楊鐵心喋血街頭時，楊康的榮華富貴似乎破滅了。然而，完顏洪烈依然給了楊康一個大金國欽使。完顏洪烈是了解自己的這個養子的，但是要讓此時的楊康具有往昔的榮光已經不可能，只能讓他建功立業。十八年前完顏洪烈自己南下杭州，出生入死，如今，十八歲的楊康也需要自己賺得自己的榮華了。完顏洪烈也真的是栽培楊康，自己當年聯繫的不過是一個特使王道乾，而他讓楊康聯繫的則是宋朝的丞相史彌遠。

可惜楊康的運氣和完顏洪烈一樣差。他先是被陸冠英鑿船生擒，後被陸乘風打敗。等到郭靖和梅超風比武的時候，楊康發現郭靖居然和自己最厲害的師父相彷彿：

完顏康又妒又惱：「這小子本來非我之敵，今後怎麼還能跟他動手？」

《射鵰英雄傳》第十四章「桃花島主」

楊康本來不必在乎武功，可是如今，武功對他很重要。楊康此時的處境其實和霍都類似。郭靖初見霍都就肯定他不是拖雷的兒子，恐怕是庶出。所以霍都終其一生在力圖獲得政治資本，比如拜師金輪法王，興兵爭奪武林盟主，隱身丐幫多年以圖謀幫主之位，等等。等到楊康確認完顏洪烈十八年前搶奪包惜弱的真相之後，雖有猶疑，但完顏洪烈一句話就搞定了楊康：「錦繡江山，花花世界，日後終究盡都是你的了。」但是，武功成了楊康的致命問題。楊康在喪失金王子的政治合法性之後，必須讓自己的武功非常厲害，才有一線生機。

下篇

歐陽鋒的出現，給了楊康新的希望。

歐陽鋒劫後餘生，卻輕輕巧巧地戲弄靈智上人於股掌之間。見此情景，楊康馬上下了決定：

完顏洪烈剛說得一句：「孩子，來見過歐陽先生。」楊康已向歐陽鋒拜了下去，恭恭敬敬的磕了四個頭。他忽然行此大禮，眾人無不詫異。

《射鵰英雄傳》第二十二章「騎鯊遨遊」

金庸說成功的政治領袖要「決斷明快」，楊康絕對是一個這樣的人。他的反應比老奸巨猾的完顏洪烈還要快。相比之下，楊過後來屢次意圖殺郭靖，卻始終無法下手，忽必烈雖說楊過為人「飛揚勇決」，可是還比不上楊康。

哪知道歐陽鋒直截了當地拒絕了：

豈知歐陽鋒還了一揖，說道：「老朽門中向來有個規矩，本門武功只是一脈單傳，決無旁枝。老朽已傳了舍姪，不能破例再收弟子，請王爺見諒。」完顏洪烈見他不允，只索罷了，命人重整杯盤。楊康好生失望。

《射鵰英雄傳》第二十二章「騎鯊遨遊」

歐陽鋒不知道的是，他的這次拒絕，居然送了自己唯一兒子的命。

後來黃藥師痛哭狂歌，楊康解釋：

楊康道：「他唱的是三國時候曹子建所做的詩，那曹子建死了女兒，做了兩首哀辭。詩中說，有的人活到頭髮白，有的孩子卻幼小就夭折了，上帝為什麼這樣不公平？只恨天高沒有梯階，滿心悲恨卻不能上去向上帝哭訴。他最後說，我十分傷心，跟著你來的日子也不遠了。」眾武師都贊：「小王爺是讀書人，學問真好，我們粗人哪裡知曉？」

《射鵰英雄傳》第二十二章「騎鯊遨遊」

第十一編　不幸的血淚

楊康的這一舉動極其反常。書中從未展現楊康文藝的一面，為何這時不厭其煩？多半是楊康此時已萌殺機，用曹植女兒的死暗示歐陽鋒姪兒歐陽克的死，藉以雪自己拜師不得之辱，但不敢太明顯而已。所以在荒村野店，楊康殺死歐陽克，表面上看歐陽剋死於好色，但事實上楊康計劃早定。

楊康道：「我早有此意，只是他門派中向來有個規矩，代代都是一脈單傳。此人一死，他叔父就能收我為徒啦！」言下甚是得意。

《射鵰英雄傳》第二十五章「荒村野店」

楊康對師父的選擇就是他的馬基維利式的君主觀：師父只是工具。但工具也會反噬——楊康死於歐陽鋒的蛇毒。

62　李莫愁：為什麼我的合作總是失敗

機關算盡太聰明，反誤了卿卿性命。

—— 李莫愁

古墓派學生李莫愁是個有小聰明的人。

李莫愁的小聰明在於，一個很一般的武功，她能做得有聲有色。古墓派的武功包括入門武功、全真派武功、《玉女心經》以及高階的玉女素心劍法。李莫愁從古墓二代林朝英的丫鬟身上只學會了古墓派入門武功。就像少林派雖然有般若掌、拈花指，但虛竹只學會了羅漢拳、韋陀掌一樣。但是，同虛竹不同的是，就憑著這簡單的古墓派入門武功，李莫愁居然縱橫江湖，甚至可以和梅超風相提並論。柯鎮惡、郭靖初遇李莫愁時都認為她不弱於梅超風。要知道，梅超風雖然學的也是桃花島入門武功，但是梅憑藉《九陰真經》下卷成名，更和陳玄風互相切磋思索，

下篇

才取得「黑風雙煞」的名頭。李莫愁單打獨鬥，就讓江湖聞名變色，這說明李莫愁非常聰明。

李莫愁有自己的武功發明，這極其不容易。李莫愁在古墓派入門武功的基礎上，自己開發了以拂塵運使的「三無三不手」。需要注意的是，李莫愁沒有選擇古墓派擅長的劍，而是選擇了拂塵。拂塵的特點是作為武器的隱蔽性極強，讓人疏於防備。李莫愁恰恰在拂塵的基礎上開發了「三無三不手」：第一招「無孔不入」，攻擊敵人四肢百骸；第二招「無所不至」，攻擊敵人偏門穴道；第三招「無所不為」，更是攻擊敵人眼睛、下陰等柔軟部位。這「三無三不手」不但和拂塵完美配合，更兼招數走偏鋒、陰狠毒辣，令人難以防備。

除了拂塵，李莫愁還擅長毒掌。沒有證據表明毒掌來自古墓派，而極大可能是來自西毒歐陽鋒。首先，歐陽鋒初遇楊過，就辨識出李莫愁的冰魄銀針：

> 「你中的是李莫愁那女娃娃的冰魄銀針之毒，治起來可著實不容易。」

《神鵰俠侶》第二回「故人之子」

歐陽鋒還輕車熟路地指點楊過解毒，似乎對冰魄銀針很熟，而且精通治療之法。歐陽鋒和李莫愁很可能有過交集。

其次，李莫愁遇到馮默風的時候，對眾多隱祕如數家珍。李莫愁熟知桃花島陳、梅、曲、陸的隱祕。這裡面尤其值得注意的是李莫愁對梅、陸祕史的了解。梅超風死於荒村野店保護黃藥師的時候，當時的現場只有黃藥師、歐陽鋒、全真七子以及密室中的郭靖、黃蓉。這些人似乎沒有誰有動機把梅超風之死的真相傳播天下。陸乘風的歸雲莊大火的當事人則只有黃蓉、歐陽鋒。黃蓉似乎也沒有必要說燒了師兄的好大一

片宅子。李莫愁知道這些祕史，是不是來自歐陽鋒的口述？

李莫愁還曾引歐陽鋒進入古墓，最終導致自己的師父傷重身死。

李莫愁和歐陽鋒之間是否有過某種程度的接觸，並從西毒手中得來了自己縱橫江湖的五毒神掌？李莫愁的冰魄銀針似乎比小龍女的玉蜂針還要厲害。傷在冰魄銀針下的人不計其數，如楊過，幸虧得歐陽鋒指點才倖存；尼摩星這種高手就沒有這種幸運了，中了冰魄銀針後靠截肢才苟活；而武三娘則吸冰魄銀針之毒而死；還有一燈的師弟天竺僧也死於冰魄銀針；至於黃蓉、金輪法王都對冰魄銀針極為忌憚。玉蜂針從未獲得如此大的震懾力。

從李莫愁的拂塵、毒掌、銀針可以看出，她的武功都是完美迴避了女性氣力不足的弱點，而把陰毒狠辣發揮得淋漓盡致，這是李莫愁的聰明之處。

李莫愁的聰明還在於情報蒐集工作非常精準。李莫愁因此熟知前朝掌故。比如她對郭靖的遭遇如數家珍，遇到跛足人就猜到是柯鎮惡，遇到雙鵰就猜到是郭靖、黃蓉的寵物。當時郭靖名滿天下，這也不足為奇。然而，當馮默風提到陳玄風的時候，李莫愁知道他是被一個小孩刺死的；當馮默風提到梅超風的時候，李莫愁知道她被江南七怪弄瞎眼睛，又被歐陽鋒震斷心脈；當馮默風提到曲靈風的時候，她知道曲靈風被大內高手圍攻；當馮默風提到陸乘風的時候，她知道歸雲莊毀於一場大火。這些桃花島門人的事蹟談不上是江湖盛事，又發生在十多年前，但李莫愁都如數家珍，可以說是江湖百曉生，這對李莫愁縱橫江湖作用很大。

李莫愁還稱得上算無遺策。李莫愁計賺孫不二可以看成是危機公關的經典案例。當面臨被全真派圍殲的危險時刻，李莫愁鎮定自若，先是「出言相激」，要「逐一比武」，這樣就化圍殲為單挑；李莫愁又成功選取

了孫不二PK，孫不二不但是全真七子中武功最弱的，又是馬鈺的前妻，這樣獲勝希望最大，影響也最深；李莫愁還用冰魄銀針傷了孫不二，這樣就直接省略了後面的比武；李莫愁又送上解藥，讓全真七子再也無法為難她。李莫愁一連串的設計，真可以說是「一頓操作猛如虎」，而且真的奏效了。

總之，從武功、心計上看，李莫愁遠勝梅超風。梅超風如果用一個字概括，就是狠；李莫愁用一個字概括則是毒。

李莫愁又很重感情，甚至情緒不可控制。

當她聽到程英演奏的〈流波〉時，想到年輕時和陸展元笙簫合奏，郎情妾意，如今物是人非，何以笙簫默？竟然大哭。這說明李莫愁極其重感情。李莫愁的徒弟叫洪凌波，是不是希望自己能凌駕於對〈流波〉的懷念之上？如果說郭襄的徒弟叫風陵師太是為了紀念「風陵渡口偶相逢」，那麼李莫愁的徒弟叫凌波是不是為了紀念「一曲〈流波〉誤終生」？

最能反映李莫愁重感情的，是她五次唱起「問世間，情是何物」。

第一次，是殺情侶陸展元全家的時候；第二次，是聽程英吹奏〈流波〉準備殺楊過的時候；第三次，是準備狙殺楊過、程英、陸無雙的時候；第四次，是準備火焚郭芙的時候；第五次，是自焚的時候。縱觀這五次，可以看出李莫愁是極重感情的偏執型人格，她唱的「情為何物」都是殺人的號角，不是你死，就是我亡，這是李莫愁的人生哲學。

「痛飲狂歌空度日，飛揚跋扈為誰雄？」李莫愁沒有痛飲，但狂歌度日，飛揚跋扈，可以說是性格使然了。

李莫愁在聰明的同時情緒卻不可控，獨立且自私，可能因此無法與人合作。

李莫愁和師父的合作可以說慘淡收場。根據丘處機的說法，李莫愁

和師父學了幾年之後，被發現本性不善，因此被勸說退學；根據小龍女的說法，李莫愁因不聽師父的話，被趕走；而根據書中至少兩次的背景介紹，李莫愁是因為不肯永居古墓才離開的。這三種說法其實相差很大，第三種說法最具可信度，其語氣則說明林朝英的丫鬟，也就是李莫愁和小龍女的師父，似乎是很器重李莫愁的，只是李莫愁選擇了離開。但無論哪種說法可信，李莫愁的第一次師徒間合作都顯然並不愉快。

李莫愁和師妹小龍女之間則始終爭執不斷，都是為了搶奪《玉女心經》。兩人的第一次爭執起於師父死後，李莫愁以弔祭之名，行窺探甚至劫掠之實，但以失敗告終。此後，李莫愁又多次掀起波瀾，均灰頭土臉。在《神鵰俠侶》中李莫愁又曾兩次入侵活死人墓，一次是和徒弟洪凌波，另一次是和耶律齊等人，但都被楊過破壞。

李莫愁和自己的兩個徒弟相處得也很差。陸無雙和她有殺害父母的血海深仇也就罷了，洪凌波是忠心耿耿的弟子。然而，在絕情谷，李莫愁為了逃出情花叢，居然將洪凌波當作墊腳石。然而洪凌波在臨死前也抱住了李莫愁，以至於李莫愁也中了情花之毒。黃蓉指出李莫愁完全有別的墊腳的方法，但是李莫愁剛愎自用又自私自利，竟然犧牲自己唯一忠心耿耿的徒弟的性命。

李莫愁和自己追求的陸展元、追求自己的公孫止之間的合作也不融洽。關於李莫愁與陸展元之間的糾葛，小說中語焉不詳，然而，李莫愁心狠手辣、濫殺無辜恐怕不是李、陸分手之果，而恰恰是李、陸分手之因。

李莫愁唯一的短暫合作順暢發生在她與黃蓉之間。她們甚至一起攜手照顧郭襄。這說明在和比自己聰明的人合作時，李莫愁又變得情商綫上了。然而這次短暫的合作很快終結，當耶律齊而不是黃蓉同李莫愁一

起進入古墓後，李莫愁又變得歇斯底里了。

李莫愁很聰明，但是情緒不受控制，更兼自私，導致一生合作失敗。

司馬遷在《史記‧殷本紀》中評價殷紂王說：「帝紂資辨捷疾，聞見甚敏，材力過人，手格猛獸，智足以拒諫，言足以飾非；矜人臣以能，高天下以聲，以為皆出己之下。」李莫愁似乎也是如此，頭腦聰明，武力強大，因為聰明而不接受建議，因為聰明而顛倒黑白，因為聰明又武力強大而視天下若無物。

李莫愁的合作史似乎可以用一句詩概括：「天下誰人不識君，莫愁前路無知己。」

李莫愁的聰明、強大讓自己名滿天下，無人不識；李莫愁的性格則讓自己的前路沒有知己，抑鬱而終。

注：關於「問世間，情是何物」的出處

此歌來自元好問的〈摸魚兒‧雁丘詞〉。這首詞寫於金章宗泰和五年（西元1205年），當時元好問只有15歲。這首詞寫出後二十幾年，李莫愁就詞不離口了。

63　宋青書：改革者的輓歌

吾敬宋青書之才，吾惜宋青書之識，吾悲宋青書之遇。

—— 宋青書自挽

武當派的危機比全真教要大。

不知從什麼時候起，張君寶意識到，自己身上居然印上了王重陽的影子，甩也甩不掉。也許是他在華山之巔，偶遇楊過等人的時候？當時

他就約略知道自己練習的《九陽真經》大有淵源，而在此之前，有個王重陽，在第一次華山論劍的時候得到了早負盛名的《九陰真經》。也許是他在少室山下，再逢郭襄的時候？當時郭襄使用了十種武功招式，其中兩招和王重陽關係匪淺，分別是全真劍法之「天紳倒懸」、玉女素心劍法之「小園藝菊」。也許是他在逃亡途中，遠望襄陽的時候？當時郭靖如泰山北斗，腳踏七星，而北斗正是王重陽開發的陣法。也許最可能，是他北遊寶鳴，見到三峰挺秀，卓立雲海，於武學之道又有所悟的時候？寶鳴離終南山不遠，從此張君寶變成了張三丰。《易經》中說「丰，宜日中」。丰也有陽的意思，三丰是不是勝過了重陽？張君寶取張三丰這個名字，是不是也有與王重陽一較高低的意思？

似乎從此張三丰不再遮掩他對王重陽的隔空挑戰。所以後來張三丰也收了七個徒弟，武當七俠對照全真七子。所以後來張三丰也創立了一種陣法，真武七截陣對照天罡北斗陣，而且疊加效果更強。所以後來張三丰也創立了一種輕功，梯雲縱對照金雁功。張三丰的感情生活似乎也和王重陽驚人的相似。王重陽和林朝英暗自比拚，終究不能牽手；張三丰和郭襄也只是少室遺夢，而最終百年孤獨、追憶似水年華。王重陽曾經在林朝英逝世以後造訪古墓，伊人芳蹤已杳，倩影長留心頭；張三丰則保留郭襄贈予的鐵羅漢近百年，受人羅漢，手有餘襄。甚至張三丰的門人弟子也和全真七子很像。比如殷梨亭自己開發了一招「天地同壽」，而丘處機很久前創立了「同歸劍法」，兩者都是同生共死的打法。

但與王重陽相比，張三丰有兩點黯然失色：首先，王重陽得到的《九陰真經》是全本，張三丰則同郭襄、無色各得《九陽真經》的三分之一；其次，王重陽創立了華山論劍論壇，張三丰則沒有如此樹立學術地位的盛會。

下篇

所以，王重陽一統學術江湖近百年，門生故吏遍布天下，少林寺也相形見絀；而張三丰則只能和少林派、峨嵋派、崑崙派、崆峒派、華山派平起平坐，更不要提明教了。明教就像戰國時的秦國，「有席捲天下、包舉宇內、囊括四海之意，併吞八荒之心」。而張三丰創立的武當派恐怕只相當於楚國，還位列相當於齊國的少林寺之後。

即使以武功而論，六大門派各有千秋。少林派在短暫地為全真派壓制之後，大膽採納少林九陽功，王者歸來。峨嵋派郭襄家學淵源，武功由博而精。崆峒派的七傷拳開武學中先傷己、後傷人的新境界。崑崙派自從天才人物崑崙三聖何足道大好開局之後，日漸做大。華山派的武功似乎也有獨到之處。相比之下，武當派在最初的時候，武功也談不上有多大的特色。

更要命的是，武當派第二代並沒有能作出武學發明的傑出人物。宋遠橋掌法尚可，光明頂上同殷天正旗鼓相當，但占了休息充分又年輕的便宜。俞蓮舟自己開發了虎爪手，但招式過於陰毒，為張三丰不喜。俞岱巖癱瘓在床。張松溪智謀有餘而武功不足。張翠山才華橫溢，悟性最高，但是早死。殷梨亭劍法第一，原本最具潛力，但是性格脆弱，難成大器。唯有莫聲谷，似乎可以聲震百里，空谷迴響，但他最終死於空谷，莫能傳聲。

如果說武當派學術還有所仗勢的話，武當後繼無人的狀況似乎沒有解決之道。少林派人丁興旺不說了，峨嵋三代也有紀曉芙、丁敏君、貝錦儀、周芷若等很多俗家弟子以及靜玄等很多出家弟子；相比之下，武當派第三代只有一個宋青書，其他人都默默無聞。

宋青書就出生在這個武當派學術後繼無人的危機時代，這是宋青書的原罪。

第十一編　不幸的血淚

宋青書是光大武當派的不二之選。

宋青書顏值極高，而且「俊美之中帶三分軒昂氣度」，因為胸藏錦繡，所以才氣度軒昂。宋青書外號「玉面孟嘗」，看來不僅人漂亮，而且慷慨重義、交遊廣闊。宋青書反應迅捷，指揮若定。初遇韋一笑，宋青書迅速做出反應，指揮峨嵋派諸人堵截韋一笑，逼得韋一笑只能「疾馳而逝」，以至於韋一笑也對宋青書交口稱讚，以為他是峨嵋派的，說：「峨嵋派竟有這等人才！」後來崆峒等門派遇險，宋青書對形勢洞若觀火：

宋青書道：「且慢，六叔你瞧，那邊尚有大批敵人，待機而動。」

《倚天屠龍記》第十八章「倚天長劍飛寒鋩」

是不是像〈曹劌論戰〉裡面的「公將鼓之，劌曰，未可。齊人三鼓，劌曰，可矣。」？

宋青書還有過耳不忘的非凡本領，一經引薦，就對峨嵋派弟子如數家珍，令滅絕師太也印象深刻。

宋青書有幾點為人所誤解，比如他在去光明頂的路上提議與峨嵋派同行，比如他向滅絕師太請教劍法。事實上，如果不是與峨嵋派同行，那麼峨嵋派、武當派都會有更大的損失。宋青書的提議極大地挽救和保留了兩派。宋青書的提議恐怕不僅僅是為了接近周芷若。**宋青書向滅絕師太請教武功則更是大有深意**。事實上，武當派的有識之士都有促進武當武功發展的想法：

張翠山只作沒聽見，說道：「二哥，倘若師父邀請少林、峨嵋兩派高手，共同研討，截長補短，三派武功都可大進。」俞蓮舟伸手在大腿上一拍，道：「著啊，師父說你是將來承受他衣缽門戶之人，果真一點也不錯。」

《倚天屠龍記》第九章「七俠聚會樂未央」

下篇

　　武當派的有識之士早就意識到學術需要合作，才能彌補武當派的不足。天資最高的張翠山、心機深沉的俞蓮舟都是如此判斷。事實上殷梨亭交接紀曉芙也有學術合作的深意。但沒有人比宋青書更加積極付諸行動，做得更好，他直接找上了滅絕師太。在同峨嵋派共赴光明頂的時候，宋青書請教滅絕師太武功，但一開始碰了個釘子。然而宋青書情商極高，以退為進，誘得丁敏君詢問，再說出滅絕師太劍法天下第二，僅次於一代宗師張三丰，結果滅絕師太欣然傳授宋青書劍法。宋青書的這次試探，其實是為了透過切磋光大武當派武功。

　　當年張三丰去嵩山，意圖同少林寺切磋九陽功，以救治張無忌的掌傷，結果沒有成功——「不論他說得如何唇焦舌燥，三名少林僧總是婉言推辭。」張三丰甚至都不敢去找峨嵋派的滅絕師太，只能寫信，但是「滅絕師太連封皮也不拆，便將信原封不動退回」。張三丰的失敗可能還是放不下架子。相比之下，宋青書輕輕巧巧地就贏得了滅絕師太的正面回應，這是什麼樣的能力和素質？

　　宋青書結交周芷若，固然可能是出於感情，但是有沒有為了武當派發展考慮的因素？殷梨亭同紀曉芙的合作是失敗的，宋青書是不是能做成殷梨亭做不到的事？宋青書才華橫溢，當然看出峨嵋派自滅絕以下，周芷若最具潛力，同周芷若合作，當然可以互相切磋，光大武當派。

　　武當派成也張三丰，敗也張三丰。

　　以張三丰和武當派第二代為代表的保守派已經事實上阻礙了武當派的進一步發展。一個例子是張三丰對發明創造的打壓，比如張三丰對俞蓮舟創新活動的否定。武當派有門武功名為虎爪手，俞蓮舟注意到了這門武功的一個弱點，就是遇到高手往往會變成比拚內力的局面，以至兩敗俱傷。俞蓮舟因此開發出了十二個新招，威力更大。但張三丰是什麼

第十一編　不幸的血淚

反應呢？他先是「不置可否」，然後板起臉孔，說俞蓮舟的武功不夠正大光明，並給新招加上了「絕戶」兩個字。從此弟子噤若寒蟬，甚至當張翠山回來，各大門派齊聚武當，局面岌岌可危時，武當派第二代還在考慮是否使用虎爪手的問題。再比如張三丰對殷梨亭的學術發明的冷處理。殷梨亭開發了一招劍法，張三丰又是「喟然長嘆」，並起名「天地同壽」。生存還是死亡，這是一個問題；光明還是陰暗，這對於武當派來說更是一個大問題。光明正大，是武當派的政治正確。所以，仔細看看武當派第二代的武功，大都是蕭規曹隨，毫無創新。

宋青書的武當派中興之路在遇到陳友諒之後急遽轉彎，終於不可控，以至於翻車。

宋青書石崗比武，殺死莫聲谷一事疑點重重，也從未被認真對待。莫聲谷最後一次出現是在大都萬安塔。當時武當、峨嵋等門派被趙敏囚繫，直到張無忌救下眾人，包括宋青書。此後張無忌遇到周芷若、趙敏等四女，陰差陽錯漂流在大海之上。莫聲谷留下的最後的訊息所指不明：

> 只聽得宋遠橋道：「七弟到北路尋覓無忌，似乎已找得了什麼線索，只是他在天津客店中匆匆留下的那八個字，卻叫人猜想不透。」張松溪道：「門戶有變，極須清理。」
>
> 《倚天屠龍記》第三十二章「冤蒙不白愁欲狂」

而莫聲谷的屍體藏在關外的一個山洞裡面。張無忌當時從大海歸來，為了安全從關外長白山附近登陸，又向南跑了幾百里，遠但遠不到天津。也就是說，大都萬安塔事件之後，莫聲谷獨自尋找張無忌，途經天津，留下訊息，隨後死於宋青書之手。那麼，到底發生了什麼呢？這件事的情報只有兩個，一是來自陳友諒的：

「宋兄弟，那日深宵之中，你去偷窺峨嵋諸女的臥室，給你七師叔撞見，一路追了你下來，致有石岡比武、以姪弒叔之事。」

《倚天屠龍記》第三十二章「冤蒙不白愁欲狂」

一是來自宋青書的：

「陳友諒，你花言巧語，逼迫於我。那一晚我給莫七叔追上了，敵他不過，我敗壞武當派門風，死在他的手下，也就一了百了，誰要你出手相助？我是中了你的詭計，以致身敗名裂，難以自拔。」

《倚天屠龍記》第三十二章「冤蒙不白愁欲狂」

注意，宋青書從未承認自己偷窺峨嵋派諸女的事，而且還加上了陳友諒「花言巧語」**等語。**宋青書承認的只是被莫聲谷追蹤。事實上，宋青書恐怕也沒有時間偷窺。當時大家都從萬安寺逃生，宋青書沒有單獨作案的時間。之後周芷若漂流大海，宋青書也沒有偷窺的必要。宋青書俊美多才，曾吸引了丁敏君的關注，滅絕師太也很喜歡他，他沒有動機偷窺沒有周芷若的峨嵋派諸女。最後，如果說宋青書深宵去偷窺，那麼莫聲谷又怎麼知道，他去幹嘛了呢？

但事實上莫聲谷確實死於宋青書之手，這個宋青書也承認了。唯一的可能是，萬安寺一役之後，宋青書意識到武當派的問題，希望繼續同峨嵋派甚至丐幫合作，由外而內，以光大武當派。然而，以莫聲谷為代表的武當派第二代保守派的理念則是堅持武當派自己的武功。兩者意見尖銳對立，不能融合，終於導致比武，在陳友諒的慫恿下，宋青書失手殺死莫聲谷，從此無法回頭。

莫聲谷之死，死於學術之爭。就像楊康殺歐陽克是為了學術成長一樣，宋青書殺莫聲谷也不是因為感情或者偷窺峨嵋派諸女，而是學術。

第十一編　不幸的血淚

宋青書的努力，其實還是極大地影響了武當派的武學發展路徑的。

在《倚天屠龍記》裡，武當劍法數一數二的莫聲谷使用的是繞指柔劍。後來張三丰開發了太極劍。在《笑傲江湖》裡，令狐冲遇到武當派的兩個挑柴的漢子，他們使用的則是兩儀劍法，不再一味柔，而是剛柔並濟。

當年，去往光明頂的路上，儘管危機四伏，但宋青書覺得前途一片光明，想的可能是

丈夫隻手把吳鉤，意氣高於百尺樓。
一萬年來誰著史，三千里外欲封侯。
定將捷足隨途驥，哪有閒情逐水鷗。
笑指光明頂上月，幾人從此到瀛洲？

如今，回到了武當山上，儘管生於茲長於茲，但宋青書白布罩頭，一心待死，回顧前塵往事，想的則或許是

勞勞車馬未離鞍，臨事方知一死難。
三百年來傷國步，八千里外弔民殘。
秋風寶劍孤臣淚，落日旌旗大將壇。
海外塵氛猶未息，請君莫作等閒看。

64　林平之：十七歲那年的大宛馬

老至居人下，春歸在客先。

—— 林平之

郭襄的十六歲生日，是漫天的煙花。林平之的十七歲生日，是潔白的大宛馬。

下篇

　　兩年之後，十八歲的郭襄在少室山下繼續綻放，美得不可方物，張三丰都不敢看她的眼睛。兩年之後，十九歲的林平之在福威鏢局迅速枯萎，凋零得一塌糊塗，岳靈珊也對他心生憐愛。

　　多年以後，郭襄踏遍三山五嶽，創峨嵋一派。「峨嵋山月半輪秋，影入平羌江水流。」峨嵋派武功如江水一樣，流傳久遠。多年以後，林平之終老杭州梅莊地牢。「林表明霽色，城中增暮寒。」林平之表面看起來明豔照人，卻老來頹唐，恰似暮寒。

　　郭襄大概出生於西元1243年，當時她的父親郭靖可以說名滿天下，而母親則是丐幫幫主，郭襄得天獨厚。當時，第二次華山論劍過去了23年，距離第三次華山論劍還要等待16年，《九陰真經》一統武林，方興未艾。

　　林平之大概生於1543年，當時他的父親是福威鏢局的當家，母親是洛陽王家的小姐，同樣家世不凡。當時，距離林氏遠祖林遠圖創立《辟邪劍法》已經快150年了，強弩之末，勢不能穿魯縞。

　　郭襄一出生就自帶磨難光環，這從他的名字就能看出來：

　　黃蓉道：「丘處機道長給你取這個『靖』字，是叫你不忘靖康之恥。現下金國方滅，蒙古鐵蹄又壓境而來，孩子是在襄陽生的，就讓她叫做郭襄，好使她日後記得，自己是生於這兵荒馬亂的圍城之中。」

《神鵰俠侶》第二十一回「襄陽鏖兵」

　　可見，郭襄真的是生於憂患。

　　林平之呢？從林家的名字上能看出林家的衰落和收縮：林家祖上渡元禪師還俗取名林遠圖，遠圖就是他的志向，事實上林遠圖虎踞福建，打敗過號稱「三峽以西劍法第一」的青城派高手青靈子，真的是遠圖了；

林遠圖的兒子（或者是養子）叫仲雄，就是次雄，比遠圖已經要弱了些；林遠圖的孫子叫震南，雖然威震閩南，但其實名字似乎比遠圖、仲雄又弱了些；而平之呢，則可以說是極弱了。到了林平之這一代，林家似乎早已老驥伏櫪、志氣消磨了。

郭襄一出生就先後在楊過、李莫愁、小龍女、慈恩（裘千仞）等手中輾轉，喝過獵豹鮮奶，見過寶馬汗血，飲過玉蜂蜜漿，嘗過獐子烤肉，上過終南，下過古墓，所以郭襄的開闊視野和胸襟在襁褓之中就開始形成了。

林平之的出生經歷似乎並無特異之處。

郭襄人生的第一次絢爛是十六歲生日時的煙花，這是她自己憑本事賺來的。這些煙花，郭襄是以什麼為代價換來的呢？是巨大的冒險、天生的豁達以及不錯的運氣。風陵夜話之後，郭襄先是孤身犯險，和相貌醜陋的大頭鬼去找神鵰俠，後來又冒險和帶著詭異面具的楊過去捉九尾靈狐。郭襄的遭遇雖然奇絕，但也險絕。在這樣的冒險中，郭襄的豁達大方和不錯的運氣成全了她，也涵養了她。楊過是因為郭襄的身世還是郭襄自己而送上煙花呢？我想兼而有之，但郭襄自身的原因肯定是主要的。

林平之人生的精采時刻是十七歲生日時的大宛馬，這是家族的榮耀產物。林平之的外婆在洛陽花重金買了一匹大宛馬，作為生日禮物送給了林平之。在這個過程中，林平之付出了什麼呢？他似乎只憑著他的基因就得到了這一切。

郭襄十八歲出門遠行，極有可能是一種武學實踐之旅。

郭襄自北而南，又從東至西，幾乎踏遍了大半個中原。

《倚天屠龍記》第一章「天涯思君不可忘」

下篇

　　郭襄沒有必然出門遠行的外在要求。出門歷練不是郭靖、黃蓉子女的必修課。郭芙似乎從未離開父母太遠。作為長子的郭破虜也沒有遠行。尋找楊過的理由也太過牽強。郭襄當然知道，以楊過的能力，如果不想讓人找到，那天下幾乎沒有人能找到他。以黃蓉的精明強幹，當然知道郭襄的心思，如果她不想讓郭襄在外闖蕩的話，一定有辦法不讓郭襄流浪。所以，郭襄能夠獨自一人浪遊天下，肯定得到了郭靖、黃蓉的默許，甚至有可能暗中加以保護。郭襄可能是被郭靖、黃蓉選擇來繼承並弘揚武學的人物。

　　以郭靖的質樸、黃蓉的聰慧，很早就知道襄陽守不住。郭靖曾經對楊過說：

　　「我與你郭伯母談論襄陽守得住、守不住，談到後來，也總只是『鞠躬盡瘁，死而後已』這八個字。」

《神鵰俠侶》第二十一回「襄陽鏖兵」

　　郭靖對楊過說這番話時，郭襄還沒有出生。這番話表明郭靖、黃蓉對拱衛襄陽的結局是有過思考的。愛護子女是人的天性。那麼，多年以後，郭靖、黃蓉是不是對自己城破身死後子女的去向早就做好了準備？郭芙不是大器，性情急躁，找個佳婿是最好的選擇；郭破虜沉靜莊重、大有父風，帶在郭靖身邊薰陶鍛鍊可能是好選擇；郭襄卻號稱「小東邪」，異想天開，豁達豪邁，這樣的才具適合放養。

　　郭靖、黃蓉是不是也覺得弘揚武學似乎是一個適合郭襄的人生選項？郭靖在第一次華山論劍的時候錯失「古藤十二式」，這是他一生的胸中壘塊。郭靖、黃蓉在第三次華山論劍時見識到了覺遠的九陽功的無窮威力。讓郭襄萬里獨行，是不是武學的大歷練？當郭襄因情傷出走，郭靖、黃蓉會不會覺得給她個武學深造的作業會有助於她排遣憂鬱？

第十一編　不幸的血淚

　　郭襄在十六歲時武功平平，和姐姐拆過小擒拿手法，遇見楊過時施展過家傳輕功，遇到尼摩星時用過落英神劍掌，也僅此而已。郭襄在十八歲遇到少林寺無色禪師時，居然已經能使用十種不同武功招式，連羅漢堂首座無色也無法看出郭襄的身分來歷；不僅如此，郭襄還以劍使用棒法、掌法、指法，隱隱有無招勝有招的意蘊。很顯然，郭襄利用兩年時間很好地實現了武功的蛻變。

　　林平之十九歲出門遠行，是被動選擇的恥辱心酸。

　　林遠圖的《辟邪劍法》厲害無比，但因為眾所周知的原因，林氏後人武功低微。林平之的父母既沒有見識也沒有資源給予林平之以指點。嬌生慣養的他甚至武功還不如林震南。當林家被滅門後，林平之既沒有眼光也沒有運氣做出好的武學選擇。他甚至猶豫過是否要拜木高峰為師。當岳不群出現時，林平之病急亂投醫，立刻拜師。當他後來意識到這一錯誤選擇時，又選擇了林氏祖傳的《辟邪劍法》完成復仇，但也被復仇衝昏了頭腦。

　　郭襄四十歲出家創峨嵋一派，是水到渠成。郭襄出生於武學世家，武學資源極其豐富，一路走來，又多有歷練，可以從容取捨，終於成為一代宗師。

　　林平之二十歲左右就被囚居梅莊，是命運使然，但在這種命運中，也能看出端倪。林平之生在武學沒落的家族，又養尊處優。當厄運來臨時，林平之既沒有武學上的準備，也沒有心理上的準備，他的命運幾乎被注定了。有趣的是，林平之剛剛到達洛陽時，儘管父母慘死，他還有過短暫的快樂：

　　他六人一早便出來在洛陽各處寺觀中遊玩，直到此刻才盡興而歸。

《笑傲江湖》第十三章「學琴」

下篇

　　此時此刻，林平之覺得，得遇名師，報仇有望，人生似乎充滿了希望。洛陽這幾日短暫的快樂是否也像他十七歲那年得到的大宛馬？

　　遺憾的是，這短暫的快樂，竟是林平之一生最後的霽色！

附錄一　金庸時間線

1077 年，掃地僧之問。

1077 年左右，掃地僧完成《**九陽真經**》，寫於《楞伽經》之內。

1114 年，黃裳開始閱讀道藏。

1123 年，獨孤求敗出生。

1128 年，少林寺靈興大師練成一指禪。

1154 年，林朝英出生。

1158 年，獨孤求敗縱橫天下。

1164 年左右，黃裳寫出《**九陰真經**》。

1181 年，林朝英去世。

1186 年，火工頭陀反出少林寺。

1193 年，獨孤求敗來到劍塚隱居，留下**心悟**。

1199 年，第一次華山論劍。

1200 年，春，王重陽攜周伯通赴大理。秋，王重陽去世，死前破了歐陽鋒的蛤蟆功。

1201 年，郭靖出生。

1203 年，李莫愁出生。

1213 年，前朝宦官寫出《**葵花寶典**》。

1215 年，小龍女出生。

1220 年，第二次華山論劍，楊過出生。

附錄一　金庸時間線

1228 年，李莫愁、小龍女的師父去世。

1243 年，楊過初遇神鵰，郭襄出生。

1259 年，第三次華山論劍。

1261 年，郭襄登少室山遇覺遠、張君寶，何足道闖少林寺，覺遠去世，張三丰、郭襄、無色三分《九陽真經》。

1273 年，郭靖戰死於襄陽。

1283 年，郭襄出家，創峨嵋一派。

1338 年，張無忌出生。

1358 年，張無忌於光明頂拯救明教，楊氏後人黃衫女再現江湖。

1413 年，紅葉禪師得《葵花寶典》，岳肅、蔡子峰盜經，林遠圖創辟邪劍法。

1543 年，林平之出生。

1563 年，令狐沖見《辟邪劍譜》，岳不群、林平之自宮練劍。

1567 年，令狐沖、任盈盈成婚，笑傲江湖。

附錄二
ACM 圖靈大會（2019）上的「華山論劍」：
人工智慧時代的道路選擇

（2019 年 6 月發表於視覺求索、暗物智慧 DMAI、微軟亞洲研究院等社群媒體）

對話嘉賓

朱松純（Song-Chun Zhu）教授（馬爾獎和亥姆霍茲獎得主、UCLA 教授、IEEE Fellow、暗物智慧 DMAI 創始人）

沈向洋（Harry Shum）博士（微軟公司全球執行副總裁、美國工程院院士、ACM/IEEE Fellow）

主持人

華剛（Gang Hua）博士（IEEE Fellow，IAPR Fellow，ACM 傑出科學家）

附錄二　ACM圖靈大會（2019）上的「華山論劍」：人工智慧時代的道路選擇

主持人：大家都知道，朱松純教授和Harry（沈向洋）博士是二十多年的好朋友，他們在電腦視覺和人工智慧領域都做出了傑出的貢獻，是學界和業界的領袖人物、海外華人學者的翹楚。2000年前後，他們在微軟亞洲研究院以及共同建立的非營利機構——湖北蓮花山研究院聚集和培養了一大批優秀青年學子。如今這些學生成績斐然，成為學界和業界的棟梁。

兩位老師都很喜歡金庸的小說，Harry尤其喜歡《笑傲江湖》裡的令狐冲，松純最喜歡《天龍八部》裡的蕭峰。他們當年約定十八年後來一次「華山論劍」。所以，我覺得，今天的對話實際上是「令狐向洋」與「蕭松純」之間的一次切磋。

本次對話的題目是「人工智慧時代的道路選擇」。

一、談人工智慧的發展趨勢：業界與學界的AI黃金時代

主持人：我的第一個問題是，兩位老師在人工智慧領域都耕耘了很多年，你們認為人工智慧在學術界和工業界未來18年的發展趨勢是什麼？

沈向洋：非常感謝大會給我們這樣一個機會，能夠讓大家一起切磋，確實有種高手過招的感覺。我跟松純的這個「華山論劍」之約差不多在2000年，其實本來約定的是去年（2018年）過招，而且當時松純還說，不光我們兩人要過招，還要各人帶18名弟子一起來過招。（笑）

首先，我覺得人工智慧發展到今天，我們這些人當然是幸運的。我們在讀研究生的時候，專注的是電腦視覺和機器人等領域，但實際上1990年代我們畢業的時候並沒有多少工作機會。特別是當時的電腦視覺、自然語言處理等方面發展比較慢，沒有多少可以應用落地的場景。

而在最近幾年發展得非常快，可以說是日新月異。

我個人覺得，接下來十幾年中：

- 人工智慧的工業界在感知方面可能會迎來黃金十年，有很多系統可以做，而且能落地很多的應用場景，大家無論是就業還是創業，都會有很多好的機會。
- 在人工智慧學術界，剛剛松純在大會報告中從六個方面闡述了人工智慧的發展趨勢和前景。我個人覺得，最激動人心的方向是腦神經科學和人工智慧之間的結合。

不僅人工智慧在工業界有黃金十年，在接下來的 25 年，也會是人工智慧在科學研究領域的黃金時期。

朱松純：我非常感謝劉雲浩教授和大會提供這樣一個對話的平臺。我與 Harry 的這個對話約了很久，今天大家終於能坐在一起暢談。特別是大家對這個話題也比較關注，願意聽一聽。

Harry 和我都算是「65 後」，**有人說過，1960、1970 年代出生的一代人是比較幸運的，當時**社會風氣很正，大家崇尚科學與技術，很多人都有社會責任感和使命感。但問題是，我們讀大學時想學電腦視覺、人工智慧等方向，國內當時基本沒有教授能夠指導我們，再加上資訊不通，所以我們選擇出國深造。到了美國，我們學業是有大師指導了，但是如何規畫職業，前面沒有多少華裔成功人士能提供參考，我們都是在黑暗中摸索前行。後來，Harry 去了工業界，成為當之無愧的業界領袖，而我留在學術界繼續思考一些困擾我的問題。剛才 Harry 說了，我們畢業的 1990 年代很難找到好的工作。我們兩個人是在走「夜路」，前面又沒有人，內心還是比較害怕的。所以，我們當時經常電話溝通，就一些

附錄二　ACM圖靈大會（2019）上的「華山論劍」：人工智慧時代的道路選擇

職業選擇的問題互相交流。就像兩個人在黑夜裡走在不同的區域，拿手電筒往天上照一下，互相看看對方走到哪裡了。

關於人工智慧往後如何發展，我的意見如下：

・在學術界的發展，我剛剛在大會做了一個報告，題目是「人工智慧：走向大一統的時代」。也就是說，人工智慧的幾大領域脫離了數理邏輯的表達和電腦制，經過20多年的摸索，找到了機率統計建模和隨機計算這個新的數理基礎，並在此基礎上開始融合，走向一個大一統的格局。我自己在報告中初步總結了六個大的趨勢與變局。

人工智慧研究的六個顛覆性趨勢與變局

一、人工智慧六大學科：走向大一統。

二、從大數據、小任務到小數據、大任務。

三、打開智慧「暗物質」：超越深度學習（Dark Beyond Deep）。

四、人機合作的認知架構與社會倫理道德。

五、走出黑盒子：可解釋人工智慧、獲取人類信任。

六、AI Baby常識獲取：先通識、後專才。

・在工業界的發展，我看本次人工智慧的技術革命與前三次技術革命很不一樣。比如1990年代末到2000年代初的網路與資訊科技革命（現在大家又把它稱作第三次工業革命）其實是一個相對簡單、成熟的應用技術，沒有太多的不確定性，大多數公司只不過是做商業模式的創新。而人工智慧是十分複雜的問題，水很深，它的應用場景和任務往往很難隔離出來加以定義，人臉辨識是個特例！這裡要警惕一個所謂AI-complete的問題：你本來只想解決問題A，結果發現你需要解決問題B，否則解決不了A，然後，為了解決B，你又不得不解決C，直到你把所有

問題都解決了，這就是通用的人工智慧。10 年前，我就在說一個聽起來不那麼科學的、有點滑稽的口號：

If you can not solve a simple problem, you may have to solve a complex one！通俗來說，你需要解一個有 1,000 個變數的方程組；單獨拿出 3～5 個變數來解，往往是解不出來的。現在我看到很多工業界的朋友還沒有嘗到這個苦頭，初生牛犢不畏虎。（笑）

從我自己的經歷看，我在 2000 年前後提出圖像解譯與影片解譯，把視覺問題全部納入一個統一框架來求最佳解。後來發現，光解視覺問題是做不好的，還需要大量的認知推理（也就是我提到的智慧暗物質）。同時，為了提高學習的效率，走小數據、大任務模式，我們又必須綜合語言對話、機器人等領域。

二、談工業界及學術界的差異：內外兼修

主持人：事實上，朱松純教授和沈向洋博士都在電腦視覺領域開始了他們的研究生涯，但之後就分別走上了學術界和工業界之路。而兩位又都是橫跨兩界，比方說松純現在出來創業，成立了 DMAI，而 Harry 在很多大學任兼職或擔任榮譽教授。那麼請問兩位，人工智慧的工業界和學術界存在哪些差異性？這兩方面的經歷能相互幫助麼？

沈向洋：其實，我們微軟研究院也做了很多學術研究。但是，對於行業來說，不能僅僅停留在科學研究階段，還要有產業落地，這個巨大的轉變就是網際網路的誕生。網際網路出現後，給人類帶來了巨大變化，包括對科學研究方法的衝擊也非常大。我個人認為，在人類歷史上最了不起的創新中，網際網路可以排到前三名。

我經常講，在工業界你能發論文當然很好，但是發論文並不是最主

附錄二　ACM 圖靈大會（2019）上的「華山論劍」：人工智慧時代的道路選擇

要的事情，而是你科學研究的方向是否具有領導性、前瞻性。15 年前我就說過這個觀點。那時網際網路發展方興未艾，人工智慧還沒有今天這麼火。

其實，我們也非常重視科學研究和寫學術論文。這麼多年來，微軟全球研究院有 5 位圖靈獎得主，他們當年也寫學術論文。如果你確實做了了不起的事情，那麼就會真正被尊重。我想說的是，不要為了寫學術論文而寫論文。

朱松純：對於學術界與工業界的關係，我用武俠小說來打個比方。在大學做研究是練內功，是一些心法和內力；而在工業界練的是外功，講究功夫招數。在大學校有點像上山到少林寺習武，學術大師就像張三丰創立武當門派；而創業開公司則像下山開鏢局，當產品經理就像做鏢頭，走鏢，護送產品落地。

內功和外功是相輔相成的。你沒有內功，你的招數打出來缺乏力道；但光練內功沒有外功的話，內功再好也會爛在肚子裡，施展不開。

當內功練到一定程度後，真氣在體內遊走，東奔西突，你就想把它發出來。可能不是你本人去發功，你的學生也可以去發功。我個人的狀態是，山上山下兩頭跑。準確來說，是三個地方跑：大學、公司、非營利機構（就像當年我們在湖北創辦了蓮花山研究院）。

主持人：原來朱老師經常上山下山，怪不得身材保持得這麼好。對於 Harry 來講，你在工業界帶了很多學生，你基於在工業界的經驗能為他們帶來什麼樣的建議，讓他們的職業生涯發展得更好？

沈向洋：其實，我小時候真的練過武功，每天在南京的寺廟蹲馬步，連續蹲了三年。我個人比較幸運，在微軟亞洲研究院做了九年。人一輩子做學問是非常幸運的事。我一直跟我的學生說，如果有機會讓你一輩

子做研究，那是非常幸運的事情，因為大多數人沒有機會一直做下去。

就算你畢業的時候程度不是很高，但你做了十年之後，程度肯定很高了。因為你前面的人都不見了，那你就成為高手了。你看，現在我不做了，所以松純就成為高手了。（笑）

在學術界和工業界之間進進出出是非常好的事情，我完全同意松純講的。你去山上看看，才知道世界有多宏偉。下了山開鏢局，做一個鏢師，那就真的不一樣了。我們工業界有時會覺得學術界的是花拳繡腿，不知道要到什麼時候才能實現。所以要用不同的角度去想這個問題。

主持人：看來兩位老師的討論已經產生了一些火花。對於 Harry 的觀點，朱老師有什麼反駁或者想要說的嗎？

朱松純：我們兩個人的確是不同陣營出來的，他們卡內基梅隆大學博士畢業的在工業界是一個大「幫派」，師兄師弟相互提攜，非常有影響力。而我是哈佛大學出來的，我的導師是數學家、化外高人，沒有幾個師兄弟。所以，我畢業後要獨立行走江湖。我畢業時，我的導師跟我一起吃飯時就對我說：「Find your alliance.」（去找你的同盟吧。）我遇到 Harry 的那些師兄弟，雖然是秀才遇到兵（笑），他們對我還是比較客氣的。當然，Harry 就是我找到的同盟者，他對我特別關照。

沈向洋：剛才，松純提到了我的母校，那我就接著說一下。當年我去了卡內基梅隆大學之後，發現美國的學生真的很強，我們在學校裡也確實學到了很多東西。

另外，我認為每個學校都有自己的風格，就像朱松純說的武功論，有華山派，有青城派。而我覺得我們的武功更像少林派，就像松純講的，我們練的是外功和招數。很多美國企業的 CTO 都是從卡內基梅隆大學出來的。

附錄二　ACM 圖靈大會（2019）上的「華山論劍」：人工智慧時代的道路選擇

其實做專案並不是一個人單打獨鬥能完成的，所以我在讀研究生的時候就學到了如果要做大系統應該怎麼組織。讓一批聰明人聚在一起，這就是松純所說的聯盟。

朱松純：Harry 說得對，電腦視覺和人工智慧都是非常複雜的問題，要建造這樣的系統，必須有強大的工程團隊。但我們必須警惕，這裡水很深，就像前面提到的 AI-complete 問題。大的理論框架還沒有搞清楚就上馬去幹，是有風險的。我的同事 Judea Pearl 有個說法：「盲人騎瞎馬**過地雷陣**」。劉備當年帶著關羽、張飛幾員猛將到處打，結果被打得東奔西逃，幾無立錐之地。直到在湖北隆中遇到孔明，諸葛亮把地圖一掛，把天下局勢和路線圖分析得清清楚楚，才走上正軌。

基礎研究就是要給工程團隊提供一張大的地圖，我剛剛在演講中也提出了人工智慧大的格局、歷史和地圖。這個地圖就是把人工智慧的各個領域綜合起來看，這樣才能看清楚、想清楚各領域之間的融合與統一的路線圖。

我的實驗室裡有這樣的大地圖，雖然還不完整，解析度還不夠高，但可以給研究生們一個指引，讓他們能夠定下心來做研究。

順便說一句，今天 ACM 圖靈大會會場牆上展示的傑出的青年學者中，就有好幾個是我們實驗室培養出來的。在過去四屆 ACM 優秀博士論文榜單上（每年兩人），就有三屆的優秀博士論文得主是我們團隊培養的學生（2015 年北京大學的王爍、2016 年中山大學的梁小丹、2018 年北京理工大學的王文冠）。

三、談導師與學生之間的關係：雙向選擇與包容

主持人：朱老師剛才談到老師和學生的關係，正好我們也要談一談老師跟學生的關係。兩位老師在過去幾十年裡帶了很多學生，跟很多學生都保持著很好的師生關係。最近中國一所知名大學的年輕教授在指導學生寫論文時出了狀況，上了新聞。請問兩位老師怎麼看這個事情？這麼多年來，你們是怎麼帶學生的？

朱松純：我覺得，之所以產生這樣的事情，是有些環節出了問題，現在大學對青年教師評估和研究所畢業有論文數目的要求，而老師與學生的價值觀不一致。古人講「道不同不相為謀」，現在很多導師和學生的價值觀不一樣，興趣是錯位的，時間久了就會產生矛盾。

作為老師，我最大的感受就是，學生往往不是教出來的，學生是選出來的。來讀研究生的人都已經20出頭了，你很難改變他們的價值觀和習慣。那你就要選和你的價值觀接近的學生。學生跟導師的興趣和價值觀契合，才能有和諧的關係。導師和學生之間是一個雙向選擇的過程。大家常說，本科選學校，碩士選專業，博士選導師。讀博士最重要的是選合適的導師，不要太看重學校排名。

過去，導師和博士生的關係是師徒關係，畢業後成為良師益友。有句話是這樣說的：你一輩子可能不止一個配偶，但是只有一位導師。可惜，當今社會這種關係不再那麼親密了，演變成了老闆和僱員的關係。我是不允許學生私下把我稱作老闆的，所以他們背後稱我「老朱」。（笑）

主持人：松純說得好。其實老師選學生，學生也在選老師，這是一個雙向選擇。尤其對學生來講，要找對研究方向真正符合自己志趣的導師。Harry，你的意見是什麼呢？

附錄二　ACM 圖靈大會（2019）上的「華山論劍」：人工智慧時代的道路選擇

沈向洋：針對這個問題，我沒有像松純想得這麼深刻和激進。我覺得出現這類新聞是一件非常不幸的事。但是，在做學術研究這塊，我很多年前就在國內做過一個關於如何做學問的演講，也一直強調一件事，做研究不是一生的所有，它只是人生的一部分，是興趣和愛好。

我認為，作為老師，有愛心非常重要。每個學生都不一樣，但是大多數學生在智商各方面都比我們強。我經常跟我太太說，收了個學生就像生了個孩子，生了就退不回去了。那怎麼辦？如果他讀了你的研究生，那我就說沒問題，我們可以多一些耐心和寬容。

朱松純：Harry 說得比較輕鬆，主要是因為他是兼職導師，**不用負責學生畢業，也沒有學校要求必須發表多少篇論文的壓力**。不過，話說回來，我和 Harry 都比較幸運，有很多十分優秀的學生來跟我們學習。我們在微軟亞洲研究院也合帶了一些研究生，他們中間很多人都很重情義，這是當老師最大的收穫和驕傲。但我也帶過一些不是特別優秀的學生做論文，的確有點吃力。

四、談人工智慧時代的職業選擇：準確定位

主持人：兩位老師都是電腦視覺領域出身的，在研究領域也都很有建樹，但是在人工智慧之路上走了不同的方向，現在好像又走了回來。在你們各自職業生涯發展的過程中，你們有什麼經驗分享給年輕人？學術界與工業界作為兩個互動的領域，它們之間有什麼關係？特別是朱老師，您現在出來創立 DMAI，從學術界又來到工業界，帶來了什麼樣的資訊？

朱松純：人工智慧時代的到來，讓非電腦專業的人都在擔心工作機會受影響。其實，對於今天在座的電腦專業的學生來說，人工智慧對於傳統的電腦學科方向，如知識表達、演算法分析、作業系統、程式語

言、通訊架構、電腦體系結構都會有很大的衝擊，需要你們去重新認識。你們現在常用的概念和研究的課題可能需要調整。我剛剛在講座中提到，**ACM 裡面一個核心的概念是 P 和 NP 問題**。其實，在我們研究電腦視覺的時候，滿眼都是 NP-hard 問題。**打個比方，當一個國家 90% 以上的人都在犯法時，那可能說明這個法需要變一變了。**所以，在人工智慧全面轉向機率模型和隨機計算的前提下，討論 NP 問題就不那麼緊要了。

現在這一代年輕學生，如果不想受到人工智慧的衝擊，可以擁抱人工智慧，選擇投身到這股潮流中。現在選人工智慧專業，就相當於 1980 年代我們選電腦專業。人工智慧不僅僅是一門課、一個研究方向，其內容是十分浩瀚的。當前投身到人工智慧這一行，不管是選擇留在學術界練內功還是到工業界走鏢，就算只是想跟風發論文，都很不錯。

長期來看，你的職業選擇取決於你對自己的定位，即在人工智慧這個生態系統裡占到的位置和時間段。打個比方，你要開個餐廳，需要定位做哪個菜系，是做街邊小吃、開連鎖店還是做小眾的私房菜，需要根據自己的興趣、實力和周邊的條件來考慮。

留在學術界做學問，要往前看十年甚至二十年。做學問的本質就是登無人之境，我把這種狀態叫做「清風明月」，就是當年蘇軾夜晚泛舟長江、思考人生問題的心境。人工智慧領域有太多的問號待解釋。20 世紀 80 年代我開始學習人工智慧時有好奇心在驅動。就像當年屈原作〈天問〉，很多事情都不理解，想弄清楚各種現象和它們之間的關係。在科學研究中，我們更需要的是去理解，正如哲學家史賓諾沙所言：「人類能獲得的最高級的活動，就是學會去理解，因為理解了就達到了思想的自由。」（The highest activity a human being can attain is learning for under-

附錄二　ACM圖靈大會（2019）上的「華山論劍」：人工智慧時代的道路選擇

standing, because to understand is to be free.）

　　到工業界做研發，好的公司往往給你超前一兩年的自由，但現在節奏越來越快了，能讓你自由思考的時間越來越短。熱點之下往往會發生「踩踏事件」，往往會身不由己。當然，現在在一些大廠公司可以喝咖啡，日子過得也不錯，但過這種舒適的日子是有代價的，就像青蛙泡在溫水裡。

　　條件允許的話，在學術界和工業界兩頭跑，能看到全光譜，對很多問題體會更深，人生更完整、更精采！

　　沈向洋：我覺得，每個人的情況都不一樣，尤其是每個人的悟性也有差別，心態最重要。你不能天天想著跟朱老師比。朱老師拿了很多學術界的大獎，把獎都拿完了，那你怎麼跟他比？武功有高低之分，而真正的高手需要有很好的悟性。

　　無論是學生將來是想去做教授、去工業界還是開創業公司，我都鼓勵。但是我一直強調的事，也是很重要的事，就是：不管去什麼公司，選擇標準不能只看錢。一定要看個人未來三五年的市場價值是不是比之前大大增加了，學到的經驗才是無價的。

五、談年輕人如何避免踩坑：深耕細作方可成就

　　主持人：向兩位老師請教最後一個問題。現在人工智慧已經來到風口。請根據你們的經驗給年輕人提一些建議，從而避免他們在這條路上踩坑。

　　沈向洋：我覺得，今天在座的很多年輕學生都處在事業剛剛起步階段。我想對大家說的最重要的經驗是：除了要立大志，就是要踏踏實實做一些事情。

剛才松純也說，如果想混日子也很容易，但是如果真的下定決心做一件事情，首先要喜愛這件事，相信能做出了不起的事情，一定要有這種心態。我見過很多聰明的學生，但是他們沒有做出了不起的事情，因為沒有沉下心在某個領域深耕。

朱松純：我覺得，這個時代對年輕人來說既好也不好。說好，是因為現在人工智慧機會特別多，我的實驗室博士生畢業就拿到好幾個offer，起薪都比我在 UCLA 的薪資高。說不好，是因為對年輕人來說，尤其是聰明的人來說，面對的機會太多，容易被這些眼前的機會所拖累，遊走在各種具有誘惑的機會中，被帶來帶去，幾個回合之後，就找不到方向了，這有點像布朗運動，我覺得非常可惜。我和 Harry 經常探討一個事情，就是我們發現，在我們帶過的學生中，學習成績最優秀、最聰明的學生，最後的成就往往不如預期，趕不上那些資質稍微差一點、但更加執著的學生。

年輕人要能沉得住氣，做人做事都要能堅守信念，一輩子只做一件事，把它做好，就能有所成就。性格決定命運，要特別堅韌。Harry 也說過，臉皮要厚一點，要經得住老師和同行的批評。聰明的學生尤其要能克服這個問題。

我最後再講一點，有人發現，最近 60 年，科學的發展缺乏大的、框架性的突破，這與 20 世紀初期的大突破時代不同。據我的觀察，我們面對的是全新的問題，要研究的都是大型的複雜系統，如人工智慧、神經與腦科學、生物系統、社會學。是不是西方過去十分成功的還原論（reductionism）思維方式需要掉頭，融合東方哲學和綜合的思想？我覺得這是一個值得大家思考的問題。

附錄二　ACM 圖靈大會（2019）上的「華山論劍」：人工智慧時代的道路選擇

主持人：所謂舉一反三，觸類旁通，大致上也是需要先在一個方向上堅持足夠久，從而建立足夠的知識深度，進而拓寬到足夠的廣度。讓我們感謝兩位老師的精采對話和分享，希望下次再有機會見證兩位老師的「華山論劍」。謝謝大家！

致謝：感謝 ACM 圖靈大會組委會，特別是劉雲浩主席的大力支持。感謝胡君、朱成方為本文所做的文字編輯工作。

附錄三　千古學人的俠客夢

邢志忠

　　我是在大學三年級的上學期才知道這世上竟然還有一種被稱作武俠小說的成人讀物。當時從同學那裡借到手的第一部武俠作品是金庸先生的《書劍恩仇錄》。讀過之後，年少的我熱血沸騰，從此做起了書劍飄零的江湖夢。1987 年 6 月，就在大學畢業前夕，我身穿白色練功衣，手執三尺青龍劍，在夕陽西下的北大未名湖畔留下了後來令自己回味無窮的背影。那一刻在我的心中，只有「天下風雲出我輩」，還不懂「一入江湖歲月催」。

　　在讀研的前兩年，恐怕是我這一生中最迷惘的一段時光。好在那時我終於有機會看到金庸的《射鵰英雄傳》經典電視劇版。記得在很多個寒冷的週末夜晚，我和同學們擠在研究生院的禮堂觀看郭靖、黃蓉和四大高手華山論劍，然後心潮澎湃地回到教室繼續讀文獻、做計算、寫論文。金庸的武俠小說給予我們那一代學子的精神力量，就相當於後來天下傳揚中的詩與遠方。雖然兩手空空、前途未卜，但我們都相信，總有那麼一天，自己會朝向遠方邊走邊唱，直到萬水千山走遍。

　　數年以後，在德國慕尼黑大學做博士後期間，我的合作導師哈拉爾德‧弗里奇（Harald Fritzsch）教授給我講了一個意味深長的小故事。他說自己年輕的時候在加州理工學院做訪問學者，經常有機會聆聽大名鼎鼎的理查‧費曼（Richard Feynman）笑談古今、指點江山。有一次費曼教授問哈拉爾德：「假設你孤身處在某種未知的險境，身邊只可攜帶一件日常用品以應付不測，你會選什麼？」身強力壯的哈拉爾德毫不猶豫地回答：

附錄三　千古學人的俠客夢

「瑞士軍刀。」費曼笑了，他說：「我會選袖珍計算機。」在1970年代的美國，袖珍計算機就相當於今天的蘋果手機，是先進生產力的代表。

聽了科學大師的這段往事，我的內心瞬間感受到一種強烈的、難以名狀的衝擊力：作為俠之大者的費曼似乎早有預感，兵不血刃的數位化時代正在到來，打敗對手最簡單、最有效的招式就是「看我不一秒鐘之內算死你！」於是我切身領悟到，物理學家的江湖其實與金庸筆下的江湖有異曲同工之妙。

2001年回國工作後，我做的第一件大事就是購買了三聯版的金庸作品集，每晚睡前讀兩個小時，然後帶著「飛雪連天射白鹿，笑書神俠倚碧鴛」的武學意境進入夢鄉。如此這般地讀完金庸作品集，我的科學研究水準在2002年竟達到了前所未有的高度，以單一作者身分發表了兩篇關於微中子質量和混合結構的論文，在國際學術界佔有了一席之地。我隨後模仿一些武功稍有建樹的江湖中人，開始招兵買馬、開山立派，打造出當時中國第一個有一定國際影響力的微中子理論研究課題組，並為推進中的大亞灣核反應堆微中子振盪實驗做了一些力所能及的搖旗吶喊。

2005年初，我在美國費米實驗室創辦的「量子日記」（Quantum Diaries）網站撰寫科學部落格文章，成為中國科學家部落格寫作的先行者。2007年夏天加盟科學網後，我將自己的部落格取名為「所謂江湖」，後者承載著我心中那個不醒的武俠夢。

談及科學與武學之間的相通性，沒有人比本書的作者徐鑫老師解析得更透徹而且意趣盎然了，讀來給人一種暢快淋漓之感。物理學作為科學最重要的分支之一，其發展和演變也與金庸武學的真諦有諸多相似之處。這裡我權且拋磚引玉，與讀者分享幾點個人的粗淺見識。

首先，幾乎所有的科學巨擘和武林宗師都堅持理論必須連繫實際，發表才是硬道理，實用才是真功夫！他們還有一個共同點，就是旗幟鮮明地反對那些眼高手低的研究生和博士後，不論這些學生是嫡傳門生還是俗家弟子。正如自創截拳道武學的功夫巨星李小龍（Bruce Lee）所強調的：「Knowing is not enough, we must apply. Willing is not enough, we must do.」物理學的動量定理精準地詮釋了「天下武功，唯快不破」的道理，其要點是在瞬間釋放出強大的爆發力，產生足以摧枯拉朽的衝量。但作為硬幣的另一面，內家武功側重的以柔克剛則提供了另一種克敵致勝的途徑。只要不違背動量和能量守恆，我們其實很難評價哪一種武功具有更高的科學意境。總體而言，金庸的武俠小說屬於科幻類作品，其強大的藝術感染力來自不可思議的想像力。至於我本人首先提出來的「想像力是否做功」的問題，目前科學上尚無定論。

其次，金庸武學的建構與科學理論的創立一樣，都以一些基本原理或指導原則為基礎，都追求體系本身的自洽性、簡潔性和自然性。功夫不分內外，其最高的理念都是大道至簡，甚至達到無招勝有招的境界。這一點似乎與著名的奧坎剃刀（Occam's razor）原則不謀而合。事實上，科學泰斗阿爾伯特·愛因斯坦（Albert Einstein）也曾有類似的表述：「Everything should be made as simple as possible, but not simpler.」作為前無古人的現代物理學宗師，愛因斯坦更高明之處在於為簡單性設定了一個不可踰越的下限，即只能透過「有招」的方式趨向「無招」，過猶不及。這既是科學研究的方法論，也是武學修練的必經之路。尤其與眾不同的是，愛因斯坦透過在看似互不相關的物理學概念之間建立內在的關聯，成功地實現了他對科學思想的簡單性和深刻性的雙重追求。他的這一番「神操作」的集中體現就是他的兩大「武功祕笈」：狹義相對論和廣義相對

論。不過愛因斯坦從未擔心過自己的科學研究「武功」傳承，因為後者需要足夠高的專業智商，故而傳承的過程無論如何都不會為學術界帶來血雨腥風。所以愛因斯坦與獨孤求敗一樣，寧願選擇千山獨行，盡情享受作為絕世高手的神祕與寧靜。

最後，流派傳承對於絕大多數武學和科學宗師而言都是必要而且重要的。不論是《笑傲江湖》中的五嶽劍派，還是《倚天屠龍記》中的六大門派，其掌門人和徒子徒孫們無不以本門武功的發揚光大為己任，但真正能夠做到承前啟後、薪火相傳的門派其實寥寥無幾。與武林中的門派相似，科學界的學派創立和傳承也不是一件容易的事。20世紀初是量子力學理論稱霸學術界的時代，隨之誕生的哥本哈根學派和哥廷根學派堪比物理學界的少林派和武當派。不僅如此，核物理學的快速發展也催生了若干日後影響深遠的學派，諸如盧瑟福學派、費米學派和湯川學派，其掌門人分別是英國的歐內斯特·拉塞福（Ernest Rutherford）、義大利的恩里科·費米（Enrico Fermi）和日本的湯川秀樹（Hideki Yukawa）。這些著名科學家可謂桃李滿天下，他們的數位傑出弟子都因為自己的重要學術貢獻而榮獲諾貝爾獎，成就了不朽的江湖佳話。

當然，所有的遠行都是為了回家，江湖的盡頭無不是身心的歸宿。我們一路努力的收穫，便是在平庸的生活中發現了一些令人心動的不平庸。

邢志忠

本文作者簡介

邢志忠，1965 年 6 月生於黑龍江，1987 年畢業於物理系，1993 年獲得粒子物理研究所博士學位。之後在慕尼黑大學和名古屋大學從事基本粒子物理學理論研究，2001 年初回中國。現任粒子物理研究所二級研究員。

研究方向：微中子物理學、重味物理與 CP 破壞、新物理唯象學。

過去的主要工作與獲得的成果：多年來從事粒子物理學的理論與唯象學研究，尤其在微中子物理學領域取得了不少原創性的重要成果。1996 年與弗里奇教授合作，在國際上最先提出了輕子混合的「民主」模式，預言了太陽和大氣微中子振盪具有較大的混合角，而反應堆微中子振盪具有較小的混合角。這一理論預言突破了輕子混合應與夸克混合相似的傳統觀念，比 1998 年的超級神岡微中子振盪實驗結果早兩年。2002 年在國際上率先提出了微中子的「近似三雙最大」混合模式，有關物理思想引領了微中子理論研究的一個方向。這一工作的單篇引用次數超過了 500 次，尤其被諾貝爾物理學獎得主李政道先生正式引用 6 次。2008 年應邀在第 34 屆國際粒子物理會議（美國費城）上做微中子理論的大會綜述報告，成為迄今為止唯一在該粒子物理學頂級系列會議上做大會報告的中國理論家。2011 年與周順博士合作，出版 440 頁、70 萬字的英文專著 *Neutrinos in Particle Physics, Astronomy and Cosmology*，系統性描述了微中子物理學、天文學和宇宙學的基礎知識和最新進展。迄今為止已發表學術論文 180 餘篇，總引用率超過 8,000 次。

邢老師還是頗有影響的科普作家，著有《微中子震盪之謎》（上海科技教育出版社，2019 年），翻譯了《改變世界的方程：牛頓、愛因斯坦和

相對論》（*An Equation That Changed the World —— Newton, Einstein, and the Theory of Relativity*）（上海科技教育出版社，2018 年）、《你錯了，愛因斯坦先生》（*You are Wrong, Mr. Einstein!*）（上海科技教育出版社，2017 年）。

後記　自藏經閣始，至藏經閣終

　　西元 1077 年，藏經閣的掃地僧發出科學研究之問：為什麼我們總是培養不出傑出人才？ 1259 年，藏經閣的覺遠做出了自己的回答，並開創了金庸武學世界的新紀元，這自藏經閣始，又至藏經閣終的問答，印證了金庸武學世界的初心。

　　初心出自《大方廣佛華嚴經》卷第十七：「三世一切諸如來，靡不護念初發心。」卷第十九：「如菩薩初心，不與後心俱。」

　　那麼，科學家的初心是什麼呢？

　　科學家制天命而用之。我的母校門口有一統石碑，上面刻著楊振寧先生手書的「制天命而用之」這幾個字。後來我才知道這句話出自《荀子‧天論》。我想「制天命」就是科學，「而用之」就是技術，兩者結合在一起，就能很好地理解自然，提高人類的福祉。這可能也是楊振寧先生的想法吧。

　　制天命而用之需要學術傳承。制天命而用之不是一個人就能完成的，需要人類始終不斷地探索。那些在科技中取得巨大成就的學者常常有兩項重要任務：一項是自己攻堅克難；另一項則是培養接班人。我覺得這很像幹細胞。幹細胞有兩件事要做：一件是產生各種功能細胞，完成各種任務；另一件則是製造更多的自己。

　　很多大學的知名教授都有很多大學生教學任務，也培養了很多優秀的人才。我聽說過的例子是回到清華任職的姚期智院士，他從 2004 年回

後記　自藏經閣始，至藏經閣終

清華全職工作，並先後創辦了姚班、智班，培養了很多電腦方面的優秀人才。

如何讓最聰明的學生成為傑出人才甚至偉大人物？我想這就是很多科學家的初心。我見過的例子是朱松純老師。我在講座之後有幸和朱老師一起吃飯聊天。我印象很深的是，在整個談話過程中，朱老師始終念念不忘的是如何讓最聰明的學生成為傑出人才。我後來曾去過朱老師所在的人工智慧研究院，朱老師提到，他肩負讓這些優秀的苗子進一步成為傑出人才的重任，感到壓力很大。能否提供某種啟迪，讓學生從優秀發展為傑出乃至偉大，這也是講座後朱老師留給我的作業。

讓最聰明的學生成為傑出人才，我想，先要解決「立其大者」問題。孟子說：「**先立乎其大者，則其小者弗能奪也。**」對「立其大者」，可能分四層境界。第一層是志大，指一個人先要解決大問題，如發現自己的趣味、堅定自己的志向，然後才能解決具體行動問題。第二層是識大。指一個做學問的人先要了解本領域內的核心、困難問題，而不僅是那些用來發文章的問題。就像愛因斯坦說的那樣：「I have little patience with scientists who take a board of wood, look for its thinnest part, and drill a great number of holes where drilling is easy.」。第三層是大器，指讓少數學生能成為德沛、志大、趣廣、才高的人物。郭靖、喬峰都只有一個，雖然人才越多越好，但大才一個也夠好。第四層是大國，最聰明的一批學生也是國家當代學生中的大者，如果他們能有改變，那麼這批極其優秀的人，也會對未來的國家有大的影響，這就可以成就大國。對於聰明的學生，小問題是難不倒他們的，讓他們從聰明走向傑出甚至偉大，需要解決這些大問題。

那麼，如何讓最聰明的學生志大、識大、成為大器、成就大國呢？

身教具有巨大力量。《後漢書》中說：「以身教者從，以言教者訟。」傑出人物的身教對於塑造學生有極大的作用。大多數人的趣味、志向以至於德行的建立，可能常常不是因為對錯抉擇，趣味、志向也常常沒有太多對錯；大多數人選擇趣味、志向，常常是因為模範人物的影響以及這些影響帶來的獨特的美學體驗。就像楊過的成長，其實是郭靖啟發而來的：

　　二人攜手入城，但聽得軍民夾道歡呼，聲若轟雷。楊過忽然想起：「二十餘年之前，郭伯伯也這般攜著我的手，送我上終南山重陽宮去投師學藝。他對我一片至誠，從沒半分差異。可是我狂妄胡鬧，叛師反教，闖下了多大的禍事！倘若我終於誤入歧路，哪有今天和他攜手入城的一日？」想到此處，不由得汗流浹背，暗自心驚。

《神鵰俠侶》第三十九回「大戰襄陽」

　　楊過是有成為火工頭陀、任我行、金蛇郎君夏雪宜這樣人物的可能性的，他之所以成為楊過，成為神鵰俠，郭靖的身教作用極大。

　　很多傑出科學家就是這樣的身教榜樣。這些人本身取得了巨大的學術成就，而且更願意引領優秀的學生成長。他們能引導優秀的學生志大、識大，成為大器，成就大國。這是大師的力量。物理學家和教育家梅貽琦說過：「所謂大學者，非謂有大樓之謂也，有大師之謂也。」大師的身教就像九陽神功沛然不可御的內力，大師的言傳則像乾坤大挪移的神妙招式，兩者結合施展出來，就有巨大的推動力，從而可能挪移乾坤，塑造一個人。相比之下，一個道理哪怕再正確，如果宣說的人沒有身教的實力，就像內力不足反倒想運使巧妙法門一樣，常常如孩童掄巨斧，可能貽笑大方。

　　那麼我能做什麼呢？**我不是傑出科學家，但我可能成為傑出科學家**

後記　自藏經閣始，至藏經閣終

的搬運工。將金庸小說和科學研究相結合，就能講述科學研究中「刑天舞干鏚」的故事，從而可能把學術大師搬到讀者面前，讓人感同身受。我想側重的，是以金庸小說為手段，用武功類比科學研究學術，不僅講述科學發現，而且揭示這些發現背後的道理，即，選擇中的考慮，背後的審美、趣味和價值觀，以及這些發現對人類的巨大影響。希望以這樣的方式能影響讀者，產生類似於身教的作用。**致廣大而盡精微，極高明而道金庸**。這就是我希望能做的，儘管我不知道我是否做到了。

徐鑫

跟著博士讀金庸，從武俠看學術人生：
《九陽真經》的真正作者、一燈大師的實際戰力、沖靈劍法的妙用……跟著科學家，揭開小說沒寫的故事

作　　　者：	徐鑫
發　行　人：	黃振庭
出　版　者：	崧燁文化事業有限公司
發　行　者：	崧燁文化事業有限公司
E - m a i l：	sonbookservice@gmail.com
粉　絲　頁：	https://www.facebook.com/sonbookss/
網　　　址：	https://sonbook.net/
地　　　址：	台北市中正區重慶南路一段61 號8 樓
	8F., No.61, Sec. 1, Chongqing S. Rd., Zhongzheng Dist., Taipei City 100, Taiwan
電　　　話：	(02)2370-3310
傳　　　真：	(02)2388-1990
印　　　刷：	京峯數位服務有限公司
律師顧問：	廣華律師事務所 張珮琦律師

-版權聲明

原著書名《晴耕科研，雨读金庸——从武俠世界看学术人生》。本作品中文繁體字版由清華大學出版社有限公司授權台灣崧燁文化事業有限公司出版發行。

未經書面許可，不得複製、發行。

定　　價：620 元
發行日期：2025 年09 月第一版
◎本書以POD 印製

國家圖書館出版品預行編目資料

跟著博士讀金庸，從武俠看學術人生：《九陽真經》的真正作者、一燈大師的實際戰力、沖靈劍法的妙用……跟著科學家，揭開小說沒寫的故事 / 徐鑫 著. -- 第一版. -- 臺北市：崧燁文化事業有限公司，2025.09
面；　公分
POD 版
原簡體版題名：晴耕科研，雨读金庸：从武俠世界看学术人生
ISBN 978-626-416-744-4(平裝)
1.CST: 金庸 2.CST: 武俠小說 3.CST: 文學評論
857.9　　　　114011897

電子書購買

爽讀APP　　　臉書